『학지광』

과 한국 근대문학

지은이

김욱동 金旭東, Kim Wook-dong

한국외국어대학교 영문과 및 동 대학원을 졸업한 뒤 미국 미시시피대학교에서 영문학 석사학위를, 뉴욕주립대학교에서 영문학 박사학위를 받았다. 포스트모더니즘을 비롯한 서유럽 이론을 국내 학계와 문단에 소개하는 한편, 이러한 방법론을 바탕으로 한국문학과 문화 현상을 새롭게 해석하여 주목을 받았다. 현재 서강대학교 인문대학 명예교수다. 저서로는 『모더니즘과 포스트모더니즘』, 『포스트모더니즘』, 『번역의 미로』, 『소설가 서재필』, 『오역의 문화』, 『번역과 한국의 근대』, 『시인은 숲을 지킨다』, 『문학을 위한 변명』, 『지구촌 시대의 문학』, 『적색에서 녹색으로』, 『부조리의 포도주와 무관심의 빵』, 『문학이 미래다』, 『외국문학연구회와 『해외문학』』, 『아메리카로 떠난 조선의 지식인들』, 『이양하 그의 삶과 문학』, 『궁핍한 시대의 한국문학』, 『한국문학의 영문학 수용 1922~1954』, 『설정식 분노의 문학』, 『천재와 반역-최재서 연구』 등이 있다.

『학지광』과 한국 근대문학

초판발행	2024년 7월 31일
지은이	김욱동
펴낸이	박성모
펴낸곳	소명출판
출판등록	제1998-000017호
주소	06641 서울시 서초구 사임당로14길 15 서광빌딩 2층
전화	02-585-7840
팩스	02-585-7848
이메일	somyungbooks@daum.net
홈페이지	www.somyong.co.kr
ISBN	979-11-5905-950-6 93810
정가	34,000원

Lux Scientiae
and Modern Korean Literature

『학지광』

과 한국 근대문학

김욱동 지음

Lux Scientiae

『우라키』와 『학지광』은 성격과 내용이 비슷하다. 식민지 조국을 떠나 해외에서 공부하는 조선인 유학생들이 설립한 단체라는 점에서도 그러하고, 유학생들이 학업에 전념하는 틈틈이 시간을 내어 만든 잡지라는 점에서 그러하다. 또한 이 두 잡지는 암울한 일제강점기에 어둠을 밝히는 횃불이나 등대의 역할을 톡톡히 하였다.

차이가 있다면 북미조선학생총회와 『우라키』가 태평양 건너 미국 대륙에서 서유럽 학문을 전공하던 조선인 유학생들이 설립한 단체와 기관지인 반면, 동경조선유학생학우회와 『학지광』은 현해탄 건너 일본에 유학 중인 조선인 학생들이 설립한 단체이자 기관지라는 점이다. 이러한 차이에도 이 두 잡지는 식민지 조선에서 학문이 발달하는 데 견인차 역할을 했을 뿐 아니라 더 나아가 문학과 예술이 발달하는 데도 크게 이바지하였다. 만약 이 두 잡지가 없었더라면 한국에서 학문과 문예는 지금처럼 발달하지 못했거나, 설령 발달했다고 해도 아마 뒤늦게 발달했을지 모른다.

그대의 적은 운율韻律이
만인萬人의 가슴을 흔들든 져 날,
가즉이 그대의 발 알에 없딀여
황홀 동경의 눈물을 흘니든 져 무리,
아아 어듸 어듸
져 수만의 혼魂은 아득이는고!

김여제, 「만만파파식적을 울음」에서

책머리에

내가 이 책을 집필하기 시작한 것은 단행본 『『우라키』와 한국 근대문학』의 원고를 막 탈고하고 난 직후였다. 나는 이 책의 원고를 탈고하자마자 여세를 몰아 재일본동경조선유학생학우회의 기관지 『학지광學之光』이 한국 근대문학에 끼친 영향을 밝히는 원고를 집필하기 시작하였다. 이 두 책의 원고는 성격과 내용이 적잖이 서로 비슷하여 마치 전편에 이어 속편을 쓴 것과 같았다. 이 두 유학생 단체와 잡지는 같은 혈육에서 태어난 자식처럼 여러모로 닮았다. 식민지 조국을 떠나 해외에서 공부하는 조선인 유학생들이 설립한 단체라는 점에서도 그러하고, 유학생들이 학업에 전념하는 틈틈이 시간을 내어 만든 잡지라는 점에서 그러하다. 또한 이 두 잡지는 암울한 일제강점기에 어둠을 밝히는 횃불이나 등대의 역할을 톡톡히 하였다.

다만 차이가 있다면 북미조선학생총회와 『우라키』가 태평양 건너 미국 대륙에서 서유럽 학문을 전공하던 조선인 유학생들이 설립한 단체와 기관지인 반면, 동경조선유학생학우회와 『학지광』은 현해탄 건너 일본에 유학 중인 조선인 학생들이 설립한 단체요 기관지라는 점이다. 이러한 차이에도 이 두 잡지는 식민지 조선에서 학문이 발달하는 데 견인차 역할을 했을 뿐 아니라 더 나아가 문학과 예술이 발달하는 데도 크게 이바지하였다. 만약 이 두 잡지가 없었더라면 한국에서 학문과 문예는 지금처럼 발달하지 못했거나, 설령 발달했다고 해도 아마 뒤늦게 발달했을지 모른다. 그만큼 이 두 잡지가 한국 학계와 문화계에 끼친 영향은 흔히 생각하는 것보다 훨씬 크다.

이 책을 집필하기로 마음먹은 것은 그동안 유실된 것으로 간주되었던 『학지광』의 결호가 속속 발견되면서 이제 어느 정도 이 잡지의 전체 면모를 파악할 수 있는 단계에 이르렀기 때문이다. 일제의 혹독한 검열 탓에 몇몇 호는 발매가 아예 금지되거나 압수되었다. 이제 이 잡지는 창간호를 비롯한 일곱 호를 제외하고는 모두 세상의 빛을 보게 되었다. 아직 결호로 남아 있는 일곱 호를 제외한 자료는 1983년 태학사에서 간행한 영인본과 2012년 소명출판에서 '아단문고 미공개 자료 총서 2012 ─ 해외 유학생 발행 잡지'로 간행한 영인본, 그리고 『민족문학사연구』 39집에 모두 수록되어 있다. 이로써 1914년 4월부터 1930년 12월에 이르는 26여 년 동안 일본에서 유학한 조선인 학생들의 학술 활동과 사상을 비롯하여 문예 활동과 내면 풍경 등을 이제 비교적 소상하게 알 수 있게 되었다.

외국문학연구회와 기관지 『해외문학』과 북미조선학생총회와 그 기관지 『우라키』에 관한 단행본을 쓰면서도 느낀 것이지만 나는 이 책을 쓰면서도 프리드리히 휠덜린이 말하는 '궁핍한 시대'에 태어나고 자라나 외국에서 수학한 당시 유학생들의 강인한 정신, 드높은 학문적 의욕, 뛰어난 지적 호기심과 학문적 수준 등에 절로 고개가 숙여지지 않을 수 없었다. 조국을 빼앗기고 일본 제국주의의 식민지 지배를 받던 상황이라서 더욱 그러했겠지만, 그들에게는 그 뒤 젊은이들한테서는 좀처럼 볼 수 없는 정신적 조숙을 엿볼 수 있었다. 그들 대부분은 당시 겨우 20대의 젊은이들에 지나지 않았다는 사실을 염두에 두면 오늘날의 우리들이 오히려 부끄럽게 느껴질 정도다.

이 책에서 나는 조선인 일본 유학생들의 활동 중에서 문학과 예술과 관련한 주제에 초점을 맞추었다. 다시 말해서『학지광』이 다루는 정치나 경제, 사회 문제 등은 이 책의 범위에서 벗어난다. 다만 사회과학이나 자연과학에 관한 글이라도 문학과 예술을 조명하는 데 도움이 되는 경우에만 부분적으로 다루었다. 다른 분야에 관한 연구는 해당 학자들의 몫으로 남겨 둔 채 나는 문학 연구자로서의 역할을 충실히 하려고 노력했을 뿐이다.

나는 이 책을 집필함으로써 그동안 지고 있던 무거운 짐 하나를 내려 놓았다. 외국에서 공부한 한 사람으로 선배들의 눈부신 활약상을 다루는 것이 책무 중 하나라고 늘 생각해 왔다. 그러나 이 일 저 일에 치여 실행에 옮기지 못하다가 몇 해 전부터 이 일에 착수하여 그동안『소설가 서재필』서강대 출판부, 2010, 『한국계 미국 자서전 작가』소명출판, 2012, 『외국문학연구회와『해외문학』』소명출판, 2020, 『눈솔 정인섭 평전』이숲, 2020, 『아메리카로 떠난 조선의 지식인들』이숲, 2020, 『이양하』삼인, 2022, 『『우라키』와 한국근대문학』소명출판, 2023, 『한국문학의 영문학 수용』서강대 출판부, 2023, 『설정식분노의 문학』삼인, 2023, 『천재와 반역 — 최재서 연구』민음사, 2024 같은 단행본 저서를 출간해 왔다. 그러므로 이 졸저는 이러한 작업의 연장선상에 놓여 있는 셈이다.

여기서 이 책에서 인용하는 글의 띄어쓰기와 관련하여 한 가지 미리 밝혀둘 것이 있다. 시 작품에서 띄어쓰기는 넓은 의미에서 시적 장치의 일부이므로 나는 될 수 있는 대로 원문의 띄어쓰기 방식을 그대로 따랐다. 그래서 어떤 인용문은 오늘날의 독자들이 읽는 데 적잖이 어려움을 겪게 될지도 모른다. 그러나 산문의 경우에는 독자들의 이해를 돕기 위하여 현대식 띄어쓰기 방식에 맞게 고쳐 인용하였다.

이 책이 햇빛을 보기까지 나는 그동안 여러 선생님들과 여러 기관에서 크고 작은 도움을 받았다. 국내 자료는 말할 것도 없고 구하기 힘든 외국 자료까지 신속하게 구해 준 서강대학교 로욜라도서관과 울산과학기술원 UNIST 학술정보원 선생님들께 이 자리를 빌려 고마움을 전한다. 마지막으로 요즘처럼 어려운 학술 출판 사정에도 이 책의 출간을 선뜻 허락해 주신 소명출판의 박성모 사장님, 그리고 이 책이 나오기까지 온갖 궂은일을 맡아 준 편집부 조이령 선생님께 감사드린다. 이 작은 책이 인문학의 험난한 산에 오르려는 독자들에게 조금이라도 안내자 구실을 할 수 있다면 저자로서는 이보다 더 큰 보람이 없을 것이다.

2024년 여름
해운대에서
김욱동

차례

재일본동경조선유학생학우회와『학지광』

    일본 유학이 본격적으로 시작된 것은 1881년고종 18 유길준兪吉濬과 류정수柳定秀가 게이오기주쿠慶應義塾에 입학하고 윤치호尹致昊가 도진샤同人社에 입학하면서부터다. 이 세 사람은 어윤중魚允中이 조사시찰단朝士視察團의 일원으로 일본을 방문할 때 그의 수행원으로 따라가 일본에 계속 머물며 그곳에서 학교에 다녔다. 그 뒤 급진 개화파는 1884년까지 서재필徐載弼을 비롯하여 장대용張大鏞과 신복모申福摸 등 유학생 100여 명을 게이오기주쿠와 숙과 육군 도야마戸山학교 등에 파견하였다. 이러한 유학생 파견은 갑신혁명이 실패로 돌아가자 10년 남짓 중단되었다가 갑오개혁이 추진되면서 다시 시작되었다. 내무대신 박영효朴泳孝의 훈령에 따라 정부 주변 사람들과 관리 자제 중 150여 명을 선발하여 일본 유학을 보냈다. 그중에는 뒷날 대한민국 임시정부에 참여하여 활동하고 공군 창건의 주역으로 활약한 노백린盧伯麟, 항일 무관으로 독립운동에 앞장선 이갑李甲, 역시 임시정부에서 독립운동을 하던 유동렬柳東說 등이 포함되어 있었다.

    조선의 젊은이들이 좀 더 본격적으로 현해탄을 건너 일본에 유학하기 시작한 것은 일본 제국주의가 대한제국을 강제로 병합한 뒤였다. 더구나

(왼쪽) 조선 청년들에게 일본 유학을 적극 추천한 신익희. 와세다대학에 재학 중 학우회 설립과 『학지광』 발간에 크게 이바지하였다. (가운데, 오른쪽)신익희와 더불어 일본 유학을 적극 추천한 장덕수. 장덕수는 『학지광』에 많은 글을 기고하였다.

1919년 기미년 독립만세운동 이후 일본 정부가 문화정책의 일환으로 조선인의 유학을 허용하면서부터 일본 유학은 마치 봇물이 터진 것처럼 갑자기 늘어났다. 기미년 독립운동 후 조선 총독에 새로이 임명된 사이토 마코토齋藤實는 이른바 '내선융화'정책을 펼치면서 유학을 허용하였다. 이러한 문화정책에 힘입어 1920년대 초엽부터 일본을 비롯한 해외 유학이 급증하였다. 특히 일본은 지리적으로 가까운 데다 같은 동아시아 문화권에 속해 있어 조선 젊은이들에게 유학 대상 국가로 가장 인기가 많았다. 일본과 미국 두 나라에 유학한 경험이 있는 장덕수張德秀는 한 잡지에 기고한 글에서 "도쿄란 곳이 오늘 동양에서는 제반 문물이 제일 발달된 도시요, 각 방면으로 다수한 학교와 다수한 학자를 가진 곳인 것은 여러분이 먼저 아실 것이거니와 사실에 있어 학비만 허락한다면 미국, 독일에 가는 것보다 신학문을 배워 오기에는 도쿄만한 곳이 없을 것을 단언합니다"[1]라고 말하면서 일본 유학을 적극 권하였다.

이렇게 일본 유학을 권장한 사람은 비단 장덕수만이 아니어서 가령 신익회申翼熙도 그러한 인물 중 한 사람이었다. 신익회가 한성외국어학교를 졸업하던 해 조선은 한일합병이 체결되면서 명실공히 일제의 식민지가 되고 말았다. 그래서 국권을 되찾기 위해서는 무엇보다도 먼저 민족의 실력을 양성해야 한다고 생각한 그는 비록 식민지 종주국 일본에 가서라도 신학문을 배우는 것을 조금도 주저하지 않았다. 신익회는 "우리는 현실을 직시直視·정시正視하여야 한다. 우리가 구적仇敵을 몰아내고 나라를 도로 찾는 데는 부질없이 감상에만 흐르지 말고, 현대로 개화 진보한 일본에 가서 배워 그 놈을 이기고 일어서야 한다"[2]고 부르짖었다. 그래서 그는 1912년 와세다早稻田대학 정치경제학부에 입학하여 '재일본동경조선인유학생학우회在日本東京朝鮮留學生學友會'를 조직하고 그 기관지를 발간하는 데 온힘을 기울였다. 신익회는 일본 유학생들은 말할 것도 없고 한 발 더 나아가 식민지 조선의 청년 학생들에게도 민족정신과 독립사상을 고취하고 계몽운동을 전개하는 데 앞장섰다.

장덕수와 신익회에 이어 이광수李光洙도 일본 유학의 필요성을 역설하였다. 이광수는 정치와 문화 중 어느 하나를 택해야만 한다면 후자를 택하겠다고 말하면서 문화의 중심이 중국과 인도를 거쳐 마침내 일본으로 옮겨왔다고 지적하였다. 그러면서 그는 "최근에 이르러서 일본은 태서泰西의 문화

---

1   장덕수, 「동경 고학의 길 — 할 수 있는가? 할 수 없는가?」, 『학생』 1권 2호, 1929. 이 잡지는 1929년 개벽사에서 박달성(朴達成)을 편집인 겸 발행인으로 중학생을 대상으로 발행한 잡지다. 뒤에는 방정환(方定煥)이 맡았다. 교육계 인사가 집필 대부분을 맡았고, 시기에 따라 적절한 내용의 기사를 수집하고 편집하여 싣기도 하였다. 중학생을 대상으로 한 만큼 학술적 논문보다는 교양과 계몽 위주의 글을 주로 실었다. 1930년 1월 1일 통권 11호로서 종간하였다.

2   신익회, 『나의 자서전』, 1953, 55~56쪽; 구경서, 『신익회 평전』, 광주문화원, 2000, 62~63쪽.

를 수입하기에 성공하여 아세아 전체의 문화의 도사道師의 지위를 얻었고 장차는 동서 문화를 융합하여 독특한 신문화를 조성하여서 금후의 희랍이 된다고 자임도 하고 노력도 합니다"3라고 밝힌다. 이처럼 이광수는 조선의 청년들이 고대 그리스처럼 동서 문화의 융합을 이상으로 삼는 일본에 유학하기를 바라마지 않았다. 그는 조선이 아시아 문화를 넘어 세계 문화의 대열에 합류하기 위해서라도 일본 유학이 필수적이라고 주장하였다.

이광수는 조선이 아세아에서 '문화의 도사' 지위를 일본에게 **빼앗긴** 것을 애석하게 생각하였다. 만약 조선이 일본에 앞서 서유럽 문물을 받아들였다면 그러한 지위를 누릴 수 있었기 때문이다. 이광수는 1846년 장 바티스트 세실 제독이 이끈 프랑스 해군 군함들이 강화도에 정박하여 조선 정부에 문호를 개방할 것을 요구한 사건을 염두에 두었다. 이광수는 1853년 매슈 페리 제독이 이끌고 도쿄만 입구인 우라가浦賀에 나타난 미국 함대 '구로후네黑船'에 빗대어 프랑스 함정을 '강화 흑선'이라고 불렀다.

이렇게 조선 청년들이 일본과 서양에 유학하다 보니 유학생들 사이에 서로 갈등이 없지 않았다. 일찍이 이 점을 간파한 안확安廓은 『학지광』 5호에 기고한 「이천 년래 유학의 결점과 금일의 각오」에서 유학생들이 서로에게 존경심을 보일 것을 촉구하였다. 그는 "서양 유학생이 일본 유학생에게 향하여 왈티 아我는 문명의 원천을 학득學得하였다 하여 자만에 포飽하며, 일본 유학생은 서양 유학생에 대하여 왈 여등汝等은 술어術語를 부지不知하니 사학문死學問이라고 조롱하여 호상 기시岐視를 작작하니 통재라"5 : 32라고 한탄한다.

---

3 이광수, 「우리의 이상」, 『학지광』 14호, 3쪽. 앞으로 이 잡지에서의 인용은 권수와 쪽수를 본문 안에 직접 밝히기로 한다.(권수 : 쪽수)

그렇다면 서양에서 유학하는 조선인 학생들이 술어를 제대로 알지 못한다는 것은 무슨 뜻인가? 여기서 '술어'란 아마 학술 분야에 한정된 뜻으로 쓰는 용어를 가리키는 말일 것이다. 메이지明治시대 일본에서는 서양 학문을 받아들이되 자국어로 번역하여 체화하였다. 일본이 근대화 시기에 구호로 내세운 화혼양재론和魂洋材論은 조선의 동도서기론東道西器論이나 중국의 중체서용론中體西用論과 궤를 같이하였다. 그런데 일본인들이 일본의 전통적 정신에 서양의 기술을 결합하는 데 사용한 수단이 다름 아닌 번역이었다. 당시 일본과 중국은 리디어 H. 류의 용어를 빌리자면 '번역한 근대'라고 할 수 있다.[4] 서양 유학생들이 술어를 제대로 알지 못한다는 말은 아마 일본이 근대화 과정에서 번역한 학술용어를 제대로 이해하지 못한다는 뜻으로 받아들일 수 있을 것이다.

메이지시대와 다이쇼大正시대에는 '와세이 간고和製漢語'라고 하여 한자의 음과 의미를 빌려 만들어낸 한자 어휘가 무척 많았고, 특히 학술 전문 용어는 거의 대부분 이 범주에 들어가다시피 하였다. 이러한 전문 용어는 지금까지도 일본은 말할 것도 없고 한국과 중국에서 널리 사용하고 있다. 그래서 일본 유학생들은 서양 유학생들이 서유럽 문물의 최전선에 서 있을지는 몰라도 막상 동양 근대화에 핵심적인 학술 용어에 대해서는 잘 모르고 있다고 폄훼하였다.

4　'번역한 근대'와 '중역한 근대'의 개념에 대해서는 Lydia H. Liu, *Translingual Practice : Literature, National Culture, and Translated Modernity--China, 1900~1937*, Stanford : Stanford University Press, 1995, pp.1~42; 김욱동, 『번역과 한국의 근대』, 소명출판, 2010, 54~66쪽 참고.

1. 조선인의 일본 유학

재일본동경조선유학생학우회의 기관지 『학지광學之光』 6호에는 「일본 유학생사」라는 흥미로운 글이 한 편 실려 있다. 익명의 필자는 한일 유학사로 말하자면 삼국시대에 일본인들이 오히려 한반도에 처음 유학 오면서 시작되었다고 지적한다. 그는 "2천 년 래來로 이我 조선이 일본을 교도敎導할 새 일본이 매년 수백인의 청년을 신라 급及 백제에 송래送來하여 제반 학술과 인사 풍절 등을 학學함은 역사의 증명한 사실이라"6 : 10라고 말한다. 메이지유신明治維新 이전만 해도 문물이 일본보다는 조선이 훨씬 앞섰다는 점을 염두에 두면 이 지적은 그다지 틀리지 않는다. 그러나 근대적 의미의 유학은 앞서 밝혔듯이 19세기 말엽부터 조선인 학생들이 일본 대학에서 교육받으면서 시작되었다고 보아야 할 것이다.

일본이 조선에 통감부를 설치한 1905년을 분수령으로 일본 유학생의 성격과 규모가 크게 달라졌다. 그 이전에는 대한제국 정부에서 파견하는 관비 유학생이 대부분을 차지했지만 그 이후에는 사비로 유학을 떠나는 학생들이 훨씬 많았다. 또한 1910년 이전 일본 유학생들이 주로 정부 요직이나 문벌의 자손들이었다면, 그 이후에는 다양한 사회 계층에 속한 젊은이들이 주류를 이루었다.

익명의 필자가 『학지광』 5호에 기고한 「일본 유학생사」에 따르면 1897년 기준으로 일본 유학생은 기존의 유학생들과 새로 건너온 유학생을 합하여 모두 310명이었다. 1915년에는 그 수가 1,625명으로 무려 다섯 배 넘게 늘어났다. 그러나 그중 막상 졸업한 학생은 500여 명에 지나지 않고 그 졸업생 중에서도 대학 본과를 졸업한 사람은 겨우 9명밖에 되지

1926년 도쿄에서 찍은 유학생들. 뒷줄 왼쪽부터 손진태, 정인섭, 마해송, 앞줄 왼쪽부터 진장섭, 조재호.

않았다. 한편 독립운동사 자료집의 통계자료에 따르면 1920년 829명이
던 조선인 일본 유학생이 1925년에 2,087명, 1930년에는 무려 5,285명
으로 두 배 넘게 늘어났다.[5] 통계에서 누락된 수까지 합치면 그 수는 아
마 이보다 훨씬 더 많을 것이다.

1910년대 일본 유학생의 전공은 주로 정치경제 분야에 치중되어 있었

5　『독립운동사 자료집 별집 (3) – 재일본한국인 민족운동 자료집』, 독립운동편집위원회,
　1978; 현규환, 『한국 이민사』, 삼화출판사, 1976. 한일병합 이전에 일본으로 건너간 조
　선인의 수는 그다지 많지 않았다. 일본 정부의 공식 통계에 따르면 1882년에 4명, 1909
　년에는 790명의 조선인이 일본이 거주하는 것으로 나타났다. 그들 대부분은 유학생이었
　고, 그 일부가 외교관들이거나 정치적 망명자들이었다. 한편 1907년 기준으로 도쿄 유
　학생의 수가 거의 500명에 이르렀다. https://theme.archives.go.kr/next/immigra-
　tion/underJapaneseimperialism.do

다. 방금 언급한 「일본 유학생사」에 따르면 1915년 기준으로 전체 유학생 1,625명 중에서 150명이 정치경제를 전공하였다. 그 뒤로 법학이 60명, 상학이 44명, 농학이 42명, 의학이 18명, 공학이 17명, 문학이 11명이었다. 여기서 눈여겨볼 것은 문학 전공 유학생으로, 시기적으로 가장 뒤늦게 1908년에 최초로 이루어졌을 뿐 아니라 학생 수도 가장 적었다. 더구나 11명 중에는 순수문학 전공자보다는 철학과 신학과 사범 계열의 전공자가 대부분이었다. 당시 한반도 상황과 세계정세를 미루어 보면 정치경제에 관심이 많았다는 것은 충분히 이해할 수 있다.

대한제국 초기의 관비 유학생과는 달리 점차 사비 유학생의 수가 급격히 늘어나기 시작하였다. 그렇다면 이 무렵 갑자기 급증한 까닭이 어디 있을까? 현해탄을 건너 서양의 근대문물이 들어오면서 그 어느 때보다도 지식을 갈구하는 젊은이들이 늘어났기 때문이다. 1915년 식민지 조선에는 전문학교가 몇 개 있었을 뿐 대학교는 하나도 없었다. 당시 관립 전문학교로는 경성전수학교, 경성의학전문학교, 경성공업전문학교, 수원농림전문학교가 있었고, 사립 전문학교로는 연희전문학교와 세브란스의학전문학교, 평양의 숭실전문학교밖에 없었다. 관립이든 사립이든 전문학교에서는 실용적인 전문 지식을 가르칠 뿐 좀 더 일반 분야의 학문을 가르치지는 않았다. 일본 정부는 1922년에 발효된 2차 조선교육령에 따라 1924년 경성에 여섯 번째로 제국대학을 설립하였다. 그러나 경성제국대학이 설립된 이후에도 조선인의 일본 유학은 여전히 계속되었다.

이렇게 조선의 젊은이들이 일본으로 유학을 떠난 가장 중요한 이유는 뭐니 뭐니 해도 20세기 초엽 일본이 서양 문물의 전초지 역할을 했다는 점에서 찾아야 한다. 이광수는 동아시아 국가 중에서 일본이 1854년 미

1916년 와세다대학 졸업 기념 사진. 최두선, 신익희, 장덕수, 이광수 등의 모습이 보인다.

일화친조약을 체결하고 가장 먼저 개항하여 서유럽 문물을 받아들인 점에 주목하였다. 그는 일본이 정치와 외교뿐 아니라 학술 등 제반 문명으로 세계에 웅비하게 된 것도 궁극적으로 시모다下田와 하코다테箱館의 개항이 없었더라면 불가능했을 것이라고 주장하였다.

한 통계에 따르면 1929년 9월 현재 일본에 유학 중인 조선인 학생 중 811명이 전문학교, 158명이 관립이나 공립대학, 1,019명이 사립대학에서 공부하였다.[6] 그들이 주로 유학한 학교는 아오야마가쿠인靑山学院을 비롯하여 와세다대학, 게이오대학, 메이지대학, 니혼대학 등이었다. 학교

6   김인덕, 「학우회의 조직과 활동」, 『국사관논총』 66집, 국사편찬위원회, 1995, 115쪽.

유길준을 비롯한 초기 일본 학생들에게 큰 영향을 끼친 일본 근대화의 주역 후쿠자와 유키치.

분포에서도 엿볼 수 있듯이 이 무렵 유학생의 80퍼센트 가량이 도쿄와 그 인근 지역에 체류했으며, 도쿄는 조선인 유학생들의 본거지와 다름없었다. 미국의 저널리스트 님 웨일즈는 조선인 항일운동가 김산金山의 삶을 다룬 전기『아리랑』1941에서 이 무렵 도쿄가 조선인 유학생들의 성지로 자리 잡았을 뿐 아니라 더 나아가 온갖 혁명가들의 피난처 구실을 했다고 밝힌다.[7] 평양 출생으로 본명이 장지락張志樂인 김산은 중국으로 건너가 안창호安昌鎬와 김약산金若山과 함께 의열단에 가입하기 전 도쿄에서 유학한 적이 있어 당시 일본 조선인 유학생들에 대하여 누구보다도 잘 알고 있었다.

그렇다면 조선인으로서 최초로 일본 대학을 정식 졸업한 유학생은 과연 누구일까? 1897년광무 원년에 와세다대학에서 정치과를 졸업한 홍석현洪奭鉉이다. 청일전쟁이 일본의 승리로 끝나면서 일본에 망명 중이던 개화파들이 조선으로 돌아왔고, 그들은 일본의 위세를 등에 업고 일본식 개혁

---

7   님 웨일즈, 송영인 역,『아리랑─조선인 혁명가 김산의 불꽃같은 삶』개정 3판, 동녘, 205 · 261쪽. 당시 도쿄가 유학생들의 중심지인 반면, 오사카(大阪)는 일반 조선인 거주자들이 가장 많던 지역이었다.

을 단행하였다. 앞에서 잠깐 밝혔듯이 갑오개혁의 일환으로 내무대신 박영효는 조선 젊은이 100여 명을 후쿠자와 유키치福澤諭吉에게 소개하여 일본에 유학하게 하였다. 홍석현은 바로 이때 일본 유학을 떠난 젊은이 중하나였고, 유학을 마치고 귀국한 뒤 관립 한성고등학교 교장을 지냈다.

그러나 한일병합 이후 일본에 유학 간 조선 학생들은 그 이전의 유학생들과는 포부와 임무와 목표가 사뭇 달랐다. 『학지광』 3호에 기고한 「금일 유학생은 여하如何」에서 안확은 당시 유학생들의 책무가 무척 크다고 역설하였다. 그는 정치적 망명객이나 권문 세도가 자제들이 주류를 이루던 광무光武시대나 융희隆熙시대의 유학생들과는 질적으로 다르다고 주장하였다. 현상윤玄相允도 같은 호에 발표한 「말을 반도 청년에게 붓침」에서 한반도가 놓인 역경을 헤쳐갈 수 있는 장본인은 오직 유학생들뿐이라는 사실을 상기시켰다.

2. 재일본동경조선유학생학우회의 설립

이렇게 일본에서 유학하는 조선인 학생들은 수가 점차 늘어나자 무엇보다도 먼저 단체를 조직할 필요성이 생겼다. 도쿄에서 유학하던 조선인 학생들은 친목을 도모할 필요도 있었고, 서로 정보를 교환할 필요도 있었으며, 대학에서 습득하던 지식과 학문을 동료 학생들에게 전할 필요도 있었다. 앞에서 언급한 「일본 유학생사」에서 필자는 유학생들이 유학 초기부터 학생 단체를 설립할 필요성을 느꼈다고 밝힌다.

홍안녹발紅顏綠髮의 소년들이 친척고구親戚故舊를 이별하고 부급도해負笈渡海하여 반만리 수역이토殊域異土에 고재孤在하니 동고상위同苦相慰의 정이 어찌 생生치 안으며 동포상목同胞相睦의 의가 어찌 기起치 않으리오. 겸하여 유학의 목적은 문명을 수입하여 인민을 발천發闡코져 함이니 장래 대중을 경영함에 어찌 또 한 동지상구同志相求의 사事가 무無할이오. 어시호於是乎 단체 조직의 성립이 유학생 도왕渡往하던 당초부터 생한지라.6:13

한일병합 이전 유학생 모임은 1906년 창립한 도쿄조선기독교청년회 YMCA처럼 주로 친목과 친교, 종교적 성격이 강하였다. 대한학회, 태극학회, 공수학회, 연학회 등은 1909년 대한흥학회로 통합되었지만 한일합방과 더불어 일제에 강제로 해체되었다. 1911년 5월 '재동경유학생친목회'가 유학생 전체의 단체로 결성되었고 그 기관지로 『학계보學界報』를 발행했지만 이 또한 곧 일제에 해산되고 말았다. 그래서 유학생들은 출신지별로 지역 별로 다양한 이름의 유학생 모임을 결성하기 시작하였다. 그러나 유학생들은 사분오열되어 좀처럼 단일 단체를 조직하는 데 큰 어려움을 겪었다.

『학지광』3호에 실린 「학우회 창립 약사」에서 익명의 필자는 "파란波瀾, 곡절曲折, 충동衝動, 해산解散, 분립分立, 연합聯合으로 장식된 사실은 이我 유학계의 역사라……"3:51라고 밝힌다. 실제로 당시 우후죽순처럼 생겨난 단체는 친목회, 구락부, 동지회, 다화회 등 그 이름만도 여간 다채롭지 않다. 위의 필자는 "계축癸丑 추추秋에 지포하여 대동단결의 명의하에 철북친목회鐵北親睦會, 패강친목회浿江親睦會, 해서친목회海西親睦會, 동서구락부東西俱樂部, 삼한구락부三韓俱樂部, 낙동동지회洛東同志會, 호남다화회湖南茶話會, 칠七 단체가 회동하여 화기애애和氣靄靄한 이裏에 유학생 총단체가 조직되니 차此가 학우회 신기원이 되다"[3:52]라고 말한다.

계축년이라면 1913년으로 일본 연호로는 다이쇼 2년에 해당한다. 「학우회 창립 약사」에서 익명의 필자가 말하는 '유학생 총단체'가 바로 1913년 가을 마침내 재일 유학생들이 도쿄와 그 부근에서 유학하던 학생들의 여러 단체를 통합하여 결성한 재일본동경조선유학생학우회다. 줄여서 '조선유학생학우회'로 일컫는 이 단체는 그야말로 난산에 난산을 거듭한 끝에 어렵게 탄생하였다. 학우회

재일본동경조선인유학생학우회가 기관지로 발간한 『학지광』. 일제강점기 일본 유학생들에게 '학문의 빛' 역할을 맡았다.

는 조선인 유학생의 '돈의연학敦誼研學', 즉 우의를 돈독하게 하고 학문을 연마한다는 것을 일차 목표로 삼았다.[8]

정세윤鄭世胤을 초대 회장으로 선임한 학우회는 회장 1명, 총무 1명, 문서부원 3명, 간사부원, 2명, 재무부원 2명, 지육부원 2명, 체육부원 2명, 학예부원 2명, 편집부원 4명으로 구성하였다. 학우회는 강연회, 연구회, 웅변대회, 체육대회, 환영회, 환송회, 축하회, 추도회 등 여러 활동을 통하여 유학생들의 활동과 연구 역량을 강화하는 데 초점을 맞추었다. 특히

---

8   재동경유학생친목회와 그 기관지 『학계보』와 재일본동경조선유학생학우회와 그 기관지 『학지광』 발간에 대한 상세한 논의에 대해서는 김영민, 『1910년대 일본 유학생 잡지 연구』, 소명출판, 2019, 55~95쪽 참고.

학우회는 학술 진작과 민족의식을 고취하려고 잡지를 발간하기로 결정하고, 1914년 마침내 기관지로『학지광』을 창간하기에 이르렀다. 한마디로 1930년 12월 해체할 때까지 유학생학우회는 도쿄와 그 인근 조선인 유학생들의 구심적 역할을 하였다.

동경조선유학생학우회의 기관지『학지광』은 1914년 4월 2일 창간호를 발간하여 1930년 12월 27일 30호를 종간호로 폐간되었다. 당초 격월로 발행하려고 계획을 세웠지만 여러 사정으로 1년에 2회 또는 3~4회 정도 발간하는 데 그쳤다. 쪽수도 적게는 48쪽에서, 많게는 100쪽 정도로 들쭉날쭉하였다. 1919년 이후에는 재정난으로 연 1회 정도 발행하는 데 그쳤다. 1927년 2월 28호를 내고 한동안 휴간했다가 1929년 가을부터 속간을 준비하여 1930년 4월 갱신호29호가 발간되었고 같은 해 12월 30호로 마지막으로 종간되고 말았다. 현존하는 자료는 ① 1983년 태학사에서 2권으로 간행한 영인본, ② 소명출판에서 '아단문고 미공개 자료총서 2012'로 간행한『해외유학생 발행 잡지』3권, ③ 민족문학사학회와 민족문학사연구소가 간행한『민족문학사연구』39권2009에 수록한 8호다. 30호 중 현재까지 여전히 소재를 확인할 수 없는 호수는 창간호, 7호, 9호, 16호, 23~25호 등 모두 일곱 호다.

창간호와 2호는 B5판, 3~28호는 A5판, 29호는 갱신호로 간행하였다. 초기에는 유학생들이 자금을 갹출하여 비매품으로 배포하다가 1916년부터는 비회원들에게는 유상으로 판매하였다. 잡지를 발행하는 데 드는 경비가 점차 늘어나자 현준호玄俊鎬, 김경중金暻中, 정노식鄭魯湜 같은 졸업생과 유지들의 기부금을 받아 운영에 충당하기도 하였다. 인쇄는 요코하마橫濱에 본부를 둔 복음인쇄소의 도쿄 지사 등에서 하였고, 600부에서 1,000

부 사이로 찍어 일본 유학생들을 비롯하여 모국의 학생들과 해외 유학생들에게도 널리 배포하였다.

일제강점기에 학업에 종사하는 유학생 신분으로 외국에서 잡지를 발행한다는 것은 여간 힘에 부치는 일이 아니었다. 무엇보다도 잡지 발간에 드는 경비가 문제였다. 그래서 도쿄 지역에 유학 오는 조선인 학생들은 이 학우회에 의무적으로 가입하도록 하였고, 이렇게 가입한 회원들은 반드시 회비를 납부해야 하였다. 그러나 막상 제때에 회비를 납부하는 회원들은 그다지 많지 않았다. 잡지를 판매하기로 방침을 바꾼 뒤 잡지 구입은 선금으로 주문하도록 하였다. 편집자들이 여백이 있는 곳에 '사고社告' 형식을 빌려 "독자 제씨에게 앙고仰告하오니 선금 누체漏滯되신 분은 속々 부송付送하시 바라나이다"라고 부탁하는 것을 보면 재정이 무척 어려웠다는 사실을 알 수 있다.

또한 잡지 발행 비용을 충당하기 위하여 편집자들은 1918년 15호부터 광고를 싣기 시작하였다. 경성의 동양서원에서는 『현토 통감보소通鑑普疏』를 비롯하여 현백당玄白堂의 『척독대성尺牘大成』, 윤치호의 『영어문법 첩경』을 한 면에 광고하였다. 이밖에도 15호에는 도쿄 소재 조선기독교청년회관에서 발행하는 잡지 『기독청년』과 역시 도쿄에서 발행하던 『여자계女子界』를 한 면 두 단을 상하로 나누어 크게 광고하였다. 이러한 광고는 뒤 호로 가면 갈수록 많아졌다. 그래서 『학지광』을 읽으면서 이 무렵 발행된 저서나 잡지의 내용, 광고의 성격 등을 대충 살필 수도 있다.

『학지광』을 발행하는 데는 이렇게 재정적 어려움이 컸지만 그 못지않게 일본 제국주의의 엄격한 검열 제도도 넘어야 할 높은 언덕이었다. 편집자들은 일제의 검열을 의식하여 정치와 관련한 시사 문제를 다루는 것은 원칙적으로 금지하였다. 실제로 당시 일본에 유학 중인 조선인 학생들은 일본 당국의 특별 감시 대상이었던 만큼 이 잡지 또한 일제 당국으로부터 엄중한 검열을 받았다. 이러한 과정에서 학우회 회원들의 원고를 받는 데 많은 제약이 따랐고, 심지어 5, 7, 8, 9, 16, 18, 25호 등은 아예 압수되거나 발매 금지 처분을 받기도 하였다. 일본 유학생들 중에는 식민지 종주국 일본에 협력하여 지배계급에 편입하려는 사람들도 있었다. 특히 지주와 매판 자본가와 고등 관료의 자식 중에는 그러한 유학생이 많았다. 그러나 일본의 심장부에서 제국주의의 실상을 체험하고 직접 세계정세를 호흡하여 식민지 동족에게 민족의식을 고취시키고 반일 투쟁을 조장하는 학생들이 대부분이었다. 일제 통치자들이 조선인 유학생들의 이러한 태도를 알아차리지 못할 리가 없었다.

『학지광』의 편집은 학우회의 집행부가 담당하였다. 창간 초기에는 발행인이 편집인을 겸했지만 이 두 직책은 분리와 결합을 반복하였다. 창간 초기에는 김병로金炳魯, 송진우宋鎭禹, 신익희 등이 중심 역할을 하였다. 현재 확인할 수 있는 편집인 겸 발행인으로 활약한 유학생은 신익희3~4호, 장덕수5호, 이광수8호, 변봉현邊鳳現, 10호, 현상윤 11~13호, 최팔용崔八鏞, 14~15·17호, 박승철朴勝喆, 19호, 박석윤朴錫胤, 20호, 최원순崔元淳, 21호, 김항복金恒福, 22호, 이종직李從直, 27호, 박용해朴容海, 29호 정용모鄭龍模, 30호 등이다. 이 잡지는 일본에서 출간된 까닭에 당시 조선에서 발행되던 잡지와 비교하면 당대 지식인들과 학생들의 의식을 좀 더 직접 엿볼 수 있다. 1920년을 전후하여 이 잡지의 위상을 좀 더 명확히 천명할 필요성을 느낀 편집자들은 「편집여언」에서 발간 목적을 다음과 같이 밝힌다.

우리 학지광은 우리 유학생 사상의 대표물이 될 뿐더러, 고국의 계신 우리 부로父老들이 유학생계의 사정을 전설로만 들으시는 데 대하여, 우리 유학생계의 사정을 거짓이 없이 사뢰는 기관이 된다고 하는 것이외다. 그뿐만 아니라 각 방면에 대한 우리 유학생계의 향상 발전을 알려고 하시는 이가 있다 하면 학지광이 아니고 무엇입니까. 이상 여러 가지 이유에 의하여 우리는 불패독립不覇獨立의 정신을 최고 이상으로 삼습니다.19:77

이 무렵 일본에서 공부하고 있던 재동경조선유학생학우회 소속 회원은 창립 당시 줄잡아 600여 명으로 당시 중국에서 온 유학생의 수에 비하면 겨우 10분의 1밖에 되지 않았다. 그마저도 식민지 조선의 경제 사정으로 그 수가 절반 정도로 급격히 줄어들었다. 그러나 학생 수와는 관계없이 유학생들의 전공 분야가 다양했기 때문에 『학지광』은 특정 분야를 다루는 잡지보다는 종합 학술지의 성격을 띠었다. 잡지의 내용은 ① 학우회 관련 소식, ② 유학생 동정, ③ 정보 교환, ④ 계몽적 역할, ⑤ 학술 활동, ⑥ 문예 활동 등 크게 여섯 가지로 나뉜다.

이 잡지가 목표로 삼던 내용을 좀 더 자세히 살펴보면 첫째, 이 잡지는 학우회와 관련한 소식과 함께 일본에 유학 중인 조선인 학생들의 동향을 자세히 소개하였다. 둘째, 유학 생활에 필요한 정보를 교환하였다. 셋째, 계몽적 목적으로 새로운 서유럽 이론과 사상을 폭넓게 소개하였다. 넷째, 전공 분야와 관련한 논문을 실어 학술 활동을 격려하였다. 다섯째, 창작 소설과 시를 비롯한 희곡 작품, 수필, 기행문, 번역문학 작품 등을 실어 유학생들의 문예적 교양에도 주력하였다.

『학지광』의 논조는 시기별로 조금씩 차이를 보인다. 가령 1910년대 전반기에는 청년의 도덕과 신념과 이상을 강조하면서 유학생으로서의 시대적 사명을 강조하였다. 예를 들어 2호 편집인은 "형제여! 형제여! 우주는 광활하되 협소함을 감각할 자者 — 수誰며, 세계는 활동하되 궁축窮縮함을 감각할 자 — 수며, 사회는 진화하되 멸퇴滅退됨을 감탄할 자 — 수며, 인류는 쾌락하되 고통을 감탄할 자 수오……"2∶4라고 자못 영탄조로 말한다. 그러면서 편집자는 ① 각성하고, ② 개혁하며, ③ 동작하고, ④ 성실하며, ⑤ 무답舞踏하라고 부르짖는다. 1910년대 후반기에는 서유럽 문명을 소개하면서 식민지 조선을 개선하기 위한 계몽적 자질 함양에 무게를 실었다. 그러나 1920년대에 접어들면서부터는 서유럽에서 새롭게 대두되던 민족주의 이론을 소개한다든지, 마르크스주의를 소개하는 글을 많이 실었다. 세계가 경제 대공황의 터널을 지나던 1930년대는 자본주의를 반성하고 사회주의의 가능성을 탐색하는 글이 유난히 눈에 띄었다.

이렇듯 『학지광』은 그때그때 시류에 걸맞은 글을 실었기 때문에 잡지의 성격을 한마디로 말하기 어려울 뿐 아니라 정치적 색채를 규정짓기도 어렵다. 물론 사회적 신분에서 유학생의 대부분은 부르주아적 민족주의 우파에 속해 있었다. 그러나 그들 중에는 시장자본주의와 자유민주주의를 굳게 믿는 학생들이 있는가 하면 그것에 적잖이 회의를 품는 학생들도 있었다. 조선인의 민족성 자체를 의심하는 자기모멸적인 역사인식을 지닌 사람들도 있었고, 엘리트주의와 서유럽과 일본의 근대 문질문명을 동경하고 예찬하는 사람들도 있었다. 식민지 지식인으로서 조선인 유학생들은 한편으로는 민족주의적 태도를 보였고, 다른 한편으로는 세계정신을 호흡하며 나름대로 비판 의식을 키우려고 노력하였다. 그러므로 이 잡지의 성격을 시종일관 우익적이고 민족적이었다고 평가하는 김근수金根

洙의 주장은 받아들이기 어렵다.[9]

전체적으로 보면『학지광』은 정치적 편향성에서 벗어나 비교적 자유롭게 식민지 조선의 학술계와 사상계에 새로운 이론이나 사조를 소개하려고 애썼다. 또한 식민지 지식인으로서 국권 상실을 깨닫고 총과 칼 대신 펜과 붓으로써 조국 해방을 앞당기는 데 나름대로 이바지하려고 노력하였다. 이 잡지에 글을 기고한 학우회 회원들은 뒷날 일제강점기와 해방후 한국의 정치계와 경제계는 말할 것도 없고 문학계와 문화계에서 그야말로 괄목할 만한 활동을 하였다. 만약 이 잡지와 유학생들의 활약이 없었더라면 조국 광복은 늦어졌을 것이고 한국 문화의 발전도 그만큼 늦게 이루어졌을 것이다.

3. '학문의 빛'으로서의 『학지광』

한마디로『학지광』은 1910년대 일본 유학을 통하여 좁게는 일본, 넓게는 서유럽의 근대 문화에 경외감을 갖고 이를 적극 수용하려고 한 신지식인 계층의 사고와 정서를 엿볼 수 있는 창문과 같다. 역시 일본 도쿄 소재 대학에서 외국문학을 전공하던 조선인 학생들이 결성한 '외국문학연구회外國文學硏究會'에서 중심인물로 활약한 정인섭鄭寅燮은 "1920년대 동경 유학생에게는 두 가지 마음의 본향이 있었다. 그 하나는 간다쿠神田區에 있는 YMCA고, 또 하나는 동경유학생학우회 잡지 『학지광』이었다"[10]고 밝힌

---

9 김근수,『한국잡지사』, 청록출판사, 1980; 김근수,「『학지광』에 대하여」,『학지광』영인본 제1권, 태학사, 1983, 5쪽.

『학지광』 편집인으로 활약하면서 이 잡지에 많은 글을 발표한 춘원 이광수.

『학지광』에 투고했다가 원고를 거절당한 염상섭.

적이 있다. 이렇듯 도쿄 유학생들에게 이 잡지는 당시 지적 토론의 장場으로서의 역할을 충실히 하였다. YMCA가 이 무렵 유학생들에게 육체적·물질적 고향의 역할을 했다면, 학우회 잡지는 정신과 영혼의 고향 역할을 했던 셈이다. 주태도朱泰道도 「'학지광'의 역사적 사명」에서 『학지광』이 조선 학술계의 '이채異彩'인 동시에 '서광曙光'으로 간주하면서 "조선의 신건설新建設과 아울러 세계 개조의 신기치新旗幟를 의미하는"27:53 잡지로 높이 평가하였다.

물론 『학지광』 편집자들은 원고를 모으는 데 애로를 겪는 때도 더러 있었다. 특히 전호가 발매 금지 처분을 받거나 압수되기라도 하면 서둘러 다음 호를 간행해야 하다 보니 원고 수집하는 기간이 기껏해야 두서너 달밖에 되지 않았다. 1916년 3월 간행되었지만 일제의 검열에 걸려 인쇄를

<hr>

10 정인섭, 「나의 유학 시절」, 『못다한 이야기』, 휘문출판사, 1986, 65쪽; 김욱동, 『눈솔 정인섭 평전』, 이숲, 2020, 97~98쪽; 김욱동, 『외국문학연구회와 『해외문학』』, 소명출판, 2020, 34~43쪽. 2·8독립선언의 산실인 간다의 '재일본도쿄조선YMCA 회관'은 1923년의 간토(關東)대지진 때 소실된 후 1929년에 그 근처에 새 회관을 준공하였다.

해놓고서도 막상 판매·배포 금지 처분을 받은 8호를 한 예로 들어 보자. 이 잡지에는 이광수의 글이 무려 여섯 편 정도나 실려 있다. ① 이광수의 본명으로 발표한 산문 「살아라」를 비롯하여, ② '외배'라는 필명으로 발표한 시 「어린 벗에게」, ③ '거울'이라는 필명으로 발표한 단편소설 「크리스마슷 밤」, ④ '흰옷'이라는 필명으로 발표한 논문 「용동龍洞─농촌 문제 연구에 관한 실례」, ⑤ '일기자─記者'라는 이름으로 발표한 시 「설노래」, 그리고 역시 '일기자'의 이름으로 발표한 ⑥ 「사회 단평」 등이 바로 그것이다. 이광수가 이렇게 온갖 필명을 동원하여 여러 편의 글을 동시에 발표할 수 있었던 것은 아마 8호의 편집을 맡으면서 원고가 제때에 모아지지 않았기 때문일 것이다.

이 잡지는 편집위원 제도가 있어 엄격하게 심사를 거쳐 글을 실었다. 그래서 이 잡지에 글이 실린다는 것은 유학생으로서는 더없이 큰 영광이었다. 염상섭廉想涉은 단편소설 한 편을 『학지광』에 기고했다가 거절당한 적이 있다. 뒷날 그는 「자연의 자각自覺을 보고서」라는 글에서 "내가 이전에 무슨 소설을 써서 『학지광』에 기고했는데, 김환金煥이 몰서沒書하였기에 그는 얼마나 잘 쓰는 사람인가 했더니 겨우 이 꼴이다"[11]라고 회고한다.

염상섭에서 볼 수 있듯이 『학지광』 편집진에서는 이렇게 도쿄 유학생이 기고한 원고를 '몰서'하는 경우가 있는 반면, 동경유학생학우회에 소속되지 않은 기고가의 글을 싣기도 하였다. 가령 1920년 7월 변영로卞榮魯는 20호에 「주아적主我的 생활」이라는 글을 발표하였다. 그는 단테 알리기

---

11 김동인, 「문단 30년의 자취」, 『신천지(新天地)』(1948.3~1949.8). https://ko.wikisource.org/wiki/문단30년의자취. 염상섭은 『학지광』이 폐간되기 4년 전인 1926년 5월 27호에 마침내 「지는 꽃닢을 발브며」라는 수필을 발표하였다.

에리의 『신곡』의 '천국편'에서 "남의 빵을 먹고 남의 계단을 오르내리는 것이 얼마나 고통스러운지"라고 노래하는 한 문장을 인용하면서 글을 시작한다. 변영로는 '주아적 생활'을 한 사람만이 인류 역사에서 위대한 공적을 쌓을 수 있다고 지적한다. 그러면서 그는 "자기의 소신을 굴曲치 않고 최후까지 나간 이를 지칭하여 세상의 소금이며 암흑한 이 사회를 장식하는 Illumination이며 타파할 것이 많은 이 사회에 대한 Dynamite라 부르고 싶다"20 : 56고 말한다.[12] 변영로의 이 기고문은 그가 구상하던 글의 전편에 해당한다. 후편은 다음 호에 계속하여 좀 더 자세히 다루겠다고 약속했지만 21호에는 실리지 않았다. 글의 내용이 과격하여 일본 제국주의의 검열에 걸릴 것을 우려하여 편집진에서 싣지 않았을 가능성을 배제할 수 없다. 실제로 변영로는 시 28편과 수필 8편을 수록한 첫 시화집 『조선의 마음』1924을 평문관에서 출간했다가 조선총독부의 검열에 걸려 발행과 동시에 폐기처분 당하였다.

『학지광』이 궁극적으로 지향하는 목표는 무엇보다도 그 제호에서 뚜렷이 엿볼 수 있다. 19호 「편집 여언」에서 편집위원들은 '學之光'이란 두말할 나위 없이 학문이나 지식 또는 진리의 빛이라는 뜻이라고 밝힌다. 미국 최초의 고등교육 기관인 하버드대학교의 모토가 '진리vertias'였고, 그 뒤를 이어 문을 연 예일대학교의 모토가 '빛과 진리lux et veritas'였다. '학지광'이라는 한자 제호 위쪽 중앙에는 영어로 '학문의 빛'을 뜻하는 라틴어 'Lux Scientiae'라는 외국어 제호가 큼직하게 적혀 있다.

---

12 변영로가 '빛'이나 '폭파제'라는 한국어를 두고 굳이 영어 낱말을 사용하는 것이 이색적이라면 이색적이다. 이 글을 발표하기 2년 전 그는 『청춘』 14호에 영문 시 「Cosmos」를 발표하여 관심을 끌었다.

이 잡지가 이렇게 빛을 강조하는 데는 그럴 만한 까닭이 있다. 유학생들은 일본 제국주의의 어둠에 갇혀 한치 앞도 내다볼 수 없던 암울하고 궁핍한 식민지시대에 암흑 같은 조국의 현실을 밝게 밝힐 횃불의 역할을 맡겠다는 의지를 천명하였다. 이 점과 관련하여 『학지광』 발간에 이바지한 고지영高志英은 "전세기前世紀의 유물을 제거하고, 부패한 도덕에 노예된 조선 사회를 신도덕과 신과학으로 개조하여, 광명한 천지로 인도하는 것이 우리의 사명이며, 우리의 사업이 아닙니까?"[13]라고 묻는다. 이 잡지 4호 첫머리에 '우성又醒'이라는 필명의 필자가 쓴 '학지광의 찬사'라는 글에서 단적으로 엿볼 수 있다. 우성은 게이오기주쿠에서 2년 동안 정치학을 공부한 박용만朴容晚이다. 우성은 「학지광의 찬사」에서 이 잡지의 발전을 한시풍으로 이렇게 노래한다.

오문吾聞, 유이학幼以學은 여일출지광如日出之光이라ᄒ니 학지광여學之光歟아
장이학壯以學은 여일중지광如日中之光이라 ᄒ니 학지광여學之光歟아
노이학老以學은 여병촉지광如秉燭之光이라 ᄒ니 학지광여學之光歟아
언념기의言念其義에 요지기미料知其味어니와 오신부吾信夫
학지광지출세學之光之出世는 무사아노장급유년務使我老壯及幼年으로 진추어학盡趨於學하여 여일촉興日燭으로 동기광지야同其光也歟 — ᄂ뎌. 4 : 쪽수 없음

우성은 어려서 배우는 것은 마치 동쪽에 떠오르는 빛과 같고, 장년이 되어 배우는 것은 중천에 떠오른 빛과 같으며, 나이 들어 배우는 것은 손에

13 고영환, 「시대사조와 조선 청년」, 『학지광』 20호, 1920.7, 33쪽.

든 촛불의 빛과 같다고 말한다. 다시 말해서 어려서 배우는 것이 가장 좋으니 젊은 시절에 부지런히 학문을 갈고 닦으라는 충고다. 더구나 우성은『학지광』이 세상에 나아가면 반드시 유년·장년·노년 모두를 학문의 길을 걷게 하여 유년·장년의 햇볕과 노년의 촛불이 함께 할 것이라고 밝힌다.

이렇듯『학지광』이 일본에 유학 중인 조선 학생들에게 어둠을 밝히는 빛의 구실을 하겠다는 의지는 잡지가 종간될 때까지 계속되었다. 27호 '머리말'에서 편집자는 여전히 "지금 우리 피로 된 우리 넋에서 우러나온 한 줄기 빛을 모았으니 이것이라도 죽어가고 말라가는 우리 생명에 양식이 되고 불 붙이는 연료 된다면 우리는 크게 기뻐하리라"27 : 1라고 말한다. 이 말을 뒤집어 보면 만약 이 잡지가 없다면 일본 제국주의의 통치를 받는 한민족은 영원히 어둠 속에서 고통 받으며 신음할 수밖에 없다는 것이 된다.

그런데 재일본조선유학생학우회와『학지광』은 1928년을 분수령으로 큰 변화를 겪었다. 이 무렵 국제공산당 조직인 코민테른이 점차 국제문화운동의 중심이 되면서 학우회와 그 기관지도 이러한 광풍을 무사히 빗겨갈 수 없었다. 다시 말해서 유학생들도 계급해방이라는 사회운동과 연계하여 학문의 사회 참여와 목적의식에 관심을 기울였다. 특히 조선공산당 일본총국 소속 회원들이 학우회의 주도권을 잡으면서 이러한 경향은 더욱 두드러졌다. 1926년다이쇼 15에 발간한『학지광』27호 '편집실 잡기'에는 "기지사경幾至死境한 학우회에 대수술을 가하고, 높은 소리로 널리 세상에 주의정책을 선언한 것이 현 위원회다"27 : 161라고 적혀 있다. 죽을 지경에 이른 학우회를 대수술하여 가까스로 회생시켰으며, 학우회의 현 집행위원회가 세상에 주의정책을 선언하여 세상에 널리 알렸다는 것이다.

그렇다면 당시 학우회의 집행위원회는 어떻게 구성되었으며 그들이 말하는 주의정책이란 과연 무엇이었는가? 당시 집행위원회는 ① 서무부, ② 사교부, ③ 재무부, ④ 변론부, ⑤ 운동부, ⑥ 편집부의 6부서 위원 22명에 대표 위원 1명으로 구성되어 있었다. 그런데 대표위원은 다름 아닌 한림韓林이었다. '한초길韓初吉'이라는 이름을 사용하기도 한 그는 와세다대학 재학 중 사회주의운동에 가담하여 1926년 고려공산청년회 중앙후보위원으로 선임되었고, 1927년에는 학우회 강연단의 일원으로 함흥, 금산, 이리 등지에서 시국 강연을 하였다.

같은 해 한림은 조선공산당 일본부 선전부원과 도쿄 동부 야체이카세포조직 책임자가 되었고, 고려공산청년회 일본부 초대 책임비서를 지냈는가 하면 신간회新幹會 동경지회 책임자가 되었다. 이처럼 한림은 당시 사회주의에 기반을 둔 독립운동가로 활약하였다. 그를 중심으로 학우회 집행위원들이 "높은 소리로 널리 세상에 (알린) 주의정책"이란 두말할 나위 없이 사회주의나 공산주의 또는 무정부주의를 말한다. 새로운 집행위원회의 관점에서 보면 과거 집행위원회는 어디까지나 부르주아적이고 보수주의적일 수밖에 없었을 것이다.

학우회의 새로운 집행위원회와『학지광』편집위원회의 태도는 29호에 실려 있는「갱생의 변」에서 단적으로 엿볼 수 있다. 지금까지 편집인의 글이 더러 실리는 경우는 있었어도 이렇게 드러내 놓고 잡지 맨 앞에 게재하는 것은 전례가 없는 일이었다. 편집자는 "우리 조선은 방금 사상적 수난의 장벽을 넘으려 한다. 원래 단순에서 복잡, 복잡에서 통일은 사회 진화의 원칙이지마는 근래의 우리 사회가 너무 과히 혼돈 상태에 빠졌던 만치 그 분화적 통일도 또한 정연整然히 오려 한다"고 먼저 운을 뗀다. 그러고 나서 편집자는 곧바로 "사상은 행동이다. 우리는 이와 같이 전환기에 임한 우리 사상계에 있어서 각々 그 향하는 바에 충실하여 일로매진할 따름인가 한다"29∶쪽수 없음라고 천명한다. 사상은 곧 행동이라는 주장은 그동안 학우회 임원들이 관념적이고 이론적인 것에 지나치게 얽매여 왔다는 사실을 에둘러 비판하는 것과 크게 다르지 않다.

한편 『학지광』 27호의 편집은 그 이전처럼 집행위원회의 편집부가 맡았다. 편집부의 책임자는 이종직李從直으로 편집인 겸 발행인을 맡았고, 그와 함께 김상필金相弼과 박최길朴最吉이 편집 위원이었다. 여기서 무심코 지나칠 수 있을지 모르지만 27호의 인쇄소가 동성사同聲社로 되어 있다는 점도 눈여겨보아야 한다. 기미년 독립만세운동과 간토關東대지진 이후 일본에 유학 중인 조선인 학생들은 와세다대학에서 정치경제를 전공하던 전진한錢鎭漢을 중심으로 '한빛회'를 조직하여 민족의식을 일깨웠다. 한빛회는 좀 더 효율적인 활동을 전개하려고 ① 정치와 경제, ② 과학과 기술, ③ 어학과 문학 등 크게 세 분야로 나누어 활약하였다. 그중 정치와 경제 분야에 관심 있던 회원들은 한편으로는 후쿠모도 가즈오福本和夫의 공산주의 이론을 비판하고, 다른 한편으로는 한림과 송언필宋彦弼 등이 조직한 '일월회一月會'에 맞섰다.[14] 그런데 일원회에서는 사회주의나 공산주의를 선전할 목적으로 도쿄에 한글 인쇄소 동성사를 경영하였다.

그런데 여기서 한 가지 주목해야 할 것은 『학지광』은 식민지 조선에서 출간하던 잡지나 일간신문 같은 매체와는 조금 차이가 있었다는 점이다. 무엇보다도 조선에서 발행되는 매체와 해외에서 발행되던 매체의 검열 방식이 서로 달랐다. 조선에서는 발행되는 매체는 인쇄하기 전에 먼저 조선

---

14 '한빛회'의 창립과 활동에 대해서는 김욱동, 『외국문학연구회와 『해외문학』』, 20~33쪽 참고.

총독부의 원고 검열을 받았다. 그래서 잡지나 신문의 일부 면에서 '○'나 '□' 또는 '×' 같은 복자伏字나 삭제 부호로 표기하거나 아예 특정 면이나 글 자체가 삭제되었다. 그러나 『학지광』처럼 해외에서 발행되던 출판물의 경우는 먼저 인쇄하여 납본한 뒤 검열을 받았다. 그러다 보니 출판물을 막상 인쇄해 놓고서도 검열에 통과하지 못하여 발매와 유통이 금지되는 경우가 가끔 있었다. 당시 일본의 출판법에 따르면 내무대신이 발매나 반포를 금지한 출판물은 식민지 조선에서도 발매나 반포가 금지되었다.[15]

한편 식민지 조선에서 발행되는 출판물이라도 조선총독부가 식민 통치의 기반을 다지고 정당성을 홍보하기 위하여 발행하던 기관지 『매일신보』를 비롯한 매체는 조선인이 주체가 되어 발행하던 매체와는 사정이 달랐다. 그래서 이광수는 이중 전략을 구사하여 이 두 매체에 복화술자처럼 글을 썼다. 즉 그는 『매일신보』에 논설과 장편소설을 발표하는 한편, 『학지광』을 비롯한 잡지에도 글을 발표하였다. 그가 유학생학우회 잡지에 발표한 글이 줄잡아 15편이나 되고, 글의 종류도 논설, 에세이, 서간문, 시, 단편소설, 희곡 등 모든 장르를 아우르다시피 한다.

---

15 검열연구회, 『식민지 검열-제도 텍스트 실천』, 소명출판, 2011 참고. 북미조선학생초회가 발행하던 『우라키』는 편집은 미국에서, 인쇄는 조선에서 했기 때문에 국내 출판법에 따라 사전 검열을 거쳤다. 그래서 『학지광』과 비교하여 『우라키』는 글의 일부나 전부가 삭제되었을망정 발매나 배포 금지를 당한 적은 없었다; 김욱동, 『아메리카로 떠난 조선의 지식인들-북미조선학생총회와 『우라키』』, 이숲, 2020, 71~73쪽; 김욱동, 『『우라키』와 한국 근대문학』, 소명출판, 2023, 72~74쪽 참고.

4. 한국 근대문학과 『학지광』

재일본동경유학생학우회의 기관지 『학지광』은 조국의 미명을 밝히는 횃불로 여러 분야에 걸쳐 그야말로 획기적으로 이바지하였다. 예를 들어 일제강점기 초기 조선인이 발간하는 잡지는 종교 분야를 제외하고는 겨우 몇 손가락에 꼽을 만큼 보기 드물었다. 이러한 불모지에서 『학지광』은 한국 잡지사에 굵직한 획을 그었다. 이 잡지는 특정 주제에 국한하지 않고 여러 분야의 글을 폭넓게 실었다. 주제는 유학생들의 전공 분야만큼이나 다양하였다. 예를 들어 이 무렵 유학생들이 가장 많이 전공하던 법학과 정치학 논문에서 경제학과 사회학 같은 사회과학, 이공 계통의 자연과학, 문학과 철학과 역사학 같은 인문학 논문을 실었다. 그런가 하면 여성 유학생들이 쓴 결혼과 이혼, 여권 문제 등 여성학과 관련한 글도 꽤 많았다. 한마디로 이 잡지는 종합지로서의 성격이 크다.

『학지광』은 초기 일본 유학생 연구 사료로서의 가치도 무척 크다. 1910 ~1930년대 일본에 유학 중인 조선 지식인의 세계관과 내면풍경을 엿볼 수 있는 더할 나위 없이 좋은 매체로 꼽힌다. 온갖 주제로 잡지에 발표한 글은 말할 것도 없고 편집자가 '후기'나 '우리 소식' 또는 '스케치', 심지어 광고 문안이나 후원자나 후원 기관 명단에서도 당시 시대상을 가늠할 수 있는 내용이 들어 있다. 예를 들어 3호 '우리 소식'에는 "경성 신문관에서 발행하는 잡지 『청춘』은 전 『소년』 잡지 주필 최남선崔南善 씨가 또한 주필하는 터인데 그 내용의 풍부함은 물론이오 그 행문行文이 간이簡易한 중 달의 達意하며 특히 철학, 문예, 등의 사조를 유창하고 명석하게 소개하는 고로 혼탁한 사상계에 불가무不可無할 독물讀物이라더라"3:53라고 전한다.

『학지광』 4호 끝에 실린 '학우회 망년회 스케치'에는 방금 앞에서 언급한 김찬영의 바이올린 연주에 이어 번역극을 공연했다는 내용이 실려 있다. 이 글을 쓴 현상윤은 "김억金億 군의 손에 각색된 〈온 더 이브On the Eve〉의 비극에 첫 막이 열리더라. 한 막幕 두 막 하여 세 막까지에 동정의 눈물을 흘리다가……"3:54라고 적는다. 폴란드계 독일 극작가 레오폴트 캄프의 이 3막 희곡은 러시아 허

『학지광』에 시와 번역 작품을 많이 발표한 안서 김억.

무주의자들의 비극적 삶을 다루어 당시 꽤 관심을 받았다. 1906년 독일에서 처음 출판된 뒤 그 이듬해 영어로 번역되어 뉴욕에서 출간되었을 뿐 아니라 1909년에는 뉴욕 무대에 오르기도 하였다.

『학지광』 3호부터 창작 시와 번역 시를 발표하여 문단에 데뷔한 김억이 1914년에 캄프의 작품을 각색했다는 것이 무척 놀랍다. 허무주의에 관심이 많던 당시 일본 사회의 분위기를 염두에 두면 캄프의 작품은 일찍부터 번역되어 널리 읽혔을 것이다. 중국에서는 1924년 『리추챤데동팡日出前東方』이라는 제목으로 각색되어 베이징北京대학교에서 공연되었다. 루쉰魯迅에 버금가는 현대문학의 거장으로 흔히 일컫는 바진巴金이 1990년 이 작품을 『예웨이양夜未央』이라는 제목으로 번역하여 출간하였다.

여기서 무엇보다도 주목해 볼 것은 『학지광』이 신학문과 신지식을 전

달하는 매체뿐 아니라 한국 근대문학이 발전하는 데도 견인차 역할을 맡았다는 점이다. 문예에 대한 관심은 이미 이 잡지의 전신이라고 할 『학계보』에서도 엿볼 수 있다. 이 잡지의 편집인 겸 발행인인 문일평文一平은 창간사에서 "차此를 명名하여 왈 학계보라 하니 기其 의의는 무타無他라 순수한 학술 한계 이내에 재在하여 학생 신분에 적당하고 지적 방면에 절실한 문예, 과학을 선발 게재하여 적요寂寥한 문원文苑에 일타염매一朶艶梅가 되고 소조蕭條한 학원學園에 일간교송一幹喬松이 되고자 하는 소이所以니……"[16]라고 밝힌다. 적어도 이 점에서는 『학지광』도 『학계보』와 크게 다르지 않아서 편집자들은 문예에 적지 않은 지면을 할애하였다.

김억은 『학지광』 6호에 기고한 「예술적 생활」에서 예술의 중요성을 역설하였다. 그는 "예술적 이상을 가지々 못한 인생은 공허며, 따라서 무생명이며, 무가치의 것 아니 될 수밖에 없다"[6:60]고 잘라 말한다. 심지어 그는 19세기 말엽의 예술지상주의자들처럼 예술이 곧 인생이고 인생의 최고 가치를 예술에서 찾아야 한다고 주장하기에 이른다.

동경조선유학생학우회 회원들은 저마다 전공 분야의 학업에 매진하면서도 틈틈이 시간을 내어 문예 활동에도 자못 큰 관심을 기울였다. 이 잡지의 편집자들은 시, 소설, 희곡 같은 창작문학, 외국 문예사조의 소개와 도입, 외국문학 작품 번역 등에 적지 않은 지면을 할애함으로써 유학생들의 문예 활동을 적극 격려하였다. 이러한 활동은 주로 문학이나 예술을 전공하는 유학생들을 중심으로 이루어졌지만 그밖에 다른 분야를 전공하는 학생 중에서도 문학과 예술에 관심을 보이는 사람이 적지 않았다. 그

---

16 「창간사」, 『학계보』 1호, 1912.4, 1쪽.

래서 그런지 앞에서 언급한 「일본 유학생사」의 필자는 유학생들이 지나치게 문학과 예술에 관심을 두는 것을 경계하기도 하였다.

현금現今 학생의 사조는 여하如何오. 금일은 이전보다 매우 형이逈異한 점이 유有하여 실력주의로 열심면강熱心勉强하는 자者가 다多하며 또한 진실한 정신을 수양하는 풍風이 유행할 뿐 아니라 상애상부相愛相扶하는 의의義를 상상尙하니 실로 금일 학생의 사조思潮는 기특한 성적이 다多하도다. 연然이나 소설·철학적 취미를 심심尋하여 문약文弱에 유有하는 폐弊가 행함은 현금 학생의 약점이라. 시是는 학리學理를 심구深究함과 시세時勢의 영향으로 기풍其風이 생생한 듯하나 여予의 관찰로 언言하면 사국斯國 사조思潮에 동화가 된 줄로 신신信하노니 차此가 금일 대감각大感覺의 처處라. 제기諸己에 반구反求하여 활발한 정신과 모험의 행동을 무무치 않으면 대박사大博士가 되야 노벨상을 득得한다 하여도 근본적 문제에 대하여는 이 익됨이 소무少無하고 도리어 해점害點이 될이니 개부자각아豈不自覺也오 6 : 16

위 인용문은 1910년대 특유의 국한문 혼용체를 구사하여 그 뜻을 헤아리기 쉽지 않지만 필자가 주장하려는 의미는 분명하다. 그는 먼저 그 이전의 유학생들과 비교해 볼 때 당시 유학생들이 학업에 열중할 뿐더러 동포 유학생들을 서로 돕는 미덕을 발휘한다고 칭찬한다. 이렇게 칭찬하고 난 뒤 필자는 곧바로 그는 유학생들이 소설과 철학적 취향을 쫓는 나머지 문약에 빠지는 병폐가 만연되어 있다고 경고한다. 여기서 '소설'이란 문학 일반, '철학'은 사상 일반을 가리키는 제유로 보아도 크게 틀리지 않는다. 다시 말해서 이 글의 필자는 유학생들이 인문학을 중요시하는 나머지 정신적으로나 신체적으로 나약한 상태에 이르렀다고 지적한다.

그렇다면 1915년 무렵 일본에 유학 중인 조선 학생들은 왜 문학과 예술에 심취했을까? 「일본 유학생사」의 필자는 "학리를 심구함과 시세의 영향" 때문이라고 보는 견해도 있지만, 그 자신은 "사국 사조에 동화가 된 줄로 신信하노니"라고 분명히 밝힌다. 여기서 '사국'이란 '차국此國'처럼 동양에서 서유럽 문물을 받아들이던 교두보 역할을 하던 일본을 말한다. 그렇다면 당시 조선인 유학생들이 일본 문화계의 영향을 적잖이 받았다는 것을 뜻한다. 『학지광』이 창간된 것은 다이쇼 3년으로 당시 '다이쇼 데모크라시'의 이름으로 민권주의운동이 일어났을 뿐 아니라, 흔히 '다이쇼 로만' 또는 '다이쇼 낭만'으로 일컫는 서유럽문예운동이 폭넓게 전개되었다.

이왕 다이쇼시대 이야기가 나왔으니 여기서 잠깐 당시 일본문학계를 살펴볼 필요가 있다. 러일전쟁 이후 일본에서는 의무 교육이 실시되어 일본 국민 대다수가 글을 읽고 쓸 수 있게 되었다. 문단에서는 메이지 말기 와세다대학 중심의 자연주의에 맞서 여기저기에서 다른 문학운동들이 일어났다. 가령 게이오기쥬쿠를 중심으로 나가이 가후永井荷風와 다니자키 준이치로谷崎潤一郎 등이 관능과 정서에 호소하는 탐미파耽美派 문학에 관심을 보였다. 가쿠슈인学習院을 중심으로 무샤노코지 사네아쓰武者小路実篤와 시가 나오야志賀直哉 같은 시라카바파白樺派 문인들이 신이상주의의 깃발을 들고 나타난 것도 이 무렵이다. 한편 도쿄제국대학을 중심으로 활동한 아쿠타가와 류노스케芥川龍之介, 기쿠치 간菊池寬, 구메 마사오久米正雄 등은 주로 현실적이고 이지적인 작품을 창작하였다. 그런가 하면 자연주의 문인들이 '고답파高踏派'니 '여유파余裕派'니 하고 일컫은 모리 오가이森鷗外와 나쓰메 소세키夏目漱石 등은 외국문학에 대한 폭넓은 이해를 바탕으로 일본문학을 세계문학의 수준으로 끌어올리려고 하였다.

「일본 유학생사」의 필자가 "사국 사조에 동화가 된 줄로 신하노니"라는 구절을 통해 초기 다이쇼시대 일본의 문예 분위기를 언급한 것으로 보아 크게 틀리지 않는다. 실제로 소월素月 최승구崔承九는 K형과 S형에게 보내는 편지 형식으로 『학지광』 3호에 발표한 「정감적 생활의 요구」에서 인간이 오관을 지니고 있으면서도 그것을 제대로 사용하지 않는다고 한탄하였다. 그러면서 그는 정감적 생활을 게을리 하지 말 것을 요구한다. 최승구는 "나도 이때에는 와일드의 본능적 색정주의나, 소로굽의 극단적 염세주의 작품들까지도, 재미스럽게 읽어 볼 줄 아오"3 : 18라고 고백한다.

20세기 초엽 일본에서 오스카 와일드의 인기는 무척 높아서 메이지 말과 다이쇼 초부터 그의 작품이 폭넓게 번역되기 시작하였다. 예를 들어 1912년 혼마 히사오本間久雄가 『옥중기 *De Profundis*』1895를 번역한 것을 시작으로 1913년 와카스키 시란若月紫蘭이 『살로메』1891를, 야구치 다쓰矢口達가 『거짓말의 쇠퇴』를 번역하는 등 와일드의 작품이 꾸준히 나왔다. 1914년 『윈더미어 부인의 부채』1892, 1922년에는 『오스카 와일드 걸작』과 『도리언 그레이의 초상』1891, 1923년에는 에드거 앨런 포의 『갈까마귀』를 번역한 히나쓰 고노스케日夏耿之介가 『와일드 시집』을 번역하여 출간하였다. 이렇게 와일드의 작품이 장르에 관계없이 잇달아 출간된 것을 보면 당시 일본에서 그에 관한 관심이 어떠했는지 짐작하고도 남는다. 이태준李泰俊은 「까마귀」를 창작하면서 포를 비롯하여 쥘 르나르와 헨리 데이비드 소로 외에 와일드한테서도 크고 작은 영향을 받았다.[17]

한편 최승구가 '극단적 염세주의' 작가로 언급하는 '소로구부'는 러시

---

17 오스카 와일드가 이태준에게 끼친 영향에 대해서는 김욱동, 『한국문학의 영문학 수용』, 서강대 출판부, 2023, 246~315쪽 참고.

아 시인이자 소설가인 표도르 솔로굽을 말한다. 샤를 보들레르, 아르튀르, 랭보, 폴 베를렌 같은 프랑스 상징주의 시인들의 미학이론과 아르투르 쇼펜하우어 염세주의 철학에서 큰 영향을 받은 솔로굽은 일찍이 20세기 초엽 일본에서 큰 인기를 끌었다. 김찬영金瓚永은 'C K 생'이라는 필명으로 『학지광』 4호에 「쓰리!」라는 작품을 발표하면서 끝부분에 솔로굽의 「여신의 얼굴」에서 한 구절을 인용하였다. 그로부터 4년 뒤인 1918년 11월 안서 김억이 『태서문예신보』에 「쏘로굽의 인생관」이라는 비평문을 발표하여 식민지 조선 문단에 소개할 정도였다. 이렇듯 다이쇼시대의 일본문학은 민주주의를 배경으로 무엇보다도 개성의 존중과 인간성 탐구, 자유의 개화에 무게를 실었다.

그런데 「일본 유학생사」의 필자는 조선인 유학생들이 서양 사조에 동화되는 것을 적잖이 우려하였다. 그는 '동화'라는 말을 자신의 고유한 것을 포기하고 남의 것을 그대로 받아들인다는 부정적인 의미로 사용하였다. 그는 조선시대 말기처럼 쇄국정책을 펼쳐 외국 문물이 들어오지 못하도록 막는 것도 문제지만 서양 문물을 무비판적으로 그대로 따르도록 내버려 두는 것은 더더욱 문제라고 생각한 것 같다.

물론 「일본 유학생사」의 필자가 이렇게 유학생들에게 문약을 경계하는 것도 어떤 면에서는 무리는 아니다. 유교를 떠받들던 조선시대 문관 중심의 사회 제도는 지배층들의 문약을 초래하는 결과를 낳았기 때문이다. 조선 말기 지배층들은 학문과 문화에 지나치게 치중하여 국가적 차원에서는 국방이 약해지고 개인적 차원에서 보면 겁이 많고 소극적이 되었다. 조선이 일본 제국주의의 식민주의 지배를 받게 된 것도 따지고 보면 그동안 지나치게 문약에 흘렀기 때문이다. 그러므로 근대 서유럽 문물을 배우려고 일본에 유학 온 학생들이 문약에 빠지는 것이야말로 심각한 문제일지도 모른다.

그러나 「일본 유학생사」의 필자는 문학을 비롯한 인문학의 소중한 가치를 놓치고 있다는 비판을 면하기 어렵다. 모르긴 몰라도 이 글을 쓴 사람은 아마 인문학이 아닌 사회과학이나 자연과학 분야를 전공하던 유학생인 것 같다. 사회과학도들이나 자연과학도들에게 인문학은 당시 식민지 상황에서 이렇다 하게 유용한 가치가 없는 학문처럼 보였을지도 모른다. 그들은 이렇게 유용성도 희박하고 다른 학문과 비교하여 발전 속도도 느린 인문학을 답답하게 생각했을 것이다. 최근 서유럽에서 환경인문학과 관련하여 하네스 베르그탈러와 롭 에밋을 비롯한 몇몇 학자는 인문학을 아예 '느린 학문'으로 간주한다. 인문학이란 성격과 방법론에서 시간을 두고 인내심 있게 성찰하고 해석하는 분야라서 그 가시적 성과가 지체될 수밖에 없다고 지적한다.[18] 그러나 그들에게 인문학이 이렇게 느리다는 것은 단점이 아니라 오히려 장점이다.

최근 미국에서 가장 영향력 있는 정책연구소 중 하나인 애스펀연구소와 미국의 유명한 잡지 『애틀랜틱』이 공동 주관한 '애스펀 개념 페스티벌'에서 하버드대학교 총장 드루 길핀 파우스트와 문화 비평가 리언 위젤티어는 과학과 기술과 데이터에 정신이 팔려 있는 21세기에 인문학은 쇠퇴해 있지만 그 어느 때보다 더 중요하다고 역설한다. 구글 같은 기술 중심의 검색 엔진에서 즉각적으로 얻는 정보와 지식은 인문학에서 얻는 지식

---

18 '느린 인문학'에 대해서는 Hannes Bergthaller · Rob Emmett · Adeline Johns-Putra, et al., "Mapping Common Ground : Ecocriticism, Environmental History, and the Environmental Humanities", *Environmental Humanities 5 : 1*, 2014, pp.261~276; Jonathan Chambers, *Reversing the Cult of Speed in Higher Education : The Slow Movement in the Arts and Humanities*, ed., London : Routledge, 2020 참고.

과는 근본적으로 다르다고 지적한다. 그들은 과학기술이 현대인에게 주는 순간적인 만족에 대한 집착에서 벗어나야 한다고 강조한다.

파우스트와 위젤티어는 인문학의 진정한 연구와 진가란 '느림' ─ 즉 평생을 두고 축적할 수 있는 '느긋한 교육'에 뿌리를 두고 있다는 데 의견을 모은다. 방금 앞에서 언급한 하네스 베르그탈러와 롭 에밋과 마찬가지로 두 사람은 다른 학문과는 달리 인문학에서는 시간이 오래 걸리고 체계적인 연구가 필요하다고 지적한다. 그들은 "인문학의 목적은 본질적으로 공리적이지 않고, 직업을 얻는 데 있지도 않다. (…중략…) 인문학은 개인을 양성하고 시민을 양성하는 데 그 목적이 있다"고 말한다. 더구나 파우스트와 위젤티어는 날이 갈수록 과학과 기술 중심으로 빠르게 변화하는 세계에서 인간이 '인간답게' 살기 위해서는 무엇보다도 먼저 인문학을 아는 것이 필수적이라고 주장한다.[19]

이 점과 관련하여 『학지광』 8호에 실린 이광수의 「사회 단편」은 특히 주목해 볼 만하다. 서유럽 신문명과 문학은 서로 불가분의 관계에 있다고 역설하는 그는 문학 없이는 신문명을 이룩할 수 없다고 잘라 말하였다. 이광수는 문학에 대하여 "더구나 시가나 소설이라 하면 우리는 그것은 한인閒人의 소일거리나 그렇지 아니하면 청년을 타락하게 하는 것인 줄로 알며 심지甚至에는 꽤 신사로 자처하는 이조차 웃음거리 재담才談을 소설이라 하고 그런 소리 잘하는 사람을 소설가라 하지오"[8:45]라고 먼저 운을 뗀다. 그리고 나서 그는 경전 같은 대접을 받는 빅토르 위고의 문학 작품이 유럽을 지배한 나폴레옹 보나파르트에 결코 뒤지지 않는다고 역설한다.

---

19 Sophie Gilbert, "Learning to Be Human", *The Atlantic*, 2016.6.30.

이렇듯 이광수는 동양과 서양을 굳이 가르지 않고 예로부터 내려온 뿌리 깊은 문학에 대한 불신에서 벗어날 것을 부르짖었다. 이러한 불신의 계보는 서양에서는 플라톤, 동양에서는 공자孔子로 거슬러 올라갈 수 있다. 가령 플라톤은 자신이 상정하는 공화국에서 시인들을 추방하고 철인을 정치가로 내세웠다. 유가儒家에서도 문학을 무용한 것으로 보거나 아예 해로운 것으로 보기 일쑤였다. 그러나 이광수는 시가나 소설 같은 문학을 소일거리나 젊은이들의 마음을 좀먹는 것으로 보는 태도에 쐐기를 박는다. 그는 문학이 부정적인 결과를 낳기는커녕 오히려 신문명을 이룩하는 데 절대적인 힘을 발휘한다고 지적한다.

> 대개 신문명의 선구는 의례히 문학이 쥐는 것이니 인류에게 신사상을 고취함은 문학만한 이가 없습니다. (…중략…) 일본이 그 신수입한 문명을 완전히 소화하기는 신문학이 발흥한 뒤의 일이외다. 그런데 우리 경우는 어떠합니까. 그 정치적 혁신은 이미 말할 바가 아니니 최급선무가 신문명 사상을 고취하는 신문학의 일어남이외다. 나는 이때를 당하여 우리 문단에 신시와 신소설이 나고 우리 청년들이 신사상 신생명을 얻어 읊고 노래하고 즐기고 혹 울고 번민하고 수심愁心하기를 바라거늘 책사冊肆 머리에 울긋불긋한 서푼자리 소설만 발호跋扈하는 것을 보고 귀가 막혀 합니다.8 : 45

물론 여기서 이광수가 말하는 문학은 한낱 말초신경을 자극하고 오락거리에 지나지 않는 저급한 통속문학, 즉 "울긋불긋한 서푼자리 소설"이 아니라 좀 더 진지한 문학이다. 이광수는 젊은이들이 진지한 문학 작품을 읽음으로써 서유럽의 새로운 사상과 새로운 생명을 흡수하기를 간절히 바라 마지않는다. 물론 저급한 통속문학을 읽으면서도 "읊고 노래하고 즐기고 혹 울고 번민하고 수심"할 수도 있을지도 모른다. 그러나 이러한 감동은 진지한 정통문학에서 좀 더 강렬하게 느낄 수 있을 것이다.

이광수는 문학이 신문명을 선도하는 역할은 심지어 서유럽의 물질문명을 받아들여 근대화를 이룩하는 데 급급한 일본에서조차 예외가 아니라고 지적하였다. 물론 일본에서는 문학적 혁신보다 정치적 혁신이 앞서기도 하지만 이러한 현상도 좀 더 엄밀히 따져보면 신사상을 고취한 문인들이 원동력이 되었기 때문에 가능하다고 주장하였다. 이광수는 이러한 선각자적인 일본의 문인으로 에도江戸시대 초기의 유학자 구마자와 반잔熊澤蕃山, 에도시대 후기에 활약한 시인 라이 산요賴山陽, 메이지유신의 정신적 지도라고 할 요시다 쇼인吉田松陰 등을 예로 들었다.

그러나 도쿠가와德川 막부를 무너뜨리고 천황 중심의 근대국가를 건설한 일련의 과정에서 유신 참여자들은 서양의 과학과 기술의 도입에만 관심을 기울였을 뿐 인문학에는 소홀이 하였다. 최근 야마모토 요시타카山本義隆가 '근대 150년 체제의 파탄'이라는 부제를 붙인 저서 『일본 과학기술 총력전』2018에서 일본 근대 과학기술의 역사를 비판적으로 접근하여 주목을 끌었다. 그는 메이지유신 이후 서양의 과학기술을 국가 주도로 부국강병의 수단으로서만 받아들였을 뿐 그것을 뒷받침하고 있는 자유나 합리주의 같은 근대정신을 배우는 데는 소홀했다고 지적한다. 다시 말해서 열강과의 경쟁에 직면한 일본은 서유럽 근대의 정치사회 사상을 등한시한 채 오직 과학기술만을 "탐욕스럽고도 상당히 효율적으로" 흡수하여 정부와 군이 힘을 합쳐 공업화와 근대화를 이끌었다고 평가한다. 그래서 일본은 결과적으로 '제국주의 내셔널리즘'에 사로잡히고 말았으며, 이 점에서

는 제2차 세계대전 패전 이후 지금까지도 크게 다르지 않다는 것이다.[20]

「일본 유학생사」의 필자가 "노벨상을 득한다 하여도 근본적 문제에 대하여는 이익됨이 소무하고 도리어 해점이 될이니……"라고 노벨상을 언급하는 것도 흥미롭다. 그는 노벨상이 과학이나 기술 분야에만 수여하지 않고 문학 분야에도 수여한다는 점을 까맣게 잊고 있다. 그러므로 1910년대 유학생들이 문학과 철학에 관심을 두는 것은 "현금 학생의 약점"이 아니라 오히려 장점으로 적극 권장했어야 한다.

이 무렵 조선 유학생들이 문학과 예술에 큰 관심을 두었다는 것은 그만큼 전인적 인성교육을 중요하게 생각했다는 것을 뜻한다. 그들은 세부 분과학문의 전공만으로는 전인적 인성을 기를 수 없다고 판단하여 문학과 예술, 더 나아가 철학 등의 인문학 분야에 관심을 기울였다. 만약『학지광』이 없었더라면 20세기 초엽 한국의 근대문학은 그만큼 발전이 늦어졌을지도 모른다. 김근수가 이 잡지를 두고 "우리 문단의 요람이요, 문인 배출의 온상이었다"[21]고 주장하는 것은 그다지 무리가 아니다.

다음 장부터는 이런저런 이유로 현재 소재가 파악되지 않은 7권1·7·9·16·23·24·25호을 제외한 나머지 23권에 실린 문학과 예술과 관련한 글을 심층적으로 분석함으로써『학지광』이 한국 근대문학의 발전에 어떻게 이바지했는지 규명하려고 한다. 문학 장르별로 ① 우화, 수필, 서간문, ② 시와 시조, ③ 단편소설과 스케치, ④ 단편희곡과 극시, ⑤ 문학이론과 문학비평, ⑥ 번역 등 6장으로 나누어 다룬다.『학지광』은 식민지시대 단순

---

20 山本義隆,『近代日本一五0年-科学技術総力戦体制の破綻』, 岩波書店, 2018; 야마모토 요시타카, 서의동 역,『근대 일본 150년-과학기술총력전 처제의 파판』, AK, 1918.
21 김근수,「『학지광』에 대하여」, 6쪽.

제1장 _재일본동경조선유학생학우회와『학지광』 51

히 학문의 빛에 그치지 않고 이보다 한 발 더 나아가 '문지광文之光', 즉 문학과 문화의 빛으로서의 역할도 충실히 수행했음을 밝히는 데 주력할 것이다.

재일본동경조선유학생학우회 기관지 『학지광』에 실린 글은 '잡찬雜纂' 같은 학회 소식이나 학우 소식을 제외하면 학술적인 성격의 글과 주의·주장을 펴는 논설이나 문학·예술과 관련한 글의 세 가지 유형으로 크게 나뉜다. 그러나 좀 더 세부적으로는 2호처럼 ① '강단講壇', ② '학해學海', ③ '문원文苑', ④ '사조詞藻' 등으로 구분 짓기도 하고, 13호처럼 ① 언론, ② 설원說苑, ③ 연구, ④ 문예 등으로 구분 지어 실었다. 그런가 하면 대부분의 호처럼 아예 아무런 항목도 구분 짓지 않고 잇달아 글을 싣기도 하였다. 개별 항목으로 구분 짓는 경우 문학과 예술과 관련한 글은 주로 '문원'이나 '문예', 또는 '사조' 난에 실리게 마련이다.

한국 근대문학에 끼친 영향을 연구하는 이 책에서는 문학과 예술과 관련한 글을 장르나 형식에 따라 ① 우화·수필·서간문, ② 시와 시조, ③ 단편소설, ④ 단편희곡과 극시, ⑤ 문학비평과 문예이론, ⑥ 외국문학 작품 번역 등 모두 여섯 항목으로 크게 나누어 다룬다. 문학 장르에 따른 이러한 분류는 어디까지나 논의의 편리를 위한 것일 뿐 어떠한 객관적 기준이 있어서 그렇게 한 것은 아니다. 어떤 작품은 우화의 범주에 넣어야 할지, 아니면 단편소설의 범주에 넣어야 할지 애매한 것들도 더러 있다. 또한 수필이나 서간문 중에는 문학비평으로 분류해도 좋을 작품들도 얼마든지 있다.

『학지광』의 편집자들은 일본 제국주의의 엄격한 검열을 의식하여 학술 논문이나 논설에서는 가능하면 정치적인 내용을 배제하려고 노력하였다. 잡지 출간 정보를 적는 마지막 쪽에 실린 '투고 주의 사항'에는 "시사정담時事政談은 불수不受"라고 아예 못 박아 놓았다. 실제로 서른 호 중에서 일곱 호가 일제의 검열에 걸려 발매가 금지되거나 압수당하였다. 그러나 문학과 예술과 관련한 글에서는 직접 드러내놓고 정치적 견해를 피력하지는 못해도 암묵적으로 얼마든지 그렇게 할 수 있었다. 우화, 수필, 서간문 등은 이러한 경우를 보여 주는 더할 나위 없이 좋은 실례가 된다.

그런데 문예와 관련하여 한 가지 주목해야 할 것은 필자가 본명을 밝히지 않고 아호나 필명을 즐겨 사용한다는 점이다. 그것은 아마 세 가지 이유에서 비롯하는 것 같다. 첫째, 예로부터 문학 작품을 창작하여 발표하는 문인들은 학자들과 달리 흔히 필명이나 아호를 즐겨 사용해 왔다. 그것도 하나 이상의 필명이나 아호를 사용하는 사람들이 적지 않았다. 가령 이광수李光洙만 해도 어떤 때는 본명을 사용하지만 '춘원春園'이나 '고주孤舟', '외배'라는 호를 사용하고, 또 어떤 때는 'Y생'이나 '장백산인長白山人'이라는 필명을 사용하였다. 둘째, 엄격한 유교 질서에서 아직 벗어나지 못한 몇몇 필자들은 한문으로 시를 쓴다면 몰라도 한글로 문학 작품을 쓴다는 사실을 그다지 떳떳하게 생각하지 않았을지도 모른다. 이러한 이유로 필명으로 자신의 신분을 감추려는 필자가 있었다. 셋째, 문학 작품을 기고하는 유학생들은 같은 호에 논설이나 학술 논문, 문학 작품을 동시에 발표하는 경우가 더러 있었다. 그래서 제한된 지면에 같은 필자가 여러 글을 기고한다는 인상을 피하려고 필명이나 아호, 심지어 영문이나 한글로 두문자를 사용하기도 하였다.

1. 소소생의 정치우화 「탁고」

'소소생笑々生'이라는 필자가 『학지광』 2호에 기고한 「탁고啄枯」는 형식과 주제에서 아주 특이하여 눈길을 끈다. 이 잡지뿐 아니라 당시 출간된 다른 잡지를 통틀어 보더라도 자못 이색적인 작품이다. 이 작품의 장르에 대하여 김영민金榮敏은 1897년에서 1910년까지 『독립신문』을 비롯한 한국 근대 신문에서 자주 볼 수 있는 '서사적 논설'로 간주한다. 그는 이 장르가 "조선 후기 한문 단편소설의 전통을 이어받아 근대 소설사의 서두를 열어 간 문학 양식이기도 하다"[1]라고 밝힌다. 김영민은 아마 「호질虎叱」을 비롯한 연암燕巖 박지원朴趾源의 작품을 염두에 둔 것 같다. 그러나 그 계보를 찾는다면 동물에 빗대어 인간을 비판하고 교화하려고 한 개화기의 동물우화 소설에서 찾는 쪽이 더 적절할지 모른다.

그 계보야 어찌 되었든 소소생은 「탁고」에서 한국 근대문학사에서 다른 문인들이 이제껏 별로 시도한 적이 없는 새로운 장르 형식을 꾀하였다. 이 작품의 형식적 특성을 알기 위해서는 18단락 중 처음 두 단락을 살펴보는 것으로 충분할 것 같다.

---

1   김영민, 『1910년대 일본 유학생 잡지 연구』, 소명출판, 2019, 140쪽; 김영민, 『한국근대소설사』, 솔, 1997, 23~48쪽.

좁은. 뒤겻. 약弱한. 토벽土壁에. 위티로이. 의지依持하고. 공중空中에. 놉히. 소사잇는. 저. 괴槐나무.

동설冬雪과추상秋霜. 괴롭도. 만이. 바덧고. 폭풍暴風과악우惡雨에. 놀나기도. 만이. 하엿다. 태양太陽에. 타고. 의군蟻群에. 쓸인. 신마코. 험嶮한. 껍질. 수분水分을. 일코. 조류鳥類에. 쏘인. 약하고. 삭은. 가지. 이가지와. 이껍질에. 혈루血淚잇고. 고통苦痛잇는. 수백년數百年비참悲慘한풍상風霜이. 암암暗暗히. 그우에. 빗최인다.[2]

짧게는 한 낱말, 길게는 서너 낱말이 마치 짧은 전보문처럼 단속적으로 나열되어 있다. 소소생은 "좁은 뒤겻 약한 토벽에 위티로이 의지하고 공중에 놉히 소사잇는 저 괴나무"라고 한 문장으로 표현할 수 있는 것을 군이 11개에 이르는 단편적인 낱말이나 어구로 표현한다. 심지어 "건축자재建築材料를. 압산. 뒤뜰. 로. 운반運搬할씩" 또는 "어나곳으로. 븟터. 날어든다"처럼 명사 '뒤뜰'과 조사 '로'를, '곳으로'와 '부터'를 서로 분리하여 표기하기도 한다. 이러한 예는 "저독毒술이. 는"이니 "마른입식. 만"이니 "해害한일. 이. 업소"에서도 찾아볼 수 있다.

이와는 달리 "신체身體각부各部에능能히청선淸鮮한혈액血液을공급供給한다" 또는 "이것은천연적天然的으로선취권先取權이잇다"처럼 예의 방식에 따라 서너 문장으로 나눌 수 있는데도 군이 한 문장으로 길게 처리하는 경우도 더러 있다. 『학지광』의 '투고 주의사항'에 보면 글을 기고하는 사람은 반드시 '횡 12행, 종 25자 원고지'를 사용할 것을 권하였다. 당시 세로쓰기 관행에 맞게 300자 원고지를 사용하였다. 소소생은 전통적인 글쓰기

---

2 소소생, 「탁고」, 『학지광』 2호, 16쪽. 앞으로 이 잡지에서의 인용은 권수와 쪽수를 본문 안에 직접 밝히기로 한다.

방식과는 완전히 다른, 실험적인 시 작품에서 흔히 볼 수 있는 독특한 방식을 구사한다.

「탁고」를 쓴 필자 '소소생'이 과연 누구인지 언뜻 이름만 보아서는 알수 없다. '소소생'은 동아시아 문인들이 즐겨 사용하는 필명이기 때문이다. 가령 중국 명나라 때 『금병매金瓶梅』를 쓴 작가의 필명이 '난릉소소생蘭陵笑笑生', 간단히 줄여서 '소소생'이었다. 그러나 여러 정황으로 미루어 보아 「탁고」를 쓴 '소소생'은 조선 후기부터 일제강점기까지 생존한 유학자 소암小庵 이석균李鉐均일 가능성이 크다. 경상북도 김천 출신인 이석균은 평생 학문 연구와 후학 양성에 전념하면서 애국운동에 참여하였다. 그는 흔히 곽종석郭鐘錫과 함께 조선 성리학을 최종적으로 집대성한 마지막 유학자 중 한 사람으로 평가받는다.

일본의 노골적인 침략으로 국운이 점점 쇠퇴해 가는 격변기에 이석균은 조선의 경제·사회·문화·풍습 등 여러 문제를 극복하기 위한 방법으로 퇴계退溪 이황李滉의 이기설에 입각하여 성리학을 재정립하면서 조선유학의 새로운 방향을 모색하려고 하였다. 그의 저서로는 『소암문집小庵文集』을 비롯하여 『주자어류고략朱子語類考畧』, 『고략의견考畧意見』, 『주자정전유설참고朱子井田類說參考』, 『가향이례고략家鄉二禮考畧』, 『퇴도매화시차운退陶梅花詩次韻』 등이 있다. 더구나 이석균은 후학들을 가르치는 자리에서 은연중항일 정신을 고취했는가 하면, 1919년 3월 여러 애국지사들과 함께 프랑스 파리에서 열리는 세계만국평화회의에 제출할 파리장서독립 호소문에 서명하였다. 이렇게 항일 지하운동을 하던 그는 일제 경찰에 잡혀 고문을 받기도 하였다.

이번에는 「탁고」의 제목에 대하여 살펴보자. 이 제목에서는 조선 중기에 활약한 상촌象村 신흠申欽의 「추위에 고생하며苦寒」라는 시가 먼저 떠오른다. "매서운 밤바람은 골짝을 뒤흔들고烈風夜簸壑 / 단풍 숲은 아침에 낙엽이 다 졌는데霜林朝盡脫"로 시작하는 이 작품 한 중간쯤에 "광활한 들판에는 다니는 사람도 적고曠野少行人 / 주린 까마귀는 마른 나무 등걸을 쪼는데飢烏啄枯柿"라는 구절이 나온다. 소소생이 작품 제목으로 삼은 '탁고'는 바로 '기조탁고시'의 탁고다. 새가 주둥이로 고목을 탁탁 두드린다는 뜻이다. 신흠은 "장안의 고관대작들 집에는長安五侯宅 / 대단한 권세 열화같이 후끈거리네炙手亦可熱"라고 노래하면서 지금 자신이 견디고 있는 혹독한 추위를 고관대작의 후끈거리는 권세의 불과 대조시킨다.

그러나 소소생의 「탁고」는 신흠의 작품보다는 오히려 조선후기 동지중추부사同知中樞府事, 호조참판戶曹參判, 동지돈녕부사同知敦寧府事 등을 역임한 문인 임연臨淵 이양연李亮淵의 「탁목啄木」과 훨씬 더 많이 닮았다.

啄木休啄木

古木餘半腹

風雨寧不憂

木摧無汝屋

딱따구리야 나무를 쪼지 말아라

고목 속이 반 넘게 텅 비었구나

비바람 까짓것 걱정 없지만

나무가 부러지면 네 집도 없지

신흠은 그의 작품에 '탁고시'라는 구절을 사용했지만 이양연은 아예 '탁목'이라는 구절을 사용한다. 위에서 '고시'를 마른 나무 등걸로 옮길 수 있고 고목이 된 감나무로 옮길 수도 있다. 더구나 신흠의 작품에 등장하는 까마귀는 이양연의 이 작품에서는 딱따구리로 바뀌는 것이 조금 다르다.

그러나 소소생의 「탁고」는 시기적으로 좀 더 가깝게 우남雩南 이승만李承晩의 「고목가枯木歌」와도 맞닿아 있다. 1896년 이승만은 『협성회회보協成會會報』에 고목을 쪼는 딱따구리를 노래하는 시를 발표하였다. 이승만은 한시를 많이 지었지만 국문으로 쓴 시로는 이 작품이 유일하다. 모두 4연으로 구성된 이 시는 내용과 형식에서 전형적인 개화기 가사의 특징을 지닌다. 'Song of an Old Tree'라는 영문 제목이 곁들여 있는 이 작품은 다음과 같다.

슬프다 뎌나무 다늙엇네
병들고 썩어셔 반만셧네
심악한 비바람 이리져리 급히쳐
몃백년 큰남기 오날위태틱

원수에 딱작새 밋흘쫏네
미욱한 뎌새야 쫏지마라
쫏고또 쫏다가 고목이 부러지면
네쳐자 네몸은 어대의지

버틔셰 버틔셰 뎌고목을
부리만 굿박여 반근盤根되면

새가지 새입히 다시영화 봄되면

강근强根이 자란후 풍우불외風雨不畏

쏘하라 뎌포수 땃작새를

원수에 뎌미물 남글쪼아

비바람을도아 위망危亡을 재촉하야

너머지게 하니 엇지할고[3]

이 무렵의 찬송가 가사처럼 3음보의 운율을 사용하는 이 작품에서 이승만은 대한제국을 늙고 병들고 썩은 고목나무에 빗대고, 러시아에 의지하려는 조선의 수구파 관료들을 땃작새ㅼㅼ구리에 빗댄다. 또한 그는 대한제국을 위협하는 제정러시아를 '심악한 비바람'에, 독립협회나 협성회 같은 애국 단체에 속한 개화파 인사들을 총을 쏘아 딱따구리를 잡는 포수에 비유한다.

그런데 이승만은 「고목가」를 지으면서 다른 사람이 이미 지은 작품에서 영감을 받았다고 밝힌다. 『제국신문帝國新聞』의 논설 끝에서 그는 "고인古人이 시를 지어 말하기를, 쪼고 쪼는 때짱새야 다 썩은 고목枯木을 쪼고 쪼지 마라 일조에 풍우가 이르러 그 나무가 쓰러지면 너희가 어디서 깃들려고 하느뇨 하였으니, 짐승을 빗대어 한 말로 족히 사람을 가르치더라"[4]라고 말한다. 여기서 이승만이 평소 『시경詩經』을 즐겨 읽었다는 점을 염두에 두면 그가 말하는 '고인'이란 중국의 고전 시인을 가리킬 수도 있

---

3 이승만, 「고목가」, 『협성회보』 내보, 1898.3.5.
4 「군명을 청악함이 신하의 큰 죄」, 『제국신문』, 1902.10.8.

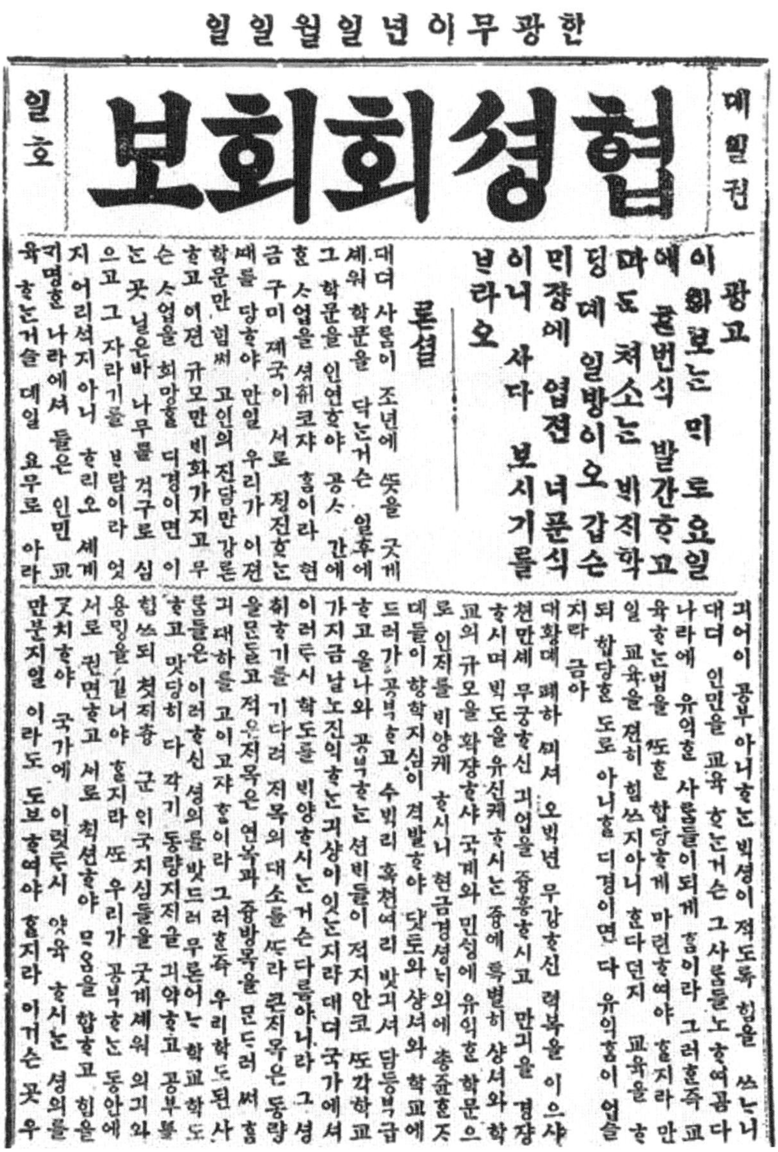

한광무이년일월일일

협셩회회보

뎨일권

일호

광고

이 회보는 ᄆᆡ 토요일
에 ᄒᆞᆫ번식 발간ᄒᆞ고
ᄆᆡ도 쳐소는 ᄇᆡᄌᆡ학
당 뎨 일방이오 갑슨
ᄆᆡ쟝에 엽젼 너푼식
이니 사다 보시기를
ᄇᆞ라오

론셜

대뎌 사ᄅᆞᆷ이 조년에 ᄯᅳᆺ을 굿게
셰워 학문을 닥는거ᄉᆞᆫ 일후에
그 학문을 인연ᄒᆞ야 공ᄉᆞ 간에
ᄒᆞᆫ ᄉᆞ업을 셩취코쟈 ᄒᆞᆷ이라 현
금 구미 졔국이 서로 졍진ᄒᆞᄂᆞᆫ
ᄯᆡ를 당ᄒᆞ야 만일 우리가 이젼
학문만 힘써 고인의 진담만 강론
ᄒᆞ고 이젼 규모만 비화가지고 무
ᄉᆞᆫ ᄉᆞ업을 회망ᄒᆞᆯ ᄃᆡ경이면 이
ᄂᆞᆫ 곳 닐온바 나무를 거구로 심
으고 그 자라기를 ᄇᆞ람이라 엇
지 어리셕지 아니ᄒᆞ리오 셰계
기명ᄒᆞᆫ 나라에셔 들은 인민 교
육ᄒᆞᄂᆞᆫ거ᄉᆞᆯ 뎨일 요무로 아라
긔어이 공부 아니ᄒᆞᄂᆞᆫ ᄇᆡᆨ셩이 적도록 힘을 쓰ᄂᆞ니
대뎌 인민을 교육 ᄒᆞᄂᆞᆫ거ᄉᆞᆫ 그 사ᄅᆞᆷ들노 ᄒᆞ여곰 다
나라에 유익ᄒᆞᆫ 사ᄅᆞᆷ들이 되게 ᄒᆞᆷ이라 그러ᄒᆞᆫ즉 교
육ᄒᆞᄂᆞᆫ법을 ᄯᅩᄒᆞᆫ 합당ᄒᆞ게 마련ᄒᆞ여야 ᄒᆞᆯ지라 만
일 교육을 젼혀 힘쓰지 아니 ᄒᆞᆫ다던지 교육을 ᄒᆞ
되 합당ᄒᆞᆫ 도로 아니ᄒᆞᆯ ᄃᆡ경이면 다 유익ᄒᆞᆷ이 업슬
지라 금아
대황뎨 폐하 ᄭᅴ셔 오ᄇᆡᆨ년 무강ᄒᆞ신 력복을 이으샤
쳔만셰 무궁ᄒᆞ신 긔업을 즁흥ᄒᆞ시고 만긔을 경쟝
ᄒᆞ시며 ᄇᆡᆨ도을 유신케 ᄒᆞ시ᄂᆞᆫ 즁에 특별히 샹셔와 학
교의 규모을 확쟝ᄒᆞ샤 국계와 민셩에 유익ᄒᆞᆫ 학문으
로 인지를 비양케 ᄒᆞ시니 현금경셩 니외에 춍쥰ᄒᆞᆫ ᄌᆞ
뎨들이 향학지심이 격발ᄒᆞ야 닷토와 샹셔와 학교에
드러가 공부ᄒᆞ고 수ᄇᆡᆨ리 혹쳔여리 밧긔셔 담등부급
ᄒᆞ고 올나와 공부ᄒᆞᄂᆞᆫ 션비들이 적지안코 ᄯᅩ 각학교
가지금 날노진익ᄒᆞᄂᆞᆫ 긔상이 잇ᄂᆞᆫ지라 대뎌 국가에셔
이러ᄐᆞ시 학도를 비양ᄒᆞ시ᄂᆞᆫ 거ᄉᆞᆫ 다름아니라 그 셩
취ᄒᆞ기를 기다려 ᄌᆡ목의 대소를 ᄯᅡ라 큰ᄌᆡ목은 동량
을 문돌고 적은ᄌᆡ목은 연목과 쥭방목을 문드러 ᄡᅥ ᄒᆞᆷ
긔 ᄃᆡ하를 고이고쟈 ᄒᆞᆷ이라 그러ᄒᆞᆫ즉 우리 학도된 사
ᄅᆞᆷ들은 이러ᄒᆞ신 셩의를 밧드러 무론어ᄂᆞ 학교 학도
ᄒᆞ고 맛당히 다 각기 동량지ᄌᆡ 긔약ᄒᆞ고 공부를
힘쓰되 첫ᄌᆡ 츙 군ᄋᆡ국지심들을 굿게 셰워 의긔와
용밍을 길너야 ᄒᆞᆯ지라 ᄯᅩ 우리가 공부ᄒᆞᄂᆞᆫ 동안에
서로 권면ᄒᆞ고 서로 칙션ᄒᆞ야 ᄆᆞᄋᆞᆷ을 합ᄒᆞ고 힘을
ᄀᆞᆺ치ᄒᆞ야 국가에 이러ᄐᆞ시 양육 ᄒᆞ시ᄂᆞᆫ 셩의를
만분지일 이라도 도보ᄒᆞ여야 ᄒᆞᆯ지라 이거ᄉᆞᆫ 곳 우

배재학당 학생회가 1898년 창간한 주간신문 『협성회회보』.
이승만은 이 신문에 「고목가」를 발표하였다.

고, 방금 앞에서 언급한 이양연을 가리킬 수도 있다.

그동안 서양문학 이입사와 근대 번역사를 연구해 온 김병철金秉喆은 이승만의 「고목가」를 한국 신체시의 효시로 간주해야 한다고 주장하여 주목을 끌었다.[5] 최근 허경진許敬震도 이 작품이 최남선崔南善의 「해에게서 소년에게」보다 무려 10년 앞선 한국 최초의 신체시라고 주장한다.[6] 그러나 좀 더 엄밀하게 말하면 이 작품은 최남선의 작품과는 조금 차이가 난다. 「고목가」는 신체시보다는 애국 시가나 창가로 분류하는 쪽이 더 정확할 것이다. 개화기의 애국 시가나 창가보다 한 단계 진화한 것이 바로 신체시기 때문이다.

다시 소소생의 「탁고」로 돌아가서, 위에 인용한 첫 단락에서 필자는 홰나무 한 그루가 뒤쪽 흙벽을 의지한 채 온갖 풍상을 이겨내고 외롭게 서 있다고 말한다. 그런데 이 나무가 비록 겉으로는 고목처럼 보이지만 실제로는 생명의 수액이 흐르면서 '위대한 생활의 능력'을 자랑하고 있다고 밝힌다.

그러나역사歷史가오릭고. 경상經霜을품은. 이노수老樹는. 위험危險한난관難關을지나며. 비상非常한고초苦楚를바들사록. 연마적練磨的경험經驗으로. 완전完全한실력實力을어덧다. 근본根本되고주뇌主腦되는. 섁리는. 종縱으로. 튼튼히. 갑히. 드러

---

5 김병철, 「신체시 효시는 이승만 '고목가'」, 『다리』, 1989.12; 주근옥도 "신체시의 관점에서 본다면, 이승만의 「고목가」가 최초의 신체시임에는 틀림없다. 이 시는 번역 찬송가를 모방하여 만든 시로서 정형시이지만, 이 정형성이 한국 전통시의 형식이 아니라 서유럽 4행시(short meter)를 모방하기 있기 때문이다"라고 주장한다. 주근옥, 『한국시 변동 과정의 모더니티에 관한 연구』, 시문학사, 2001, 361~418쪽.
6 허경진, 「이승만의 작시 활동과 한시 세계」, 제100회 이승만 포럼 학술회의 발표문, 2019.6.18. http://www.newdaily.co.kr/site/data/html/2019/06/24/2019062400161.html

갓고. 횡橫으로. 굿세게. 널게. 새덧다. 신선新鮮한지기地氣를충분充分히. 달게. 만히새러드린다. 신체身體각부各部에능能히청선淸鮮한혈액血液을공급供給한다. 남이. 볼수업는. 비밀秘密한. 이위대偉大한생활生活의능력能力.2 : 16

위 인용문에서 홰나무 고목은 다름 아닌 동아시아 대륙을 가리키는 것으로 보아 크게 틀리지 않는다. 역사가 오래 되었다는 점에서도 그러하고, 온갖 역경과 수난을 겪어 왔으면서도 꿋꿋하게 여전히 살아남았다는 점에서도 그러하다. 그런가 하면 은밀하게 생활 능력을 과시한다는 점에서도 고목은 동아시아와 여러모로 비슷하다.

중간中間에동편東便으로. 길게. 새든. 왕건旺健한. 가지. 하나. 잇스니. 말근아참. 싸닷한양기陽氣는. 남보다. 먼저흡수吸收한다. 남보다. 먼저. 맛본다. 이것은 천연적天然的으로선취권先取權이있다. 남히능能히강탈强奪할수없다. 시파란연軟한. 얼인. 입시. 그가지를. 밀밀密密하게. 덥헛고. 그기氣운이생생生生하고. 그빗이. 아름답다.

이가지사이에. 터를닥고. 공묘巧妙하게. 건축建築한. 조고마한. 식치의. 집. 한치가. 멀이. 뵈인다. 썩은. 나무가지로. 재목材木을삼고. 썩은. 집푸리로. 외를. 얼것다. 종일終日토록피곤疲困한몸. 편안便安하게. 쉬는낙원樂園이다. 식벽의 쌀쌀한. 이슬도. 피避하고. 굿센바람. 격렬激烈한. 비. 능能히방어防禦한다. 이집을건축建築할씨. 남의힘과. 남의손. 손톱만치라도. 빌지안엇다. 바라지안엇다. 저의성심誠心과. 저의노력努力과. 저의혈안血汗으로. 다만.2 : 16

위 인용문에서 소소생이 언급하는 "동편으로 길게 뻗은 왕건한 가지

하나"란 동아시아 대륙 동쪽 끝에 붙어 있는 한반도를 말한다. '맑은 아침'이란 좁게는 조선, 더 넓게는 한반도의 역대 모든 국가를 가리키는 말이다. 조선전기 문신 이행李荇·윤은보尹殷輔·신공제申公濟 등이『동국여지승람』을 증수하여 1530년에 편찬한 관찬 지리서『신증동국여지승람新增東國輿地勝覽』에서 조선을 '해가 일찍 뜨는 동방의 나라'로 일컬었다. 고조선의 수도로 전해지는 '아사달阿斯達'이라는 명칭도 아침의 땅이라는 뜻이고, 서양에서도 미국의 사업가요 천문학자인 퍼시벌 로웰이 조선을 '고요한 아침의 나라Land of Morning Calm'로 불렀다.

이병도李丙燾는 아사달의 뜻을 '아침의 땅', '아침의 산', '빛나는 아침의 땅' 등으로 해석하고, 아침 '조朝' 자와 빛날 '선鮮' 자를 합쳐서 조선이라고 불렀을 것으로 추정한다. 또한 그는 아사달의 '아사'는 일본어 '아사ぁさ'가 아침이란 말인 것에 비추어 볼 때 '아침'의 한국 고대어일 것이며, '달'은 양달[陽地]이나 응달[陰地]의 '달[地]'과 같이 땅을 뜻하는 것으로 파악하기도 한다. 이병도에 따르면 아사달은 조양朝陽 또는 조광朝光의 땅이라는 뜻인데 이것이 한자로 표기한 것이 '조선'이다.[7]

소소생의「탁고」에서 까치 한 마리가 동쪽으로 뻗은 홰나무 가지에 둥지를 틀고 새끼들과 함께 살고 있다. 이 둥지를 지을 때도 어느 누구의 도움도 받지 않고 스스로 만들었다. 그러면서 까치는 스스로의 힘으로 살아가는 자신을 두고 "자유自由다. 평화平和다. 아모죄악罪惡도업다. 아모우려憂愁도. 업다. 아모고통苦痛도업다"[2:16]고 잘라 말한다. 두말할 나위 없이 자유와 평화를 사랑하는 조선을 두고 하는 말로 읽힌다. 민화에서도 볼

---

7   이병도,『한국 고대사 연구』, 박영사, 1981, 40~41쪽; 이병도,『국사대관(國史大觀)』, 보문각, 1959, 26~28쪽.

수 있듯이 예로부터 까치는 한반도에만 살고 있는 텃새로 조선과는 떼려야 뗄 수 없을 만큼 깊이 연관되어 있다. 이 텃새가 바다를 건너 일본 규슈九州까지 날아간다. 그래서 일본 사람들은 '가사사기鵲'라는 그들의 표준어가 있는데도 까치만은 한국어 그대로 굳이 '까치 가라스ヵチガラス' 또는 '조센가라스朝鮮ガラス'라고 부른다.

까치가 이렇게 자유롭고 평화롭게 지내고 있을 때 갑자기 독수리 한 마리가 하늘 위를 빙빙 돌다가 홰나무 가지에 앉는다. 그것도 까치가 둥지를 틀고 있는 바로 그 위에 앉는 것이다. 그런데 소소생이 이 독수리를 묘사하는 것이 여간 이색적이지 않다.

독毒한눈에. 살기殺氣를씌고. 독毒한주둥이에. 폭악暴惡을품은. 독毒술이. 어나곳으로. 붓터. 날어든다. 괴槐나무를. 포위包圍하고. 빙빙도든다. 저싯치의집을. 노리고. 늬려다본다. 그모양貌樣이. 느물는물하고. 그거동擧動이. 음흉陰凶하다. 입맛이. 밧작. 당긴. 저독毒술이. 욕심慾心이. 불갓치이러난다. 슬거먼이. 넌드시. 그괴槐나무. 제일第一높은. 가지에. 늬려와. 안젓다. 여전如前히. 싯치의집을. 쏘아보고. 침을쌀덕쌀덕. 연連해. 싱킨다. 참아이자리를. 써날수업다.

아지못케라. 야심野心을가진. 저독毒술이는. 장차무삼간책奸策으로. 무슴악행惡行을할고.

아지못케리라. 고독孤獨한저까치의집은. 장차여하如何한운명運命이오며. 여하如何한참상慘狀이잇슬고. 2 : 16

맑은 아침 햇살을 받고 홰나무에 앉아 있는 까치가 한반도 조선을 상징한다면, 그 까치와 새끼들을 호시탐탐 노리는 독수리는 다름 아닌 일본 제국주의를 상징한다. 예나 지금이나 독수리는 동양과 서양을 가르지 않고 권력과 제국주의의 상징으로 널리 사용되어 왔다. 가령 신성로마제국과 나치독일, 심지어 미국의 문장紋章에서도 독수리를 사용한다. 정도의 차이는 있을망정 독수리는 대동아 공영권 건설을 꿈꾸던 일본 제국에서도 자못 중요한 위치를 차지하였다. 위 인용문에서 소소생은 첫 구절 "독한눈에. 독기를씌고. 독한주둥이에. 포악을품은. 독술이"에서 볼 수 있듯이 유난히 '독' 자를 많이 사용한다. 비교적 짧은 인용문에서 '독'이라는 글자를 무려 다섯 번에 걸쳐 반복한다.

여기서 특별히 '독술이'라는 낱말을 찬찬히 눈여겨보아야 한다. 엄밀한 의미에서 독수리는 '毒'과는 아무런 관련이 없다. 독수리는 몸 털이 억세지만 정수리와 뒷목 부위는 피부가 드러나 있다. 독수리의 '禿' 자는 대머리를 뜻하고, 수리는 맹금류를 뜻한다. 독수리를 독일어로는 '묑크스가이어Mönchsgeier'로, 영어에서는 '멍크 벌처monk vulture'라고도 부른다. 머리 부위가 벗겨지고 목 주위에 난 깃털이 마치 수도승처럼 후드를 뒤집어 쓴 모습을 하고 있기 때문이다. 위 인용문의 마지막 단락에서 "야심을가진. 저독수리는. 장차무삼계책으로. 무슴악행을할고"라는 문장은 일본 제국주의가 앞으로 식민지 조선에 저지를 만행과 관련하여 시사하는 바가 자못 크다. 또한 조선의 운명을 암시하는 "고독한저까치의집은. 장차여하한운명이오며. 여하한참상이잇슬고"라는 마지막 문장도 무척 의미심장하다.

나뭇가지에 앉아 있는 독수리는 사흘 동안 삭정이와 마른 잎만 먹으며 자리를 지키고 있다. 한편 독수리의 행동에 의구심을 품는 까치는 새끼들에게 먹힐 먹이를 찾아 나서야 하는데도 차마 둥지를 떠나지 못한다. 까치는 마침내 독수리에게 삭정이와 마른 잎만 먹는 까닭을 묻는다. 그러자 독수리는 까치에게 이제껏 살면서 벌레 같은 동물은커녕 식물도 살아 있는 것은 한 번도 먹지 않았다고 대답한다. 그러면서 독수리는 "나는싱각키를. 이세상에서. 생물롤을해害하는자者는. 지옥地獄의죄罪롤면免치못할줄. 아나이다. 이럼으로. 나는탁고啄枯"2:17라고 말한다. 여기서 독수리가 자신을 '탁고'라고 부르는 점에 주목해야 한다. 독수리는 자신이 고목을 쪼는 딱따구리일 뿐 까치를 해치는 새가 아니라는 점을 새삼 강조한다. 일본에서는 주둥이로 고목을 두드리는 딱따구리를 '다쿠보쿠啄木' 또는 '기쓰쓰키啄木鳥'라고 한다.

더구나 독수리는 까치에게 해가되기는커녕 오히려 그를 보호해 주겠다고 말한다. 그러니 자신을 무서워하거나 겁낼 필요가 조금도 없다고 안심시킨다. 그러면서 독수리는 "우리가. 비금계飛禽系의속屬한동족同族이안이요. 우리는. 빗이갓한사촌四寸의 친족관계親族關係가잇지안소 (…중략…) 오히려. 나는노형老兄됙을. 보호하지요"2:17라고 밝힌다. 독수리의 말대로 일제강점기에 일본 위정자들은 '야마토다마시이大和魂'와 내선일체의 이데올로기를 앞세워 그동안 일본과 조선이 지역적으로 가깝고 예로부터 한 영토를 이루었을 뿐 아니라 조선족과 일본족이 한 영토 안에서 살아온 민족이라고 주장해 왔다. 그러나 조선 민족은 아시아 북방 계통에 속하는 퉁구스족의 일부로 선사시대 이전에 서북으로부터 만주와 한반도에 들어와 정착하였다. 그 뒤 조선 민족이 일본 땅으로 건너갈 당시 일본에는 북방계 민족으로서 아이누족이 살고 있었다. 그러므로 오늘날 일본인은 아이누족과 조선족의 혼혈이라고 할 수 있고, 이 점은 오늘날 일본 학자들도 인정하는 사실이다.

까치가 독수리에게 지금껏 그를 오해한 것을 사과하자 독수리는 속으로 쾌재를 부른다. 독수리는 속으로 웃으면서 "천만千萬의말삼이요. 열길 물속은. 알어도. 한길마암은. 모르난것이지요"2 : 17라고 거듭 안심시킨다. 그러자 까치는 독수리의 "쌘쌘한춘풍春風갓한" 말을 그대로 믿고 며칠 동안 굶은 새끼들에게 줄 먹이를 찾아 가벼운 마음으로 둥지를 날아간다.

> 싸치의. 멀이. 날녀간것을. 엿본. 독毒술이는. 천재千載의난득難得으로. 싱각하
> 고. 싸치의집으로. 씌여 드럿다. 독인毒眼을. 부름부릅쓰고. 굿센. 발틈발톱으로.
> 힘업고. 어린. 싯치를. 정情없이. 눌넛다. 강强한. 주둥이로. 찟고. 쪼와. 여러날.
> 주린. 창자를. 치웟다.
> 아아. 독毒술이는. 자기의간악奸惡한정락政略이성공되엿다. 자기의무도無道한
> 간계奸計가성사成事되엿다. 건넌 산. 검은. 삼림중森林中으로호기豪氣잇게. 날어
> 간다.2 : 17

소소생의 「탁고」는 유학자가 쓴 작품이라고는 좀처럼 믿어지지 않을 만큼 형식과 기법에서 파격적이고 실험적이다. 이 작품은 기법은 음악에서 해당 음의 길이를 줄여 짧게 연주하는 악상 기호 스타카토에 빗댈 수 있다. 작곡가는 스타카토를 사용함으로써 단조로운 선율에 변화를 주거나 특정 부분을 강조할 수 있다. 스타카토의 효과를 높이려고 때로 악센트와 병용하기도 한다.

「탁고」에서 소소생이 사용하는 방점이 악센트의 역할을 한다. 가령 주석에서 밝혔듯이 그는 "까막코. 험한. 껍질"에서 '껍질'에, "조류에. 쪼인. 약하고. 삭은. 가지"에서 '가지'에, "근본되고 주뇌되는. 싹리난"에서 '싹

리'에 방점을 찍는다. 그런가 하면 "침을 쿨덕쿨덕. 연해. 싱킨다"에서도 의성의태어나 의성어 '쿨덕쿨덕'에 방점이 찍혀 있다. 이 작품에서 방점을 사용한 곳은 모두 네 곳이다.

더구나 음악에서 스타카토는 ① '스타카티시모staccatissimo', ② '스타카토staccato', ③ '메조스타카토mezzo staccato'의 세 단계로 나뉜다. 스타카티시모는 원래 음 길이의 1/4 길이로 '매우 짧게' 연주하라는 뜻이다. 스타카토는 원래 음 길이의 1/2 길이로 연주하라는 뜻이다. 한편 '하프 스타카토half staccato'라고도 일컫는 메조 스타카토는 원래 음 길이의 3/4 길이로 연주하라는 부호다. 이렇게 다양한 스타카토 기법은 「탁고」에서도 쉽게 찾아볼 수 있다. 앞에서 잠깐 밝혔듯이 소소생은 어떤 때는 "좁은. 뒤것. 약한. 토벽에"처럼 오직 한 낱말만을 사용한다. 이것은 스타카티시모에 해당하는 수법이다. "동설과추상에. 괴롬도. 만이"나 "고통잇는. 수백년비참한풍상이"처럼 어떤 때는 두세 낱말을 구사한다. 이것은 메조스타카토로 볼 수 있다. 그런가 하면 어떤 때는 "신체각부에능히청선한혈액을공급한다"니, "남히능히강탈할수업다"니 하는 경우처럼 완전에 가까운 문장을 구사하기도 한다. 한편 "나를겁㤼닐필요必要가업소"니, "이세상世上은약자弱者의육肉은강자强者의쓰더먹는샐레드다. 약지弱者의혈血은강지强者의마시는새—루다"니 하는 문장처럼 스타카토를 전혀 사용하지 않는 문장도 더러 있다.

앞에서 「탁고」의 실험적 기법과 형식을 잠깐 언급했지만 어떤 의미에서 이 작품은 단순한 우화라기보다는 실험적인 산문시로 읽어도 크게 무리가 없다. 형식에서 가히 혁명적이라고 할 이 작품은 한국 근대 시인들에게 직간접으로 큰 영향을 끼쳤다. 『학지광』이 일본 유학생들은 물론이고 식민지 조선 지식인들과 미국 같은 해외 유학생들에게 널리 읽혔다는 사실을 염두에 두면 그 영향은 생각보다 훨씬 컸을 것이다.

문학가들은 선배 작가들이나 동시대 작가들로부터 의식적으로 직접 영향을 받는 경우 못지않게 무의식적으로 간접 영향을 받는 경우가 의외로 많다. 「탁고」를 읽은 독자들은 형식과 기법에서 아마 큰 충격을 받았을 것임이 틀림없다. 한국문학사에서 지금까지 산문에서 이렇게 과감하게 실험을 꾀한 작품이 일찍이 없었기 때문이다. 「탁고」의 전반부를 행으로 처리해 보면 이 작품이 외형적 특성과 스타카토 리듬을 뚜렷이 알 수 있다. 소소생이 마침표를 찍어 표기한 낱말이나 어구를 한 음보로 취급하여 행갈이를 하면 다음과 같다.

좁은

뒤겻

약한

토벽에

위틔로이

의지하고

공중에

놉히

소사 잇는

저

괴나무

동설과 추상에

괴롬도

만이

바덧고

폭풍과 악우에

놀나기도

만이

하엿다

그렇다면 소소생이 시도한 「탁고」의 스타카토 기법에서 영향을 받았을 법한 근대문학 시인은 과연 누가 있을까? 누구보다도 먼저 안서岸曙 김억金億이 떠오른다. 평안북도 오산학교를 졸업한 뒤 1913년 일본 게이오기주쿠의 영문과에 진학한 그는 『학지광』 3호에 「이별」을 발표하면서 시인으로 데뷔하였다. 아버지의 갑작스런 죽음으로 학업을 중단하고 귀국한 뒤에도 그는 이 잡지에 시와 번역을 잇달아 기고하였다. 김억이 1918년 11월 『태서문예신보泰西文藝新報』 9호에 발표한 「봄은 간다」에서 「탁고」의 영향을 엿볼 수 있다. 두 작품은 무엇보다도 스타카토적인 단속적 리듬에서 서로 적잖이 닮았다.

밤이도다

봄이다

밤만도 애닲은데

봄만도 싱각인데.

날은 쌔르다
봄은 간다.

깁혼 싱각은 아득이는데
저—바람에 싀가 슯히 운다

검은 닉 써돈다
종소리 빗긴다.
말도 업는 밤의 셜음
소리 업는 봄의 가슴.

쏫은 쩔어진다
닙은 탄식흔다.[8]

　이 작품에서 무엇보다도 먼저 눈에 띄는 것은 한 음보나 두 음보를 한 행으로 삼아 행갈이를 한다는 점이다. 가령 첫 연은 두 행 모두 오직 한 음보로만 이루어져 있고, 둘째 연과 셋째 연은 한 행에 두 음보씩 두 행으로 이루어져 있다. 뒤 연으로 갈수록 한 행을 구성하는 음보의 수가 늘어난다. 「탁고」에서도 후반부로 가면 갈수록 한 문장, 좀 더 정확히 말해

8　김억, 박경수 편, 『안서 김억 전집 2 – 역시집』, 한국문화사, 1987.

서 마침표와 마침표 사이에 들어 있는 낱말이나 어구의 수가 늘어난다. 전반부에서는 호흡이 빨라지다가 넷째 연부터는 시적 화자의 생각이 깊어지면서 호흡이 조금씩 느려진다

이렇듯 「봄은 간다」에서 가장 두드러지게 드러나는 특징은 바로 독특한 단속적 리듬이다. 김억은 독창적이고 개성적인 리듬을 창안하여 한국 근대시에 새로운 지평을 열었다. 이와 관련하여 그는 「시형의 음률과 호흡」에서 운율이 생리 현상인 호흡에 기초를 둔다고 지적한다. 그는 "웨웨트가 'Poetry is breath'라고 하였습니다. 대단히 좋은 말이어요. 호흡이지요. 시인의 호흡을 찰나에 표현한 것은 시가詩歌지요"라고 말한다. 여기서 김억이 언급하는 '웨웨트'가 누구인지 알 수 없다. 당시 인쇄 사정을 고려하면 오자나 탈자일 가능성이 높다. 어찌 되었든 서유럽문학사에서 시를 '호흡'으로 정의내린 사람은 하나하나 열거할 수 없을 만큼 무척 많다. 윌리엄 워즈워스도 일찍이 "시란 모든 지식의 호흡이고 좀 더 훌륭한 영혼이다"라고 말한 적이 있다. 김억은 "심하게 말하면 혈액 돌아가는 힘과 심장의 고동에 말미암아서도 시의 음률을 좌우하게 될 것임은 분명합니다. 여러 말 할 것 없이 말하면 인격은 육체의 힘의 조화고요. 그 육체의 한 힘, 즉 호흡은 시의 음률을 형성하는 것이겠지요"라고 밝힌다.[9]

이렇게 인간의 생체 호흡에 따른 단속적 리듬을 효과적으로 구사하려는 시도는 김억의 오산학교 제자 김소월金素月한테서도 쉽게 엿볼 수 있다. 예를 들어 김소월은 1923년 10월 『개벽開闢』 40호에 실린 「가는 길」에서 소소생이 「탁고」에서 시도한 스타카토 기법을 구사한다.

---

9 김억, 「시형의 음률과 호흡─졸렬한 정견(井見)을 해몽(海夢) 형에게」, 『태서문예신보』 14호, 1919.1.13. '해몽'이란 이 잡지의 편집인인 장두철(張斗澈)을 말한다.

그립다
말을 할까
하니 그려워

그냥 갈까
그래도
다시 더 한 번

져 산에도 가마귀
들에 가마귀

서산西山에는 해 진다고
지저귑니다

압강물
뒷강물
흐르는 물은
어서 싸라
오라고
싸라가쟈고

흘너도
넌다라

흐릅듸다려[10]

적어도 단속적 리듬을 구사하는 점에서 김소월은 그의 스승 김억보다 훨씬 더 과감하게 실험을 꾀한다. 김억은 비록 스타카토 리듬을 사용하되 의미 단위를 깨뜨리면서까지 행갈이를 하지는 않는다. 그러나 김소월은 마지막에서 두 번째 행 "어서 싸라 / 오라고 / 싸라가쟈고"라고 행갈이를 함으로써 이른바 '시행걸침' 또는 '행간걸림'을 시도한다. '싸라 / 오라고' 는 그 다음 행 '싸라가쟈고'처럼 한 행으로 처리해야 하는 것이 일반적 관행인데도 그는 굳이 두 행으로 처리하여 독특한 운율적 효과를 얻으려 고 한다. 이러한 파격적 행갈이로 김소월은 떠나야만 하는 현실과 떠나고 싶지 않은 시적 화자의 내적 갈등을 좀 더 첨예하게 드러낼 수 있다. 이 러한 행갈이 기법은 소소생이 「탁고」에서 "독한주둥이에. 폭악을품은. 독술이. 어나곳으로. 붓터. 날어든다"니 "동물이란. 해한일. 이. 업소"니 하고 표기하는 것과 아주 비슷하다.

　김소월의 이러한 기법은 비단 「가는 길」에 그치지 않고 그의 다른 작 품에서도 쉽게 엿볼 수 있다. 가령 1923년 8월 『신천지新天地』 9호에 처음 발표한 「왕십리」도 그러한 경우를 보여 주는 좋은 예로 꼽을 만하다.

　　비가 온다

<hr/>

10　김소월, 김용직 편, 『김소월 전집』, 서울대 출판부, 1996, 155쪽; 김욱동은 이 작품의 첫 연의 '하니 그려워'를 논리적 연관성과 수사적 기법을 들어 '아니 그려워'의 오식으로 읽 는다. 김욱동, 『문학이 미래다』, 소명출판, 2018, 345~356쪽; Wook-Dong Kim, "Tr-anslation and Textual Criticism : Typographical Mistakess in Modern Korean Poems", *Acta Koreana 23 : 4*, 2021, pp.60~63.

오누나

오는비는

올지라도 한닷새 왔으면죠치.

여드래 스무날엔

온다고 하고

초하로 삭망朔望이면 간다고햇지.

가도가도 왕십리往十里 비가오네.[11]

위에 인용한 부분은 「왕십리」 네 연 중 첫 두 연이다. 첫 연에서 동사 '오다'와 '온다-오누나-오는-올지라도-왔으면' 같은 다양한 활용어를 다섯 번 사용하고, 둘째 행에서도 '온다-오네'처럼 두 번 더 사용한다. 특히 둘째 행에서는 '오다'와 함께 그 반대말인 '가다'를 구사하여 '왕십리'라는 제목에 걸맞게 왕복 동작을 강조한다. '오다'와 '가다'는 마치 이 작품의 집을 떠받들고 있는 기둥과 같아서 이 낱말을 빼면 그 집이 허물어질 정도다. 그러나 이러한 반복에도 지루한 느낌은 전혀 들지 않는 것은 김소월의 탁월한 시적 재능 때문이다. 그는 시어의 반복과 변이, 정서의 지속과 단절이 빚어내는 시적 효과를 어떤 시인보다도 능숙하게 다루었다. 이러한 다양한 어미 활용을 통한 리듬의 변주로 이 작품의 시적 화자는 정서에 미묘한 변화를 겪을 수밖에 없다.

김소월이 시도하는 스타카토 리듬을 통한 이러한 기법은 「왕십리」에 이

---

11 김소월, 위의 책, 157쪽.

어 1924년 10월 『영대靈臺』 3호에 발표한 「산유화」에서도 엿볼 수 있다.

산山에는 꽃픠네
꽃이픠네
갈 봄 녀름없이
꽃이픠네

산山에
산山에
피는꽃츤
저만치 혼자서 피여잇네.[12]

이 작품에서 주목해 볼 것은 첫 연과 둘째 연에서 김소월이 구사하는 행갈이 기법이 서로 다르다는 점이다. 첫 연에서는 "꽃픠네"와 "꽃이픠네"와 "녀름없이"를 한 음보로 취급하고 "꽃이픠네"를 교차·반복하여 네 행으로 만든다. 한편 둘째 연에서는 "산에"와 "피는꽃츤"을 서로 구분 지어 행갈이를 할 뿐 아니라, "피는꽃츤"과 "피여잇네"을 한 음보로 취급하고 "산에"를 순차 반복하여 역시 네 행으로 처리한다. 김소월이 특히 "피는 꽃"과 "저만치 혼자서 피어 있네"까지 구분 짓는 것은 '저만치'와 '혼자서'라는 부사를 강조하기 위해서다. 이 두 부사를 두고 그동안 여러 해석이 있어 왔지만 시적 화자와 꽃의 물리적 거리, 인간과 자연의 심리적

---

12 위의 책, 180쪽.

거리를 말하는 것으로 보아 크게 틀리지 않는다.

이렇게 문장 단위나 의미 단위로 행을 구분 짓는 대신 운율이나 음보에 따라 행을 구분 짓는 것은 뒷날 편석촌片石村 김기림金起林의 장편시 『기상도氣象圖』1936에서도 엿볼 수 있다. 제1부 '세계의 아침'은 이렇게 시작한다.

> 비눌
> 돗인
> 해협海峽은
> 배암의잔등
> 처럼 살아낫고
> 아롱진 '아라비아'의 의상衣裳을 둘른 젊은 산맥山脈들.[13]

위 인용문에서 무엇보다도 눈길을 끄는 것은 행갈이 방식이다. 첫 두 행 "비늘 돋힌"은 그렇다고 치더라도 김기림은 4행과 5행에서 "배암의 잔등처럼 / 살아났고"라는 해야 하는데도 일부러 "배암의 잔등 / 처럼 살아났고"라고 표기한다. '처럼'은 '같이'처럼 체언 뒤에 붙어 나타나는 격조사로 앞말과 유사함을 나타내는 말이다. 그래서 명사나 조사는 좀처럼 분리하지 않는 것이 일반적인 문법적 관행이다. 그런데도 김기림은 운율의 독특한 효과를 얻기 위하여 이렇게 문법적 관행을 깨뜨린다. 그것은 마치 소소생이 「탁고」에서 "뒤씰. 로", "저독술이. 늗", "해한일. 이"처럼 일부러 명사와 조사를 분리하여 표기하는 것과 비슷한 효과를 낳는다.

---

13 김기림, 박태상 편, 『원본 김기림 전집』, 깊은샘, 2014, 25쪽.

형식적인 면에서 「탁고」는 신체시가 애국가 유형의 시, 개화 가사, 창가 등 같은 개화기 시가에서 젖을 떼고 마침내 근대시로 이유식을 하는 데 유모와 같은 역할을 하였다. 신체시의 효시를 최남선의 「해에게서 소년에게」로 간주하든, 「구작삼편舊作三篇」으로 간주하든 이 두 작품은 인간으로 완전히 진화하지 못한 원숭이처럼 여전히 개화기 시가의 꼬리를 지니고 있었다. 그러나 소소생의 「탁고」에 이르러 신체시는 자유시나 산문시 같은 근대시에 상당히 가깝게 다가섰다.

　더구나 내용이나 주제 면에서 이 작품은 일본 제국주의의 식민지 지배에 대한 문학적 저항이었다. 이 무렵 비록 우회의 형식을 빌리고는 있지만 이렇게 일제에 맞서는 작품을 찾아보기 쉽지 않다. 합일병합 이전이라고는 하지만 최남선의 「해에게서 소년에게」는 소년을 새 시대의 주인공으로 내세워 자유와 계몽을 고취했을 뿐 민족의식을 드러내는 데까지는 나아가지 못하였다. 예외가 있다면 『새별』1913.9에 실린 이광수의 「말 듣거라」 정도가 있을 뿐이다. 이 작품에서 그는 산과 물과 꽃에게 '그 님'을 잊지 말라고 권한다. 그가 말하는 '그 님'은 의미의 폭이 넓지만 그중 하나는 일제에 빼앗긴 조국으로 보아도 크게 틀리지 않는다.

　소소생은 「탁고」에서 일본 제국주의의 침략에 따른 한반도의 비극적 운명을 다루는 것에 그치지 않고 한 발 더 나아가 이 무렵 동아시아에 풍미하던 사회진화론을 다루기도 한다. 이러한 사회진화론과 관련한 주제는 이 작품의 맨 마지막 세 단락에서 극명하게 드러난다.

　　아아. 독毒술이의. 썬썬한. 그사기적詐欺的행위行爲.
　　아아. 까치의. 불상한것. 찰아리. 미련未練하다.

이세상世上은약자弱者의육肉은강자强者의쓰더먹는쌕레드다. 약자弱者의혈血은강자强者의마시는새ー루다. 인정人情은반분半分엇치없다. 나만비부르면고만이다. 정의正義와패악悖惡은. 전도顚倒되엿다. 아아.2 : 17

사회진화론을 주장한 영국의 사회학자 허버트 스펜서.

소소생은 위 인용문의 마지막 단락에서 약육강식의 정글법칙과 적자생존의 진화론, 그리고 그것을 사회에 적용한 우승열패의 사회진화론을 언급한다. 허버트 스펜서의 사회진화론은 그동안 사회와 사회, 민족과 민족, 문화와 문화, 국가와 국가 사이의 우열을 주장하거나 제국주의적 침략을 정당화하는 데 악용되었다. 그러나 일반적인 오해와는 달리 스펜서는 강대국의 약소국가 침략과 제국주의에 반대하였다.

흥미롭게도 사회진화론은 19세기 말엽부터 20세기 초엽에 걸쳐 일본과 중국을 거쳐 개화기 조선 사회에서도 수용되었다. 일본에서는 가토 히로유키加藤弘之가 일본 천황제를 강화하기 위한 수단으로 이 이론을 받아들였고, 중국에서는 가토의 제자라고 할 량치차오梁啓超를 비롯하여 옌푸嚴復와 루쉰魯迅 등이 적극 수용하였다. 조선에서는 유길준俞吉濬이 그러한 역할을 맡았다. 미국 학자 에드워드 모스에게서 진화론과 사회진화론을 접한 유길준은 「경쟁론」, 「세계대세론」 같은 글과 『서유견문西遊見聞』1895에서 사회진화론을 한국 현실에 접목하였다. 유길준은 "경려경쟁의 욕구가 결여된 사람은 날마다 밥을 먹고 있다 하더라도 산 시체와 같다"[14]고 잘라 말하였다.

위 「탁고」 인용문에서 "이세상은 약자의 육은 (…중략…) 강자의 마시는 세―루다"라는 문장을 좀 더 찬찬히 살펴보자. 여기서 '쌔―레드'란 빵을 가리키는 영어 'bread'고, '세―루'란 맥주를 가리키는 영어 'beer'를 말한다. 서양에서 '케이크와 맥주'라고 하면 흔히 물질적 쾌락이나 삶의 기쁨을 뜻한다. 윌리엄 셰익스피어가 『12야』에서 처음 사용한 뒤 윌리엄 서머셋 몸이 한 장편소설의 제목으로 삼으면서 널리 쓰이게 되었다. 그러니까 소소생이 말하는 빵과 맥주는 강자가 날마다 먹고 살아가는 음식을 말한다.

소소생은 강자가 일용하는 양식인 빵이 다름 아닌 약자의 육체고 빵과 함께 마시는 맥주는 약자의 고혈이라고 말한다. 『춘향전』에서 암행어사 이몽룡이 변학도의 잔칫상에서 읊는 "金樽美酒 千人血, 玉盤佳肴 萬姓膏"가 떠오른다. 개인적 차원에서나 사회적 차원에서, 심지어 국가적 차원에서도 강자는 약자를 먹이로 삼아 살아간다. 여기에는 오직 약육강식과 승자독식의 원칙이 힘을 발휘할 뿐이다. 「탁고」의 서술 화자가 "인정은 반 분어치도 없다"고 잘라 말하는 것은 바로 그 때문이다. 일본 제국주의는 사회진화론을 이론적 무기로 삼아 조선 같은 약소국가를 침략하는 빌미로 삼았다. 서술 화자가 '아아'라는 감탄사를 네 번 사용할 뿐 아니라 이

---

14 유길준, 『서유견문』, 대양서적, 1975, 388쪽; 그는 또 다른 글에서 "물론 교육을 잘 받고 못 받은 것과 습관의 좋고 나쁨의 차이로 인해 서로 달라지기도 하지만, 중요한 것은 경쟁정신의 강약으로 인해서 (빈부격차가) 생긴다는 것이라. 대체로 세상에 우부우부(愚夫愚婦)는 간신히 기한(飢寒)을 면하고, 벌레들이 떼를 지어 움직이듯이 무리로 기거하며, 잠자고 먹고 몸을 닦는 일을 전혀 모르고도 추호도 진취적이지 못하며, 어리석음과 빈곤으로써 살고 죽는 것이니 그것은 바로 경쟁정신이 없는 연고라"고 지적한다. 유길준전집 편찬위원회 편, 『유길준 전집』 4, 일조각, 1971, 48~49쪽.

글을 '아아'로 끝내는 것을 보면 독수리열강에 속수무책으로 잡혀 먹히는 까치약소국가의 운명이 얼마나 비참한지 쉽게 짐작할 수 있다.

2. 강자를 위한 변명

소소생이 「탁고」에서 우화적으로 처음 제기한 사회진화론은 앞으로 『학지광』에서 아주 중요한 위치를 차지한다. 이 잡지에 관류하는 여러 사상 중에서도 사회진화론은 가장 큰 비중을 차지한다. 예를 들어 3호에 기고한 「'학지광' 제3호 발간에 임하여」에서 장덕수張德秀는 "우주의 창조 작용은 그 자체가 직直히 쟁투로다. 자기실현이 우주의 근본 사실이라 함은 즉시 생존경쟁을 의미하는 것이 아닌가?"3 : 3라고 묻는다. 6호에는 익명의 필자가 쓴 「담력을 양養하라」, 현상윤의 「강력주의와 조선 청년」, 이응남李應南의 「오인의 특유한 력力의 가치를 발휘ᄒ여라」, 정충원鄭忠源의 「아々 형제여」 등 잇달아 이 주제를 다루는 글이 무려 네 편이나 실렸다. 김효석金孝錫도 10호에 기고한 「나의 경애ᄒ난 유학생 여러분에게」에서 "왕고往古의 역사는 인류 생존경쟁生存競爭에 우승열패優勝劣敗를 증證하나니 언제든지 우자優者는 지자知者요 열자劣者는 무지자無知者 될 것이며 지자가 강자요 무지자가 약자될 뿐이로다"10 : 10라고 역설한다.

「담력을 양하라」의 필자도 장덕수처럼 사회진화론에 기반을 둔 강력 주의를 주창한다. 그는 "용쟁호전龍爭虎戰이 우주를 진감震撼하고 성풍혈우腥風血雨가 동서에 창일漲溢이라"라고 부르짖는다. 그러면서 그는 계속하여 "박약한 자는 기각其脚을 입立할 자가 무無하며 기두其頭를 출出할 료撩가 무

無하나니 금차今此 20세기에 생生한 자가 어찌 강경强硬치 않으며 어찌 담대膽大치 않으리오"6 : 41라고 지적한다.

이렇게 당시 강력주의를 부르짖은 것으로 말하자면 현상윤도 장덕수나 「담력을 양하라」의 필자 못지않았다. 현상윤이 강력주의를 주창하는데 누구보다도 큰 영향을 끼친 사상가는 다름 아닌 프리드리히 니체와 몽테스키외였다. 이 점과 관련하여 현상윤은 "니이치에는 이 점에서 권력만능權力萬能을 주장하였고, 몬테스큐는 이점에서 강권의 절대가치를 창도唱導하였나니……. 나는 이 두 사람의 말을 어디까지든지 존봉遵奉하고 확신코저 하노라"라고 말한다. 여기서 현상윤이 말하는 '권력 만능'이란 니체의 '권력 의지'를 말하는 것이다. 현상윤은 "아々 애닯고나 세상에 약자처럼 설은 것이 다시 어디 있으리오! 여하如何한 이유가 있고 여하한 고통이 유有할지라도 강자의 구복口腹과 권력의 요구를 만족하게 하기 위하여는 자기이익상에 인위忍爲치 못할 일이라도 차마 행하게 되고, 여하한 학대와 여하한 치욕羞辱이라도 강자의 앞이나 권력의 앞에는 차此를 능히 피할 수 없나니……"6 : 44라고 말한다. 이 말은 니체가 『도덕의 계보』1887에서 "비참한 자만이 오직 착한 자다. 가난한 자, 무력한 자, 비천한 자만이 오직 착한 자다. 고통 받는 자, 궁핍한 자, 병든 자, 추한 자 또한 유일하게 경건한 자며 신에 귀의한 자고, 오직 그들에게만 축복이 있다"[15]는 주장과 궤를 같이한다.

이 점과 관련하여 현상윤은 윌리엄 셰익스피어의 『햄릿』에서 한 구절

---

15 Friedrich Nietzsche, Trans. Robert C. Holub, *On the Genealogy of Morals*, New York : Penguin Classics, 2014, p.22. 니체는 약자를 선하다고 간주하는 태도가 유대인의 전통에서 비롯한 것으로 파악한다.

을 인용하여 "약한 자여 너의 이름은 계집이라 한 것 같이, 약한 자여 너의 이름은 백이의白耳義사람이라"6 : 44라고 말한다. 시와 시조와 관련하여 앞 장에서 이미 지적했듯이 소월素月 최승구崔承九는 『학지광』 4호에 발표한 시 「쎌지엄의 용사」에서 독일군의 침략을 받고 무참히 패배한 벨기에의 비참한 현실을 다룬다. 제1차 세계대전이 일어난 직후 벨기에는 리에주 전투에서 패하여 리에주 요새를 독일군에 빼앗겼다. 리에주 전투에서 패배하여 요새를 상실한 뒤에는 수도 브뤼셀을 빼앗겼고, 곧 안트베르펀이 독일군에게 점령되어 벨기에의 영토가 모두 독일군의 점령에 놓이게 되었다. 현상윤은 벨기에가 힘이 없어 20세기 초엽 막강한 힘을 자랑하던 독일에게 패배할 수밖에 없었다고 지적한다.

그러나 니체의 권력 의지는 현상윤이 말하는 강력주의보다 좀 더 형이상학적 개념이다. 권력 의지는 단순히 다른 사람이나 대상을 지배하기 위한 외적 원리에 그치지 않고 이보다 한 발 더 나아가 내면적 사상 원리를 분명히 하여 냉혹한 자기초극을 이룩하려는 데 있기 때문이다. 한마디로 니체가 말하는 권력 의지란 개인이 내면의 주인이 되고자 하는 의지다. 즉 개인이 자기 내면에게 명령을 내리고 자유 의지로 그것을 제어할 수 있는 힘을 소유하는 것을 의미한다.

한편 현상윤이 몽테스키외를 '강권의 절대가치'를 앞장서서 부르짖은 이론가로 밝히지만 실제 사실과는 조금 다르다. 계몽주의시대 대표적인 사상가인 몽테스키외는 오히려 "인간은 누구나 권력을 잡으면 그것을 남용하는 경향이 있다"고 주장하였다. 이렇게 권력이 인류의 보편적 경험이라는 사실을 확인한 몽테스키외는 권력이 권력을 제어할 수 있는 수단을 찾아내어 그것을 통하여 모든 시민의 자유를 보장하려고 하였다. 그가 주창한 권력 분립론은 자유주의 입장에서 권력 분립에 따른 법치주의의 토대가 되었다는 것은 새삼 말할 필요가 없다.

현상윤은 자신이 주창하는 강력주의가 단순히 물질적 힘에 그치지 않고 정신적 힘을 포함하는 넓은 의미라고 지적한다. 그러나 독일에 패한 벨기에를 언급하는 데서도 볼 수 있듯이 그는 아무래도 외부적 힘에 좀 더 무게를 싣는다.

> 이 세상에는 오직 강력이 有할 뿐이니, 강력 이외에 다시 무엇이 有하리오. 시험하여 보아라 영국사람의 제국주의에서 강한 힘을 除除하고 보면 그네들에게 과연 무슨 신통神通한 특징特長을 볼 수 있으며, 독일사람의 세계정책에서 강한 힘을 빼고 보면 또한 그네들에게 무슨 웅대한 이상理想을 볼 수 있느냐. 그럼으로 현대의 구미제국 미제국美諸國을 칭호하는 명사는 서양에 재在하여 Powers힘있다는 의미며, 동양에 재在하여 열강列強이라 하게 됨이니, 아메리카합중국의 부富도 강強이라 칭하고 도이치의 학문도 강強이라 명명하게 되지 않았는가.6 : 44~45

현상윤은 강대국의 힘의 논리에 지나치게 동조한다는 비판을 면하기 어렵다. 해가 질 날이 없다는 대영제국에는 제국주 말고도 문학과 예술 같은 문화가 버팀목을 해 왔다. 토머스 칼라일은 『영웅 숭배론』1841에서 "영국이 언젠가는 식민지 인도를 잃게 되겠지만, 셰익스피어는 사라지지 않을 것이며, 영원히 우리와 함께할 것이다"라고 천명하였다. 독일을 지탱한 힘도 막강한 군사력과 함께 문학과 철학과 사상이었다. 그런데도 현상윤은 "현대문명의 특질이 얼핏 보면 철학에 있고 윤리학에 있는 듯하나, 그 실상은 수증기에 있으며 전기에 있음을 보았음으로서니……"라고 주장한다. 그러면서 그는 계속하여 "10인의 칸트와 100인의 로세치전자는 유명한 철학자, 후자는 유명한 화가보다, 1인의 마르코니무선전신 발명가와 2인의 에치펠닌비행선 발명가이 하루 바삐 반도 안에 생生기기를 간절히 바라는 바"6:47라고 말한다. 또한 현상윤은 조선이 이렇게 일본의 식민지로 전락한 것도 따지고 보면 "취々 유자배脆々儒子輩에게 오롱誤弄한" 결과, 즉 현실과 동떨어진 공리공담을 일삼았기 때문이라고 말한다.

현상윤은 'powers'를 물리적 힘으로만 파악하는 나머지 눈에 잘 보이지 않는 '지적 힘'이나 '정신적 힘'에 대해서는 별로 주목하지 않았다. 물론 당시에는 하버드대학교의 조지프 나이 교수가 '소프트 파워', 즉 연성 권력의 개념을 창안하기 훨씬 전이지만 현상윤은 물리적 힘에 지나치게 무게를 둔다는 비판을 면하기 어려울 것 같다. 뒷날 현상윤이 조국에서 크게 이바지한 분야는 정치가가 아니라 『조선 유학사』1949와 『조선 사상사』1949를 출간한 학자였다는 점은 아이러니가 아닐 수 없다. 그는 조선 청년들에게 메이지유신시대의 일본 청년들을 본받으라고 권한다. 그러나 후쿠자와 유키치 같은 메이지유신을 이끈 일본인들은 한편으로는 탈아입구를 부르짖으면서도 다른 한편으로는 서유럽의 과학과 기술 못지않게 사상과 철학, 제도 등을 받아들이고 노력하였다. 더구나 정치적·군사적 힘만 강조하는 현상윤의 이러한 태도는 자칫 힘의 논리로 조선을 식민지로 삼은 일본 제국주의를 정당화하는 데 악용될 수도 있다.

그러나 이 세 사람 중에서 사회진화론을 가장 강력하게 주장하는 사람은 바로 정충원이었다. 그의 「아々 형제여」는 글의 장르적 성격을 규정짓기가 어려워서 웅변으로 볼 수도 있고, 수신인을 특정하게 밝히지 않고 동료 학우에게 보내는 서간문으로 볼 수도 있으며, 자신의 생각을 자유롭게 펼친 수필로 볼 수도 있다. 어찌 되었든 정충원은 일찍이 1910년대 사회진화론을 주장할 만큼 서유럽 이론에 밝았다. 조선총독부 중추원 참의를 지낸 정재학鄭在學의 아들로 경상북도 대구에서 태어난 정충원은 1918년 일본 니혼대학에서 법학을 전공하였고, 졸업한 뒤 경찰 간부와 군수 등 행정 관료를 지냈다. 돌이켜 보면 그가 경찰 관료로 친일 행위에 앞장선 것도 일찍부터 사회진화론을 새 시대의 복음으로 받아들였기 때문이었다.

정충원의 「아々 형제여」를 장르에서 웅변으로 볼 수 있다고 한 것은 필자가 자못 영탄적으로 독자의 감정에 호소하기 때문이다. 두 쪽 조금 넘는 글에서 그는 "아々 형제여"니 "아々 사랑 많은 형 및 아우들아"니 "군이여"니 하는 구절을 무려 여섯 번에 걸쳐 반복한다. 이 글은 "아 형제여!"로 시작하여 "아 형제여!"로 끝을 맺는다. 이밖에도 "오호라~"나 "슬프도다~"를 비롯하여 "~하나뇨", "~아니한가", "~아니고 무엇이리요", 또는 "기관육합試觀六合하라~" 같은 감탄법과 설의법과 명령법 등을 즐겨 구사하기도 한다. 그래서 이 글을 읽고 있노라면 감정에 한껏 들뜬 웅변가의 목소리가 귓가에 낭랑하게 들리는 듯하다.

시조時潮는 강자强者를 상쟁相爭하는도다. 도덕이 무엇이며 문명이 무엇인고, 종교가 또한 하물何物이며 색色색 범사凡事가 모두 무엇이냐? 오제吾儕는 도덕이 무용물無用物임을 강자에게 학득學得하였으며 문명의 이용을 역시 강자에게서 견득見得하였도다. 영성靈性의 위안을 득得하여서는 종교에 의依할 것이 아니요 강자 됨에 있다 함도 오제吾儕는 문득聞得하였노라. 강자는 절대요 무상권위無上權威로다. 강즉신强則神이요 천재지창조자天才之創造者니 모든 것을 발전시키는 유일唯一 존칭尊稱은 참으로 '강强'이라 하겠도다! "Before the necessity all laws are useless and powerless." 필요 앞에는 일절 규칙이 무력무용지물無力無用之物이니 차此는 진실로 강자의 임의적任意的 방언放言이 아닌가. 아々 약자는 강자의 앞에 고두함구叩頭緘口할 뿐이라.6 : 37

위 인용문에서 정충원은 동료 학우들에게 낡은 도덕과 종교를 버리고 서유럽 사회의 새로운 문질문명을 받아들일 것을 부르짖는다. 서유럽 문명은 다름 아닌 강자가 창조한 것이기 때문이다. '강자'라는 낱말을 빼고 나면 별로 남는 말이 없을 정도로 필자는 이 말을 유난히 강조한다. 심지어 그는 강자를 두고 "절대요 무상권위"라고 말하며 창조신의 반열에까지 올려놓는다. 위 인용문 바로 다음 문장에서도 그는 "현하現下의 모든 문제는 강强하려 싸우며 강强하려 다투고 강强하려 식食하고 강强하려 노동勞動함에 있지 아니한가"6 : 37라고 수사적 의문을 던지기도 한다.

정충원은 인용문 후반부에서 영어 문장을 인용한 뒤 "필요 앞에는 일절 규칙이 무력무용지물"이라고 번역한다. 그러면서 그는 강자가 아무 거리낌 없이 이 말이 마음대로 내뱉는다고 밝힌다. 이 영어 문장은 정충원이 직접 만들어낸 것인지 남의 말을 인용한 것인지 분명하지 않다. 다만 허버트 스펜서는 『사회 정학』1851에서 "진보는 우연이 아니요 필연이다"라고 말한 적이 있다. 정충원의 주장에 따르면 약자는 강자 앞에 머리를 조아리고 아무 말 없이 명령을 기다릴 뿐이다.

정충원은 강자가 세계를 지배하는 원리가 자연과학에서 처음 시작한 것이라고 말함으로써 사회진화론이 찰스 다윈의 생물 진화론에 기반을 두고 있음을 강하게 내비친다. 이 점과 관련하여 정충원은 "금일 자연과학의 발전과 상반相伴하여 물질적 문명이 진보하매 오제吾儕는 다시 인간 생활에 자연 법칙을 발견하게 되었으니 왈曰 강자의 세상이요 약자의 사총死塚이라 하노라"6 : 37라고 지적한다. 여기서 그는 '오제우리들'라고 말하고 있지만 엄밀히 따지고 보면 인간의 사회생활에서 자연 법칙을 발견한 사람은 스펜서와 그를 따르는 일부 사회학자들이었다.

더구나 정충원은 동료 학우들에게 치열한 생존경쟁과 우승열패의 사회에서 살아남기 위해서는 수단과 방법을 가리지 말고 승리자가 되라고 권유한다. 인간이란 본질적으로 삶을 도모하고 그것을 완전히 유지하고 발전시키는 것에 목적을 두기 때문이라는 것이다. 이러한 인생관에서 공동선이란 한낱 부질없는 미사여구에 지나지 않는다.

생生을 유지하는 것이 선善이라 하면 생을 유지하기 위하여 수단인 강强 되려 하는 것이 선임은 물론이며 동시에 강은 인류의 최고 이상理想이라 아니치 못할지로다. 혹은 가로되 자기를 생케 하기 위하여 타인을 망케 하는 것은 비인도적 비도덕적 반인륜적 행동이라 아니치 못할지니 하고何故요 인류가 상부상조相扶相助하여 공동생활을 영위하는 것이 인류의 이상이며 선임으로서라 하나 그러나 여余는 대담적大膽的 주아主我의 태도로 차언此言에 답하고자 하노니 왈曰 형언兄言이 이상합理相合일지는 부지不知하나 군君은 선先히 군의 주아의 정로正路를 바리고 타아他我의 곡로曲路를 취하려 하느냐.6 : 37~38

정충원이 여기서 말하는 '타아의 곡로'란 지금까지 삶의 지침으로 당연하게 받아들여 온 도덕이나 윤리 또는 종교를 말한다. 그것들은 누가 언제 만들어 놓은 것인지도 모르는 채 예로부터 당연한 것으로 받아들여 온 가치들이다. 한편 '주아의 정로'란 지금 세계를 지배하는 약육강식의 정글 법칙을 말한다. 정충원은 하루빨리 이러한 '타아의 곡도'를 버리고 '주아의 정로'를 택하라고 권한다. '인도'니 '윤리도덕'이니 하는 것은 어디까지나 약자가 강자에게 요구하는 '허명'에 지나지 않는다. 정충원은 이렇게 생존경쟁에서 살아남기 위하여 강자가 되려는 태도나 신념을 '강적주의強的主義'라고 부른다. 그가 말하는 강적주의란 현상윤이 말하는 '강력주의'와 동일한 개념이다.

특히 정충원은 사회진화론이 기독교의 가르침과는 크게 어긋난다고 지적한다. 기독교의 가르침에 따르다가는 자칫 생존경쟁에서 패할 가능성이 크기 때문이다. 가령 기독교에서는 남을 위하여 기꺼이 자기를 희생하라고 가르친다. 그러나 정충원은 "자기의 생을 발전하기 위하여는 다수 타인의 생까지라도 희생하여야 할 것이니 '너의 적을 사랑하라' 하던 허위적 망언은 생존경쟁 폭렬탄에 일점一點의 연기도 없이 파괴된 것이로다"6:38라고 강변한다.

여기서 정충원은 예수 그리스도가 산상수훈에서 말한 한 구절을 인용한다. 예수는 "'네 이웃을 사랑하고, 네 원수를 미워하여라' 하고 말한 것을 너희는 들었다. 그러나 나는 너희에게 말한다. 너희 원수를 사랑하고, 너희를 박해하는 사람을 위하여 기도하여라"「마태복음」 제5장 제43~45절라고 말하였다. 그런데 정충원은 예수의 이 말을 '허위적 망언'으로 치부해 버린다. 그의 관점에서 보면 인간이 자기의 삶을 보존하고 발전시키려면 타인의 삶을 희생하는 것이 '자연적 부동不動의 원칙'이기 때문이다. 그는 "생존경쟁의 자연도태 강적주의라야 영육 일치의 완전한 생을 영위하며 시인의 공상적 세계를 현실적으로 되게 할 수 있으리라"6:38라고 역설한다.

그러면서 그는 계속 "강석주의로다. 일一도 그것이요, 이二도 그것이요 삼三도 역시 강적주의로다!"6:38~39라고 힘주어 말한다.

정충원은 양육강식이나 우승열패의 원칙을 비단 개인 차원에 그치지 않고 한 발 더 밀고나가 민족 차원으로 넓혀나간다. 개인과 개인 사이에서 벌어지는 치열한 경쟁은 민족과 민족 사이에서도 얼마든지 일어난다. 그는 민족 사이에서 일어나는 경쟁을 '이차 충돌'이라고 부른다. 그런데 민족의 차원에서 강자가 되기 위해서는 무엇보다도 먼저 민족에 속한 개인이 각자 강자가 되어야 한다. 정충원은 민족 차원에서 강력주의를 이루려면 먼저 개인 차원에서 강력을 이루라고 요구한다. 개인의 강약은 곧 군중의 강약을 의미하기 때문이다. 정충원의 이러한 주장은 일본 제국주의의 한반도 식민지 지배를 정당화하는 데 이용될 수밖에 없었다.

한편 『학지광』에는 이러한 강력주의에 맞서 상호협력을 부르짖는 필자들도 없지 않았다. 가령 '추송생秋松生'이라는 필명의 필자는 6호에 기고한 「오인吾人의 이상」에서 인간의 본성이 자연과학자들이나 현실주의자들이 말하는 약육강식의 정글 법칙으로써는 설명할 수 없는 '영원 보편한' 내적이고 도덕적인 삶이 있다고 지적한다. 바로 이 점에서 인간은 다른 동물과는 근본적으로 다르다는 것이다. 김익우金翊禹도 18호에 기고한 「인격 형성의 3요소」에서 사회진화론의 한계를 지적한다. 김익우에 따르면 생존경쟁에 필요한 무기에는 총포만이 있는 것이 아니라 도덕과 윤리도 있다. 그는 "전시의 무기는 총포임과 같이 평화시대 경쟁의 무기는 도덕이라"18:51고 잘라 말한다.

그러나 누구보다도 사회진화론을 비판한 사람은 최승만崔承萬이었다. '극웅極熊' 또는 '극광極光'이라는 필명으로 활약한 그는 『학지광』 19호에 기고한 「상조론」에서 인간의 본성에는 약육강식이나 적자생존의 원리로 설명할 수 없는 어떤 가치가 있다고 역설한다. 상부상조하면서 살아가는 것이 조물주의 뜻일 뿐 아니라 인류의 천성이라고 지적한다. 최승만은 "갑甲의 필요는 을乙에게 구求하고 을의 필요는 병丙에게 구하며, 갑의 무無는 을에게서 득得하고 을의 무는 병에게서 득하여 서로々々 도와가며 사는 것이 사람의 일이요 인류의 천성인 것 같습니다"19 : 16라고 말한다. 흥미롭게도 최승만은 이러한 주장을 펴는 근거를 찰스 다윈이나 허버트 스펜서가 아닌 『맹자孟子』의 등문공상滕文公上에서 찾는다.

허자許子는 필종율이후必種粟而後에 식호食乎아 왈曰 연然하다. 허자는 필직포이후必織布而後에 의호衣乎아 왈 부否라 허자는 의갈衣褐이니라. 허자는 관호冠乎아 왈 관冠이니라. 왈 해관奚冠이고 왈 관소冠素니라. 왈 자직지여自織之與아 왈 부否라 이율역지以粟易之니라. 왈 허자는 해위부자직奚爲不自織이고 왈 해어경害於耕이니라. 왈 허자는 이부증찬以釜甑爨하며 이철경호以鐵耕乎아 왈 연然하다. 자위지여自爲之與아 왈 부否라 이율역지以粟易之니라.19 : 17

맹자와 허자의 문답을 쉽게 풀어서 옮기면 다음과 같다. 맹자가 허자에게 직접 곡식을 심은 뒤에 밥을 먹느냐고 묻자 허자는 그렇다고 대답하였다. 다시 맹자가 허자에게 삼베를 짠 뒤에 옷을 해 입느냐고 묻자 그렇지 않고 갈옷을 입는다고 대답한다. 이번에는 맹자가 허자에게 관을 쓰느냐고 묻자 그렇다고 대답하고 맹자는 어떤 관을 쓰느냐고 묻는다. 허자가 흰 비단으로 만든 관을 쓴다고 대답하자 다시 직접 그것을 짜느냐고 묻는다. 허자는 농사일에 방해가 되기 때문에 직접 짜지 않고 곡식을 주고 바꾼다고 대답한다. 맹자가 허자에게 가마솥과 시루로 밥을 짓고, 쇠 붙이로 된 농기구로 밭을 가느냐고 묻고, 허자는 그렇다고 대답하면서 직접 그것을 만들지는 않고 곡식을 주고 바꾼다고 말한다.

최승만에게 맹자와 허자의 대화야말로 상호의존을 보여 주는 더할 나위 없이 좋은 본보기다. 최승만은 상부상조 정신이 인간의 최고 가치고 사회의 흥망도 이 정신에 달려 있다고 주장한다. 더구나 그는 인간에게 상부상조 정신이 없다면 인류의 문명도 건설할 수 없을 것이라고 내다본다. 최승만은 "인류라는 것은 서로 ; 도우는 가운데 세계의 문명을 건설하는 바이라고 하는 바며, 더욱 우리 사회에 있어서 상조하는 힘이 부족함으로 처處에 많은 결함을 생기게 한다"[19: 18~19]고 지적한다.

3. 이광수의 「살아라」

이광수는 『학지광』 8호 첫머리에 「어린 벗에게」라는 시와 함께 「살아라」라는 권두 논설 또는 에세이로 볼 수 있는 글을 기고하였다. 1916년 초에 쓴 이 「살아라」는 그의 문학관과 문명 개화론을 이해하는 데 자못 중요하다. 그는 제목에 걸맞게 '살아라'는 말을 핵심 낱말로 사용한다. 이광수는 이 글의 첫머리에서 "조물이 만생물萬生物을 낼 적에 첫 명령과 첫 축복이 '살아라'요, 둘째가 '퍼져라'일 것이외다. 인류세계人類世界의 헌법憲法의 제1조는 '살아라 퍼져라'외다"[8: 3]라고 말한다. 그가 말하는 '인류세계의 헌법'이란 다름 아닌 구약성경 「창세기」를 말하고, 그것의 '제1조'란 하나님이 「창세기」 첫머리에서 아담과 하와에게 내린 "생육하고 번성하여 땅에 충만하여라"제1장 제28절는 명령을 말한다. 이광수는 인류의 모든 행동이 곧 이 명령을 연역한 것이고 부연한 것에 지나지 않는다고 밝힌다. 만물이 생육하고 번성하는 데 '살고 퍼지기에' 합당한 일이면 절대선이고 그러하지 못하면 절대악이다.

그러나 이광수는 살아서 퍼지는 것이 절대선이 되는 삶의 방식에는 크게 두 가지가 있다고 지적한다. 이 두 낱말은 다같이 '살다'라는 동사에서 파생된 명사면서도 그 함축적 의미에서는 사뭇 다르다. 그는 '살기'와 '살음'을 엄격히 구분 짓는 것으로 「살아라」를 시작한다.

> '살자, 살자' 하는 것이 현대인現代人의 소리외다. '살음'이란 말처럼 현대인의 흥미를 자격刺激하는 것이 없습니다. 부富와 귀貴를 저마다 동경憧憬한 것은 과거 일이로되 현대인이 저마다 동경하는 것은 이 '살음'이외다. 이전에는 '살기'를 중重히 여기면서도 '살음'은 중히 아니 여겼나니 이는 아직 '살음'이라는 자각自覺이 아니 생긴 까닭이외다. 그러므로 이전 모든 사상과 제도는 공막空漠한 천리天理니 천도天道니 하는 데 기초를 두어 공막한 표준으로 선악善惡을 가리었으므로, 혹 선善이라는 것이 도리어 우리 천성天性을 거스리며 우리 생명을 잔해殘害하여 개인이나 민족이 그 선을 행하려 할 때에 의혹疑惑하고 준수逡巡하고 또 큰 고통을 겪었습니다.8 : 3

위 인용문에서 이광수가 말하는 '살기'란 생물학적·육체적 생명을 말하는 반면, '살음'이라는 형이상학적·정신적 생명을 말한다. 죽지 않고 생존해 있는 것이 '살기'에 해당하고, 의미 있게 살아가는 삶이 '살음'에 해당한다. 그러므로 '살기'는 비단 인간에만 그치지 않고 목숨 있는 모든 생물에 마찬가지로 적용된다. 더구나 이광수는 전통과 인습에 따라 영위하는 삶의 방식을 '살기'로 부르는 반면, 현대의 사상과 제도에 걸맞게 영위하는 삶의 방식을 '살음'으로 부른다. 그가 그토록 주장해 온 신문명에 기반을 둔 삶의 방식은 '살기'가 아니라 '살음'이다. 한마디로 인간의 천성에 어긋나게 살아가는 것은 '살기'에 해당하고, 천성에 충실하게 살아가는 것은 '살음'에 해당한다. 그에 따르면 '살기'란 좁은 의미의 '살음'으로 의식주 문제만 해결하고 살아가는 삶이다.

이광수는 서양에서 '살음'의 진리를 이해하고 받아들인 것은 14세기 르네상스 이후라고 지적한다. 그는 서양인들이 '르네상스라는 일성뇌一聲雷 일섬전一閃電'에 마침내 귀가 뚫리고 눈이 뜨였다"고 주장한다. 이광수는 계속하여 "그녀는 '살음'에 반反하는 구교를 깨트리고 구제도를 깨트리고 유태와 중고中古 구라파의 삶을 부인하는 모든 우상偶像을 불사르고, 희랍希臘과 라마羅馬의 현세를 긍정하고 '살음'을 탄미嘆美하는 과학과 예술이라는 진주眞珠를 숭배하였습니다"[8:3]라고 말한다.

여기서 이광수는 이러한 주장을 펴면서 아마 야코프 부르크하르트를 염두에 두는 것 같다. 이 스위스의 역사가는 르네상스를 초월적 신이 모든 것의 중심이던 기독교적 세계관을 밀어내고 그 자리에 인간을 모든 것의 척도로 보던 고대 그리스와 고대 로마시대로 돌아가려는 운동을 올려놓았다. 물론 르네상스의 인문주의가 신 중심의 세계관에서 벗어나는 인간 중심의 새로운 세계관을 의미한다고 해석하는 데는 반론이 적지 않지만 부르크하르트는 인문주의에서 르네상스의 가장 큰 특징을 찾았고, 이광수도 그의 주장에 동조하였다.

더구나 이광수는 진정한 선이라면 만인에게 적용되어야 한다고 지적한다. 만인에게 적용되는 가치가 진리라는 그의 주장에서는 여전히 근대성의 그림자가 어른거린다. 그가 「살아라」를 쓴 것이 20세기 초엽이었으니 아마 그럴 수밖에 없었을 것이다. 그러나 21세기의 관점에서 말하자면 진정한 선이란 시간과 공간에 따라, 또한 상황에 따라 얼마든지 달라질 수밖에 없다. 만인에게 두루 적용되는 절대적인 선이나 진리란 이 세상에 없게 마련이다. 이광수가 주장하던 근대적 가치도 100여 년이 지난 탈근대시대에 이르러 적잖이 빛이 바랬다. 어찌 되었든 그가 말하려는 바는 구시대의 도덕과 윤리가 현대 사회에는 낡은 옷처럼 잘 들어맞지 않는다는 점이다. 이 점과 관련하여 이광수는 "대개 구도덕舊道德은 그 기초를 진실한 '살음' 위에 두지 아니하고 공막空漠한 인조적人造的 천리天理 위에 둠이외다. 그런데 현대 문명인의 도덕은 순전히 이 '살음' 위에 기초를 두었나니, 그럼으로 문명 제국의 사회도덕과 국제 관계를 이 견지로 보면 일목요연一目瞭然할 것이외다"8 : 3라고 밝힌다.

한편 「살아라」에서 이광수는 진리나 선악의 상대성을 지적하기도 한다. 가령 사서삼경 같은 유가 경전을 절대적 가치로 존중하던 전근대 사회에서는 '살이'가 진리나 선으로 간주되었다. 가령 부모의 사망하면 자식은 마땅히 3년 동안 '불출문정不出門庭, 불식주육不食酒肉, 불범방不犯房, 불소오不笑娛' 하는 것이 선이요 진리로 대접받았다. 그러나 이광수는 현대 사회에서 이러한 가치는 남의 옷을 빌려 입은 것처럼 잘 맞지 않는다고 지적한다. 가령 부모가 사망했다고 하여 3년 동안 집 문밖에 나서지 않는다면 의식주를 어떻게 해결할 것이고, 고기를 먹지 않으면 건강은 어떻게 유지할 것이며, 배우자의 방에 들어가지 않으면 정욕은 어떻게 하고 자손을 낳는 일은 누가 책임질 것인가?

이렇듯 이광수는 절대적 진리나 가치에 어느 정도 회의를 품는다. 특히 삶의 모습이 과거와 비교하여 아주 복잡다단한 현대 사회에서는 어떤 획일적 진리나 가치를 신봉하기란 어렵기 때문이다. 그가 "우리는 공막한 이론으로 표준을 삼으매 얼른 선악의 구별이 분명하지 아니하고 또 선이라고 판단한 뒤에도 거기 절대적 권위가 없습니다"8:4라고 지적하는 것은 그 때문이다. 적어도 이 문장을 보면 이광수는 근대적 사고에서 한 발 물러서서 탈근대적 사고 쪽에 다가서는 듯하다. 적어도 절대적 진리나 가치를 신봉하는 '살기'를 거부한 채 '살음'이라는 상황적 진리나 역사적 맥락을 받아들인다는 점에서 그는 몇십 년 앞서 가히 포스트모더니즘의 신봉자라고 할 만하다.

이광수는 사회가 문명화되면 될수록 '살음'의 내용은 복잡해지고 그것을 요구하는 힘은 더욱 강렬해진다고 말한다. 그가 『학지광』 8호 첫머리에서 '살음'의 철학을 역설하는 것은 20세기의 문이 활짝 열렸는데도 당시 동료 유학생들이 여전히 낡은 전통과 인습에 얽매인 채 '살기'의 생활 방식을 따르고 있었기 때문이다. 당시 선각자적인 안목이 있던 이광수는 "우리 청년에게 가장 결핍한 것이 강렬한 '살음'의 욕망이요, 가장 긴급한 것이 또한 강렬한 '살음'의 욕망이라 합니다"8:6라고 부르짖음으로써 식민지 조선의 젊은이들에게 정신적 각성을 촉구했던 것이다.

4. 이광수의 사회진화론

이광수가 「살아라」에서 주창한 사회진화론은 이번에는 『학지광』 11호에 기고한 「우선 수獸가 되고 연후에 인人이 되라」는 자못 도전적인 글로 이어진다. 그는 인류의 조상을 가깝게는 원숭이, 아주 멀게는 단세포 원생동물 아메바에서 찾는 생물학 이론을 언급하며 글을 시작한다. 그러고 보니 그가 왜 짐승이 되고 나서 인간이 되라는 도전적인 제목을 붙였는지 조금 이해가 간다. 첫째, 생물학적 계보에서 인간은 원숭이 같은 짐승과 그렇게 멀리 떨어져 있지 않다. 둘째, 사회진화론의 관점에서 보면 인간이 현대의 경쟁 사회에서 살아남기 위해서는 짐승처럼 양육강식의 정글 법칙을 따라야 한다.

> 어찌하여 무수無數한 다같은 아메바 중에서 원류猿類만 홀로 원류가 되고 기여其餘는 수백만 년을 경과하도록 여전히 아메바라는 미물微物의 경境을 탈脫치 못하며 무수한 다같은 원류 중에서 어찌하여 인류人類만 홀로 인류가 되고 기타 원류는 여전히 원류의 역域을 탈脫치 못하뇨. 생물학生物學이 다시 가로대 진화進化는 우자優者의 특권이라 하도다. 우자라 함은 '힘' 많은 자요 '힘' 많은 자라 함은 자기의 제기능諸機能을 유감遺憾없이 발휘하는 자라. 연즉然則 오인류吾人類는 멀리 아메바시대로부터 부절不絶하는 악전고투惡戰苦鬪를 경經하여 금일의 가장 '힘' 많은 자, 즉 승리자勝利者의 지위에 달達하였도다.11 : 32[16]

위 인용문에서 주목해 볼 낱말은 '진화'를 비롯하여 '우자'와 '승리자'와 '힘'이다. 하나같이 생물진화론과 사회진화론에서 사용하는 핵심적인

---

16 루쉰은 이광수처럼 일본에 유학하는 동안 사회진화론의 세례를 한 차례 강하게 받았다. 루쉰은 "만약 중국 민중이 노예근성을 버리지 않으면 머지않아 자연 도태되어 하루하루 퇴화하여 원숭이·새·조개·바닷말을 거쳐 종국에는 무생물이 되어 버리고 말 것이다"라고 중국 민중의 경각심을 불러일으켰다.

낱말이다. 이광수는 진화론자처럼 오직 힘이 있는 생물 종이나 개체만이 도태되지 않고 살아남을 수 있다고 굳게 믿는다. 인류가 지금처럼 승리자로서 만물의 영장의 위치를 차지할 수 있었던 것도 최선의 노력을 다하여 인류로서의 여러 기능을 '유감없이' 발휘해 왔기 때문이다. 바로 이 점에서 인류는 원숭이나 아메바와는 질적으로 다르다는 것이다.

이광수는 「살아라」처럼 「우선 수가 되고 연후에 인이 되라」에서도 이러한 진화 과정이 비단 생물 종이나 개체에 그치지 않고 민족에게서도 마찬가지로 찾아볼 수 있다고 지적한다. 그는 생물진화론을 사회진화론으로 발전시킨다. 다시 말해서 한 민족이 번성하고 다른 민족이 멸망하는 것은 어디까지나 생존경쟁에 따른 진화 과정에 지나지 않는다는 것이다. 그렇다면 한 민족이 도태되지 않고 계속 진화하여 승자가 되려면 어떻게 해야 할까? 이광수가 제시하는 해결책은 다음과 같다.

> 우선 피彼로 하여금 역력力을 증增하고 지지知를 득得하고 재財를 득하게 할지어다. 방금 여흥興하려 하는 민족이 전쟁을 호好하고 살벌殺伐을 호하고 완력腕力을 귀貴함은 최最히 합리한 사事이며 갈渴한듯이 지지知를 구求함이 그차其次요 재財를 구함이 그차其次니라. 차此를 역사상으로 보건댄 인류 문명의 최초 계단은 전쟁과 약탈과 이기심이라. 차此는 장차 대인물大人物이 되어 대사업大事業을 성成하려는 소아小兒가 그 대사업을 성成할 신체를 장長하고 완력을 단鍛하기 위하여 창窓을 뚫고 기명器皿을 깨트리고 부모父母를 때림과 같으니 이것이 가장 아름다운지라.11 : 33

이광수의 말대로 한 민족이 힘을 기르고 지식을 쌓고 재물을 모으려는 노력은 조금도 나무랄 일이 아닐지 모른다. 따지고 보면 조선이 일본 제국주의의 식민지로 전락한 것도 그동안 힘과 지식과 재산을 축적하지 않았기 때문이다. 그러나 문제는 그렇게 하는 것이 전쟁을 일으켜 남의 나라를 침략하기 위한 것이라면 사정이 달라진다. 그런데도 이광수는 한 민족이나 국가가 전쟁을 일으켜 사람들을 죽이는 것은 지극히 합리적인 일이라고 주장한다. 그러면서 인류 역사에서 문명은 전쟁과 약탈과 이기심으로 시작되었다고 밝힌다. 이광수에 따르면 이것이야말로 인류가 할 수 있는 '가장 아름다운' 일에 해당한다. 그가 전쟁과 살상과 약탈을 비판하기는커녕 오히려 긍정적으로 평가하는 것이 여간 놀랍지 않다.

이광수의 주장에서 전쟁을 두둔하는 것 못지않게 놀라운 것은 부모와 자식 사이의 윤리마저 저버린다는 점이다. 위 인용문에서 그는 어린 아이가 앞으로 커서 큰 인물이 되려면 무엇보다도 먼저 강인한 체력을 길러야 한다고 말한다. 그러한 체력을 기르기 위하여 어린 아이는 집의 창문을 뚫고 그릇을 깨뜨리는 것에 그치지 않고 심지어 부모를 구타하는 것을 서슴지 말아야 한다는 것이다. 이광수의 말은 유교 질서를 떠받드는 기둥이라고 할 삼강오륜, 그중에서도 부위자강과 부자유친의 덕목을 무참히 짓밟는 발언이 아닐 수 없다. 그러나 조선이 선진국의 대열에 합류하기 위해서는 무엇보다도 먼저 유교 질서를 허물어야 한다고 생각해 온 그로서는 이러한 주장이 당연할지도 모른다. 20세기 초엽 아무리 신문명을 갈구할지라도 이광수만큼 그렇게 유교 질서를 폄훼하는 지식인을 찾아보기 어렵다.

도덕道德이나 예의禮儀니 하는 것은 개인이나 민족이 청년 원기元氣시대를 경經하여 노성기老成期에 입入한 후에 생生하는 것이니 개인이 도덕 예의의 종이 되게 되면 그는 이미 묘문墓門이 근근近하였고 민족이 도덕 예의만 숭상崇尚하게 되면 그는 이미 열패劣敗와 멸망滅亡을 향向하는 것이라. 라마羅馬를 망亡케 한 자者는 야만野蠻됨이 아니오 도덕적으로 문명함이며 인도印度나 지나支那가 역연亦然하니라. 문약文弱이라는 어어語가 유有하나니 문약으로써 차노쇄此老衰 상태를 표表한다면 여余는 만강蠻强으로써 기소장其少壯 상태를 표하려 하노라.11 : 34

위 인용문에서 이광수는 개인 차원에서 민족이나 국가 차원에서 도덕과 예의를 중시하게 되면 치명적 결과를 가져온다고 역설한다. 도덕과 예의를 숭상하는 것은 곧 실패와 파멸로 나아가는 길이며, 그것의 노예가 되는 것은 아예 죽음의 문턱에 이른 것과 같다고 말한다. 그러면서 찬란한 문명을 자랑하던 고대 로마와 인도와 중국이 멸망한 것도 궁극적으로는 도덕과 예의를 지나치게 숭상한 나머지 문약에 흘렀기 때문이라고 지적한다. 이광수는 "이론은 약자의 신음이라"느니 "도덕은 강자에게 복종하는 약자의 의무라"느니 하고 말하기에 이른다. 이광수는 '문약'에 상반되는 낱말로 '만강'이라는 신조어를 만들어내기도 한다. '문약'이 도덕과 학문만을 중요시하여 정신적으로나 신체적으로 나약해진 상태를 가리킨다면, '만강'은 야만적 기질을 길러 정신과 신체가 강인해진 상태를 말한다.

이광수는 위 인용문에서 중국을 한 예로 들며 지금 근대화를 향하여 나아가는 데 일부 유학자들이 걸림돌이 된다고 지적한다. 그는 "강유위康有爲 같은 부유腐儒가 차시此時에 재在하여 유교를 국교로 정하자 운운々々하는 부설腐說을 토吐하고 위정가爲政家 경세가經世家가 도덕과 예의를 운운々々하니 이 따위로 무엇하리오"11 : 34라고 개탄한다. 이광수의 관점에서 보면 유교나 유가는 이미 죽은 종교나 사상과 다름없다. 만약 청년이 유교에 젖어 안

빈낙도만을 일삼는다면 그는 '죽은' 청년에 지나지 않는다. 이와는 달리 '살아 있는' 청년은 "진공進攻적이오 적극적積極的이오, 전제적專制的이오 권력적權力的이오 정력적精力的"이라고 못 박아 말한다.

> '살아라.' 삶이 동물의 유일한 목적目的이니 차此 목적을 달達하기 위爲하여는 도덕도 무無하고 시비是非도 무無하니라. 기아飢餓하여 사死에 빈瀕하거든 타인의 것을 약탈掠奪함이 어찌 악惡이리오. 자기가 사死함으로는 영寧히 타인이 사死함이 정당正當하니라. 그럼으로 살기 위한 분투奮鬪는 인류의 최最히 신성神聖한 직무職務니라.
>
> 여시如斯히 하여 건강하게 행복하게 '살기'가 넉넉하여지거든 그때에 박애博愛도 창창唱하여 보고 평화平和도 규叫하여 볼지어다. 자선 사업은 부귀자富貴者의 하는 일이니라.
>
> 즘승이 될지어다. 아해兒孩가 되고 소년이 되고 청년이 되고 그 다음에 어른이 될지어다.11 : 34

첫 문장 "살아라"에서도 엿볼 수 있듯이 이광수에게 생물진화론이건 사회진화론이건 죽지 않고 계속 살아남는다는 것은 최고의 덕목이요 최상의 가치다. 그에게 이 세계에서 생존 외에 가치 있는 것은 아무것도 없다. 이광수는 치열한 생존경쟁에서 살아남는 것이야말로 인류에게 가장 '신성한 직무'라고 힘주어 말한다. 도덕도 예의도, 박애도 평화도 죽은 뒤에는 아무런 쓸모가 없기 때문이다. 그래서 그는 이 글의 제목에 걸맞게 도덕적 인간이 되기 전에 먼저 약육강식과 적자생존, 우승열패에서 살아남을 수 있는 짐승이 되라고 역설한다. 이광수는 1차 일본 유학 기간 중 기독교와 함께 흔히 '러시아의 양심'으로 일컫는 레프 톨스토이의 영향을 많이 받았다. 그러나 사회진화론의 세례를 받은 뒤 이광수는 이 러시아 작가를 '노쇠의 사상가요 열패의 사상가'로 폄훼하기에 이르렀다.

흔히 '러시아의 양심'으로 일컫는 레프 톨스토이.

이광수의 「우선 수가 되고 연후에 인 되라」는 그가 몇 년 뒤 『개벽』에 발표한 「민족 개조론」과 여러모로 비슷하면서도 또한 적잖이 다르다. 후자의 글에서 그는 한편으로는 여전히 사회진화론을 고수하고, 다른 한편으로는 사회진화론을 극복하려고 한다. 자유주의와 개인주의가 민족과 민족 사이의 혼란과 갈등을 가중시킬 뿐이며 "이기적이고 나약한 겁쟁이"인 조선 민중은 엘리트 집단에 복종하고 봉사해야 한다고 주장한다는 점에서 이광수는 여전히 사회진화론에서 크게 벗어나지 못한다. 더구나 이 발언은 누가 보더라도 일본 제국주의의 조선 침략을 정당화하는 것으로 읽힐 수밖에 없다. 이 글이 발표되자 『개벽』을 간행하던 출판사 기물이 공격당하고 이광수의 집에 흉기를 들고 침입하는 사람이 있었던 것은 바로 그 때문이다. 그러나 좀 더 면밀히 살펴보면 이광수는 이 글에서 한민족의 의식 개혁을 통하여 일제의 식민주의 은근히 비판했음을 알 수 있다.

한편 이광수는 조선 민족을 갱생하는 수단으로 도덕을 주창하였다. 불과 몇 해 전까지만 해도 말끝마다 봉건적 유교 윤리를 타파해야 한다고 부르짖던 그가 민족 전통을 계승함으로써 민족을 갱생시킬 수 있다고 주장한다는 것이 좀처럼 믿어지지 않는다. 어찌 되었든 조선 민족의 쇠퇴 원인을 도덕적 타락에서 찾는 이광수는 조선 민족을 도덕적으로 개조해야 한다고 역설한다. 일반 민중이 그동안 전제 군주의 악정을 지켜보면서도 그것을 고치지 못한 것을 세 가지 이유에서 찾는다. 첫째, 일반 민중이 나태하여 실행할 정신이 없었고, 둘째는 비겁하여 감행할 용기가 없었으며, 셋째는 신의와 사회성의 결핍으로 동지의 견고한 단결을 얻어내지 못하였다. 이광수가 힘주어 말하는 민족 개조는 바로 조선 민족이 도덕적으로 재무장하는 데 있다. 그러고 보니 그가 왜 서재필徐載弼, 안창호安昌鎬, 이승만 같은 독립정신을 외치던 선각자들을 민족개조운동의 선구자로 높이 평가하는지 알 만하다.

『학지광』에는 문인들 못지않게 다른 학문을 전공하는 유학생들도 사회진화론에 깊은 관심을 기울였다. 가령 이 잡지 6호에 발표한 현상윤玄相允의 「강력주의와 조선 청년」도 사회진화론을 부르짖은 글로 볼 수 있다. "아々 애닯고나 세상에 약자처럼 설은 것이 다시 어디 있으리오! 여하如何한 이유가 있고 여하한 고통이 유有할지라도 강자의 구복口腹과 권력이 요구를 만족하게 하기 위하여는 자기 이익상에 인위忍爲치 못할 일이라도 참아 행行하게 되고, 여하한 학대와 여하한 치욕이라도 강자의 앞이나 권력의 앞에는 차此를 능히 피피避할 수 없나니, 이는 근일의 백이의白耳義 사람만을 보아도 역력히 이 이치를 해득解得할 것이 아닌가"6 : 42라고 말한다. 현상윤이『학지광』13호에 발표한 「인구 증식 필요론」도 넓은 의미에서는 「강력주의와 조선 청년」의 연장선에서 이해할 수 있다.

현상윤에 이어 김준연金俊淵이 소개하는 「따-윈의 도태론과 사회적 진화」는 사회진화론을 소개하는 글이다. 이 글은 독일의 정치학자 에두아르트 다비트가 집필한 글을 일본의 경제학자 마이데 쵸고로舞出長五郎가 일본어로 번역한 것을 김준연이 다시 한국어로 중역한 것이다. 다비트는 "사회적 정조情操는 그 근저가 임의 동물 계급의 집단생활에서 습득되고 다시 지적智的 능력과 호상작용互相作用하여 집합적으로 행행行하는 생존경쟁生存競爭 장리腸裡의 강력한 무기가 되고 도태 가치가 되나니라"18∶26라고 지적한다.

이렇게 사회진화론을 부르짖는다는 점에서는 이응남李應南도 현상윤과 크게 다르지 않다. 이응남은『학지광』6호에 기고한 「오인吾人의 특유한 역力의 가치를 발휘ᄒ여라」에서 이광수와 현상윤처럼 인류 사회의 특징을 '약육강식'과 '우승열패'의 두 용어로 요약한다. 그는 이 두 가지를 성취하는 데 학식지려學識智慮와 강력한 힘, 즉 체력·뇌력腦力·자력資力의 세 가지밖에는 없다고 지적한다.

5. 이광수의 자전적 서간문

『학지광』에는 우화나 에세이 못지않게 편지나 일기 형식을 빌려 쓴 글도 더러 실려 있다. 그런데 서간문이나 일기 형식의 글에는 좀 더 진솔한 필자의 내면 풍경과 함께 일본 제국주의 식민지시대 젊은 지식인들의 고뇌를 읽을 수 있다. 그중에서도 이광수가 '고주'라는 필명으로 누이동생에게 보내는 편지 「25년을 회고하여 애매愛妹에게」는 여러모로 관심을 끌기에 충분하다. 이 서간문은 무엇보다도 출생과 성장과 관련한 이광수의 초기 생애를 엿볼 수 있어 전기적 관점에서도 아주 중요하다. 20여 년 뒤 그는 1936년 12월부터 1937년 5월까지 '장백산인長白山人'이라는 필명으로 『조선일보』에 자전적 소설이라고 할 『그의 자서전』을 연재하였다. 그러나 이 작품의 씨앗은 이미 1917년 누이에게 보내는 이 서간문에 뿌려졌다.

이광수가 누이동생에게 이 편지를 쓰게 된 동기는 스물다섯 번째 생일을 맞이하여 하나밖에 없는 누이 애경愛鏡한테서 사엽근四葉槿 선물과 함께 편지를 받았기 때문이다. 이 편지에서 애경은 "작추昨秋에 종일 애써서 이것을 찾았어요. 이것을 찾으면 운運이 좋다고 해요. 그러고 복福이 있대요. 오빠 생신生辰에 복 많이 받으십사……"12 : 53라고 밝힌다. '사엽근'은 흔히 무궁화를 가리키지만 여러 정황으로 미루어 보아 여기서는 흔히 행운을 가져다준다는 네잎 클로버를 말하는 것 같다. 아버지가 콜레라로 사망한 뒤 곧바로 그의 어머니마저 사망하자 이광수는 고아가 되어 애경·애란愛蘭과 함께 외가와 재당숙 할아버지 집을 오가며 자랐다. 그래서 그런지 이 편지를 읽다 보면 누이동생에 느끼는 그의 애틋한 사랑이 짙게 묻어난다.

　내 누이야!

　오늘이 내 생일生日이다. 임진년壬辰年 2월 초1일에 '나'라는 한 생명이 이 세상에 뚝 떨어졌다. 그때 '으아' 하는 울음 한 소리로 내 지상 생활의 막幕이 열린 것이다. 그 빨간 핏덩어리의 조그마한 주먹에는 그의 일생一生의 프로그램이 쥐어졌다. 그러나 그는 이 프로그램을 읽을 줄을 모른다. 그는 그가 어떻게 자라났는지, 어떠한 사람이 되어 무엇을 하겠는지, 금년今年에는 무슨 일의 있고 명년明年에는 무슨 일이 있을는지를 모른다. 다만 1년 2년 이 일 저 일이 지

나간 뒤에라야 비로소 그는 고개를 까닥까닥할 따름이다.12 : 49[17]

　윌리엄 셰익스피어는 일찍이 인생을 무대에서 벌어지는 한 바탕 연극에 빗댔지만 이 점에서는 이광수도 크게 다르지 않다. 이광수도 "막"이니 "푸로그람"이니 하고 말하며 자신의 삶을 연극에 빗댄다. "조마구"란 간난아이의 조그마한 주먹을 가리키는 평안도 사투리로 그는 작은 주먹에 그의 운명이라는 프로그램을 가지고 이 세상에 태어났다는 말이다. 실제로 이광수는 아예 "내 생활의 서막은 어제까지에 끝이 난 것 같다. 오늘부터 내 생활은 연극의 중간에 입사하는 것 같다"12 : 52고 말한다. 그의 삶이 연극이라면 열 살 때 고아가 되어 참으로 파란만장하게 살아 온 그의 삶은 희극이라기보다는 차라리 비극에 가깝다.

　이광수는 이 편지에서 자신을 두고 아버지가 42세 때 뒤늦게 태어난 만득자晚得子요 이 씨 문중의 장손이라고 밝힌다. 형이 두세 명 있었지만 모두 두세 살을 넘기지 못하고 사망하였으니 부모가 그에게 거는 기대가 무척 컸다는 것이다. 그가 태어날 때 숙모 중 한 사람은 입으로 그의 태를 끊어 피를 삼키고, 아프기라도 하면 산에 올라가 칠성과 천지신명에게 기도를 드리곤 하였다. 이광수가 태어난 지 두 달쯤 되었을 때 중풍으로 정신을 잃자 아들이 죽을 것으로 생각하고 그의 아버지는 자살을 생각할 정도였다. 부모가 일찍 사망한 것을 두고 이광수는 자신의 출생이 집안에

17　여덟 살 아래인 둘째 여동생 애란은 부모를 여윈 뒤 어떤 집의 민며느리로 들어갔다가 결혼 이듬해에 사망하였다. 다섯 살 아래인 여동생 애경은 만주 잉커우(營口)에 사는 사람과 결혼하여 살다가 1936년에 사망하였다. 자신의 생년월일과 관련하여 이광수는 "2월 초1일은 太昊 伏羲 씨의 생진이다"라고 말하면서 음력 2월 하루를 생일로 못박는다. 그러나 현재 자료에는 그의 생일이 '2월 27일' 또는 '3월 4일' 등으로 기록되어 있다.

저주를 불러왔다고 말한다. 그는 "어린 나는 내 집의 몰락殘落하는 비참한 광경을 보고 혼자 울었다. 그후 나는 부평浮萍과 같이 동표서류東漂西流하였다"12 : 49~50[18]고 말한다. 여기서 이광수가 자신의 고단한 삶을 뿌리가 있되 흙에 내리지 못하고 바람이 조금만 불어도 물결 따라 이리저리 흘러다니는 부평초에 빗대는 것이 무척 신선하다.

이광수는 자신의 나이가 어느덧 스물다섯이 된 것에 놀라면서 그동안 이렇다 할 만하게 삶에서 이룬 것이 없다고 한탄한다. 그는 누이에게 조선 민족을 위해서 한 것이 없고, 인류를 위해서 한 것이 없다고 후회한다. 더구나 그는 "아々 내게는 한 것이 없고, 가진 것이 없구나!"라고 말하면서 자신에게마저 이룩한 것이 아무것도 없다고 말한다. 그래서 그는 남에게 은혜를 입었을 뿐 그들에게 베푼 것이 없다고 이렇게 스스로에게 노래한다.

애 너는 26이 아니냐,

어쩌자고 가만히 앉었느냐,

무서운 은혜恩惠를 어쩔 양으로,

언제까지 그 모양으로 있으려느냐.

뛰려무나 소리를 치려무나!

무엇을 하려무나! 아무것이나 하려무나!

성공成功을 못 하거든 실패失敗라도 하려무나!

---

18 이광수는 "나는 하는 것은 업스면서도 지나간 25년의 거의 반(半)을 외국에서 보닛다. 혹은 일본에서, 혹은 남지나(南支那)에서, 혹은 서백리아(西伯利亞)에서, 혹은 대양(大洋) 중에서, 혹은 차중(車中)에서 12~13회의 생일을 보닉엇다"(53쪽)고 밝힌다.

난 보람, 산 보람을 하려무나!

세월歲月은 간다. 오늘날 해가 또 높았다!
네 청춘靑春을 몇날이며 생명生命이 만년萬年이랴,
답々도 하구나, 왜 가만히 않았느냐,
벌떡 일어나 큰 소리를 치려무나!12:50

누이동생에게 이광수는 이렇게 자신에게 타이르지만 무슨 소리를 치고 어떻게 행동해야 할지 도무지 알 수 없다고 솔직히 고백한다. 그는 절망 가운데 하느님께 "어떻게 소리를 쳐요? / 무슨 소리를 치랍니까, / 아々 어떻게, 무엇을 하랍니까"라고 부르짖는다. 그러면서 그는 "하느님! 내 일생은 이러할 것인가요? / 이렇게 무의미할 것인가요?"12:51라고 따져 묻는다. 이광수는 한때 너무 절망한 나머지 세상을 버리고 깊은 산속에 들어가 승려가 되거나 시골에 묻혀 땅을 일구며 살아가거나, 또는 발가는 대로 정처 없이 나그네로 떠돌며 살아갈까 하고 생각한 적이 있다고 고백한다.

절망감과 자포자기에 빠진 이광수에게 삶에 대한 의욕에 다시 한 번 불을 부쳐준 사람이 다름 아닌 그의 누이동생이었다. 그에게 그동안 잊힌 그녀의 얼굴이 갑자기 떠오르면서 "오빠! 어대를 가서요? 정처 없이 가신다고? 이 넓은 세상에 나 하나를 내던지시고 뿌리치시고…… 저는 웁니다, 오빠를 위하여"라고 말하는 음성이 그의 귓가에 들린다. 그러면서 누이동생은 그에게 "패배敗北가 있든지 전승戰勝이 되든지 나가보시오!"12: 51라고 부르짖는다. 이 세상에 하나밖에 없는 누이동생의 음성을 듣고 난 이광수는 다시 힘을 얻어 살기로 결심한다.

이렇게 마음을 돌린 이광수는 이번에는 하느님에게 자신을 도와 달라고 간절히 기도한다. 그의 말대로 "하느님께 이렇게 떼거지"를 쓰다시피 하면서 그는 "하느님! 제 령靈에다 불을 붙여 주십시오! / 활々 불길이 일게 하여 주십시오! / 빨갛게, 하얗게, 작열灼熱하게 하여 줍시오!"라고 기도한다. 그러면서 그는 계속 누이동생에게 그동안 자신이 '미지근하게' 살아 왔다고 솔직하게 고백한다. "너도 알거니와 과거의 내 생활은 참실 미지근하였었다. 사람의 생활에 제일 큰 병病이 이 '실미지근함'인 것 같다. 나는 불덩어리가 될련다. 빨갛게 작열한 불덩어리가 되어서 마침 벼락불 모양으로 빙글빙글 돌아가면서 닥치는 대로 뜨겁게 하고 태우고 말련다"12:52라고 다짐한다.

그런데 여기서 한 가지 찬찬히 눈여겨볼 것은 이광수가 기독교적 비유를 구사한다는 점이다. 열두 살 때 그는 동학에 처음 입문하였고, 그 뒤 불교에도 관심이 많았다. 그가 기독교를 처음 받아들인 것은 미션스쿨인 메이지학원에 다닐 때로 친구의 권유에 따른 것이었다. 이광수는 1910년 조선에 들어와 남강南崗 이승훈李昇薰이 정주에 설립한 오산학교의 교사가 되면서 기독교의 신앙을 좀 더 가까이 접하게 되었다. 이광수가 누이동생에게 말하는 '실미지근함'이란 더운 기운이 조금 있는 듯 마는 듯한 상태를 가리키는 동사 '실미지근하다'의 명사형이다. 하느님은 라오디게아 교회를 향하여 "네가 이렇게 미지근하여, 뜨겁지도 않고 차지도 않으니, 나는 너를 내 입에서 뱉어 버리겠다"「요한계시록」제3장 제16절고 말한다. 하느님은 확실하게 믿든지 믿지 말든지 확실한 신앙적 태도를 뚜렷하게 취하라고 촉구하였다.

기독교에 대한 이광수의 태도는 조금 애매하다. 「25년을 회고하여 애매에게」를 기고한 1917년 이광수는 「야소교耶蘇教의 조선에 준 영향」이라는 글에서 기독교를 암흑 속의 조선에 신문명의 서광을 비추어 준 은인이라고 극찬하였다. '불교의 조선'이 '유교의 조선'이 된 것처럼 머지않아 '유교의 조선'도 '기독교의 조선'이 될 것이라고 내다본다. 그러나 이광수는 이렇게 기독교를 긍정적으로 파악하면서도 점차 시간이 지나면서 비판적인 태도를 취하였다. 그의 기독교 비판은 1917년 11월 『청춘』에 기고한 「금일 조선야소교회의 결점」과 1918년 9월부터 10월까지 『매일신보』에 연재한 「신생활론」에서도 엿볼 수 있다. 한마디로 이광수는 기독교를 종교보다는 서유럽 문물을 받아들이는 수단으로 간주하였다.

이광수가 이렇게 절망을 딛고 다시 일어서게 된 데는 누이동생 못지않게 식민지 조국의 힘이 무척 컸다. 그는 일본 제국주의 지배를 받는 조국을 '땅'이라는 말로 부른다. '조국'이라는 말은 혈통에 힘이 실려 있지만 '땅'에는 혈통보다는 생명의 터전에 힘이 실려 있다.

> 귀중貴重한 너와 은인恩人을 안아주는 저 땅을 위爲하여 나는 다시 살고 다시 힘쓰기로 작정作定하였다. 아々 저 땅! 너와 은인들을 안아주는 그 땅을 참아 어찌 버리겠느냐. 설혹設或 내게 아무 능력이 없다 하더라도 세상에 목숨이 있는 날까지 그 땅을 물끄러미 보고 있기만이라도 하여야 할 것이다. 일생에 힘을 쓰노라면 행行여나 내 손으로 꽃 한 포기 나무 한 그루라도 그 땅에 심어 놓는지도 모를 것이다.12 : 52

여기서 이광수가 말하는 '은인'이란 고아로 자라면서 크고 작은 은혜를 입은 주위 사람을 가리키지만 좀 더 구체적으로는 그가 지적으로 성장하도록 물신양면으로 도와 준 사람들을 말한다. 가령 1903년 오갈 데 없는 이광수에게 일자리를 마련해 준 천교도의 박찬명朴贊明 대령을 비롯하여 그의 문학적인 재능을 알아보고 자신이 운영하고 있던 친일 단체인 일진회一進會에 추천하여 1905년 일본으로 유학하여 다이세이大成중학교를 거쳐 메이지학원에서 공부하도록 해 준 송병준宋秉畯 등이 여기에 속한다. 또한 1905년 이광수는 김성수金性洙의 후원으로 다시 일본으로 유학하여 와세다대학에서 철학을 전공할 수 있었다.

위 인용문의 마지막에서 이광수는 누이동생에게 자신이 살면서 열심히 노력하면 어쩌면 그의 손으로 척박한 조국 땅에 꽃 한 포기, 나무 한 그루라도 심어 놓을 수 있을지 모른다는 소망을 밝힌다. 실제로 그는 문학가로서 한국문학사에서 소설이라는 한 떨기 꽃을 피우고 언론인으로서 빈약한 한국 언론계에 한 그루 나무를 심었다. 그동안 친일 행위라는 그림자에 가려 제대로 빛을 보지 못해 왔지만 그는 한국문학사에서 '근대문학의 아버지'로 평가한다는 점에서는 학자들이나 비평가들 사이에서 이견이 거의 없을 것이다.

「25년을 회고하여 애매에게」를 좀 더 찬찬히 읽어 보면 이광수에 꼬리표처럼 붙어 다니다시피 하는 친일 행위를 엿볼 수 있다. 그가 태어나 소년기와 청년기를 맞이한 19세기 말엽과 20세기 초엽은 조선은 말할 것도 없고 세계사에서 그야말로 획기적인 시기, 그의 표현을 빌리자면 "극히 다사多事하고 의미意味 많은 시기"였다. 이 시기를 두고 이광수는 "독일과 일본이 정치로나 외교로나 학술로나 기타 제반 문명으로 세계에 웅비雄飛하게 된 것도 그 동안이었었고……"12:50라고 말한다. 여기서 그는 일본을 독일과 같은 동일한 문명국의 반열에 올려놓는다. 그러나 이 주장은 일본을 지나치게 과대평가한다는 비판을 면하기 어렵다. 메이지유신 이후 서유럽 근대문물을 받아들여 동아시아에서는 가장 일찍 근대화를 이룩한 것은 부정할 수 없는 사실이지만 다이쇼시대 일본은 독일 같은 선진국과 비교해 보면 여러모로 여전히 뒤졌다.

한편 이광수는 일본을 찬양하는 것과는 달리 식민지 조선을 적잖이 폄훼하였다. 그는 여동생 애경에게 불행하게도 조선에는 자기를 지도해 줄 만한 마땅한 교사가 없었다고 말한다. 그는 "어떤 고마운 선생님이 있어서 '애 너는 이것을 해라' 하고 지정指定하여 주었으면 오죽이나 좋으랴마는 나는 불행히 선생先生 없는 나라에 태어나서 일생에 다정多情한 지도를 바다본 적도 없고 철없는 것이 제 마음 나는 대로 이리로도 굴고 저리로도 굴다가 이 모양으로 귀한 세월을 허비하였구나"12:51라고 한탄한다. 고아였던 이광수를 물질적으로나 정신적으로 도와준 사람이 적지 않았다는 점을 염두에 두면 그의 이 언급은 좀처럼 이해할 수 없다. 물론 그가 말하는 '선생'은 개인적 차원을 떠나 좀 더 넓은 의미에서 민족이 나아갈 길을 밝혀주는 등불 같은 선각자를 가리킬지도 모른다.

이광수는 일본 근대화를 이끈 주역 후쿠자와 유키치福澤諭吉 같은 인물을 염두에 두고 이 말을 한 것 같다. 실제로 후쿠자와를 무척 존경하고 흠모한 이광수는 자신을 '조선의 후쿠자와'로 자처할 정도였다. 후쿠자와의 묘지를 다녀온 뒤 그는 "태서泰西의 신문화로써 침체한 구사상, 구제도를 대代해야 할 줄을 확신하고 단연히 지촌를 결치했으니 천天이 일본을 복福하려 하시매 여시如斯한 위인"19을 내었다고 말한다. 그러고 보니 이광수는 1919년 9월부터 10월까지 『매일신보』에 기고한 「도쿄잡신東京雜信」에서 일본과 식민지 조선의 관계를 '일본=문명, 조선=야만'의 이분법적 관점에서 파악하였다. 그로부터 몇 해 뒤 조선 민족의 열등성을 강조하는 「민족 개조론」의 씨앗은 이미 이 글에서 뿌려졌다고 볼 수 있다.

6. 민태원의 수필

『학지광』에는 우화와 서간문과 사회진화론 담론뿐 아니라 수필도 실려 있어 한국 근대문학이 발전하는 데 한 축을 담당하였다. 민태원閔泰瑗은 와세다대학 정치경제학과를 졸업한 뒤 귀국하여 『동아일보』 사회부장, 『조선일보』 편집국장, 『중외일보』 편집국장 등을 역임하면서 언론계에서 활약하였다. 그러나 그는 틈틈이 신문학기에 『폐허』 동인으로 참여하여 단편소설을 발표하였다. 또한 민태원은 빅토르 위고의 『레미제라블』1862을 번안한 『애사哀史』를 비롯하여 엑토르 말로의 『집 없는 아이』1878를 일본 작가 키쿠치 유호菊池幽芳가 번안한 『오노가쓰미라ガ罪』를 다시 번안한 『부평초』1925, 프랑스 작가 포르튀네 뒤 부아고베이의 『상마르 씨의 지빠귀 두 마리』1880를 구로이와 루이코黑岩淚香가 일본어로 번안한 것을 다시 번안한 『무쇠탈』1923 등을 잇달아 발표하여 번안소설가로서 각광을 받았다.

그러나 한국문학사에서 민태원은 화려체 문장을 구사하는 수필가로 확고한 위치를 굳혔다. 가령 그는 1917년 7월 『청춘』 9호에 「화단花壇에 서서」라는 수필로 문단에 데뷔하였다. 그로부터 4년 뒤 발표한 수필 작

---

19 이광수, 「도쿄 잡신―후쿠자와 유키치의 묘(墓)를 배(拜)함」, 『매일신보』, 1918.9.6 ~10.19.

품이『학지광』22호에 발표한「창전窓前의 녹일지綠一枝」다. 작품 끝에 "5월 기망既望에 에도江戸 객창에서"라고 적은 것을 보면 그는 이 수필을 와세다대학에 재학 중에 쓴 것 같다. 당시 그는『학지광』의 임원으로도 활동하였다.

민태원은 대학 근처 숲속의 한적한 곳에 하숙하고 있었다. 1920년대 초엽만 해도 와세다 숲은 무척 한적하여 하숙집 앞쪽으로는 울창한 전나무 숲이 도쿄 시가를 굽어보고 뒤쪽으로는 도야마戸山의 넓은 들판이 펼쳐져 있었다. 민태원이 머물던 하숙방 창문 앞에 서 있는 신나무를 바라보며 쓴 수필이 제목 그대로「창전의 녹일지」다. 민태원은 언뜻 하찮아 보이는 창밖의 신나무 가지에서 '대자연의 진의'를 발견한다.

그중에서도 나에게 흥미를 주는 것은 창전窓前에 빗기어 있는 한 가지의 신나무이다. 방旁[房] 안을 엿보려는 듯이 남승히 들여다보는 한 가지—그는 정말 섬약纖弱한 한 가지였다. 그러나 대자연의 순종한 아들이며 변화 많은 생명의 주인이었다. 그 한 가지는 아침에 저녁에 나의 동무가 되며 나의 스승이 되어 흥미와 교훈을 주었다.22 : 74

민태원이 신나무 가지를 '대자연에 순종한 아들'과 '생명의 주인'으로 보는 것도 그다지 무리가 아니다. 가을에는 한 잎씩 두 잎씩 나뭇잎을 땅에 떨어뜨리고 겨울철이 되면 죽은 것처럼 서 있던 신나무가 봄이 오면 기적처럼 되살아난다. 신나무는 벚꽃이 꽃망울 맺을 때면 민태원을 표현을 빌리면 "새싹을 토하기" 시작한다. 그러다가 흐드러지게 핀 벚꽃이 봄바람에 흩날릴 때가 되면 신나무는 옅은 녹색 잎으로 옷을 갈아입는다.

민태원은 "날로 자라고 때로 불어가는 그 한 가지의 연록軟綠 중에는 한없이 순진한 미美가 있엇다. 연々한 녹색! 우리에게 희열과 유쾌를 쥬는 녹색의 보드러운 닙. 소리 없는 바람에도 한들한들 흔들니는 보더러운 닙"22∶75이라고 예찬한다. 그래서 민태원은 모든 색깔 중에서도 녹색을 가장 좋아한다고 밝힌다.

> 녹색綠色! 나는 녹색을 좋아한다. 그곳에는 흑黑의 침울도 백白의 냉담도 없고 적赤의 독기도 황黃의 수뇌愁惱도 없고 청靑의 정체停滯도 담홍淡紅의 부경浮輕도 없다. 그곳에는 다만 경청輕淸한 열락悅樂과 넘치는 활기가 있으며 발전의 기상과 노력의 복음이 있을 뿐이다. 나는 이곳에 배움이 있다. 생生의 진리를 이곳에 배우고자 한다. 생은 즉 노력이며 발전이라 함을 이곳에 깨닫는 것이다.22∶75

뒷날 민태원은 우리에게 잘 알려진 「청춘 예찬」을 쓰지만 「창전의 녹일지」는 가히 '녹색 예찬'이라고 할 만하다. 색깔의 상징적 의미를 이렇게 간결하고도 생생하게 표현한 수필도 아마 찾아보기 쉽지 않을 것 같다. 검은색에서 침울함을, 흰색에서 냉담함을, 붉은색에서 독기를, 노란색에서 근심과 괴로움을, 푸른색에서 정체를, 그리고 담홍색에서 경솔함을 찾아낸다. 그러나 봄철 신나무 가지의 초록색에서는 맑고 산뜻한 기쁨과 활력과 함께 '발전의 기상'과 '노력의 복음'을 찾는다. 민태원은 신나무의 녹색 가지에는 오직 '생장의 희망'이 넘칠 뿐 조그마한 피로도 없고 털끝만큼의 교태도 없다고 말한다.

이 작품에서 민태원이 예찬하는 신나무는 단풍나무과에 속하는 나무로 동아시아에 널리 분포되어 있다. 그가 밝히듯이 일본에서는 '가에데楓'

라고 부르는 이 나무는 관상수로 손꼽힐 뿐더러 껍질은 약제와 염료로도 사용한다. 이렇듯 민태원은 비단 신나무의 아름다움을 예찬하는 것에 그치지 않고 한 발 더 나아가 일본 제국주의의 식민지로 전락한 한반도의 미래를 생각한다. 그는 꽁꽁 얼어붙은 한반도에도 동풍이 불어와 상상한 신나무 가지에 녹음의 옷을 갈아 입기를 간절히 바란다.

　1921년에 발표한 「창전의 녹일지」는 『청춘』에 「화단에 서서」를 발표한 뒤 4년 만에 나온 수필이다. 그 뒤를 이어 민태원은 『개벽』 35호에 「황야의 나그네」, 역시 같은 잡지 46호에 「추억과 희망」, 『별건곤別乾坤』 21호에 「청춘예찬」 등을 발표하여 수필가로서의 입지를 굳혔다. 「창전의 녹일지」는 초기 수필과 원숙한 후기 수필을 잇는 징검다리 역할을 하였다. 예를 들어 "그들만물에게 생명을 불어넣는 것은 따뜻한 봄바람이다. 풀밭에 속닢 나고 가지에 싹이 트고 꽃 피고 새 우는 봄날의 천지는 얼마나 기쁘며, 얼마나 아름다우냐?"[20] 같은 문장은 마치 「창전의 녹일지」의 한 문장을 읽는 듯하다.

　『학지광』에는 민태원의 「창전의 녹일지」 외에 27호에 염상섭廉想涉의 「지는 옻닙을 밟브며」와 나도향羅稻香의 「병상에 봄비」가 실려 있다. 염상섭이 이 글을 발표한 것은 일본 유학을 중단하고 귀국한 1926년이다. 1918년 게이오대학慶應大學 예과에 입학한 그는 재학 중 시위를 주동하다 일본 경찰에게 체포되어 금고형을 받고 1920년 귀국하여 『동아일보』 창간과 더불어 정치부기자가 되어 언론인으로 활약하였다. 염상섭은 "간밤에 부는 바람 만정도화滿庭桃花 다 지것다 / 아이는 비를 들고 쓰려려 하는

20　민태원, 권문경 편, 『민태원 선집』, 현대문학사, 2010.

고나 / 낙화인들 꽃이 아니랴 쓰러무삼 하리오"라는 정민교鄭敏僑의 시조로 시작한다. 민태원이 신나무의 녹색 가지에서 삶의 의미를 발견하는 것처럼 염상섭도 땅에 떨어지는 꽃에서 삶의 진리를 발견한다. 염상섭은 "만일 꽃이 지지 않는다면 그것 같이 시들한 것은 없을 것이다. 만족할 수 없다는 것은 곧 귀한 것이기 때문이다"27 : 109라고 지적한다.

민태원과 염상섭의 수필이 다분히 명상적이고 철학적이라면 나도향의 「병상에 봄비」는 신변잡기적인 성격이 강하다. 경성의학전문학교에 입학했지만 문학에 뜻을 둔 나도향은 할아버지 몰래 장롱에서 돈을 훔쳐 와 세다대학에서 영문학을 전공하려고 일본으로 건너갔다. 그러나 학비가 송달되지 않아 학업을 할 수 없는 데다 폐결핵으로 고생하였다. 이 작품은 제목 그대로 이국땅에서 병마에 시달리던 그가 창밖에 내리는 봄비를 바라보며 느낀 감회를 적은 글이다. 나도향은 "비가 내리나 나의 가슴속이 어수선하지 않은데다가 저 건너 시퍼런 버들가지에 감기었다 풀려오는 무르녹은 바람이 또 한 번 나의 살 속의 피를 씻는 듯하니 병든 나의 몸에도 신생新生의 즐거움이 싹트는 듯하다"27 : 119라고 적는다. 나도향은 이 작품을 발표하고 나서 몇 달 뒤 스물네 살의 젊은 나이에 폐결핵으로 요절하였다.

『학지광』에는 민태원·염상섭·나동향의 작품 외에도 수필 장르를 어떻게 규정짓느냐에 따라 얼마든지 수필의 범주에 넣을 수 있는 작품들이 더 있다. 가령 27호에 실린 박최길朴最吉의 「아니싀운 마암」만 해도 수필로 간주해도 크게 무리가 없다. 어찌 되었든 이 잡지가 시와 소설을 비롯하여 희곡이나 문학비평, 번역 같은 장르와 비교하여 영향은 적을지 모르지만 수필문학에 끼친 공로도 간과할 수 없다.

『학지광』에 실린 우화, 수필, 일기, 서간문 등은 엄밀한 의미에서 본격적인 문학 장르에서는 조금 벗어날지 모른다. 그러나 이러한 장르가 앞으로 한국 근대문학이 탄생되는 데 아주 소중한 밑거름이 되었음은 부정할 수 없다. 더구나 이 잡지는 시, 소설, 희곡 장르에 머물지 않고 순수문학 장르의 범위를 심화하고 확장하려고 노력했다는 점에서도 자못 중요하다. 최남선이 창간한 『소년』과 『청춘』, 한용운이 창간한 『유심唯心』, 장두철과 김억이 중심이 되어 창간한 『태서문예신보』에 이어 1920년대 우후죽순처럼 쏟아져 나온 문학 동인지들과 잡지들만 해도 시, 소설, 희곡 같은 순수문학 장르 쪽에 무게를 두었다. 그러나 『학지광』은 한편으로는 여러 학문 분야를 두루 아우르는 종합 학술지로서의 면모를 갖추고 다른 한편으로는 문학에서 장르를 심화하고 확대하는 데도 많은 노력을 기울였다. 바로 이 점에서도 재일본동경조선유학생학우회가 펴내던 잡지는 한국 근대문학사에서 선구적인 역할을 했던 것이다.

제3장

시와 시조

한국 근대문학사에서 『학지광』이 끼친 영향 중 가장 중요한 것 중 하나는 두말할 나위 없이 시문학이다. 신체시에서 자유시로, 근대시에서 현대시로 이행하는 데 이 잡지는 여러모로 핵심적 역할을 하였다. 메이지유신 이후 서유럽문학의 교두보 역할을 하던 도쿄와 그 인근 지역에서 유학하던 조선인 학생들은 식민지 조선에서 활약하던 문인들보다 먼저 문학을 비롯한 서유럽 문화를 호흡할 수 있었다. 일본이 서유럽 근대문명을 받아들인 것은 태평양을 통해서였지만 조선이 서유럽 근대문명을 받아들인 것은 대부분 현해탄을 통해서였다. 만약 1910년대 중엽 『학지광』이 간행되지 않았더라면 한국 근대문학사에 자유시의 도입과 현대시로의 이행은 그만큼 늦어졌을지도 모른다. 이렇듯 재일본동경조선유학생학우회에서 간행하던 이 잡지가 한국 근대문학사에서 차지하는 몫은 흔히 생각하는 것보다 훨씬 크다.

개화기 시가의 한 유형으로 한국 근대시에 이르는 과도기적인 형태라고 할 신체시는 1908년 11월 육당 최남선이 창간호에 발표한 「해에게서 소년에게」에서 시작한다는 것이 학계의 통설이다. 신체시는 용어에서도 엿볼 수 있듯이 갑오개혁1897과 을사조약1905 사이에 유행한 개화가사나 을사조약과 경술국치1910 사이에 유행한 창가 같은 그 이전의 전통 시가와는 형식이나 내용에서 조금 다른 새로운 유형의 시였다. 그러나 신체시는 전통 시가의 정형적 형식과 계몽적 주제에서 완전히 벗어나지는 못하였다. 비유적 말하자면 신체시는 아직 덜 진화된 원숭이의 꼬리처럼 여전히 전통 시가의 흔적을 지니고 있었다.

이렇게 덜 진화된 신체시를 좀 더 근대시로 발전시키는 데 핵심적 역할을 한 시인들이 『학지광』에 처음 작품을 발표한 안서岸曙 김억金億과 유암流暗 김여제金輿濟, 소성小星 현상윤玄相允, 소월素月 최승구崔承九 등이다. 그들은 주요한朱耀翰이 『학우』와 문학동인지 『창조』에 좀 더 본격적인 작품을 발표할 때까지 신체시에서 근대적 자유시로 넘어가는 데 징검다리 역할을 하였다. 그중에서 특히 김여제는 독립운동가로 널리 알려져 있을 뿐 김억이나 주요한과 비교하여 학계와 문단에 시인으로서는 별로 주목받지 못하였다. 그러나 그동안 유실되었던 『학지광』 8호가 최근 발견되면서 김여제는 근대시 발전에 영향을 끼친 선구자 중의 한 사람으로 평가받기 시작하였다.

1. 김억의 시 작품

한국 근대시가 발전하는 데 누구보다도 중요한 역할을 한 사람으로 김억을 빼놓을 수 없다. 1914년 그는 '돌샘'이라는 필명으로 『학지광』 3호와 4호에 각각 「이별」과 「내의 가슴」을 발표하고, 5호에는 본명으로 「야반夜半」, 「밤과 나」, 「나의 적은 새야」 등 세 편의 작품을 잇달아 발표하여 신체시와 결별하고 근대시의 토대를 군건히 다졌다. 이 작품들은 문학적 성과는 접어두고라도 한국문학사에 자유시와 산문시를 처음 실험했다는 점에서 자못 중요하다.

김억은 「이별」에 '근謹히 소성小星 내님에게 정물허오'라는 부제를 붙인다. 여기서 '소성'이란 이 무렵 와세다대학에서 영문학을 전공하던 현상윤을 말한다. 뒷날 현상윤은 철학자와 교육자로 활약하지만 일본 유학 시절에는 시와 소설을 창작하는 등 문학에도 큰 관심을 기울였다. 「이별」은 말하자면 최남선의 신체시에 이별을 고하고 근대적 자유시로 나아가는 첫 작품이라는 점에서 큰 의미가 있다. 조금 길지만 전문을 인용하기로 한다.

하늘아레싸이며 싸의우헤하늘이며
온갓의만물萬物 — 동물動物 — 식물植物 — 광물鑛物 —
암흑暗黑헌적막寂寞의 지배를밧을쌘이고,
아모소리읍시 다만고요허다.
느진가을의 찬 밝은달은
그광명光明의빗을대지大地의 일면一面에 던지여서
모든것이 적막寂寞헌중中에서 휴식休息허는듯허다.
쌔는쉬지안이허고운전運轉을 계속繼續허는데
써나기를 슯허허는두사람, 그리워허는두사람
울며보며 보며울며, 비애悲哀의흐름이싸를적신다.
맘을압흐게하는무형무취無形無臭의 설음의 칼날은
가슴에쌕리긋은생명生命줄을 싣는것갓치

그들은오인嗚咽허며, 생각하야, 철장鐵杖갓치섯슴샌이다

아모말읍시 아모쯧읍시 서로바라볼샌,

그들의더운가슴에는 바로이현지現地를써나

썩멀니지나간 다시못올기억記憶의과거過去를늣기는 듯

아아, 가이업슨 과거過去로다.

징차오랴는것도과거過去갓흘진댄

찰아리, 과거過去의엑너쓰— 그어엿분샘에 그이마에 안기여최후비애最後悲哀의 키쓰와함쎄

유암굴幽暗窟에도라가서, 육신肉身을써난자유自由로운정신精神,

멀니멀니 싯읍는 한限몰으는영구적永久的신비항神祕鄉에서

과거過去의눈물 기억記憶, 이모다웁는 그곳

아아, 바라는그곳, 저멀니 보이는저언덕에가는것이야말노 그들의 원願이리라.

흙으로된몸이믹, 다시싸를발지안이치못허리라.

그들은문득쎄엿다— 무의식無意識을 넘어유의식계有意識界로

쎄는이순간瞬間, 이찰라, This moment!

타는가슴, 눈물, 압흠, 무서운, 무거운, 설음, 슯흠, 놀램…… 이것을가슴에안고

그들은 쎄엇나니!

이찰리刹那의동안 가슴에서전화電火와갓치써오르는

—갈이는 가지안이치못허리라—

—잇슬이는 잇지안이치못허리라—

허나, 아즉주저躊躇허나니, 이것이행幸여진실真實안인쑴인가허며,

그러나 ＇ 쑴의쑴은안이고 진실인쑴이니

진주珍珠갓흔눈물은심이지안이허고 숨여나오며

미소微笑를들니우든 그의이마에는 비애悲哀의주름을씌우고

그가슴에는이름모를 허물이생기나니

아나, 이것이즐기든사랑의이별離別인가!

한아, 둘, 셋…… 반쩍거리는별은 쯧잇는듯내려다보며

수풀을지나오는실바람은 노래허는 듯,

들버레의애차哀嗟로운 최후最後의설음을부르짓는 소리가들니나니

그들은 귀를기우리지안이치못허리라.* * *

죽어가는영혼靈魂을조상弔喪하는듯헌 사원寺院의 종소리울니는도다

……님은간다…… 영원永遠의이별離別?

싸우헤는 어지러운수영樹影이 그리여잇스며, 달은서역西域으로써러지려허
는데,

아아, 사랑허는님은갓다……

사랑의준바 엇은바쾌락快樂이나비애悲哀는다읍서지고

다만한아남은사람 깁흔밤에자지못허는것밧게,

나문것은이것이며

심이지안이허고 나오는생각 눈물이며, 바래는탄식歎息은 마지막사랑의이별
離別준바

영원永遠히 그의가슴을고롭게헐 — 이것이다.

아아, 다시는과거過去의즐김을 엇기바이읍스며

그의게는 a tear of eyes!¹

---

1   돌샘(김억), 「이별」, 『학지광』 3호, 46~48쪽. '김억'이라는 이름은 본명. '김희권(金熙
權)'을 개명한 것으로 '돌샘' 말고도 그것을 한자로 표기한 '석천(石泉)'을 비롯하여 '안

김억은 이 작품의 끝에 '1914, 11, 2일아虛'라고 적고 있고『학지광』3호가 이해 12월 3일에 출간되었으니 그가 이 작품을 창작한 것은 아마 잡지 출간 직전일 것이다. 2호에는 한시 한 편과 시조 한 편이 실려 있을 뿐 신체시나 근대적 자유시에 가까운 작품은 한 편도 실려 있지 않다. 그러므로 3호에 실린 김억의 「이별」이 이 잡지에 실린 작품으로는 최초의 근대시라고 할 수 있다.

이 작품에서 무엇보다도 먼저 눈에 띄는 것은 정형적인 율격이 가깝게는 신체시, 조금 더 멀게는 개화가사나 창가와는 다르다는 점이다. 신체시만 같아도 종래의 3·4조 운율에서 벗어나 일본 근대시를 모방한 7·5조 또는 3·4·5조의 새로운 운율을 구사하였다. 그러나 이 작품에서는 어떤 일정한 운율을 찾아보기란 그렇게 쉽지 않다. 다만 1행의 7·7조, 4행의 6·6조, 5행의 5·5조, 8행의 8·8조에서 볼 수 있듯이 같은 행이 음수에서 두 짝을 이루고 있을 뿐이다. "느진가을의 찬 밝은달은"처럼 비교적 짧은 시행을 사용하는가 하면, 한 행의 길이가 너무 길어 '구句걸치기로' 다음 행으로 넘어가는 행이 무려 열 곳이나 된다.

또한 김억은 이 작품에서 신체시처럼 시행을 규칙적으로 배열하거나 후렴구를 반복하여 사용하지도 않는다. 한눈에 보아도 외형적인 면에서 신체시가 아니라 새로운 형태의 작품이라는 사실을 쉽게 알 수 있다. 신체시에서 근대적인 자유시로 넘어가는 과도기적 작품에서는 이렇게 행마다 일정한 음보가 없을 뿐더러 행갈이도 의미 단위로 이루어져 비교적 자연스럽다. 가령 8행 "새는쉬지안이허고운전을계속하는데 / 써나기를싫

서생(岸曙生)', '포몽(浦夢)', 'A. S.' 등의 필명을 두루 사용하였다. 앞으로 이 잡지에서의 인용은 권수와 쪽수를 본문 안에 직접 밝히기로 한다.

허허는두사람, 그리워허는두사람"에서 볼 수 있듯이 김억은 음절 단위나 음보로 낱말을 구분 짓지 않고 계속 붙여 표기한다. 그래서 이 작품을 소리 내어 읽다보면 숨이 찰 정도로 호흡이 길게 이어진다. 이러한 표기법은 띄어쓰기를 하지 않는 일본어 문장에서 영향을 받았을 가능성을 배제할 수 없다.

여기서 한 가지 특별히 주목해 볼 것은 김억이 이 작품에 갑자기 "This moment!"니 "a tear of eyes"니 하는 영어 구절을 두 번 사용한다는 점이다. 그것도 독립된 행이 아니라 한 행 안에서 행의 일부로 삽입하여 사용한다. 그러니까 한국어 낱말과 영어 낱말이 한 행 속에 뒤섞여 있는 셈이다. 한국 시에서 운율은 음절의 수나 그것에 기초한 음보를 기반으로 이루어진다. 조윤제趙潤濟처럼 고시조의 율격에 기초하여 음수율을 제시하든, 정병욱鄭炳昱이나 이능우李能雨처럼 음수율의 한계를 극복하여 음보율을 제시하든 한국 시는 음절과는 떼려야 뗄 수 없이 밀접하게 관련되어 있다.[2] 이러한 현상은 정형시의 외재율뿐 아니라 자유시의 내재율도 마찬가지다. 한국시와 비교하여 일본시는 좀 더 엄격한 음절수의 제한을 받는다.

그러나 서양시의 운율은 한국 시가나 일본 시가의 운율과는 전혀 다른

2   1970년대에 이르러 조동일(趙東一), 김흥규(金興圭), 예창해(芮昌海) 등이 조윤제 음수율에 맞서 음보율 이론을 발전시켜 '단순 음보율'이라는 개념으로 한국시의 율격을 설명하려고 시도했지만 이렇다 할 설득력이 없다. 그들은 한국시의 음보가 영시처럼 강약, 고저, 장단 등의 요소와 결합된 복합율격이 아니라 단순히 한 율행이 몇 음보로 구성된 단순율격이라고 주장한다. 그러나 영시의 율격은 강약(약강, 강약, 약약강, 강약약, 강강, 약약 등의 음보)에 기반을 둘 뿐 고저나 장단과는 이렇다 할 관련이 없다. 한편 1950년대 눈솔 정인섭은 소나그래프 같은 음성 측정기를 통하여 한국어에도 영어처럼 그렇게 뚜렷하지는 않아도 강약의 악센트가 있다는 사실을 밝혀내어 관심을 끌었다. 정인섭의 주장에 대해서는 정인섭, 『못다한 인생』, 휘문출판사, 1984, 241쪽; 김욱동, 『눈솔 정인섭 평전』, 이숲, 2020, 294~295쪽 참고.

법칙에서 이루어진다. 가령 로망스어 계통의 프랑스어와 이탈리아어 시에서는 모음의 장단이 리듬의 기초가 된다. 한편 게르만어 계통의 영어와 독일어 시에서 리듬의 기초는 강세다. 영어의 음성 단위는 음절로 두 개 이상의 음절로 된 낱말은 반드시 강세가 있게 마련이고, 단음절의 경우도 앞뒤의 상황에 따라 강세로 취급받는다. 게이오기주쿠에서 1년 동안 영문학을 전공하던 김억은 영어의 운율 법칙을 비교적 잘 알고 있었을 것이다.

그렇다면 김억은 도대체 왜 「이별」에서 영어 구절을 삽입하는 것일까? 그것은 의도적으로 율격을 깨뜨리려는 시도로 볼 수밖에 없다. 한국시에 영어를 삽입한다는 것은 한국 고유의 운율 자체를 부정하는 것과 크게 다르지 않다. 방금 앞에서 지적했듯이 한국시와 영시를 비롯한 외국시가 전혀 다른 운율 조직에 기초한다는 사실을 염두에 둘 때 더더욱 그러하다. 더구나 김억이 한국시에 이렇게 영어를 삽입하는 것은 러시아 형식주의자들이 말하는 '낯설게 하기' 또는 '탈자동화' 기법으로 볼 수도 있다. 김억은 갑자기 영어를 사용함으로써 친숙하고 일상적인 한국어에 쐐기를 박는다.

김억은 전통 시가에 눈을 돌리기 전 20세기 전반기에는 현해탄과 태평양 건너 쪽으로 늘 고개를 돌리고 있었다. 다시 말해서 20세기 초엽 김억처럼 서유럽 지향적인 시인도 아마 찾아보기 어렵다. 서유럽시를 번역하여 한국문학 최초로 『오뇌의 무도』1921라는 시집을 출간한 것도 그였다. 이 번역 시집은 한국 시가 자유시로 자리 잡는 데 결정적인 역할을 하였다. 김억이 「이별」에서 영어 구절을 삽입한 것은 그야말로 한국시의 운율에 찬물을 끼얹는 상징적 몸짓이었다. 이렇게 그는 신체시에게 이별을 고하고 난 뒤 근대적 자유시 쪽으로 다시 한걸음 성큼 다가갔다.

율격 문제를 떠나 「이별」에서 또 한 가지 눈에 띄는 것은 김억이 전통적인 시가에서는 좀처럼 볼 수 없는 비유법을 구사한다는 점이다. 이미지에 크게 의존하는 현대시에서 비유법이 차지하는 몫은 무척 크다. 가령 8행 "쌔는쉬지안이허고운전을계속하는데"에서 '쌔'는 시간과 우주를 가리키는 환유다. 이러한 우주가 쉬지 않고 운행을 계속한다고 말하는 것은 우주 운행을 자동차에 빗대는 환유적 표현이다. 그러고 보니 첫 행 "하늘아레싸이며 싸의우혜하늘이며"의 의미가 새삼 새롭게 느껴진다. "설음의 칼날"이니 "비애의 흐름"이니 하는 표현도 생각해 보면 볼수록 신선한 비유임이 밝혀진다. 전자는 서러움의 감정이 너무 커서 비수처럼 마음을 후비는 것을 가리키는 은유법이다.

한편 후자의 비유법은 조금 독특한 형태의 환유다. 이별하는 장면에서 두 남녀는 비애를 느끼고, 그들은 그러한 비애를 느끼면서 눈물을 흘린다. "비애의 흐름"이란 비애로 말미암아 눈물이 나고, 그 눈물이 뺨을 타고 흐르는 것을 묘사하는 환유법이다. 이러한 환유는 "전쟁은 슬프다" 같은 표현에서도 엿볼 수 있다. 전쟁 그 자체가 슬프기보다는 전쟁의 결과, 즉 많은 사람이 죽고 고통 받는 것이 슬프다는 의미로 결과로써 원인을 가리키는 환유법이다.[3] "울며보며 보며울며" 같은 교차법도 개화 가사나 창가 또는 신체시에서는 좀처럼 볼 수 없는 수사법이다.

그런가 하면 김억은 "무의식을넘어유의식계로 / 쌔는이순간, 이찰나, This moment!"에서도 독특한 수사법을 구사한다. 무엇보다도 먼저 '유의식'은 사전에 등록되어 있지 않은, 김억이 만들어낸 신조어다. 요즘 젊은 세대 사이에서 '유의미'라는 말을 자주 사용하는 것과 같다. 그러나 엄밀히

---

3   이러한 유형의 환유법에 대해서는 김욱동, 『은유와 환유』, 민음사, 1999, 240쪽; 김욱동, 『수사학이란 무엇인가』, 민음사, 2002, 124~125쪽 참고.

말해서 '무의미'나 '무의식'이라는 말은 사용해도 '유의미'나 '유의식'이라는 말은 사용하지 않는 것이 한국어 어법이다. 마찬가지로 한국어 어법에 "말이 안 된다"는 표현은 있어도 "말이 된다"는 표현은 없다. 김억은 이렇게 사용하지 않는 낱말이나 표현을 일부러 사용함으로써 독특한 시적 효과를 자아낸다. 또한 김억은 "이 순간, 이 찰나, This moment"에서도 같은 의미의 낱말을 반복하여 의미를 점점 더 보강한다. '순간'은 널리 사용하는 일반 낱말이고, '찰라'는 불교에서 주로 사용하는 낱말로 '영겁'의 반대말이며, 'moment'는 두말할 나위 없이 순간을 의미하는 영어다.

　김억의 「이별」은 내용이나 주제에서도 신체시와는 조금 다르다. 신체시가 주로 근대 계몽기 민중의 의식 개조에 무게를 두었다면, 김억은 이 작품에서 민중보다는 개별적 자아의 의식에 초점을 맞춘다. 이 작품은 제목 그대로 무슨 이유 때문인지는 몰라도 두 청춘남녀가 애틋하게 이별하는 장면을 묘사한다. 김억은 찬바람이 불고 달이 휘영청 밝은 어느 가을밤을 배경으로 설정하여 이별의 감정을 한껏 돋운다. 청춘남녀는 너무 사랑하는 나머지 헤어지는 것보다는 차라리 "멀니멀니 싯웁는 한몰으는영구적신비향에서" 그냥 머물고 싶다는 충동을 느낀다.

　이 작품의 시적 화자가 "과거의눈물 기억, 이모다웁는 그곳 / 아아, 바라는그곳, 저멀니 보이는저언덕에가는것이야말노 그들의 원이리라"라고 노래하는 까닭이 바로 여기에 있다. '저 언덕'은 두 연인이 비록 순간적이나마 열렬히 바라마지 않는 죽음의 세계요 망각의 세계다. "흙으로된 몸이민, 다시싸를발지안이치못허리라"는 구절을 보면 더더욱 그러한 생각이 든다. 흙에서 왔다가 흙으로 다시 돌아간다는 생각은 비단 서양 기독교의 세계관에 그치지 않고 동양에서도 얼마든지 찾아볼 수 있다. 그러므로 이 작품에서 '님'을 굳이 일본 제국주의의 식민지로 전락한 조국으로 해석하려는 것은 좁은 소견이다. 좀 더 개인적 차원에서 기약도 없이 헤어지는 연인으로 해석해도 전혀 무리가 없다.

김억은 역시 '돌샘'이라는 필명으로 『학지광』 4호에 「내의 가슴」을 발표하였다. 「이별」이 남녀의 사랑이라는 개인적 정서에 초점을 맞춘다면 「내의 가슴」은 삶에 대한 근본적인 철학적 성찰이 담겨 있다. 김억이 겨우 두 달 사이를 두고 창작했는데도 두 작품은 주제뿐 아니라 형식과 기법에서도 적잖이 차이가 난다.

아모소리업든내의몸은

"살지아니하면아니된라된다"늣기다.

밤은깁허온다,

— 대지大地는어둡음의고요한귀신鬼神에게둘녀싸이워서다만침묵沈默 — 내의맘바다는차차해온다.

타임의바퀴는쉬지아니하고운전運轉한다.

"살지아니하면아니된다!"두번늣길째,

가슴바다의하든생각은

느진가을의써러지랴는누른나무닙과갓치,

희망希望, 실망失望. 실망失望, 희망希望을약弱한가지에붓치고, 매달리엿슬싸름이라.

"Struggle for life!" 생각도안이하고, 소리도업섯스나, 문득형용形容업는 빗김소리가들리나니, 승리勝利의바람은잇든지업든지,

한술기줄기의광명光明빗업는어둠은절망絶望에멋즐리라도니물고바득이나니

아츠럽게 ─ 살지아니하면아니된다 ─

　과거는추오醜汚, 타락墮落, 공포恐怖, 고통苦痛, 비애悲哀, 고독孤獨이엿스니쟝차
오랴는미래未來도쏘한이런것이리라만은 영구永久히모든인식認識, 의식意識을일
는전허공全虛空인모든것과운명運命을갓치하는죽음이오기전前까지는 ─ "살지
아니하면아니된나된다!"늣기며

　"Struggle for (for) life!"하며행복幸福과는웃스며불행不幸과는슬어하며,

　큰입을버리고 불으는듯 오라는듯하는무덤의고요안에까지라도 함씌하지아
니치못하리라. 살음, 죽음, 서로불으며서로보며서로늣기며

　"the shore of far-beyond"에 고기몸肉體을뒤에두고가지아니치못하리라.4 : 47

　「이별」과 비교하여 「내의 가슴」에서 무엇보다도 눈에 띄는 것은 김억
이 띄어쓰기를 제대로 하지 않는다는 점이다. 이 작품에서 그는 오히려
일본의 표기법을 따른다고 말하는 쪽이 좀 더 정확할 것 같다. 「내의 가
슴」을 소리 내어 읽다 보면 그만 숨이 찰 정도다. 어떤 의미에서는 이상李
箱의 「오감도烏瞰圖」 같은 작품이 떠오르기도 한다.

　김억은 「내의 가슴」에서 여러모로 시어의 가능성을 조심스럽게 탐색
한다. 제목으로 사용한 '가슴'과 '맘'은 지시적 의미는 같을지 몰라도 함
축적 의미에서는 적잖이 다르다. 그래서 그는 어떤 때는 '가슴바다'라는
구절을 사용하기도 하고, 또 어떤 때는 '맘바다'라는 구절을 사용하기도
한다. 이러한 시어와 관련한 실험은 후렴에서 반복하는 "살지아니하면아
니된다"의 '살다'의 명사형에서도 잘 드러난다. 김억은 이 작품에서 '살
음', 한자어 '生', 심지어 영어 'life'와 그 음을 한글로 표기한 '라이쁘'를
사용한다. 삶의 반대말도 예외가 아니어서 토박이말 '죽음'으로 표기하기

도 하고, 한자어 '死'로 표기하기도 하며, 영어 'death'로 표기하기도 한다. 이밖에도 '어둠'과 '암흑', '찰나'와 '순간', '실재'와 '진존재'와 '진실재', '내일'과 '오는아츰'과 '명일', '알음'과 '인식', '광명'과 '빗'을 함께 사용한다. 그런가 하면 한자어 '肉體'를 토박이말로 풀어 '고기몸'이라는 낯선 낱말을 사용하기도 한다.

더구나 김억은 「이별」처럼 「내의 가슴」에서도 곳곳에 영어 구절을 삽입하여 리듬을 깨뜨리려고 한다. 앞 작품에서 두 번 사용하던 영어를 뒤 작품에 와서는 무려 다섯 번이나 사용한다. 예를 들어 세 번 사용하는 "Struggle for life"를 비롯하여 "the shore of far-beyond"와 "death-land"가 바로 그것이다. "Struggle for for life"에서 'for'을 반복한 것은 뒤에 오는 'life'를 강조하려고 반복한 것이라기보다는 아무래도 식자공의 실수로 보는 쪽이 타당하다. 또한 비록 영어 원어로 표기하지 않았어도 그는 방점을 표기한 '타임'이니 '라이프'니 하는 낱말을 사용함으로써 한국어의 자연스러운 흐름을 일부러 방해하려고 한다.

이러한 형식적 기법 말고도 「내의 가슴」은 앞으로 김억이 추구하게 될 모티프나 주제를 보여 준다는 점에서 자못 중요하다. 그의 초기 작품이 흔히 그러하듯이 이 작품도 "밤은 깁허온다"라는 구절처럼 한밤중을 시간 배경으로 삼는다. 한밤중과 어둠과 암흑을 비롯하여 죽음과 무덤, 고통과 비애와 고독 같은 모티프도 앞으로 김억의 작품에 자주 등장하게 된다. 이러한 모티프를 빌려 김억이 「내의 가슴」에서 다루는 핵심 주제는 삶이란 그렇게 장밋빛처럼 낙관적인 것은 아니지만 그렇다고 그렇게 비관적인 것도 아니라는 점이다. 시적 화자 '나'는 "사의선고기별이오려니하며 '살지아니하면아니된다!'를 늣기며 '생'을누리지아니치못하리라"라

고 노래한다. 또한 "살아선무엇하랴하랴? 이를뭇지말아라! / 다만생의진실
재를알기만하면그만이도다"4 : 47 · 48라고 말하기도 한다. 화자는 인간이
죽음을 숙명처럼 등에 짊어지고 있으면서도 일회적 삶을 끝내 포기해서
는 안 된다고 힘주어 말한다. 적어도 이 점에서 김억의 세계관은 스토이
시즘과 실존주의적 세계관과 맞닿아 있다.

　김억이 『학지광』 5호에 기고한 「야반」, 「밤과 나」, 「나의 적은 새야」
도 그의 초기 시를 이해하는 데 도움이 된다. 「이별」에서도 볼 수 있듯이
그의 초기 작품에서는 밤을 배경으로 삼거나 소재로 한 유난히 많다. 「야
반」은 온 세상이 쥐 죽은 듯이 고요한 깊은 밤에 시적 화자 '나'가 홀로
삶의 의미에 대하여 명상하는 작품이다. 좀 더 정확히 말하면 현실적 자
아인 '나'와 이상적 자아인 '너'가 서로 나누는 대화를 다루는 작품이다.

침묵沈默의지배支配를 짤아고요히 나는 혼자 잇노라.
야반夜半의울림종鐘소리에내가슴은 울니며반항反響나도다.

내의영靈이여!너는 무엇을 바래느냐?
내의육肉이여!너는 무엇을 바래느냐?

평화平和여라!쑤란데生命물한잔에.
즐겁음이여라!곱게웃는한소리에.

무겁고 좁은 조컄 너을에 환영幻影의 생각은 잠잠하다
내앙靈이여! 내육肉이여!엇드랴는 너의바램이 영원永遠한잠안에.5 : 56

현실적 자아 '나'는 '너'에게 영혼이 바라는 것이든, 육신이 바라는 것이든 유한한 세상에서는 결코 얻을 수 없다고 말한다. 그것은 오직 "영원한잠안에"서만 얻을 수 있을 뿐이기 때문이다. 여기서 '영원한 잠'이란 영면의 세계, 곧 죽음 뒤의 세계를 말한다. 이 작품은 김억의 초기 시의 특징이라고 할 허무적 감상주의나 낭만적 이상주의의 분위기를 짙게 풍긴다.

「나의 적은 새야」는 적어도 형식에서는 「야반」과는 조금 다르다. 「야반」이 한 연에 각각 4행씩 4연으로 정형시처럼 구성되어 있는 반면, 「나의 적은 새야」는 「이별」처럼 아무런 연의 구별이 없이 비교적 자유시의 형식을 취한다. 그러나 주제에서는 「나의 적은 새」는 「야반」과 비슷하다. 여름이 지나고 가을이 다가오는데 '내의 적은새'는 시적 화자 '나'의 곁을 떠나 어디론가 날아가려고 한다. 그래서 화자는 '내의 적은새'에게 걱정스럽게 묻는다.

> 너의 갈곳이 그어데냐?
> 내의 적은새! 내의 적은새!
> 아득이지 말고…… 쌜니,
> 태양太陽의 광명光明빗을 싣고 단니든나뷔도
> 다업서젓나니…… 꼿써려짐과함쎄.5 : 178

이 작품에서 '너의 적은새' 또는 '내의 적은새'는 「이별」의 '너'와 마찬가지로 이상적 자아를 가리킨다. 그는 지금 현실적 자아인 '나'의 곁을 떠나 어디론가 날아가려고 한다. 시적 화자요 현실적 자아인 '나'는 그에게 "여호에게, 구멍잇고하늘나는 새에게 깃이 잇다"[4]라는 예수 그리스도의 말을 인용하며 집이 없는 너는 어디로 가려고 하느냐고 묻는다. 그러자 '내의 적은새'는 "셔름의 문門과 눈물의 문門을 지내, 가야겟셔요 나의 오기를 가다리고 잇는 the shore far-beyond에 가랴나이다"라고 대답한다. 「이별」과 마찬가지로 이 작품에서 김억은 영어 구절을 삽입하여 내재율마저 깨뜨린다. 이 영어 구절은 저 멀리 있는 강변으로 기독교에서 말하는 요단강 너머의 세계, 즉 죽음의 세계와 무관하지 않다. '설음의 문'과 '눈물의 문'이란 흔히 '눈물의 골짜기'로 표현하는 요단강 이쪽의 현세를 말한다. 이상적 자아가 추구하려는 세계는 현세에서는 찾을 수 없고 내세에서나 찾을 수 있을 뿐이다. 이 작품의 마지막 구절에 이르러 현실적 자아는 "내의집업는 적은새! / 나도 너쌀아가리! / 내의 온갖 것을 누구게맛기랴 / 새야 나도 너쌀아 가리! / 나의 적은 새! / 나의적은새!"5 : 57라고 말하면서 마침내 이상적 자아를 좇아 함께 떠나기로 마음먹는다.

김억이 『학지광』 5호에 기고한 시 작품 중에서도 「밤과 나」는 특히 주목해 보아야 한다. 그는 이 작품에 '산문시'라는 부제를 붙이기 때문이다. 그가 이러한 부제를 붙인 것은 「이별」, 「야반」, 「나의 적은 새야」와는 적어도 형식에서 다르다는 점을 보여 주기 위해서다.

밤이왔다, 언제든지 갓튼 어둡는 밤이, 원방遠方으로 왔다. 멀니 싯업는 은銀가루인 듯 흰눈은 넓은빈 들에 널니엿다. 아츰볏의 밝은빗을 맛즈랴고 기다리는듯한 나무며, 수풀은 공포恐怖와 암흑暗黑에 싸이웟다. 사람들은희미稀微하고 약弱한불과 함씌, 밤의적막寂寞과싸이호기 마지아니한다, 그러나차차, 오는애수

---

4 "예수께서 그에게 말씀하셨다. '여우도 굴이 있고, 하늘을 나는 새도 보금자리가 있으나, 인자는 머리 둘 곳이 없다.'"(「마태복음」 제8장 제20절)

哀愁, 고독孤獨는은 갓싸까워온다. 죽은듯한몽롱朦朧한달은박암薄暗의빗을 희희稀하게도 남기엿스며 무겁고도 가븨얍은 바람은한限업는키쓰를싸우며 모든것에게, 한다. 空中으로나아가는날근오랜님의소리 "현실現實이냐? 현몽現夢이냐? 의미意味잇는생生이냐? 업는생生이냐?"

사방四方은다만침묵沈默하다, 그밧게 아모것도없다. 이것이, 영구永久의침묵沈默! 밤의비애悲哀와밋 밤의운명運命! 죽음의공포恐怖와 생生의공포恐怖! 아々이들은어둡은 밤이란곳으로여행旅行온다. '살기워지는대로 살가? 쏘는더살가?' 하는 오랜님의소리, 쌔르게 지내간다.

고요의소래, 무덤에서, 내가슴에. 침묵沈默.5 : 56

이 작품에서 김억이 신체시나 자유시에서 볼 수 있는 행갈이를 하지 않는다는 점이 눈에 띈다. 비교적 길이가 긴 첫 연, 그보다는 짧은 둘째 연, 그리고 한 행으로 되어 있는 단속적인 네 구절로 이루어진 셋째 연 등 모두 3연으로 구성되어 있을 뿐 행갈이는 어느 연에서도 전혀 찾아볼 수 없다. 그러므로 김억이 「밤과 나」를 산문시로 규정짓는 것도 그렇게 무리는 아니다.

그렇다면 자유시와 산문시는 과연 어떻게 다른가? 자유시란 그 용어에서도 엿볼 수 있듯이 전통적 운율의 굴레에서 벗어나려는 시다. 좀 더 자세히 말하면 규칙적 운율을 비롯하여 행의 길이 등시적 관습에서 벗어나 자연스러운 스피치 리듬에 무게를 싣는 운문이다. 서양에서 자유시의 역사는 '킹 제임스 성경'의 「아가」와 「시편」으로 거슬러 올라가지만 가깝게는 미국 시인 월트 휘트먼의 『풀잎』1985에서 그 예를 찾아볼 수 있다. 로버트 프로스트는 "자유시란 네트를 치지 않고 테니스를 치는 것과 같

19세기 러시아의 대표적인 자유주의 시인 이반 투르게네프.

다"[5]고 말하였다.

한편 '산문시'라는 용어는 엄밀히 말해서 모순어법이다. 산문이면 산문이고 시면 시지 '산문시'라는 용어는 인어처럼 양면적이고 잡종적이다. 물론 '산문'의 반대말은 '운문'이지 '시'는 아니다. 다시 말해서 산문시는 운문 형식을 취하지 않는 시라는 뜻이다. 산문시란 글자 그대로 산문으로 쓴 작품이되 나름대로 시적 자질을 갖춘 작품을 말한다. 이러한 자질 중에는 ① 언어의 경제적 사용, ② 간결성이나 압축성, ③ 파편적 문장, ④ 두드러진 반복적 리듬, ⑤ 일관성 있는 정서적 강도, ⑥ 이미지, ⑦ 상징, ⑧ 수사적 기법 등을 꼽을 수 있다. 한마디로 형태는 산문이지만 시처럼 읽히는 작품이라면 산문시로 간주할 수 있다. 『산문시』라는 국제적 저널의 편집자 피러 존슨은 "블랙유머가 희극과 비극 사이에 올라타 있듯이 산문시는 한 발은 산문에 다른 발은 시에 두고 있어 두 발꿈치가 마치 바나나 껍질을 밟고 있는 것처럼 위험천만하다"[6]고 밝힌 적이 있다.

---

5   Robert Frost, *The Collected Porse of Robert Frost*, ed. Mark Richardson, Cambridge, MA : Belknap Press of Harvard University Press, 2007, p.168.
6   Peter Johnson, "Introduction", *The Prose Poem : An International Journal*, vol.1, 1992.

김억이 시 작품에서 유난히 밤을 소재로 삼는다는 점은 방금 앞에서 언급하였다. 다만 「밤과 나」에서는 들판에 흰 눈이 쌓인 한겨울의 을씨년 스러운 밤이다. 또한 김억이 이 산문시에서 즐겨 구사하는 시어도 '달', '바람', '무덤', '비애', '애수', '적막', '고독', '공포' 등 앞의 작품들과 크게 다르지 않다. 더구나 이 작품에서도 다른 작품처럼 잠과 죽음은 자못 중요한 역할을 한다. 시적 화자 '나'는 "낡은오랜님", 즉 태고로부터 불어오는 바람이 전하는 말에 귀를 기울이며 자신의 삶을 되짚어 본다. 지금 '나'는 현실 속에서 제대로 살아가고 있는 것인가, 아니면 꿈속에서 헤매고 있는 것은 아닌가? 지금 '나'가 영위하는 삶이 의미 있는 것인가, 아니면 무의미한 삶인가? 동양에서나 서양에서나 그동안 밤은 죽음의 상징으로 자주 쓰여 왔다. 마지막 구절 "고요의소래, 무덤에서, 내가슴에. 침묵"을 보면 시적 화자는 어쩌면 죽음의 세계를 열렬히 바라는 것 같다. 바람은 무덤으로 이어지고, 무덤은 화자의 가슴으로, 그리고 그 뒤에는 침묵만이 감돈다.

김억의 「밤과 나」는 한국 근대문학사에서 첫 번째 산문시라는 점에서 그 의의가 자못 크다. 서유럽에서 산문시는 샤를 보들레르, 스테판 말라르메, 아르튀르 랭보, 프랑시스 잠 등이 시도하였고, 그들의 산문시는 러시아의 이반 투르게네프에게 영향을 끼쳤다. 러시아문학의 영향을 많이 받던 20세기 초엽 일본과 식민지 조선에서 산문시는 투르게네프를 매개로 전파되었다. 백철白鐵과 조연현趙演鉉은 주요한이 1919년 『창조』에 발표한 「불노리」를 한국 최초의 자유시로 간주하였고, 그들의 주장은 지금까지도 대체로 정설로 받아들여지고 있다.[7]

아아 날이 저문다, 서편 하늘에, 외로운 강물 우에, 스러져가는 분홍빛 놀……
아아 해가 저물면 날마다, 살구나무 그늘에 혼자 우는 밤이 또 오건마는, 오늘
도 4월이라 파일날 큰길을 물밀어가는 사람소리는 듣기만 하여도 흥성스러운
것을 왜 나만 혼자 가슴에 눈물에 참을 수 없는고.아아 춤을 춘다, 춤을 춘다,
시뻘건 불덩이가, 춤을 춘다. 잠잠한 성문城門 우에서 나려다보니, 물냄새, 모
래냄새, 밤을 깨물고 하늘을 깨무는 횃불이 그래도 무엇이 부족하여 제 몸까
지 물고 뜯을 때, 혼자서 어두운 가슴품은 젊은 사람은 과거의 퍼런 꿈을 찬
강물 우에 내어던지나 무정無情한 물결이 그 그림자를 멈출 리가 있으랴?……[8]

모두 4연으로 되어 있는 「불노리」의 도입부에 해당하는 첫 두 연이다.
음력 4월 초파일이 저물면서 대동강 강변에서 불놀이가 시작되고, 시적 화
자 '나'는 "시뻘건 불덩이가" 덩실덩실 춤을 추는 모습을 바라본다. 그러나
불노리를 즐기는 사람들과는 달리 화자의 마음은 "가신 님생각에 살아도
죽은 이 마음이야"라는 구절에서 볼 수 있듯이 오히려 외로움과 슬픔을 느
낀다. 일본 제국주의에게 조국을 빼앗긴 젊은이의 슬픔과 고뇌를 다루는
이 작품은 무엇보다도 행갈이를 하지 않는다는 점에서 산문시로 볼 수 있
을지언정 자유시로는 볼 수 없다. 그러므로 한국 최초의 산문시의 개척자
는 주요한이 아니라 김억으로 간주해야 한다. 김억은 주요한보다 무려 4년
앞서 『학지광』에 「밤과 나」를 발표함으로써 한국문학사에서 산문시의 첫
장을 열었다. 산문시를 창작한 것은 세 달 뒤인 1915년 4월 10일이다. 한
국문학사에서 1915년은 산문시가 탄생한 역사적 연도로 기록될 만하다.

---

7   백철, 『신문학사조사』, 신구문화사, 1989; 조연현, 『한국현대문학사』, 성문각, 1972.
8   주요한, 『아름다운 새벽』, 조선문단사, 1924.

2. 이광수의 「어린 벗에게」와 「설노래」

춘원春園 이광수李光洙는 '외배'라는 필명으로 『학지광』 8호에 「어린 벗에게」라는 시를 발표하였다. 작품 말미에 집필 날짜를 '4249.1.10.'로 적어 놓은 것으로 보아 그는 1916년 3월 8호가 간행되기 두 달 전쯤에 이 시를 쓴 것 같다. 그런데 이 작품에서 무엇보다도 먼저 눈을 끄는 것은 이광수가 비슷한 시기에 같은 제목의 단편소설을 발표했다는 점이다. 서간체 단편소설 「어린 벗에게」는 1917년 『청춘』 9~11호에 처음 발표되었다. 이렇게 한 작가가 같은 제목으로 시와 단편소설을 집필한다는 것은 보기 드문 일이다.

「어린 벗에게」는 각각 9연의 세 부분으로 구성되어 있어 모두 24연의 시 작품이다. 제목에 걸맞게 시적 화자 '나'가 나이 어린 친구에게 노래하는 형식을 취한다.

아릿다온 어린 벗아
방그레 웃는 벗아
쌜치고 노는 벗아
내 노래 바닷스라

네 눈이 광채光彩도 잇다
바로 샛별 갓고나
우슴 가득 영기英氣 가득
명석明晳까지 가득하다.8 : 1

형식에서 보면 이 작품은 근대 계몽기의 창가처럼 4·4조 또는 3·4조의 음수율이 주조를 이룬다. 이 시는 찬송가에서 영향을 받고 가창을 전제로 한 초기의 창가와는 차이가 나지만 여전히 정형시의 굴레에서 완전히 벗어나지 못한다. 형식뿐 아니라 주제와 내용에서도 여전히 창가의 흔적이 남아 있다. 당시 창가처럼 이광수는 「어린 벗에게」에서 신문명과 신교육을 예찬하거나 젊은이들에게 신사상과 자주독립 의식을 부르짖는다. 창가는 뒷날 교가나 독립군가 등으로 발전하면서 민족의식과 애국심을 고취하였다. 그러므로 여기서 시적 화자 '나'가 말하는 피화자 '어린 벗'은 "쏠치고 노는 벗아"라는 구절을 보면 어린아이가 아니라 신학문을 갓배우기 젊은 학생을 가리킨다.

네 눈의 명철明徹함이
만권서萬卷書를 나리외어
신문명新文明의 빗과 맛을
반도半島에다 음겨다고

네 눈이 X광선光線
만사물萬事物을 쎄쏠러서
풀다남은 우주宇宙의 미謎
마자풀어 닐러다고8:1

첫 연에서 볼 수 있듯이 이광수는 화자 '나'의 입을 빌려 학문을 갈고닦아 서유럽의 '신문명의 빗과 맛'을 식민지 조선에 '옴겨다고'라고 간절히 부탁한다. 여기서 '빗'은 재일본동경조선유학생학우회가 『학지광』을 발간하면서 깃발로 내세운 지식과 학문의 빛을 말하고, '옮긴다'는 것은 그러한 학문과 지식을 식민지 조선에 이식하는 것을 말한다. 화자는 서양 문물을 일본을 거쳐 간접적으로 받아들이는 대신 직접 수입할 것을 제안하는 것 같다.

위 인용문에서 특히 주목해 볼 것은 둘째 연의 밑줄 친 두 행이다. 젊은 학생의 두 눈이 마치 'X광선'과 같아서 천하 만물을 꿰뚫어 볼 수 있다고 노래한다. 그래서 아직 풀지 못한 채 우주의 수수께끼로 남겨놓은 비밀을 마저 풀어달라고 부탁한다. 그러고 보니 이광수의 「어린 벗에게」는 그가 다이세이중학교와 메이지학원 보통부를 졸업한 1차 일본 유학을 마치고 귀국한 1910년 오산학교 교사로 부임하여 지은 이 학교의 교가와 비슷하다.

네 눈이 밝구나 엑스빛같다
하늘을 꿰뚫고 땅을 들추어
온 가지 진리를 캐고 말련다
네가 참 다섯메의 아이로구나.

네 손이 솔갑고 힘도 크구나
불길도 만지고 돌도 주물러
새로운 누리를 짓고 말련다
네가 참 다섯메의 아이로구나.

첫 연 첫 행의 "네 눈이 밝구나 엑스빛 같다"는 구절은 「어린 벗에게」의 "네 눈이 X광선"이라는 구절과 거의 동일하다. 'X-레이'를 한 작품에서는 '엑스빛'으로 표기한 반면, 다른 작품에서는 'X광선'으로 표기한 것이 조금 다를 뿐이다. 그밖에 중요한 몇몇 시어에서도 두 작품은 서로 비슷하다.

그런데 이광수는 「어린 벗에게」에서 단순히 학문과 지식을 연마하여 식민지 반도에 문명의 도입하자고 주장하는 것에 그치지 않는다. 한 발 더 나아가 그는 사상과 문학과 예술의 중요성에도 무게를 둔다. "정단政壇에서 음즈기면 / 린컨과 비스막 / 강단講壇에서 음즈기면 / 피히테와 칸트로다 // 슬픈 노래 부를 적에 / 산천山川이 눈물짓고 / 깃븐 시詩를 읍흘 적에 / 목석木石이 웃는고나"[8 : 2]라고 노래한다. 마지막 구절은 「어린 벗에게」에서 "반만년半萬年 옥동소玉洞簫가 / 네게서 울어낫고 / 삼천리三千里 싸힌 긔운 / 네가 부르짓고나"[8 : 2]하느니, "붓 갑은잡은 네 손이 / 조희 우로 음즈기면 / 만인을 감동하는 / 글이 되고 그림 되고"[8 : 2]하느니 하는 구절과도 맞닿아 있다. 이렇듯 이광수는 서유럽을 본받아 문명개화를 이룩하는 데는 무엇보다도 문학을 비롯한 인문학의 힘이 크다는 사실을 절실히 깨닫고 있었다.

한편 『학지광』 8호에는 「설노래」라는 시 작품이 실려 있다. 이 작품은 이 호에 실린 「사회 단편」과 마찬가지로 '일기자'로만 표기할 뿐 필자를 분명하게 밝히지 않는다. 그러나 여러 정황으로 미루어 보아 이 두 작품은 모두 이광수가 집필했을 가능성이 아주 높다. 당시 '기자'는 흔히 잡지의 편집자를 가리키는 말로 쓰이기 일쑤였다.

한 해가 쏘 가니 한 살을 쏘 먹엇네
세월歲月은 쌔르고 사업事業은 더듸거늘

무삼 일 철업는 것들은 깃브다만 하는고

종로鐘路의 오경인경五更人磬 은殷々히 울어나니
미인美人은 빗이 날고 영웅英雄 백발白髮되네
당상堂上에 늙는 서생書生은 무일탄撫釼嘆을 하것다

새해 새해라니 무엇이 새로온가
산천山川은 뎗어가고 인물人物은 낡아가니
새해 새해란 뜻을 내 몰라 하노라

늘흰메 상々봉上々峰에 웃둑 선 솔을 보니
가지에 가지 도터 해마다 벗노매라
뭇노니 오는 한 해에 멧가지나 더울는가8 : 30

   이광수는 시조 형식을 빌린 이 작품에서 새해를 맞이하여 시간의 덧없음을 노래한다. 무심하게 흐르는 세월 속에 절세미인도 영웅호걸도 한낱 희생자에 지나지 않는다고 노래한다는 점에서 이 작품은 무가巫歌에서 갈라져 나온 민요 〈성주풀이〉와 여러모로 비슷하다. 이광수가 "미인은 빗이 날고 영웅은 백발 되네"라고 노래하는 것은 〈성주풀이〉에서 "낙양성 십리허에 높고 낮은 저 무덤은 / 영웅호걸이 몇몇이며 절세가인이 그 누구며 / 우리네 인생 한번 가면 저 모양이 될 터"라고 노래하는 것과 크게 다르지 않다. 이광수의 「설노래」에서는 송구영신을 노래하는 작품에서 흔히 볼 수 있는 새해에 대한 희망의 빛은 좀처럼 찾을 수 없다. 일본 제국주의의 식민지 지배를 받은 지 몇 해가 지나면서 이광수는 희망보다는 오히려 절망을 느꼈기 때문이다.

3. 김여제의 시 작품

김여제는 나이와 출신 지역, 교육에서 김억과 여러모로 비슷하다. 평안북도 곽산에서 태어난 김억이 남강南岡 이승훈李昇薰이 고향 정주에 세운 오산학교에 다녔다는 것은 잘 알려져 있다. 김여제도 곽산 바로 옆 군 정주에서 태어나 김억과 함께 오산학교에 다녔다. 그들은 이 학교에서 평생의 스승 이광수를 만났다. 김여제는 한 살 아래거나 동갑인 김억과 절친한 사이였고, 김억은 늘 그의 재능을 높이 평가하면서 그의 시적 재능을 칭찬하였다. 두 사람은 일본에 유학하여 대학은 달라도 다 같이 영문학을 전공하였다. 그런가 하면 김억과 김여제는 『학지광』 창간에 직간접으로 참여하면서 이 잡지에 시 작품을 여러 편 기고하였다.

김억과 김여제가 얼마나 절친했는가 하는 것은 김여제가 1918년 와세다대학을 졸업하고 중국 상하이上海를 거쳐 미국에 유학할 때 쓴 작품에서도 엿볼 수 있다. 미국에 유학 중인 조선인 학생들도 여러 차례 학우회 설립을 시도한 끝에 마침내 1921년 '북미조선학생총회北美朝鮮學生總會'를 조직하고 로키산맥의 이름을 따서 기관지 『우라키 *The Rocky*』를 발행하였다. 김여제는 이 잡지 창간호에 기고한 「향수」라는 작품 끄트머리에 "이 시를 고향에 잇는 안서岸曙 형兄의계 드림"이라는 구절을 적어놓는다.[9] 그는 고향을 그리는 작품을 쓰면서 김억을 언급할 만큼 두 사람은 우정이 무척 깊었다.

김여제는 일본 유학 중 김억과 교류하며 1915, 1916, 1917년에 걸쳐
『학지광』에 「산녀山女」를 비롯하여 「한꿋」, 「잘 째」, 「세계의 처음」, 「만
만파파식적萬萬波息笛을 울음」을 잇달아 발표하여 근대시 발전에 이바지
하였다. 김여제는 1920년 3월에는 상해판 『독립신문』의 편집위원으로
활약하면서 이 신문에 기미년 독립만세운동을 노래한 「3월 1일」과 「오
오! 자유」를 비롯한 시를 발표하여 민족의 독립의식을 고취하기도 하였
다. 또 방금 앞에서 언급했듯이 미국 유학 중에도 『우라키』에 작품을 기
고하기도 하였다. 작품의 양이 그다지 많지 않은 데다 독립운동에 가려
잘 드러나 있지는 않지만 그가 근대시에 끼친 영향은 결코 작지 않다.

김여제가 『학지광』 5호에 발표한 「산녀」는 시인으로 첫 선을 보인 작
품이라는 점에서 중요하다. 이 작품은 그의 데뷔작이라는 개인적 차원을
넘어 한국 근대문학사, 그중에서도 근대시사와 관련하여 그 의의가 크다.
김억의 「이별」처럼 이 작품도 신체시에서는 좀처럼 볼 수 없는 근대적
자유시의 여러 특징을 찾아볼 수 있다. 시인이 작품 끝에 "1915.3.30"이
라고 적어놓은 것으로 보아 『학지광』에 발표한 시기와 거의 일치한다.

쒸는심장心臟의파동波動은 더, 더 한도度한도度를 놉히며,

다막힌 호흡呼吸은 겨오, 겨오 새순환循環을 닛도다.

그리하여 우리 산녀山女의 들은팔은 속졀없이 에워싼 쓴긔운에 파동波動을
주어 늘이도다.

---

9 유암 김여제, 「향수」, 『우라키』 창간호, 1925.9.26, 131쪽. 북미조선학생총회와 그 기관
지 『우라키』의 발간에 대해서는 김욱동, 『아메리카로 떠난 조선의 지식인들─북미조선
학생총회와 『우라키』』, 이숲, 2020, 13~96쪽; 김욱동, 『『우라키』와 한국의 근대문학』,
소명출판, 2022, 55~56쪽 참고.

돌사이에서 돌사이를,

적은 샘은 긔여,

졸, 졸 졸으륵, 졸으륵 간은 '멜너디'를 진秦하면서 영원永遠에 흘으도다.

——그리하여 대해大海예 닛도다.

가을긔럭이는 황혼黃昏에 나즉히 날도다.

멀니, 멀니 모르는곳으로——아니, 아니 남南켠하늘로,

날아, 지평선地平線져, 가에 희미한 그림[影]을 썰으도다.

놉흔, 놉흔 무궁無窮에 흘으는 달은,

멧번을 그얼골을 변變하도다.

—— 우리산녀山女는,

긴장緊張, 이완弛緩, 흥분興奮, 침정沈靜의 더, 더 복잡複雜한 정서情緖에 차도다.

느즌새의 울음, 반득이는 별이,

얼마나, 얼마나 우리산녀山女의 가슴을,

져, 져 먼 나라로, 상상想像의 보는 세계世界로

넓은 드을로, 물썰의 사는, 잔잔한 바다로,

아니, 아니 'Unkonwn World'로,

얼마나, 얼마나 우리산녀山女의 가슴을 끄을엿으랴!

우리산녀山女의 머리에서 발씃까지,

져문날 잠기는해는,

쏘다시 그검은깃[翅]을 덥헛도다.

그러나 우리산녀山女는 다만 가만히無言 섯도다.

—— 화기火氣에찬, 가슴은 한찰리刹那한찰리刹那에 점점漸漸더 그키를 놉히도다.

저긔, 저 무서운암흑暗黑속에서는, 갑잭이 갑잭이 엇던 엇던모르는 힘이나와,

한길에, 한길에 우리산녀山女를 삼키여갈듯하도다 ─ 우리적은소녀少女를.

─ 괴악怪惡한 니갈니는 소리가 어듸선지 희미하게 들니도다!

어느째 모진광풍狂風이 닐어와,

압령嶺, 늙은소나무를 두어대 썩다.

멧벌에가 약弱한피리를 불어울다.

절節차자 아름다운 쏫도 픠여 ─ 향기香氣도 내이다

그러나 역시亦是 산山가운듸엿다.잇다금 들퇴씨[野兔]가 튀여, 우리산녀山女의

뷔인가슴에 반향反響을내일쑨이엿다.

─ 님은 여전如前히 안이오다!5 : 58~59

위 작품에서도 볼 수 있듯이 과도기적 작품은 단순히 산문을 행갈이해 놓은 것과는 달라서 그 나름대로 내재율을 지닌다. 내재율과 관련하여 이 작품에서 특별히 눈여겨볼 것은 지나칠 만큼 구두점을 유난히 많이 사용한다는 점이다. 쉼표는 41번, 마침표는 16번, 느낌표는 3번, 긴 줄은 8번 사용한다. 특히 가로쓰기나 세로쓰기에 따라 반점(,)이나 모점(、)으로 표기하는 쉼표[休止符]는 문장 안에서 짧은 휴지를 나타내면서 신체 호흡을 잠시 끊는 효과를 자아낸다. 말하자면 정형시에서 구두점은 흔히 음보의 역할을 한다.

더구나 「산녀」는 후렴 같은 기계적 반복을 사용하는 개화가사나 창가, 이러한 시가의 전통적 형식에서 벗어나려고 시도하면서도 여전히 그 흔적을 간직하던 신체시와는 달리, 기존 작품에서 좀처럼 사용하지 않던 기

법과 형식을 구사함으로써 근대시에 한 발 더 가깝게 다가선다. 신체시와 근대시를 가르는 기준 중 하나는 주제를 보강하기 위한 수사법을 어떻게 구사하느냐에 있다. 김여제는 「산녀」에서 ① 반복법, ② 점증법, ③ 부정법, ④ 은유법, ⑤ 직유법, ⑥ 환유법, ⑦ 제유법, ⑧ 의인법 등 온갖 수사법과 상징을 폭넓게 구사한다.

김여제는 「산녀」에서 반복법을 사용하되 단순한 기계적 반복이 아니라 의미를 조금씩 보강해 가는 점증법을 즐겨 사용한다. 물론 "더, 더", "겨오, 겨오", "졸, 졸", "멀니, 멀니", "얼마나, 얼마나", "아니, 아니", "갑잭이 갑잭이"처럼 기계적 반복을 사용하는 경우가 없지 않다. "멀니, 멀니 모른 곳으로—아니, 아니 남켠하늘로"에서는 반복법과 함께 부정법을 사용한다. 그러나 그는 이러한 기계적 반복마저도 의미를 보강하기 위한 장치로 사용하기 일쑤다. 점증법은 첫 행 "더, 더 한도한도를 높히며"니 "한찰나한찰나에 점점더 그 키를 높히도다"니 하는 구절에서 엿볼 수 있다. '한도한도를'이라고 해도 될 터인데도 굳이 '더, 더'를 넣어 점증법의 효과를 한껏 끌어올린다. 두 번째 예에서도 산녀의 키가 마치 순간순간 점점 더 커지는 것을 눈앞에 보는 듯하다. 이러한 점증법은 "졸, 졸 졸으록, 졸으록"에서도 마찬가지다. 좀 더 정확히 말하면 앞의 예는 점층법 중에서도 강도를 점점 높이는 점증법에 속하는 반면, 뒤의 예는 강도를 낮추는 점강법에 해당한다.

그러나 「산녀」에서 중심적인 힘은 어디까지나 점강이 아니라 점증이요 수축이 아니라 팽창이다. 산 아래 골짜기 돌과 돌 사이로 흐르는 샘물은 마침내 '영원'을 향하여 강으로, 넓은 바다로 흘러간다. 저녁에 늦게 우는 새들과 하늘에 반짝이는 별들도 산녀의 마음을 먼 상상의 세계로,

넓은 들판을 지나 물결치는 바다로, 더 나아가 '미지의 세계'로 인도한다. 산녀의 정신과 마음이 멀리 바깥쪽을 향하여 열려 있을 뿐 그녀는 여전히 산 속에 머물러 있다.

무엇보다도 「산녀」에서 눈을 끄는 것은 의인법이다. 이 작품의 시적 화자가 말하는 '우리 산녀'는 과연 누구를 가리키는 것일까? 작품 후반부에 이르러 화자는 그녀를 '우리 적은 소녀'라고 부른다. 1인칭 복수 대명사 '우리'라는 낱말을 사용하는 것을 보면 화자와는 아주 친근한 관계에 있는 인물임이 틀림없다. 그런데 이 나이 어린 여성은 산 속에서 누군가 '님'을 애타게 기다리고 있는 것 같다. '산녀'의 일차적 의미는 산에 사는 여성을 뜻하지만 이 작품에서 산녀는 단순히 살골 여성을 의미하지는 않는다. 그렇다면 산녀의 정체는 과연 누구일까? 둘째 행 "다막힌 호흡은 겨오, 겨오, 새순환을 닛도다"에서 알 수 있듯이 산녀는 지금 가까스로 호흡을 유지할 뿐 거의 빈사 상태에 빠져 있는 것과 다름없는 어떤 대상이다. 이렇게 무기력한 산녀에게 대자연은 적의를 드러내거나 기껏 무관심할 뿐이다. 더구나 시간이 지나면 지날수록 무자비한 외부의 힘은 산녀를 더욱 더 옥죄어온다. "저긔, 저 무서운암흑속에서는, 갑잭이 갑잭이 엇던 엇던모르는 / 힘이 나와, / 한길에, 한길에 우리산녀를 삼키여갈듯하도다"라는 구절처럼 산녀는 언제 암흑 속에서 자취도 없이 사라져 버릴지도 모른다.

이 작품에서 '산녀'의 정체는 다름 아닌 마지막 행 "님은 여전히 안이 오다!"의 '님'과 밀접하게 연관되어 있다. 산녀가 지금 기다리고 있는 인물이 바로 그 '님'이다. 한국 시에서 '님'이 표상하는 의미 영역은 무척 넓다. 한용운이 『님의 침묵』1926의 서문 '군말'에서 "님만 님이 아니라, 기룬 것은 다 님이다. 중생이 석가의 님이라면, 철학은 칸트의 님이다. 장미화의 님이 봄비라면 마시니의 님은 이태리다"라고 노래한다. 이렇게 '님'은 구체적으로는 사랑하는 대상에서 빼앗긴 조국, 좀 더 추상적으로는 종교적으로나 철학적으로 지향하는 최고의 가치나 지고의 이상을 가리킬 수 있다. 극단적으로 말하면 '님'은 무엇이든지 다 넣을 수 있는 보자기나 아무것도 적혀 있지 않은 텅 빈 기록판과 같다. 가령 「산녀」에서 '님'은 일본 제국주의에 빼앗긴 조국이고, 산녀는 조국의 해방을 간절히 기다리는 조선인으로 해석할 수도 있다. 산녀가 기다리는 '님'은 무려 30년이 지난 뒤에야 해방과 더불어 찾아온다. 일본 제국의 수도에서 유학하던 식민지 지식인 김여제로서는 조국 해방에 대한 열망을 뇌리에서 쉽게 떨쳐버릴 수 없었을 것이다.

「산녀」는 형식뿐 아니라 내용과 주제에서도 신체시와는 적잖이 다르다. 신체시는 봉건시대의 터널을 막 빠져 나와 근대를 호흡하며 서유럽의 문명개화를 예찬하는 내용이 주류를 이룬다. 전통과 인습을 타파하고 서유럽 문물을 적극 수용하려는 의지를 즐겨 표현한다. 이처럼 새로운 시대 상황에 초점을 맞추려는 신체시는 개별적 자아의 각성이나 자아탐구가 미흡하다.

김여제가 『학지광』 6호에 기고한 「한ᄉᆞᆺ」과 「잘 째」도 「산녀」 못지않게 중요한 작품이다. 앞의 작품에 일본 제국주의에 조국을 잃은 식민지 청년 지식인의 비애가 짙게 배어 있다면, 뒤의 두 작품에서는 민족의식에서 한 발 뒤로 물러나 삶을 통찰하는 좀 더 형이상학적인 주제에 초점을 맞춘다.

외로운 마음이 할내할내예 더, 더 홋터지여
순일純一, 관일貫一의 귀貴한탑塔은 다그터도 남지 안앗도다. 신경神經은 그

주밀周密한 혜가림을 싣이엿고, 반동反動의 날카라운날은 무지여 검은녹이 쓸엇도다. 그리하여 유년幼年의 날은, 속절업시 나의 늘어진 거문고줄을 걸어, 희미한 餘韻여운을남기도다.

하늘로, 하늘로 놉든상상想像,

푸른잔듸, 맑은이슬을 단니든거름

오직 자연自然에 쉬든호흡呼吸,

아, 모든것은 다 날앗도다. 그리하여 더딜긴집착執着이, 더굿세인유인誘引이, 날로 날로 싸으로, 싸으로, 한보步한보步 더갓갑게, 최후最後의 날에 싀으는도다. ─아모원인原因도업시, 아모이유理由도 몰으게, 나의두가슴은 더놉혼긴장緊張을, 더기인이완弛緩을

밧구는도다. 5 : 80~81

이 작품의 주제를 쉽게 알려면 먼저 제목 '한끗'을 좀 더 찬찬히 살펴보아야 한다. '한끗'이란 접어서 파는 피륙의 길이나 화투나 투전 같은 노름에서 셈을 치는 점수를 나타내는 단위를 말한다. "실패와 성공은 한끗 차이"나 "한끗의 힘"이라는 구절에서도 볼 수 있듯이 '한끗'은 아주 작은 차이를 일컫는다. 이 작품의 시적 화자 '나'는 어느덧 흘러간 젊음과 청운의 꿈과 이상이 젊음과 함께 사라져 버린 것을 몹시 애석해한다. "순일, 관일의 귀한탑은 다그터도 남으지 안앗도다"에서 탑은 젊음의 이상을 뜻하고, 그 탑이 터도 남지 않고 허물어졌다는 것은 그 이상이 송두리째 상실되었다는 것을 뜻한다. 청운과 꿈과 이상에는 여러 종류가 있을 터지만 좁게는 동료의식, 더 넓게는 민족의식도 그 중의 하나다. 일본 제국주의가 식민

통치의 고삐를 점점 조여가면서 피식민지 조선인 중에는 일제에 협력하는 사람들이 점점 늘어나기 시작하였다. 시적 화자는 "아아 우리들은 다 한아들이 안이엇든가! / ─ 우리들이게는 참사랑의씨가 쌕리여 잇지 안이하엿든가!"5:81라고 절망감을 털어놓는다. 그러고 보니 "유년의 날"은 일본 제국주의의 식민지 지배를 받기 이전의 평화롭던 시절을 말한다.

이러한 평화로운 시절에는 모두 한 부모에서 태어난 '한 아들'처럼 동료 의식을 느끼면서 '참사랑'의 씨앗을 뿌렸지만 지금은 그러하지 못하다는 안타까움과 실망감이 배어 있다. 더구나 문제는 청년에서 장년으로, 이상에서 현실로 옮겨오는 것은 말하자면 '한곳' 차이밖에 없다는 데 있다. 이처럼 화자는 속절없이 지나가는 세월의 허무함과 함께 민족애의 상실을 슬퍼하지만 현실에 쉽게 절망하지 않는다. "그러나 요구의 부르는소리는 더욱 더욱 놉는도다. / 더, 더 아름다운생각은 향기香氣를 쑴어 스으는도다"5:81라는 구절에서도 엿볼 수 있듯이 그는 희망의 소리에 귀를 기울인다.

김여제는 「잘 새」에서 낮과 대조되는 밤의 세계를 노래한다. 제목 그대로 이 작품은 고단한 하루 일상을 끝내고 마침내 잠자리 들어 안식을 취하는 시간을 노래한다. 영문학을 전공한 그는 어쩌면 에드워드 영, 윌리엄 워즈워스, 제러드 맨리 홉킨스, 에밀리 디킨슨 같은 영미 시인들이 밤을 노래한 작품을 읽었을지 모른다.

> 젹은별이 져, 져 검은쟝막사이로 한아, 한아 반득인다.
> 쏘다시 우리들은 혜해가림을 엇엇다.
> 놉혼 코소리가 잇다금 고요한 암흑暗黑을 흔들어 굴을망정,
> 쏘다시 우리들은 가즉히 한품에 안겻도다.

엇더한 길음[稱譽]에 들쓰지도 안이하며,

엇더한 쇠임에 쇠차지도 아니하여,

오직 한 사랑에 찻도다.

다 한융회融和에 녹앗도다.

―아모 나타나는 의식意識도 업스며,

아울너 분할分割이니, 지배支配니하는 아모 귀챤은 관념觀念도 몰으도다.

―우리들은 참, 거줏, 미움, 고움의 세상世上말에 다, 초월超越하엿도다.

적어도 우리들의 눈이 호자 쏘다시 자연自然으로 타성惰性을 일우기까지는,

쏘다시 달은 세계世界가 굿세인힘을 보이기까지는,

우리들의 마시고吐하는 김은 스스로 調和를 엇어 나는도다.

우리들의 사는맥脈은 잠잠한가운데 놀아 간은파동波動을 밧구어주는도다.6 : 81~82

이 작품에서 김여제는 서유럽의 다른 시인들처럼 밤이 가져다주는 편안한 안식과 평화를 노래한다. 검은 하늘에 별들이 반짝인다는 것은 단순히 해가 떨어지면서 밤이 찾아온다는 천문학적 순환만을 뜻하지 않는다. "쏘다시 우리들은 가죽히 한품에 안겻도다"라는 구절에서 볼 수 있듯이 밤은 모든 갈등과 불화와 투쟁을 초월하여 그야말로 안식이라는 '한품'에 안기게 해준다. 밤이 지배하는 세계에서는 어떤 칭찬이나 명예도 유혹도 설 자리가 없게 마련이다.

그러나 비록 「한긋」보다는 좀 더 정제되어 있어도 「잘 새」에서도 어렴풋하게나마 김여제의 민족의식을 엿볼 수 있다. 첫 연 첫 행에서 검은 장막 사이로 하나둘 반짝이기 시작하는 작은 별은 식민지 조선의 모습을 상징적으로 보여 준다. 김여제가 이 작품을 발표하고 몇 년 뒤 소파小派

방정환方定煥은 「형제별」에서 "날 저무는 하늘에 / 별이 삼형제 / 반짝반짝 정답게 / 지내이더니 / 웬일인지 별 하나 / 보이지 않고 / 남은 별이 둘이서 / 눈물 흘린다"고 노래한다. 윤동주尹東柱가 「별 헤는 밤」에서 "별 하나에 추억과 / 별 하나에 사랑과 / 별 하나에 쓸쓸함과 / 별 하나에 동경과 / 별 하나에 시와 / 별 하나에 어머니, 어머니"라고 노래한 것도 이와 같은 맥락에서 이해할 수 있다. 이렇듯 일제강점기에 별들은 국권을 상실한 식민지 조선의 슬픈 자화상이었다.

한편 검은 하늘에 별이 총총 떠 있는 한밤중은 식민지 조선에서 신음하던 한민족에게는 일제의 폭압에서 잠시나마 벗어날 수 있는 그야말로 휴식과 안식의 시간이었다. "아울너 분할이니, 지배니하는 아모 귀찮은 관념도 몰으도다. / 우리들은 참, 거즛, 미움, 고움의 세상말에 다, 초월하엿도다"라는 구절은 이 점을 잘 보여 준다. "쏘다시 달은 세계가 굿세인 힘을 보이기까지는"이라는 구절에서 엿볼 수 있듯이 적어도 밤이 지나가고 날이 밝아 새로운 대낮의 일상이 펼쳐지기 전까지는 그러하다는 말이다. '귀찮은 관념'이나 '굿세인힘'은 다름 아닌 일제의 강압적인 통치나 그러한 통치를 위한 이데올로기를 가리킴은 두말할 나위가 없다.

김여제의 「한숫」과 「잘 째」가 식민지 조선을 배경과 소재로 삼는다면 「세계의 처음」의 배경과 소재는 한반도를 넘어 세계로 넓어진다. 배경이나 소재뿐 아니라 내용과 주제에서도 두 작품은 적잖이 다르다.

포탄砲彈이 난다.

쟁도錚釖이 번득인다. 뭇해, 바다에, 하늘에.

드을집 새며느리,

바람에,

하늘빗에 놀내일새.

갓불은[10] 생명生命이,

노래예,

미謎의나라에 곤困하여잘새.

육肉이 난다.

혈血이 쒼다. 뭇헤, 바다에, 하늘에.

이국異國의 향香풀이,

마주魔酒에,

환락歡樂에 숨쉬일새.

더고온 성性의 유혹誘惑이,

망각忘却에,

몽롱朦朧에 새궁전宮殿을 지을새.

저주咀呪의 싸!

---

10 김여제는 다른 작품과 마찬가지로 이 작품에서도 요즘에는 별로 사용하지 않는 낱말을
즐겨 구사한다. 그래서 심원섭은 이 두 작품에 주석을 달면서 '갓불은'을 '갓붉은(갓 낳
아서 붉은)'으로 해석한다. 그러나 '젖을 먹어 갓 배가 부른'으로 해석하는 것이 옳을 듯
하다. 갓 아이가 자장가 노랫소리를 듣고 잠에 들어 꿈나라에 헤맨다는 것은 갓 태어난
갓난아이에게는 잘 들어맞지 않는다. '향풀이'와 '쓰즐이다'에 대해서도 심원섭은 '의미
불명'으로 판정을 내리고 있다. 그러나 전자는 '마도(魔都)의 향불'이나 '인도(印度)의
향불'처럼 '향불이'의 오식일 가능성이 크다. 후자는 '찢으리다'의 옛말이다. 가령 '아츰'
이 '아침'으로, '즘승'이 '짐승'으로 변한 것처럼 '쯫다'나 '쯧다'도 '찢다'나 '쪗다'로 변
하였다. 심원섭, 「김여제의 미발굴 작품 「만만파파식적」 기타에 대하여」, 『현대문학의
연구』 21집, 현대문학연구학회, 2003, 621쪽.

무지無智의 무리!

어듸 어듸 눈물의 무덤이 남앗는가!

어듸 어듸를,

져, 져 수만數萬의혼魂은 헤매는가!

아々 쏘다시 봉화烽火가 올낫도다.

쏘다시 싯소리가 들니도다. 뭇헤,바다에,하늘에.

그러나,

머지안아, 우리들의눈이다빗나,

우리들이 다가즉히 머물너서,

다各々 '나'다려, 가만히,

"내가 무엇을 함니가" 무를이다.

그째 그째야말로 참뉘으침이,

우리들의 가슴을 쓰즐이다.

아니, 아니 벌서, 벌서,

져, 져 하늘가에 격은별이 반득이오,

아니, 아니 벌서, 벌서,

져, 져 싸싯헤 붉은연기煙氣가 올으오

아々 얼마나 우리들이 오래 그대의,

얼골을 그렷든가!

아々 멀아나얼마나 오래 우리들이,

새 세례洗禮를 바랏든가!.오직이샌! 오직이샌!

신神의사랑. 全人의 사랑.8 : 29~30

이 작품에서 무엇보다도 눈에 띄는 것은 김여제가 도치법을 자주 사용한다는 점이다. 가령 첫 연에서 "하늘빗에 놀내일째 (…중략…) 미의나라에 곤하여잘째 / 포탄이 난다 / 창도이 번득인다"라고 해야 할 것을 주절을 앞에 두고 종속절을 뒤에 둔다. 이러한 도치법은 둘째 연에서도 마찬가지여서 "환락에 숨쉬일째 몽롱에 새궁전을 지을째 (…중략…) 육이 탄다 / 혈이 뛴다"라고 해야 할 것을 종속절과 주절의 위치를 바꾸어 놓는다. 두말할 나위 없이 이러한 도치법은 주절의 행위를 강조하기 위한 수법이다. 당시 제1차 세계대전이 일어나 하늘과 땅과 바다에 포탄이 날고 창검이 번득이고 있었다. 김여제가 이 작품에 '세상의 처음'이라는 제목을 붙인 것은 인류가 이제껏 한 번도 들어 보지도 경험해 보지 못한 세계 규모의 엄청난 전쟁을 벌이고 있기 때문이다. 전사들의 살이 공중에 날고 그들의 피가 사방에 튈 정도다.

이 작품의 두 번째 특징은 김여제가 쉼표와 마침표, 느낌표 같은 문장부호를 지나치다 싶을 만큼 많이 사용한다는 점이다. 김여제는 이 작품에서 쉼표를 34번, 마침표를 14번, 느낌표를 8번 사용한다. 그래서 이 작품을 소리 내어 읽다 보면 악상 기호 스타카토처럼 호흡이 짧게 끊기게 마련이다. 두말할 나위 없이 자칫 단조로울 수 있는 자유시의 내재적 율격에 변화를 줄 뿐 아니라 특정 낱말이나 구절을 강조하려고 이러한 기법이다. 한편 "어듸 어듸", "아니, 아니 벌서, 벌서", "져, 져" 같은 반복법은 기계적인 반복에 그치고 말아 지루한 느낌을 줄 때도 더러 있다.

그러나 이 작품에서 가장 돋보이는 부분은 김여제가 무엇보다도 대조법을 효과적으로 구사한다는 점이다. 첫 연과 둘째 연에서 전반부는 전쟁터의 처참한 모습을 묘사하는 반면, 후반부는 이와는 사뭇 대조적으로 평화로운 일상의 모습을 묘사한다. 예를 들어 첫 연에서 포탄과 창검과는 달리 시골 들 집으로 갓 시집 온 며느리는 오히려 바람에 놀라고 아름다운 하늘에 놀랄 뿐이다. 또 갓 태어난 아이도 어머니가 불러주는 자장가 노랫소리에 그만 곤히 잠에 떨어져 신비의 나라를 헤맬 따름이다. 둘째 연도 이와 크게 다르지 않아서 전반부의 신체가 찢기는 전쟁의 참상과는 대조적으로 후반부에서는 술과 환락에 도취하여 망각과 몽롱의 궁전을 짓는다.

김여제가 「세계의 처음」에서 제시하는 주제는 전쟁 같은 인류의 참극을 해결할 길은 오직 종교에서 찾을 수밖에 없다는 사실이다. 전쟁의 비극적 참상은 셋째 연에 이르러 정점에 이르고, 그 해결책은 마지막 연에서 제시한다. 시적 화자는 지금 전쟁이 벌어지는 곳을 "저주의 싸땅", 전쟁을 일으키는 위정자들을 "무지의 무리"라고 부른다. 그러면서 그는 "어듸 어듸 눈물의 무덤이 남앗는가! / 어듸 어듸를, / 져, 져 수만의혼은 헤매는가!"라고 한탄한다. "쏘다시 싯소리가 들니도다"에서 '싯소리'는 지구 종말을 알리는 최후의 소리를 말한다. 이렇듯 3연에 이르러서는 종말론적 세계관을 훨씬 더 뚜렷하게 읽을 수 있다.

그러나 마지막 연에 이르러 시적 화자는 절망의 극복하고 인류에게 한 줄기 희망의 빛을 제시한다. 그가 제시하는 희망의 메시지란 다름 아닌 종교, 좀 더 구체적으로 말해서 기독교다. '참뉘으침'과 새세례'라는 기독교 용어에서 엿볼 수 있듯이 그는 비극적 참상을 극복할 방법을 기독교적 가치와 구원에서 찾는다. "그대의, 얼골"에서 '그대'는 속죄양으로 인류를 구원했다는 예수 그리스도를 말한다. 이 작품의 주제는 마지막 두 행 "오직이쌘! 오직이쌘! / 신의 사랑. 전인의 사랑"에 요약되어 있다. 여기서 조사 '의'를 좀 더 찬찬히 살펴볼 필요가 있다. 앞의 '의'는 주격 조사 용법으로 신이 인류에 베푸는 사랑을 말한다. 한편 뒤의 '의'는 목적격 조사 용법으로 신이 만인을 사랑하는 것을 뜻한다. 그렇다면 김여제는 일제의 식민주의 굴레에서 벗어나기 위해서는 오직 인류를 사랑하는 예수에 의존할 수밖에 없다고 결론짓는다.[11]

이 작품이 여전히 신체시의 흔적을 지니고 있는 것은 이렇게 민족 문제 해결을 자아의 각성보다는 기독교적 세계관 같은 외부의 힘에서 찾으려고 하기 때문이다. 주제에서 보면 「산녀」는 말하자면 등이 부러진 작품과 같아서 전반부에서는 민족의 수난을 설득력 있게 묘사하다가 후반부에 이르러는 갑자기 기독교적 가치관을 제시함으로써 예술적 정당성을 확보하는 데 실패한다. 이러한 결론은 종교의 관점에서는 설득력이 있을지 몰라도 적어도 문학의 관점에서 보면 설득력이 떨어진다.

김여제의 「만만파파식적을 울음」은 「산녀」나 「세계의 처음」과 비교하여 소재와 형식과 주제에서 자유시에 좀 더 가까운 작품이다. 「만만파파식적을 울음」에서는 신체시에서 흔히 볼 수 있는 특징을 좀처럼 찾아볼 수 없다. 이 작품은 적어도 외형적 형식에서는 「세계의 처음」처럼 4연으로 구성되어 있다.

> 그대의 적은운율韻律이
>
> 만인萬人의 가슴을 흔들든 저날,
>
> 가즉이 그대의 발알에 엎딜여

---

11 김여제가 기독교 신앙에 귀의했다는 것은 비교적 잘 알려진 사실이다. 1918년 8월 그가 와세다대학을 졸업하고 귀국하여 황해도 재령에 있는 미션스쿨 명신학교에서 교편을 잡은 것을 보면 이미 기독교 신앙을 받아들였음이 틀림없다. 뒷날 그는 서울 영락교회 권사인 누이동생과 함께 같은 교회에 다녔다.

황홀恍惚 동경憧憬의 눈물을 흘니든 져무리,아아 어듸 어듸져 수만數萬의 혼魂
은 아득이는고!어듸 어듸다씰어진 비명碑銘이나마 남앗는고!째안인 서리.무도
無道한 하늘.모든 것은 다 날앗도다!아아 만만파파식적萬萬波波息笛.

정령情靈의 이는 불,

쒸노는 물결,

모순당착矛盾撞着 갈등葛藤에 찬 이가슴,아아 아듸어듸 어듸조화調和의 새샘이
솟는고!어듸 어듸뮤-쓰Muse의 단젓이 흘으는고!영원永遠의 갈망渴望.만萬겹의
싸인 번열煩熱.장부丈夫의간장肝腸이 다녹는도다!아아 만만파파식적萬萬波波息笛!

써-픈트Serpent의 지혜知慧.

심림深林에 길운 기개氣槪.그러나 다 무엇이리!한限없는 사막沙漠이흉洶々한
대해大海과와압길을 막을째,영령靈은 썰도다아아 어듸 어듸오-아시쓰Oasis가 풀
을은고!어듸 어듸피-터St. Peter의 하나님이 게시인고白骨 한아!그남아 어느
흙에 뭇칠는지!!아아 만만파파식적萬萬波波息笛.

째의 부월斧鉞.

운명運命의 손.

머지안아 최후最後의기억記憶까지도 다뭇칠이!

—깁히 깁히 망각忘却의 가온대.

그리하여 모든노력努力,

모든 영광榮光,

모든 희망希望은

다 공허空虛로 돌아 갈이! 천고千古의 유한遺恨.저주咀呪의 싸.눈물가진자者 그 누구냐?아아 만만파파식적萬萬波波息笛.11 : 36~37

이 작품은『삼국유사』권2 기이편과『삼국사기』권32 잡지 제1 악조에 기록된 만파식적의 전설을 소재로 쓴 것이다. 신문왕이 아버지 문무왕을 위하여 동해에 감은사感恩寺를 지었는데 682년에 해관海官이 동해안에 작은 산이 감은사로 향하여 온다고 하여 일관으로 하여금 점을 치게 하였다. 해룡海龍이 된 문무왕과 천신이 된 김유신金庾信이 수성守城의 보배를 주려고 하니 나가서 받으라 하였다. 바다에 떠 있는 산은 거북 머리 같았고 그 위에 대나무가 있었는데 낮에는 둘로 나뉘고 밤에는 하나로 합쳐졌다. 풍우가 일어난 지 9일이 지나 왕이 그 산에 들어가니 용이 그 대나무로 피리를 만들면 천하가 태평해질 것이라 하여 그것을 가지고 나와 피리를 만들어 보관하였다. 나라에 근심이 생길 때 이 피리를 불면 평온해져 '만파식적'이라 이름을 붙였다. 그 뒤 효소왕 때 이러한 이적이 거듭 일어나자 이번에는 '만만파파식적'이라고 했다는 것이다. 이렇게 비록 신화나 전설일지라도 역사에서 소재를 빌려와 작품을 썼다는 것부터가 민족의식과 관련이 있다. 한편 김여제는 이 작품에서 한국의 신화와 전설과 역사뿐 아니라 기독교 경전 성경에서도 이미지나 모티프를 빌려온다. 예를 들어 "써-픈트의 지혜"에서는 구약성경, "어듸 어듸 / 피-터의 하나님이 게시인고"에서는 신약성경과 관련되어 있다.

김여제는 이 작품에서 무엇보다도 언어를 절제하여 사용한다. "아아 어듸 어듸"나 "아아 만만파식적" 같은 구절을 제외하고 나면「산녀」나「세계의 처음」과는 달리 민요의 후렴구 같은 기계적인 반복 어구를 좀처럼 사용하지 않는다. 또 한 연에서 다른 연으로 이어지는 논리적 이행도 앞의 작품들보다 훨씬 더 자연스럽다. 그런가 하면 낱말과 낱말을 구분 짓지 않고 붙여 표기하는 일본어 표기법에서 탈피하여 좀 더 한국어의 통사 구조에 걸맞게 낱말 단위로 띄어쓰기 하려고 애쓴다. 물론 김여제가 이 작품에서 조금 지나치다 싶게 감정을 헤프게 털어놓는다는 점에서는 신체시의 흔적이 남아 있는 것도 부정할 수 없다.

첫 연에서 시적 화자는 신라시대 만파식적이 작은 선율로 어떻게 많은 사람들에게 위로를 주고 위험에서 나라를 건져냈는지 노래한다. 지금은 신라 사람들의 흔적도 별로 남아 있지 않지만 그 무렵 작은 피리에서 울려나오는 소리가 뭇 사람의 가슴을 흔들었다는 점에 자못 감탄한다. 둘째 연에서 시간은 1300여 년을 훌쩍 뛰어넘어 7세기 전반기에서 일제강점기로 넘어온다. 20세기 초엽 '모순당착 갈등'의 세계에 살고 있는 시적 화자는 '조화의 새샘'을 갈구하지만 구원의 손길은 요원하다. 그래서 그는 "영원의 갈망. / 만겹의 싸인 번열. / 장부의간장이 다녹는도다!"라고 부르짖는다.

셋째 연에서 화자의 절망은 더욱 깊어간다. 사막을 여행하는 나그네가 오아시스를 찾고, 바다 같은 큰 갈릴리 호수 물 위에 걷다가 갑자기 광풍이 불어 물에 빠진 베드로가 예수를 찾듯이 화자도 구원의 손길을 찾지만 그를 도와주는 사람은 주위에 아무도 없다. "백골 한아! / 그남아 어느 흙에 뭇칠는지!"라고 노래하는 대목에서는 깊은 절망감이 짙게 배여 있다. 이 점과 관련하여 "째의 부월"이라는 은유도 좀 더 그 의미가 새롭게 다가온다. 긴 자루가 달린 나무 도끼를 가리키는 부월은 옛날에서 왕권과 군권의 상징이었지만 형벌의 도구로도 사용되었다. 여기서는 전자보다는 후자의 의미가 강하다. 즉 죄인이 부월을 비켜갈 수 없듯이 인간은 세월의 도끼를 비켜갈 수 없다. 예로부터 서양에서는 시간을 흔히 풀을 베는 긴 낫으로 형상화하기 일쑤였다.

시적 화자의 절망감은 마지막 연에 이르러 정점에 이른다. 그는 일본 제국주의에 신음하는 식민지 조국을 "저주의 따"라고 부르면서 고통과 좌절과 절망의 늪에서 아직 눈물이 마르지 않은 사람이 어디 있겠느냐고 묻는다. 특히 각 연마다 반복하여 사용하는 "아아 만만파파식적"이라는 구절은 마지막 연에 이르러서는 그 의미가 더욱 절실하게 느껴진다. 시적 화자는 일제에 신음하는 조선 민족에게 만만파파식적 같은 기적의 마술 피리가 어서 나타나 조국을 위험에서 구출해 줄 것을 간절히 갈망해마지 않는다.

「만만파파식적」도 「산녀」나 「세계의 처음」처럼 일제 식민지 지배와 조국 해방을 주제로 삼으면서도 그것을 다루는 방식은 앞의 작품과는 사뭇 다르다. 앞의 두 작품이 직접 드러내놓고 그러한 주제를 제시한다면 뒤의 작품은 이러한 주제를 어디까지나 에둘러 표현한다. 다시 말해서 김여제는 7세기 중엽 왜구의 침략에서 신라를 위기에서 구해 주었다는 주술적 피리를 핵심적인 소재로 다룸으로써 일본의 침략과 식민주의 지배를 은근히 비판한다. 그래서 독자들은 이 작품에서 조국 해방에 대한 열망을 앞의 두 작품보다 훨씬 더 강하게 느낄 수 있다.

이 작품에서 김여제는 한낱 피리에 지나지 않는 악기를 좁게는 음악과 문학, 더 넓게는 예술을 가리키는 환유나 제유로 사용한다. 칼을 무력의 뜻으로 사용하고 펜과 붓을 문필의 뜻으로 사용하는 것과 같은 수사법이다. "적은운율이 / 만인의 가슴을 흔들든 져날"에서도 엿볼 수 있듯이 작은 젓대가 신라를 위기에서 구원하면서 많은 사람에게 큰 위안을 주었다.

이와 마찬가지로 일본 제국주의의 식민지 지배를 받던 궁핍한 시대에도 문학과 예술은 피식민지 조선인들에게 중요한 역할을 할 수 있다는 가능성을 제시한다. 김여제가 "뮤-쯔의 단짓"에서 군이 예술의 신 무사이를 언급하고 그것으로도 모자라 영어 'Muse'를 덧붙여 사용한다. 그가 그만큼 예술의 역할을 중요하게 생각한다는 것을 알 수 있다.

김여제의 「만만파파식적을 울음」은 한국 근대문학사에서도 중요한 의미가 있다. 『학지광』에 실린 문학 작품이 대개 그러하지만 이 작품도 자유시의 효시로 근대문학사의 첫 장을 화려하게 장식한다. 주요한은 신시의 첫 시인은 자신이 아니라 김여제라고 말한 적이 있다.

> 우리가 오늘 일컫는 신시新詩는 멀리 일본 도쿄東京에서 그 요량을 발견하였습니다. (…중략…) 필자의 아는 한限에서는 당시1917년경 도쿄 유학생 기관 잡지 『학지광』에 창작시를 발표한 유암流闇 김여제金輿濟 군이 신시의 첫 작가라고 봅니다. 그의 작품 중에 「만만파파식적」 같은 것은 아직도 필자의 머리에 깊이 인상이 남아 있는 작作입니다. (…중략…) 지금 인용할 수 없음이 유감이나 그때 본 인상을 말하면 그 내용정조. 사상. 감정이 새로운 형식에 이르러서도 고래古來의 격格을 파破한 자유시自由詩이었습니다.[12]

주요한이 첫 문장에서 말하는 '신시'는 최남선의 신체시 또는 신시와는 다른 유형의 시를 가리킨다. 주요한이 인용문 마지막 문장에서 언급하는 "고래의 격을 파한 자유시"가 바로 그것이다. 신체시나 신시는 예로부

---

12 주요한, 「노래를 지으시려는 이에게 (1)」, 『조선문단』 창간호, 1924.10.

터 사용해 오던 율격에서 크게 벗어났지만 자유시의 영역까지는 이르지 못하였다. 한국문학사에서는 지금까지 주요한의 「불노리」를 흔히 자유시의 효시로 간주해 왔다. 그러나 앞에서 이미 지적했듯이 「불노리」는 자유시보다는 산문시로 보아야 한다. 좀 더 본격적인 의미에서 김여제의 「만만파파식적을 울음」은 김억의 「이별」을 비롯한 몇몇 초기 작품과 함께 한국 최초의 산문시다. 만약 초기 근대문학사에 끼친 김여제의 업적을 평가한다면 그는 1908년 11월 『소년』 창간호에 발표한 「해에게서 소년에게」와 1919년 2월 『창조』 창간호에 「불노리」를 잇는 징검다리 역할을 했다고 볼 수 있다. 그런데 김여제는 김억과 함께 최남선의 작품보다는 주요한의 작품에 한 발 더 가깝게 다가섰다.

물론 정형시와 자유시, 산문시를 구별 짓기란 생각보다 그렇게 쉽지 않다. 앞에서 잠깐 지적했듯이 자유시란 글자 그대로 시조나 한시처럼 음수율, 음위율, 음성률 같은 여러 운율과 각운을 비롯한 어떠한 음악적 패턴을 일관성 있게 사용하지 않는 시를 말한다. 적어도 겉으로 율격이 드러나 있지 않은 시로 일상생활에서 사용하는 자연스러운 언어의 리듬을 구사한다. 물론 지금까지 여러 시인이 지적해 왔듯이 엄밀한 의미에서 '완전히 자유로운' 자유시는 존재하지 않는다. 자유시가 누리는 자유란 오직 율격의 제약에서 벗어나는 것이기 때문이다. 다시 말해서 자유시는 나름대로 시행을 비롯한 몇몇 형식의 요소를 지닌다. 그래서 미국 시인이요 비평가인 도널드 홀은 "자유시는 음악의 론도 형식처럼 자유로우면서도 동시를 제약을 받는다"[13]고 말한다. 또한 모더니즘의 대부 T. S. 엘리엇도

---

13 Donald Hall, *Goatfoot Milktongue Twinbird : Interviews, Essays, and Notes on Poetry, 1970~1976*, Ann Arbor : University of Michigan Press, 1978.

"훌륭한 시를 쓰려는 사람에게는 어떤 시도 자유롭지 않다"[14]고 지적한다. 이렇듯 자유시란 전통적인 형태적 제약에서 벗어나 비교적 자유로운 시 형태를 의미하지만, 정형적 리듬을 고려하지 않는 대신 시 자체의 호흡, 즉 언어가 자연적으로 형성하는 음성 질서라고 할 내재율에 기반을 둔다.

한편 산문시는 정형시처럼 외형적 제약도 없고 자유시처럼 내재율도 없이 산문에 가까운 시 형태를 말한다. 외형적으로는 시행이나 시련詩聯을 사용하느냐 그렇지 않으냐의 기준으로 자유시와 산문시를 구별 짓는다. 비록 산문의 형식을 취하지만 여러 시적 장치를 사용하는 시가 바로 산문시다. 「만만파파식적을 울음」은 신체시에서 흔히 볼 수 있는 계몽적 목적성을 배제한 채 되도록 시 자체의 아름다움과 예술성을 추구하려고 한다는 점에서도 산문시로 볼 수 있다. 민중이나 집단에 무게를 둔 신체시와는 달리 김여제의 작품은 비록 조국의 해방을 염원하면서도 어느 정도 개별적 자아에 무게를 싣는다. 김여제는 미흡한 대로 이 작품에서 시대 상황을 의식하는 자아의 각성이나 탐구를 중심 주제로 삼는다.

---

14 T. S. Eliot, *On Poetry and Poets*, London : Faber, 1979, p.37.

4. 현상윤의 시 작품

김여제와 마찬가지로 평안북도 정주에서 출생한 현상윤도 일찍이『학지광』에 시와 시조를 비롯한 문학 작품과 논설과 논문 등을 여러 편 발표하였다. 해방 후 그는 교육자로 널리 알려져 있지만 와세다대학에서 문학과 역사학을 전공할 무렵만 해도 문학에 깊은 관심을 보였다. 대학을 졸업하기 한 해 전인 1917년에는 이 잡지의 발행인 겸 편집인을 맡을 정도로 잡지 간행에도 적극적이었다. 김억이「이별」을 발표한『학지광』3호에 현상윤은「求구하는 바 청년이 그 누구냐?」라는 논설을 기고하였고, 같은 호에「한국寒菊」이라는 정형시를 기고하였다. 흥미롭게도 그는 논설이나 논문을 기고할 때는 본명인 '현상윤'으로, 문학 작품을 기고할 때는 필명인 '소성생' 또는 '소성'으로 기고하였다. '동해안 백일생白一生'이라는 필명을 사용하는 필자는「문단의 혁명아야」에서 "근일 우리 문단에 새로 춘원春園, 육당六堂, 소성小星 등 제 혁명 수령의 거의擧義가 현출現出함이 실로 우연이 아니라. 만천하 제씨諸氏는 어찌 응원군이 되지 아니 하리오"14 : 46라고 말한다. 그가 현상윤을 이광수나 최남선과 함께 조선 문단의 '혁명적 문인'에 빗대는 것이 여간 놀랍지 않다. 현상윤은「한국」에서 가을 국화를 이렇게 노래한다.

바람에 서리에 시달니면서
고苦롭게 지나는 한쩔기국회菊花
끗까지 절개節槪는 보전保全한다고
半남아 말나진 꼿송아리를

곳々이 간신艱辛하게 이고섯는양

거츤세상世上 찬맛이 방불彷彿도 하고나3 : 48

이 작품은 6·5조 또는 7·5조의 율격에 3음보로 되어 있는 정형시로
시조에 가깝다. 적어도 운율에서는 한국의 전통 민요보다는 일본 시가의
영향을 받은 듯하다. 형식은 비록 일본 시가의 영향을 받았는지 몰라도
적어도 주제에서만은 민족의식을 여실히 드러낸다. 현상윤은 일본 제국
주의의 식민지 통치를 받으면서도 좀처럼 굴하지 않는 한민족의 기상과
절개를 늦가을 찬바람과 서리에 아랑곳하지 않고 꼿꼿이 서 있는 한 떨
기 국화에 빗댄다. "반남아 말나진 곳송아리"가 조선의 비참한 현실을 가
리키고 "거츤 세상 찬맛"이 폭압적인 일본 제국주의를 가리킴은 새삼 말
할 나위가 없다. 일본 황실의 인장으로 사용하는 국화는 일본 국가의 상
징으로 소총에서 군함에 이르기까지 무기와 군사 장비에 문양으로 널리
사용된다. 그런데도 현상윤이 이렇게 일본의 상징인 국화를 일제에 고통
받는 한민족에 빗대어 노래한다는 것은 아이러니라면 아이러니다.

현상윤이 일제에 **빼앗긴** 조국을 안타깝게 생각하는 심정은 그의 또 다
른 작품 「생각나는 대로」에서도 엿볼 수 있다. 이 작품의 시적 화자는 이
국땅의 한 겨울밤에 두서없이 머리를 스치고 지나가는 단상을 적는다.
「한국」에서 식민지 조국을 한 떨기 국화에 빗댄다면, 이 작품에서는 일제
에 맞서는 조국을 소나무와 잣나무에 빗댄다.

남보다 곳치곱고 열매가 맛잇노라 도리桃李야 쟈랑말아라.

남보다 키가놉고 재목材木이 죠흐로라 장남樟楠아 쟈랑말아라.

나무의왕王이 되고 나무의웃듬이 됨에는── 숯보다도 열매보다도

키보다도 재목보다도 오직한아 사람호리는 송백松柏의 절節잇음을 아직것

몰으드냐?4 : 49

시적 화자는 꽃이 아름답고 열매가 맛있다고 자랑하는 복숭아나무와 자두나무, 높이 자라고 재목이 좋다고 자랑하는 녹나무도 소나무와 잣나무와 비하면 그렇게 내세울 것이 못된다고 노래한다. 여기서 복숭아나무와 자두나무, 녹나무는 메이지유신을 발판 삼아 다른 동아시아 국가보다 서유럽 문물을 일찍 받아들여 근대화를 이룩한 일본을 가리킨다. 한편 소나무와 잣나무는 절개와 기백의 상징이다. 시적 화자는 이 두 나무가 사람을 '호리는' 힘이 있다고 노래한다. 그는 외부의 힘에 좀처럼 굴복하지 않는 소나무와 잣나무를 일제 식민 통치에 맞서는 식민지 조선과 연관시킨다.『논어』에서도 '세한송백歲寒松柏'이라고 하여 "추운 겨울이 지난 후에 소나무와 잣나무가 늦게 시든다는 것을 안다"고 하였다. 즉 여름 날 나뭇잎이 무성할 때는 소나무와 잣나무의 잎이 눈에 잘 띄지 않지만, 추운 겨울이 되면 비로소 앙상한 나무들 속에서 두 나무의 진면목이 드러난다는 것이다.

5. '문비실 주인'의 조국 사랑

현상윤이 「한국」을 발표한『학지광』 3호에는 '문비실捫鼻室 주인'이라는 필명의 필자가 쓴 「제야말로」라는 흥미로운 시 한 편이 실려 있다. 코를 문지르며 방안에 앉아 있는 사람이라는 뜻의 이 필명의 필자가 과연

누구인지는 유학생이라는 사실이라는 제외하고는 지금으로서는 확인할 수 없다. 무엇보다도 주제에서 이 시는 현상윤의 「한국」과 비슷하다. 현상윤이 일본 제국주의의 식민지로 전락한 한반도를 찬 서리에 외롭게 서 있는 한 떨기 국화에 빗댄다면, 문비실 주인은 식민지 조선을 잃어버린 고향에 빗댄다. 「제야말로」에는 고국을 잃어버린 슬픔이 낙원 상실의 주제와 함께 짙게 묻어난다.

형제兄弟야기억하난가매회梅花꽃향기香氣나는나라

이팔소녀二八小女의아리따운쌤갓흔홍도회紅桃花피는나라

저곳에는사시四時가분명한중상제中上帝의후애厚愛로

항상恒常싯듯하고바람이가벼운듸

금강산金剛山일만이천봉과대동강大同江맑은물은

왼자연自然의미美를다바다집중集中하야

영구永久의봄은빗나며쏘미소微笑하도다

운명運命이우리를축출逐出한차낙토此樂土

어느씩에다시한번도라갈가!

가련可憐타제야말노제야말노

살며사랑하며죽을곳인듸

아―제야말노우리의살곳인듸

슬푸도다저긔야말노

자매姉妹야기억記憶하나기다리난우리고향故鄕을

어두운속에셔도팔을드러손짓하네

주인主人업는산山속에는외긱이즐기난듸

물맑은강상江上에난소상선小商船이새와갓치흘너간다

운명運命이우리를축출逐出한차낙토此樂土

어느씨나다시한번도라감을어들가!

가련可憐타제야말노제야말노

살며사랑ᄒ며죽을곳인디

아— 제야말노우리의살곳인디

슬푸도다저긔야말노3 : 43~44

　이 작품의 시적 화자가 노래하는 고향은 일본 제국주의의 식민지가 되기 전만 해도 그야말로 지상낙원이었다. 선비의 절개를 상징하는 매화와 화려함을 한껏 뽐내는 붉은 꽃복숭아가 피는 곳인가 하면, 금강산과 대동강을 자랑하는 곳이다. 그러나 "자매야기억하나기다리난우리고향을 / 어두운속에셔도팔을드러손짓하네"라는 구절에서도 엿볼 수 있듯이 지금 그 낙원은 실낙원, 즉 운명이 한민족을 한반도에서 '축출한 낙토'가 되어버렸다. 그래서 시적 화자는 지금 '주인한민족' 없는 '강산한반도'에는 '외객일본인'이 차지하여 즐겁게 살아간다고 한탄한다.

　이 점에서 「제야말노」는 "삼천리 반도 금슈강산 / 하ᄂᆞ님 주신 동산"으로 시작하는, 가에타노 도니제티의 곡에 남궁억南宮檍이 가사를 붙여 널리 불린 애국 찬송가 「일ᄒᆞ러 가세」와 여러모로 비슷하다. 실제로 이 가사는 겉으로는 삼천리 반도에 할 일이 많으니 동포가 모두 일어나 일하러 가자고 권유하지만, 그러한 표층적 의미 뒤에 숨어 있는 심층적 의미는 일제에 대한 묵시적 저항이다. 아름다운 이 땅은 하느님이 한민족에게 주신 거룩한 땅이니 성스러운 이 땅에서 일본인을 내쫓고 거룩한 땅을 다시

되찾는 것이 하느님의 명령이라는 메시지를 담고 있다. 이러한 숨은 의미를 모를 리 없는 조선총독부는 반일운동을 부추긴다는 이유로 이 찬송가를 금지곡으로 지정하였다.

「제야말노」의 감칠맛은 뭐니 뭐니 해도 '문비실 주인'이 구사하는 언어의 묘미에서 찾을 수 있다. 그는 이 작품에서 내용이나 주제 못지않게 형식과 기교에 무게를 싣는다. 지시어보다는 함축어를 중시하는 시에서는 애매하고 모호한 낱말을 즐겨 사용한다. 특히 하나 이상의 의미를 내포하는 다의어를 시어로 삼는다. 시인이 이 작품에서 제목으로 사용하는 '제야말노'부터가 다의적이어서 이렇게 해석할 수도 있고, 저렇게 해석할 수도 있다. 시를 읽지 않고 제목만 보아서는 도대체 무슨 뜻인지 알 수 없다. 『학지광』 3호가 12월에 간행되었다는 점을 생각하면 섣달그믐날 밤을 뜻하는 '제야除夜'를 가리킬 수도 있고, 1인칭 대명사 '나'의 낮춤말인 '저'를 일컫는 '제'를 가리킬 수도 있다. 한편 첫 행 "형제야 기억하난가"과 14행 "자매야 기억하나"라는 구절을 보면 형제자매 할 때의 그 '제弟'를 가리키는지도 모른다. 그것도 아니라면 '이제야말로'에서 '이'가 탈락한 표현으로 '지금이야말로'를 뜻하는지도 모른다.

그러나 이 작품을 좀 더 꼼꼼히 읽어 보면 '제야말노'는 전혀 그러한 뜻이 모두 아니라는 사실이 밝혀진다. '저'는 '저기에'를 줄여서 쓴 말이다. 홍난파洪蘭坡가 곡을 붙여 더욱 유명해진 이은상李殷相의 현대 시조 "봄 처녀 제 오시네 새 풀 옷을 입으셨네"에서의 '제'가 바로 그것이다. 또 김유정金裕貞의 「총각과 맹꽁이」에는 "예제서 슬근슬근 죄어들며 묻는다"라는 구절이 나온다. 여기서 '예제'라고 하면 여기와 저기를 함께 아울러 이르는 말이다.

다시 말해서 '제야말노'는 일본 제국주의의 심장부 도쿄에서 식민지 한

반도를 가리키는 '저곳이야말로'라는 뜻이다. 4~5행의 "저곳에는사시가 분명한중상제의후애로 / 항상삿듯하고바람이가벼운데"에서 첫 낱말 '저곳'을 말한다. 그러고 보니 시적 화자가 왜 10행과 12~13행에서 "가련타 제야말노제야말노"니 "아— 제야말노우리의살곳인데 / 슬푸도다저긔야말노"니 하고 노래하는지 알 만하다. 시적 화자는 '제야말로'보다는 '저긔 야말노'라는 구절로 이 작품을 끝낸다. 일제에 빼앗긴 한반도야말로 "살 며사랑ᄒ며죽을곳"이기 때문이다.

6. 최소월의 전쟁 시

『학지광』에는 '소월素月'이라는 필명을 사용하는 필자가 시 작품을 여러 편 기고하였다. 「진달래꽃」의 시인 김정식金廷湜과 호가 같아 가끔 혼란을 일으킬 때도 있다. 이 유학생 잡지에 글을 기고한 사람은 다름 아닌 최승구로 김소월보다 무려 10년 먼저 태어났고 문단 활동도 먼저 시작하였다. 그러니 '소월'이라는 호를 먼저 사용한 사람도 김정식이 아니라 최승구였다. 최승구는 보성전문학교를 거쳐 1910년경 일본으로 건너가 게이오대학 예과 과정을 수료하였다. 최남선은 일찍이 그의 시적 재능을 높이 평가하였다. 최승구는 시뿐만 아니라 연극에도 뛰어난 재능을 보여 직접 극본을 써서 연출하고 연기를 맡기도 하였다. 학비를 구하기 어려운 데다 폐결핵까지 겹치자 그는 학업을 중단하고 귀국하여 당시 전라남도 고흥 군수로 있던 둘째형 최승칠崔承七의 집에서 요양하다가 스물여섯의 젊은 나이로 김소월처럼 요절하였다.

최소월은 문학 분야에서는 김소월보다 덜 알려졌지만 사회적 차원에서는 그보다 훨씬 더 잘 알려져 있다. 최소월은 흔히 한국 최초의 여성 서양화가요 근대기 여성 선각자인 정월晶月 나혜석羅蕙錫과 연인 사이였기 때문이다. 나혜석은 「영원히 잊어주시오」라는 수필에서 일본 유학 중 전보를 받고 최소월이 요양하고 있는 전남 고흥에 찾아가 열흘 동안 머물며 정성껏 그를 간호해 준 일을 적는다. 그런데 자신이 끝내 병석에서 일어날 수 없음을 예감했는지 최소월은 어느 날 나혜석에게 "오해 없이 영원히 잊어주세요"라고 고백했다는 것이다.

최소월의 짧은 문단 활동은 주로 일본 유학 당시 『학지광』을 통하여 이루어졌다. 이 잡지의 편집에 참가하면서부터 그는 「쎌지엄의용사」를 비롯하여 「정감적情感的 생활의 요구−나의 갱생 3호」, 「남조선의 신부新婦 3호」, 「너를 혁명하라 5호」, 「불만과 요구 6호」 등의 시와 수필, 비평문 등을 잇달아 발표하여 주목을 받았다. 「정감적 생활의 요구」에서 최소월이 언급하는 '계련系練'이 다름 아닌 나혜석이다. 병마에 시달리고 요절한 탓에 최소월이 발표한 작품은 그다지 많지 않다. 1982년 김학동金澤東이 그의 유고시 25편을 발굴하여 공개하였다. 그중에서도 「쎌지엄의 용사」는 시인으로서의 그의 면모를 가장 엿볼 수 있는 작품이다.

산악山嶽이라도 색에지는 대포大砲의탄彈알에,
너의아지阿只는발서쇄골碎骨이되엿고.

야수野獸보다도 포악暴惡헌쎄르만의 전사戰士의게,
너의 애처愛妻는치욕恥辱으로 죽엇다.

인제는, 사랑허든가족家族도 업서젓고,
너조차도멍逃亡혈길을 일허버렷다.

배불너도 더찻는욕심慾心쑤레기의게,
너의재산財産을다밧쳐도부족不足이다.

정의正義가웁서젓거든,평화平和가 잇슬게냐,
다만 저들의쑴속의농담弄談이다.

너, 자아이외自我以外에는, 야심野心만흔적敵쑨이요,
패배敗北는 너의정부政府약弱헌 싸닭쑨이다.

쌜지엄의용사勇士여!최후最後까지 싸울쑨이다!
너의 엽헤부러진창槍이 그저잇다.

쌜지엄의용사여!쌜지엄은 너의것이다!
네것이면,쏙 잡어라!

쌜지엄의용사여!너의쌔되는 너의것이다!
너, 인생人生이면,권위權威를 드러내거라!

쌜지엄의용사여! 창구瘡口를 부둥키고 이러나거라!
너의피 괴이는곳에,쌜지엄의자손子孫 부러나리라.

쎌지엄의히로여!너의몸 쓰러지는곳에,

거누구가 월계관月桂冠을밧들고 섯슬이라.4 : 49~50

최소월이 이 작품을 쓴 것은 제1차 세계대전이 일어난 지 세 달 남짓 밖에 되지 않던 무렵이다. 제목에서도 분명히 엿볼 수 있듯이 그는 독일 군에 맞서 싸우는 벨지움벨기에 용사를 노래한다. 독일의 벨기에 침공은 제 1차 세계대전의 포문을 연 첫 번째 전투였다. 이 무렵 벨기에 군대는 독일군에 맞서 싸울 준비가 전혀 되어 있지 않아서 전쟁 초기부터 독일군에게 속절없이 패배하였다. 6행에서 시적 화자가 "패배는 너의정부 / 약헌 까닭쉰이다"라고 잘라 말하는 까닭이 바로 여기에 있다. 전쟁이 일어나기 전 영국의 도움으로 중립국을 선포했지만 정부의 힘은 독일군을 격퇴하기에는 역부족이었다.

이 작품의 첫째 연 3~4행 "너의아지는 / 벌서 쇄골이되엿고"에서 '아지'란 과연 무슨 뜻일까? 고려시대 말엽 한반도 해안 지방을 노략질한 왜구를 가리키는 말이다. 『고려사』와 『조선왕조실록』에 언급되는 15~16세의 젊은 장수 '아키바쓰阿只拔都'의 준말로 흔히 '아기장수' 또는 '젊은 병사'라는 보통명사로 쓰인다. 그러니까 여기서 '너의 아지'란 전투에서 "야수보다도 포악헌" 독일군에 죽임을 당한 벨기에의 젊은 병사나 그 지휘관을 가리킨다. 시적 화자는 2인칭 피화자 '너'를 개별적인 병사보다는 오히려 벨기에 군대 전체나 국가나 국민을 가리키는 말로 '저들'의 반대 개념으로 사용한다. 이렇게 벨기에가 독일군의 손아귀에 넘어가자 벨기에의 여성들은 점령군에게 치욕을 당하고 가족은 풍비박산이 되고 재산도 탐욕스럽기 그지없는 독일군에 넘어갈 수밖에 없었다.

남달리 역사의식이 투철한 최소월은 「쎌지엄의용사」에서 독일제국과 오스트리아-헝가리제국의 동맹국의 만행을 고발한다. 5연에서도 엿볼 수 있듯이 그들은 겉으로는 정의와 평화를 내세우지만 실제로 한낱 그들이 꿈속에서나 지껄이는 '농담'에 지나지 않을 뿐이다. 그러나 시적 화자의 독일 동맹국 비판은 궁극적으로는 일본 제국주의의 폭압에 대한 비판으로 이어진다. 제1차 세계대전에서 일본은 비록 영국과 프랑스를 비롯한 협상국의 대열에 합류했지만, 적어도 시적 화자가 보기에는 일제의 만행은 독일군의 만행과 크게 다르지 않다. 그렇다면 이 작품에서 독일은 일본 제국, 벨기에는 일본 제국에 침략당하여 온갖 고통을 겪고 있는 식민지 조선으로 보아도 크게 틀리지 않는다. 그러고 보니 "야심만흔적샌이요, / 패배는 너의정부 / 약헌 짜닭샌이다"라는 6행의 구절이 새로운 의미로 읽힌다. 한마디로 최소월은 독일의 벨기에 침공을 빌려 식민지 조선인에게 민족해방을 위한 투쟁이 절실하다고 역설한다.

　더구나 최소월은 이 작품에서 시적 화자의 입을 빌려 강대국의 폭력과 만행에 굴복하여 신음만 하지 말고 분연히 떨치고 일어나 맞서 싸우라고 부추긴다. 부서진 창이 옆에 놓여 있으니 그것을 다시 집어 들고 최후까지 맞서 싸우라고 말한다. "창구를 부둥키고 이러나거라! / 너의피 괴이는곳에, / 쎌지엄의자손 부러나리라"라고 노래한다. 여기서 '창구'란 한의학에서 부스럼 따위가 터져 생긴 구멍을 말하지만 독일군의 창에 찔리거나 총에 맞아 생긴 상처를 가리킨다. 피를 흘리는 대가를 치르지 않고서는 조국을 지키고 조국의 미래를 보장받을 수 없기 때문이다. 그것은 "너의몸 쓰러지는곳에, / 거누구가 월계관을 / 밧들고 섯슬이라"는 마지막 연에서 단적으로 드러난다.

마지막 다섯 연에 걸쳐 시적 화자는 마치 주문을 외듯이 "쎌지엄의 용사여!"니 "쎌지엄의히로여!"니 하고 돈호법을 구사한다. '용사'라는 낱말을 네 번 사용하다가 마지막 연에 이르러 갑자기 '히로hero'라는 영어를 사용하는 것이 이채롭다. 이 두 낱말은 지시적 의미에서는 큰 차이가 없을지 몰라도 적어도 함축적 의미에는 큰 차이가 있다. '히로'는 지금은 소설의 주인공이라는 의미로 자주 사용하지만 주로 고대 서사시에서 주인공으로 등장하는 영웅호걸을 가리키는 말이었다.

이 작품의 8연에 이르러 시적 화자는 "쎌지엄은 너의것이다! / 네것이면, / 꽉 잡어라!"라고 말하며 벨기에 병사들에게 벨기에는 그들의 국토일 뿐 독일의 점령국이 아니라는 사실을 새삼 일깨운다. "너의쌔듸는 너의것이다! / 너, 인생이면, / 권위를 드러내거라!"에서 '쌔듸'는 육체를 가리키는 영어 'body'의 표기이다. 마지막 연의 "너의 몸 쓰러지는 곳에"의 '몸'과 같은 뜻이다. 육체는 오직 살아 숨 쉴 때만 그 권위를 드러낼 뿐 죽으면 한 줌의 흙으로 돌아간다. 한편 영어 'body politic'이라고 하면 정치적 통일체 또는 정치적 통일체로서의 국가나 국민을 뜻한다. 서양에서는 오래 전부터 정치를 인간의 신체에 빗대어 왔다. 물론 '정치체政治體'의 정치 담론은 비단 은유적 차원에 그치지 않고 좀 더 구체적으로 인간 신체에 대한 정치의 의미를 지니기도 한다.

최소월은 「쎌지엄의 용사」에서 볼 수 있듯이 1919년 기미독립만세운동이 일어나기 몇 해 전에 벌써 민족 해방을 추구하였다. 그가 게이오대학 예과 과정을 마치고 역사학을 전공하려고 했던 것도 이와 무관하지 않은 것 같다. 그가 이 작품에서 독일군 침공으로 나라를 빼앗긴 벨기에 병사들과 국민에게 끝까지 맞서 항전할 것을 호소함으로써 비록 에둘러서나마 일제의 침략으로 주권을 빼앗긴 조선 젊은이들이 가져야 할 자세를 제시한 것으로 볼 수 있다. 최소월이 나혜석과 연인 관계가 된 것도 따지고 보면 단순히 서로 사랑의 감정을 느꼈기 때문만은 아니었다. 이 무렵 연인 관계에 있던 유학생들에게서 흔히 볼 수 있듯이 그들에게 연애의 대상은 반일 사상에 뿌리를 둔 역사의식을 공유하고 민족해방운동에 동참하는 동지기도 하였다. 도쿄 유학 시절 두 사람은 아나키즘에 심취해 있던 사실은 이를 뒷받침한다.

1910년대 조선 문단에서 최승구가 차지하는 몫은 지금 생각하는 것보다는 훨씬 컸다. 그가 사망하자 'ㅅ. ㅁ.'이라는 필자가 『학지광』에 「소월」이라는 작품을 기고하였다. 여러 정황으로 미루어 보건대 'ㅅ. ㅁ.'은 최승구의 사촌동생 최승만崔承萬일 것이다. 소월처럼 보성중학교를 졸업한 뒤 1917년 일본 동경관립외국어학교 노어과에 입학한 최승만은 당시 도쿄 유학생 중 지도적 위치에 있던 최팔룡崔八鏞 등과 자주 만나 비밀리에 독립운동을 추진하는 한편, 『학지광』의 편집위원과 『창조』의 동인, 동경조선기독교청년회의 기관지 『현대』의 주간을 지내면서 '극웅極熊' 또는 '극광極光'의 필명으로 글을 발표하였다. 최승구는 「소월」에서 사촌형의 때 이른 죽음을 무척 슬퍼한다.

소월素月은가고 소월은왓소,

소월은짜에잇고 소월은하날에잇소,

소월은잠들엇고 소월은눈부볏소,

소월은쉬엇고 소월은동動하오,

업는소월 늘업슬소월이요,

잇는소월은 늘잇슬소월이요,

소월은 소월무덤위에벗최이되,

소월은 소월은벗못보리라,

소월은 소월을심방尋訪하되,

소월은 소월을응접應接치못하리라,

소월은 소월에귀속歸屬하되,

소월은 소월에듯지못하리라,

소월이여! 소월이여!

소월너 어데로간나!13 : 80[15]

이 작품의 시적 화자는 '소월'을 제외하고 나면 남는 말이 거의 없다시 피 할 정도로 이 말을 무려 27번이나 되풀이한다. 화자는 이러한 반복법 과 함께 모순법을 즐겨 구사하기도 한다. 그는 소월이 죽었으되 여전히 살아서 이 세상에 있다고 노래한다. 물론 이 주장은 논리학에서 말하는 배중률을 위반하는 진술이지만 예술의 불멸성을 가리키는 말로 받아들일 수 있다. 실제도 당시 최남선뿐 아니라 황석우黃錫禹와 염상섭廉想涉을 비롯 한 많은 문인들이 최소월의 시적 재능을 높이 평가하였다.

---

15 최소월은 「보월(步月)」이라는 작품에서 "빡빡한 운명의 줄에 / 에워싸인 나를 우는 나의 님 / 따듯한 품속에 나를 갖추려 / 그 깁흔 솔밧으로 오르리라"고 노래한다. 여기서 '나의 님'은 나혜석을 가리킨다. '빡빡한 운명의 줄' 결박되었다고 노래하는 것은 이미 그에게 는 결혼한 유부남이었기 때문이다. 최승구에게 나혜석을 소개해 준 사람은 그녀의 오빠 나경석(羅景錫)이었던 것으로 알려져 있다. 최소월은 「정감적 요구」에 'K.S. 형에게 여 (與)하는 서(書)'라는 부제를 붙인다. 여기서 'K.S.'는 경석의 두문자일 것이다.

7. 이일의 시 작품

역사의식과 민족해방운동으로 말하자면 '설오당하인雪汚堂下人'이나 '설오생雪汚生' 또는 '남성南星'이라는 필명을 사용한 이일李一도 최소월 못지않다. 평안북도 용천 출신인 이일의 본명은 이진식李鎭湜이고 호는 동원東園이다. 그는 일본 아오야마학원 중학부를 거쳐 1920년 메이지대학 전문부에서 법학을, 도쿄신학교에서 신학을 전공하였다. 그는『학지광』4호에「가는 시간」을 발표한 뒤 잇달아「프레스코푸스카야」15호,「바다가에 서서」16호 같은 시 작품을 발표하였다. 유학을 마치고 귀국한 이일은 김억과 장두철張斗澈과 마찬가지로 주로『태서문예신보』에 작품을 발표하면서 활동하였고, 1919년『창조』3호 때 동인으로 참가하면서부터는 주로 단편소설을 발표하였다. 이밖에도 이일은『기독청년』과『여자계』,『학생계』같은 잡지에도 시와 수필 등을 발표하기도 하였다.

유학을 마치고 귀국한 뒤 이일은 1921년부터 1942년까지 휘문고등보통학교에서 영어 교사로 재직하면서 틈틈이 작품을 발표했지만 이렇다 할 주목을 받지 못하였다. 이 점과 관련하여 주요한은 "이일이라는 분이 3·1 이후에 창조 동인이 된 줄로 아나, 휘문고등학교 영어 교사로 줄곧 재직한 (이후) 그의 작품으로 세상에 기억되는 것은 없는 것 같다"[16]고 회

---

16 이일이 휘문고등보통학교에 재직할 무렵 동료 교사로는 이병기(李秉岐), 박술음(朴術音), 김도태(金道泰) 등이 근무하였다. 당시 김유정, 권환(權煥), 정지용(鄭芝溶), 오장환(吳章煥), 이무영(李無影), 이태준(李泰俊), 계용묵(桂鎔默), 박종화(朴鍾和), 박노갑(朴魯甲), 최태응(崔泰應), 안회남(安懷南) 등 뒷날 한국 문단에서 맹활약할 사람들이 재학하고 있었다. 주요한,「문단 교유기」,『대한일보』, 1969.4.10; 조윤정,「무명작가의 복원과 문인교사의 글쓰기-이일의 생애와 문학」,『한국현대문학연구』48집, 한국현대문학회, 2016.4, 241쪽.

고한 적이 있다. 그러나 이광수는 「문사와 수양」이라는 글에서 '도덕적 악성병'에 걸려 있는 당시 젊은 문인들과는 달리 이일과 현상윤을 지덕체의 수양을 두루 갖춘 문사로 높이 평가하였다.[17] 그런데도 이일은 그동안 학계나 문단에서 거의 잊히다시피 하였다. 다만 최근 들어 조윤정이 그의 삶과 문학 활동을 복원시키는 데 크게 이바지했을 뿐이다.

이일이 역사의식과 민족해방운동의 주제를 다룬 작품 「푸레스코후스카야」를 살펴보기에 앞서 '설오생'이라는 필명으로 『학지광』 4호에 실린 첫 작품 「가는 시간」을 먼저 주목하기로 하자. 이 작품은 뒤의 작품과 비교하여 정치적 성격보다는 형이상학적 성격이 짙다. 이 작품은 김억의 「내의 가슴」, 최소월의 「벨지엄의 용사」, 현상윤의 「생각나는 대로」, '푸른배'라는 필명을 사용하는 필자의 「참새 소리」 등 굵직한 작품들과 같은 호에 실려 있다. 이밖에도 이 호에는 시조, 한시, 번역시 등 시 작품을 유난히 많이 실었다. 「가는 시간」의 시적 화자 '나'는 책상 위에서 째깍거리는 소리를 내는 탁상시계를 바라보며 이렇게 노래한다.

고객여창孤客旅窓 책상우헤, 일분일초一分一秒 틀님읍시
쌕쌕하며잘두간다, 무정無情하다저시계時計야,
너와나와무슨업원業冤, 내생명生命을웨그다지
하로라도씩어주니 나의전정前程 엇지할고.

무러보자저시계時計야, 너의쌕쌕하는소래

17 이광수, 「문사와 교양」.

너는한번하려하나, 듯는우리생각에야,

왕후장상王侯將相 영웅열사英雄烈士 절세미인파토라도

너의소래드름으로 황천객黃泉客이되얏구나.

고류거관高樓巨關 등왕각滕王閣과, 예루살렘아방궁阿房宮과,

알넥산드라 파비륜巴比倫 니니애와기자성箕子城도,

너의위력偉力못익여서 발견發見하기어렵구나.

녹음방초綠陰芳草 승화시勝花時와, 춘삼월春三月 호시절好時節이며,

금풍소슬金風蕭瑟 추월명秋月明에 보기조흔황엽黃葉들도,

네가간섭干涉다하야서 엄동설한嚴冬雪寒만드렛네.

이팔청춘二八靑春 미남녀美男女와, 부귀공명富貴功名 귀공자貴公子도

너의소래드름으로 장상백발髮上白髮 가련可憐쿠나.

……시계時計야시계時間아, 너는나를유혹誘惑하나,

나갈길은내가가고, 내목적目的은내가이행履行.4 : 51

    이일은 이 작품에서 밤낮 가르지 않고 흐르는 물처럼 속절없이 지나가
는 시간을 한탄한다. 식민지 지식인으로 서양 문물을 익히려고 식민지 종
주국 일본에서 유학하는 그로서는 아마 누구보다도 시간의 덧없음을 절
감했을지 모른다. 일본에 온 지 7여 년이 지난 지금 이렇다 하게 이룬 것
이 없는 그에게는 아마 지난 간 세월이 무정할 수밖에 없을 것이다. 시적
화자 '나'가 "쌕쌕하며잘두간다, 무정하다저시계야, / 너와나와무슨업원"
이라고 노래하는 것은 바로 그 때문이다. 숙명적으로 시간의 쇠사슬에 얽
매어 있는 인간은 그 누구도 시간의 파괴력에서 비켜갈 수 없다. 이 점에

서는 왕후장상도, 영웅열사도, 절세미인도 예외가 아니어서 누구나 시간
의 힘에 파괴되어 '황천객'이 되었다.

위 인용문에서 이일이 언급하는 인물이나 사물이 여간 예사롭지 않다.
7행의 '파토라'는 이집트 마지막 여왕으로 미인의 대명사라고 할 클레오파
트라를 가리키고, '알넥산드라 파비윤'은 고대 이집트의 파빌론을 가리킨
다. 또한 '니니애'는 구약성경에 나오는 '니느웨'로 메소포타미아에서 가장
오래된 고대 도시 중의 하나로 기원전 7~8세기에는 앗시리아의 수도였다.

이렇게 시간의 힘에 파괴된 건물은 비단 서양이나 중동에만 있지 않고
동양에도 얼마든지 찾아볼 수 있다. 가령 '등왕각'은 당 태종太宗 이세민李世
民의 동생 등왕滕王 이원영李元嬰이 653년 강서성 남창南昌에 건설한 누각으
로 황학루黃鶴樓·악양루岳陽樓와 함께 중국 강남 3대 누각의 하나로 일컫는
다. '기자성'은 기자의 땅이라는 뜻의 기성箕城으로 고조선의 수도인 평양
을 말한다. 이렇게 사람이건 건물이건 시간의 무서운 힘에 파괴되어 지금
은 흔적도 없이 사라지고 말았다. 마지막 부분 "이팔청춘미남녀와, 부귀공
명귀공자도 / 너의소래드름으로 발상백발가련쿠나"에 이르러서는 윌리엄
셰익스피어의 소네트 60번이 떠오른다.

> 시간은 청춘에 드리워진 화려한 치장물을 걷어가 버리고
> 미인의 이마에 주름 고랑을 패게 하며
> 절세가인을 파먹어 들어가니
> 그의 베어가는 낫질에 버틸 존재가 어디 있으랴.

서양에서 시간은 흔히 풀을 베는 긴 낫이나 모래시계로 의인화한다. 긴

낫으로 풀을 베듯이 시간은 인간을 죽음의 함정으로 몰아간다. 낫에 베어지지 않는 풀이 없듯이 시간의 풍화작용을 받으며 사멸되지 않는 인간도 없다. 이일은 일본 유학 중 어쩌면 셰익스피어의 소네트를 읽었을지 모른다. 뒷날『조광』에 기고한 글에서 이일은 영어를 공부하는 과정에서 구니키다 돗포國木田獨步, 이와노 호메이岩野泡鳴, 시마자키 도손島岐藤村 같은 일본 신체시 시인들과 영시에서 큰 영향을 받았다고 밝힌다. 그는 방금 언급한 일본 작가를 비롯하여 "여러 작가의 것을 손닿는 대로 난독難讀하는 동시에 영시는 영어 공부를 겸하여 힘 있는 데까지 읽어 보았다"[18]고 말한다.

1918년 이일은 10년 동안의 일본 유학을 모두 마치고 귀국하면서 그동안 친형제처럼 지내던 동료 'K'와 'S'에게 편지 형식으로 작별인사를 고한다. 「K·S 양형兩兄에게」라는 글에서 '남성南星'이라는 필명으로 그는 "나의 도쿄 생활은 무가치無價値, 무감각無感覺, 무능력無能力, 무의식無意識, 무자극無刺戟, 무의미無意味였소. 언제도 편지로 말한 것과 같이 생사혼일生死渾一 생활이라고 간단하게 한 형용 어구를 발명하여 붙였소"[17 : 74]라고 고백한다. 그러면서 그는 예로부터 조선에서는 "10년이면 강산도 변한다"고 하고, 일본에서도 '쥬넨 히토무카시十年一昔'라고 한다고 말하면서 일본 유학에 대한 감회를 밝힌다.[19]

이렇게 10년의 세월이 흐르는 동안 변하는 것은 비단 한 개인에 그치지 않고 한 국가나 민족도 마찬가지였다. 이일은 'K'와 'S'에게 보내는 편지에서 "조선 민족은 생리적, 정치적, 문화적, 민족적으로 확실히 변하였다고 생각하렵니다"[17 : 74]고 밝힌다. 그러면서 그는 "구한국은 지나가고

---

18 이일, 「시단(詩壇) 이십년기(二十年記)」, 『조광』, 1940.6, 154쪽.
19 설오실하인 남성, 「K·S 양형에게」, 『학지광』 17호, 74쪽.

새조선이 닥쳐왔어요. 뉴-코리아란 명사名詞고 어쩐 일인지 음악에 멜로디처럼 귀의 감각을 유柔하게 칩니다"17 : 74고 말한다. 이일이 말하는 변화 중에서도 아마 가장 큰 변화라면 역시 정치적 변화일 것이다. 이 작품의 마지막 두 행 "시계야시간아, 너는나를유혹하나, / 나갈길은내가가고, 내목적은내가이행"을 보면 더욱 그러한 생각이 든다.

마지막 구절에서 좀 더 찬찬히 눈여겨볼 것은 시적 화자가 시계나 시간을 의인화하여 이인칭 대명사 '너'로 부른다는 점이다. "너는나를유혹하나"에서 단적으로 엿볼 수 있듯이 그는 시간인 '너'와 화자인 '나'를 이분법적으로 구분 짓는다. 그런데 화자는 시간의 파괴력에 굴복하지 않고 자신의 의지를 실천하려는 단호한 결의를 보여 준다. '너'가 아무리 '나'를 유혹하여 파멸시키려고 할지 모르지만 '나'는 가야 할 길을 굳건히 가면서 삶에서 세운 목표를 이룩하고야 말겠다는 결의를 천명한다.

고대 그리스인들은 시간을 '크로노스chronos'와 '카이로스kairos'로 구분 지었다. 양적 개념인 크로노스는 시계로 측정되는 시간, 즉 과거에서 현재로, 현재에서 다시 미래를 향하여 흘러가는 시간을 말한다. 이러한 시간에서는 불연속적인 우연적 사건들이 일어난다. 한편 질적 개념의 카이로스는 구체적 사건의 특별한 의미가 담겨 있는 시간으로 현재가 곧 과거요 미래인 시간이다. 다시 말해서 과거에서 현재로, 다시 미래로 흘러가 버리는 크로노스와는 달리, 카이로스는 현재가 과거의 유산을 물려받는 한편 앞으로 다가올 미래를 끌어안는 영원의 시간이다. 「가는 시간」의 시적 화자가 '내'가 갈 길은 내가 알아서 가고, '내'가 세운 목적은 반드시 이루고 말겠다는 결의는 곧 카이로스의 시간관을 받아들이는 태도다. 이일이 이 작품을 썼을 때는 그가 법학을 공부하다가 신학으로 전공을 바꾸던 시점이다.

그러나 이일은 형이상학적 사고나 신학적 관념에서 벗어나 점차 정치 이데올로기에 관심을 기울이기 시작하였다. 그의 정치적 메시지를 가장 명시적으로 엿볼 수 있는 작품은 '설오당하인 이일'이라는 이름으로 『학지광』에 두 번째로 기고한 「푸레스코쭈스카야」다.

> 죄악罪惡과압제壓制와암흑暗黑으로덥펴잇는모국母國은,
> 구求할열성熱誠가지고서타국他國으로도라오는청년남녀靑年男女의게,
> 예검銳劒, 사형死刑과 곤란, 유형流刑을 준비하고 사자獅子갓치기다렷다.
> 압제壓制의풍력風力은날을싸라강강强히지고,
> 청년남녀들의심두心頭에자유영화自由靈火는,
> 더욱더욱그광염光焰이소사나서,
> 노서아露西亞의 전원도회田園都會 동서사방東西四方에,
> 혁명革命의화해火海요자유自由의절규絶叫로다.
>
> 감복感服할만하고탄칭嘆稱할만흔그들의'자유自由의순례禮巡'야 촌村과읍론과들
> ━━ 과집에,
> 혼드는자유自由의방울소리는,
> 기만幾萬의심령心靈에엇더케울니윗던지,
> 이갓흔순례巡禮의그사람가온듸,
> 섬섬옥수纖纖玉手로방울을울니는한처녀處女는,
> 속세俗世에뭇친천사天使와갓흔명문名門의여자女子,
> 푸레스코쭈스카야잉壤이엿다.15:73

위 인용문에서 "죄악과압제와암흑으로덥펴잇는모국"이란 다름 아닌 제정 러시아를 말한다. 러시아 제국은 표트르 대제가 1721년 제정을 선포한 후 1917년 러시아 혁명으로 군주제가 붕괴될 때까지 200년 가까이 존속하였다. 그동안 수많은 러시아 민중이 제국의 압제에 시달렸다. 특히 20세기에 들어와 90퍼센트라는 고세율과 지배층의 사치와 무능으로 러시아 민중의 고통은 더욱 심화되었으며, 제국은 이러한 민중들의 불만을 해소하기는커녕 오히려 '피의 일요일사건' 같은 억압정책을 고집하자 제국은 극도의 혼란에 빠졌다. 그러자 러시아의 젊은이들 마음속에 '자유의 불꽃'이 타오르면서 러시아 전역이 '혁명의 불바다'와 '자유의 절규'로 넘쳐났다.

이일이 작품 제목과 위 인용문의 마지막 행에서 언급하는 '푸레스코왕스카야'가 여성이라는 사실을 제외하고는 도대체 어떤 인물인지 좀처럼 알 수 없다. 그러나 작품 전체 내용을 찬찬히 뜯어보면 그녀는 다름 아닌 '러시아 혁명의 할머니'로 흔히 일컫는 예카테리나 브레쉬콥스카야라는 사실이 밝혀진다. 영미 문화권에서는 '캐서린 브레쉬콥스키'로 일컫는 여성으로 1905년의 초기 혁명을 이끌었던 혁명가 중 한 사람이다.

이렇게 초기 러시아 사회주의 혁명에서 핵심적 역할을 한 브레쉬콥스카야는 뒤에 사회주의 혁명당 창설 멤버 중 한 사람으로 활약하였다. 러시아 최초의 여성 정치범으로 그녀는 제정 통치에 맞서다는 이유로 40년 넘게 교도소 생활을 하고 시베리아에서 유배 생활을 하였다. 1917년 2월 혁명 이후 유배에서 풀려난 브레쉬콥스카야는 페트로그라드로 돌아와 케렌스키의 임시 정부에 참여할 수 있었고, 뒷날 백군에 가담했다가 체코슬라바키아로 망명하여 그곳에서 숨을 거두었다.

망명지에서 사망하기 전 브레쉬콥스카야는 러시아의 도시와 시골 곳곳을 돌아다니면서 '섬섬옥수로' 자유의 방울을 울리고 혁명의 메시지를 전하고 다녔다. 그것이 바로 이 작품의 시적 화자가 말하는 '자유의 순례'다. 그녀는 이렇게 러시아 곳곳을 순례하면서 도탄에 빠진 러시아 민중을 구출하려고 하였다. 그러나 위조 여권으로 동료와 함께 지방을 돌아다니며 '자유의 종'을 울리던 브레쉬콥스카야는 1874년 당국에 체포되어 재판을 받고 범죄자 식민지로 이송되었다. 1879년 그녀는 다시 시베리아로 유배되었고, 유형지에서 탈출을 시도하다 붙잡혀 다시 유배 생활을 이어갔다.

사이버리아에제일여수第一女囚,

망茫々한광원애々廣原曖々한백설白雪,

녹빌綠髮은열풍烈風에날녀가고유부柔膚는한위寒威에지칠지라도,

심두心頭의 영화靈火 ─ 광명光明이점々 밝어가고,

만신滿身 자유自由의열熱로슬넌다.

백설白雪의산처酸處이십여년간,

밧게사람은변變할지도,

안에사람은점々 강强히져셔,

방인放囚된후프레소코쑤스카야는,

자유自由의촉화燭火를양수兩手에놉히들고,

페트로구라드로다라드니,

혁명革命의개화開火그것이라. 15 : 74

첫 행 "사이버리아에제일여수"라는 구절에서도 볼 수 있듯이 브레쉬콥스카야는 교도관들도 무서워할 정도로 명성이 높았고 함께 유형 생활을 하던 동료들로부터 존경을 받았다. '백설의산처'란 그녀가 유형 생활을 하던 지바이칼로 사방에 눈밖에는 보이지 않는 죽음의 동토 동시베리아를 말한다. 그러나 이렇게 혹독한 처형을 받으면서도 브레쉬콥스카야는 조금도 굴하지 않았다. 러시아 제국 당국으로부터 억압을 받으면 받을수록 그녀의 혁명정신은 오히려 더욱더 강해졌다. 시적 화자가 "밧게사람은변할지도, / 안에사람은점々강히져서"라고 말하는 이유가 바로 여기에 있다. 시베리아 유배에서 풀려난 뒤에도 그녀는 혁명 활동을 계속 이어나갔다.

이일은 귀국 후 문학 활동 못지않게 정치운동에도 적극 참여하였다. 예를 들어 1919년 3월 그는 중앙기독교청년회 간사로 있으면서 출판법과 보안법을 위반하고 조선의 독립과 한민족의 자유를 부추기는 '불온문서'를 인쇄하고 배포하여 치안을 방해했다는 혐의로 체포되어 경성지방법원에서 재판을 받았다. 이때 그와 함께 체포되어 재판을 받은 사람 중에는 일본 동경유학생학우회와 『학지광』에서 함께 활약하던 장덕수張德秀와 나혜석을 비롯하여 이상재李商在, 박인덕朴仁德, 김마리아, 황에스더 등이 포함되어 있다. 증거 불충분으로 풀려난 뒤에도 이일은 '조선청년회', '조선청년연합회', '조선인학회' 등 같은 단체에 관여하면서 직간접으로 민족독립을 도모하였다.

8. 김동명, 이효석, 이태준의 시 작품

1926년 5월 『학지광』은 재일본동경조선유학생학우회가 집행위원과 편집진을 새롭게 바꾸면서 27호로 '춘계 특대호'를 간행하였다. 편집후기에서 편집자는 "학우회 개혁됨을 기회로 금반今般은 특히 전前레코-드를 돌파突破하여, 지면도 이백항二百項까지 증대시키고, 학적學的 태도에서 전공가를 망라하여 건실한 자료를 취할 량으로, 여러분께 억지로 기고를 청하였으나……"[20]라고 밝힌다. 200쪽까지는 아니어도 162쪽으로 쪽수를 늘이면서 창작 문예에도 많은 지면을 할애하였다. 특별히 조선 문단에 이미 데뷔한 시인들과 소설가들의 작품을 실은 것도 눈에 띄는 대목이다. 27호에서는 김동명金東鳴, 이효석李孝石, 이태준李泰俊 같은 앞으로 한국 문단에서 주역으로 활약할 문인들의 시 작품을 실었다. 더구나 김동명은 몰라도 이효석과 이태준은 뒷날 시보다는 소설에서 두각을 나타낼 작가들이어서 더더욱 관심을 끈다.

강원도 강릉 출신인 김동명은 1925년 일본으로 건너가 아오야마학원에서 신학을 전공한 뒤 니혼대학교 종교철학과를 졸업하였다. 일본으로 유학을 떠나기 2년 전인 1923년 10월 그는 『개벽』에 「당신이 만약 내게 문을 열어주시면−쌘드레르에게」를 비롯하여 「나는 보고 섯노라」와 「애닲은 기억」 등 모두 3편을 발표하여 문단에 데뷔하였다. 그 이듬해 그는 같은 잡지에 2편을 더 발표하였다. 김동명이 『학지광』에 발표한 작품은 「황혼의 노래」, 「흰 모래 우에」, 「달빗이」, 「제야除夜」 등 모두 4편이다.

---

20 「편집실 잡기」, 『학지광』 27호, 1925.5.24.

그중 2편은 일본에 오기 전에 쓴 것이고 나머지 2편만이 일본에서 쓴 작품인 듯하다. 이 네 작품은 그의 첫 시집 『나의 거문고』 1930에 모두 수록되어 있다.

한째의 청춘은
다함업는 쑴이되고

새벽 들창에
회색빗 흔들릴새면
언으덧 쑴도
저갈데로 가드라네. 27 : 122[21]

김동명의 초기 작품이 흔히 그러하듯이 이 작품에서도 퇴폐적이라고는 할 수 없어도 감상적이고 목가적인 특징이 두드러지게 나타난다. 황혼은 하루해가 서산마루에 뉘엿뉘엿 저무는 때를 뜻하지만 비유적으로는 인생의 끝자락을 뜻하기도 한다. 색깔로 말하자면 새벽녘 들창에 흔들리는 회색에 가까울 것이다. 한밤중에 꾼 꿈이 잠에서 깨어나면서 사라지듯이 인생의 푸르른 봄날, 청춘에 품었던 꿈과 이상도 점차 나이를 들면서 자취를 감추고 만다. "다함업는 쑴"에서 '다함없다'는 그지없이 크거나 많은 것을 가리킨다. 그렇다면 청춘은 한낱 젊은 날에 품었던 허황된 꿈

---

21 일본 유학 시절 김동명은 『학지광』 말고도 재일본동경조선기독교청년회에서 발행하던 잡지 『사명(使命)』 4호(1926.12)와 5호(1927.4)에 「아버님을 싱각함」과 「어린 애기」, 「벗을 생각함」과 「잔치」를 각각 발표하였다.

에 지나지 않고 엄연한 현실만이 남게 되었다는 뜻이다. 이러한 시간의
덧없음과 그에 따른 비극적 상실감은 「흰모래 우에」에서도 엿볼 수 있다.

> 흰모래우에 흰모래우에
>
> 한적은 지향업는 마음이여
>
> 고요한 바다ㅅ물소래
>
> 거릿김업시 가슴에 슴여드니
>
> 아아 이는 탄식이런가
>
> 그리움이가. 27 : 122~123

시적 화자는 「황혼의 노래」에서도 감상적이고 목가적인 정감을 드러
낸다. 지금 화자는 바닷가 모래밭에 누워 파도소리를 듣고 있다. 김동명
은 일본으로 유학을 떠나기 직전 1925년 7월 동해안 해변에 누워서 이
작품을 썼다. '지향업는'이니 '거릿김업시'이니 하는 구절처럼 '없다'라
는 낱말이 짧은 작품 전체를 지배하다시피 한다. 잠시나마 세상의 모든
걱정과 근심을 잊고 흰 모래에 누워 있는 시적 화자는 대자연과 하나가
되려고 한다. 그런데 그 파도소리는 간난아이를 잠재우며 어머니가 부르
는 자장가처럼 세파에 지친 그를 위로해 주기는커녕 오히려 그의 마음에
탄식처럼 들린다.

그렇다면 김동명이 초기 시에서 추구하던 감상적이고 목가적인 정서
는 백철白鐵이나 조연현趙演鉉, 이병기李秉岐 등이 지적하듯이 단순히 도연명
陶淵明의 「귀거래사歸去來辭」 같은 작품과는 성격이 조금 다르다.[22] 김동명에
게 자연은 어머니의 포근한 가슴처럼 위로해 주기도 하지만 때로는 인간

에게 무관심한 태도를 취하거나 아예 적의를 드러내기도 한다.

이효석도『학지광』27호에「야시夜市」,「오후」,「저녁새」등 시 작품 3편을 발표하였다. 김동명과는 달리 이효석은 일본에서 유학하는 대신 경성제국대학 법문학부에서 영문학을 전공하였다.『학지광』은 동경 조선인 유학생들이 간행하는 잡지였지만 이처럼 식민지 조선 대학생들에게도 지면을 할애할 때가 더러 있었다. 이 잡지에 시를 발표한 1925년은 이효석이 경성제일고등보통학교현 경기중고등학교를 막 졸업하고 경성제국대학 예과에 입학했을 때다. 문학에 타고난 재능이 있는 그는 경성제일고보 5학년 때 벌써『매일신보』의 신춘문예에 응모한 시「봄」이 '선외가작選外佳作'으로 뽑힌 적이 있다.

1928년 이효석은 경성제대 2학년 때『조선지광』에 단편소설「도시와 유령」을 발표하면서 작가로 정식 데뷔했지만 1926년 초에는 시인이나 소설가로서 이렇다 할 활동이 없었다. 그러므로『학지광』에 시를 3편 발표했다는 것은 문학청년인 그로서는 영광이 아닐 수 없었다. 물론 경성제대 예과에 다니던 무렵 조선인 학생들의 문학 모임인 문우회文友會에서 발간하는 잡지『문우』와 예과 학생회지인『청량』에 시와 콩트를 발표한 적은 있다.

이효석이『학지광』에 발표한 시 작품 3편은 모두 시간적 배경을 오후나 저녁으로 삼는다는 점이 흥미롭다. 또한 시간적 배경에 걸맞게 소시민의 일상적 삶을 소재와 주제로 삼는다는 점에서도 이 세 작품은 서로 비

---

22 김동명의 초기 작품에 대하여 백철은 "완고할이만큼 고인(古人)의 시경(詩境)을 본받은 하나의 귀거래사였다"고 주장한다. 백철은 이병기와 함께 집필한 책에서도 "전원한거 (田園閑居)를 노래한 것"으로 평가한다. 조연현도 그들과 마찬가지로 "소박한 감성과 목가적인 서정이 그 주조를 이룬 것"이라고 지적한다. 백철,『신문학사조사』, 신구문화사, 1982, 501쪽; 이병기·백철,『국문학전사』, 신구문화사, 1973, 414쪽; 조연현,『한국 현대문학사』, 성문각, 1973, 452쪽.

슷하다. 먼저 밤에 열리는 시장을 소재로 다룬 「야시」를 살펴보자.

—싸구려 싸구려
—골나잡어요자
열광적熱狂的음향 사람의파도

난무亂舞하는 공족跫足에
지반地盤은흔들닌다
탄력彈力 유동流動
소래와이루미네의존의착잡錯雜
열정熱情과혈조血潮의나열羅列

생활生活 생활生活!

홰ㅅ불은새롭게타오르고
태양太陽은재생再生한 듯

—싸구려 싸구려
—에—막파는구려자
—얘—굉장한엉덩이바람 쌘찬쿠나. 추격이다추격
—음악회가나?
—아씨 돈한푼만

오―타올나라 슬어울나라!

위대偉大한 용광로鎔鑛爐!

지축地軸이 부서질째까지

오―타올나라 슬어울나나!27 : 123~124

이 작품에 나타나는 지배적 이미지는 청각과 시각 이미지다. 장사꾼들이 물건을 팔려고 손님을 부르는 소리며, 물밀 듯이 지나가는 사람들의 발자국 소리가 귓가에 낭랑하게 들리는 듯하다. 오죽하면 발자국 소리에 지반이 움직이고 지축이 흔들릴 정도라고 말하겠는가. 한편 "사람의 파도"라는 구절에서는 청각 이미지 못지않게 시각 이미지를 느낄 수 있다. 출렁이는 파도처럼 지나가는 사람들의 모습을 눈앞에 보는 듯하다. 마치 해가 다시 중천에 떠오른 듯이 야시장을 환하게 밝힌 횃불은 시각 이미지를 보여 주는 더할 나위 없이 좋은 예다. "열정과 혈조의 나열"에서 '열정'은 있는 힘을 다하여 물건을 팔려는 장사꾼의 노력을 말하고, 얼굴에 감도는 핏기나 치솟는 혈기를 비유적으로 이르는 '혈조'는 조금이라도 물건을 싸게 사려는 고객의 모습을 일컫는다. 적어도 이미지 구사의 관점에서 보면 이 작품은 청각 이미지와 시각 이미지의 '나열'에 지나지 않는다. 그러나 이러한 이미지 구사는 작품의 주제와 깊이 연관되어 있다.

이 작품의 주제는 셋째 연 "생활! 생활!"이라는 구절에서 찾을 수 있다. 이효석은 이 작품에서 재래시장에서 벌어지는 소시민들의 정겨운 일상을 노래한다. 백화점이나 고급 상가와는 달리 재래시장은 서민이 물건을 값싸게 살 수 있는 공간일 뿐 아니라 삶의 애환을 피부로 느낄 수 있는 공간이기도 하다. 물건을 파는 사람들과 사는 사람들 사이에는 구수한 정감이 흘러넘친다. 이렇게 서민들이 뒤섞이는 시장에서 어수선함과 소란은 일상이 되고 훈훈한 인정이 흘러넘친다. 시적 화자가 "오—타올나라 쓸어올나라! / 위대한 용광로!"라고 노래하는 것은 그 때문이다.

대형 매장에서는 생산과 유통과 소비를 기본으로 하는 자본과 이윤 냄새가 난다면, 장터에서는 애로애락의 서민의 삶이 짙게 묻어난다. 무게와 가격에 따라 물건을 파는 대형 마트와는 달리, 전통 시장에서는 장사꾼의 기분에 따라 '덤'이라는 마음의 저울이 있어 훨씬 더 인간적이다. 지식과 정보를 돈을 주고 파고 산다는 21세기 정보화시대에도 그러한데 하물며 이효석이 이 작품을 발표한 1920년대 중엽은 두말할 나위가 없을 것이다. 한마디로 서민의 일상적 삶이 살아 숨 쉬는 곳이 바로 재래시장이다. 그가 노래하는 서민 생활의 애환은 「저녁째」에서도 엿볼 수 있다.

발서 저녁째인가보다
— 시市복판을 앗까부터
웬여자女子하나가 빙々돌아단일졔는
꽤 오래동안의주저躊躇와선택選擇뒤에
그는겨우 세개의붉은사과를골낫다
— 리본으로자수刺繡한새쌜간々 사과를

그리고바구니속에는
한무덕이의나물과 게란이수북히담겻다
그러나감앗잇거라 이것은쏘웬모험冒險인가
오날은이상하게도

그의대담大膽스런분발奮發과결단決斷으로

발간 '레ㅅ텔' 부트부튼 박래품舶來品포도주葡萄酒한병이

그의가난한바구니를 오래간만에

풍족豊足과사치奢侈로장식하얏다

그리고그의얼골은만족滿足과희열喜悅로빗난다

반작이는 은전으로 회계를맛친그는

느릿한보조步調로 건압흘써난다

잿빛철학哲學보다도

'아나크로니슴'의이론理論보다도

안이 무엇보다도

가장중요한생활生活의바구니를들고

절레업는 그무거움에가볍게미소微笑하면서그래……

그리고 집에서 압바와같이그를기다리는

젓먹이잇는줄은 그래도이저버리지안코.27 : 124

이 작품에서 이효석이 다루는 시장도 장사꾼들이 호객행위를 재래시장
보다는 규모가 조금 클지 모르지만 여전히 전통시장임이 틀림없다. 한 여
성이 물건을 사려고 시장을 빙빙 돌아다니는 것을 보면 「야시」에서 노래하
는 시장과는 달리 아직 그다지 붐비는 곳은 아닌 것 같다. 또한 포도주를
판다면 앞의 작품에서 다루는 전통 시장보다는 규모가 조금 더 큰 듯하다.
이렇게 주저하다가 '그녀'가 끝내 고른 물건은 고작 새빨간 사과 세 알이
다. 그녀의 시장바구니에는 방금 구입한 사과 외에 나물과 달걀이 들어 있

다. 그런데 무슨 생각이 들었던지 그 여성은 마침내 "대담스런 분발과 결단으로" 외국산 포도주 한 병을 구입한다. 그러자 시적 화자는 초라하기 그지없던 시장바구니가 갑자기 "풍요와 사치로" 장식되었다고 노래한다.

「야시」와 마찬가지로 「저녁째」에서도 이효석은 평범한 일상적 삶의 모습을 다룬다. 이 작품에서도 주제를 캐는 열쇠는 '생활'이라는 낱말로 "가장중한생활의바구니를들고"라는 구절에서 엿볼 수 있다. 가정주부에게 '생활'의 시장바구니는 어떤 '잿빛 철학'이나 어떤 '아나크로니즘적 이론'보다도 훨씬 더 값지고 소중하다. 철학과 이론에 굳이 '잿빛'과 '아나크로니즘적'이라는 수식어를 붙인 것은 철학이나 이론이 구체적인 역사적 시간과 사회적 공간과 이렇다 할 관련이 없이 시대착오적이기 때문일 것이다. 요한 볼프강 폰 괴테는 일찍이 『파우스트』1808·1831에서 "모든 이론은 잿빛이고, 영원한 것은 오직 녹색의 나무뿐이다"라고 노래하였다.[23] 괴테의 이 말을 한 발 밀고 나가면 모든 철학과 이론은 한낱 공허한 죽음에 지나지 않고 영원한 것은 오직 삶의 원동력이라고 할 평범한 가정주부의 살림이라고 할 수 있다. 아니면 가난한 가정주부에게 생활의 시장바구니야말로 가장 빛을 내뿜는 철학이요 이론일지도 모른다.

일본 제국주의의 식민지 통치를 받던 궁핍한 시대에 가정주부가 값비싼 포도주를 구입한다는 것은 여간 큰 결심이 아니고서는 할 수 없을 노릇이다. 모처럼 포도주 한 병을 구입하여 평소 '가난한' 시장바구니에 넣는다는 것은 아마 큰 사치일 것이다. 그러나 포도주를 마실 남편을 생각

---

23 장덕수는 『학지광』에 기고한 「신춘(新春)을 영(迎)하여」에서 괴테의 "모든 의론(議論)은 잿빛이요 풀은 것은 다못 생명의 나무로다!"라는 문장을 인용한다. 이렇게 이 문장을 인용하고 난 뒤 곧바로 장덕수는 "봄이 왔도다 봄이 왔도다 봄이 다시 우리 강산에 도라왔도다 봄이 오면 천지(天地)가 화동(化動)하고 만물(萬物)이 질거워한다!"(4 : 2)고 말한다.

하자니 그녀의 얼굴은 "만족과 희열"로 밝게 빛난다. 전에 없이 무거운 시장바구니건만 그날따라 얼굴에 미소를 지으며 집으로 향하는 가정주부의 발걸음은 무척 가볍다.

이효석이 『학지광』에 발표한 시 작품은 그의 문학을 이해하는 데 좋은 실마리가 된다. 그는 초기에는 사회주의운동에 동조하는 경향적인 작품을 썼고, 그 뒤에는 향토색 짙은 작품을 발표하면서 순수문학의 길을 걸었다. 또한

『학지광』에 시를 발표한 이태준. 뒷날 그는 '조선의 모파상'으로 불리며 단편소설에서 일가를 이루었다.

불륜과 치정, 심지어 동성애를 다루는 대중소설에도 관심을 기울였다. 그러나 뭐니 뭐니 해도 이효석 문학을 규정짓는 가장 큰 특징은 향토성과 서정성이다. 그런데 『학지광』을 비롯한 잡지에 발표한 시 작품은 뒷날 그의 문학에서 꼬리표가 되다시피 한 이러한 특징을 보여 주는 서곡에 해당한다.

이효석에 이어 이태준도 『학지광』에 「묘지에서」와 「지진」 등 시 작품 2편을 발표하였다. 이효석처럼 처음에는 시를 발표하지만 뒷날 소설가로 크게 이름을 떨친 이태준은 빼어난 산문 문장으로 1930년대 조선 소설계를 대표하는 작가로 평가받는다. 특히 단편소설의 완성도가 높다고 하여 그는 흔히 "한국의 모파상"으로 불린다. 그가 『학지광』에 작품을 발표

한 것은 1926년 조치上智대학 예과에 재학할 무렵이다. 1924년 이태준은
휘문고등보통학교 재학 시절 동맹휴교의 주모자로 지목되어 퇴학당하자
그 해 가을 일본으로 유학을 떠났다. 일본 학자 구마키 쓰토무熊木勉에 따
르면 이태준은 1925년 4월 와세다대학 전문부 정치경제과 청강생으로,
같은 해 9월에는 와세다 전문학교 정치경제과에 역시 청강생으로 입학했
지만 그 이듬해 5월 등록을 하지 않아 제명되었다.[24] 그 뒤 1926년 4월
조치대학 예과에 입학하여 1년 반 남짓 다니다가 1927년 11월 중퇴하고
귀국하였다. 당시 그는 도쿄 소재 조선인 유학생의 단체인 재일본동경조
선학생학우회에 가입하여 다른 유학생들과 친교를 맺었다. 소시민의 평
범한 일상을 노래하는 이효석과는 달리, 이태준은 죽음이나 종말론적 세
계관에 무게를 둔다. 이태준의 「묘지에서」는 죽음을 애도하는 일종의 엘
레지다.

평화平和롭게 잠자는 그대들엽헨—
잔을갓치 기우리든 친구들도잇겟고
살을서로 견우든 원수들도잇스리
그러나 그대들은 기억하지안토다

그대들의 안해나 아들이와서
정성껏 흘리는 눈물이라도
그것이 그대들을 움즉일수업거든

---

24 熊木勉,「李泰俊の日本體驗」,『朝鮮学報』216호, 2010.7, 85쪽; 박진숙,「이태준 초기
    연보의 재구성과 단편소설「누이」에 대한 고찰」,『현대소설연구』 69호, 203쪽.

하물며 한두줄의 비문碑文일가보냐

봄새는 노래하고 힌구름은써도네
듯는가 보는가 움즉이는가
그대들의 거룩한 잠터에서는
잠고대 한마듸 들을수업네27 : 125

　이태준이 작품 끝에 '3월 30일 雜司谷墓地에서'라고 적고 있는 것을 보
아 도쿄 시내 도시마구豊島区 미나미이케부쿠로南池袋에 위치한 조시가야 묘
지를 방문하고 쓴 작품인 것 같다. 메이지 7년에 조성한 이 묘지는 영국의
웨스트민스터 사원처럼 작가와 음악가 등 문화인들이 주로 묻혀 있는 곳으
로 유명하다. 오늘날에는 '조시가야 영원雜司ヶ谷霊園으로 명칭이 바뀌었다.
당시 와세다대학 근처 우애학사에서 하숙하던 이태준은 근처에 위치한 이
묘지에 자주 산책하곤 하였다. 그런데 여기서 한 가지 주목해야 할 것은 이
묘지가 1923년의 간토대지진 때 희생된 조선인들이 많이 묻혀 있는 곳이
라는 점이다. 그래서 식민지 조선의 지식인들에게 조시가야 묘지는 간토대
지진과 조선인 학살 만행과 서로 깊이 연관되어 있을 수밖에 없었다.
　이 작품에서 이태준은 죽음이란 절대적인 것이어서 이 세상에 그것을
초월할 수 있는 것이란 아무것도 없다고 노래한다. 살아서 함께 술잔을
기울이던 친구도, 증오의 화살을 보내던 원수도 죽음 앞에서는 아무도 기
억하지 못한다. 심지어 아내나 아들이 무덤에 찾아와 아무리 '정성껏' 눈
물짓는다고 해도 망자는 눈 하나 깜짝하지 않으며 아무런 반응을 보이지
않는다. 사정이 이러하다면 무덤 옆에 서 있는 비석에 쓰인 온갖 찬사를

담은 글귀는 두말할 나위가 없을 것이다.

마지막 연의 마지막 두 행 "그대들의 거룩한 잠터에서는 / 잠고대 한 마듸 들을 수 업네"를 보면 이태준은 이 작품에서 죽음을 은근히 찬양하는 것 같다. 여기서 핵심적 낱말은 '거룩한'이라는 형용사다. 변영로卞榮魯의 「논개」 첫 구절 "거룩한 분노는 / 종교보다도 깊고 / 불붙는 정열은 / 사랑보다도 강하다"에서 말하는 바로 그 '거룩한'과 같은 뜻이다. 일본 장수를 껴안고 강물에 뛰어든 논개의 애국심이 거룩하듯이 억울하게 죽은 자들이 이승의 모든 짐을 내려놓고 고이 잠들어 있는 잠터무덤도 거룩할 것이다. 일찍이 부모를 잃고 일가친척 집에 얹혀살며 부평초처럼 떠돌며 살다가 마침내 일본 도쿄까지 온 이태준으로서는 차라리 무덤 속에 편안히 잠들어 있는 사람들이 부러웠을지도 모른다. 일본에서 유학할 무렵 그는 신문과 우유 배달 등을 하며 그야말로 "공기만을 먹고사는" 매우 궁핍한 생활을 했기 때문이다.

이러한 암울한 주제는 「지진」에서 좀 더 뚜렷이 엿볼 수 있다. 「묘지에서」와 마찬가지로 이 작품도 간토대지진과 관련이 있다. 물론 이 지진은 이태준이 일본에 오기 전에 일어났으므로 직접 겪지는 않았다. 그러나 조선인들이 6,000여 명 희생된 이 참극을 잊을 수 없던 그는 추체험을 통하여 지진을 재구성한 작품이다.

깁흔밤
어두운밤
지리한밤에
쌍이 부시시 흔들엇다

건넌집 칭窓마다 불이켜젓다
이만큼 준비가 잇다는듯이
건넌집 칭窓마다 불이써젓다
흔들면 쏘켤 수 잇다는듯이

오―영리한 그대들이여
지금은 잠고대하는 이 괴물怪物이
한번쌔여 몸부림 하고마는날
어느놈이 나서서 지자智者라하리
어느놈이 나서서 강자强者라하리27 : 126

  일본은 지질적으로 지진이 워낙 잦은 곳이다 보니 재난 방지 체계가
잘 갖추어져 있다. 건물을 지진에 견딜 수 있도록 특수 설계로 짓고 주민
들은 주민들대로 지진에 대처할 수 있는 훈련을 받는다. 처음 두 연에서
시적 화자는 지진에 잘 훈련되어 있는 일본인들의 모습을 다룬다. 한밤중
에 땅이 흔들리면서 지진이 감지되자 집집마다 주민들은 집안에 불을 켜
고 경계 태세에 들어간다. 그러나 아무런 여진이 없자 그들은 불을 끄고
다시 일상으로 돌아간다. 15만여 명의 사상자를 낸 간토대지진의 악몽에
서 아직 뇌리에 생생한데도 이렇게 차분하게 행동하는 것이 화자에게는
무척 신기하게 보였을 것이다.
  그러나 둘째 연에 이르러 시적 화자의 태도는 크게 달라진다. 그는 인
간이 아무리 '영리'하더라도 지진 같은 천재지변을 예방하거나 대처하는
데는 한계가 있을 수밖에 없다고 지적한다. 지진을 잠자던 괴물이 잠깐

잠꼬대하는 것으로 간주하는 것이 무척 흥미롭다. 그러나 괴물이 잠꼬대만 하는 데 그치지 않고 어느 날 몸부림치며 잠자리를 박차고 일어나는 날에는 그야말로 끔찍한 일이 벌어질 것이다.

마지막 두 행 "어느 놈이 나서서 지자라 하리 / 어느 놈이 나서서 강자라 하리"에서 화자는 지진 같은 천재지변 앞에서 인간의 과학적 지식과 힘이 얼마나 무력한지 잘 보여 준다. 18세기 중엽 스웨덴의 생물학자 카를 폰 린네가 현생 인류를 '호모 사피엔스'라고 명명한 것은 인간이 모든 생물 중에서 가장 지능이 뛰어나다고 생각했기 때문이다. 그러나 힘으로 말하면 아프리카 코끼리나 코뿔소 같은 짐승은 인간보다 훨씬 더 힘이 세다. 한마디로 이태준은 「지진」에서 인간을 만물의 척도로 삼거나 인간의 만물의 영장으로 간주해 온 인간중심주의에 의문을 품는다.

한편 이태준은 강력한 지진의 위력을 당시 일제의 혹독한 식민주의에 빗대어 은근히 비판한다고 볼 수도 있다. 마지막 연에서 시적 화자가 "지금은 잠고대 하는 이 괴물이 / 한번 쌔여 몸부림 하고 마는 날 / 어느 놈이 나서서 지자라 하리 / 어느 놈이 나서서 강자라 하리"라고 노래하는 것을 보면 더더욱 그러하다. 일제는 1931년 9월 만주사변의 승리로 자신감을 얻고 군국주의로 성큼 나아가면서 동아시아 공영권을 꿈꾸고 있었다. 화자가 "오―영리한 그대들이여"에서 '그대들'은 식민지 조선의 젊은 지식인들을 가리키는 듯하다.

이태준은 「묘지에서」와 「지진」을 『학지광』에 발표하기 1년 전 이미 조선에서 소설가로 데뷔하였다. 그는 단편소설 「오몽내五夢女」를 써서 『조선문단』에 기고했지만 편집자가 이 잡지에는 실지 못하고 대신 『시대일보』에 보냈다. 결국 이 작품은 1925년 7월 이 신문 한 면에 완재되었다.

일본에 체류하는 동안 이태준은 조선의 경제 재건을 기치로 내세우고 발간한 잡지 『반도산업』의 편집을 맡으면서 이 잡지에 그의 두 번째 단편소설 「구장區長의 처」를 발표하였다. 그러나 간토대지진과 묘지는 이태준의 뇌리에 깊이 각인되어 있어 뒷날 그의 단편 작품에 다시 등장한다. 예를 들어 그는 초기 작품 중 하나인 「누이」에서 조시가야 묘지를 작품의 핵심적인 배경과 소재로 삼는다.

9. 이찬의 저항시

1914년 봄부터 찬연하게 불타던 『학지광』의 등불이 거의 꺼져 가던 1930년 이찬李燦은 29호에 「일꾼의 노래」와 「해질 녁의 내 감정」을 발표하였다. 함경남도 북청에서 출생한 그는 경성제2고등보통학교를 졸업한 뒤 일본에 유학하여 도쿄 릿쿄立敎대학을 거쳐 1930년 와세다대학에서 수학하였다. 1931년 귀국하여 연희전문학교에 입학했다가 자퇴하고 다시 일본에 건너가 같은 해 11월 재일 조선인 좌익 예술 단체인 동지사同志社에 가입해 편집부원으로 활동하였다. 이찬이 이 두 작품을 발표한 것은 와세다대학에 재학할 때였다.

> 일꾼이여! 나아오라!
> 공장工場에서, 학교學校에서, 저자에서, 포구浦口에서 ─
> 그대들이작일昨日의전야戰野에패배敗北한피ㅅ투성의 기록記錄과
> 쌀々한계집에게채임바든연戀々의쓰라림이

오늘엔동전한푼의갑이업나니쓸이없나니

해ㅅ빗못보는음울陰鬱한토굴土窟속에서

광명光明의새세기世紀를차즈랴거든

허무러진그대들의화원花園에새로운봄을마지하랴거든

사 — 벨을펜을쌀곽을삭갱이를가지고서

이곳으로그대들의일터로줄달음질하야나아오라!

그러나 미적지근한일숟이거든

차라리나오지말나!

백에하나라도 천千에단하나라도

이글ㄹ타오르는태양太陽가튼힘찬열정熱情과

하늘쌍마자문허저도무서움업는굿센용력勇力을가지고서나아오라!

그러고일숟이여!

그대는주린배를허리ㅅ씌로졸너매고서라도

사랑스런안해의입술을물니쳐버리고서라도

동東으로천리千里 북北으로삼천리三千里 하염업시쏘아다니며쯧가튼동모를차

저서 —

그들과손을잡고일하라! 밤낫을헤아림업시죽을힘을다하야일하라!

만일불행이도그대가중도에서걱구러지더라도

백사장白沙場에물든그대의새쌀간피가

가두街頭에남은그대의거츠른발자ㅅ최가

울고만잇는어리석은무리들의가삼을터지게하리니

그리고그대의뒤를싸라이러나게하리니

그째 — 오래인날그대들의눈압헤자랑하든무리

육살니든무리 너덜대든무리모다소리를감추고서

미구에어둠을쏠고광명光明의세찬북소리요란히들녀오리니……29 : 61~62

　이 작품의 시적 화자는 공장에서 물건을 만드는 직공에서, 학교에서 공부하는 학생들, 저자거리에서 물건을 사고파는 서민들, 포구에서 일하는 어부들을 향하여 줄달음쳐 나오라고 말한다. 화자가 사벨, 펜, 뿔 상자, 곡괭이를 언급하는 것을 보면 허리에 칼을 차는 군인이나 경관을 비롯하여 문필가나 언론인, 사무원, 농부들에게도 '일꾼'에 해당한다. 그들은 하나같이 '광명의 새 세기'를 건설할 일꾼들이다. 그러나 시적 화자는 일에 열성이 없는 '미지근한' 일꾼은 차라리 나오지 말라고 덧붙인다. 태양처럼 열정 있고 그 무엇에도 두려움이 없는 굳센 용기를 지닌 사람이라면 어서 서둘러 나오라고 말한다. 지난날의 쓰라린 전쟁터나 삶의 터전에서 겪은 패배, 연인에서 받은 실연의 아픔, 먹지 못하여 주린 배, 심지어 사랑하는 아내마저 모두 뒤로 한 채 어서 나오라고 부르짖는다. 화자에게 지나간 과거는 한낱 '음울한 토굴'에 지나지 않는다.

　그렇다면 시적 화자는 뭇 사람에게 나오라고 말하는 '이곳'이란 과연 어디를 말하는 것일까? 그는 '그대들의 일터'라고 말할 뿐 그곳이 어디인지는 구체적으로 밝히지 않는다. 실제로 '이곳'이란 특정한 공간을 가리키기보다는 모든 사람이 사회 변혁을 위하여 함께 일하는 곳을 가리킨다. 그곳이 구체적으로 어디인지는 그렇게 중요하지 않다. 다만 뜻이 맞는 동료들과 함께 좀 더 나은 미래를 위하여 일할 수 있는 곳이면 그만이다. 화자가 꿈꾸는 미래는 구성원 모두가 자유와 평화와 평등을 구가하는 이상적인 사회일 것이다.[25] 그리고 화자는 "미구에어둠을쏠고광명의세찬북

소리요란히들녀오리니"라는 마지막 행에서 엿볼 수 있듯이 이러한 미래 사회에 대한 믿음을 좀처럼 포기하지 않는다.

한편 「해질녁의 내 감정」은 제목 그대로 시적 화자 '나'가 일몰의 시각에 느끼는 감정을 노래한 작품이다. 작품 끝에 적혀 있는 "실직한 K동모에게 보내노라"라는 구절에서도 엿볼 수 있듯이 이 작품은 미국의 월스트리트 증권가가 촉발한 경제 대공황이 일본에도 영향을 끼치기 시작한 무렵 궁핍한 유학 시절을 다룬다.

> 빗바랜서西컨미다지틈을새여
>
> 나릿한잔여殘餘의해ㅅ발이기여드는시각時刻
>
> 내심장心臟의고동鼓動은벽壁과천정天井에반향反響하고
>
> 그리고기괴奇怪한한장엽서葉書의환상幻想으로화化하야
>
> ××의집웅으로날너간다!
>
> 째여진심장心臟이다! 썩어진심장心臟이다!
>
> 윽살녀진날카롭은청각聽覺이다! 29 : 63

'감각파感覺派의 수법을 본받아서'라는 부제에서 볼 수 있듯이 이찬은 이미지나 시어의 구사에서 1920년대 일본 문단을 풍미하던 감각파의 특징이 비교적 잘 드러나 있다. 이찬은 될수록 객관적 묘사를 거부한 채 주관적 감정에 무게를 실어 '새로운 감각'을 표현하려고 한다. 서쪽 하늘에 뉘

---

25 「일꾼의 노래」는 길이가 짧다는 점을 제외하고는 주제와 형식에서 이찬의 또 다른 작품 「동모여」와 아주 비슷하다. 이 작품은 "동모여! 나아오라...... 우리의 일터로...... / 까닭 모를 한숨과 앓는 소리를 / 서투른 흉내와 값싼 눈물을 / 헌신짝 같이 내던지고 나아오라 / 동모여! 그리고 무서워 말라!"로 시작한다.

엇뉘엇 저무는 마지막 햇살이 미닫이 틈으로 '기어들어온다'고 표현하는 것도, 시적 화자의 심장 박동이 하숙방의 벽과 천정에 메아리친다는 것도 새롭다. 또한 벽과 천장에 메아리치는 심장의 박동이 다시 벽과 천정을 뚫고 '기괴한 엽서'가 되어 친구의 하숙방으로 날아간다는 것도 그러하다.

한장엽서葉書의환상幻想가운데위태危殆한오늘하로가무사無事하엿던나다!
그러나 군君아!
해질녁의내감정感情은—
언제나××의싸홈을준비準備하고
그리고여름하날푸른그늘미테
덧업이써러진썩갈나무닢새가틔홀노만썰고잇다29：63

감각파의 수법에 살짝 가려 겉으로 잘 드러나 있지 않지만 「해질녁의 내 감정」은 「일꾼의 노래」처럼 계급주의와 사회 변혁의 주제를 다룬다. K군은 일자리를 잃고 생계에 위협을 받고 있고, 시적 화자 또한 '위태로운' 하루 일상을 엽서의 환상으로 가까스로 보내고 있다. 화자가 언제나 준비하고 있다는 '××의 싸움'이란 과연 무엇을 말하는 것일까? 복자伏字를 사용하는 것을 보면 일본 제국주의정책의 삼엄한 검열에 걸릴 만한 낱말임이 틀림없다. 모르긴 몰라도 아마 '자본'이나 '계급' 또는 '반제' 같은 낱말일 것이다.

이찬은 「일꾼의 노래」나 「해질녁의 내 감정」에서 사회 변혁이나 사회주의 혁명을 노래하되 될수록 목소리를 낮추어 말한다. 그는 '전야', '피투성이', '주린 배', '새빨간 피' 같은 부정적 함의의 낱말을 사용하면서도 1920년대 중엽 조선프롤레타리아예술가동맹KAPF의 몇몇 맹원들처럼 계급투쟁을 전면에 내세우지 않는다. 그러나 이찬의 문학관도 일본 무산 자사無産者社와 관계를 맺는 한편 당시 도쿄에 와 있던 임화林和를 만나 사귀고 전일본무산자예술단체협의회를 모체로 1931년쇼와 6 결성한 '일본 프롤레타리아문화연맹KOPF'의 조선협의회에서 1932년 안막安漠과 박석정朴石丁 등과 함께 활동하면서 좀 더 급진적 정치적 성향을 띠었다.

이찬은 잠시 귀국했다가 다시 일본에 건너간 신고송申鼓頌 등과 함께 동지사同志社 편집위원으로 참여하다가 경성에 돌아와 카프의 중앙위원으로 활동하였다. 프로문학 진영의 시인들과 작가들이 만든 잡지『문학건설』 창간에 참여하고 일제강점기의 대표적인 계급주의 아동문학 잡지인『별나라』사건으로 체포되면서 그의 사회의식은 점점 더 깊어졌다. 계급적 경향의 시집『대망待望』1937을 출간한 이후『분향焚香』1938,『망양望洋』1940 을 잇달아 발간하였다. 이 시집에서 이찬은 삶의 터전을 잃고 북방 지역에서 고달프게 살아가는 유랑민, 식민지시대 일본 제국주의에 대한 저항, 자유와 평화를 갈구하는 민중의 삶을 형상화한다.

이찬은 1945년 해방 이후 '조선문학가동맹의 일원으로 해방기념 시집인『횃불』을 발간하고, 곧바로 월북하여 함경남도 혜산군 인민위원회 부위원장,『함남일보사』편집국장, 조선문학예술동맹 중앙위원회 부위원장을 맡았다. 1946년 4월「김일성 장군의 노래」를 작사하는 등 송시와 과업시를 많이 썼다. 조소문화협회 서기장과 부위원장, 문화선전성 군중문화국장 등을 역임하면서 문화 정치가로 활약한 이찬은 북한에서 '혁명시인' 칭호를 받았다. 1974년 사망한 그를 추모하여 평양에서는 시선집『태양의 노래』1982를 발간하였다.

한국문학사에는 분단이라는 엄청난 역사적 사건으로 문학의 집이 붕괴되면서 '매몰된' 문인들이 적지 않다. '매몰 시인' 중 대표적인 사람으로 이찬을 꼽는 이동순李東洵과 박승희朴勝熙는『이찬 시전집』2003을 펴내었다. 그들은 이찬을 "문학으로 자신의 시대를 충실하게 반영하고 증언했던 훌륭한 시인"[26]으로 높이 평가한다. 그런데 이찬의 시 작품은『학지광』29호에 발표한 두 작품에 이미 그 씨앗이 뿌려져 있었다.

『학지광』에 시를 발표한 문인들은 현상윤을 비롯하여 김억, 김여제, '문비실 주인', 최승구, 이일, 김동명, 이태준, 이찬 등이다. 미처 다루지는 못했지만 김석송金石松을 비롯하여 박화성朴花城, 노자영盧子泳, 김정한金廷漢, 허보許保 등도 시를 발표하였다. 그들은 하나같이 최남선의 신체시「해에게서 소년에게」를 발판으로 삼아 새로운 시 세계를 구축하려고 하였다. 다시 말해서 그들은 중간자적 위치를 차지하면서 신체시에서 자유시로, 근대시에서 현대시로 넘어가는 가교 역할을 하였다. 이 점에서 한국근대시에 끼친 그들의 영향은 결코 작지 않다. 그리고『학지광』은 1920년에 접어들면서 우후죽순처럼 쏟아져 나올 문예 동인지들이나 문예 잡지들이 다가올 길을 미리 닦아 놓았던 것이다.

---

26 이동순·박승희,「책머리에」,『이찬 시전집』, 4쪽.

제4장

단편소품과 단편소설

 한국 근대문학사에서 『학지광』이 시 장르에 끼친 영향이 무척 크듯이 산문문학, 그 중에서 특별히 단편소설에 끼친 영향도 적지 않다. 이 잡지에서 단편소설은 시 작품과 비교해 볼 때 양이 그다지 많지는 않다. 그러나 단편소설은 양에서는 비록 시 장르에 뒤질지 몰라도 적어도 질에서는 시에 결코 뒤지지 않는다. 『학지광』은 한국문학에서 아직 걸음마 단계에 있던 단편소설의 나무가 자라는 데 비옥한 토양 역할을 하였다. 만약 1914년 『학지광』이 창간되지 않았더라면 단편소설이라는 식물은 지금보다 훨씬 뒤늦게 자라났을지도 모른다.

 19세기 말엽 개화기에 한국문학에는 국문에 기반을 둔 시가 양식과 함께 서사 양식이 자리 잡기 시작하였다. 서사 양식은 '소설'이라는 이름 속에 포섭되었다. 가령 짤막한 야담이나 일화에서 자국과 외국의 영웅호걸에 관한 전기, 건국과 관련한 이야기, 일본 소설이나 외국 소설을 일본어로 번역한 것을 번안한 소설, 신소설에 이르기까지 모든 서사 양식을 두루 '소설'로 불렀다. 이렇게 서사 양식이 발전한 것은 이 무렵 우후죽순처럼 쏟아져 나오기 시작한 신문과 잡지 같은 대중매체와 깊이 관련 있다. 이 무렵 서사 양식에 관심을 기울인 문인들은 『한성신보』, 『황성신문』, 『대한매일신보』를 비롯한 대중매체와 직간접으로 관련을 맺고 있었다. 이러한 대중 매체에서는 '학예' 난이나 '사조' 난 등과 함께 '소설' 난을 따로 둘 정도였다.

이렇게 소설이 범람하자 신채호申采浩는 소설 장르를 '국민의 나침반'으로 높이 평가하면서도 그 폐해를 경고하기도 하였다. 「근금近今 소설 저자의 주의注意」에서 그는 "사유四儒의 운운한 바 소설은 국민의 나침반이라 함이 성연誠然하도다. 한국에 전래하는 소설이 태반 상원박토桑園薄土의 괴담과 숭불걸복崇佛乞福의 괴화怪話로다. 차역此亦 인심 풍속을 패괴敗壞케 하는 일단이니 각종 신소설을 저출著出하여 일소함이 역亦 급급하다 운운할지로다"[1]라고 역설한다. 소설에 대한 신채호의 부정적 평가는 이덕무李德懋를 비롯한 유학자들이 일찍이 주장한 것을 되풀이한 것에 지나지 않는다.

한국문학사에서 '소설 단편' 또는 '단편소설'이라는 명칭을 맨 처음 사용한 사람은 '이야기책' 위주의 구소설에서 벗어나 신소설을 처음 도입한 국초菊初 이인직李人稙이었다. 손병희孫秉熙와 오세창吳世昌 등이 일진회에 맞서려고 발행한 천도교 기관지 『만세보』에 이인직은 1906년 「소설 단편」을 발표하면서 '소설 단편'이라는 용어를 맨 처음 사용하였다. '단편소설'이라는 용어는 역시 신소설 작가인 안국선安國善이 1915년 『단편소설 공진회』라는 단편집을 발간하면서 처음 사용하였다. 이 작품집에는 「기생」, 「인력거군」, 「시골노인 이야기」 등 3편의 단편소설 작품이 수록되어 있다.

---

1   신채호, 「근금 소설 저자의 주의」, 『대한매일신보』, 1908.8.8. 신채호는 같은 신문에 발표한 「소설가의 추세」(1909.12.2)에서도 "오호(嗚呼)라 소설은 국민의 나침반이라 그 설(其說)이 이(俚)하고 그 필(筆)이 교(巧)하여 목하불식정(目不識丁)의 노동자라도 소설을 능독(能讀)치 못할 자 무(無)하며……"라고 밝힌다.

그러나 한국문학사에서 좀 더 본격적인 의미의 단편소설은 안국선의 『공진회』보다 1년 앞서 『학지광』 2호에 실린 「밀蜜의 월月」에서 그 역사를 찾아야 한다. 1914년 4월 간행된 이 잡지에는 '찬하생餐霞生'이라는 필명의 필자가 '소설'이라는 항목 아래 이 작품을 발표하였다. 이 작품을 시작으로 이 잡지는 단편소품이나 단편소설에 해당하는 작품을 잇달아 실어 관심을 끌었다.

1. 찬하생의 「밀의 월」

「밀의 월」을 쓴 '찬하생'이 과연 누구인지 지금으로서는 확인할 수 없다. 다만 '찬하'는 '찬식일하餐食日霞'를 줄인 말로 도가에서 선인이 일몰을 먹고 살아가는 기술이나 그러한 기술을 터득한 도인을 일컫는 말이다. 또 음식을 먹지 않고서도 배가 부른 사람을 가리키는 말로도 사용한다. 『학지광』 2호의 '문원文苑' 난에 실린 문예 작품의 필자들은 대부분 필명이나 호를 사용하고 있어 필자의 신분을 알아차리기가 그렇게 쉽지 않다. 작가의 문제는 접어두라고 이 작품은 당시 식민지 조선에 나온 단편소설 작품과는 여러모로 적잖이 다르다. 모두 세 부분으로 나뉜 이 작품은 이렇게 시작한다.

부산항 서편 상상봉에 반만 걸린 낙조의 반사는 지구의 일차자전을 최촉하는 듯 절영도 한편에 불빛 포장이 번쩍번쩍 금정산 눈바람은 오십 리를 즉통하여 겨울 위엄을 보이노라고 초량 앞길에 나는 모래가 펄펄 오륙도 한모퉁이에 뜨락. 잡기라도 하든 백구 두어 마리는 인간 사회의 비루한 것을 시기하여 흰몸이 풀어도록. 썻다가 현해懸解한 닷 감는 소리에 깜짝 놀라 대마도를 한번에 건너 갈듯이 훨훨 날아 우암 앞에 도로 앉는데 갑판 위 한편에 난간을. 비켜서서 무심히 바라보는 청년 학생은 숙성한 모양이 나이 근 이십 된 듯하나 자세히 보면 아직 어릿어릿한. 태도가 있으며 양복은 처음 입은 모양이라 좀 서툰 듯하나 활발한 기상과 청수한 풍채는 대장부의 표준이 될 만하더라 갈길을 최촉하는 기적 소리는 사람의 귀청이 떨어지도록 뛰! 뛰! 뱃머리는 서西로 부터 동東으로 돌고 백설 같은 물결은 산등이 같이 뒤쳐지는데 고국 산천을 이별 하노라고 거류지 부근을 다시 한 번 건너가 보더니…….[2]

위 인용문에서 무엇보다도 먼저 눈에 띄는 것은 현대 단편소설의 구성답게 작품 첫머리에 작품의 시간적 배경과 공간적 배경을 설정한 뒤 중심인물과 사건의 발단을 소개한다는 점이다. 공간적 배경은 현해탄을 건너 일본으로 연락선이 떠나는 부산 항구고, 시간적 배경은 일제강점기 어느 겨울날 낙조가 아름다운 일몰의 시각이다. 작가는 공간적 배경을 강조하려고 구체적으로 절영도, 금정산, 초량 등 항구에 인접한 부산 지역의 이름을 하나하나 언급한다.

이렇게 작품 배경을 설정한 뒤 찬하생은 이번에는 주인공으로 시선을 돌린다. 갑판 한쪽 난간에 비스듬히 서서 뒤에 두고 떠나는 조국의 풍경

---

2 찬하생, 「밀의 월」, 『학지광』 2호, 17~18쪽. 첫 문장 "지구의 일츳사젼을 최촉하는 듯"에서 '일츳사젼'의 뜻이 애매하다. 아마 '일츳차젼(日差自傳)의 오식인 듯하다. 천문학에서 천체의 자전축의 방향에서 일어나는 중력으로 인한 느리고 연속적인 변화를 '자전축(自轉軸)의 세차운동(歲差運動)이라고 부른다. 앞으로 이 잡지에서의 인용은 권수와 쪽수를 본문 안에 직접 밝히기로 한다.

을 '무심히' 바라보는 스무 살 남짓한 젊은 학생이 바로 그 장본인이다. 주인공을 두고 작품의 서술 화자는 처음 입은 듯한 양복이 어딘지 어색해 보이지만 "활발한 기상과 청수한 풍채는 대장부의 표준이 될만"하다고 밝힌다. 주인공은 지금 청운의 부푼 꿈을 품고 일본 도쿄로 유학을 떠나기 위하여 관부 연락선에 올라타 있다.

그런데 문제는 이 젊은이가 부모의 허락을 받지 않고 몰래 유학을 떠난다는 데 있다. 그는 배가 항구를 떠나자마자 "남아입지출향관男兒立志出鄕關 / 학약불성사불환學若不成死不還 / 매골애기선묘지埋骨豈期先墓地 / 인간도처청산유人間到處有靑山"라는 칠언절구 한시를 읊으면서 곁에 서 있는 사람에게 이렇게 말을 건넨다.

(청년) 지금 발선發船하면 모래 오후 한 시 지나야 동경에 도착한다지?

(그 사람) 그렇다만은 자네 댁에서는 오늘 부친 편지 보시면 오죽 놀나시겠나.

(청년) 부모의 명령 없이 외국으로 떠나 오는 것은 불효에 가깝지만은 목적과 사기가……

(그 사람) 목적이야 아는 바이지만은 사기라니 그 일 말일세그려 자네 혼인 일…….

(청년) 글쎄…….

(그 사람) 그런데 누구? 아아 오라 계동 김주사 집이랬지 금년 하기. 에도 이 화학당 이년생. 중에는 성적이 제일이라대 그래 어떻게 작정을 하였단 말인가?

(청년) 부모께서 작정하셨을 뿐 아니라 나도 본 바 사람은 그만 하였으면…….2 : 18[3]

대화 내용으로 미루어 보아 이 두 사람은 서로 알고 지내던 사이인 것 같다. 주인공은 부모에게 허락을 받지 않고 도쿄로 유학을 떠나는 것은 불효인 줄 알지만 자신의 '목적과 사기'가 분명하고 높아서 어쩔 수 없다고 말한다. 그러자 그의 동료는 주인공이 신학문을 공부하려고 도쿄 유학을 떠나는 목적은 잘 알고 있는 터지만 사기가 높다는 말은 이해할 수 없다고 밝힌다. 그도 그럴 것이 소문에 따르면 주인공은 얼마 전 이화학당에 다니는 경성 계동의 김 주사 딸과 결혼했기 때문이다. 말하자면 작품 제목 그대로 지금 주인공은 유학 대신 신부와 '밀의 월', 즉 허니문을 즐겨야 할 때다. 그러나 주인공은 동료에게 결혼생활보다는 학업이 더 중요하다고 말하면서 부모의 강요에 따라 조혼하는 풍습을 비판한다.

> 우리나라 습관에 부모의 명령 없이 원행遠行하는 것이 도리에 패려悖戾하다 하겠지만은 유학할 목적인즉 부득이한 경우에 권도權度라 용서 아니할 수 없을 뿐 아니라 전국에 막대한 영향을 미치는 조혼의 폐단을 벽파하는 청년 기상은 진실로 찬성할 만하도다.2 : 18

이 작품에서 찬하생은 이 무렵에 쏟아져 나오기 시작한 신소설과 마찬가지로 계몽적 관점에서 유교 질서에서 벗어나 새로운 가치관을 정립할 것을 부르짖는다. 예법의 이론과 실제를 풀이한 『예기禮記』에는 "출필곡반필면出必反必面"이라고 하여 자식이 집 밖에 나갈 때는 반드시 부모에게

---

3   주인공이 인용하는 한시는 지은이가 정확히 알려져 있지 않다. 주희(朱熹)의 「권학가」
    일부에 일본 막부시대 말기에 살았던 진종(眞宗)의 스님 겟쇼(月性)가 셋째 구절 "埋骨
    豈期先墓地"를 "埋骨何須期墳墓地"로 고쳤다고 보는 견해가 지배적이다.

아뢰어야 하고 집에 돌아와서도 반드시 아뢰어야 한다고 가르친다. 그런데도 주인공은 집밖이 아니라 조국을 떠나는 마당인데도 굳이 부모에게 아뢸 필요가 없다고 말한다. 더구나 주인공은 결혼생활에 대해서도 조혼이야말로 나라 전체에 '막대한 영향'을 끼치는 폐단이므로 그것을 없애는 것이 바로 이 나라를 걸머질 청년의 몫이라고 지적한다.

「밀의 월」 첫 장면과 둘째 장면 사이에는 시간과 공간에서 큰 차이가 난다. 둘째 장면의 시간적 배경은 주인공이 일본 유학을 떠난 지 몇 해가 지난 뒤 오곡백과가 무르익는 어느 추석날이고, 공간적 배경도 부산이 아닌 경성이다. 그것은 "서풍이 쓸쓸하여 들판은 금빛을 뿌린 듯 벼 이삭은 누릇누릇 하늘은 공활空豁하여 구름 한점 없이 사면이 남빛으로 둘러 있는데 팔월 망일은 귀신이 기다리고 있는 듯이 남녀노소 없이 수구문이 터지도록 나오더라"2∶18라는 문장에서도 잘 드러난다. 여기서 수구문이란 한양도성 사소문四小門 중 남문에 해당하는 문을 말한다. 조선왕조 시절 한성부 안에서 사망한 시신을 도성 밖으로 운구할 때 통과하던 문이었기 때문에 혼히 '시구문屍口門'이라고도 부른다. 지금 이 수구문으로 많은 사람이 나오는 것은 추석을 맞아 근처 공동묘지에 성묘를 하러 가기 때문이다.

그런데 공동묘지에 모인 많은 사람 중에 부인 하나가 서양 머리 스타일을 한 여학생을 앞세우고 무덤을 찾는다. 얼마 뒤 여학생이 아버지 산소에 다른 사람들이 앉아 울다 웃다가 하는 모습을 발견한다. 여학생은 어머니에게 "근래 난봉 녀석들이 젊은 여편네 산소에 나오는 것을 보고 성가시게 굴 양으로 앞질러 남의 산소 앞에 가서 운답니다"2∶19라고 말한다. 이렇게 황당한 상황에 어머니와 딸은 그저 난처할 뿐이다. 딸은 조용히 산소 앞으로 다가가 젊은이들에게 혹시 산소를 잘못 찾은 것이 아닌

지 묻는다. 그러나 일행 중 금테 안경을 쓴 젊은이가 정색을 하고 그럴 리가 없다고 대꾸한다. 젊은이들을 부랑배로 생각하고 그만 그곳에서 물러나자는 어머니를 만류한 채 딸은 젊은이들에게 다시 한 번 무덤에서 자리를 비켜줄 것을 정중하게 부탁한다. 그러자 금테 안경을 쓴 젊은이가 "허허 제법인 걸 벌써 그리 하였으면 우리가 진작 갔지 참 듣던 말과 같이 김 주사가 딸은 잘 길렀는걸 자— 윤 시종 인제 그만 가세"[2:20]라고 하면서 혼자서 공동묘지를 내려간다.[4]

이 마지막 장면에서 '김 주사'니 '윤 시종'이니 하고 말하는 것을 보면 젊은이들은 남의 묘지에 찾아와 행패를 부리는 부랑배가 아니라 김 주사의 딸을 만나려고 일부러 찾아온 청년들임이 틀림없다. 금테 안경을 쓴 젊은이는 작품 첫 장면에서 주인공과 대화를 나누던 인물이다. 윤 시종이라는 사람은 계동 김 주사의 딸과 결혼하자마자 일본으로 유학을 떠난 주인공이다. 젊은이들은 김 주사의 딸이 과연 소문대로 요조숙녀인지 확인하려고 이렇게 산소에 미리 찾아와 부랑배의 행동을 연출한 것이다.

주인공을 포함한 젊은이들은 김 주사의 딸이 듣던 대로 교육을 잘 받은 여성이라는 사실을 알아차린다. 부랑배 흉내를 내면서도 그들은 젊은 여성의 언행을 세심하게 살폈기 때문이다. 이 작품의 서술 화자는 셋째 장면 첫머리에서 '유형적 인간'과 '학리적 인간'의 두 부류로 나눈다.

이 세상에 보통 사람이라 하는 말을 해석하면 유형적으로 이목구비와 사지체양이 남과 같기만 하면 곧. 사람이라는 명사를 붙이지만은 조금 한 자 죽 더

---

4   찬하생은 작품 끝에 '未完'이라고 붙여 놓음으로써 스토리가 앞으로 더 이어질 것처럼 말하지만, 『학지광』의 그다음 호에서 「밀의 월」의 후편을 찾아볼 수 없다.

들어가서 학리상으로 해석할 지경이면 유형적뿐 아니라 무형적으로 심지의
정신과 학문의 지식이 완비치 못하면 참으로 사람이라는 명사 붙이. 기는 어
려울 지라. 그러나 이는 무형한 것이라 육안에는 보이지 않지만은 그 나타나
는 곳은 어려운 일을 당하는 자리에 언어와 행동이라.2 : 19

작품 첫머리에서 찬하생이 서술 화자의 입을 빌려 알맹이 없이 텅 빈
형식만 남은 유교의 가치와 조혼 풍습을 타파할 것을 주장하듯이, 셋째 장
면에서는 인격을 갖춘 인간이라야 비로소 참다운 인간이라는 사실을 새
삼 일깨운다. 학문적 지식을 인격적 인간의 잣대로 보는 데는 문제가 없지
않지만 온건한 정신을 그 잣대로 삼는 것은 지극히 옳다. 학문적 지식의
잣대도 중세 봉건주의적 가치에서 근대로 이행하던 20세기 초엽 조선의
현실에 비추어 보면 어느 정도 타당하다. 그동안 유교 교육을 받은 주인공
이 부모에게 알리지도 않고 일본 유학을 떠나는 것은 바로 그 때문이다.

참다운 인격을 갖춘 '학리적 인간'은 형체가 없어 육안에는 보이지 않
지만 갑자기 어려운 일을 당할 때 보여 주는 언행에서 잘 드러나게 마련
이다. 이 작품의 서술 화자가 위 인용문을 언급하는 것은 주인공과 결혼
한 김 주사의 딸이 과연 어떠한 인격의 소유자인지 보여 주기 위해서다.
그녀는 황당한 처지를 당하고서도 매우 의연하게 대처한다. 이 점과 관련
하여 화자는 "자질이 원래 정숙한 뿐 아니라 가정의 문견과 학교의 교육
이 있는 고로……"라고 말한다.

「밀의 월」은 이러한 계몽적인 주제 못지않게 형식과 기법에서도 눈길
을 끈다. 첫째, 앞의 여러 인용문 중에서 띄어쓰기 방식이 오늘날과는 큰
차이가 난다. 가령 "백구 두어 마리는 인간 사회의 비루. 한 것을 시기하

여 흰 몸이 풀어도록. 씻다가 현해한 닷 감는 소리에 깜짝 놀라……"에서 '비루한. 것을'과 '풀어도록. 씻다가'라는 구절처럼 의미나 문법에 맞지 않게 마침표를 사용한다. 이러한 실례는 '나도 그. 일에는'을 비롯하여 '목적이야 아는. 바이지마는', '같기만 하면 곧. 사람', '명사 붙이. 기는' 등에서도 쉽게 찾아볼 수 있다. 이렇게 마침표를 임의로 사용하는 것은 김 주사의 딸이 어머니에게 하는 "조금. 계십. 시오"에서 단적으로 드러난다. 마침표 표기와 관련한 문제는 제2장에서 소소생의 「탁고啄枯」를 다루면서 이미 자세하게 다루었다.

이 작품의 특징은 대화체 형식에서 찾아볼 수 있다. 작중인물이 서로 주고받는 대화를 인용할 때 '(청년)', '(그 사람)', '(여학생)', '(부인)'처럼 괄호 안에 대화 주체를 표기한 뒤 따옴표 없이 대화의 내용을 적는다. 이러한 방식은 신소설에서도 쉽게 엿볼 수 있다. 예를 들어 이종정李鍾楨은 신소설로서는 보기 드물게 액자 소설 형식을 사용하는 「화중화話中話」에서 대화를 이렇게 표기한다.

창랑자 이 광경을 보고 이상히 여겨 단장을 질질 끌고 천천히 앞으로 나가 초부들과 인사를 마친 후에 그 무덤의 주인과 노래의 곡절을 물으니 한초부 대답하되,

(초부) 네, 이 무덤은 서도西道 의기義妓 초월의 무덤이오. 노래는 잠시 저희들이 지어 부른 것이외다.

(창랑자) 그렇소 그러면 형들의 노래와 같이 그 무덤의 역사나 좀 들읍시다 그려.[5]

이 작품은 한자를 한 마디도 사용하지 않고 오직 한글로만 표기한다. 『학지광』에서는 논문은 말할 것도 없고 대부분의 글에서 국한문 혼용체를 사용한다. 그런데도 찬하생의 「밀의 월」에서는 아무리 눈을 씻고 찾아보아도 한자를 단 한 글자도 찾아볼 수 없다. 같은 2호의 '문원'에 실린 「탁고」와 농문자弄文子의 「인생의 신비」만 같아도 한자를 무척 많이 사용한다. 그러나 찬하생은 심지어 한시를 인용하면서도 한글로 토를 먼저 달고 한문을 적을 정도다. '원힝遠行', '픠려悖戾', '사지체양四肢體樣', '문견聞見' 같은 낱말은 한자어로 표기하는 쪽이 독자가 이해하기에 훨씬 더 좋았을 것이다. 이처럼 찬하생은 되도록 국한문 혼용을 피하고 오직 한글로만 작품을 창작하려고 하였다. 그러므로 그는 내용이나 주제뿐 아니라 언어 사용에서도 새로운 변화를 꾀하려고 한 셈이다.

2. '거울'의 「크리스마슷밤」

이광수李光洙는 『학지광』 8호에 '거울'이라는 필명으로 단편소설 「크리스마슷밤」을 발표하였다. 이 작품은 이광수 문학을 이해하는 데 아주 중

---

5 한국학문헌연구소 편, 『신소설·번안(역)소설 8 – 한국 개화기문학총서 1』, 아세아문화사, 1978, 512쪽. 1912년에 발표된 「화중화」는 이종정을 '저작 겸 발행인'으로 하여 경성의 광동서국(光東書局)에서 간행한 신소설이다. 신소설 중에서 보기 드물게 액자 소설의 형식을 취하는 이 작품은 주인공 창랑자가 부산을 여행하고 무덤을 배경으로 히며 작중인물들이 대화를 나누기에 앞서 노래를 부르는 등 「밀의 월」과 여러모로 비슷하다. 그래서 '찬하생'은 이종정으로 추측해 볼 수도 있다. 이종명은 대구의 대동광문회(大東廣文會)를 중심으로 교육을 통한 개화운동과 국채보상운동에 힘쓴 인물이다. 대동광문회는 일본의 '동아동문회(東亞同文會)'와도 친목을 도모하였다. 이종정은 「화중화」 말고도 「삼각산」과 「약산동대(藥山東臺)」 같은 작품을 발표하기도 하였다.

요하다. 작가의 전기적 사실을 확인하는 데도 그러하고, 그의 작품 주제를 파악하는 데도 그러하다. 그런데 이 작품의 작자를 이광수로 간주하는 이유는 텍스트 내적 외에 텍스트 외적인 면에서 '거울'이 그의 아명인 보경寶鏡에서 따온 것이기 때문이다. 편집을 맡은 이광수는 8호에 여러 글을 기고하면서 본명 말고도 '외배', '제석산인帝釋山人', '거울' 같은 필명을 사용하였다. 이 작품은 일본에 유학 중인 두 조선인 청년이 크리스마스이브에 일본의 한 조선인 교회를 방문하는 것으로 시작한다.

김경화金京華는 여러 친고親故들과 함께 회당會堂에 갔다. 문에는 머리에 기름 바른 집사執事들이 순서지順序紙를 돌리며 고개를 숙인다. 경화와 성순成順도 순서지를 받아들고 들어갔다. 회당 벤치는 반쯤 차고 부인석이 많이 비었다. 집사들은 모두 기름 바른 머리로 분주奔走하다. 양인兩人은 부인 자리를 찾아 바로 강단講壇 앞에 앉았다. 경화는 성순에게

"회석會席 같은 데서는 뒤에들 앉기를 좋아해요."

"그것도 일종 자존심이에요."

"이 중中에 신자信者가 몇 사람이나 될까요."

"5분의 1이나 될까. 대부분은 크리스마스에 온 것이 아니라, 활동사진 구경 왔지요. 교인 중에도 다른 예배일禮拜日에는 아니 오다가 오늘 저녁에는 남보다 먼저 왔을 사람도 있을 것이오."

"그러니까 세상은 다 유희예요. 진심으로 무엇을 하는 이가 드물구려."8:35

제목과 내용에서도 엿볼 수 있듯이 이광수는 이 작품에서 좁게는 성탄절, 좀 더 넓게는 기독교를 중심적인 소재와 주제로 삼는다. 잘 알려진 것

처럼 이광수는 1차 일본 유학 시절에는 종교에서는 기독교의 영향을, 문학과 사상에서는 레프 톨스토이의 영향을 많이 받았다. 그러나 1915년 다시 일본에 건너가 와세다 고등예과에 편입하여 이듬해 같은 대학 대학부에서 문학과 철학을 전공하던 2차 일본 유학 시절 그는 기독교와 톨스토이주의에서 젖을 떼고 사회진화론으로 이유식을 하였다. 이 점과 관련하여 이광수는 「그의 자서전」에서 "나는 중학교시대에서부터 지켜 오던 예수의 가르침에 대한 신앙을 잃어 버렸다"고 말하면서 "다윈의 진화론이 마땅히 성경을 대신할 것이라"고 믿었다고 밝힌다.[6]

이광수의 이러한 사상적 변모를 읽을 수 있는 작품 중 하나가 바로 「크리스마슷밤」이다. 위 인용문을 찬찬히 살펴보면 기독교에 대한 비판이 여간 날카롭지 않다. 안내를 맡은 집사들이 머리에 번지르르하게 기름을 바르고 있다는 것도 그다지 곱게 보이지 않는다. 일제강점기에 남성들은 포마드로 멋진 외국 신사처럼 멋을 내곤 하였다. 그러나 교회 집사가 포마드로 머리에 멋을 부린다는 것은 어딘지 모르게 경건한 교회에서는 걸맞지 않아 보인다. 이 단편소설의 화자는 짧은 첫 문단에 머리에 기름을 바른 집사의 모습을 한 번도 아니고 두 번이나 반복하여 강조한다. 뒤에 가서도 "기름 많이 바른 미남자 집사"라는 구절이 다시 한 번 나온다.

기독교에 대한 비판은 위 인용문에서 이경화와 성순이 주고받는 대화에서 좀 더 구체적으로 드러난다. 그날 저녁 교회에 참석한 사람 중에 신자는 겨우 5분의 1이 될까 말까 할 뿐 대부분은 크리스마스이브 음악 연주와 활동사진 때문에 왔고, 심지어 신자 중에도 그러한 사람들이 적지

---

6 이광수, 「그의 자서전」, 『이광수 전집』(6), 우신사, 1979, 421~422쪽. 그는 이 글을 『조선일보』(1936.12.22~1937.5.1)에 연재하였다.

않다. 성순은 친구 경화에게 "교인 중에도 다른 예배일에는 아니 오다가 오늘 저녁에는 남보다 먼저 왔을 사람도 있을 것이오"라고 말한다. 다시 말해서 교인 대부분은 진정한 신앙인이라기보다는 이런 저런 이유로 교회 예배에 참석하는 '무늬만 교인'인 사람들이다. 이처럼 크리스마스는 예수 그리스도의 탄생을 기념하는 거룩한 축일이 아니라 한낱 교회 행사로 전락한 지 오래다.

위 인용문에서 찬찬히 눈여겨볼 대목은 경화가 성순에게 하는 마지막 말, 즉 "그러니까 세상은 다 유희예요. 진심으로 무엇을 하는 이가 드물구려"라는 문장이다. 여기서 경화가 말하는 '유희'는 '진심'의 반대말로 허위나 위선을 말한다. "피아노가 끝나고, 찬송가를 부르고, 이층에서 분주하던 그 집자가 성경을 보고, 기름 많이 바른 미남자 집사가 서양인 목소리로 기나긴 감사 감사를 올리고, 기타 두어 사람이 열성으로 연설을 한다"8:37는 문장을 보면 예배드리는 모습도 예수의 탄생을 경축하는 경건한 예배로 보기에는 어딘지 모르게 기계적이고 형식적이다.

이렇게 허위와 위선이 판을 치는 것은 비단 교회만이 아니라 사회의 다른 영역도 마찬가지다. 경화는 문명이 발달한 민족이라면 조선 민족처럼 이렇게 '불진실'하지는 않을 것이라고 말한다. 그러면서 그는 조선 민족이 "무슨 회석에 가거나 진실한 맘으로 출석하고 진실한 맘으로 변론하고 진실한 맘으로 거수擧手하는 사람이 어디 있어요—다 유희적으로 또 일시의 감정을 할 뿐이오그려"8:35라고 말한다. 소설의 화자는 경화의 입을 빌려 조선 민족이 이렇게 진심에서 우러나온 마음에서 행동하지 않고 허위와 가식에서 행동하는 한 문명개화는 한낱 빛 좋은 개살구에 지나지 않는다고 지적한다.

이광수는 이 작품에서 기독교나 교회를 발판으로 삼아 무분별한 서유럽 문물 수용에 근본적인 물음을 던진다. 교인의 대부분이 기독교의 참다운 신앙보다는 외적 형식에 빠져 있듯이 조선인들은 서유럽 문물을 받아들이는 데도 피상적으로 받아들이기 일쑤다. O양의 피아노 연주를 듣고 있던 성순은 경화의 옆구리를 찌르며 도대체 피아노 음악을 이해하지 못하겠다고 불평한다. 심지어 그는 그녀의 피아노 연주가 자신의 곡조 없는 통소소리만도 못하다고 비판한다. 두 사람의 대화는 곧 서유럽 문명의 수용 문제로 이어진다.

> "(피아노 음악을) 안다 해도 우리가 신문명新文明 아는 모양으로 껍데기나 알겠지오. 참 생각하면 문명사조文明思潮 중에 우리가 저 음악을 못 이해하는 모양으로 이해하지 못하는 사조가 많이 있겠지오."
>
> "우리가 지금 이 음악을 잘 듣는 체하는 모양으로 못 이해하는 사상을 이해하는 체하는 수도 많겠지오. 지금 다들 어서 활동사진이나 보여주었으면 하면서도 음악을 못 이해한다는 말을 들을까 보아서 가장 취醉한 체들 하고 앉았지오."8 : 36

위 인용문에서 핵심적 낱말은 다름 아닌 '껍데기'다. 식민지 조선의 일반 사람은 말할 것도 없고 가장 문명개화했다는 유학생들마저 그동안 서유럽 문명의 알맹이내용를 놓치고 오직 껍데기형식만 받아들여 왔다는 사실을 강하게 내비친다. 19세기 말엽과 20세기 초엽 서유럽 사상이 마치 성난 파도처럼 일본을 비롯한 동아시아에 밀려왔다. 그런데 막상 그 진수를 이해할 뿐 아니라 한 발 더 나아가 그것을 자신의 것으로 소화하여 자국의 문화에 도움을 준 사람은 그다지 많지 않았다. 이광수가 앞에서 머리에 번지르르하게 기름 바른 집사의 모습을 언급한 것도 그 때문이다. 머리에 바른 포마드도 포마드지만 미남 집사가 자기 목소리를 두고 굳이 '서양인 목소리로' 감사기도를 드리는 것 또한 '껍데기'의 또 다른 모습이다.

적어도 성순의 관점에서 보면 이러한 '껍데기', 즉 서유럽 문명의 내용보다 형식을 중시하는 대도는 식민지 조선의 여성 교육에서도 엿볼 수 있다. 그는 경화의 손을 꼭 쥐며 자신은 '경세가의 눈으로' 사물을 바라본다면서 지금까지 조선에서 여성 교육이 겉으로만 화려할 뿐 제대로 역할을 하지 못해 왔다고 지적한다.

"생각해 보시오. 저 여학생들이 장차 무엇을 하겠습니까. 시집도 못가고."
"퍽 걱정도 많아. 시집은 왜 못 가?"
"눈은 높지요, 여간 남자는 사람으로 아니 볼 것이외다. 그리고 상서相書한 남자는 다 기혼자旣婚者요……."
"시집 가는 것만이 여자의 사업事業이겠소?"
"그러면 시집 아니 가고 무엇해요?
"교회나 교육계에서 활동하지요. 지금 문명국 여자들이 다 그렇지 않습니까."
"푸푸, 천만千萬. 백년 후에 말씀입니까. 지금 우리나라 여자가 하기는 무엇을 해요. 공연히 되지 못하게 휘젓고 돌아다니기나 하지요. 전례前例를 보시구려 전례를─정신貞信, 배화培花……"8 : 38

여기서 성순이 여성 교육의 실패를 보여 주는 구체적 실례로 드는 '정신'과 '배화'는 두말할 나위 없이 정신여학당과 배화여학당을 가리킨다.

전자는 1886년 미국 북장로회 소속 선교사인 애니 J. 엘러스가 서울 중구 정동에 설립한 여학교고, 후자는 1898년 미국 남감리회 여성 선교사 조세핀 필 캠벨이 설립한 여학교다. 19세기 말엽과 20세기 초엽에 걸쳐 두 학교 모두 여성 교육의 산실과 다름없었다. 그런데도 성순은 이 두 학교에서도 볼 수 있듯이 신교육을 받은 조선 여성들이 "공연히 되지 못하게 휘젓고 돌아다니기나" 한다는 것이다. 물론 경화는 이러한 태도를 취하는 성순에게 "꽤 수구守舊시구려. 여자들도 상당한 자각이 있을 터이지오. 평생 구아몽舊阿蒙이겠습니까"8:35라고 말하면서 그러한 경향은 비단 여학생들에게만 있지 않고 남학생들도 마찬가지라고 지적한다.

경화의 말을 듣고 난 성순은 자신이 여성을 유교 전통에 따라 옛날처럼 무지한 상태도 묶어두자고 주장할 만큼 그렇게 고루하지는 않다고 말하면서도 자신의 주장을 좀처럼 굽히려고 하지 않는다. 경순은 "오늘날 우리 여자 교육계는 시세時勢에 불과해요 — 아무 소용所用 없는 나마이끼生意氣 계집만 만든단 말이에요"8:36라고 대꾸한다. 성순은 조선의 여성 교육이란 시류나 유행에 지나지 않을 뿐 참다운 여성 교육과는 거리가 멀다고 지적한다. 그러면서 그는 여성 교육이 그동안 '나마이끼 계집만' 만들어 내는 결과를 낳았다고 말한다. 여기서 '나마이키生意氣'란 신분과 나이, 그리고 자신의 실력을 넘어서 주제넘게 행동하는 것을 말한다. 이미 두 번 결혼한 경험이 있는 경화와는 달리 성순은 아직 미혼인데도 여성 교육을 여간 부정적으로 보지 않는다.

경화는 활동사진을 상영하는 동안 몸이 아프다는 핑계를 대고 일찍 교회에서 나와 간다神田에 있는 집으로 돌아간다. 아프다는 것은 핑계일 뿐 피아노를 연주하던 O양이 바로 7년 전 자신이 사랑을 고백했던 여학생임을 알아차렸기 때문이다. 피아노를 연주하던 그녀의 모습은 7년의 모습과는 많이 달라져 있었다. 그 무렵 이상 세계를 꿈꾸던 경화는 기독교적 휴머니즘을 부르짖던 레프 톨스토이와 일본에서 기독교 사회주의 작가로 활약하던 기노시타 나오에木下尙江의 '진실한 제자'로 자임하면서 '순결한 플라토니크 사랑'을 추구하였다. 그리고 그가 이러한 사랑을 고백한 대상이 다름 아닌 O양이었다.

어느 날 경화는 용기를 내어 O양에게 "나를 사랑하여 주소서. 오라비와 같이 사랑하노라 하여 주소서. 나는 결코 그대의 얼굴을 다시 보고저 아니하나이다. 영원히 아니 보더라도 다만 그대의 오라비야 내 너를 사랑한다 한 마디로 일생의 힘을 삼으리다"8 : 38라는 연애편지 겸 시를 지어 보낸다. 그러나 이 일이 O양의 오빠 귀에 들어가고, 오빠는 경화에게 기혼남자로 해서는 안 될 '무례한 일'을 했다고 나무라며 절교할 것을 요구받았을 뿐 아니라 이 소문이 유학생 사회에도 퍼져 동료 학생들한테서 '불량한 타락생'으로 주목 받는다. 이에 절망한 경화는 철로 위에 누워 자살을 기도하지만 뜻대로 되지 않자 귀국하여 타락한 생활을 한다. 그러던 중 새로운 애인을 만나지만 그녀 역시 사망하자 다시 도쿄에 건너온 것이다.

적어도 경화의 구혼과 실연 과정은 이광수가 「크리스마슷날」보다 1년 뒤에 집필한 단편소설 「어린 벗에게」와 아주 비슷하다. 김영민金榮敏은 「어린 벗에게」가 「크리스마슷밤」을 개작한 작품이라고 주장하지만 엄밀히 말하자면 전자는 후자의 '개작'이라기보다는 상호텍스트적 관계를 맺고 있는 작품이라고 보는 쪽이 더 적절하다.7 주제에서는 서로 비슷할지

---

7   김영민, 『1910년대 일본 유학생 잡지 연구』, 소명출판, 2019, 161쪽.

모르지만 형식과 기교에서는 사뭇 다르기 때문이다.

　이광수의 초기 작품이 흔히 그러하듯이 「어린 벗에게」도 기혼 남성으로 도쿄에서 유학하던 시절 느낀 작가 자신의 내적 갈등을 다루는 등 자전적 요소가 아주 짙다. 서간체 형식을 취하는 이 작품에서 임보형이라는 서술 화자 '나'는 자신이 겪은 경험을 '어린 벗'에게 전하는 형식을 취한다. 모두 4통의 편지로 이루어져 있는 이 작품은 "사랑하는 벗이여"라는 구절로 시작한다. '나'는 와세다대학에 다닐 때 사귄 친구 김일홍의 누이동생 김일련을 소개받고 열렬히 짝사랑하지만 기혼 남자라는 이유로 거절당한다. 그로부터 몇 해 뒤 '나'는 중국 상하이에서 심한 감기로 인사불성이 되었을 때 중국인 복장을 한 여성의 극진한 간호를 받고 자리에서 일어난다. 그런데 그 여성이 다름 아닌 김일련으로 밝혀진다.

　이광수가 「크리스마슷밤」과 「어린 벗에게」에서 주장하는 것은 연애지상주의와 그것에 따른 자유연애 사상이다. 이미 결혼한 사람으로 신여성을 사랑하는 그로서는 이러한 사상이 더욱 절실할 수밖에 없었을 것이다. 「어린 벗에게」의 화자 '나'가 죽음을 두려하고 삶을 아끼는 것은 삶에서 얻을 수 있는 '그 무엇'이 있기 때문이다. 그런데 '그 무엇'이란 다름 아닌 순수한 사랑이다. '나'는 『논어』를 인용하면서 공자가 '학시호學詩乎'를 주장했다면 자기는 '학애호學愛乎' 부르짖겠다고 밝힌다. "무학시무이언不學詩無以言", 즉 시를 배우지 못하면 남과 더불어 말할 것이 없는 것처럼, 연애를 하지 않으면 남과 더불어 살아갈 수 없다는 뜻이다. 그런데 '나'가 생각하는 사랑은 일반적 사랑과는 조금 다르다.

　나는 저 형식적形式的 종교가宗敎家, 도덕가道德家가 입버릇처럼 말하는 그러한 애정을 이름이 아니라, 생명生命 있는 애정 — 펄펄 끓는 애정, 빳빳 마르고 슴슴한 애정 말고, 자릿자릿하고 달디달디한 애정을 이름이니, 가령 모자母子의 애정, 어린 형제자매의 애정, 순결한 청년남녀의 상사相思하는 애정, 또는 그대와 나와 같은 상사적相思的 우정을 이름이로소이다. 건조냉담乾燥冷淡한 세상에 천 년을 살지 말고 이러한 애정 속에 일일一日을 살기를 원하나이다. 그러므로 나의 잡을 직업은 아비, 교사, 사랑하는 사람, 병인病人 간호하는 사람이 될 것이로소이다.[8]

여기서 임보형이 말하는 사랑은 「크리스마슷밤」에서 경화가 7년 전에 생각하던 사랑과 비슷하다. 경화는 "그때 내 생각에 주의와 이상을 같이하는 애인을 더불어 서로 돕고 서로 권하면서 불결한 인류 사회를 확청廓淸하리라 하였다. 그때 나의 생각은 내 순결한 영靈과 정성과 능력이 족히 이 이상을 실현할 수 있으리라 하였다"[8:37]고 생각한다. 경화의 이러한 사랑이야말로 임보형의 말하는 "생명 있는 애정 (…중략…) 자릿자릿하고 달디달디한 애정"과 거의 같다.

「크리스마슷날」의 또 다른 주제는 삶의 곳곳에서 마주치는 아이러니다. 소설의 화자는 시간이 지나면서 삶의 외견과 실재, 겉모습과 참모습, 기대와 결과 사이에 극복할 수 없는 간극이 있다는 사실을 첨예하게 깨닫는다. 7년 만에 O양을 다시 만난 경화는 꿈과 현실이 너무 다르다는 사실을 깨닫고 크게 실망한다. 그의 가슴 속 깊이 아로새겨 있던 그녀의 이미지는 교회에서 피아노를 연주하는 지금의 모습과는 너무 다르다. 한

---

8 이광수, 「어린 벗에게」, 『이광수 전집』.

쪽은 장밋빛의 달콤한 꿈과 환상이요 다른 쪽은 냉혹한 현실이다.

> 꿈이로다, 그때에는 수발鬚髮도 없고 볼도 붉었다. 그때에는 아직도 실세상實世
> 上 밖에서 멀리 홍진紅塵이 몽롱々한 실세상을 바라보며 저 속에는 여러 가지
> 자미滋味 있고 즐거운 것이 많으려니 하였다. 그러고 그 속에 있는 모든 명예와
> 사업과 쾌락은 나를 기다리고 있으려니, 내 좁은 흉중胸中에 지어 놓은 모든 아
> 름다운 공상空想은 다 실현될 것이어니, 실세상에 처處하는 맛이 마치 학교에
> 서 상학上學하고 복습하고 시험 치르고 우등하고 방학하였다가 또 상학하는
> 맛과 같거니만 하였다.8 : 37

위 인용문에는 '꿈'과 '현실', '그때'와 '지금', '학교 안'과 '학교 밖'이
첨예하게 대립되어 있다. 겨우 7년밖에 지나지 않았는데도 경화는 그 둘
사이에 건널 수 없는 심연이 가로놓여 있다는 사실을 깨닫고 깊은 절망
감에 빠진다. 「마태복음」의 산상수훈을 외우며 그대로 실천하려고 애쓰
던 그의 모습은 이제 아무리 눈을 씻고 찾아보아도 찾을 수 없다.

이광수는 주인공의 변모 과정을 통하여 삶에 거는 기대나 예상이란 현
실 세계에서는 좀처럼 이룰 수 없는 망상에 지나지 않는다는 사실을 새
삼 일깨워준다. 이러한 깨달음은 작가 이광수 자신이 터득한 것이기도 하
다. 1905년 겨우 열네 살의 나이로 일본에 처음 유학 갔을 때 그가 가슴
에 품었던 이상과 10년 만에 다시 일본에 유학 갔을 때 부딪친 현실의 벽
은 그가 생각하는 것보다 훨씬 높았다. 그러고 보니 이광수가 왜 레프 톨
스토이와 라빈드라나트 타고르를 버리고 약육강식과 우승열패의 사회진
화론을 신앙처럼 받아들이게 되었는지 알 만하다.

3. 현상윤의 「청루벽」

근대 신문학의 선구자요 뛰어난 국학자 중의 한 사람인 현상윤玄相允은 일본 유학 시절 학업에서 두각을 나타내었다. 『학지광』 10호 '우리 소식' 난에는 "금년도 졸업생은 종래에 없는 좋은 성적이라. 제일 김관호金觀鎬 군이 도쿄미술학교를 최우등으로 졸업하고, 제이 최두선崔斗善 군은 와세다대학 철학과를, 현상윤은 군은 동同대학 사학과를 수석으로 진급하게 되어 특대特待의 영榮을 지게 되었다 하니……"10 : 59라고 밝힌다.

그런데 당시 현상윤이 두각을 보인 것은 비단 학업에서만 아니었다. 그는 1914년부터 1917년까지 4년 동안 『청춘』과 『학지광』에 단편소설 여섯 편을 발표함으로써 근대 단편소설의 새로운 지평을 여는 데도 적잖이 이바지하였다. 그만큼 현상윤은 일본 유학 시절 전공 분야인 영문학과 역사학 못지않게 창작에도 깊은 관심을 기울였다. 만약 그가 뒷날 국학자나 교육자로 활약하지 않았더라면 어쩌면 문학인으로도 크게 성공을 거두었을지도 모른다.

현상윤의 「청류벽清流壁」은 이광수의 「어린 벗에게」와 거의 비슷한 시기에 『학지광』에 발표되었지만 소재, 배경, 인물, 주제 등에서는 큰 차이가 난다. 이광수의 작품이 도쿄에서 유학하는 식민지 지식인 학생을 주인공으로 삼는다면, 현상윤의 작품은 일본 제국주의의 통치를 받는 식민지 조선에서 여전히 봉건 질서에 갇혀 살아가던 젊은 여성을 주인공을 삼는다. 형식과 기법에서도 이광수가 서간체 소설을 시도했다면 현상윤은 일반적인 서사 양식을 비교적 충실히 따른다. 적어도 여러 서술 기법을 구사한다는 점에서 그는 이광수보다는 김동인에 훨씬 더 가깝다. 작품의 도입부부터가 여느 다른 근대 소설과 비교해도 크게 손색이 없다.

'청류벽'이라는 제목에서도 엿볼 수 있듯이 현상윤은 이 작품에서 평양을 비롯하여 황해도 지방을 공간적 배경으로 삼는다. 청류벽은 평양 모란봉 동쪽 대동강 기슭에 있는 벼랑으로 예로부터 경치가 빼어나 시인과 묵객이 자주 찾던 곳으로도 유명하고 삶에 절망하여 절벽 아래로 몸을 던져 삶을 마감한 곳으로도 유명하다.

> 이제까지 되지도 못 한 촌村 작자에게 별別 야단을 다 받던 옥향玉香이는 겨우 몸을 빼어내어 허순허순 늘어진 옷고름을 다시 졸여 매면서, 맥없이 바람을 지고 쓰러져 앉는다―
>
> "아이고 이 노릇을 언제야……"하면서 혼잣말로 한숨을 지우며, 뚝뚝 뛰는 가슴을 가만히 짚고 마음 없이 상床머리에 늘어져 있는 전등電燈을 바라보고 있다.10 : 52

이 작품의 주인공 옥향은 가명으로 그 이름이 자못 반어적인 '강선관降仙館'으로 평양의 기생집 '4번 방'에서 일하는 여성이다. 허둥지둥 옷고름을 매만지는 것을 보아 짓궂은 손님한테 방금 모욕을 당한 것 같다. 언제면 지긋지긋한 기생 노릇에서 벗어날까 하고 한탄하고 있는데 방 밖에서 그녀에게 편지가 왔다는 소리를 들린다. 편지를 받아 뜯어보니 편지 속에는 백 원짜리 위체표爲替票 한 장과 편지가 들어 있다. 옥향은 이 편지를 다 읽지도 못한 채 눈물을 흘리며 그만 방바닥에 쓰러진다.

서술 화자는 여기서 장면을 바꾸어 "지금부터 한限 7년 전에 황해도 재령載寧 어느 농촌에 김선달金先達이라 하는 사람이 살았는데, 영은永恩이라

하는 열여섯 살 나는 딸이 있어서, 인군隣郡되는 안악安岳 읍내 사는 이李 과부의 아들 성도成道라는 사람과 혼인을 하였더니……"10：53라고 말한다. 다시 말해서 화자는 회상 수법으로 옥향이 어떻게 하여 기생이 되었는지 그녀의 파란만장한 과거 삶을 독자에게 보여 준다.

이성도는 어머니가 사망하자 기생집에 출입하는 등 방탕을 일삼고 마침내 첩을 두고 영은을 학대한다. 그러자 영은은 친정집에 돌아가 지내지만 친정집에 얹혀살기에 부담스러운 그녀는 열아홉 살 때 재령군 주사로 근무하던 황석보黃錫甫이라는 평양 사람의 첩으로 들어간다. 영은이 스물한 살이 되던 해 황석보가 관직에서 물러나면서 평양 뒷골목에서 살림을 차리지만 본가에 들켜 영은과 헤어질 수밖에 없다. 그러자 황 주사는 강선각에 5년 기간으로 몸값 3백 원을 받고 창기로 팔아넘긴다.

「청류벽」의 서술 화자는 여기서 다시 현재 사건으로 돌아와 옥향과 성도와의 관계를 다룬다. 성도는 지난 6년 동안의 방탕한 생활을 모두 청산하고 새 사람으로 변모한다. 이 점과 관련하여 화자는 "전에 지은 허물을 아프게 뉘우쳐, 마시던 술을 끊고 하던 잡기雜技를 버려 완전히 좋은 사람이 되었더라. 그러나 아직껏 밤낮으로 마음에 미안하고 자극되는 것은 자기의 안해 되었던 김영은의 일이라"10：55라고 말한다. 그래서 성도는 수소문 끝에 영은이 평양 강선각에서 창기로 일한다는 사실을 알아내고 그녀에게 찾아와 다시 옛날 생활로 돌아가기를 간절히 바란다. 영은에게 편지와 함께 돈을 보낸 사람이 바로 첫 남편 선도였다. 그는 비록 3백 원에는 크게 미치지 못하지만 그 돈으로 주인집에게 사정하여 기생 생활을 청산할 수 있게 해 달라고 부탁하라고 말한다. 그러나 비정하고 냉정한 강선각 주인은 옥향의 부탁을 받아들일 리 없다. 한번은 도망치려다 붙잡혀 곤욕을 치르기도 한다.

아々 애닳다 하늘이 아무리 무심無心하기로 이닷도 심甚하며, 팔자八字가 아모
리 박薄하다기로 이 같기야 하리오. 열여섯부터 실사회實社會의 길을 떠난 영은
永恩이는 가는 곳마다 불행不幸이오 만나는 것마다 고통苦痛이라. 그러므로 웃음
이 있다 춤이 있다 하는 세상世上도 이영은의 눈에는 모두 다 꿈같이 보이고,
낙관樂觀이라 행복幸福이라 하는 인생人生도 이영은의 눈에는 모두 다 거죽 같
이 생각되었더라. 그러나 언제 한 번 내게도 좋은 운運이 돌아오렸다 하고 마
음을 굳게 먹고 운명運命의 시키는 대로 죽을 고생苦生을 다하면서 6년 동안의
비파참랑悲波慘浪에 고독孤獨하고 약弱한 이 한몸을 흘띄웠더니 마침내 가부 틀
언덕을 찾지 못 하고 종래從來까지 참경慘境을 헤매었다.10 : 56

이 작품의 서술 화자는 한껏 감정에 들�떠 영은이 그동안 겪어 온 고단
한 삶의 여정을 '비파참랑'에 빗댄다. 불가에서는 삶을 고해苦海에 빗대지
만 그녀의 삶은 비참하기 이를 데 없는 거친 파도와 같다. 이왕 바다의
이미지나 상징이 나왔으니 말이지만 주인공 영은이 성도와 결혼한 뒤 지
난 6년 동안 살아 온 삶은 거친 파도에 떠 있는 일엽편주와 같다. 그녀는
가혹한 현실이라는 풍랑을 맞아 좌초할 수밖에 없다. 이제 더 비참한 삶
에서 헤어날 길이 없는 그녀는 마침내 청류벽 바위에 올라가 대동강에
몸을 던져 파란만장한 삶을 마감한다.

현상윤의 「청류벽」은 이광수의 「어린 벗에게」를 비롯한 이 무렵에 발
표된 작품들보다 여러모로 훨씬 더 근대소설로서의 면모를 갖춘다. 현상
윤은 이 작품에서 호메로스 이후 서유럽 서사시에서 흔히 사용하던 '인

메디아스 레스'in medias res', 즉 사건의 한 중간에서 스토리를 시작하는 서술 기법을 사용하는가 하면, 연대기적 기술 방식에서 벗어나 플래시백 기법을 구사하여 사건을 입체적으로 구성한다. 또한 현상윤은 '말하기' 방식보다는 '보여 주기' 방식에 좀 더 무게를 싣는다. 3인칭 서술 화자를 등장시켜 사건을 기술하되 일반적인 3인칭 전지적 작가 시점과는 조금 다른 3인칭 관찰자 시점을 사용한다.

이 서술 기법에서 서술 화자는 전지전능한 신의 입장에서 작중인물의 내면 심리나 성격, 행동 등을 서술해 나가는 방식 대신 서술자가 외부 관찰자의 입장에서 객관적인 태도로 서술해 나간다. 앞에서 인용한 도입부 첫 문장 "이제까지 되지도 못한 촌 작자에게 별 야단을 다 받던 옥향이는 겨우 몸을 빼어내서 허순허순 늘어진 옷고름을 다시 졸여 매면서, 맥없이 바람을 지고 쓰러져 앉는다"에서 볼 수 있듯이 독자들은 옥향이 놓인 상황이나 그녀의 심리 상태를 좀 더 쉽게 상상할 수 있다. 서술 화자는 작가의 메시지를 전달하는 대변인이라기보다는 허구화된 인물이다. 이처럼 3인칭 관찰자 시점에서는 서술 화자와 작중인물의 거리 또는 서술 화자와 독자의 거리가 멀게 느껴질지는 몰라도 독자와 작중인물의 거리는 훨씬 더 가깝다.

한편 「청류벽」은 주제를 다루는 방식에서도 그 이전의 신소설은 말할 것도 없고 이광수의 「어린 벗에게」와도 다르다. 현상윤의 작품에서는 근대 교육을 통한 개화사상의 전파, 시대에 맞지 않는 인습이나 전통의 타파, 또는 서유럽 근대화에 따른 풍속 개량 문제 등을 다루되 그 이전의 작가들과는 조금 다르게 다룬다. 물론 현상윤도 이광수처럼 주인공의 비극적 파국을 불러온 가부장 질서를 중심 주제로 다루면서 묵시적으로나

마 그러한 질서의 비인간성을 고발하고 비판한다. 그렇다고 현상윤은 이광수처럼 드러내놓고 마치 목회자가 설교하거나 도덕군자가 윤리와 도덕을 훈계하듯이 그 질서를 타파할 것을 역설하지는 않는다. 현상윤은 작품을 읽으며 작가의 세계관을 받아들이느냐 받아들이지 않느냐 하는 것은 어디까지나 독자의 몫이라는 점을 분명히 한다.

4. 진학문의 「부르지짐」

세계문학사를 보면 굳이 동양과 서양을 가르지 않고 번역을 하다가 작가로 변신한 문인들이 적지 않다. 한국 근대문학사에서 순성瞬星 진학문秦學文도 이러한 경우를 보여 주는 대표적인 사람 중 하나로 꼽힌다. 러시아 문학 전공자인 그는 그동안 러시아 작품은 말할 것도 없고 심지어 기 드 모파상 같은 프랑스 작가의 작품도 번역하여 소개하였다. 진학문은 후타바테이 시메이二葉亭四迷의 『소노오모카게其面影』1907를 번안한 소설 『소小의 암영暗影』을 『동아일보』에 연재하기도 하였다. 이보다 몇 해 앞서 그는 『학지광』 12호에 「부르지짐Cry」이라는 창작 단편소설을 발표하여 관심을 끌었다. 진학문이 창작 소설을 발표한 것은 물론 이번이 처음은 아니다. 일본에 유학하여 게이오기주쿠 보통부에 다니던 열세 살 때 그는 '몽몽夢夢'이라는 필명으로 1907년 5월 일본 유학생 잡지 『대한유학생회보』에 「쓰러져 가는 집」과 「병중」을, 1909년 12월 『대한흥학보』에 「요죠한四疊半」을 발표하였다.

진학문은 「쓰러져 가는 집」과 「병중」으로 한국문학사에서 최초로 한글로 단편소설을 창작한 작가라는 영예를 안았다. 앞에서 언급한 찬하생이 「밀의 월」을 발표한 것이 1914년 4월이고, 이광수가 「크리스마슷밤」을 발표한 것이 1916년 3월이며, 현상윤이 「청류벽」을 발표된 것이 1916년 9월이다. 흔히 한국 최초의 단편소설로 간주되어 온 이광수의 「소년의 비애」와 「어린 벗에게」가 『청춘』에 발표한 것은 1917년이다. 그렇다면 작품의 질을 떠나 진학문은 그들보다 적게는 7년, 많게는 10년 앞서 단편소설을 발표한 셈이다.

진학문은 「부르지짐」에서 일제강점기를 시간적 배경으로, 일본 도쿄 중심부에 자리 잡은 어느 하숙집을 공간적 배경으로 삼는다. 소설에서 배경이라고 하면 흔히 시간적 배경과 공간적 배경만을 생각하기 쉽다. 그러나 비나 눈 또는 안개 같은 기상도 중요한 배경 역할을 한다. 진학문은 이 작품에서 시공간적 배경 말고도 안개라는 제3의 배경을 효과적으로 사용한다.

간 유리磨硝子와 같은 희미하고 한가한 겨울 하늘에, 껌벅껌벅하고 졸던 '엷은 해'가 진 후에, 습濕하고, 누른, 숨이 막힐 듯한 안개가 시가市街를 잠겼다. 집이나 나무나 전주電柱나, 다 쌔우고, 다만 헌등軒燈과 정류장停留場의 붉은 전등電燈의 빛이, 깊은 안개를 통하여 위태히 흔들릴 뿐이라. 길에는, 사람의 왕래往來가 적고, 가끔 가다가 맹수猛獸와 같은 전차電車는 요란하게 경종警鐘을 울리면서 깊은 안개를 뚫고 살같이 달아난다.12:57[9]

---

9   진학문의 작품이 흔히 그러하듯이 「부르지짐」은 여러모로 자전적 요소가 짙다. 일본 유학 중 그는 도쿄 간다에 위치한 '요조한', 즉 다다미 넉 장 반의 좁은 방에서 하숙하였다.

위 인용문을 읽노라면 마치 한 편의 산문시를 읽는 느낌이 들 만큼 자 못 시적이다. 온갖 비유법을 구사하여 겨울 하늘에 걸린 저녁 해가 '껌벅 껌벅' 존다고 표현하고, 시내에 자욱이 끼는 밤안개에 '숨이 막힌다'고 말하며, 안개가 마침내 시내를 '잠갔다'고 묘사하는 솜씨가 시인의 상상 력을 무색하게 한다. 시내를 질주하는 전차를 맹수에 빗대는 것도, 안개 속에 전차가 사라지는 모습을 화살에 빗대는 것도 시적 상상력이 아니고 서는 좀처럼 표현할 수 없다. 특히 진학문은 안개를 살아 숨 쉬는 생물체 로 묘사하는 것이 놀랍다.

안개는 주인공이요 1인칭 화자인 장순범이 거처하는 하숙집 주위를 마 치 군대가 적군을 포위하듯이 에워싼다. 그가 지금 숯불 화로를 끼고 앉 아 있는 곳은 "낡고 더러운 하숙 요조한四疊半 방"이다. 이 소설의 화자는 "순범은 그슬린, 음울한 안개가 무서운 팽창력을 가지고 방 전체를 점々 축소시키고, 나중에는 그 유리를 뚫고 방 안에까지 틈입闖入하여, 찾던 포 로를 잡은 듯이 자기의 약한 몸을 굳세게, 용신 못 하게, 답々하여 숨이 막히게, 단々히 싸맬 것 같이 생각났다"[12:57][10]고 말한다. 이 날 밤 도쿄 주민들은 하나같이 마치 짙은 안개에 포위당하여 포로로 사로잡혀 있는 것과 같다. 안개는 작품이 결말을 향하여 가면 갈수록 점점 더 짙어간다.

그렇다면 진학문은 도대체 왜 안개에 그토록 상징적 의미를 부여할까? 이 물음에 대한 답은 이 작품의 주제에서 찾아야 한다. 하숙집 여주인은 지금 복막염에 걸려 여섯 달째 병상에서 고통 받고 있고, 의사에 따르면

---

[10] 이렇게 신선한 비유법은 작품 결말 부분에서 "별안간 밤을 찢는 날카로운 연장과 갓혼, 게집의 소리가 낫다"는 문장에서 찬란한 빛을 내뿜는다. 한밤중에 하숙집 여주인이 갑자 기 지르는 소리를 예리한 칼로 천을 찢는 소리에 빗대는 표현이다.

그날 밤을 넘기기 어려울 만큼 병세가 무척 심각하다. 지금도 아래층 방에서는 어린 딸을 두고 세상을 하직하는 것이 못내 아쉬운 듯이 신음소리를 낸다. 그때 순범의 친구 임 군이 찾아와 그동안 사랑하던 연인 P에게 배신당했다는 안타까운 소식을 알린다. 임 군에게 그의 실연은 정신적 죽음과 같다. 친구가 가고나자마자 순범은 이번에는 죽마고우인 안기섭의 죽음을 알리는 전보를 받는다. 친구의 죽음이 도저히 믿기지 않는 그는 갑자기 전보를 책상 위에 던지고 절망 상태에서 천정을 향하고 방바닥에 눕는다.

> 안기섭이는 죽었다! 그의 짧고 괴로운 생활은 22세를 일기로, 마쳐 버렸다. 아무 낙樂도 없고 아무 '빛'도 없는 그의 단조單調, 고적孤寂 생활은 그림자도 없이 스러졌다. '긴 침묵'에서 나와, 약한 목소리로 한마디 부르짖었다. 하나 '긴 침묵'은 다시 그 '부르짖음'을 마셔 버렸다. 그는 '참어둠[眞闇]'으로부터 나와 잠깐 반짝했다. 하나 '참어둠'은 다시 그 '반짝'을 싸 감추었다. 그 '침묵'은 아무리 두드려도, '침묵'은 아무 반항反響이 없다. '침묵'은 변함없이 길게 계속된다. 한 번 마신 소리를 다시 두 번 토吐하지 아니한다.12 : 59

위 인용문에서 가장 핵심적 낱말은 '침묵'과 진학문이 작품 제목으로 삼은 '부르짖음'이다. (원문에서는 방점으로 찍은 것을 여기서는 홑따옴표로 표기하였다) '긴 침묵'은 어머니의 자궁 속에 보내는 기간을 말하고, 그곳에서 나온다는 것은 밝은 세상으로 태어난다는 뜻이다. '긴 침묵'에서 나와 '약한 목소리로' 부르짖는다는 것은 갓난아이가 이 세상에 태어나면서 부르짖는 고고呱呱의 성聲을 말한다.

그러나 세상에 나온 뒤 갓난아이의 삶은 그다지 길지 않다. 순범의 친구 기섭처럼 겨우 스물두 살의 젊은 나이로 사망할 수도 있고, 하숙집 여주인처럼 그보다는 조금 더 오래 살지만 곧 죽게 될 것이다. 이 소설의 서술 화자 '나'가 기섭의 짧은 생애를 두고 "그는 '참 어둠'으로부터 나와 잠깐 반짝했다"고 말하는 까닭이 바로 여기에 있다. 캐나다 동부에서 살았던 인디언 원주민의 추장은 삶을 한밤중에 반짝이는 반딧불에 빗대었다. 동아시아에서도 속절없이 짧은 삶을 풀잎에 맺혔다가 해가 뜨면 사라지는 이슬에 빗대어 '초로인생草露人生'이라고 하거나, 하루살이 삶에 빗대기도 한다.

소설의 화자 '나'가 "'긴 침묵'은 다시 그 '부르짖음'을 마셔 버렸다"고 말하는 것은 사망하면서 인간은 다시 최초의 침묵 속으로 돌아가기 때문이다. 화자는 죽음을 두고 '참어둠'이라는 말로 표현하기도 한다. 삶의 비극은 본질적으로 단명하다는 사실에 있지만 일회적이어서 두 번 다시 돌아오지 않는다는 사실에도 있다. 이러한 비극적 인간조건은 인간이라면 누구에게나 닥치는 피할 수 없는 숙명이다. 그래서 화자는 "나도 얼마 아니 있다가, 그 측량할 수 없는, 무서운, 캄々한 어둠 속에 빠지겠구나! 찬, 얼음과 같이 찬, 한없는, '긴 침묵'에게 삼켜지겠구나! 그리고 나뿐 아니라 '모두'도!! 이것이 사람의 피할 수 없는 운명이다"12 : 59라고 생각한다.

이렇게 친구의 죽음과 곧 다가올 하숙집 여주인의 죽음을 보고 삶의 의미를 깊이 깨닫는 서술 화자 '나'는 그렇다면 일회적이고 단명한 삶을 어떻게 살아야 할 것인가 하는 좀 더 근본적인 실존 문제에 부딪친다. 전광석화처럼 반짝하다가 사라져 버리는 삶을 헛되이 보낼 수는 없을 것이기 때문이다.

작은 '부르짖음'과 짧은 '반짝'! 이것이 무엇 때문인가, 무엇하자는 것인 가?! 서로 속이고, 서로 싸움하자는 '부르짖음'인가? '돈'과 '사랑' ─ 더러운 돈과 '거짓' '사랑'을 서로 뺏자는 '반짝'인가?!

아니, 아니! 이 귀貴하고, '뜻' 있는 '반짝'과 '부르짖음'을⋯⋯

별안간 '밤[夜]'을 찢는, 날카로운 연장과 같은, 계집의 소리가 났다.

"아이고 어머니, 도적놈이 집의 물건을 집어가지고⋯⋯ 이다바시飯田橋 쪽으 로 달아난다!"12 : 59

위 인용문에서 무엇보다도 주목해 볼 것은 "아니, 아니! 이 귀하고, '뜻' 있는 '반짝'과 '부르짖음'을⋯⋯"이라는 문장이다. 소설의 화자 '나'는 소 중한 일회적 삶을 서로 속이고 싸움하는 데 낭비할 수는 없다고 생각한다. 또한 '더러운 돈'을 모으는 데도, 임 군의 순수한 애정을 더럽힌 P와 주周 처럼 '거짓 사랑'을 하는 데도 낭비할 수는 없다. 일회적 삶이기에 순간순 간을 더더욱 의미 있고 충실하게 살아야 할 것이다.

그런데 문제는 이렇게 짧은 삶마저 제대로 살지 못하고 중도에 남에게 빼앗기기 일쑤라는 데 있다. 친구의 죽음과 삶의 의미를 음미하고 있을 때 갑자기 화자 '나'의 귓가에 "아이고 어머니, 도적놈이 집의 물건을 집어가 지고⋯⋯ 이다바시 쪽으로 달아난다!"라고 외치는 소리가 들린다. 이 '모 -지고 참혹한' 소리는 바로 아래층에서 하숙집 여주인이 사경을 헤매면 서 지르는 헛소리다. 그러자 '나'는 몸에 소름이 끼치는 것을 느끼면서도 이 외침에서 삶에 대한 어떤 중요한 의미를 발견한다. "아々, 이것이 그의 '부르짖음'인가?! 이것이 '사람'의 '부르짖음'이로구나! 그의 지금까지 해 내려온 생활의 심볼[表象]이로구나! 이것이? 이것이!!⋯⋯"12 : 59 화자 '나'

는 이 외침이 단순히 하숙집 여주인 한 사람의 부르짖음이 아니라 인간 전체의 부르짖음이라는 사실을 깨닫는다. 여기서 남의 물건을 훔쳐 달아나는 도적은 다름 아닌 하숙집 여주인처럼 목숨을 앗아가는 치명적인 질병일 수도 있고, 안기섭처럼 어떤 불의의 사고일 수도 있으며, 임 군처럼 믿었던 친구의 배신일 수도 있다.

그렇다면 소설의 화자가 그의 죽음을 그토록 안타까워하는 안기섭은 누구일까? 그는 누구를 두고 "죽었다! 그의 짧고 괴로운 생활은 22세를 일기로, 마쳐 버렸다"고 말하는 것일까? 이 물음에 대한 답은 '22세'라는 나이에 요절했다는 사실에 들어 있다. 그는 다름 아닌 스물여섯 살의 나이에 폐결핵으로 요절한 소월素月 최승구崔承九다. 정우택은 진학문의 요절한 죽마고우가 최승구라고 못 박아 말한 적이 있다.

삶의 찰나성과 일회성을 깨닫고 어떻게 살 것인지 고민한다는 점에서 진학문의 「부르지짐」에는 실존주의의 그림자가 어른거린다. 실존주의가 본격적으로 대두된 것은 제2차 세계대전 이후지만 이미 인류 역사에서 그 유례를 찾아볼 수 없는 제1차 세계대전을 겪은 지식인들은 삶의 비극적 의미를 깊이 깨닫고 새로운 존재 방식을 모색하기 시작하였다. 한국에 실존주의가 전파되기 훨씬 이전에 진학문이 이렇게 실존주의 주제를 형상화한 것이 여간 놀랍지 않다. 물론 실존주의란 거창하고 체계적인 철학적 명제라기보다는 삶에 대한 구체적인 태도를 가리키는 용어에 지나지 않는다. 지적 호기심이 많던 진학문은 제1차 세계대전이 막바지로 접어들던 무렵 아마 일본의 사회 분위기 속에서 이러한 시대정신을 호흡했을 것이다.

진학문은 「부르지짐」을 쓰면서 러시아를 비롯한 외국의 문학 작품에서 직간접으로 영향을 받았다. 외국 작가 중에서도 특히 이반 투르게네프와 막심 고리키를 좋아한 진학문은 간다에 있는 하숙방 벽에 이 두 러시아 작가의 초상을 붙여 놓을 정도였다. 「부르지짐」은 투르게네프의 『사냥꾼 수기』1852에 수록된 「산송장」과 비슷하다. 이 작품은 불치병을 앓고 난 뒤 신체가 마비된 한 시골 처녀가 마을에서 떨어진 어느 헛간에 내동이친 채 죽음을 기다리는 이야기다.

물론 죽음을 대하는 두 사람의 태도는 저마다 다르다. 하숙집 여주인이 어린 딸을 두고 세상을 떠나는 것을 몹시 안타깝게 생각하는 반면, 신앙심 깊은 시골 처녀는 내세의 구원을 생각하며 죽음을 담담하게 기다린다. 그러나 현세에서 의미 있는 삶을 살지 못한 채 '삶 속의 죽음' 또는 '죽음 속의 삶'을 산다는 점에서 두 인물, 아니 모든 인간은 '산송장'과 크게 다르지 않다. 이 점과 관련하여 "안개밤[霧夜]은 무겁고 적ミ하게 점ミ 깊어갔다. 우에노上野의 종은 무엇을 뜻하는 듯이 멀리서 울었다……"12:59 하는 마지막 두 문장은 시사하는 바가 자못 크다.

5. 백악의 「동정의 누」

현상윤의 「청류벽」과 진학문의 「부르지짐」에 이어 『학지광』 19~20호에는 '백악白岳'이라는 필명의 작가가 「동정의 누淚」라는 단편소설을 두 차례에 걸쳐 발표하였다. '백악'은 김환金煥이 '흰뫼'와 함께 즐겨 사용하던 필명이다. 그에 대해서는 도쿄의 사립미술학교를 다니는 평안남도 진남포 출신의 부잣집 아들로 김동인金東仁·주요한朱耀翰·전영택田榮澤 등과 함께 『창조』의 창간 동인으로 참여하면서 재정의 일부를 지원했다는 사실밖에는 별로 알려진 것이 없었다. 그러나 최근 몇몇 학자가 조선총독부 경무국 자료를 검토하여 김환에 대한 여러 새로운 사실을 밝혀내었다.[11] 김환은 1893년 평안남도 진남포 억양기리에서 태어났다. 억양기리라면 미국에서 영문으로『9월의 원숭이』1954를 출간하여 주목을 받은 박인덕朴仁德이 태어난 곳이기도 하다. 일본에서 미술을 전공한 김환은 소설, 희곡, 수필, 문학 평론, 미술 평론, 기행문, 번역 등 그야말로 여러 문학 장르에 걸쳐 활약하였다. 이렇게 다재다능한 그가 지금껏 문단과 학계에 별로 알려지지 않았다는 것은 자못 의외라면 의외다.

김환은 1919년 2월 『창조』 창간호에 단편소설 「신비의 막幕」을 발표하고 같은 해 11월 『매일신보』에 「향촌의 누이로부터」를 발표하면서 문단에 데뷔하였다. 그러니까 「동정의 누」는 그가 발표한 단편소설로는 네 번째 작품이다. 제목에서 이인직李仁稙의 『혈의 누』1906를 연상시키는 이 작품은 작가 자신의 삶이 짙게 배어 있는 자전적 소설이다. 이 작품은 『창조』 2호에 발표한 일기 형식의 기행문 「고향의 길」의 내용 일부를 단편소설 형식을 빌려 다시 고쳐 쓴 것이다.

이 작품에서 김환은 1인칭 서술 화자 '나'를 주인공으로 삼는다. 어느 토요일 오후 수업을 마친 '나'는 울적한 마음에 산에 오른다. '나'는 'O' 또는 'OS'학교에서 교사로 근무하는 20대 후반의 독신 남자다. "동東으로 가면 사인산舍人山, 서西로 가면 제석산帝釋山, 앞으로 바로 보이는 남봉산南峰

---

11 전영택, 「문단의 그 시절을 회고함」, 『조선일보』, 1933.9.20~9.22; 표언복 편, 『늘봄 전 영택 전집』 2, 대전 : 목원대 출판부, 1999, 486쪽; 이사유, 「『창조』의 실무자 김환에 대한 고찰」, 『한국학연구』 34집, 인하대 한국학연구소, 2014.8, 33~62쪽.

山, 뒤로 한 20리 밖에는 오봉산五峰山이 있고……"19 : 70라는 구절과 영변과 태천, 곽산 같은 지명에서 웬만한 독자라면 이 학교가 오산학교라는 사실을 곧바로 알아차릴 수 있다.

서술 화자 '나'는 동료 교사와 학생이 'K선생'으로 부르고 일본 하숙집 주인 딸이 '긴산キンサン'이라고 부르는 것을 보면 김환과 같은 성씨를 가진 인물임이 틀림없다. 산에 가는 길에 '나'는 열두서너 살밖에 되지 않은 신랑이 10년은 더 나이가 들어 보이는 색시와 함께 길을 지나가는 모습을 보고 그러지 않아도 울적한데 조선의 조혼 풍습에 더더욱 울적한 마음이 든다. '나'는 자신을 두고 "사회와 공익을 위하여 몸을 바치기로 결심한" 사람이라고 밝힌다. 작품 끝부분에 이르러서도 '나'는 "우리 사회 전체를 위하여" 일을 하여야 하겠다고 다짐한다.

지금 '나'는 산에 오르는 도중 10년 전에 사고인지 자살인지 물에 빠져 죽은 친구 'R'의 무덤을 찾아 잠시 우정을 회고한다. 마침내 산에 오르는 그는 우연히 그곳에서 'B'라는 학생을 만난다. 그런데 '나'는 그 학생도 길에서 만난 부부처럼 조혼했다는 사실을 알고 나서 적잖이 실망한다. 선생이 실망하는 것을 알아차린 학생은 조혼하게 된 저간의 사정을 설명한다. 일찍 부모를 여의고 형제자매조차 없던 그는 아버지의 친구 집에 얹혀 살던 중 그 집 딸과 결혼했던 것이다. 학생을 말을 듣고 난 '나'는 작품 제목 그대로 '동정의 눈물'을 흘리며 앞으로 그를 동생처럼 생각하겠다고 다짐한다.

이 일이 있은 뒤 '나'와 B학생은 더욱 가까운 사이가 된다. 두 사람이 얼마나 친근한지 심지어 동료 교사 'S'는 그에게 학생들과 너무 가깝게 지내지 말라고 충고할 정도다. OS학교에 근무한 지 3년째 되던 해 '나'

는 평소 품었던 계획에 따라 학교를 그만두고 일본 유학을 떠나면서 B학생과도 헤어진다. 이 작품은 한두 해 뒤 일본에 유학 중인 '나'가 학생이 보낸 긴 편지를 읽는 것으로 끝을 맺는다.

김환의 「동정의 누」는 한국문학사에서 이광수가 1917년 『청춘』에 발표한 「어린 벗에게」와 함께 흔히 동성애를 다룬 첫 작품으로 알려져 있다. 물론 이러한 평가는 동성애의 범주를 어떻게 잡느냐에 따라 달라질 수밖에 없다. 가령 동성애의 범주에 생물학적 또는 사회학적으로 동일한 성별을 지닌 사람들 사이의 감정적 또는 성적 매력을 느끼는 행위까지 넣는다면 '나'와 B학생의 관계는 동성애적이라고 할 만하다. B학생이 자신의 불후한 과거를 회상하면 눈물짓는 모습을 쳐다보며 '나'는 깊은 동정과 함께 '미적' 감정을 느끼기 때문이다.

> 나는 한 손으로 포켓에서 수건을 꺼내 흐르는 눈물을 씻으면서 한 손으로 B의 무릎 위에 놓여 있는 살빛 좋은 손을 꼭 잡을 때 내 가슴에는 B를 사랑하고 동정하는 맘이 생겼다. B의 자태姿態와, 거동擧動이, 섞여 버린다. 내 눈에 비치는 지금 B는, 이성異性보다도 더욱. 나의 맘을 끄는 미적美的, 무엇이 있는 듯하다.19 : 75

위 인용문을 보면 '나'는 B학생에게 동성애적 감정을 느끼고 있음이 틀림없다. '나'는 그가 우는 모습이 여성보다도 훨씬 더 '예쁘게' 보인다고 말한다. 또한 '나'는 학생의 말을 다 듣고 난 뒤 그를 동생처럼 대해 주겠다고 말하면서 그의 손을 잡는다. 그러자 "내가 잡은 손을 B도 한 번 꼭 쥐었었다. 나와 B 두 사람 사이에는 무형無形한 사랑의 전류電流가 서로 감응感應됨이 있었다"19:78고 밝힌다. 이 두 사람의 관계를 축복이라도 하듯이 석양을 배경으로 종달새 한 쌍이 그들 머리 위로 날아간다.

그런가 하면 서술 화자는 "나와 B와의 두 사람 사이에도 사랑의 인력引力이 생겨 서로 정신상 위안慰安을 상대자에게서 받게 되었었다"20:79고 말한다. 심지어 "제3자의 눈으로 관찰하면 두 사람의 관계를 소위 '동성연애同性戀愛'라는 명칭을 붙일 수 밖에 없이 되었었다"20:79고 말하기도 한다. '제3자의 눈으로'라고 단서를 붙이는 것은 다른 사람들이 두 사람의 관계를 그러한 시선으로 볼지 몰라도 당사자들의 관점에서는 동성애가 아니라고 변명하는 말이다.

적어도 이 점에서 '나'는 B학생의 관계는 호메로스의 서사시『일리아스』에서 아킬레우스와 파트로클로스의 관계와 비슷하다. 친구의 죽음과 관련하여 아킬레우스는 "가장 사랑하는 친구 파트로클로스가 비명에 죽었는데, 제가 이 세상의 무엇에서 기쁨을 찾을 수 있겠습니까? 제 모든 백성 중에 그를, 그 친구를, 저는 가장 존경했으며 제 몸처럼 사랑했습니다. 그런 친구를 잃었습니다!"라고 감정에 북받쳐 말한다. 이 말을 두고 그동안 비평가들과 학자들 사이에서는 두 사람이 동성애자라는 주장과 그렇지 않다는 주장이 팽팽하게 엇갈려 왔다.

동성애의 개념을 좀 더 좁게 동성 사이의 성적 행위에 국한한다면 '나'와 B학생의 관계를 동성애를 보는 데는 적잖이 무리가 따른다. 작품 전체를 아무리 꼼꼼히 살펴보아도 두 사람이 육체적으로 성행위를 한다고 단정할 만한 구절은 어디에서도 찾아볼 수 없다. 두 사람의 관계는 어디까지나 정신적이고 심리적인 것일 뿐 육체적인 것은 아니다. 물론 그들의 관계가 동성끼리의 관계치고는 조금 지나치다고 느끼는 독자들도 있을 것이다. 서술 화자의 "편지 잡은 나의 손은 떨린다"20∶86라는 맨 마지막 문장은 독자들이 그렇게 생각하기에 충분하다.

　이러한 동성애적 경향은 김환의 기행문에서도 쉽게 찾아볼 수 있다. 가령 1921년 『창조』 종간호에 발표한 「나의 묵은 일기에서」는 이러한 경우를 보여 주는 좋은 예로 꼽힌다. 일기 형식을 취하는 이 작품은 '나'가 도쿄를 떠나 고향으로 돌아가던 날을 묘사하는 장면으로 시작한다. '나'는 친구 S군에 대하여 남달리 '뜨거운' 감정과 애착을 느낀다. 주인공은 지난 밤 목욕탕에서 그에게 작별을 고하던 일을 이렇게 회상한다.

　　어제 저녁에 목욕탕 옆에서 그에게 "나는 내일 떠나겠소!" 할 때에 그는 얼굴을 살짝 붉히면서 사랑스러운 표정으로 고개를 숙이고 있어댔었다. 그는 내가 동경東京에 건너온 뒤에 처음으로 친하게 된 나의 유일한 우인友人이었었다. 그는 나에게 위안慰安도 주었지만 번민煩悶도 주었었다. 무엇보다도 침묵한 그의 태도는 처음부터 나의 호기심을 끌었고 언제나 비관적悲觀的인 듯한 그의 표정은 나로 하여금 애정愛情이 자생自生하게 하였었다만은 내가 강호江戶를 떠나게 되면 모든 과거의 순간은 오직 나의 기억記憶에 남아 있는 꿈 흔적에 지나지 못할 터이다. (…중략…) 하숙下宿 문을 나설 때에 S가 자기 집 문 밖에서 울음을 머금은 목소리로 "안녕히 가십시오!" 하는 간단한 말 한마디가 나의 정신精神에는 무한無限한 자극을 주는 동시에 심장의 고동을 극렬하게 하였었다. 언덕 길로 내려가는 내 뒤를 그는 정신없이 바라보고 섰다가 내가 휙 돌아볼 때에 그는 무의식적으로 생긋 웃었다. 이 순간은 나의 일생에 잊지 못할 인상印象을 주었다.[12]

위 인용문을 처음 읽는 독자들은 '그' 또는 'S'가 남성이 아니라 여성이라고 착각할지 모를 정도로 작중인물의 성 정체성이 분명히 드러나 있지 않다. '그'가 얼굴을 살짝 붉힌다든지, "사랑스러운 표정으로" 고개를 숙인다든지, 생긋 웃는다든지 하는 행동은 남성보다는 차라리 여성에 가깝다. '그'는 '나'가 도쿄에서 유일하게 친하게 지낸 '우인'이라고 밝힌다. 그런데 문제는 이 '우인'의 범주를 어떻게 규정짓느냐 하는 데 있다. '그'가 '나'에게 위안을 주면서 번민도 주었다는 말은 무슨 뜻일까? 늘 슬픈 표정을 짓는 '그'의 모습을 보면서 '나'는 "애정이 자생하게" 되었다는 말은 또 무엇인가? 위 인용문을 읽으면 읽을수록 두 사람의 관계가 여간 예사롭지 않다.

문학적 측면에서 김환의 「동정의 누」는 현상윤의 「청류벽」보다 근대 단편소설에 한 발 더 성큼 다가간다. 1인칭 서술 화자 '나'가 겪는 미묘한 감정을 독자에게 직접 전달하는 방법도 그러하고, 될수록 작가의 개입을 차단하려는 것도 그러하다. 더구나 조혼 같은 구습 타파나 유교 질서 비판이라는 주제를 내세우면서도 이광수가 「어린 벗에게」에게 하는 방식과는 사뭇 다르게 처리한다. 가령 조혼 풍습을 비판하되 무조건 비판하는 것이 아니라 상황 논리에 따라 비판한다. 노래를 부르며 산을 향하여 가던 '나'는 길에서 조혼한 부부를 만나면서 적잖이 기분이 언짢다.

나는 길 옆으로 12,3세쯤 되어 보이지만 키가 썩 작은 어린신랑新郎이 분홍 명주 두부마기두루마기에 커다란 초립草笠을 쓰고 저보다 10년 장長이나 되어 보

---

12 한뫼(김환), 「나의 묵은 일기에서」, 『창조』 9호, 1921.5, 46~47쪽.

이는 큰 색시를 앞세우고 지나가는 것을 한참 유심이 보다가 돌아서면서 긴한 숨을 쉬었다. 내 얼굴에는 불쾌하고 근심하는 듯한 빛이 나타났다. 사회社會와 공익公益을 위하여 몸을 바치기로 결심한 나는 속으로 어린 신랑과 커다란 색시의 장래將來를 헤아려 보았다. 뉘 집 자손子孫인지 모르지만은 참 가엾은 인생人生이로다. 다른 나라 사람 같으면 아직 소학교小學校 시대에 있을 어린아이인데…… 벌써 장가를 갔구나.19 : 71

이렇게 작품 도입부에서 '나'가 조혼 부부를 직접 만나는 장면을 소개하는 것은 곧 산에서 만나게 될 B학생의 조혼 문제를 다루기 위한 전조 또는 예시 기법이다. 흔히 '복선'이라고도 부르는 이 기법은 앞으로 일어날 사건을 미리 암시함으로써 작품에 좀 더 개연성을 부여한다. 앞 장면에서 조혼한 부부를 가엾게 여긴 것처럼 '나'는 B학생에게도 "악습의 부로俘虜가 되며 전정前程을 그릇치게 된 너는 참말 불쌍하다"19 : 74라고 말한다. 다 같은 조혼이라도 길에서 만난 조혼 부부와 B학생의 경우는 사정이 조금 다르다. B학생의 "저는 피눈물 섞인 남의 밥을 먹고 살아갑니다"19 : 77라는 말에서도 엿볼 수 있듯이 그는 조혼할 수밖에 없는 저간의 사정이 있다.

「동정의 누」가 소설 기법에서 현상윤의 「청류벽」과 닮았다면 주제에서는 이광수의 「어린 벗에게」와 비슷하다. 방금 앞에서 지적했듯이 김환도 이광수처럼 사랑의 중요성과 동성애 문제를 중심 주제 중 하나로 다룬다. 「어린 벗에게」에서 따온 구절과 「동정의 누」에서 따온 구절을 대조해 보면 주제에서 얼마나 서로 비슷한지 알 수 있다.

'사랑' 그 물건이 인생의 목적이니 마치 나고 자라고 죽음이 사람의 피치 못할 천명天命임과 같이 남녀의 사랑도 피치 못할 독립한 천명인가 하나이다. (…중략…) 충효의 염念이 없는 이가 비인非人이라 하면 사랑의 염이 없는 이도 또한 비인일지며……[13]

위 인용문은 「어린 벗에게」에서 뽑은 것이다. 화자는 인간에게 삶과 죽음이 천명인 것처럼 사랑도 인간에게 천명이라고 말한다. 이번에는 「동정의 누」에서 뽑은 대목을 살펴보자.

유형有形한 불은 유형한 분노로써 끌 수 있으나 무형無形한 사랑의 불길은 무적無跡한 놈의 사랑이 아니면 끌 수가 없는 것이다. 사랑은 사람을 기쁘게도 하며 슬프게도 한다. 사랑은 사람을 살리기도 하며 죽게도 한다. 사람이 잊으려 하나 잊을 수 없고 생각을 아니하려 하나 아니할 수 없는 것은 사랑의 힘이다. 한 번 사랑의 포로가 되면 누구나 자기의 맘을 자기가 지배할 수 없이 되는 법이다. 19 : 78~79

이 작품의 서술 화자 '나'는 이러한 사랑의 힘을 '사랑의 인력'이라고 부른다. 달의 인력이 지구에 미쳐 바닷물을 세게 끌어당기면서 간조와 만조가 생기듯이 사랑도 인력으로 상대방을 지배한다는 뜻이다. 서양 격언에 "사랑은 모든 것을 정복한다"는 말이 있듯이 사랑은 모든 영역에서 인간을 두루 지배한다. 이렇듯 김환과 이광수는 인간의 삶에서 사랑이 얼마

---

13 외배, 「어린 벗에게」, 79쪽.

나 중요한지 새삼 일깨운다.

이번에는 조혼 문제와 관련하여 이광수와 김환의 태도를 살펴보기로 하자. 부모가 자식을 조혼시키는 이유와 관련하여 이광수와 김환은 서로 비슷하다. 앞에서 언급했듯이 「어린 벗에게」에서 이광수는 조혼 폐습에 대하여 "우리 조선 남녀는 그 부모의 완구와 생식하는 기계가 되고 마는 것"이라고 지적한다. 그러면서 이러한 조혼 풍습이야말로 문명국가에서는 좀처럼 볼 수 없는 '야만적 행위'라고 못 박아 말한다. 이 점에서는 김환의 생각도 크게 다르지 않다. 그는 "사제師弟의 구별이니 장유유서長幼有序니 하는 것은 썩어진 유교의 유풍遺風"이라고 못 박는다. S교사의 입을 빌려 '나'에게 "그런 악습을 혁신하지 않으면 도저히 문명한 사람이 못 될 줄 압니다"20:80라고 말한다.

이보다 앞서 '나'는 산에 오르는 전 길에서 만난 조혼 부부를 보고 "이런 악습惡習慣을 타파하지 않으면 우리는 언제나 남과 같이 문명한 생활을 하기 어렵다"19:71라고 생각한다. '나'가 산에서 만난 B학생에게 크게 실망하는 것도 그 역시 조혼을 했기 때문이다. 그러나 학생에게는 그럴 만한 사정이 있었다는 것을 알고 나자 '나'는 오히려 그를 깊이 동정하며 눈물을 흘린다. 부모가 일찍 사망하고 피붙이라고는 하나도 없는 천애고 아인 그로서는 열네 살 때 자기를 거두어 키워준 은인의 딸과 결혼할 수밖에 다른 길이 없었을 것이기 때문이다.

그러나 이광수가 편지에서 직접 조혼의 악습을 지적하는 것과는 달리 김환은 그러한 악습의 모습을 좀 더 극적으로 생생하게 보여 준다. 서술화자 '나'는 "참말 우리나라에 여자들이야말로 참, 불쌍하다. 한심하구나 저 신랑이 한 20 넘어서 세상 철을 알게 되면 색시는 그만 늙은이가 되고 말겠구나"19:71라고 생각한다. 조선의 젊은 여성은 이렇게 낡은 조혼 풍습 때문에 꽃 같은 청춘을 허송한다고 한탄한다.

그러면서 서술 화자 '나'는 이러한 것이 과연 누구의 탓이나 죄이냐고 묻는다. 당사자에게는 아무런 죄가 없고 조혼을 시킨 부모에게 책임이 있다고 지적한다. "첫째는 자식을 자기가 소유한 장난감과 같이 인정하고 슬히膝下의 낙을 보겠다는 그 부모의 죄요 둘째는 그런 일을 용허容許하는 우리 사회의 책임이로다"19:71라고 밝힌다. '나'의 말을 인정이라도 하듯이 장차 학생의 장인이 될 사람은 그에게 "너를 사위로 삼아서 아들 겸 사위로 내가 늙어 죽는 날까지 슬하의 자미滋味를 너의 부부夫婦에게 부칠까 한다"20:76고 말한다.

앞에서 다룬 작가들과는 달리 김환이 「동정의 누」에서 인유법이나 전고법 같은 수사법을 즐겨 사용한다는 점도 찬찬히 눈여겨보아야 한다. 미술을 전공했으면서도 그는 동양문학과 서양문학을 탐독하면서 문학 수업을 쌓은 것 같다. 예를 들어 친구 'R'의 무덤을 찾아가는 '나'는 언젠가 'O' 또는 'OS' 학교 교장과 관련하여 그가 들려준 말을 기억한다. 친구는 '나'에게 "우리는 그 어른의 말을 따라갑시다…… 나는 나파륜拿破崙의 말과 같이 세상에 불능不能이란 것이 없을 줄 압니다"19:72라고 말했던 것이다. 여기서 '나파룬'이란 나폴레옹을 말하고, 그는 "내 사전에는 '불가능'이라는 말이 없다"19:72고 말한 것으로 흔히 전해진다.[14]

또한 인유법이나 전고법은 '나'는 친구 'R'의 무덤에서 "군君의 살과 뼈

---

[14] 엄밀히 말해서 나폴레옹은 그러한 말을 한 적이 없다. 다만 그는 "Impossible n'est pas français", 즉 "'불가능'이라는 낱말은 프랑스어가 아니다" 또는 "'불가능'이란 단어는 프랑스어에는 없다"라고 말했을 뿐이다.

는 한덩이 흙이 되어 자연에서 낳던 인생이 자연의 넓은 가슴으로 다시 돌아갔으리라만은……"19:72이라는 문장에서도 찾아볼 수 있다. 이 문장은 "너는 흙에서 난 몸이니 흙으로 돌아가기까지 이마에 땀을 흘려야 난 알을 얻어먹으리라"「창세기」 제3장 제19절라는 구약성경 구절을 자유롭게 풀어서 인용한 것이다. B학생이 '나'에게 말하는 "길을 잃은 양羊과 같이 방황하였으나"라는 구절도 신약성경 구절에서 따온 것이다.

오산학교는 남강南岡 이승훈李昇薰이 기독교 정신에 따라 설립된 학교로 '나'와 그의 친구 'R' 두 사람은 이 학교 출신이다. 한편 '나'는 친구 무덤에서 실컷 울다가 다시 산에 오르며 "Life is but a dream이로다. 꿈같은 세상世上에 오래 살면 무엇하노"19:73라고 중얼거린다. 김환이 과연 페드로 칼데론의 희곡 〈인생은 꿈〉1636을 읽었는지는 알 수 없지만 그가 영어로 말하는 구절은 다름 아닌 이 작품의 제목이다.

김환은 이번에는 조선에서 전해 내려온 민요가락에서 한 대목 빌려오기도 한다. '나'는 B학생에게 갑자기 느끼는 야릇한 감정과 관련하여 "세상에서 석탄 백탄 타는 데는 연기나 풀々 나지만은 가슴에서 타는 사랑의 불길은 연기조차 아니 난다"라고 말한다. 여기서 '나'의 말은 황해도 평산에서 처음 시작된 〈사발가沙鉢歌〉의 첫 구절이다. 흔히 〈온정타령溫井打令〉이라고도 부르는 이 민요는 "석탄 백탄 타는데 / 연기나 펄석 나지요. / 이 내 가슴 타는데 / 연기도 김도 안나네"로 시작한다. 일제강점기 항일 정신을 은근히 표현한 민요로 흔히 간주하지만, '나'가 B학생에 느끼는 '동정과 사랑'을 표현하는 데도 더할 나위 없이 안성맞춤이다.

한편 '나'는 SO학교를 떠나기로 결심하자 "시오시오부재래時乎時乎不再來라 할 만한 기회가 돌아왔다"20:81고 말한다. 이 한자는 사마천司馬遷의

『사기』에 나오는 구절로 지금이야말로 두 번 다시 돌아오지 않을 좋은 때라는 뜻이다. 정도전鄭道傳이나 임경업林慶業, 전봉준全琫準 등 혁명을 꿈꾸는 지도자들의 글 가운데 자주 등장하는 구절이기도 하다. 굳이 먼데서 예를 찾을 필요 없이 『열녀춘향수절가烈女春香守節歌』에서 이도령이 부친을 따라 한양으로 돌아간다는 소식을 듣게 된 월매는 그에게 "백옥 같은 내 딸 춘향 화용신花容身도 부득이 세월에 장차 늙어져 홍안紅顔이 백수白首 되면 시호시호부재래라. 다시 젊든 못 하나니 무슨 죄가 진중하여 허송 백년 하오리까"라고 말한다.

한편 〈만정판晩汀版 춘향가〉에도 이도령의 명령으로 그녀를 타고 있는 춘향을 데리러 간 방자가 "여보게 춘향이 오늘 이 기회가 시호시호부재내라. 우리 사또 자제 도련님은 얼굴이 관옥이요, 풍채는 두목지杜牧之요 문장이 이태백李太白, 필법은 왕의지王羲之라 세대 충효대가忠孝大家로서 가세는 장안갑부長安甲富라 남편을 얻을 테면 이런 서울 남편을 얻지 시골 남편 얻을 텐가?"라고 말하는 대목이 나온다.

그런가 하면 B학생은 나에게 보내는 편지에는 "형님에게 감사하옵는 형님이 사랑으로 주신 『애사哀史』는 기쁨으로 받아 재미있게 보는 중입니다"20:85라고 적는다. 여기서 학생이 언급하는 『애사』란 다름 아닌 빅토르 위고의 장편소설 『레미제라블』1862을 번안한 작품을 말한다. 일제강점기에 이 작품만큼 큰 관심을 받으며 여러 차례 번역된 작품도 아마 찾기 쉽지 않다. 이 작품을 둘러싼 번역 문제는 한국 번역사에서 흥미로운 한 장을 화려하게 장식한다.

조선에서 이 작품을 처음 선보인 것은 한일병합 직전 최남선崔南善이 『소년』에 「ABC계契」라는 제목으로 초역抄譯하면서부터다. 번역 작품의 부제 'The Friends of the ABC'에서도 알 수 있듯이 최남선은 'ABC의 친구들'로 일컫는 청년 69명이 민중 봉기를 결의하는 1832년의 방어벽 항전 대목만 뽑아 번역하였다. 프랑스어를 모르는 최남선이 원천 텍스트에서 번역한 것은 아니고 하라 호이츠안原抱一庵이 일본어로 번역한 『ABC 구미아이組合』를 저본으로 삼아 간추려 옮긴 번역이다.

최남선은 『소년』이 일제 당국에 의하여 강제 폐간되자 새로 발간한 『청춘』 창간호에 위고의 작품을 「너 참 불쌍타」라는 제목으로 다시 번역해 싣는다. '세계문학 개관'이라는 제호 아래 이번에는 작품의 일부가 아니라 작품 전체를 축약하여 옮긴다. 제목도 '불쌍한 사람들'이라는 원작에 가깝게 붙였다. 그로부터 4년쯤 뒤 1918년 7월부터 1919년 2월까지 민태원閔泰瑗이 『매일신보』에 『애사』라는 제목으로 위고의 작품을 연재하기 시작하였다. 「동정의 누」에서 B학생이 "형님이 사랑으로 주신" 책으로 언급하는 작품이 바로 그것이다. 그가 편지를 쓴 날자가 '1919년 1월 보름날'이고 『학지광』 19호가 발행된 날짜도 '다이쇼 9년, 즉 1919년 1월 26일'이다. 민태원의 번역이 일간신문에 연재 중이라서 아직 단행본으로 출간되지는 않았지만 김환은 B학생에게 단행본으로 선물하는 것으로 설정한다.[15]

---

15 민태원이 『애사』라는 제목을 붙인 것은 모리타 시켄(森田思軒)이 『레미제라블』 일부를 『아이시(哀史)』로 개명하여 번역했기 때문이다. 엄밀한 의미에서 민태원의 작업은 번역이 아니라 번안이다. 이 작품이 한국어로 번역되어 단행본으로 처음 출간된 것은 1922년으로 '난파(蘭坡)'라는 호로 디욱 잘 알려진 1922년 홍영후(洪永厚)가 번역하여 출간하였다. 1923년 그는 국한문 혼용체로 번역한 『애사』를 순한글로 다시 번역하여 『장발장의 설움』이라는 제목으로 재출간하였다. 한편 1925년 오천석(吳天錫)은 한국 최초의 세계문학 앤솔러지라고 할 『세계문학 걸작집』에 일본어가 아닌 영어 번역본에서 이 작품을 축약 번역하여 『몸 둘 곳 없는 사람』으로 수록하였다. 『레미제라블』의 한국어 번역을 둘러싼 문제는 박진영, 「소설 번안의 다중성과 역사성─『레미제라블』을 위한 다섯 개

그렇다면 서술 화자 '나'는 도대체 왜 B학생에게 하고 많은 책 중에서 위고의 『애사』를 선물로 주었을까? 학생이 놓여 있는 처지가 아마 이 작품에 등장하는 여러 인물처럼 가엾고 불쌍하기 때문일 것이다. '나'는 그를 두고 여러 번 '불쌍하다'고 생각한다. 더구나 프랑스 대혁명을 다루는 이 소설은 일찍이 사회를 위하여 자기 몸을 바치겠다고 생각하는 '나'에게도 각별한 의미가 있다. 위고의 이 작품이 식민지 조선에서 여러 번역자의 손을 거치면서 여러 번 번역되었다는 사실은 그만큼 일제강점기 조선의 시대적 상황과 깊이 관련 있었기 때문이다.

6. 용주인의 「벗의 죽엄」

'용주인龍洲人'이라는 필명의 작가는 김환의 「동정의 누 2」가 실린 『학지광』 20호에 단편소설 「벗의 죽엄」을 발표하였다. 용주인은 이 잡지의 편집자로 활약한 박석윤朴錫胤의 필명이다. 같은 호에 그는 박석윤의 이름으로 「'자기'의 개조」라는 논문을 발표하기도 하였다. 전라남도 담양 출신인 그는 조선총독부의 후원으로 도쿄제국대학 법학부를 졸업하였다. 조선총독부의 부탁으로 그는 독립운동가들에게 전향 공작을 벌이는 작업으로 일본 제국주의에 부역하기 시작하였다. 기미년 독립만세운동 직후 김준연金俊淵의 전향을 꾀했다가 실패한 것으로도 알려져 있다. 이 무렵 도쿄제국대학에 재학 중이던 김준연은 조선기독교청년회의 부회장을 맡

의 열쇠」, 『민족문학사연구』 33집, 민족문학사학회, 2007, 213~54쪽; 박진영, 『번역가의 탄생과 동아시아 세계문학』, 소명출판, 2019 참고.

아 활동하면서 1919년 2·8독립선언에 주동적으로 참여하였다. 최남선과 매부처남 사이인 박석윤은 귀국 후『시대일보』정치부장과 조선총독부 기관지『매일신보』부사장을 지내면서 일제에 적극 협력하였다.

「벗의 죽엄」은 제목 그대로 결혼을 이틀 앞둔 주인공 창호가 평소 사랑하고 존경하던 친구 원영의 갑작스러운 사망 소식을 듣는 장면으로 시작한다. 결혼식을 준비하려고 시골에서 경성에 올라온 창호는 처남인 선중한테서 원영이 독감으로 갑자기 사망했다는 소식을 전화로 전해 듣고 "뉘에게 곤봉棍棒으로나 한개個 얻어맞은 것 같은" 느낌이 든다. 3인칭 서술 화자는 "창호는 무한한 순간의 비애悲哀의 고통苦痛에 빠졌지만은 원영군의 그 온아溫雅한 자태姿態와 항상 미소微笑를 머금은 얼굴이 새삼스럽게 창호의 마음눈에 환하게 보인다"[20 : 62]고 말한다. 이 작품의 대부분은 창호가 원영과의 관계를 회상하는 내용으로 되어 있다. 스토리 끝에 이르러 다시 현재 사건으로 돌아오는 이 작품은 일종의 액자소설 형식을 취한다. 다만 주인공 창호가 액자와 액자 안을 자유롭게 넘다든다는 점이 전형적인 액자소설과 조금 다를 뿐이다.

박석윤이 액자 안에서 가장 중요하게 다루는 스토리는 창호가 미래의 아내에게 청혼하려고 사주를 들고 경성에 왔다가 원영을 만날 때의 일이다. 학교에서 교사로 근무하는 원영은 경성의 혼인 풍습에 따라 창호의 사주를 새로 써주고 색실과 싸릿대를 사다가 격식을 차려 사주함을 만들어 준다. 그런데 창호가 원영의 죽음을 무척 안타깝게 생각하는 것은 단순히 우정 때문만은 아니다. 원영은 촉망 받는 국문학자가 되려고 매진하는 사람이다. 이 점과 관련하여 서술 화자는 "원영은 조선朝鮮국문학國文學을 연구했다. 지금도 연구한다. 그리고 장래도 일생을 국문학國文學 연구에 바쳐서 이것을 과학적으로 연구하여 조선朝鮮 민족民族에게는 물론이려니와, 세계 문화에 공헌하려고 굳게 결심하였다"20 : 70고 말한다.

박석윤이 「벗의 죽엄」에서 다루는 문제는 무엇보다도 죽음의 필연성이다. 불가에서는 '생자필멸生者必滅'이요 '회자정리會者定離'라고 가르친다. 창호는 원영의 뜻하지 않은 죽음을 보고 삶의 덧없음을 깊이 깨닫는다. 창호는 이 세상에서 알 수 없는 것이 한둘이 아니지만 그중에서도 죽음은 더더욱 불가사의하다고 생각한다.

창호는 선중과 함께 원영이 머물던 학교 숙직실을 방문하여 그가 사용하던 책상에서 그에게 조문을 쓴다. 창호가 참담한 슬픔을 느끼면서도 조문에 "멀지 아니한 장래에 다시 만날 것을 확신하는 아우는 사람이 죽는다는 그 사실에 대해서는 그렇게 슬픔을 느끼지 아니 하나이다"20 : 70라고 적는 것은 바로 필연성을 깨닫기 때문이다. 창호의 결혼식을 며칠 앞둔 시점에서 원영이 사망한다는 것은 삶과 죽음이 동전의 양면처럼 서로 깊이 연관되어 있음을 여실히 보여 준다.

더구나 박석윤이 「벗의 죽엄」에서 다루는 또 다른 주제는 전통의 계승과 파괴를 둘러싼 문제다. 이 무렵 『학지광』에 발표한 단편소설들이 흔히 그러하듯이 이 문제는 주로 결혼을 중심으로 전개된다. 사주를 다시 만드는 장면에서 창호는 원영에게 예로부터 전해 내려오던 고루하고 무의미한 형식을 이제 버려야 할 때가 되었다고 말한다. 그러자 원영은 헨리 워즈워스 롱펠로의 서사시 『에반젤린』1847을 언급하여 약혼식이란 서양인들처럼 자연스럽게 하는 쪽이 더 좋다고 말한다.

적어도 혼약婚約은 이러한 형식形式 밑에서 해야 될 것이오. 우리나라 풍습風習

에 신랑新郎 편에서 사주四柱를 보낸다는 것이 곧 완전한 혼약婚約이라고 볼 수가 있소. 그런데 오늘날까지 행行해 내려온 풍습風習을 보면 결혼結婚할 당사자當事者들이 결혼結婚한 것이 아니라, 부모父母가 마음대로 결혼結婚시킨 유풍遺風이 환하게 들어나 가지고 있소.20:65

이렇게 말하는 원영을 두고 서술 화자는 "어디까지 선생先生님 비슷한 태도態度로 이후後로는 기어期於히 개량改良하여야 되겠다는 빛을 얼굴에 보인다"20:65고 말한다. 결혼과 관련하여 원영이 창호에게 하는 말은 이광수가 「어린 벗에게」에서, 또 김환이 「동정의 누」에서 하는 말과 아주 비슷하다. 이 무렵 지식인들은 부모가 자식의 의견에 관계없이 결혼시키는 악습과 폐해에 적잖이 불만을 품고 있었다. 이러한 악습과 폐해를 타파하지 않는 한 문명국가의 반열에 오르기란 불가능하기 때문이다.

박석윤이 「벗의 죽엄」에서 조선 문화의 악습과 폐해를 지적하면서도 서양문화의 기준에 따라 무조건 자국문화의 풍습을 타파하는 것이 옳은지에 의문을 품는다. 바로 이 점에서 그의 작품은 방금 앞에서 다룬 이광수나 김환의 작품과는 조금 다르다. 창호가 악습과 폐해를 타파하는 쪽에 무게를 싣는다면, 원영은 좀 더 냉철하게 판단할 필요가 있다고 주장한다.

그런데 재래의 우리나라 결혼제도結婚制度가 개성個性을 무시한 추악醜惡한 것이었던 것은 다시 말할 필요도 없거니와, 이것을 개량改良하는 데는 먼저 두 가지 전제前提를 생각해 볼 필요가 있습니다. 즉 말하면 우리는 먼저 조선 사회朝鮮社會의 한 사람이라는 것을 생각해 볼 필요가 있고, 그다음에는 전인류全人類의 한 분자分子라는 것을 생각해 볼 필요가 있습니다. 그런 고로 조선 사람으로서는 당연히 할 일도 인류人類의 한 사람으로 생각해 볼 때는 죄악罪惡이 되는 일도 있습니다. 우리가 자연自然이 준 그대로의 사람을 상상할 때는 자유연애自由戀愛라던가 자유결혼自由結婚이라던가는 차라리 당연한 일이올시다. 그러나 오늘날 조선 사회에 있어서 이 두 가지를 주장하는 것이 필요하냐? 다시 말하면 주장할 만한 시기가 되었느냐 혹은 우리 동포同胞가 그만한 정도까지 깨었느냐 이것이 먼저 생각해 볼 문제라고 생각합니다. 20 : 65~66

조선 사회의 결혼 풍습 타파와 관련하여 원영은 두 가지 전제를 제시한다. 첫째, 조선인은 하나같이 조선 사회의 구성원이므로 그 사회의 전통과 인습에 어느 정도 따를 수밖에 없다. 둘째, 조선인은 '전 인류의 한 분자'로서의 역할을 맡아야 한다. 즉 조선인은 여느 다른 민족과 마찬가지로 특수성과 보편성, 구체성과 일반성의 이중구속에 놓이게 된다.

원영은 모든 문화에는 절대적으로 우월하거나 열등한 것이 없으며 하나같이 상대적으로 고유한 가치를 지닌다는 문화상대주의를 신봉한다. 또한 인식론적 차원에서 보면 그는 구성주의 패러다임을 따른다. 지식은 이미 형성되어 있는 것으로 보편적이고 초역사적이며 범우주적 성격을 지닌다고 보는 객관주의적 패러다임과는 달리, 구성주의 패러다임에서는 지식이란 어디까지나 사회적, 문화적, 역사적 상황에서 개인이 만들어 낸다고 본다. 좀 더 구체적으로 말해서 지식의 구성 요인을 개인의 인지작용보다는 사회적 상호작용에서 찾는다는 점에서 원영은 사회적 구성주의자에 가깝다.

한편 원영은 서유럽 사회에서 흔히 볼 수 있는 개인주의나 자아의식에 대한 비판의 고삐를 늦추지 않는다. 개인주의나 자아의식이 아무리 소중하다고 하더라도 그것이 지나치면 오히려 해를 불러올 수 있기 때문이다. 원형이 창호에게 "역시 사람은 남녀를 막론勿論하고 너무 자아의식自我意識이 많은 고로, 무엇이나 다른 것이 자기의 마음대로 되는 것만 바라지, 자기가 나아가서 다른 것의 마음대로 되어주기는 몽상夢想도 아니합니다 그려"20:66라고 말한다. 인간은 남녀를 가리지 않고 자기중심적인 경향이 강하므로 욕망을 적절하게 조절해 줄 외부 힘이 필요하다는 것이다.

이 점에서 원형이 말하는 '강력 생활' 또는 '강력주의'를 좀 더 자세히 살펴볼 필요가 있다. 원영은 창호에게 만약 조선 사람에게 이것이 없다면 조선 사람은 살 수가 없다고 잘라 말할 만큼 그것을 무척 중요하게 생각한다. 그는 창호에게 "우리는 강력주의라야만 살아! 세상일은 되는 대로밖에 된 것이 아니니까"20:71라고 말한다. 창호는 원영의 강력주의가 과연 무엇인지는 잘 알지 못하지만 평소 그의 행동과 인격으로 그것이 무엇인지 충분히 미루어 볼 수 있다고 생각한다. 창호는 원영과 함께 학교 뒷산에 올라가면서 그의 뒷모습을 바라보며 헨리크 입센의 극시 『브란트』1866의 주인공을 떠올린다.

정말 경치景值 좋은 산山이다. 창호昌浩는 차츰차츰 원영原榮의 뒤를 따라서 산을 올라가기 시작하였다. 창호가 있는 곳에서 보이는 그 산은 그렇게 크지는 아니하다. 창호가 있는 곳은 산영山嶺이 쑥 내려온 한 중앙이다. 정쭉々 한 절개節介를 자랑하는 힘의 권화權化 같이 보이는 무수한 소나무! 여름날의 기봉奇峯을 많이 그 위에 실은 맑은 하늘! 그 사이를 강력주의强力主義를 이상理想 삼는 원영이가 단장短杖을 휘두르며 어슬렁어슬렁 올라가는 모양! 창호는 '이부센'의 '부란드'에 씌인 한 광경을 상상하였다. (…중략…) 창호는 엄숙한 기분 가운데서, '부란드 목사牧士'를 상상하였다. 그러고 원영을 '부란드'와 한사람이라고 생각하였다. '브란드'가 산에 올라가면서 "All over nothing"이라고 부르짖은 것과 같이, 원영이라는 조선 '부란드'가 "전全 아니 무無다" 부르짖으며 산을 올라가는 것이라고 생각하였다.20 : 67

여기서 '이부센'이란 두말할 나위 없이 노르웨이 극작가 헨리크 입센의 이름을 일본어로 표기한 'イブセン'를 그대로 한국어로 표기한 것이고, '부란드' 역시 그의 극시『브란트』1866의 주인공 이름을 일본어로 표기한 'ブランド'를 한국어로 표기한 것이다. 원영이 말하는 강력주의는 입센이 이 작품에서 묘사하는 주인공의 세계관과 아주 비슷하다. 브란트는 극단적 이상주의자로 '전부냐, 아니면 전무냐'의 양자택일을 표방하며 모든 타협을 배격하는 열렬한 목사다.[16]

더구나 브란트는 입센의 또 다른 작중인물 페르 귄트와는 달리 가족이든 몸이든 모두를 희생하면서 자신의 이상을 끝까지 추구하려고 한다. 이 점에서 원영은 브란트와 비슷하다. 창호에게 결혼 같은 것은 자기에게 그렇게 중요하지 않다고 밝힌다. 그에게는 조선의 국문학을 과학적으로 연구하여 전 세계에 널리 알리는 것이 결혼보다 훨씬 더 중요하다. 원영은 지금 그가 '말숲'이라고 부르는 국어사전을 편찬하고 있다. 이 사전과 관련하여 서술 화자는 "'말숲'이라는 것은 자기가 지금 편찬 중에 있는 조

---

16 동아시아에서 헨리크 입센을 처음 소개한 사람은 모리 오가이(森鷗外)였다 1889년 그는 문예잡지『시가라미 소시(しがらみ草紙)』에 일본 최초로 입센을 소개하였다. 1903년 모리는 입센의『브란트』를『목사(牧師)』라는 제목으로 번역한 것을 시작으로 본격적으로 입센을 일본애 소개하였다. 그것에 힘입어 1906년 7월『와세다문학(早稻田文学)』에서는 '입센 기념' 특집호를 간행할 정도였다. 1913년 모리는『인형의 집』을『노라(ノラ)』라는 제목으로 번역하였다.

선어자전朝鮮語字典인데 말숲이라는 것은 '언어의 삼림森林', 즉 사전을 의미한 것이라고 창호는 들었다"20 : 70고 말한다.

그러고 보니 일본어와 한국어가 동일 계통에 속한다는 '한일 양국어 동계론'을 주창한 일본 언어학자 가니자와 쇼사부로金澤庄三郎는 일찍이 일본어사전 『지린辞林』1907을 시작으로 『고지린広辞林』1925과 『쇼지린小辞林』1929을 잇달아 편찬하여 간행하였다. '말의 숲'을 뜻하는 '말숲'은 가니자와의 '사림'과 의미에서 동일하다. 어쩌면 원영은 가니자와가 일본에서 이룩한 업적을 식민지 조선에서 이룩하려고 했는지도 모른다. 원영은 날이면 날 밤이면 밤마다 학교 숙직실에 책상에 홀로 앉아 "전심력全心力을 다하여" 사전 편찬 작업에 몰두한다. 이렇듯 원영은 브란트 목사처럼 인생에 설정해 놓은 목표를 향하여 불굴의 정신으로 매진하려는 나머지 때이른 죽음에 이르게 된다. 그러므로 원영이 말하는 강력주의란 앞장에서 말한 약육강식과 우승열패의 사회진화론보다는 어떤 목표를 이룩하려고 있는 힘을 다하여 몸과 마음을 바치려는 백절불굴의 정신을 일컫는 말로 받아들여야 한다.

원영은 식민지 조선에서 자유연애와 자유결혼을 부르짖기에는 아직 이르다고 생각한다. 창호가 원영에게 "그러면 군은 상조론자尙早論者로구려"라고 말하자 원영은 곧바로 "네—간단히 말하면 그렇습니다"라고 대답한다. 이렇게 자신이 시기상조론자라고 인정하면서 원영은 바로 이 점만 보더라도 조선 젊은이들에게 교육이 얼마나 필요한지 알 수 있다고 밝힌다. 그는 젊은이들이 교육을 통하여 "새로운 도덕에 합당한, 인성과 개성을 존중하는 방법"을 터득할 수 있다고 굳게 믿는다. 이렇게 교육만 제대로 받는다면 젊은이들은 "부형의 세력과 인습因襲의 기반羈絆"을 쉽게 벗을 수 있다. 개인의 자아와 사회적 인습 사이에서 균형과 조화를 꾀해야 한다고 생각한다는 점에서 원영은 점진적 개량주의자다.

한편 박석윤의 「벗의 죽엄」에서는 앞에서 다룬 이광수나 김환의 작품에서처럼 동성애적 경향을 엿볼 수도 있다. 다만 앞의 두 작품과 비교하여 이 작품에서는 이러한 주제가 묵시적으로 표현되어 있을 뿐이다. 창호가 원영과 함께 학교 뒷산을 올라가 서로 웃옷과 신발을 벗고 힘을 겨루는 장면은 이러한 경향을 보여 주는 더할 나위 없이 좋은 예다.

> 둘이는 옷을 벗고 발을 벗고 달려들어서 서로 훔쳐 잡었다. 원영은 부드라운 여름풀의 시원한 키스를 느끼면서 배를 내밀고 창호의 북받치는 힘에게 대하여 응전應戰하였으나 원래부터 원영은 창호의 적敵이 아닌 고로 창호의 힘을 대항對抗치 못하였다. 흠씬 둘이 뛰고 놀다가 이마에서, 가슴에서, 구슬땀을 씻으며, 서로 약속한 것 같이 둘의 발이 동시에 계류溪流로 향하엿다.20 : 68

건장한 젊은이 둘이 씨름하며 힘을 겨루는 이 장면은 남성의 건강한 우정을 보여 줄 뿐 어떤 성적 의미를 부여하는 것 자체가 지나친 해석일지도 모른다. 원영은 이미 결혼한 상태고 창호도 이제 얼마 뒤면 결혼하기로 되어 있는 약혼한 상태다. 그러나 위 인용문을 좀 더 찬찬히 살펴보면 나름대로 동성애적 의미로 읽힌다. 두 번째 문장에서 원영이 양쪽 맨발에 "보드라운 여름풀의 시원한 키스"를 느낀다든지, "배를 내밀고 창호의 북받치는 힘"에 응전한다든지 하는 구절에서는 동성애적 의미가 함축되어 있다. 보드라운 여름풀이 시원스럽게 발에 스쳤다고 표현해도 될 터인데 왜 군이 '키스'라는 외래어를 사용했을까.

한국어 고유의 표현에서 키스에 해당하는 말을 '심알[心核]을 잇다'나 '입을 맞추다'라고 하였다. '심알'이란 글자 그대로 마음의 핵이나 중심을 가리는 말로 '심알을 잇는다'는 것은 곧 두 사람의 마음과 마음을 잇는다는 뜻이다. 입맞춤을 단순히 육체적 행위로 파악하는 것이 아니라 오히려 마음과 마음을 잇는 심성적 행위로 파악하는 말이다. 이와는 달리 일본인들은 사물을 서로 잇는다고 하여 '셋푼接物'으로 표현한다. 중국에서 이 표현은 무척 다양하여 입을 빤다고 하여 '구흡口吸', 입을 합친다 하여 '합구合口' 또는 '합물合物', 입부리를 가까이 한다 하여 '친취親嘴'라고 한다.

한편 원영이 "배를 내밀고 창호의 북받치는 힘"에 응전하는 행위도 성적 의미를 함축하기는 마찬가지다. 고유한 한국어에는 '심알'과 함께 '배알'이라는 말이 있다. 마음에 중심이 들어 있듯이 배[腹]에도 중심이 들어 있다. '배알'은 뱃속의 창자를 속되게 이르는 말이기도 하고, 배의 중심에 있는 배꼽을 일컫기도 한다. '배알이 없다'는 것은 배짱이 없다는 뜻이다. '배알이 맞는다'는 말은 축어적으로는 배꼽이 맞는 것을 뜻하고, 비유적으로는 마음이 통하고 더 나아가 육체적 결합을 뜻한다. 이와는 반대로 '배알이 꼴리다'라고 하면 창자가 뒤틀릴 만큼 마음이 불편한 상태를 가리킨다.

원형과 창화가 땀을 뻘뻘 흘리며 씨름을 하고 난 뒤 보여 주는 행동은 동성애적 관점에서 보면 여간 예사롭지 않다. 두 사람은 계곡 아래로 내려가 시냇물에 발을 담근 채 이런저런 화제로 대화를 나누기 시작한다. 그러다가 원영은 갑자기 창호에게 "군君의 미래의 '와이프'는, 내가 잘 아니까 이다음 가정家庭을 가진 후에는 가끔 놀러갈 터이니 둘이 나와서 대접대接待을 극진極盡히 잘하오. (…중략…) 아니, 웃는 말이 아니오, 그때 가서 대접을 잘못 하면, 엎드려 놓고 볼기를 때릴 테야"20 : 68~69라고 말하면서 물에 행군 손수건을 해를 향하여 두세 번 양쪽 끄트머리를 잡고 홀홀 턴다. 서양이든 동양이든 엉덩이를 뜻하는 '볼기'라는 말에는 성적 의미가 강하게 함축되어 있다.

7. 최의순의 「불비츤 몰으고」

『학지광』이 단편소설 장르에 끼친 영향과 관련하여 28호에 실린 최의순崔義順의 「불비츤 몰으고」도 주목해 볼 만하다. 경성 출신으로 일본 오사카大阪고등여학교를 졸업한 뒤 도쿄고등여자사범학교에서 화학을 전공한 그녀는 귀국 후에는 『동아일보』 학예부 기자로 활약하였다. 최의순은 나혜석과 'C Y 생'의 필명을 사용하는 필자와 함께 이 잡지에 글을 기고한 몇 안 되는 여성 필자 중 한 사람이다. 최의순은 일본 아오야마학원을 거쳐 역시 도쿄고등사범학교에서 영문학을 전공한 아동문학가 진장섭秦長燮과 결혼하였다. 소파小波 방정환方定煥과 함께 색동회 창립 멤버로 활약한 남편처럼 최의순은 문학에 관심이 많았고, 이러한 그녀의 관심은 이렇게 단편소설을 쓴 것에서도 엿볼 수 있다.

지금까지 『학지광』에 실린 단편소설이 하나같이 남성들이 쓴 작품이었다면 「불비츤 몰으고」는 여성이 쓴 유일한 작품이다. 여성 작가답게 최의순은 작품의 배경과 소재를 여성과 관련한 것에서 빌려왔다. 더구나 최의순의 작품에서는 자전적 요소를 찾아볼 수 있다. 가령 주인공 승애는 조선인 여자 유학생으로 최의순처럼 도쿄 소재 관립여자전문학교 화학과에 재학 중이다. 또한 백여 명의 다른 여학생들과 함께 학교 기숙사에서 생활하고 있다.

어느 날 저녁 승애는 기숙사 외출 기록부에 '이 저녁에 가야만 할 곳'이라고 기재한 뒤 기모노로 변장하고 도쿄 시내로 나간다. 그녀가 없어진 것을 알아차리자 사감은 조선인 학생들을 불러 그녀의 행방을 물어 보지만 속수무책이다. 새벽녘 화재 경보 사이렌 소리와 함께 잠에서 깬 사감은 신문 호외를 읽고는 그만 정신을 잃은 듯이 털썩 주저앉는다. 호외에는 '광인의 방화'라는 제호와 함께 관립여전에 다니는 조선인 여학생이 은행과 조폐국을 비롯한 주요 건물에 방화하여 건물들이 전소되었다는 기사가 실려 있기 때문이다. 호외에서는 방화범의 이름을 아직 비밀에 부쳐 공개하지 않았지만 사감은 범인이 다름 아닌 승애라는 사실을 금방 알아차린다.

순애의 범행이 얼핏 갑작스럽고 우발적인 범행처럼 보일지 모르지만 최의순은 작품 처음부터 치밀하게 주인공이 그렇게 행동할 수밖에 없는 저간의 사정을 설계한다. 다시 말해서 작가는 순애의 방화에 충분한 범행 동기를 부여하려고 애쓴다. 승애는 친자매와 같이 지내는 순이를 제외하고는 다른 기숙사 학생들한테서 따돌림을 받다시피 한다. 다른 조선인 여학생들은 승애에게는 돈이 없다고, 순이에게는 돈이 많다고 하여 두 사람을 싫어한다. 승애는 돈이 없을지 모르지만 뭇 남학생들한테서 인기가 많아서 애인이 무려 스무 명이나 된다고 소문이 나 있다. 그러나 그녀는 A를 제외하고는 다른 남학생들이 선물 공세를 하면 선물을 그대로 돌려보낼 정도로 순정적이다. 이 무렵 승애가 느끼는 심정은 부엌 화로가에 모

여 잡담을 하는 동료들을 뒤로한 채 자기 방으로 혼자 들어와 큰 소리를
되풀이하여 부르는 노래 가사에 잘 드러나 있다.

인생人生아 권세 있느냐? 있거든 살지며
인생人生아 권세 없느냐? 없거든 죽어라
차라리 이 몸이 북망산北邙山에 고혼古魂이 될지언정
권세 없이 살기는 원願치 않노라28 : 129

이 노래는 권세가 판을 치는 세태를 풍자하지만 승애에게 권세란 다름
아닌 금전이다. 그녀는 이국땅에서 돈 없이 학업을 이어가는 것이 얼마나
비참한지 뼈저리게 느낀다. 그런데 문제는 그녀가 느끼는 비참함이 비단
금전적인 것에 그치지 않는다는 데 있다. 이 작품의 서술 화자는 승애의
처지에 대하여 이렇게 말한다.

긴 학생생활을 서투른 타국에서 야릇한 ××땅에서 지내는 동안에 근본천성根
本天性이 곱기만 하다고 하든 승애의 마음도 더할 나위 없이 거칠어졌다. 현대
조선여자現代朝鮮女子인 까닭에 받는 정신상精神上 번민煩悶과 눈앞에 벌어지는
잔격정으로 복실ꡦ하고 윤택하던 그 얼굴도 점점 파리하여지고 말았다. 참으
로 승애가 ○○의 부족으로 받은 쓰림과 아픔은 헤아릴 수 없이 컸다. 동무
모르게 울은 적도 한두 번이 아니었다. 그러나 다른 일로 곤란困難을 당하는 사
람을 볼 때에는 다만 ○○의 주부자유不自由로 애쓰고 고생하는 자기는 누구보
다도 행복幸福스럽다고도 생각하였다.28 : 129

최의순이 「불비츤 몰으고」를 탈고한 것은 이 작품 끝에 적어놓았듯이 '1926년 11월'이다. 1926년이라면 식민지 조선에서는 6·10만세운동이 일어난 해고, 일본에서는 1월 가토 다카아키加藤高明가 24대 총리에 오르고 12월에는 다이쇼 천황이 사망하고 쇼와 천황이 즉위하여 쇼와시대를 연 해다. 그래서 일제가 전보다 검열의 고삐를 좀 더 바짝 조였는지 위 인용문에서 최의순은 "야릇한 ××땅"과 "○○의 부족"과 "○○의 주부자유"에서처럼 복자伏字를 세 번이나 사용한다. 앞의 '××'는 아마 '이국'이나 '적국' 정도를 가리키고, 뒤의 '○○'은 '금전'이나 '재정' 정도를 가리킬 것 것이다.

이 무렵 승애는 대인관계, 금전, 사회, 정치 등 크게 네 가지 이유에서 고통을 겪는다. 순이와 동급생 B를 제외하고는 거의 모든 조선인 여학생들이 승애를 질투하거나 따돌림하다시피 한다. 승애는 미모에다 똑똑하고 용기 있기 때문이다. 그동안 순애와 애증관계에 있던 B는 사감에게 "나는 근일에는 승애와 말도 잘 아니하는 동무입니다. 마는 승애에 대하여는 누구보다도 제일 잘 안다고 말하고 싶습니다. 승애는 용모나 맘이 여자답고 아름답습니다"28:134라고 칭찬한다.

서술 화자가 말하는 "눈앞에 벌어지는 잔격정"이 여기에 해당할 것이다. 승애 앞에는 이러한 '잔격정' 외에 금전이라는 또 다른 문제가 가로 놓여 있다. 그녀는 돈이 없어 기숙사의 식비를 제때에 내지 못할 뿐더러 사감한테서 돈을 빌리기도 한다. 승애는 기숙사 방 책상 위에서 고향집에서 보내온 편지를 발견하고 반가워하지만 그 편지를 읽고는 절망에 빠진다. 그동안 실패에 실패를 거듭해 오던 아버지가 또 실패를 했다는 소식이 적혀 있기 때문이다.

더구나 승애는 당시 사회 현실에도 불만을 품고 절망한다. 이 점에서 서술 화자가 말하는 "현대 조선여자인 까닭에 받는 정신상 번민"이라는 구절도 예사롭지 않다. 승애는 그동안 유교 질서에서 굳어질 대로 굳어진 남성중심주의와 가부장제, 여성의 조혼 문제, 여성의 사회적 역할 등과 관련한 문제로 고민해 왔을 것이다. 실제로 『학지광』에는 이러한 문제를 다루는 여성 필자의 글이 여러 편 실려 있다. 근대 교육을 받은 신여성으로서 승애는 아직도 봉건 질서에 신음하는 조선 여성의 문제에 무관심할 수 없을 것이다.

승애에게는 이러한 대인관계나 금전 또는 사회 문제보다도 훨씬 더 심각한 것이 바로 정치와 관련한 문제다. 식민지 종주국에서 교육을 받은 그녀로서는 누구보다도 이 문제에 관심을 기울일 수밖에 없을 것이다. 물론 최의순이 이 민감한 문제를 드러내놓고 언급하지는 않으므로 독자는 행간에서 이 작품의 정치적 함의를 읽어낼 수밖에 없다. B가 사감에게 하는 말에 따르면 승애는 여러 정치사상에 무척 관심이 많은 것 같다. B는 사감에게 "지난 봄 어느 날 저녁이었습니다. 승애가 '언니 오늘 밤에 ××관館에서 고명高名한 각주의자各主義者들의 토론회가 있는데 — 나는 담이라도 넘어서 갔다 오려고 했더니 체조 시간에 다리를 다쳐서 못 가게 되었어요. 언니나 좀 갔다 왔으면' 하며 초대권을 나에게 주면서 권하였습니다"28 : 136라고 말한다.

여기서 '담이라도 넘어서'라는 말은 사감의 허락을 받지 않은 채 기숙사 담을 몰래 넘어 외출한다는 뜻이다. 당시 유학생 사회에서는 토론이나 연설회 같은 행사가 자주 열려 흥행을 이루었다. 이 무렵 아나키즘, 파시즘, 사회주의, 공산주의, 자본주의 등 온갖 '주의'나 '이즘'이 일본의 사상계를 풍미하였고, '각주의 자들'이란 이러한 사상과 이론을 부르짖는 유학생들을 말한다. 『학지광』 소식란에서는 유학생들이 도쿄 간다에 위치한 조선기독교청년회관에 모여 토론회나 연설회 등을 개최했다는 기사를 심심치 않게 보게 된다. B가 말하는 '××관'은 바로 조선기독교청년회관을 두고 하는 말일 것이다.

도쿄 유학생들에게 '마음의 고향' 같던 도쿄 소재 조선기독교청년회관. 간토대지진 때 소실되었다.

「불비츤 몰으고」의 서술 화자는 첫 장면에서 순애가 "인생아 권세 있느냐?"로 시작하는 노래를 두 번 부르고 나자 그녀의 가슴속에 생긴 열정과 포부로 대담해졌다고 말한다. 그러고 보니 이 노래에서 말하는 '권세'란 온갖 수단으로 식민지 조선을 억압하는 일본 제국주의를 뜻하는 것인지도 모른다. 이 노래를 부르고 난 뒤 순애는 "주저할 것 없다. 오랫동안 받은 쓰라린 자극을 한 번 그들에게도 나누어야 할 것이다. 그 맛을 알아야 그들도 정신을 차릴 것이다"28:129라고 생각한다. 여기서 '그들'이란 두말할 나위 없이 일본 제국주의자들을 가리킨다. 그렇다면 승애의 방화는 일본 제국 정치가들의 정신적 각성을 위한 피식민지 주민의 저항의 몸짓인 것이다.

한국 근대문학에서 최의순의 「불비츤 몰으고」는 신경향파 문학의 특징을 여실히 보여 준다는 점에서 자못 중요하다. 이 작품은 흔히 신경향파 문학의 대표작으로 일컫는 최서해崔曙海의 「홍염紅焰」과 여러모로 서로 비슷하다. 사건이 식민지 조선이 아닌 이국을 배경으로 전개된다는 점에서 그러하다. 최서해의 작품이 백두산 서북편 서간도 한 귀퉁이에 위치한 가난한 촌락 '빼허'를 배경으로 삼는다면, 최의순의 작품은 서유럽 문물의 교두보라고 할 도쿄를 배경으로 삼는다. 「홍염」의 주인공 박 서방은 흉년이 들어 중국인 지주에 갚아야 할 소작료를 체납하면서 빚을 지게 되고 지주에게 빚 대신 딸을 강제로 빼앗긴다. 더구나 두 작품 모두 방화로 끝을 맺는다는 점에서도 매우 비슷하다.

최의순이 이 작품을 쓴 것은 그녀가 작품 끝에 밝히듯이 '1926년 11월 12일'이고 발표한 것은 1927년 3월이다. 한편 「홍염」은 1927년 1월 『조선문단』에 발표되었지만 최서해가 이 작품을 창작한 것은 정확하게 '1926년 12월 4일 오전 6시'로 나와 있다. 그렇다면 최의순의 작품이 시기에서 최서해의 작품보다 조금 앞선다. 최의순과 최서해의 작품은 박영희朴英熙가 처음 제안하고 백철白鐵이 이론을 좀 더 정교하게 다듬은 신경향파 문학이 카프 창립 이후 프로문학 단계로 이행하는 과도기에 나왔다.[17] 두 작품은 빈궁과 고뇌의 삶을 자연주의적 기법으로 다룬다는 점에서는 신경향파 문학에 속하지만 방화 같은 극단적 행위를 빌려 투쟁 의식과 반항 의식을 불러일으키려는 목적을 지닌다는 점에서는 카프의 무산자 문학에 가깝다.

그러나 최의순과 최서해의 작품은 유사점 못지않게 차이점도 적지 않

---

17 이 점에 대해서는 박영희, 「신경향파 문학과 '무산자'의 문학」, 『조선지광』 64호, 1927. 2; 백철, 『신문학 사조사』, 신구문화사, 2003, 280~308쪽 참고.

다. 첫째, 두 작품은 무엇보다도 작중인물에서 큰 차이가 난다. 최의순이 승애라는 여성 인물을 주인공으로 내세우는 반면, 최서해는 문서방이라는 남성을 주인공으로 내세운다. 둘째, 작중인물의 사회적 신분과 배경도 사뭇 다르다. 승애는 비록 학비와 생활비에 쪼들려도 도쿄에서 유학하는 신여성이지만, 박 서방은 경기도에서 소작인으로 어렵게 살다가 간도로 이주하여 중국인의 소작인이 된 가난한 유민이다. 셋째, 중국인 지주의 부당한 대우에 반항하는 박 서방과는 달리 승애는 은행과 조폐국 등에 불을 지름으로써 좀 더 거시적으로 일본 제국주의에 맞선다.

『학지광』에는 지금까지 다룬 작품 말고도 단편소품이나 단편소설이 몇 편 더 실려 있다. 예를 들어 성해星海 이익상李益相의 「번뇌의 밤」22호을 비롯하여 몽애夢涯의 「이芽」27호, 이종직의 「승수구勝手口」27호, 석천의 「측면관側面觀」29호 등이 바로 그것이다. 그중에서 「번뇌의 밤」은 당시 조혼의 폐해와 여성 교육 문제를 다룬다는 점에서 주목해 볼 만하다. 남편은 부모의 중매로 결혼한 뒤 일본에 유학 간 뒤 일본에서 만난 신여성과 결혼하려고 아내에게 편지를 보내 부부의 인연을 끊겠다고 선언한다. 시부모를 모시고 고국에 살고 있는 아내 숙경淑卿에게 남편은 "부부 사이에는 제일 무엇보다도 애정이 있어야 할 것 그런데 우리 두 사람 사이에는 아무 애愛가 없으니 피차에 연緣을 끊을 일이 두 사람에게 피차 행복이 될 것과 당초에 결혼한 것은 우리들의 부모네끼리 자기들 의사대로 작정作定한 것이지 우리 두 사람은 피차간에 우리 결혼한 데 대하여는 책임을 질 필요가 없다"22 : 90[18]고 말한다. 「번뇌의 밤」은 이 무렵 유학생들의 자화상으로 볼 수 있다.

---

18 성해, 「번뇌의 밤」, 『학지광』 22호, 90쪽.

재일본동경조선유학생학우회와 그 기관지『학지광』은 우화나 시 장르 뿐 아니라 단편소설 장르에서도 한국 근대문학이 발전하는 데 토대가 되었다. 여기에는 찬하생을 비롯하여 외배 이광수, 소성 현상윤, 백악 김환, 용주인 박석윤, 최의순 등의 활약이 두드러졌다. 그들은 한국문학사에서 단편소설의 수준을 한 단계 올려놓는 데 크게 이바지하였다. 그중에서도 이광수가 1916년 5월『학지광』8호에 발표한「어린 벗에게」를 비롯하여 찬하생의「밀의 월」, 현상윤의「청류벽」, 김환의「동정의 누」, 박석윤의「벗의 죽엄」, 최의순의「불비츤 몰으고」같은 작품은 뒷날 김동인, 전영택, 염상섭, 이효석, 이태준, 최서해를 비롯한 작가들이 등장하여 주옥같은 작품을 창작하는 데 비옥한 토양이 되었던 것이다.

제5장

단편희곡과 극시

 문학 장르에서 희곡이 차지하는 몫은 시나 단편소설 같은 장르 못지않게 자못 중요하다. 서양의 모든 문학 장르는 고대 그리스 비극이라는 수원지에서 흘러 나와 시와 소설의 지류로 갈라졌다. 그렇다면 희곡이야말로 문학의 형제 중에 맏형에 해당하는 셈이다. 그래서 희곡을 인류 최초의 문학 장르로 간주하는 문인이나 학자들이 적지 않다. 장폴 사르트르는 『문학이란 무엇인가』1947에서 문학의 역사란 곧 희곡의 역사라고 잘라 말한다. 지금까지 노벨문학상을 받은 작가들 중 줄잡아 3분의 1이 극작가였다. 그러나 서유럽이나 미국, 심지어 일본의 문학과 비교해 볼 때 한국에서 희곡은 그동안 큰 비중을 차지하지 못한 것이 사실이다.

 일제강점기 조선 문단에서도 희곡 장르는 시나 소설 같은 다른 장르와 비교하여 그렇게 활발하지 않았다. 이러한 현상은 신문학 초기에는 말할 것도 없고 심지어 1930년대 초반까지도 크게 달라지지 않았다. 이하윤異河潤은 "극작가의 결핍은 우리 신문예운동이 있은 이래로 절실히 느껴 옴에도 불구하고 아직 이렇다 할 극작가와 그 작품을 가지게 못 된 것은 다만 그 동안 많은 극단의 활약과 극작가의 노력이 아울러 미약했다 함을 증명할 뿐 아닐까"[1]라고 지적한 적이 있다.

그런데도 『학지광』에서는 시와 단편소설뿐 아니라 희곡 작품에도 그런 대로 관심을 기울이려고 노력하였다. 이 잡지는 종합잡지의 성격을 띠는 만큼 문학 분야에서도 어느 특정 장르에 국한하지 않고 모든 장르를 폭넓게 아우르려고 하였다. 이 잡지에서는 단편희곡 세 편과 극시 한 편이 실려 있다. 시나 단편소설과 비교하여 분량이 그렇게 많다고는 할 수 없을지 모르지만 희곡은 이 잡지에서 나름대로 중요한 위치를 차지한다.

더구나 『학지광』에 실린 작품들은 한국 희곡문학사에서도 중요한 위치를 차지한다. 지금까지 학계에서는 조중환趙重桓의 『병자삼인病者三人』1913을 흔히 한국 근대 희곡의 효시로 평가해 왔다. 이 4막 장편 희극은 1912년 11월 『매일신보』에 연재되면서 관심을 끌었다. 그러나 최근 조중환의 이 작품이 창작 희곡이 아니라 일본 작가 이토 오쓰伊東櫻州의 신파극 희극 『유쇼렛파이優勝劣敗』1909의 번안 작품이라는 사실이 밝혀지면서 '한국 최초의 희곡'이라는 자리를 내놓게 되었다.[2] 그렇다면 이 영광은 『학지광』에 실린 이광수李光洙의 단막극 〈규한閨恨〉으로 돌아갈 수밖에 없다. 무대 공연을 위하여 창작한 조명희趙明熙의 「김영일의 사死」1919, 1923를 한국 최초의 희곡으로 간주하는 학자들도 있다.

1　이하윤, 「1932년 문단 전망」, 서울대 사범대학 국어과 동문회 편, 『이하윤 선집 2-평론 수필』, 한샘, 1988, 46쪽.
2　김재석, 「'병자삼인'의 번안에 대한 연구」, 『한국 극예술 연구』 22집, 한국극예술학회, 2005.10, 9~45쪽.

1. 이광수의 〈규한〉

이광수가 〈규한〉을 발표한 것은 1917년 2월 간행된 『학지광』 11호다. 이광수는 '고주'라는 필명으로 〈규한〉을 발표하였다. 제목 그대로 이 작품은 규방에 갇혀 지내다시피 하는 20세기 초엽 조선 여성들의 한과 울분을 다룬다. 이 작품은 비록 장르는 달라도 한국문학사에서 보면 허난설헌許蘭雪軒이나 허균許筠의 첩 무옥巫玉이 지었다는 「규원가閨怨歌」의 전통을 이어받았다.

이광수는 자신의 문학의 본령이 소설이라고 밝히면서도 시, 희곡, 문학 평론, 번역 등 모든 문학 장르를 비교적 자유롭게 넘나들며 활동하였다. 월간 종합잡지 『삼천리』에서는 발행인 겸 편집인인 김동환金東煥의 사회로 이광수 문단 생활 20년을 맞이하여 이광수를 비롯하여 양백화梁白華, 김동인金東仁, 박종화朴鍾和, 김억金億을 초대하여 좌담회를 연 적 있다. 이 자리에서 이광수는 희곡 창작에 큰 관심을 보였다. 그는 "극작에 노력해 보려고도 합니다. 소설보다도 희곡이 예술 형식으로서는 더 한층 진보한 것으로 느껴져요. 그래서 나는 그동안 옛날 후머이러앗트로부터 최근은 셰익스피어 것을 거진 다 보고 있습니다. 금후 조선 문단에 극운동과 극작열熱이 전성할 날이 올 줄 믿습니다. 나는 미력하나마 그 방면에 힘써 보고자 합니다"[3]라고 밝혔다.

이광수의 〈규한〉은 역시 『학지광』 12호에 실린 그의 「혼인에 대한 관

---

3 「춘원 문단 생활 20년을 기회로 한 '문단 회고' 좌담회」, 『삼천리』 6권 11호, 1934.11.1, 242쪽. '후머이러앗트'는 오자나 탈자이거나 '녯날'이라고 말하는 것을 보면 호메로스의 서사시 『일리아스』를 가리키는 것 같다.

견」과 깊이 연관되어 있다. 후자는 당시 이 잡지가 창간 때부터 관심을 두던 결혼 문제를 다룬 논설이다. 1914년 4월 현준호玄俊鎬가 『학지광』2호에 기고한 「반도의 조혼 폐해를 통론痛論홈」에 이어 나온 글이다. 이광수는 이 논설에서 "혼인의 목적은 생식과 행복을 구함에 있다"고 밝힌다. 그러면서도 그는 "혼인 없는 연애는 상상할 수 있으나 연애 없는 혼인은 상상할 수 없는 것이외다. 종래로 조선의 혼인은 전혀 이 근본 조건을 무시하였습니다"라고 말한다.[4] 그러므로 〈규한〉은 「혼인에 대한 관견」에 희극의 옷을 입힌 작품으로 볼 수 있다.

〈규한〉에서 무대의 막이 오르면 부유한 시골집의 안방 모습이 보인다. 어느 초겨울 밤 방안에는 도쿄로 유학을 떠난 김영준의 아내 이영옥이 역시 남편이 독일로 유학을 떠난 이웃집 새댁 최 씨와 함께 바느질을 하고, 그 옆에는 김영준의 누이동생 순옥이 수를 놓고 있다. 두 새댁 모두 결혼한 지는 4, 5년이 지났지만 나이는 겨우 각각 스물한 살, 스물두 살밖에 되지 않는다. 동병상린의 정을 나누는 이영옥과 최 씨는 당연히 도쿄와 베를린으로 유학을 떠난 남편에 관한 이야기를 화제로 삼는다.

이영옥이 남편한테서 다정한 편지 한 통 없고 여름방학 때 귀국하여 집에 돌아와도 밖으로만 나돌 뿐 아내에게는 좀처럼 관심이 없다고 불평을 늘어놓는다. 젊은 두 새댁의 화제는 남편의 무관심에서 이제 시집살이로 이어진다. 최 씨는 이 씨에게 "참 시집살이가 고추당초보다 더 맵다더

---

4 그는 이듬해 「졸업생 제군에게 들이는 간고(懇告)」에서도 "조혼, 강제혼인, 불합리한 관혼상제의 제례(諸禮), 관존민비, 남존여비, 자녀를 자기의 소유물로 아는 것, 부귀한 자의 무직업한 것, 모든 미신, 양반 상놈의 계급 사상, 비경제적, 비위생적인 가옥, 의복 제도, 실로 매황(枚遑)한 이 악풍습"을 타파할 것을 권고한다. 이광수, 「혼인에 대한 관견」, 『학지광』 12호, 1917.4, 29~30쪽; 『학지광』 13호, 1917.7, 7쪽. 앞으로 이 잡지에서의 인용은 권수와 쪽수를 본문 안에 직접 밝히기로 한다.

니 정말 못할 것은 시집살이입디다. 시집 온 지가 발서 4, 5년이 되어도 정情든 사람이 하나이나 있어야지오. 그저 친정에 가고 싶은데요"11 : 39라고 신세를 한탄한다. 그러나 이 씨의 사정은 최 씨보다 훨씬 열악하다. 이 씨의 어머니는 네 살 때 동생을 낳은 뒤 앓다가 사망하고 계모가 들어왔으므로 친정에 돌아가 신세 한탄을 할 친어머니도 없기 때문이다.

두 새댁이 신세 한탄을 늘어놓고 있을 때 이 씨의 시동생 병준이 도쿄에서 온 편지를 들고 방에 들어오면서 사태는 걷잡을 수 없이 파국을 향하여 치닫는다. 이 씨를 대신하여 최 씨가 읽는 편지에는 영준이 아내에게 이혼을 통고하는 내용이 적혀 있다.

최 : 그대와 나와 서로 만난 지 이미 4년이라, 그때에 그대는 17세요 나는 14세라 ─ 자, 나 토론討論은 또 왜 나오노 ─ 나는 14세라. 그때에 나는 아내가 무엇인지도 모르고 혼인婚姻이 무엇인지도 몰랐나니 내가 그대와 부부夫婦가 됨은 내 자유의사自由意思로 한 것이 아니오 ─

이 : 자유의사가 무엇이에요.

최 : 나도 모르겠습니다. 평생 편지에는 모르는 소리만 쓰기를 좋아하겠다. ─ 자유의사로 한 것이 아니요 전혀 부모의 강제強制 ─ 강제, 강제 ─ 강제로 한 것이니 이 행위는 실로 법률상法律上에 아무 효력이 없는 것이라. (…중략…) 지금, 문명文明한 세상에는 강제로 혼인시키는 법法이 없나니 우리의 결혼행위結婚行爲는 당연히 무효無效하게 될 것이라. 이는 내가 그대를 미워하여 그런 것이 아니라, 실로 법률이 이러함이니 이로부터 그대는 나를 지아비로 알지 말라, 나도 그대를 아내로 알지 아니할 터이니 이로부터 서로 자유自由의 몸이 되어 그대는 그대 갈대로 갈지어다.11 : 42~43

열일곱 살 때 시집 와서 남편 한 사람만 바라보고 온갖 고초를 겪으며 외롭고 힘겨운 시집살이를 해 온 영옥으로서는 남편의 이혼 통고가 청천 벽력이 아닐 수 없다. 편지를 읽어 준 최 씨도 분개하여 "저런. 참 세상이 무정해요. 저 예수 믿는 마누리가 세상은 죄악에 찬 지옥이라 하더니 정말입니다. 이 세상에 누구를 믿고 누구를 의지하겠소"11 : 43라고 말한다. 결국 남편의 이혼 통고에 충격을 받은 이 씨는 그만 그 자리에서 실성해 버린다. 다른 가족들은 영준을 비난하는 한편, 피를 토하고 쓰러진 이 씨를 구호하느라고 소란스러운 가운데 막이 내린다.

이광수의 〈규한〉은 신파극에서 벗어나 근대극으로 성큼 나아간다는 점에서 문학사적 의의가 크다. 유럽에서 1870년경 헨리크 입센이 근대 극운동에 불을 댕겼다면 식민지 조선에서는 1917년 이광수가 근대극의 막을 열었다. 물론 이광수의 작품에는 여전히 신파극의 흔적이 남아 있는 것이 사실이다. 그런데도 이광수는 〈규한〉에서 ① 독창적인 개성의 지닌 작중인물들을 창안하고, ② 전통 사회에서 근대 시민사회로 나아가는 과정에서 일어나는 여러 문제를 소재로 삼고, ③ 이러한 소재를 사실주의적 기법으로 진솔하게 묘사하려고 한다. 적어도 이 점에서 그는 가히 한국 근대극이 창시자로 불러도 크게 무리가 되지 않을 것이다.

방금 앞에서 무옥이 지었다는 「규원가」를 언급했지만 이 작품을 쓴 여성 작가는 조선 중기 봉건제도에서 독수공방을 지키며 눈물로 세월을 보내는 버림받은 여성의 심정을 노래한다. 그런데 이 작품에서는 비록 어렴풋하게나마 근대 이후 여성의 사회적 위치가 조금씩 변화하고 있음을 감지할 수 있다. 적어도 주제에서 이광수의 〈규한〉은 이 조선 중기 가사와 비슷하다. 그는 이 희곡에서 흔히 역사적 전환기에서 부딪치게 되는 세

가지 문제점을 다룬다.

첫째, 이광수는 〈규한〉에서 김환金煥의 「동정의 누」나 성해星海 이익상李益相의 「번뇌의 밤」처럼 조혼의 폐습을 심도 있게 다룬다. 이순옥이 결혼할 때 나이가 겨우 열일곱 살이고, 남편은 그녀보다 세 살이나 어린 열네 살밖에 되지 않는다. 영준이 "그때에 나는 아내가 무엇인지도 모르고 혼인이 무엇인지도 몰랐나니 내가 그대와 부부가 됨은 내 자유의사로 한 것이 아니요"라고 말하는 것도 어찌 보면 그다지 무리가 아니다. 이러한 사정은 최 씨와 그녀의 남편도 마찬가지여서 이 무렵 조혼이 관행이었다. 영준의 누이동생 순옥은 이제 겨우 열여섯 밖에 되지 않는데도 벌써 중매쟁이가 찾아와 결혼하도록 설득한다. 신랑감은 평양고등보통학교를 우등으로 졸업하고 곧 일본으로 유학을 떠날 남성이다.

조혼은 정신적으로나 육체적으로 완전히 발달하지 않은 상태에서 가문의 대를 잇기 위하여 부모가 '강제로' 시킨 결혼이니 만큼 여러 문제를 낳을 수밖에 없다. 더구나 이 씨나 최 씨처럼 남편이 신학문을 익히려고 외국에 유학을 떠난 경우라면 문제는 더더욱 심각하다. 외국에서 신문물을 경험한 남편들이 고국에 있는 아내들과 정신적으로나 지적으로 교감하고 소통하기란 무척 어려울 것이기 때문이다. 1920년대 초엽 한 기록에 따르면 고등보통학교 학생 중 5분의 3정도가 기혼자였다. 조혼은 남편의 외도, 축첩, 이혼 같은 사회 문제를 낳는가 하면, 아내 편에서는 가출, 자살, 살인 등 온갖 병폐를 낳았다. 지금 순옥에게 신랑감을 소개하는 중매쟁이 노파도 남편이 그동안 첩을 얻어 살다가 3년 전에 겨우 그러한 생활을 청산했다고 말한다.

이광수 자신도 조혼의 피해자 중 한 사람으로 누구보다도 그 폐해를 뼈저리게 느꼈을 것이다. 열아홉 살 때 그는 먼 친척의 중매로 고향 처녀 백혜순白惠順과 결혼하였다. 도쿄에서 중학교를 다니다가 방학 때 잠깐 귀국한 그는 어느 날 부친의 친구인 한 노인이 임종을 앞두고 그를 사위로 맞아야 눈을 감겠다고 애원한다는 소식을 듣고 애정보다는 인정에 이끌려 어쩔 수 없이 결혼한 것으로 알려져 있다. 이광수는 마침내 백혜순과 이혼에 합의한 뒤 1921년 도쿄에서 의학을 전공한 허영숙許英肅과 재혼하였다.

이 무렵 한 일간신문이나 잡지에서도 조혼의 폐해를 지적하는 기사가 적잖이 실렸다. 가령 『동아일보』에는 "조선은 조혼의 관계로 신여성의 상대 될 만한 사회적 지위가 있고 학식이 있는 이는 거의 전부가 기혼자이다. 그렇지 않으면 신여성의 결혼 대상이 되기를 바랄 수도 없는 무식 계급이 아니면 아직 입에서 젖내 나는 청소년층이다"[5]라고 분석하는 기사를 실었다. 당시 젊은 지식인들이 적잖이 조혼의 폐해를 겪었고, 이러한 상황에서 마땅한 배우자를 선택하기 어렵다는 점에서는 여성도 조혼의 피해자들이라고 할 수 있다.

이렇게 조혼의 폐해를 다룬다는 점에서 〈규한〉은 이광수가 '외배'라는 필명으로 1916년 5월 『학지광』 8호에 처음 발표했다가 이듬해 『청춘』 9~11호에 다시 게재한 단편소설 「어린 벗에게」와 비슷하다. 다만 차이가 있다면 이광수는 이 소설에서 〈규한〉과는 반대로 여성이 아닌 남성의 관점에서 조혼의 폐단을 다룰 뿐이다. 서간체 형식을 빌린 「어린 벗에게」에서 서술 화자 '나'는 와세다대학에 다닐 때 사귄 김일홍의 누이인 김일련

5 「결혼난과 신여성」, 『동아일보』, 1929.2.24.

을 소개받고 열렬히 짝사랑하지만 기혼 남자라는 법과 도덕에 부딪쳐 거절당하고 깊은 절망에 빠진다. 물론 '나'는 배를 타고 블라디보스토크를 가는 도중 배가 수뢰를 맞고 파선되자 우연히 같은 배를 탄 김일련을 극적으로 구조한다. 이광수는 그 뒤 두 인물이 함께 기차를 타고 어디론가 가는 장면으로 작품을 끝내면서 어쩌면 두 사람이 뒷날 결합할지 모른다는 가능성을 조심스럽게 열어놓는다.

이광수가 〈규한〉에서 다루는 두 번째 주제는 아직도 식민지 조선에 큰 힘을 떨치던 남성중심주의의 가부장제에 대한 신랄한 비판이다. 어린 나이에 자신의 의사와는 관계없이 부모의 강요로 결혼했다고는 하지만 영준의 이혼 통고는 폭력적인 남성중심주의를 보여 주는 더할 나위 없이 좋은 예다. 아내를 설득하거나 동의를 얻으려는 노력은 조금도 하지 않은 채 오직 일방적으로 통고하기 때문이다. "참 사나이란 무정해요. 우리가 그만큼 보고 싶으면 당신네도 좀 생각이나 나련마는"11 : 40이라는 최 씨의 말은 이 점을 뒷받침한다. 또한 과부 설움은 과부가 안다는 말도 있듯이 중매쟁이 노파도 젊은 색시들에게 "참. 당신네들은 다 불쌍하외다. 꽃 같은 청춘에 생과부 노릇을 하려니 오죽이나 섧겠소. 인생의 낙은 젊은 원앙새 모양으로 쌍々히 노는 데 있는데"11 : 42라고 동정한다. 봉건제도가 철폐된 문명 세계에 살면서도 이렇듯 여성은 여전히 서슬 퍼런 가부장제에서 한낱 노예처럼 살아갈 수밖에 없었다.

이광수는 〈규한〉에서 이번에는 그동안 유교 전통의 봉건제도에서 무시되어 온 여성 교육의 중요성을 역설한다. 남편들은 외국에 유학 가서 신학문을 배우지만 그들의 아내들은 기본 교육도 제대로 받지 못한다. 이 또한 유교 전통이 끼친 폐해 중 하나로 꼽힌다. 조선뿐 아니라 유학의 종주국 중국과 일본에서도 조선 성리학을 완성한 학자로 높이 평가받는 퇴계退溪 이황李滉도 사대부 부녀자를 위한 지침서라고 할 『규중요람閩中要覽』에서 "여자는 역대 국호와 선대 조상의 이름을 아는 것으로 족하다. 문필의 공교工巧함과 시사詩詞를 아는 것은 사대부의 부녀자가 취할 일이 아니다"라고 못 박아 말하였다. 사정이 이러하다 보니 조선시대에서 근대기에 이르기까지 여성 교육은 소홀이 취급될 수밖에 없었다. 실제로 이영옥과 최 씨는 세상 물정에 대해서는 거의 아는 것이 없다시피 하다.

> 최 : 넘어 무식하다 무식하다 하니까 (남편이) 집에 돌아와도 만나기가 무서워요. 서울이랑 일본이랑 다니면서 공부하든 눈에 무슨 잘못하는 것이나 없을가 하고 그저 잠시도 맘 놓을 때가 없어요.
>
> 이 : 그래도 백白 선생께서는 우리보다는 좀 성미가 부드러우시고 다정하신가 봅데다. 마는 우리는 넘어 성미가 급해서 조금이라도 맘에 틀리는 일이 있으면 눈을 부릅뜨고 "에구, 저것도 사람인가" 하니까 차라리 이렇게 멀리 떠나 있는 것이 속이 편해요.11 : 39

　두 사람의 대화에서 무엇보다도 먼저 알 수 있는 것은 서유럽의 신학문을 배우러 유학을 떠난 남편들과는 달리 그들의 아내들이 당시 유교 전통에 따라 제대로 교육을 받지 않았다는 점이다. 최 씨는 자신이 무식하다는 생각에 주눅이 들어 남편을 만나는 것조차 두렵다고 고백한다. 이 씨의 경우는 최 씨보다 더욱 심각하여 남편한테서 "에구, 저것도 사람인가"라는 욕설까지 듣는다. 그래서 그녀는 차라리 현해탄을 사이에 두고 멀리 떨어져 사는 것이 오히려 마음이 편하다고 생각할 정도다.

이 무렵 여성들이 제대로 교육을 받지 못했다는 것은 베를린에 가는 방법을 두고 이 씨와 최 씨가 대화를 나누는 첫 장면에서도 쉽게 엿볼 수 있다. 이 씨가 최 씨로부터 베를린까지 가려면 기차를 여러 번 갈아타고 보름이나 걸려야 갈 수 있다는 말을 듣고 그렇게 오래 걸려서 간다면 하늘이 붙어 있는 곳에 도착할 것이 아니겠느냐고 묻는다. 그러자 옆에서 수놓고 있던 시누이 순옥이 지리도 배우지 못했느냐고 나무라며 지구는 둥글기 때문에 그러한 일은 절대로 일어나지 않는다고 가르쳐준다. 이 말을 듣고 있던 최 씨는 자신 같은 여성들도 학교를 다녔으면 얼마나 좋겠느냐고 푸념한다. 방학 때 남편이 "집에 돌아오면 늘 무식하다고 그러면서 공부를 하라고 하지마는 글쎄 이제 어떻게 공부를 하겠소"11:39라고 불평한다. 최 씨의 말대로 젊은 기혼 여성들은 아마 시부모 공양하고 때맞추어 제사 준비하는 일로도 벅찰 것이다.

이렇게 부모가 정해 준 아내를 무식하다고 유학생 남편이 나무란다는 점에서 〈규한〉은 앞 장에서 다룬 성해 이익상의 단편소설 「번뇌의 밤」과 여러모로 비슷하다. 이 소설의 서술 화자는 아내를 버리고 일본에서 사귄 신여성과 결혼한 유학생에 대하여 "그가 자기 아내의 무식한 것을 민망히 여기는 빛은 가끔 감출 수 없이 나타나 보였다 한다"22:89라고 말한다. 또한 화자는 역시 남편이 일본에서 유학 중인 여주인공 숙경에 대해서도 "친정 부모들은 (자살 같은) 이러한 참혹한 일을 당하는 것은 모두 자기들의 허물이라 하겠지 여자라고 교육을 시키지 않은 까닭이라고 회한悔恨의 눈물을 흘리며 용서하랴 내가 잘못하였다 하겠지"22:92라고 말한다. 조혼의 폐습과 여성 교육을 주제를 다룬다는 점에서 〈규한〉은 단편소설 「번뇌의 밤」을 희곡 장르로 재구성한 작품으로 볼 수 있다.

와세다대학 영문과에 재학 중 연극에 심취한 김우진.
희곡 작품을 창작하였다.

이광수가 처음 씨앗을 뿌린 조선 희곡은 1920년대에 접어들어서야 비로소 싹이 트고 줄기를 뻗어 꽃을 피우기 시작하였다. 그의 뒤를 이어 이 무렵부터 김우진金祐鎭, 김정진金井鎭, 송영宋影 등이 본격적으로 희곡을 창작하기 시작하였다. 특히 일본 구마모토熊本 농업학교를 거쳐 1924년 와세다대학 영문과를 졸업한 김우진은 이광수의 〈규한〉에서 볼 수 있는 가정 문제를 뛰어넘어 좀 더 현실적인 사회 문제로 차원으로 넓혀

나갔다. 김우진은 〈난파難破〉와 〈산돼지〉 같은 작품을 발표하여 한국 연극사에서 최초의 표현주의 희곡의 지평을 열었다는 평가를 받는다.

2. 마해송의 〈겨울의 불꽃〉

이광수의 〈규한〉이 발표되고 10년쯤 지난 뒤 1926년 5월 마해송馬海松은 『학지광』 27호에 단막 희곡 〈겨울의 불꽃〉을 발표하였다. 마해송은 개성과 경성에서 여러 고등보통학교를 다니다가 1921년 일본으로 건너가 니혼대학에서 예술을 전공하였다. 이 무렵 그는 '일본유학생동우회극단'의 일원으로 국내 각지 순회공연을 했는가 하면, 1922년 문학클럽

'녹파회綠波會'를 조직하여 공진항孔鎭恒, 고한승高漢承, 진장섭秦長燮, 김영보金泳俌 등과 함께 본격적인 문학 활동을 전개하였다. 1924년 마해송은 색동회에 가입하여 어린이를 위한 문화운동에 참여하면서 방정환方定煥이 창간한 『어린이』 잡지에 동화를 발표하여 주목을 받았다. 대학을 졸업하자 마해송은 조선인으로서는 보기 드물게 일본의 종합 교양지 『분게이슌주文藝春秋』의 초대 편집장을 맡았다. 그러므로 이 무렵 마해송이 희곡 작품을 창작했다는 것은 그다지 놀라운 일이 아니다.

단막극인 만큼 〈겨울의 불꽃〉에 등장하는 작중인물은 이 진사와 그의 아내, 이 진사의 친구 오파주, 그리고 집주인의 젊은 하수인인 '그 사람' 등 모두 네 사람이다. 시간적 배경은 1920년대 말엽 어느 늦은 겨울의 해질녘이고, 공간적 배경은 식민지 조선의 시골 마을이다. 사건은 수수깡으로 엮은 울타리에 방 한 칸과 봉당 한 칸짜리 '몹시 퇴락한' 오두막집에 일어난다. 비스듬히 열려 있는 수수깡이 사립문에다 문풍지가 다 떨어져 나간 방, 그리고 오두막에 옆에 서 있는 고목나무들은 당시 식민지 조선의 시골이 얼마나 낙후되었는지 여실히 보여 준다.

무대에 막이 열리면 이 진사가 퇴지土방에 앉아 석양의 햇볕을 쪼이며 혼자서 꼰고누을 두고 있다. 그의 아내는 땔감으로 사용하려는지 솔잎과 나뭇잎을 부엌으로 나른다. 그때 양복을 입은 젊은 사내 하나가 등장한다. 이 진사의 아내가 그를 알아보는 것을 보면 여러 차례 이 집에 찾아온 듯하다.

그 사람 : 영감! 나리! 어떻게 준비가 다―되었소?

이 진사 : (말 없이, 먼 산만 바라보고 있다)

그 사람 : 갈 데가 있든 없든, 오늘이야, 별수가 있나. 한 시時가 바쁜데······ 여

보, 영감! 난들, 어디, 영감더러 집을 내놓고 나가라 구하기가 좋겠

소만, 땅은 팔 땅이고 농사 질 사람들은 이제, 오늘 밤이면, 들어올

테니, 어떻게 하는 수가 있소. 집을 내주어야지.······

이 진사 : (점々 외면을 한다)

그 사람 : (간악한 본성이 나타나, 크게 소리친다) 여보! 이건 사람이 사람 같지 않아

보이오, 사람을 보고 돌아앉기는. 당장, 내놓고 나가요, 당장에, 가엾

다고 며칠씩 참아 주었더니, 아주, 고약한 늙은이로군. (벌떡 일어선

다!) 오늘, 해지기 전에 집 내놓오! 체! (눈을 노려, 힐금々 보면서, 밖으로

나간다)27 : 150⁶

두 사람의 대화 장면을 보면 이 작품의 극적 상황을 충분히 짐작할 수
있다. 이 진사는 그동안 이 집에 세를 얻어 살고 있지만 집주인이 땅을
팔면서 농사지을 사람이 이 집에 와서 살기로 되어 있다. 마땅히 이사 갈
곳이 없는 이 진사는 하루하루 버티며 살아가고 있다. 법적으로 말하자면
그는 남의 재산을 불법으로 점유하는 사람이다.

젊은이가 화를 내면서 퇴장하자 이번에는 이 진사의 오랜 친구인 오파
주가 지팡이를 짚고 등장한다. 그는 젊었을 때 이 진사와 함께 과거를 보
러 가던 죽마고우다. 이 작품의 주인공도 '이 진사'로 부르는 것을 보면
조선시대 소과의 하나인 진사시에 합격한 사람일 것이다. 특히 오파주는

---

6 마해송은 〈겨울의 불꽃〉 끝에 '1926.4.7 作 / 禁無斷上演'이라고 적어 놓았다. 이 희곡
작품을 무대에서 공연하려면 반드시 작가의 허락을 받으라는 말이다. 당시 저작권에 대
하여 이렇다 할 관념이 없던 시기에 마해송이 일찍이 희곡 저작권 문제를 제기하였다.

과거에 합격하여 벼슬을 한 것 같다. 이진사가 그에게 "젊은 때라니, 자네가 언제, 걸음 걸어 봤나? (…중략…) 일어서라, 물러서라 해 가지고, 세도바람이 야단이지. 그때가 좋은 때일세"27 : 152라고 말하기 때문이다.

그러나 오파주는 아내가 사망하고 지금 혼자 거지처럼 구걸하면서 살아가고 있다. "내가 오늘 20리를 걸었네. 어제도 그만큼 걸었지. 요즘은 인심도 야속해졌는데, 밥을 잘 주려고 하지 않아"27 : 151라고 하소연한다. 그러면서 그는 이 진사에게 옛정을 생각해서라도 무슨 일이든지 마다하지 않을 테니 그의 집에서 살게 해 달라고 간청한다.

이 진사와 오파주가 술을 마시고 있는 중에 양복을 입은 젊은이가 다시 나타나면서 이 작품은 대단원을 향하여 치닫는다. 이 진사는 신세를 한탄하며 오파주와 함께 한 잔 한 잔 마시던 술에 어느덧 취한다. 문제는 그 젊은이도 밖에서 술을 마시고 왔다는 데 있다. 이 진사는 집을 떠나는 마당에 한 잔 하는 이별주라며 젊은이에게도 술을 한잔 같이 하자면서 그를 끌고 방으로 들어간다. 그런데 방문이 닫히고 난 뒤 갑자기 방안에서 외마디 비명소리가 들리고, 이 진사의 아내는 방안에 들어갔다가 소스라치게 놀라서 뛰쳐나온다. 방안에서는 이 진사의 목소리가 들리더니 곧바로 그가 문을 걸어 잠그고 불을 지른다. 이 작품은 제목에서도 엿볼 수 있듯이 한겨울 시골 농가에서 일어난 방화 살인사건을 다룬다.

마해송은 〈겨울의 불꽃〉에서 궁핍한 일제강점기에 피폐해질 대로 피폐해진 식민지 조선의 열악한 시골 모습을 생생하게 사실적으로 묘사한다. 이 진사와 오파주는 조선시대 말에 과거 시험에 합격한 당대의 지식인이었다. 그러나 일본 제국주의가 조선을 식민지로 삼으면서 그들의 운명도 조선처럼 점차 퇴락의 길을 걷는다. 조선인은 조선인대로 지주는 더 많은 소작료를 받으려고 소작인을 몰아내고, 이에 분개한 소작인은 죽음으로써 맞설 수밖에 없다. 여기서 한 가지 주목해 볼 것은 마해송이 그의 동화처럼 이 희곡 작품에서도 강한 사회의식을 내비친다는 점이다.

1932년의 조선총독부 농림국 통계 자료에 따르면 식민지 조선에서 소작농의 비율은 무려 52.7퍼센트를 차지할 만큼 아주 높았다. 이는 일제가 토지조사 사업을 벌이던 1916년의 수치와 비교해 보면 무려 15.9퍼센트나 늘어난 수치다. 이렇듯 자작농이나 자소작농이 점차 줄어들면서 많은 농민이 소작농으로 전락하였다. 그래서 고향을 등지고 만주 등으로 이주하는 유민이 늘어났다. 앞장에서 잠깐 언급한 최서해崔曙海의 「홍염紅焰」은 바로 이러한 유민의 비참한 삶을 다룬 작품이다.

희곡 작가로서 마해송의 문학적 재능은 이러한 주제를 다루면서 배경을 아주 효과적으로 사용한다는 데서 찾아볼 수 있다. 소설도 크게 다르지 않지만 특히 희곡에서 배경은 단순히 사건이 일어나는 무대가 아니라 인물이나 주제와도 깊이 연관되어 있다. 초라하기 그지없는 오두막은 일제강점기 조선의 실상을 보여 주는 더할 나위 없이 좋은 상징이다. 이러한 공간적 배경 못지않게 마해송은 겨울과 황혼이라는 시간적 배경을 최대한 살려 주제를 보강한다. 일 년 중에서도 늦겨울, 하루 중에도 해가 서쪽 하늘에 뉘엿뉘엿 지는 저녁녘은 식민지 조선의 암울한 현실을 보여 주는 데 그야말로 안성맞춤이다.

특히 마해송은 페이드아웃과 블랙아웃 또는 컷아웃 수법을 아주 효과적으로 구사하는 데도 뛰어나다. 이 두 수법은 페이드인과 함께 연극에서 무대를 조명하는 데 가장 널리 사용되는 방법이다. 페이드아웃은 조명이 갑자기 꺼지거나 들어오는 것이 아니라 서서히 여운을 남기면서 꺼지는 것을 말하고, 블랙아웃은 완전히 암흑 상태로 되는 것을 말한다. 마해송은 작품 첫머리에서 배경을 "따뜻한 겨울날의 석양"이라고 설명한다. 그러다가 오파주가 등장하는 장면에서는 "해가 차々 저문다"로, 이 진사의 아내가 마을에서 술을 사 가지고 돌아올 즈음해서는 "해가 점々 저문다"로, 두 사람이 술을 마실 때는 "최후의 노을이 시뻘겋게 비친다"로 저녁 해가 점점 기우는 모습을 시시각각으로 다르게 묘사한다. 마해송은 술에 취한 젊은이가 다시 등장할 때는 조명 지시문을 "아주 해가 진다"로 설정하고, 이 진사가 젊은이를 살해한 뒤 방화하려고 방안으로 유인한 뒤에는 "아주 캄캄하다"로 설정한다.[7] 조명이 암흑으로 바뀌는 블랙아웃이 되면서 극은 마침내 대단원의 막을 내린다. 이 수법은 음악에 빗대어 말하면 데크레센도나 디미누엔도처럼 소리가 점점 여리게 되다가 마침내 침묵으로 흐르는 것과 같다.

3. 이헌의 극시 「독사」

마해송의 〈겨울의 불꽃〉이 실린 『학지광』 27호에 이헌李軒은 극시 「독사毒蛇」를 발표하였다. 그런데 문제는 이헌이 과연 누구인가 하는 점이다. 재일본동경조선유학생학우회에서 활약한 인물 중에 '이헌'이라는 인물이 있었다. 그러나 그는 한국의 초기 사회주의운동에 영향을 끼친 '북성회北星會'의 회원으로 정치 분야에서 활약했을 뿐 문예와는 거리가 멀다. 더구

---

7   페이드아웃 수법으로 저녁 해가 저무는 모습을 묘사하는 장면은 위의 작품 148·151~153쪽에 각각 나타난다.

나 그의 한자 이름은 '李軒'이 아니라 '李憲'이다. 그러므로 여러 정황으로 미루어 보면 이 희곡을 쓴 유학생은 이헌구李軒求로 간주해도 무리가 없을 것이다.

그런데 이헌구의 이름과 관련하여 또 다른 걸림돌이 가로놓여 있다. 이번에는 한자도 동일한 또 다른 '이헌구'가 있기 때문이다. 1940년 간 송澗松 전형필全鎣弼이 재정난에 허덕이던 보성고등보통학교를 인수하면서 일본인 교장을 강요하는 조선총독부의 지시를 거부한 채 휘문고등보통학교 동창인 이헌구를 교장에 앉히고 꺼져가는 민족정신을 지키기에 온갖 노력을 기울였다. 광복 직후 이헌구는 인하대학 총장으로 자리를 옮겨 인천 지역에서 교육에 헌신하였다. 설상가상으로 일본 'ウィキペディアWiki-pedia'에는 『학지광』과 관련한 인물 명단을 직업별로 작성하면서 언론인·평론가·교육자·학자 명단에 '이헌구李軒求, 1907~1942'를 각각 소개한다.[8] 그런데 이 잡지를 통틀어 이헌구라는 필자는 27호에 「생물학상으로 본 결혼 문제」라는 글을, 29호에 단막 희곡 작품을 기고하였다. 글의 내용이나 이 춘계 특대호 27호에 정인섭鄭寅燮과 김석향金石香 같은 외국문학연구회 회원들이 글을 발표한 점으로 미루어 보면 이헌구는 외국문학연구회에서 활약한 인물임이 틀림없다.

함경북도 명천에서 출생한 이헌구는 일본 와세다대학에서 불문학을 전공하던 무렵 정인섭, 이하윤異河潤, 김진섭金晉燮, 이선근李瑄根 등과 함께 외국문학연구회를 조직하여 식민지 조선에 서유럽문학을 소개하는 데 힘썼다. 연구회의 핵심 멤버들이 학업을 마치고 귀국한 뒤 이헌구는 함대훈咸大

---

8   https://ja.wikipedia.org/wiki/%E5%AD%A6%E4%B9%8B%E5%85%89.

勳과 이홍종李弘鍾 등과 함께 비록 이렇다 할 실제 성과를 내지는 못했어도 '신흥문학연구회新興文學研究會'를 조직하여 외국문학연구회의 한계를 보완하려고 노력하였다.[9] 1931년 유학을 마치고 귀국한 이헌구는 폐쇄적인 국수주의적 민족문학과 '가상의 현실에 대한 가상의 이론'에 집착하는 프롤레타리아의 도식적 문학을 극복하려는 데 주력하였다. 그는 일제강점기에는 민족 독립에 대한 신념

『학지광』에 희곡과 극시를 발표한 이헌구. 뒷날 그는 문학비평가로 활약하였다.

을 잃지 않았고, 해방 뒤에는 문학의 보편성에 대한 확신을 포기하지 않은 채 자유주의문학의 길을 닦은 데 노력하였다.

이헌구가 일반 희곡이 아닌 극시를 창작했다는 것도 눈길을 끌기에 충분하다. 서양에서 극시는 서정시와 서사시와 함께 시 장르의 3대 부문으로 중요한 위치를 차지하지만 당시 조선 문단에서는 여간 낯선 장르가 아니었다. 동아시아에서 서유럽문학을 제일 먼저 받아들인 일본에서도 기타무라 도코쿠北村透谷가 메이지 24년1891에 『호라이쿄쿠蓬莱曲』라는 극시를 창작했지만 큰 반향을 불러일으키지 못한 것으로 알려져 있다. 그러나 달리 생각해 보면 이헌구가 처음에는 시를 쓰다가 평론으로 전환한 사실

---

9   외국문학연구회와 신흥문학연구회의 관계에 대해서는 김욱동, 『외국문학연구회와 『해외문학』』, 소명출판, 2020, 71~82쪽 참고.

을 염두에 두면 그가 극시에 손을 댔다는 것은 그렇게 이상하다고 볼 수도 없다.

이와 관련하여 일본 유학 시절부터 친하게 지낸 김광섭金珖燮은 일찍이 이헌구가 본질적으로 시인이라고 평가하였다. 김광섭은 "이헌구는 시를 쓰지 않고, 주로 수필과 평론을 써 왔다. 그리고 15년을 우애로 걸어온 나의 틀림없는 한 마디가 있다면 그는 시인이라는 것이다"라고 말한다. 그러면서 김광섭은 계속하여 "시는 슬픔을 말하지 않을 수 없는 것이요, 사랑을 슬퍼하지 않을 수 없는 것이요, 적막을 노래하여 고독을 사랑하지 않을 수 없음이 소비에트 초기의 시를 제외한 세계 시사詩史의 10분 7이요, 이헌구의 4분 3일진대 그는 이 외로운 하소연, 절망하는 소리 눈물겨운 노래를 사회에 던지기를 꺼려서 (혹은 우려했는지도 모르나) 평론의 붓을 들었다"고 지적한다.[10] 김광섭의 지적대로 이헌구에게 첫사랑은 평론이 아니라 시였는지도 모른다.

극시 「독사」의 공간적 배경은 도시에서 떨어져 있는 한적한 시골마을의 잔디밭으로 앞쪽으로 논과 밭이 어렴풋하게 보인다. 시간적 배경은 명시적으로 밝혀져 있지는 않지만 작품이 발표된 시간과 동시대로 어느 봄날의 이른 아침이다. 극시인 만큼 등장인물도 '열정이 타는 청년' 김바위와 그의 연인 정丁샛별 두 사람뿐이다. 막이 열리면 잔디밭에 두 사람이 등장하여 나란히 앉는다. 김이 먼저 입을 열어 "님이여 봄이외다. / 저기 저 묵은 밧은 / 님을 위해 갈 것이요 / 젓나무, 소나무론 / 사랑의 전당殿堂을 지으려 합니다"27:154라고 노래한다. 그러자 정샛별은 "님이여, 나는

10　김광섭, 「이헌구와 그 예술성」, 『삼천리문학』 2집, 1938.4, 202쪽.

무서워하노라. / 사랑의 전당을 에워싸고 / 우리의 사랑을 짓밟부랴는 / 무서운 그림자를 지나는 봄니다"27 : 154라고 화답한다. 여기서 그녀가 말하는 '무서운 그림자'란 바로 호시탐탐 그들을 위협하는 독사의 그림자를 말한다.

> 김 : 내 맘의 소유자所有者, 사랑하는 님이여
>
>   님을 위하야 사랑과 힘을
>
>   시흠해 보리라, 뵈여 주리라!
>
> 정 : 오! 님이여
>
>   사랑을 위해 미치는 가슴을
>
>   나는 볼수록 눈물 넘니다넘니다
>
>   약弱한 이의 가슴에 혀씃을 박고
>
>   맘대로 농락弄絡하는 저 독사毒蛇를!
>
>   우리의 무죄無罪한 목숨을 노리고 잇는
>
>   간흉奸凶한 독사의 갈귀진 혀를!
>
>   님의 가슴에 사랑이 탈수록
>
>   우리를 해害치랴는 무서운 독사를!27 : 155

이 작품의 주제를 여는 열쇠는 위 인용문에서 정샛별이 연인에게 말하는 독사를 어떻게 해석할 것이냐에 있다. 청춘남녀의 사랑을 농락한다고 말하는 것으로 보아 그들의 애정을 위협하는 어떤 대상일 터다. "약한 이의 가슴에 혀씃을 박고"라고 말하는 것을 보면 독사는 상대방의 애정을 믿지 못하는 의구심, 심지어 배신행위일지도 모른다. 더구나 "님의 가슴에 사랑이 탈수록" 애정에 해를 끼친다는 말에서 엿볼 수 있듯이 독사는 흔히 사랑의 극단적 형태라고 일컫는 질투와 관련되어 있다. 구약성경에서 하와를 유혹하여 선악과를 먹게 하고 아담도 하와의 권유로 선악과를 먹게 하는 것이 뱀이다. 적어도 기독교의 관점에서 보면 뱀은 모든 인류에게 만악의 근원이다.

그러나 젊은 남녀의 사랑이라는 범위를 좀 더 넓혀 보면 독사는 이와는 전혀 다른 의미를 내포한다. 그들이 말하는 사랑은 개인적 차원의 감정이 아니라 일본 제국주의의 통치와 지배를 받는 식민지 조국에 대한 감정을 가리키는 것으로 볼 수 있다. 다시 말해서 조국 해방에 대한 열렬한 염원을 뜻한다. 김바위가 클레오파트라를 언급하며 사랑을 위해서라면 함께 죽을 수도 있다고 노래한다는 점을 눈여겨보아야 한다. 그렇다면 그는 여기서 왜 고대 이집트 프톨레마이오스 왕조의 여성 파라오를 언급하는 것일까? 클레오파트라의 죽음에 대해서는 역사학자들에 따라 의견이 엇갈리지만 뱀을 이용한 자살도 사망 원인 중 하나로 꼽힌다. 이렇게 김바위가 목숨마저도 기꺼이 내놓겠다는 굳은 의지를 밝히자 정샛별은 그에게 그래서는 절대로 안 된다고 말린다.

정 : 님이여, 목숨을 앗기라! 사랑을 주고도 못 사는 묵숨묵숨이니 목숨 숙속에 잠자는 사랑이니 에워싸는 독사의 쎄를 오 님이여 사랑를을 위하야 업새어 바리라 그날이 우리의 기달니는 날! 그날이 사랑의 왕국에 개선凱旋하는 날!
김 : 님이여 못 밋을 나의 님이여!

봄 잔디 풀을은 저 곳동산에 우리의 사랑은 샘물과 갓치 종달새와 함씌 노

래 부르고 우리의 사랑의 새나라를 영원히 찬미하지 아니하려는가? 오! 무
서워 말나 세상을 정복하는 사랑이어니 사랑헤에 모든 것은 머리를 숙이
느니. 27 : 155~156

김바위가 "님이여 못 밋을 나의 님이여!"라고 노래하는 구절에서도 엿
볼 수 있듯이 이 장면에 이르러 두 연인의 의견이 서로 엇갈린다. 지금까
지 그의 말로 미루어 보면 그의 입에서 님을 '못 믿겠다'고 말하는 것이
자못 의외다. 처음에는 함께 '사랑의 전당'을 짓자고 약속하지만 이제 그
방법론에서 서로 견해가 다르다는 것이 밝혀진다. 정샛별은 사랑을 위협
하는 독사의 무리를 없애 버리는 데는 추호의 의심도 없지만 그렇다고
함부로 목숨을 내던져서는 안 된다고 역설한다. 지금 섣불리 독사 무리에
맞서다가는 자칫 일을 그르치고 하나밖에 없는 소중한 목숨을 잃을 수도
있기 때문이다.

그러나 김바위는 조국 해방을 위해서라면 지금이라도 당장 목숨을 걸
고서라도 싸워야 한다고 주장한다. 그는 음산한 겨울이 지나고 희망의 새
봄이 찾아왔으니 이제 싱그러운 대자연과 함께 조국의 해방을 '영원히'
찬미하자고 설득한다. 그러면서 그는 두려워하는 연인을 안심시키며 "세
상을 정복하는 사랑이어니 / 사랑헤에 모든 것은 머리를 숙이느니"27 : 156
라고 노래한다. 여기서 김바위는 "사랑의 모든 것을 정복한다Amor vincit
omnia"는 고대 로마시대의 시인 베르길리우스가 『전원 시집』에서 한 라틴
어 구절을 인용한다.

정샛별은 김바위의 설득에도 아랑곳하지 않고 계속하여 앞뒤 가리지
않고 무모하게 행동하다가는 '사랑의 무덤'에 이를 수 있다고 경고한다.

그러자 김바위는 이번에는 "오! 님이여, 헛소리 말나"라고 한층 강도를 높여 그녀를 나무란다. 그는 "사랑은 영원히 광명의 햇살! / 사랑의 압혜는 죽엄도 업고 / 썰어지는 나무닙도 노래하느니 / 오! 사랑만은 세상에 검神의 빗!"27 : 156이라고 노래한다. 그가 검을 한자 '劍' 대신 '神'으로 표기하는 것은 아마 무력을 초월적 존재자와 동일시하기 때문일 것이다. 그러나 정샛별은 "님의 사랑을 애달파 하노라! 슬퍼하노라! / 예명黎明의 빗기달니는 거룩한 생명! / 쓰겁고 힘 잇는 참된 사랑을 / 아아, 님이여 기다립니다"27 : 156라고 노래하면서 자신의 견해를 좀처럼 굽히지 않으려고 한다. 마침내 그녀는 감정에 북받치는 듯이 그만 가슴을 부여안고 잔디밭에 쓰러진다.

이 작품의 지문에는 "눈물에 어리운 가슴 쓰린 정J은 가슴을 붓안고 데구를 째, 멀니서 예명의 종소래와 함끠 종다리 울음이 싱싱하게 들닌다. 잠간 침묵이 지내고 청년은 다시 여자를 일으키며"27 : 156라고 적혀 있다. 김바위는 정샛별을 일으키며 "그리고 님이여 정의의 칼을 들엇노라! / 우리를 해치랴는 모든 독사를 / 우리의 동산에서 모랴 냅시다 / 오! 거룩한 나의 님이여! / 사랑의 왕국을 건설하랴는 / 사랑의 왕이여 나의 님이여!"27 : 156~157라고 노래한다. 이 작품은 행복한 두 사람이 두 손을 맞잡고 노래하면서 멀리 여명의 하늘을 바라보고 나아가는 장면으로 막이 내린다. 막이 내리면서 승리의 음악과 함끠께 만세 소리가 은은하게 들려온다. 마지막 장면을 보면 정샛별도 마침내 김바위의 주장에 동조하는 듯하다. 무대 뒤 멀리서 만세소리가 은은히 들려온다는 것은 곧 조국의 해방을 위한 운동이 일어나고 있음을 강하게 내비친다.

이헌구는 이 작품에서 조국 해방의 희망적인 메시지를 강조하려고 여러 장치를 사용한다. 가령 그는 새봄의 이른 아침을 시간적 배경으로 설정한다. 푸른 잔디밭이며 꽃동산이며 하늘에서 우짖는 종달새며 하나같이 생명의 약동을 보여 주는 것들이다. 또한 주인공의 이름도 자못 상징적이다. 청년의 이름을 '김바위'라고 한 것은 그의 의지가 바위처럼 굳세기 때문이다. 그의 애인 이름 '샛별'도 상징적이기는 마찬가지다. 금성은 아침에 해 뜨기 전 동쪽 하늘에 뜨면 샛별이라고 부르고, 저녁에 해 진 후 서쪽 하늘에 뜨면 개밥바라기별 또는 태백성太白星이라고 부른다. 하늘에서 태양과 달 다음으로 가장 밝게 보이는 별이 바로 금성이다. 명성明星 또는 계명성啟明星이라고도 부르는 샛별은 흔히 희망을 상징한다. 암흑과도 같은 일제강점기에 샛별은 식민지 주민 조선인들에게 무척 큰 의미가 있었다. 또한 이헌구는 '여명'이라는 낱말을 무려 네 번 반복하여 사용한다. 여명은 희미하게 날이 밝아 오는 빛을 말하지만 비유적으로는 압제의 어둠을 밀어내는 희망의 빛을 뜻한다.

4. 이헌구의 〈서광〉

이헌구는 「독사」에 이어 『학지광』 29호에 〈서광鋤光〉이라는 또 다른 희곡 작품을 발표하였다. 이 두 작품은 비록 소재와 작중인물은 전혀 다르지만 주제는 서로 비슷하다. 〈서광〉은 이헌구의 고향인 함경도의 어느 농촌을 공간적 배경으로, 작품의 발표 연대와 비슷한 1920년대 말엽의 어느 날 저녁을 시간적 배경으로 삼는다. 서른 살쯤 되는 최영민이라는 소작인과 그 아내 박금순, 최영민의 동료 농부인 김순화, 이웃에 사는 노파 방 씨와 5남매의 어머니 이 씨라는 서른 살의 젊은 농촌 여성이 작중 인물로 등장한다. 〈서광〉은 『학지광』에 발표된 희곡 중에서 길이가 가장 길고 등장인물도 가장 많다.

무대 왼쪽에 초가집의 거적문이 서 있고, 오른쪽으로는 마을로 통하는 길이 나 있다. 컴컴한 무대 한쪽에 헌 이불, 깨어진 화로, 목침이 두서 개 놓여 있어 누추한 시골집임을 금방 알 수 있다. 막이 오르면 부엌에서 연기가 나고 여성의 기침하는 소리가 들리고, 몇 분 뒤 최영민과 박금순의 여덟 살 난 아들 정돌이 거적문을 열고 들어온다. 그는 배고프다고 보채지만 그해는 심한 흉년이 들어 삶아 먹을 감자조차 없어 어머니로서는 무척 안타깝다. 당장 먹을 감자는커녕 내년에 심을 씨감자도 없다. 식량만 없는 것이 아니라 기름도 없어 불을 밝힐 수도 없다.

그러나 이 시골 마을에 사는 집이 모두 가난한 것은 아니어서 어떤 집에는 올해 수확해 놓은 집 크기만 한 낟가리가 몇 개 있고 심지어 몇 해묵은 낟가리도 아직 헐지 않은 채 그대로 있다. 박금순은 나이 어린 아들에게 "모두 제만 잘 살 궁리를 하지 남이사 굶어 죽든 눈이나 떠 보는 줄 아느냐"29 : 70라고 말한다. 그러자 정돌은 "아니 어째 그렇겠는가. 우리 집 개도 제 죽을 먹다가 남의 개 와서 같이 먹어도 일 없는제 젠장 개만도 못하네"29 : 70라고 대꾸한다. 그의 어머니는 "얼굴은 사람으로 상을 써도 마음은 짐승보다도 못한단다"29 : 701라고 말하면서 몸이 춥다고 말하며 바닥에 드러눕는다.

바로 그때 박금순의 집안 사정을 잘 아는 이웃 노파 방 씨가 삶은 감자를 들고 그녀의 집에 찾아온다. 노파도 "올 같은 흉년에 소작질을 하는 사람들은 어떻게 사우. 글쎄 흥 기맥힌 세월이지. 흉년도 흉년이려니와

세상 인심이란 괘심도 해……"29 : 71라고 울분을 터뜨린다. 그러자 박금순은 몸이 아파 괴로워하면서도 노파의 말에 맞장구를 친다.

모母 : (괴로워하는 듯 얼굴을 찌푸리며) 더 무슨 말씀이 있습니까. 글쎄 저 영꼴집에서는 삼년씩이나 묵은 거 그냥 두고두 쥐나 먹이지 사람은 주쟁이니어디 무슨 인정이 나 도리가 있는 세상인가.

노老 : 몸이 곤하거든 어서 누워서 조리나 하오. 그래도 우리 어리고 젊었을 때는 제게 없어도 남들이 도와줘서 그럭저럭 살더니 시장 세월은 무슨 법인지 남을 알기를 제집 짐승만도 못하게 여기니 이게 일인日人의 법이라는게등……29 : 71~72

위 인용문 중에서 노파 방 씨의 마지막 말 "이게 일인의 법이라는 게등……"을 좀 더 찬찬히 눈여겨보아야 한다. 이헌구가 방점으로 처리해놓은 이 낱말은 한자로 표기하지 않아 '一人', '一因', '日人' 중 어느 하나로 해석하여야 한다. 첫 번째 낱말은 문맥에 잘 들어맞지 않고 불교 용어인 두 번째 낱말은 노파가 사용할 만한 것이 아니므로 결국 세 번째 의미로 받아들일 수밖에 없다. 이 작품의 시대적 배경은 일제의 식민지 통치를 받던 시기로 농촌은 피폐해질 대로 피폐해진 상태. 이 '일인'이일본 사람이라는 사실은 뒤에 가서 일본 순경들이 최영민의 집에 나타나'바보 녀석' 또는 '바보놈'을 뜻하는 '바가', 즉 '바카야로バカ馬鹿'라는 일본 욕설을 퍼붓는 장면에서도 알 수 있다.

지금 박금순이 몹시 괴로워하는 것은 네 번째로 유산流産하기 때문이다. 이러한 와중에 소작 일을 마치고 집에 돌아온 그녀의 남편 최영민은 아내가 죽어가고 있는 모습을 지켜보며 이 모든 불행이 자신과 세상의 때문이라고 탓한다. "당신을 이렇게까지 만든 것이 모두 내 탓이야. 하나 그것이 전연 내 죄만도 아니라오. 내가 늘 하는 말이지만 세상이 이렇게 만들어 놓은 것이오"29:74라고 말한다. 그는 계속하여 "언제나 바른 세상이 우리들 손으로 만들어지겠지. 그날까지 우리는 이 고생을 해야 하오. (…중략…) 그전에 그냥 이대로 이 가난에 쫓기고 눌리여 이 세상을 떠난다는 것은 너무도 기막히고 가이 없는 일이오"29:70라고 불평한다.

최영민과 박금순 부부와 노파 방 씨가 비정한 세상을 원망할 때 마침 저녁 기차가 기적을 울리며 마을을 지나가는 소리가 들린다. 그러자 박금순은 갑자기 두 팔을 흔들며 흥분한 목소리로 "저 원수!"라고 부르짖는다. 그러면서 그녀는 숨을 거두기 전 지금껏 남편에게 숨긴 비밀을 털어놓는다. 철로를 놓을 때 몇 푼 안 되는 임금을 받고 돌 깨는 작업을 하던 무렵 박금순은 인부 감독한테 겁탈 당했고, 지금 유산으로 죽어가고 있는 것도 바로 겁탈당할 때 임신했기 때문이다. 얼굴이 새파랗게 질려 죽어가는 박순금의 모습을 지켜보던 노파도 "돈이 없거든 맘이나 편하거나 돈 없는 탓에 그놈들의 짐승 같은 놈에게 이런 욕을 보고 그리고 이렇게 불쌍한 꼴을 당하는구나"29:77라고 몹시 분개한다.

메이지시대 일본에서도 볼 수 있듯이 철도는 흔히 서유럽 문명의 상징과 다름없었다. 그러나 그러한 철도 건설은 박금순 개인의 삶뿐 아니라 함경도 마을 전체에도 부정적인 영향을 끼친다. 철도는 마을에 경제적 혜택을 가져다주기는커녕 오히려 농촌을 더욱 피폐하게 하는 결과를 낳는다. 최영민의 친구 김순화는 철도 부설을 날카롭게 비판한다.

김 : 저놈들이 무슨 일로 저 철도를 놓는단 말이오. 그래서는 여간한 촌에 있는
　　돈푼은 다 빼앗아 가고 철모르는 촌녀자들에게 몇 푼 안 되는 싹전을 주구
　　선 별々 못된 소리와 추한 짓을 다한다오. 여보 형님, 이게 문명해 가는 것
　　이라우. 이래 가지구 결국 망하구 나앉는 놈은……29 : 77

　　여기서 '저놈들'이란 다름 아닌 식민지 조선에 살고 있는 일본인들을
말한다. 김순화는 일본인들이 함경도 시골에 철도를 건설한 것이 조선인
들의 삶을 개선하기 위한 것이 아니라 어디까지나 그들의 경제적 이익을
도모하기 위한 것에 지나지 않는다고 말한다. 그들이 "촌에 있는 돈푼은
다 빼앗아" 간다고 말하는 것은 아마 일본인들이 정착하면서 고리대금업
을 하거나 헐값에 땅을 사서 가난한 조선인들에게 소작을 주는 것을 두
고 말하는 것이다.

　　그러나 마을의 돈을 다 빼앗아간다는 것은 무엇보다도 이 지역에 광산
을 개발하여 천연자원을 착취해 가는 것을 염두에 둔 말이다. 가령 함경
북도 무산에서 17세기 초엽부터 지방 주민들이 소규모로 채굴하던 철광
산은 한일병합 이후 1913년 일본이 본격적으로 개발을 추진하여 1925
년에는 소형 선광장이 건설될 정도로 규모가 커졌다. 이밖에도 함경북도
길주군과 함경남도 단천군도 금광산으로 유명한 곳이다. 이 점과 관련하
여 김순화는 "글쎄 저 기차가 놓인 후 우리네 돈만 없어지는 게 아니랍니
다. 저 차에다가 숱한 ×인들을 실어다가 그리고 이 땅에다 어떻게나 뇌
겨여 내게 한답니다"27 : 78라고 말한다. 조선총독부의 검열을 의식하여
이헌구가 복자伏字로 표기한 구절에서 '×'는 과연 무엇을 가리킬까? 전후
맥락으로 미루어 보면 모르긴 몰라도 아마 '일인日人'의 '인'을 가리키는

듯하다. 일제는 수많은 일본인 탄광 관리자들과 노동자들을 기차로 싣고 와 광산으로 함경도 지역을 '뇌겨여녹여' 놓다시피 하였다.

위 인용문에서 이헌구는 일제강점기의 암담한 현실을 사실주의적 또는 자연주의적 수법으로 적나라하게 묘사하면서도 시에서 자주 사용하는 두운법의 묘미를 살리려고 무척 애쓴다. 예를 들어 '철도', '철몰으는', '촌녀자들', '추한 짓'의 첫 자음이 하나같이 'ㅊ'으로 시작한다. 혀끝을 입천장 가까이 가져가 공기를 혀 옆으로 내보내 치찰음은 귀에 거슬리는 쇳소리를 낸다. 이렇게 치찰음을 반복하여 사용하는 것은 일제의 수탈에 대한 강한 언어적 비판으로 읽힌다. 특히 박금순이 노동자 감독관에 겁탈 당한다는 점을 염두에 두면 '철도'와 '철몰으는'은 첫 자음 소리가 동일하여 묘한 뉘앙스를 낳는다. 여기서 이헌구는 비평가로 활동하기 전에 시인으로 먼저 데뷔하였고 몇 해 전 극시 「독사」를 창작했다는 사실을 다시 한 번 떠올리는 것이 좋을 것이다.

〈서광〉은 최영민이 이웃 사람들과 함께 각박한 농촌 현실을 한탄할 때 멀리서 "불이야!"라고 외치는 소리가 들리더니 조금 뒤 을갑이네 어머니 이 씨가 머리를 풀어헤친 채 무대에 나타나면서 사건은 파국을 향하여 치닫는다. 그녀는 풍작으로 농작물을 쌓아두고도 가난한 이웃들에게 조금도 나누어 주지 않는 영꼴집네 삼년 묵은 낟가리에 불을 지르고 도망쳐 온 것이다. 이 씨는 놀라는 이웃들에게 "불을ᷔ 내 불을 놓았소. 내 불을. 그래 우리는 어린 거 데리고 십여 년 반작질로도 하다 못해 이제는 할 수 없이 간도間島로 이사를 해 가게 되었소. 저 영꼴집에서는 그래 삼년씩이나 볏낟가리를 묵이면서도……"29 : 78라고 내뱉는다.[11] 그러자 그녀의 말을 듣고 있던 최영민이 영꼴집네가 천벌을 받은 것이라고 맞장구치는가 하면, 김 씨도 불이 붙어야 할 곳은 붙어야 한다고 친구의 말을 두둔한다.

이 씨의 말대로 1920년대 말엽 식민지 조선에서 먹고 살기 어려운 사람들이 자의 반 타의 반 간도로 이주하였다. 간도는 1910년의 한일병합을 전후하여 일제 침략의 손길에서 벗어나거나 항일운동의 새로운 기지를 구축하려는 전진 기지였다. 그 뒤 일제가 이른바 토지조사 사업을 강행하자 농토를 탈취 당한 농민들의 간도 이주는 계속되어 1926년에는 간도 지방의 조선인 호수가 5만 3,000호에 가까워 1만호 정도의 중국인보다 무려 다섯 배가 넘었다.

그러고 보니 이헌구가 이 작품에 왜 굳이 낫의 빛을 뜻하는 '서광'이라는 낯선 한자 제목을 붙였는지 알 만하다. 칼이 무력을 가리키고 펜이나 붓이 문필을 가리키는 것처럼 여기서 농기구의 일종인 낫은 농업을 가리키는 제유다. 불에 달구어 두드려서 날카롭게 만들거나 숫돌에 벼려 반짝반짝 빛이 나는 낫은 농부들의 긍지기도 하다. 러시아 혁명 이후 낫은 망치와 함께 공산주의와 공산당, 공산주의 국가를 상징하는 기호로 널리 쓰였다. 두말할 나위 없이 이 기호에서 낫은 농민을 상징하고, 망치는 노동자를 상징한다. 1931년에 시작된 만주사변 이후 일본 제국주의는 국책 사업으로 일본인들과 조선인들을 만주와 몽고에 이주시켰다. 당시 만몽개척이민 사업을 홍보하기 위하여 위정자들은 선전 영화를 여러 편 만들었다. 그중에는 1937년 '만주이주협회滿州移住協会'가 제작한 『쓰키노히카리鋤の光』라는 영화도 있다.

---

11 '반작질'이란 농토를 갖지 못한 농민이 일정한 소작료를 지급하고 다른 사람의 농지를 빌려 농사를 짓는 것으로 '소작'과 비슷한 개념이다.

아니나 다를까 을갑이네 어머니가 최영민의 집에 뛰어 들어온 지 얼마 안 되어 일본 순사 두 명이 한 조선인 청년을 데리고 집에 들이닥친다. 청년은 방화범의 범인으로 을갑이네 어머니를 지목하고 순사들은 그녀를 체포하려고 한다. 그러자 노파 방 씨는 이제 살 만큼 살았으니 젊은 여자 대신 자기를 끌고 가라고 애원한다. 순사들이 노파를 밀쳐내자 그녀는 쓰러지고 최 씨와 김 씨는 그녀를 안아다가 박금순 옆에 눕혀놓는다. 마침내 순사들은 이 씨를 포박하여 끌고 나간다.

이헌구는 암울하고 비극적인 이 작품에 어렴풋하게나마 조국 해방을 희망적으로 암시하는 극적 장치로 막을 내린다. 을갑이네 다섯 자매들이 일본 순사에 끌려가는 어머니를 애타게 부르는 소리와 함께 무대 앞면의 조명이 갑자기 꺼지면서 캄캄해진다. 노파 방 씨와 박금순이 마침내 사망한 뒤 암흑의 무대는 다시 밝아진다.

> 무대 중앙이 환해지고 무대 뒤에서 민중들의 고함高喊 치는 소리가 점々 커온다. 노호怒號하는 소리, 때려 부수는 소리, 비명 그저 한데 어울려 '와와' 하는 소음騷音이 높아간다. 환한 빛은 숨 죽어 누운 두 여자의 얼굴을 비추자 최와 김, 정돌은 다시 일어난다. 두 사람의 얼굴에는 새로운 힘과 빛이 그리고 두 사람은 서로 팔을 엇걸고 한 편 손씩 내들고
>
> 최 : 저 소리 나는 데로, 응 이 사람 저리로 가세.
>
> 김 : 우리에게는 오직 우리들을 위해서 끝까지 힘을 모아 싸우는 것밖에 없소. 자, 새로운 용기를…… 하면서 정돌이를 쳐들어 껴안고.29 : 80

그 다음 순간 최영민와 김순화는 비장한 목소리로 함께 "죽음을 밟고

저리로 끊임없이 앞으로 앞으로. 자 저 우리 동무들 속으로 그리해서 그리해서……"29 : 81라고 마치 구호를 외치듯이 부르짖는다. 바로 그때 무대 뒤에서 다시 함성과 함께 만세를 외치는 소리가 드높게 들리며 마을 사람들이 이 씨와 그녀의 5남매를 앞세우고 왼편 무대에서 나타나면서 마침내 막이 내린다.

한국문학사에서 〈서광〉은 여러모로 의미 있는 작품이다. 첫째, 막이 내리면서 부르짖는 "우리 동무들 속으로"라는 구절은 브나로드Vnarod운동과 관련이 있다. 제정 러시아 말기 지식인들은 이상 사회를 건설하기 위해서는 무엇보다도 먼저 민중을 깨우쳐야 한다고 생각하였다. 그래서 19세기 말엽 수백 명의 러시아 청년 학생들이 '민중 속으로!'라는 구호를 내세우고 농촌으로 들어가 계몽운동을 전개하였다. 브나로드 계몽운동은 1920년대 초엽부터 경성의 학생들과 지식 청년들, 문화단체, 그리고 동경 유학생들을 중심으로 전개되기 시작하였다. 특히 1930년대 초엽부터 『동아일보』는 야학, 시국 강연, 위생 강연, 문학 작품 등을 통하여 의욕적으로 브나로드운동을 주도해 나갔다. 이헌구는 이 작품의 마지막 장면에서 비록 간접적이나마 어린이들을 앞세워 농민운동의 필요성을 제기한다.

여기서 한 가지 눈여겨볼 것은 이헌구가 최영민와 김순화 같은 가난한 농민을 앞세워 브나로드운동을 제시한다는 점이다. 그는 지식인들을 중심으로 한 이러한 운동이 자칫 실천에 이르지 못한 채 공허한 이론에 그칠 가능성이 크다고 생각하는 것 같다. 실제로 김기진은 1924년 6월 『개벽』에 기고한 「백수白手의 탄식」에서 카페에 앉아 혁명을 부르짖는 지식인 혁명가를 날카롭게 비판하였다.

카페 의자에 걸터앉아서

희고 흰 팔을 뽑내어 가며

"우 나로도!"라고 떠들고 있는

60년 전의 러시아 청년이 눈앞에 있다.

Cafe Chair Revolutionist,

너희들의 손이 너무 희구나!

희고 흰 팔을 뽑내어 가며

입으로 말하기는 "우 나로드"

60년 전의 러시아 청년의

헛되인 탄식이 우리에게 있다.[12]

　이 작품에서 '백수'란 1920년대 당시 직접 행동하지 않으면서 입으로만 '혁명'을 부르짖는 나약한 지식인들을 가리키는 제유다. 그들에게 농민운동이나 정치 혁명이나 한낱 지적 유희일 뿐이다. 그래서 시적 화자는 창백한 식민지 조선의 젊은 지식인들에게서 60년 전 러시아 청년의 모습을 보며 한탄하며 한숨을 내쉰다. "너희들의 손이 너무 희구나!"라는 구절에서는 정지용鄭芝溶이 「카페 프란츠」에서 "나는 자작子爵의 아들도 아모 것도 아니란다. / 남달리 손이 히여서 슬프구나! // 나는 나라도 집도 없단다. / 대리석 테이블에 닷는 내뺌이 슬프구나!"[13]라는 구절이 떠오른다.

12　김기진, 「백수의 탄식」, 『개벽』, 1924.6; 홍정선 편, 『김팔봉 문학전집』, 문학과지성사, 1989, 377쪽.

김기진의 작품처럼 정지용의 작품에서도 청년 지식인들은 민중 속으로 뛰어들지 못하고 카페에서 시간을 보낼 뿐이다.

이헌구는 앞으로 식민지 조선에서 연극이 발전시키는 데 견인차 역할을 하였다. 이헌구가 『학지광』에 기고한 4편의 희곡 작품 중에서 절반을 집필했다는 것만 보아도 이 무렵 그가 얼마나 희곡과 연극에 관심을 두었는지 잘 알 수 있다. 앞에서 잠깐 지적했듯이 외국문학연구회에서 활약한 이헌구는 귀국 후에는 '극예술연구회劇藝術硏究會'의 조직과 활동에 참여하여 연극 발전에 크게 이바지하였다.[14] 이 무렵 외국문학연구회 회원들은 문학예술 못지않게 무대예술에 관심을 기울였다. 다른 회원들처럼 연극의 사회적 기능을 깊이 깨닫고 있던 이헌구는 극예술이야말로 '인류 문화의 총화'라고 생각하였다. 그는 "우리가 극예술운동을 제창하며 신극 수립을 목표로 하는 것도 결국은 이러한 전조선적全朝鮮的 귀일된 문화 운동의 일익으로서의 출현에 불과하다"[15]고 지적한다.

더구나 이헌구는 〈서광〉에서 구수한 함경도 토속 사투리를 구사하여 식민지 조선의 향토성을 강조함으로써 조선 정신을 드높인다. 가령 '지름기름', '감제감자', '즘생짐승', '무스거무엇', '미시무엇' '낸장젠장', '할망이할머니', '나쌀낟가리', '뒷고방골방', '맹글다만들다', '뇌기다녹이다', '정주안방과 부엌 사이 공간' 같은 사투리는 이러한 경우를 보여 주는 좋은 예다.

물론 이헌구가 구사하는 함경도 사투리는 의미가 잘 통하지 않을 때도 더러 있어 이 작품을 이해하는 데 걸림돌이 되기도 한다. 가령 첫 장면에

---

13 권영민 편, 『정지용 전집 1 – 시』, 민음사, 2016, 123쪽.
14 외국문학연구회와 극예술연구회의 관계에 대해서는 김욱동, 『외국문학연구회와 『해외문학』』, 444~456쪽 참고.
15 이헌구, 「극예술 운동의 현 단계」, 김준현 편, 『이헌구 선집』, 현대문학사, 2011, 385쪽.

서 정돌은 "젬아 젬아!"라고 외치며 거적문에서 들어와 부엌을 향하여 소리친다. 여기서 '젬'은 아무리 북한 방언사전을 찾아보아도 나오지 않는 낱말이다. 이 말은 아마 '아메'처럼 엄마나 어머니를 가리키는 함경도 사투리일 것이다. "앙이 어째 그렇겠는가"에서 '앙이'도 '아니'를 뜻하는 함경도 사투리다. 이밖에도 "남는 주쟁인단다" 또는 "사람은 주쟁이니"나 '깜을 친다'니 하는 표현도 그 뜻을 어렴풋하게 짐작만 할 뿐 정확히 알 수 없다. 맥락으로 미루어 보면 각각 '주지 않는다'와 '죽는다'는 뜻인 듯하다. 한편 어머니가 어린 아들에게 "못 심으겠으니 어떻겠소"라고 반말할 자리에 존대말을 사용하는 것도 함경도 방언이다. 또한 함경도 방언은 '~둥'나 '~능가' 또는 '~소꼬마' 같은 독특한 어미를 사용하는 데서도 드러난다.

『학지광』에 실린 문학 작품 중에서 희곡은 시나 단편소설 또는 문학비평이나 이론과 비교하여 수가 그다지 많지 않다. 극시까지 넣어 겨우 네 편에 지나지 않는다. 그러나 비록 양은 적을지 몰라도 질이나 중요성에서 이 희곡 작품들은 다른 장르의 작품들에 결코 뒤지지 않는다. 20세기 전반기 희곡이 서자처럼 소홀이 취급받던 상황에서 일본 유학생들이 이 장르에 관심을 기울였다는 것은 여간 놀라운 일이 아니다. 이 점에서도 『학지광』이 넓게는 한국 근대문학사, 좁게는 한국 희곡문학에 끼친 영향은 결코 적다고 할 수 없을 것이다.

제6장

문학이론과 문학비평

종합 잡지의 성격을 띠는 『학지광』은
시·소설·희곡·수필 같은 창작 작품뿐
아니라 문학이론과 비평, 문예사조 같은
이론적 측면에도 적잖이 관심을 기울였
다. 이 잡지는 문학 분야에서도 어느 특
정 문학 장르에 국한하지 않고 창작과
이론 등 문학 전반을 폭넓게 다루었다.
실제로 이 잡지가 한국 근대문학사에서
문학이론과 비평, 문예사조에 끼친 영향
은 창작 못지않게 자못 중요하다. 조금
과장하여 말한다면 이 잡지에 실린 이론
과 비평과 문예사조를 도외시하고 한국

외국문학연구회가 기관지로 발간한 『해외문
학』. 직역 전통을 세우고 외국문학을 소개하
는 데 이바지하였다.

근대문학을 말하기란 무척 어렵다. 그것은 마치 1927년 외국문학연구회
가 두 차례 간행한 기관지 『해외문학』과 이 잡지와 거의 같은 시기에 북
미조선학생총회가 간행한 기관지 『우라키 *The Rocky*』를 도외시한 채

1920~1930년대 번역문학을 언급하는 것과 같다.

지금까지 소재가 파악되지 않은 결호缺號를 제외하고『학지광』에 실린 문학 관계 비평이나 논문은 모두 10편 정도다. 물론 글의 유형이나 성격을 어떻게 판단하느냐에 따라 어떤 글은 여기서 제외될 수도 있고, 이와는 반대로 여기서 제외된 글이 포함될 수도 있어 그 수는 유동적이다. 이 잡지에 실린 글 중에서 창작 외의 문학 관계 글은 크게 ① 한국문학의 위상에 관한 글, ② 문학 원론이나 이론과 관련한 글, ③ 문학 작품에 관한 실천 비평과 평가, ④ 서유럽 문예사조의 소개 등 크게 네 유형으로 나뉜다. 이중에는 논리적이고 분석적인 비평문의 형식을 갖춘 것이 있는가 하면, 수필이나 일기 형식을 빌린 가벼운 글도 있다. 서양에서도 문학비평은 아리스토텔레스의『시학』이 있지만 본격적인 논문보다는 오히려 시집의 서문, '옹호', 수필, 서간문 등 다양한 형식을 빌리기 일쑤였다.

1. 최두선의 문학 정의

『학지광』 3호에는 그 이전과 이후의 호와 비교하여 시와 시조, 번역시 같은 문학 작품이 유난히 많이 실려 있다. 특히 문학의 개념을 규정짓는 비평문이 실려 있어 더욱 관심을 끈다. 각천覺泉 최두선崔斗善의 「문학의 의의에 관하여」라는 글이 바로 그것이다. 잘 알려진 것처럼 그는 한국문학사에서 신문학의 기틀을 마련한 최남선崔南善의 동생으로 형과 마찬가지로 이 무렵 문학에 관심이 많았다. 휘문의숙을 졸업한 최두선은 일본에 유학하여 와세다대학에서 철학을 공부하였다. 철학으로 학사학위를 받은 뒤 그는 게이오대학 대학원에 진학하여 영문학을 전공했는가 하면, 독일 마르부르크대학교 대학원에 진학하여 이번에는 독문학을 전공하였다. 그 뒤 다시 독일 예나대학교 대학원에서 철학석사, 베를린대학교 대학원에서 철학박사 학위를 받는 등 이 무렵 보기 드물게 학구적이었다.

『학지광』 3호에 기고한 「문학의 의의에 관하여」를 보면 문학에 대한 최두선의 지식이 꽤 깊다는 사실을 알 수 있다. 대학 2학년 학생이 쓴 글이라고는 좀처럼 믿어지지 않을 정도로 논리가 정연하다. 이 잡지에 실린 글 중에서 그의 글만큼 주제가 분명하고 논리 정연한 글을 찾아보기 쉽지 않다. 물론 철학을 전공하는 만큼 최두선은 문학을 규정짓는 데 철학에서 영향을 많이 받았다. 그는 무엇보다도 먼저 19세기 영국 시인이요 문학비평가인 매슈 아널드의 문학 정의에서 논의를 시작한다. 아널드는 "오인吾人이 서적으로부터 얻는 모든 지식은 문학이라"[1]고 정의를 내렸다. 아널드처럼 책으로 만들어진 것을 모든 것을 문학으로 간주한다면 '가장 광막한 정의'로 문학에는 과학 서적과 법률학이나 정치학 서적, 심지어 통계연감까지도 들어갈 수 있다고 지적한다.

한편 최두선은 가장 좁은 의미로 문학을 시가와 소설에 한정 지을 수도 있을 터지만, 그렇게 되면 이 정의에서 제외되는 문학도 얼마든지 있다고 주장한다. 이 점과 관련하여 그는 "시가나 소설의 체재體裁를 구유具有하지 아니 하여도 문학적 가치를 존유存有한 저작물이 불선不尠한 까닭이니라"[3 : 26]라고 밝힌다. 그러면서 최두선은 『고문진보古文眞寶』나 사마천司馬遷의 『사기史記』, 토머스 칼라일의 『프랑스 혁명사』[1837] 같은 책들도 비록

---

1 최두선, 「문학의 의의에 관하여」, 『학지광』 3호, 1914.12.3, 26쪽. 앞으로 이 잡지에서는 인용은 권수와 쪽수를 본문 안에 직접 밝히기로 한다.

시가와 소설은 아닐지라도 얼마든지 문학의 범주에 넣을 수 있다고 주장한다.

이렇게 지식이나 장르로써 문학을 정의내릴 수 없다면 상상력의 잣대로 규정할 수도 있을지 모른다. 그러나 최두선은 그것 또한 문학을 정의하는 데 적절하지 못하다고 지적한다. 방금 앞에서 언급한『고문진보』나『사기』또는『프랑스 혁명사』는 문학적 상상력이 빚어낸 산물은 아닐지라도 그동안 여전히 문학으로 간주되어 왔기 때문이다. 심지어 일상 경험을 기록한 일기나 서간문도 문학 작품으로 대접받는 것들도 더러 있다. 이와는 반대로 비록 문학적 상상력에 의존하면서도 문학에서 배제되는 것들도 얼마든지 있다는 것이다.

최두선은 지식과 장르와 상상력이 문학을 정의하는 유용한 잣대가 될 수 없다면 오직 한 가지 잣대밖에는 남아 있지 않다고 밝힌다. 그가 말하는 잣대란 다름 아닌 생명과 그것에 기반을 둔 가치 개념이다.

> 이밖에 문학文學이 문학 되는 이유가 유有할지니 얼른 말하면 문학에는 문학의 생명이 있을지요 더욱 그 생명은 그 문학이 가치가 있으면 있을수록 그 생명이 더욱 더욱 장구長久할지니 그 문학을 산출한 인人은 유한有限한 수명을 유有하나 산출된 바의 문학 그것은 천백 년이라도 그 생명을 보존保存할지로다. 또 오인吾人이 천백 년간 그 문학을 감상함은 곧 그 생명을 맛봄이니라.3 : 27

최두선이 이렇게 생명과 가치라는 관점에서 문학을 정의내리는 것이 무척 신선하다. 그런데 그는 문학의 생명을 '맛보는' 데는 무엇보다도 인간의 심리 상태가 중요하다고 지적한다. 심리학에서는 인간의 세 가지 심적 요소를 지정의知情意, 즉 ① 지성知性, ② 감정感情, ③ 의지意志의 세 가지로 나눈다. 학자에 따라서는 의지를 감정에 포함하여 지성과 정의情意의 두 가지로 나누기도 한다. 최두선은 문학은 지성에 바탕을 두는 과학과는 달리 정의에 바탕을 둔다고 지적한다.

> 지식을 만족하게 한다고 반드시 생명이 유有함은 아니라, 다시 말하면 지식의 만족이 생명을 판단할 수 없도다. 만일 지적知的 부분이 생명을 판단하기 불능不能하면 정의情意의 부분은 어떠할까. 정의가 만족하면 비로소 생명을 경험할 수 있으니 생명은 지식의 인지認知할 바가 아니요 오직 정의情意를 놓고는 불능不能하니 어떠한 글을 보고 생명 있음을 감득感得함은 그것이 정의情意의 경험에 감촉感觸됨이라. 같은 글이라도 지식의 경험에 감촉感觸될 때에는 생명을 감득感得하기 난難하고 다시 정의情意의 경험에 감촉感觸한 후에 비로소 감득感得하나니라.3 : 28

물론 최두선은 자신의 정의가 완벽하지 않다는 것을 누구보다도 잘 알고 있다. 이 글 첫머리에서 그는 문학에 관한 정의는 시대에 따라서 또 정의를 내리는 사람에 따라서 서로 다르다고 분명히 밝힌다. 이렇듯 그는 문학이 반드시 정의情意로써만 규정할 수 없다는 사실을 깨닫고 있다. 다만 그는 지정의 세 요소 중에서 감정이 문학에서 가장 중요하다는 점을 분명히 밝힐 뿐이다.

물론 최두선이 규정짓는 문학 정의에는 문제가 없지 않다. 특히 100년 가까운 세월이 지난 지금 그동안 이루어진 문학 론의 안목에 비추어 보면 더더욱 그러하다. 그가 그토록 중요하게 생각하는 문학의 생명과 가치도 절대적인 것이 아니라 어디까지나 상대적인 것이기 때문이다. 문학이란 공동사회의 구성원이 합의에 따라 '문학'이라고 규정하는 것일 따름이다. 그러므로 역사적 시간과 사회적 공간의 산물인 문학은 시간과 공간에 따라 그 정의가 얼마든지 달라질 수밖에 없다. 이 점과 관련하여 존 M. 엘리스는 문학이 마치 '잡초'라는 낱말처럼 작용한다고 밝힌 적이 있다. 잡초는 어떤 특정한 종류의 식물이 아니라 이런 저런 이유로 정원을 가꾸는 사람들이 주위에 원하지 않는 식물이다. 문학은 잡초와는 반대로 작용한다. 즉 이런 저런 이유로 사람들이 가치 있다고 판단하는 유형의 글이 곧 문학인 셈이다.[2]

2. 김억의 예술론

안서岸曙 김억金億이 『학지광』 3호에 시 「이별」을 발표하면서 시인으로 데뷔했다는 점은 이미 앞 장에서 밝혔다. 문학에 관심이 많은 그는 시 장르뿐 아니라 시론을 비롯한 문학이론에도 깊은 관심을 기울였다. 이 잡지 6호에 그는 「예술적 생활」이라는 글을 발표하였다. 두 쪽 남짓밖에 되지 않는 비교적 짧은 글이지만 그의 예술관을 엿볼 수 있다는 점에서 좀 더 찬찬히 주목해 보아야 한다. 자칫 잊기 쉽지만 김억은 시인인 동시에 문학 평론가요, 문학 평론가인 동시에 번역가였다.

김억은 「예술적 생활」에 'H 군에게'라는 부제를 붙인다. 'H 군'이 과

---

2   엘리스의 이론에 대해서는 Terry Eagleton, *Literary Theory : An Introduction*, 2nd ed., Minneapolis : University of Minnesota Press, 1996, p.8 참고.

연 누구인지 지금으로서는 정확히 알 수 없다. 다만 그가 이 글을 발표한 것이 1915년인 것으로 보아 한 해 전 아버지의 갑작스런 죽음으로 게이오기주쿠를 중퇴하고 귀국하여 모교인 오산학교 교사로 근무할 때 쓴 것임을 알 수 있다. 여러 정황으로 미루어 보면 'H'는 장두철張斗撤의 필명 '해몽海夢'의 영문 두문자임이 틀림없다. 실제로 이 무렵 그는 필명을 '해몽' 또는 '해몽생', 영어 두문자로 'H. M'이라고 표기하였다. 그러고 보니 김억도 이 무렵 '안서'의 영문 두문자 'A. S.'를 필명으로 사용하기도 하였다. 이 두 사람은 1918년 한국 최초의 주간 문예잡지 『태서문예신보』를 창간하면서 서로 가깝게 지냈다.

그런데 김억의 「예술적 생활」은 문학 동료에게 보내는 편지 형식을 빌렸다고는 하지만 문체부터가 다정한 친구에게 보내는 서간문과는 적잖이 다르다. 이 글은 서간문이라기보다는 차라리 자신의 의견을 전개하는 논설문에 가깝다. 어찌 되었던 김억은 이 글에서 자신의 예술관을 유감없이 피력한다.

인생과 및 예술은 한걸음 더 깊은 근저根底의 의미는 합일合一이며, 일치一致며, 동일적同一的인 바― 합일이며, 일치며 동일적(이) 아니여서는 아니 될 것은 예술이 인생에 대하여 의미할 것이, 없게 됨으로서라. 예술적 이상을 가지々 못한 인생은 공허며, 따라서, 무생명無生命이며, 무가치無價値의 것 아니 될 수밖에 없다. 그러면 예술의 근저는 어떠한 것이냐?의 질문이, 내게 오리라. 이는 말할 것도 없이, 갈온 실인생實人生을 기저基地로 하고 선 바의 예술인 바―그것이 아니여서는 아니 된다.6 : 60[3]

김억이 이중 부정문을 즐겨 사용하고 반복하여 말하는 탓에 그 뜻을 쉽게 헤아리기가 어렵지만, 그가 위 인용문에서 말하려는 바는 크게 세 가지로 요약할 수 있다. 첫째, 인생과 예술은 그 뿌리가 서로 깊이 연관되어 있어 따로 떼어서 생각할 수 없다. 둘째, 예술적 이상이 없는 사람의 삶은 생명이 없으므로 공허하며 아무런 가치도 없다. 셋째, 예술은 구체적인 실제 삶을 기반으로 삼아야 한다.

김억이 주장하려는 핵심은 이 세 가지 명제 중에서도 마지막 명제에 들어 있다. 예술적 이상을 품지 않은 사람이 공허, 어쩌면 공허보다도 더한 아무런 생각이 없는 백치듯이 실생활에 뿌리를 박지 않은 예술은 한낱 "환영幻影 — 아니, 환영보다도 더한 무엇, 아무 쓸 바와 힘이 없는" 것이다. 이렇듯 김억에게 예술이 곧 인생이요, 인생이 곧 예술이다. 이와 관련하여 그는 "예술은 예술 자신을 위해서의 예술이요, 단연코 인생을 위해서의 예술은 아니라고art is for its own sake, not for the life's sake 주장하는 사람의 말을 나는 자주ᄼᄼ 듣는다"6 : 61고 밝히면서 이를 단호히 배격한다고 말한다.

또 예술藝術이, 인생人生에 대하여 아무 의미할 바가 없다면 왜 예술을 요구하며, 또는 인생을 떠난 예술(을) 해서는 무엇에 쓰랴. 내가 요구하는 바 예술은 인생으로 향상, 창조, 발전시키는 이점點에 있나니, 왜 그러냐 하면 예술은 개혁자改革者이며, 모방자模倣者인 까닭으로. 다시, 말하면 인생을 향상시키며, 개

---

3   인용문의 마지막 문장 "갈온 실인생을 기조로 하고……"에서 '갈온'은 '나란히 함께 하다'를 뜻하는 '갈오다'의 과거형이다. 김억은 이 글 끝에 프랑스어로 'Le 25. mai 1915', 즉 '1915년 5월 25일'에 썼다고 적었다.

혁시키며, 창조시키며, 발전시키며, 모방시키는 것은 예술임으로 나는 예술을
인생을 위하여 요구한다.6 : 61

이렇듯 예술지상주의 태도를 배격하는 김억은 '예술을 위한 예술' 대
신 '인생을 위한 예술'을 주창한다. 그는 "시인의 아름다운 몽상적 공상
적 세계도 인생을 위하여 실현함이, 없으면 무엇이리오"라고 수사적 의
문을 던진다. 한마디로 그에 따르면 인간이 예술 세계를 추구하는 것은
곧 불완전한 인생을 좀 더 완전하고 창조적인 것으로 향상시키고 발전시
키려는 데 있다.

김억은 예술의 힘을 빌려 현실 세계를 향상하거나 개조하는 데 촉매
역할을 하는 것이 다름 아닌 사랑, 좀 더 구체적으로 말해서 '사랑의 살
님'이라고 지적한다. 한 집안을 이루어 살아가는 일을 '살림'이라고 한다
면 '사랑의 살님'이란 곧 사랑의 힘으로 세계를 유지하고 발전시키는 일
일 것이다. 김억은 "세계는 사랑으로 완전케 된다"고 말하면서 사랑에서
예술의 본질과 생명의 본질을 사랑에서 찾는다. 그는 "사랑은 생명의 전
긍정全肯定이며, 생명의 단편斷片을 모아 어떤 큰 무엇을 만드는 힘―생명
은 예술이며, 생명을 긍정함과 동시에, 자기의 권위 및, 가치, 의미를 정定
하게 됨으로써라"6 : 61라고 밝히면서 이 글을 끝맺는다. 여기서 핵심적인
낱말은 두말할 나위 없이 '생명'과 '예술'이다.

그러나 김억의 「예술적 생활」은 언뜻 예술지상주의를 비판하는 것 보
이지만 좀 더 찬찬히 살펴보면 그와는 반대로 '예술을 위한 예술'을 주창
하는 것으로 밝혀진다. 이 글은 예술과 인생의 관계를 다루는 전반부와
일종의 선언문 비슷한 후반부로 크게 두 부분으로 나뉜다. 후반부에 이르

러 김억은 한껏 시적 감흥에 젖어 있다.

> 개인의 중심적 생활을 예술적藝術的인 것이 되게 하여라. 그러면 사회적 생활
> 生活도 예술적인 것이 되리라. — 먼저, 개적個的 생명의 단편斷片을 모아, 예술
> 적인 것이 되게 하여라. 그러면 예술은 인생人生로의 예술적인 것이 되리라.
>
> 아ㅅ 나로 하여금 예술적 생활을 맛보게 하여라. — 사랑의 생활로 예술의
> 도취에서, 생명의 만족적滿足的 향락享樂을 얻게 하여라.
>
> 예술적 생활의 바라는 마음이야 누가, 아니 바라리오만은 아ㅅ 그러나 이를
> 실현하기에는 아직 너무 약하다.
>
> 그러나 나는 예술적 생生을 노래하지 마지 아니하노라.
>
> 아ㅅ 예술적 생生을 바라는 맘!
>
> 동천東天 하늘은 차ㅅ 밝아온다!6 : 62

어찌 보면 「예술적 생활」이라는 글에서 김억은 '생활'보다는 '예술적'
이라는 낱말에 방점을 찍고 있는 듯하다. 비교적 짧은 위 인용문에서 그
는 '예술'이나 '예술적'이라는 낱말을 무려 열 번이나 언급한다. 더구나
그는 '아아'라는 감탄사를 반복하여 한껏 감정을 돋운다. 위 단락은 자유
시의 형식을 빌려 예술이나 예술적 삶을 예찬하는 작품과 같다.

김억이 「예술적 생활」에서 처음 언급한 '생명'의 개념은 이 무렵 활약
한 문학가들 사이에서 중요한 담론으로 자리 잡았다. 가령 노자영盧子泳은
「문예에서 무엇을 구하는가」라는 글에서 예술가가 작품에서 추구하려고
하는 것은 "전적 생명에 말지 아니하지 못할 심원한 무엇"이라고 주장한
다. 그런데 여기서 그는 '심원한 무엇'이란 영구불변한 상태로 남아 있는

어떤 것이 아니라 어디까지나 "우리의 사상과 지식과 감정이 변화 발전함에 따라" 함께 변하는 어떤 것으로 파악한다. 다시 말해서 노자영이 말하는 생명이란 인간의 내면적인 정신생활이 변화무쌍하게 발전하는 일종의 역동적인 활동을 말한다. 적어도 이 점에서 보면 예술은 다름 아닌 '생명의 구체적 표현'에 지나지 않는다.[4] 이렇게 예술을 생명과 관련짓는다 점에서는 『창조』의 동인으로 함께 활동한 김동인金東仁도 노자영과 크게 다르지 않았다.

예술이란 무엇이냐, 여기에 대한 해답은 헤아릴 수 없이 많지만, 그 가운데 그중 정당한 대답은 "사람이 자기 그림자에게 생명을 부어 넣어서 활동하게 하는 세계―다시 말하자면, 사람 자기가 지어 놓은 사랑의 세계, 그것을 이르는 것이리라" 하는 것이다. 어떠한 요구로 말미암아 예술이 생겨났느냐, 한마디로 대답하려면 이것이다. 하느님의 지은 세계에 만족하지 아니하고, 어떤 불완전한 세계든 자기의 정력과 힘으로써 지어 놓은 뒤에야 처음으로 만족하는 인생의 위대한 창조성에서 말미암아 생겨났다.[5]

김동인은 예술을 인간이 "자기 그림자에게 생명을 부어 넣어서 활동케하는 세계", 즉 인간 자신이 창조한 "사랑의 세계"라고 주장한다. 그런데그의 주장은 큰 틀에서 보면 놀랍게도 김억의 주장과 아주 비슷하다. 김억을 비롯하여 노자영과 김동인의 글을 읽다 보면 20세기 초엽 생철학과창조적 진화론을 부르짖은 프랑스의 철학자 앙리 베르그송의 그림자가

---

4 춘성생(春城生), 「문예에서 무엇을 구하는가」, 『창조』 6호, 1921.5, 70~71쪽.
5 김동인, 「자기의 창조한 세계」, 『창조』 7호, 1920.7.

어른거린다. 자연과학의 기계론적 해석에 맞서 베르그송은 인간의 생명과 의식 활동이란 일정한 법칙으로 해석할 수 있는 것이 아니라 자유롭게 활동하면서 끊임없이 새로운 것을 창조해 내는 것으로 파악해야 한다고 주장하였다. 또한 그는 찰스 다윈의 생물진화론과 허버트 스펜서의 사회진화론을 모두 비판하면서 창조적 진화론을 주장하였다. 이러한 창조적 힘이 바로 그가 말하는 '엘랑 비탈élan vital'이다.

김동인을 비롯한 『창조』와 『폐허』의 동인들은 두말할 나위 없이 일본에 유학하는 동안 당시 지식계와 문학계에 풍미한 시대정신을 호흡하려고 애썼다. 특히 게이오기주쿠에서 영문학을 전공하던 김억은 이 무렵 외국 이론에 심취해 있었다. 이러한 그에게 베르그송의 창조적 진화론이 좀처럼 비켜갈 리 없었다. 일본 문단에서는 메이지 45년1912에서 다이쇼 3년1914에 걸쳐 시마무라 호게쓰島村抱月, 소마 교후相馬御風, 가네코 지쿠스이金子筑水, 오스키 사카에大杉栄, 야나기 무네요시柳宗悅를 중심으로 생명에 대한 관심이 부쩍 일어났다. 이러한 생명주의나 생명 담론은 다이쇼시대 초기 교양주의의 중요한 모습이었다.

김억의 「예술적 생활」과 관련하여 특히 주목해 볼 것은 일본 문인 중에서도 가쿠슈인출신 청년들이 중심이 된 시라카바파白樺派의 야나기 무네요시다. 이 글을 쓰면서 김억은 아마 야나기의 「세이메이노몬다이生命の問題」를 읽고 영향을 받았을 가능성을 배제할 수 없다.

> 생명이 물질세계와 상관 관계에 있다는 것은 곧 의미의 세계를 표현한다는 것을 뜻한다. 오늘날 진화의 의의는 실제로 생명의 왕국을 표현하려는 데 있고, 그 최고 단계에 있는 인류의 창조는 생명이 그 존재의 극치인 가치 세계에 들

어가려는 데 있다. (…중략…) 생물 진화의 의의는 참으로 이러한 의미의 세계, 실재의 세계에 닿으려고 하는 데 있다. 생명의 활동 그 자체는 실제로 유현幽玄한 실재계와 맞닿아 있다. 인간이 무한한 미래를 추구하는 것은 참으로 무궁한 실재를 동경하기 때문이다. 이러한 견해는 결코 우리의 공허한 상상이 아니다. 실제로 여러 위대한 종교가, 철학자, 예술가의 삶과 과업이라는 것은 이 자연의 진의를 이해하고 표현한 영원한 기념비라고 해야 한다.[6]

용어 사용이나 기본적인 내용에서 김억의 글과 야나기의 글은 서로 닮은 점이 많다. 야나기가 말하는 '생명의 왕국'과 '실재의 세계'는 김억의 '진생명'과 '실세계'와 아주 비슷하다. 이밖에도 두 사람의 글에는 '창조', '가치', '의미', '발전' 같은 낱말을 쉽게 찾아볼 수 있다. 그런데 이러한 낱말의 유사성보다도 훨씬 더 중요한 것이 두 글의 내용이나 주제다. 위 인용문의 마지막 문장에 이르러 야나기는 종교가와 철학자와 함께 예술가를 언급한다. 그에 따르면 예술가가 평생 이룩하려는 업적이란 진화가 생명의 끊임없는 창조적 발전이라는 점을 깨닫고 이러한 자연의 깊은 의지를 표현하는 것이다. 야나기가 예술 작품을 '영원한 기념비'라고 부르는 것은 그 때문이다. 이와 같은 맥락에서 김억은 앞에서 인용했듯이 "예술의 의미는 생명을 전궁정함에 있어, 불완전한 실재를 향상시키며, 창조시키며, 발전시켜, 완전한 곳으로 이끄는 힘 — 생명의 단편을 모아 완전하게 하는 것이 아니여서는 아니 된다"고 잘라 말한다.

김억이 「예술적 생활」을 집필하면서 야나기 무네요시한테서 직간접으

---

6 柳宗悅, 「生命の問題」, 『柳宗悅全集』 1, 筑摩書房, 1981, 311쪽.

로 영향을 받았다는 증거는 유난히 사랑을 강조하는 데서도 엿볼 수 있다. 야나기는 생명주의 또는 생명 담론의 궁극적 목표는 첨예하게 대립되어 있는 갈등을 극복하는 데 있다고 지적한다. 그는 『시라카바白樺』에 기고한 글에서 "생명이 최후의 평화를 채워야 할 곳은 이러한 (차별과 분리의) 시도의 세계를 지나 주객의 싸움이 끝나는 곳이어야 한다"고 주장한다. 그러면서 야나기는 "이我와 비아非我를 구분 짓는 태도는 이미 실재 자체와는 거리가 있다. 생명이 확충되는 곳은 모든 것을 포함하는 융합혼일融合混一의 경지다"라고 주장한다. 야나기는 계속하여 "진실로 내가 추구하는 실재는 바로 사랑이다. 그곳에서 모든 차별은 융합하고 대립은 포용한다. 남는 것은 오직 기쁘게 빛나는 사랑의 사실뿐이다"라고 밝힌다.[7] 야나기의 이 말은 "세계는 사랑으로 완전케 된다"느니 사랑이야말로 "자기 자신의 생명에는 다시 업는 유일의 환락이다"느니 하는 김억의 말과 크게 다르지 않다. 야나기에게도 김억에게도 사랑은 최고의 가치로 그동안 물질과 생명, 육체와 정신, 객관과 주관, 자연과 인간, 인생과 예술 사이에 가로놓여 있던 간극을 메우고 장벽을 허무는 데 핵심적인 역할을 해왔다.

그렇다면 김억의 전반적인 예술관에 비추어 「예술적 생활」은 어떠한 의의가 있는가? 한마디로 그의 최초의 예술론은 뒷날 전개할 예술관과는 조금 어긋난다. 이 글보다 2년 뒤인 1919년에 역시 해몽 장두철에게 보내는 편지 형식의 또 다른 글에서 김억은 예술을 "정신 또는 심령의 산물" 또는 "육체의 조화의 표시"로 파악한다. 이러한 예술관은 오직 삶과

7　柳宗悅, 「哲學的至上要求として實在」, 『柳宗悅全集』 2, 筑摩書房, 1981, 243쪽.

의 유기적 연관성에서만 예술을 파악하려던 최초의 예술관과는 적잖이 차이가 난다.

더구나 '삶을 위한 예술'을 주장한 김억의 예술관은 1920년대 중반 조선 문단을 풍미한 사회주의 리얼리즘에 대한 태도와도 어긋난다. "인생생활의 본능적 충동의 표현"에서 예술의 본질을 찾던 그에게 카를 마르크스와 프리드리히 엥겔스의 유물론에 기반을 둔 프로문학은 어디까지나 "계급적이라는 인위의 공리적 생각을 가지고 본능인 충동을 거짓하려고" 하는 문학, 즉 '예술을 타락시키는' 문학이요 '통속적 저급문학'에 지나지 않는다.[8] 적어도 이 점에서 김억은 문학의 공리성을 강조하는 이데올로기 문학보다는 예술성을 강조하는 순수문학 쪽에 서 있다.

또한 김억은 「예술의 생활」에서 예술의 보편적 가치에 주목할 뿐 특정한 시간과 공간에 따른 예술의 특수성에 대해서는 언급하지 않는다. 그가 문학이 특정한 민족의 고유한 가치나 향토성을 언급하는 것은 이 글을 발표하고 나서 2년 뒤의 일이다. 「열졸劣拙한 관견을 해몽 형에게 시형의 음률과 호흡」에서 김억은 처음 문학의 구체성이나 특수성을 언급하면서 문학이란 근본적으로 민족적 토대 위에서 실현되어야 한다고 주장하기 시작한다.[9] 이러한 변화는 그가 서유럽의 근대적 자유시에서 점차 벗어나 전통적 민요에 바탕을 정형시로 이행한 것과 궤를 같이하는 것이다.

한편 김억이 예술을 위한 예술에 기울어져 있다면 전영택田榮澤은 이렇게 예술을 한낱 유희로 간주하는 태도에 불만을 품었다. 평양 대성중학을

---

8   김억, 「프로문학에 대한 항의」, 『동아일보』, 1926.2.7~8; 김억, 「예술의 독자적 가치 – 시가의 본질과 현 시단」, 『동아일보』, 1926.1.2.
9   안서생, 「열졸한 관견을 해몽 형에게 시형의 음률과 호흡」, 『태서문예신보』 14호, 1919.1.13, 5쪽.

거쳐 일본 아오야마학원 문학부와 신학부를 졸업하고 전영택은 『학지광』 20호에 기고한 「범인의 감상」에서 실생활에서 예술의 기능과 임무를 찾는다.

이것은 예술과 생활을 이원적으로 생각하는 때문에 실생활은 가장 엄숙한 사실이요, 예술은 한 유희거리, 한 오락거리요, 공상적이라 생각하는 폐단이 있다. 그러나 예술은 그 본질상 확실히 오인吾人의 실생활의 일부요, 따라서 생활이 엄연한 사실인 것처럼 예술도 진실되고 엄숙한 사실이다. 예술을 한 장난거리 오락거리의 공상이라 생각하는 것은 과연 몰상식한 속견俗見이라고 할 수 있다.20 : 49~50

전영택은 특히 식민지 조선 사회에서 일반인들이 예술을 부정적으로 보는 데는 예술가의 책임이 크다고 지적한다. 그는 조선 문단에서 "아직 진정한 의미로 예술가라고 할 수 없는 소설가, 시가詩家 화가들"이 예술이 무엇인지도 잘 모른 채 유희의 수단을 삼는다고 주장한다. 그러면서 전영택은 소설을 남녀의 '정적 관계'나 그리는 문학으로 간주하는 현실을 안타깝게 생각한다.

신태악辛泰嶽은 『학지광』 21호에 기고한 「종교와 예술」에서 예술의 심미적 기능과 공리적 기능을 구분 짓는 대신 이 두 기능의 상대적 가치를 주장한다. 효용의 측면에서 그는 도덕과 종교와 예술을 동일한 차원에서 규정짓는다. 그는 도덕 또는 종교가 예술의 자유를 속박할 수 없는 것처럼 예술도 도덕이나 종교를 무시한 채 존재할 수 없다고 지적한다. 신태악은 일반 대중에게는 예술의 자유를 인정하고, 예술가에게는 사회의 도덕을 존중하라고 권한다. 그러면서 그는 "일一은 미美의 이상을 실현하고 일一은 선善의 이상을 발휘하여 이자二者 상합相合해서 완전한 생의 미를 발현할지니라"21별:39라고 주장한다.

3. 안확의 조선문학론

김억의 「예술적 생활」과 함께 『학지광』 6호에 실린 안확安廓의 「조선의 문학」은 여러모로 관심을 끌기에 충분하다. 안확의 글은 조선문학 전체를 조감하여 다루는 만큼 분량이 10쪽이나 된다. 이 글은 ① 문학의 정의, ② 문학의 기원, ③ 문학의 발달, ④ 한문학과 조선 민족성, ⑤ 오늘날 문학가의 책임 등을 주제로 삼아 조선문학 못지않게 문학 일반과 관련한 여러 문제를 폭넓게 다룬다. 적어도 이 점에서 안확의 글은 일제강점기 식민지 지식인이 쓴 최초의 조선문학사요 문학이론을 다룬 글로 보아도 크게 틀리지 않는다. 이 글은 뒷날 그가 전개할 『조선문법』 1917, 『조선문학사』 1922, 『조선문명사』 1923 등 선구적인 국학 연구의 출발점이 되었다는 점에서도 중요하다.

안확은 일찍이 유길준兪吉濬의 『서유견문西遊見聞』 1895과 량치차오梁啓超의 『음빙실문집飮氷室文集』 1904을 읽고 서유럽 문물과 서양의 정치사상에 눈을 뜬 것으로 알려져 있다. 합일병탄 이후 그는 마산에 내려가 오스트레일리아 선교사들이 세운 창신학교에서 교사로 있으면서 학생들에게 독립정신을 고취시켰다. 1914년경 신학문을 본격적으로 공부하려고 일본에 유학한 안확은 니혼대학에서 정치학을 전공하였다. 정치학도이면서도 문학에 대한 이해의 폭이 무척 넓다는 데 새삼 놀라게 된다. 그는 동아시아문학뿐 아니라 세계문학도 나름대로 잘 알고 있었다. 요즘 들어 '세계문학'이 핵심적 문학 담론으로 자주 언급되고 있지만 식민지시대 이 용어를 맨 처음 사용한 사람도 다름 아닌 안확이었다. 그의 뒤를 이어 김억이 이 용어를 좀 더 일관되게 사용하기 시작하였다.

안확은 「조선의 문학」을 '문학은 하何오'라는 소제목의 글로 시작한다. 문학의 정의와 관련하여 그는 문학이란 일차적으로 아름다움에 기반을 두고 독자에게 쾌락을 주는 것이라고 말한다.

> 문학은 미감상美感想을 문자로 표현하는 것이라 할지라. 대저大抵 인ㅅ이 춘풍화기春風和氣를 승乘하여 경기景佳한 처處에 임하면 진상塵想이 불래不來하고 감정이 격동하여 심心이 순주醇酒에 취함 같이 망아忘我의 회회懷가 기起하는 동시에 자연의 취미를 감感하여 시가詩歌의 정情이 생생할지니 차ㅅ기此詩歌의 정情이 생생함은 즉 오인吾人이 생존을 요要한 잉여剩餘에서 기심其心을 자위自慰케 하며 오락케 하는 바 미美를 심審하는 사상 활동이라. 차此가 즉 문학의 발생의 원인源因이니 환언하면 적敵과 전戰하여 개승凱勝할진대 악樂을 주奏하고 배盃를 거擧하여 축하함 같이 범인凡ㅅ은 생존력이 족足하고 경쟁력이 여餘한 후에는 필必히 문학이 발생하여 사회를 위로하며 인심을 오락케 하나니라.6:64

위 인용문에서 국한문 혼용체의 복잡한 의미의 실타래를 정리하고 나면 몇 가지 내용으로 간추릴 수 있다. 첫째, 문학은 아름다움, 즉 미적 감정을 문자로 표현하는 예술이다. 아름다운 경치를 보면 마음에 감흥이 일어나듯이 문학 작품을 읽으면 미적 감정을 느끼게 된다. 둘째, 문학을 창작하거나 향유하는 것은 잉여와 관련이 있게 마련이다. 이를 달리 말하면 문학은 생존에 필요한 의식주 문제를 해결하고 난 뒤 비교적 자유롭게 여유를 즐길 수 있을 때야 비로소 가능하다. 셋째, 문학의 목적과 기능은 그것을 향유하는 독자들에게 기쁨과 즐거움, 위안과 오락을 주는 데 있다.

여기서 안확은 유교의 가치에 뿌리를 둔 전통적인 문학관과 결별한다. 전통적인 동아시아문학관에 따르면 문학은 문이재도文以載道라고 하여 문학을 도를 싣는 그릇으로 보거나, 문이명도文以明道라고 하여 문학을 도를 밝히는 것으로 보는 공리적 관념에서 크게 벗어나지 못하였다. 안확은 이렇게 문학을 공리적 기능의 굴레에서 벗어나 좀 더 심미적이고 쾌락적 차원에서 규정지으려 한다. 이러한 문학관은 당시 조선 문단을 풍미하던 실용적이고 공리적인 성리학적 문학관에 대한 큰 비판이요 도전이었다.

물론 안확이 주장하는 문학의 기능과 효용은 좀 더 포괄적이다. 그는 문학을 단순히 미적 감정을 통하여 독자에게 쾌락과 위안을 주는 것 이상으로 좀 더 넓게 파악하려고 한다.

> 다시 문학의 공효功效로 말할진대 일면一面으로 관觀하면 오락의 재료와 소한消閑의 구具가 될 뿐이나 연然이나 타면他面으로 보면 또한 인사의 사상을 활동시키며 이상理想을 진흥시키는 기계니라. 즉 오인吾人이 생존경쟁간에 입立하여 기복잡其複雜히 사용하는 심사心思를 고결케 하고 심원케 하고 만족케 하고 이상理想의 경境에 유遊치 안이키 불가不可하니 시是가 문학의 종극적終極的 목적이라.6:64

안확은 문학의 기능을 쾌락, 오락, 또는 한가한 시간을 메꾸는 소일 같은 기능에서 한 발 더 밀고 나아가 정신의 고양으로 파악하려고 한다. 다시 말해서 그는 인간의 사상을 활발하게 작동하고 이상을 드높이는 데 문학의 기능이 있다고 지적한다. 물론 엄밀히 따지고 보면 이러한 정신 작용도 궁극적으로는 쾌락과 관련 있을 수밖에 없다. 그러나 안확은 문학이 비록 정신을 고양한다고 하더라도 종교나 도덕과는 본질에서 서로 다르다고 주장한다. 문학은 미술 같은 다른 예술과 마찬가지로 종교처럼 인간 정신을 강압적으로 세뇌시키지 않기 때문이다.

이 점과 관련하여 안확은 종교가 '명령적命令的'이고 '교도적敎導的'인 특징이 있다면 문학과 미술은 감명을 줄 뿐이라고 지적한다. 이렇게 기능과 임무에서 문학을 도덕이나 종교와 엄격히 구분 짓는 안확은 이번에는 문학을 정치와도 구분 짓는다. 그는 먼저 문학의 영역을 그가 '순문학'이라고 부르는 시가·소설·서사문·서정문 등과 그가 '잡문학'이라고 부르는 서술문과 평론 등으로 구분짓는다. 그런데 이 두 유형의 문학은 인간의 정신에 감명을 주고 이상의 활동을 진작시킨다는 점에서 정치와는 다르다. 안확에 따르면 정치가 "인민의 외형外形을 지배하는" 것인 반면, 문학은 "인민의 내정內情을 지배하는" 것이다. 그러므로 한 국민이나 국가의 문명을 알기 위해서는 정치보다는 문학을 살피는 것이 훨씬 더 효과적이라고 그는 주장한다. 또한 정치를 부흥시키려면 먼저 문학을 통하여 국민의 이상을 진작시킬 필요가 있다.

그러나 「조선의 문학」에서 가장 돋보이는 것은 안확이 조선문학의 위상을 새롭게 규정짓는다는 점이다. 조선문학의 역사를 2, 300여 년 전으로 거슬러 올라가는 그는 조선문학이 유럽보다 몇백 년 앞서 발달되었다고 지적한다. 물론 조선의 상고문학은 조선의 고유한 신지문神誌文으로 기록되어 발달하다가 부여시대에 중국에서 한문이 들어오고 고구려 소수왕 때 불교가 유입되면서 한문으로 기록되자 말살되었다는 것이다. 안확은 한문의 절대적인 영향권에서 문학을 창작하면서도 '배달혼'을 잊지 않으려고 향가처럼 한자음을 빌려 조선인의 감정과 사상을 표현하려고 애썼다고 주장한다.

그러던 중 조선시대 세종이 한글을 창제하면서 조선문학은 '대발달의 서광'을 보게 되었다고 지적한다. 안확은 "최근으로 언言하면 황록일黃綠一·정수동鄭壽銅은 대시인이니 정鄭은 지나支那 이백李白보다 현賢하고 황黃은 시계詩界 혁명주의가 유有하더니라"6 : 68라고 말한다. 황록일은 '녹차거사綠此居士'나 '동해초이東海樵夷' 등의 호로 일컫는 황오黃五를 말한다. 정수동은 대표적인 위항시인委巷詩人 중 한 사람이다. 안확의 주장대로 이 두 사람이 이백보다 더 뛰어나고 시에 혁명적인 실험을 시도한지는 알 수 없어도 적어도 조선문학을 중국문학의 굴레에서 벗어나게 하려고 애쓴 것만은 틀림없다. 안확은 비록 조선문학이 그동안 한문의 영향을 받았으면서도 중국문학보다 우위를 차지한다고 평가한다. 이 점과 관련하여 그는 "요컨대 지나支那의 문학은 산문과 운문을 불문하고 기공技工과 형식에 대하여 근僅히 채採할 뿐이오 그其 근본 내용에 대하여는 도저到底히 문학사상 중요한 지보地步를 점占키 불능하니라"6 : 71라고 잘라 말한다.

그렇다면 중국문학이 도대체 왜 이렇게 세계문학사에서 낮은 위치를 차지하는 것일까? 이 물음에 대하여 안확은 한마디로 공자孔子의 사상과 이념에 함몰되었기 때문이라고 지적한다. 방금 앞에서 문학의 기능과 관련하여 언급했듯이 문학은 도덕과 윤리, 정치와는 변별적으로 다르다. 그런데도 중국 문인들은 그동안 문이재도나 문이명도를 문학의 핵심적 잣대로 삼아 왔다. 안확은 정인지鄭麟趾, 송시열宋時烈, 김상헌金尙憲 같은 조선 시대 문인들이 공자의 존주주의에 지나치게 의존함으로써 "실로 단군의 □□이오 아족我族의 □□이니라"6 : 71라고 주장한다. 여기서 흥미로운 것은 두 낱말을 복자로 남겨 두었다는 점이다. 이 무렵 일본 제국주의 엄격한 검열을 받고 있었지만 아무래도 일제 당국자보다는『학지광』편집인들이 삭제한 듯하다. 그렇다면 삭제된 '□□'은 '모독'이나 '수치' 같은 부정적인 낱말일 것으로 미루어 볼 수 있다.

더구나 안확은 조선문학의 시인과 작가들이 한문을 사용하되 어디까지나 중국의 한문과는 조금 달리 구사한 점을 높이 평가한다. 앞에서 그는 '배달얼'이라는 말을 사용했지만 이렇게 한자를 조선식으로 사용한 방법은 바로 조선의 얼을 지키기 위헤서다.

> 지나支那의 한문을 종從치 않고 순전한 조선적 한문을 작作한지라. 연래年來 문학을 보건대 비당비송非唐非宋이며 우又 비명비청非明非淸이요 우又 숙자熟字 등도 특종의 의의意義를 포함하여 신薪々이니 백정白丁이니 우又는 점심點心이니 객주客主니 하는 생문자生文字 등을 작용作用하니 즉 외국문자를 수입하여 조선성朝鮮性으로 동화를 시켜 사용함이며 우又 고려말과 선조宣祖 시에 발달한 바를 견見하면 국정이 문란하여 흥폐興廢가 관關한 대변동大變動을 조우遭遇할 시는 더욱 기문사其文思를 흥분하고 만장萬丈의 광염光燄을 양양揚揚하여 기저작其著作으로서 천고에 불후케 함은 세계문학사에 대특색이라 하노라.6 : 71

사서삼경처럼 그동안 중국 문헌에서 주로 사용해 온 한문은 요즘 자주 사용하는 학술 용어로 말하자면 '고전 중국어'에 해당한다. 고전 중국어는 조선에서 문학을 기록한 한문과는 조금 다르다. 그래서 안확은 그동안 조선에서 사용해 온 한문을 구분 짓기 위하여 '조선적 한문'이니 '조선성'이니 하는 용어를 사용한다. 안확은 조선의 한문학 작가들이 이렇게 한문의 조선화를 꾀했으면서도 그것으로써는 조선인의 감정과 사상을 담아내기에는 충분하지 않다고 지적한다. 그의 이러한 주장에는 조선 문인들이 한문을 사용하여 창작한 작품은 조선문학의 범주에 넣을 수 없다는 전제가 깔려 있다.

이 점과 관련하여 안확은 "아我조선 민족이 한문 유교에 염染하여 백폐百弊가 구출俱出에 필경 참상慘狀을 작作하였으니 어찌 가련치 않으리오"6 : 72라고 말한다. 그러면서 그는 새로운 시대의 새로운 작가들에게 한문학에서 눈을 돌리는 한편 서유럽문학에 주목할 것을 주문한다.

> 금금 아조선我朝鮮의 문운文運은 일신一新에 제회際會하여 구서歐西의 문명을 초래하매 구문학舊文學의 운명도 역亦 차시此時를 이以하여 홍구鴻溝를 획획치 아니하기 부득不得한지라. 고로 한문과 유교는 자연 경외境外에 격퇴할 시기니와 진정한 문학을 소개하고 순정한 취미를 보급하여 사상을 혁신케 함에 대하여도 또한 대문학가大文學家가 기기치 아니하기 불가不可하도다. 대개 파괴하는 동시에 건설이 필유必有함은 이理의 고연固然한 바라. 금일 신풍조新風潮를 제際하여 구문학舊文學을 타파할진대 신문학가新文學家의 산산함은 여予의 호령號令을 대待치 않아도 자기自起할지라.6 : 72

안확은 구문학과 결별하고 신문학의 도래를 지적하였다. 여기서 그가 말하는 신문학이란 다름 아닌 서양문학을 말한다. 이 무렵 서양 문물의 교두보라고 할 일본 도쿄를 거쳐 서양문학이 물밀듯이 들어왔다. 안확은 신문학의 집을 건설하되 서유럽문학에 지나치게 경도되어서는 안 된다고 경계의 고삐를 늦추지 않는다. 서유럽문학에 경도되는 것은 그동안 한문학에 경도된 것과 다르지 않기 때문이다. 그는 "문학에 유의有意한 자者는 반드시 차此에 안眼을 거擧하여 신문학을 건설할진대 동서양양東西兩洋의 사상을 조화하여 아我의 특질을 발휘하여 신시대 조선문학을 기起할지라"6: 73라고 간곡히 부탁한다.

그런데 여기서 한 가지 흥미로운 것은 안확이 한문학을 타파할 것을 부르짖으면서도 비유나 이론적 근거를 역시 중국 고전에서 취해 온다는 점이다. '홍구를 획하다'라는 구절은 『사기』'항우본기項羽本紀'에 나오는 '홍구위계鴻溝爲界'로 대치 상태에 있는 쌍방이 경계선을 나누는 것을 뜻한다. 또한 "파괴하는 동시에 건설이 필유함은 이의 고연한 바라"라는 구절은 다름 아닌 성리학을 정립한 주자朱子와 당나라 때 시인이요 정치가인 한유韓愈가 한 말이다. 주자는 "파괴하지 않고서는 새로운 것을 세울 수 없다"고 하였고, 한유 역시 국가의 비전을 제시하면서 '불파불립不破不立'을 주장하였다.

조선에서 한문으로 쓴 문학 작품을 조선문학으로 볼 것이냐, 아니면 조선문학에서 배제할 것이냐를 두고 그동안 학자들 사이에서 의견이 활시위처럼 팽팽하게 엇갈려 왔다. 실제로 이 문제는 국문학 연구의 첫 출발점으로 아주 중요하다. 국문학 연구에서 이처럼 중요한 논의에 처음 불을 댕긴 사람이 바로 안확이라는 점에서도 「조선의 문학」은 의의가 자못 크다.

김태준金台俊은 한문학을 조선문학의 범주에서 제외하였다. 『조선소설사』1933에서 그는 "국민의 사상 감정을 표현하는 유일한 도구인 국어를 떠나서는 도저히 국민문학이니 향토문학이니 하는 것은 완성할 수 없다. 그러므로 정말 조선문학은 한글 창제 후로부터 출발하였다고 함이 가하다"[10]고 밝힌다. 김태준의 주장에 따르면 한국문학의 역사는 15세기 이후로 상당히 앞당겨질 수밖에 없다.

이렇게 한문학을 조선문학의 범주에서 제외하자고 주장한 문인으로는 이광수가 첫손가락에 꼽힌다. 「조선문학의 개념」에서 그는 "조선문학을 위해서는, 태학관太學館은 이야기책 보는 촌가 사랑舍廊만 못하였고 대제학大提學·부제학副提學은 무당과 기생만 못하였던 것이다. 조선문학사란 무엇이뇨? 조선문으로 쓴 문학이다"[11]라고 잘라 말한다. 과장하여 말하는 단점은 있지만 조선문학에 관한 이광수의 태도는 분명하다.

한편 홍기문洪起文은 「문학의 양의兩儀」에서 김태준과 이광수의 주장에 이의를 제기한다. 홍명희洪命熹의 아들로 언론인과 국어학자로 활약한 홍기문은 "조선문학의 광협 양의를 인정해 광의로 민족별로 의미하고 협의로 언어별로 의미하더라도 좋고, 또는 조선의 한문학을 '조선 한문학'이라고 해 협의의 조선문학과 구별해도 좋을 것 아니랴"라고 밝힌다. 더구나 홍기문은 조선의 한문학을 '조선 양반의 문학'이라고 규정하면서 조선의 역사에서 양반시대를 거부하지 않고서는 '조선 민족문학으로서의 한문학'을 부인하지 못할 것이라고 역설한다.[12] 그는 한문학을 비단 조선문학의 범주에 넣는 것에 그치지 않고 한 발 더 밀고나가 조선 민족문학에 넣는다.

---

10 김태준, 『조선소설사』, 예문, 1989, 54쪽. 이 책의 초판은 1933년 청진서관에서 출간했고, 이후 내용을 보충하여 1939년 학예관에서 『증보 조선소설사』로 출간하였다.
11 이광수, 「조선문학의 개념」, 『한빛』, 1928.9; 이광수, 「조선문학의 개념」, 『신생』, 1929.1.
12 홍기문, 김영복·정해렴 편, 『홍기문 조선문화론 선집』, 현대실학사, 1997, 360~361쪽.

조윤제趙潤濟도 홍기문처럼 한국의 한문학도 조선문학의 범주에 넣어야 한다고 주장한다. 물론 조윤제는 한문학이 순수한 조선문학에는 들 수 없다고 유보를 두면서도 넓은 의미에서 조선문학에 속한다고 지적한다. 그는 "나는 여기서 조선의 한문학이 이상의 특수한 사실을 가지고 있다는 것으로 그것이 그대로 조선문학이 된다고는 하기 어렵지마는, 큰 조선문학의 일부분을 될 수 있으리라 생각한다. 즉 조선말로 된 조선문학은 조선의 고유 문학으로서 이것을 순조선문학이라고 한다면 한문학은 그것이 아닌 조선문학이어서, 전기 순조선문학과 합해서 여기에 큰 조선문학이 된다는 것이다"[13]라고 주장한다. 특히 조윤제는 문학 양식에 유의하여 설화와 소설 등은 한문으로 된 것도 순조선문학에 넣어야 한다고 덧붙인다. 이가원李家源도 한문학을 조선문학의 범주에 넣는다는 점에서 조윤제와 크게 다르지 않다.

안확이 「조선의 문학」을 발표한 지 1년 뒤 이광수는 『매일신보』에 제목도 안확의 첫 번째 소제목과 똑같은 「문학이란 하오」를 발표하였다. 어떤 의미에서 이광수의 글은 안확의 조선문학 논의를 이어나가면서 동시에 그것에 대한 반론을 펼친 것으로 볼 수 있다. 이광수가 신문학에 거는 기대도 안확처럼 무척 크다. 비록 정도의 차이는 있을망정 이 두 사람은 조선문학이 발달하려면 과거의 한문학을 청산해야 한다고 입을 모은다. 한문학에 대한 이광수의 비판은 '노예'라는 낱말을 사용할 만큼 안확보다 훨씬 더 신랄하다.

13　조윤제, 『국문학사』, 동국문화사, 1949.

무심무장無心無腸한 선인들은 우愚하게도 중국 사상의 노예가 되어 자기自家의 문화를 절멸絶滅하였도다. 금일 조선인은 계시皆是, 중국 도덕과 중국 문화 하下에 생육한 자者라. 고로 명名은 조선인이로되, 기실其實 중국인의 일모형一模型에 불과하도다. 연然거늘 아직도 한자, 한문만 시숭是崇하고 중국인의 사상을 탈脫할 줄을 부지不知하니 어찌 가석可惜하지 아니 하리오. 방금, 서양 신문화가 침침연습래浸浸然襲來하는지라, 조선인은 마땅히 구의舊衣를 탈脫하고, 구후舊垢를 세洗한 후에 차신문명此新文明 중에 전신全身을 목욕하고 자유롭게 된 정신으로 신정신적新精神的 문명의 창작에 착수할지어다.[14]

이광수도 안확처럼 중국의 문화유산인 한문과 유교에서 벗어날 것을 주장한다. 이광수는 작가답게 수사법을 구사하여 중국의 문화에서 탈피하여 서양의 신문화를 받아들이는 것을 헌 옷을 벗고 새 옷으로 갈아입는 것에 빗댄다. 이광수는 안확처럼 조선문학의 미래가 오직 신문학에 달려 있다고 말하면서 새 시대의 작가들에게 황무지와 다름없는 분야를 개척할 것을 요구한다. 이광수의 이러한 태도는 "요컨대, 조선문학은 오직 장래가 유有할 뿐이요, 과거는 무無하다 함이 합당하니, 종차從次로 기다幾多한 천재가 배출하여 인적부도人跡不到한 조선의 문학야文學野를 개척할지라"[15]라는 말에서 단적으로 엿볼 수 있다.

더구나 문학을 정의내리는 데서도 이광수는 안확과 서로 비슷하다. 두 사람의 문학에 관한 정의는 표현이 조금 다를 뿐 실제로는 대동소이하다.

---

14 이광수, 「문학이란 히오」, 『매일신보』, 1916.11.10~23; 이광수, 「문학이란 하오」, 『이광수 전집』 1, 삼중당, 1971, 512쪽.

15 위의 글, 518쪽.

그도 그럴 것이 안확이나 이광수나 당시 일본을 통하여 들어온 서양의 문학이론을 거의 그대로 답습하기 때문이다.

> 문학이란 특정한 형식하에 인人의 사상과 감정을 발표한 자者를 위함이니라. 차此에 특정한 형식이라 함은 이二가 유有하니 일一은 문자로 기록함을 운궁함이니, 구비전설口碑傳說은 문학이라고 칭칭稱키 불능不能하고 문자로 기록된 후에야 비로소 문학이라 할 수 유有하다 함이 기일其一이요, 기이其二는 시 · 소설 · 극 · 평론 등 문학상의 제형식諸形式이니, 기록하되 체제가 무無히 만연漫然한 것은 문학이라 칭칭稱키 불능하다 함이며, 사상감정思想感情이라 함은 그 내용을 운궁함이니 비록 문자로 기록한 것이라도 물리 · 박물 · 지리 · 역사 · 법률 · 윤리 등 과학적 지식을 기록한 자者는 문학이라 위謂키 부득不得하며, 오직 인人으로의 사상과 감정을 기록한 것이라야 문학이라 함을 위謂함이로다. 엄정하게 문학과 과학을 구별하기는 극난極難하거니와 물리학과 시를 독독讀하면 양자 간의 차이를 각각覺할지니, 차此가 문학과 과학의 막연한 구별이니라. 아무려나 타과학他科學은 차此를 독독讀할 시時에 냉정하게 외물外物을 대하는 듯하는 감感이 유有한데 문학은 마치 자기의 심중을 독독讀하는 듯하여 미추희애美醜喜哀의 감정을 반伴하나니 차감정此感情이야말로 실로 문학의 특색이니라.[16]

이광수가 문학을 사상과 감정을 문자로 표현하는 것으로 정의한다는 점에서는 안확과 크게 차이가 없다. 다만 안확이 '미 감각'에 초점을 맞추는 것과는 달리 이광수는 '미추비애'의 감정에 무게를 두는 것이 조금

---

16 위의 글, 507~508쪽.

다를 뿐이다. 어떤 의미에서는 안확의 '미 감각'에는 미추비애와 희로애락의 감정이 포함된다고 볼 수도 있다. 또한 이광수는 안확과는 달리 시·소설·희곡·평론 같은 장르의 관점에서 문학을 정의한다는 점도 눈여겨볼 만하다. 이렇게 장르를 중시하는 태도는 안확이 문학을 시가와 소설 같은 '순문학'과 서술문과 평론 같은 '잡문학'으로 나눈 것과는 다르다.

그러나 이광수의 문학관이 안확의 문학관과 크게 다른 점은 문학의 기능에서다. 안확은 문학에는 도덕이나 윤리, 종교, 정치와는 변별되는 고유한 특징이 있다고 지적한다. 여기서 안확이 "문학은 도덕과 종교와 승묵繩墨과 질서에 묵종치 아니함이 그 원리니라"라고 한 말을 다시 한 번 상기하는 것이 좋을 것이다. 한편 문학의 쾌락적 기능을 중시하는 안확과는 달리 다분히 문학의 공리적 기능에 손을 들어준다. 그렇다고 이광수가 문학의 쾌락적 기능을 전혀 무시한다는 것은 물론 아니다. 그는 문학이 독자들에게 "풍부한 정신적 양식"이 되고 "고상한 쾌락의 자료"를 제공해준다고 분명하게 밝히기 때문이다. 다만 그는 안확보다 문학의 기능과 효용을 좀 더 넓게 파악한다.

문학의 용용은 오인吾人의 정情의 만족이라. (…중략…) 오인吾人의 정신은 지정의知情意 3방면으로 작작作하나니, 지知의 작용이 유유하매 오인吾人은 진리를 추구하고, 의意의 방면이 유유하매 오인은 선善 우又는 의義를 추구하는지라. 연칙然則, 정情의 방면이 유유하매 오인은 하何를 추구하리요. 즉, 미美라. 미라 함은, 즉 오인의 쾌감을 여與하는 자이니 진과 선이 오인의 정신적 욕망에 필요함과 여如히, 미도 오인의 정신적 욕망에 필요하니라. 하인何人이 완전히 발달한 정신을 유유하다 하면 기인其人의 진선미眞善美에 대한 욕망이 균형하게 발달되었음을 운흥함이니, 지식을 애愛하여 차此를 갈구하되, 선善을 무시하여 행위가 불량하면 만인이 감히 피彼를 책責할지니, 차此와 동리同理로 진과 선은 애愛하되 미美를 애愛할 줄 부지不知함도 역시 기형畸形이라 위謂할지라.[17]

위 인용문에서 이광수가 문학의 기능과 효용을 말하면서 '지정의'와 '진선미'를 언급하는 것이 흥미롭다. 그는 문학이 전자에서는 '정'을, 후자에서는 '미'를 중시한다고 지적한다. 이것이 바로 안확이 '미 감정'이라고 부른 것이다. 그러나 이광수는 안확의 주장을 한 발 더 밀고 나가 진정한 문학이라면 지정의와 진선미를 모두 추구하는 것이 바람직하다고 지적한다. 물론 이 세 가지 중 지와 진을 추구하는 사람은 과학자이고, 의와 선을 추구하는 사람은 종교가나 도덕가이며, 정과 미를 추구하는 사람은 다름 아닌 문학가와 예술가일 것이다. 이광수는 그들은 일반인이 전문가와는 달리 이 세 가지를 모두 추구해야 한다고 주장한다. 그는 "보통인普通人에 지至하여는 가급적 차삼자此三者 균애均愛함이 필요하니 지玆에 품성의 완미한 발달을 견見하리로다"라고 말한다.

이광수는 문학이 사상과 감정을 표현하는 매체로서 당대 사회가 부딪힌 현실 문제와 시대적 모순 등을 마땅히 다루어야 한다고 지적한다. 이 점과 관련하여 그는 『무정』1910에서는 러일전쟁과 새로운 사회상에 눈뜬 조선의 시대상을 반영하였고, 『개척자』1917는 한일병합에서 제1차 세계대전 전까지 실험과 발명에 몰두하는 젊은 조선 과학도의 험난한 고투의 과정을 그렸으며, 『재생』1925에서는 기미년 독립만세운동 이후 1920년

---

17 위의 글, 510~511쪽.

대 중엽의 식민지 조선 사회를 다루었다. 그런가 하면 그는『군상』을 "1930년대의 조선의 기록"이라고 스스로 밝힌 적이 있다. 이광수의 문학에서는 이렇게 사회개량을 위한 설교문학이나 계몽문학의 특성이 비교적 강하게 드러난다. 그가 일찍이 레프 톨스토이한테서 강하게 한 차례 세례를 받았다는 것은 잘 알려진 사실이다.

그러나 이광수는 「민족 개조론」에서 좀 더 뚜렷이 엿볼 수 있듯이 당시 일본 지식계를 풍미하던 사회진화론의 입장에 서서 선진 서유럽의 문물을 적극 수용하는 한편, 전통적인 민족문화에는 비교적 무관심하였다. 반면 안확은 민족문화와 그 곳에 깃든 한민족의 얼과 사상을 찾아내려고 평생 국학 연구에 몰두하여 초기 국학계에 독보적인 업적을 남겼다.

4. 김동인의 소설관

김동인은 문학의 사회적 기능보다는 심미적 기능에 좀 더 무게를 싣고 계몽주의에 맞서 예술지상주의적인 순수문학을 부르짖었다는 점에서 이광수와는 조금 다르다. 이 무렵 다른 유학생들과는 달리 김동인의 일본 유학은 산발적이고 산만하였다. 1912년 개신교 계통인 평양의 숭실학교에 입학했다가 이듬해 중퇴한 그는 일본에 유학하여 도쿄학원 중학부에 입학하였다. 1915년 도쿄학원이 폐쇄되자 메이지학원 중학부 2학년에 편입하였다. 1917년 김동인은 아버지가 사망하여 일시 귀국했다가 메이지학원을 중퇴한 뒤 같은 해 9월 다시 일본으로 건너가 이번에는 도쿄 소재 미술학교인 가와바타화학교川端畫學校 서양화부에 입학하여 서양화가인

『학지광』에 문학 평론을 발표한 김동인.

후지시마 다케지藤島武二의 문하생이 되었다. 이 무렵 그는 이광수를 비롯하여 안재홍安在鴻과 신익희申翼熙 등과 교류하였다.

1919년 2월 김동인은 도쿄 히비야日比谷 공원에서 재일본동경조선유학생학우회가 개최한 독립선언 행사에 참여하였다. 이때 그가 이렇게 일본 제국주의에 맞서 정치적 독립을 선언한 것처럼 이해 8월에는 소설을 폭압적인 굴레에서 해방시키는 문학적 독립을 선언하였다. 문학적 독립 선언서가 바로 그가 『학지광』 18호에 발표한 「소설에 대한 조선 사람의 사상을」이라는 글이다. 이 글에는 평소 그가 좁게는 소설, 넓게는 문학 일반을 어떻게 보는지 잘 드러나 있다. 그만큼 이 글이 한국 근대문학사에서 차지하는 몫은 생각보다 무척 크다.

이 글에서 김동인은 무엇보다도 먼저 이 무렵 조선인들이 소설에 얼마나 심각한 편견에 사로잡혀 있는지 지적한다. 그는 당시 조선 독자들이 통속소설이나 가정소설처럼 흥미 위주의 소설만 좋아한다고 개탄하는 것으로 글을 시작한다. 그러면서 그는 "참예술적 작품 참문학적 소설은 읽으려 하지도 아니하오. 그뿐 아니라 이것을 경멸하고 조롱하고 불용품不用品이라 생각하고, 심한 사람은, 그런 것을 읽으면 구역증이 난다고까지 말하오"18 : 45라고 밝힌다. 더 나아가 김동인은 소설이 인생을 타락시키는 원동력이요 인생을 유괴하는 납치범이라고 주장하는 사람들도 있다고 개탄한다. 그렇다면 조선의 독자들은 도대체 왜 소설을 이렇게 부정적으로 생각할까?

김동인은 이 질문에 대한 답을 조선의 독자들이 소설의 예술적 가치를 제대로 깨닫지 못한 채 오직 흥미만을 구하는 데서 찾는다. 독자들의 대부분은 소설에서 삶의 진정한 모습을 찾기보다는 오히려 엉뚱한 것을 찾으려고 한다.

> 그들은, 소설 가운데서 소설의 생명, 소설의 예술적 가치, 소설의 내용의 미美, 소설의 조화된 정도, 작자의 사상, 작자의 정신, 작자의 요구, 작자의 독창, 작중의 인물의 각개성의 발휘에 대한 묘사, 심리와 동작과 언어에 대한 묘사, 작중의 인물의 사회에 대한 분투와 활동, 등을 구하지 아니하고 한 흥미를 구하오, 기적奇蹟에 근사近似한 사건의 출현을 구하오, 내용이 점점 미궁으로 들어가는 것을 구하오, 꼭 죽었던 줄 알았던 인물의 재생함을 구하오, 내용의 외부적 미美를 구하오, 선악 이개二個 인물의 경쟁을 구하오, 위기일발의 찰나를 구하오, 산자필흥악자필망善者必興惡子必亡을 구하오 (…중략…) 선자필재가인악자필우남간녀善者必才佳人惡子必愚男奸女임을 구하오, 인생사회에는 있지 못할 로맨스를 구하오.18 : 45

위 인용문에서 무엇보다도 눈에 띄는 것은 김동인이 '소설', '작자', '작중'이라는 용어를 유난히 반복하여 사용한다는 점이다. 그만큼 그는 소설을 중요하게 간주한다. 또한 그는 '구하오'라는 동사를 되풀이하여 사용한다. 조선의 독자들이 소설에서 '구하는' 것은 하나같이 독자들이 소설에서 구하지 말았으면 하고 김동인이 바라는 것들이다. 한마디로 독자들이 현실 세계에서는 좀처럼 구할 수 없고 오직 로맨스에서 구할 수 있는 것들만 구하려 한다고 지적한다. 김동인은 조선 사람들의 이러한 소설관이야말로 몇백 년 전 소설 장르가 처음 태어난 서유럽의 독자들의 생각과 조금도 다르지 않다고 개탄한다.

김동인은 이렇게 흥미 위주로 소설을 읽는 조선의 독자들마저도 지극히 편향되어 있다고 지적한다. 소설 독자들은 상인이나 노파, 학생들일 뿐 "조선의 양반, 학자, 신사, 학교 교사, 예수교 중추인물" 등은 아예 소설책을 가까이 하려고 하지 않는다. 가까이 하지 않을 뿐 아니라 아예 다른 사람들마저 소설을 읽지 못하도록 방해하거나 금하기 일쑤다. 김동인은 지식층이 "소설이란 잔재지殘財者나 볼 것이다, 부랑자浮浪者나 볼 것이다, 패가망신敗家亡身한 자식子息이나 볼 것이다. 우리 신사紳士들은 볼 것이 아니다"18:45라고 말한다는 것이다. 지식층은 소설이 젊은이들을 도덕적으로 윤리적으로 타락시키는 등 해독을 끼치는 것이므로 그 근처에도 얼씬 거려서는 안 된다고 경계한다.

이 점과 관련하여 김동인은 『기독청년』 9호에 실린 'ㅈㅇㅎ'의 「허튼 소리」에서 한 대목을 그대로 인용한다. 두문자로 표기한 필자는 모르긴 몰라도 아마 『창조』 동인으로 참여하면서 김동인과 친하게 지낸 송아頌兒 주요한朱曜翰인 것 같다. 필자가 누구이든 그는 어느 시대 어느 국가를 굳이 따지지 않고 예로부터 도학자들은 예술을 죄악시 간주해 왔다고 지적한다. 그러면서 그는 "소설을 보아서 도덕적으로 타락했다는 청년은 아직 만나 보지 못하였다"는 폰 쾨벨의 말을 인용한다. 쾨벨은 계속하여 "그런 사람은 벌써부터 정신적으로나 도덕적으로나, 회복하기 어렵게까지 타락하였던 것이지, 소설에게 그 죄를 지우는 것은 합당合當치 아니하다"18：45~46고 밝힌다.[18] 김동인은 쾨벨과 필자 'ㅈㅇㅎ'의 태도에 전적으로 공감한다.

더구나 김동인은 통속소설과 순수소설을 엄격히 구분 짓는다. 물론 통속소설이라도 전혀 읽지 않는 것보다는 낫지만 순수소설과 비교하면 그 격이나 질이 현저히 떨어진다. 특히 그가 앞에서 밝힌 "소설의 생명, 소설의 예술적 가치, 소설의 내용의 미, 소설의 조화된 정도"의 기준에서 보면 더더욱 그러하다. 김동인은 "'소설가'라 칭稱한 것은 참예술가를 운云함이지, 조선에 현금現今 유행하는 비저卑底한 통속소설가류類는 예외이오"18：46라고 말한다. 그렇다면 그의 관점에서 보면 '참예술가' 반대쪽에 있는 작가란 '사이비 예술가'가 아니라 '통속소설가'인 셈이다. 한마디로 김동인은 "통속소설에서는 비卑코, 열劣코, 오汚코, 추醜한 것밖에는 아무것도 발견치를 못하오. 거기에는 독창의 섬閃이 없소 사상의 봉烽이 없소 사랑의 업業이 없소 아무것도 없소"18：47라고 잘라 말한다. 김동인은 소설을 예술로, 소설가를 예술가로 높이 평가한다. 놀랍게도 그는 이보다 한 발 더 나아가 소설가를 신神, 소설 작품을 성경의 경지로까지 끌어올린다.

소설가(는) 즉 예술가요 예술은 인생의 정신이요 사상이요 자기를 대상을 한 참사랑이요 사회개량, 신인합일神人合一을 수행할 자者이오. 쉽게 말하자면, 예술은 개인 전체이오.

---

18 '폰 쾨벨 박사'가 누구인지 지금으로서는 알 수 없지만 당시 일본에 초빙되어 일본 음악계에 영향을 끼친 독일 음악가 라파엘 폰 쾨벨인 듯하다.

참예술가는 인령人靈이오.

참문학적 작품은 신神의 섭囁이오. 성서聖書이오.

인령人靈 ─ 소설가 ─ 를 붙들어서 '인생유괴자人生誘拐者'라 하는 것은 ─ 즉 '소설'을 '타락의 원동력이라' 하는 것은 ─ 큰크기도 한정 없이 큰 오해이오.18:46

김동인은 '예술'이라는 범주 안에 인간의 정신과 영혼, 사상과 이념, 진정한 자아애, 사회개혁, 심지어 초월적 존재자 등 모든 것을 포함시킨다. 이렇게 예술에 모든 것을 포섭하다 보니 그의 주장에는 논리적 모순도 가끔 일어난다. 하느님의 영이 '성령'이고, 악마의 영이 '악령'이라면 인간의 영은 '인령'이다. 그런데 김동인은 진정한 예술가가 인간의 영이라고 해놓고 나서 곧바로 진정한 예술 작품은 "신의 섭이오. 성서이오"라고 말한다. '신의 섭'이란 초월적 존재자가 인간에게 속삭이는 말, 즉 성경이라는 뜻이다. 그렇다면 좁게는 소설가, 넓게는 문학가, 더 넓게는 예술가는 과연 인령인가 성령인가? 물론 여기서 인령인가 성령인가 하는 것은 그렇게 중요한 문제가 아니다. 다만 중요한 것은 김동인이 소설가를 영적 존재로 간주하고 신의 경지로 끌어올린다는 점이다. 세계문학사를 통틀어 김동인처럼 소설과 소설가를 종교의 반열에 올려놓은 문인은 일찍이 없었다. 그만큼 그는 소설가로서 큰 자부심을 느끼고 있었던 것이다.

그런가 하면 김동인은 소설이 불필요하거나 오히려 해롭다고 주장하는 사람들에 대한 반박으로 서양의 문명을 지배하는 사상이나 사조를 예로 든다. 20세기 초엽 서유럽에는 흔히 '주의'나 '이즘'으로 끝나는 많은 사조가 풍미하고 있었다. 가령 그는 그러한 예로 "초인생주의, 인도주의, 허무주의, 자연주의, 로맨스주의, 데카단주의, 향락주의, 개인주의, 사회주의, 낙관주의, 염세주의, 기타 헤아릴 수 없이 많은 모든 사조"18:46를 언급한다. 그런데 김동인은 이렇게 많은 사조를 만들어내고 그것을 지배하는 사람들이 다름 아닌 문학가들이라고 주장한다.

그런데 문제는 이러한 온갖 주의 주장 중에는 그다지 바람직하지 않은 것들도 더러 있다는 데 있다. 김동인에 따르면 이렇게 바람직하지 않은 주의나 주장을 좀 더 좋은 방향으로 개선하거나 아예 없애는 사람도 역시 문학자다. 이렇듯 현대인의 사상과 세계관을 지배하는 데 문학가들의 역할이 무척 크다. 그래서 김동인은 "소설이 힘이 어떠하오? 소설을 가히 불필요품이라 칭하겠소! 서양의 문명의 사조를 지배하고 창조한 이 소설을!!"18:46이라고 말한다. 소설이 얼마나 소중하면 그가 마지막 문장 끝에 느낌표를 두 개나 겹쳐 사용하겠는가. 김동인은 예술이 있는 곳에 문명이 있고 문명이 있는 곳에 행복이 있다고 말하면서 행복이야말로 모든 인류가 간절히 바라는 것이라고 지적한다.

김동인은 그동안 조선에서 소설문학이 푸대접을 받아 온 이유를 유교 탓으로 돌린다. 조선의 독자들이 소설의 진정한 가치를 깨닫지 못한 채 부정적으로 간주하는 데는 그럴 만한 까닭이 있다. 그들은 오랫동안 알게 모르게 유교 질서에 세뇌되어 왔기 때문이다.

귀귀貴하고, 중중重하고, 요요要하고, 긴긴緊한 소설을 부랑자나 볼 것이라는 사람들이 불쌍하오. 그렇지만 이것도 그들의 죄가 아니라 할 수가 있소. 몇백 년간 전제專制 정치하에 눌려 생활하든 조선 사람들은 예술을 낳지를 못하였소. 그뿐만 아니라 기전其前 선조들의 가졌던 예술까지 다 잊고 말았소! 잃어버렸소! 예술의 종자種子가 끊어졌소. 이렇게 예술을 모르고 세상에 나서 예술을 모르고 생장생長生하여 성인成人하고, 혹은 중로中老, 혹은 진로眞老에까지 이른 그들은 소설에 대하여 그와 같은 사상을 가질 수밖에 없게 되었소. (…중략…) 그들이 소설을 불필요품不必要品이니 유해무익有害無益이니 악평을 하는 데 참죄가 잇지 않고—물론 알지도 못하고 악평을 하는 죄는 면免치 못하지만—그들의 참죄는 소설을 이해치 못하는 데 있었소. 소설을 이해치 못하는 원인은 조선祖先에게 있고 압제 정치에 있고, 진취 사상이 없는 공자교孔子敎에 있소.18:46

김동인은 조선 독자들이 소설을 오해하는 중요한 이유로 ① 선조, ② 압제 정치, ③ 공자교 세 가지를 언급한다는 점을 주목해 보아야 한다. 첫째, 선조들은 소설을 읽는 것을 무척 꺼려하였다. 예를 들어 조선 영정조 시대에 활약한 유학자 이덕무李德懋은『청장관 전서靑莊館全書』에 실린「영처 잡고嬰處雜稿」에서 "소설에는 세 가지 의혹이 있으니, 허구를 일삼아 귀신과 꿈을 이야기하니 소설을 짓는 것이 첫째 의혹이요, 허황된 것을 돕고 천하고 더러운 것을 북돋우니 소설을 평하는 것이 두 번째 의혹이요, 기름과 시간을 허비하고 경전을 등한히 하게 되니 소설을 보는 것이 세 번째 의혹이다"라고 말하였다.

둘째, 김동인은 조선 독자들이 소설을 부정적으로 보는 태도를 압제 정치 탓으로 돌린다. 폭압적인 군주의 전제 정치에 시달리면서 생계를 꾸려가던 조선 백성들은 소설책을 구하기도 힘들었을 것이고, 설령 어렵게 구했다고 해도 책을 읽을 만한 시간적 여유를 찾기란 무척 힘들었을 것이다. 김동인은 일반 백성들이 예술 작품을 향유하는 것은 고사하고 예술 자체가 아예 존재하지 않았다고 지적한다. 선조들이 이룩해 놓은 예술마저도 압제 정치 밑에서 그 맥이 완전히 끊기고 말았기 때문이다. "선조들의 가졌던 예술까지 다 잊고 말었소! 잃어버렸소! 예술의 종자가 끊어졌소"라는 그의 말에서는 절망감마저 느껴진다.

셋째, 김동인은 소설에 대한 뿌리 깊은 편견은 그동안 조선시대를 지배해 온 유교 질서와 깊이 연관되어 있다고 지적한다. 앞에서도 이미 밝혔듯이 유교 질서에서 문학은 어디까지나 도道를 싣는 그릇이거나 도를 밝히는 수단에 지나지 않았다. 이러한 목표나 기능을 떠난 문학은 한낱 무용지물과 다름없었다. 사대부들은 시문이나 서화를 벗 삼았지만 그것은 어디까지나 교양을 쌓고 수기修己하며 교우交友하기 위한 목적이었다. 일반 서민층에 이르러서 문예는 병풍에 그려놓은 닭과 같았다. 이러한 유교적 지적 풍토에서 문학은 질식한 상태에 놓여 있거나 자연히 쇠퇴할 수밖에 없었을 것이다.

자칫 놓치기 쉽지만 「소설에 대한 조선 사람의 사상을」을 좀 더 꼼꼼히 읽어 보면 김동인이 창작과 비평을 구분 짓는다는 점을 알 수 있다. 그는 "문학자들의 사용할 무기는 논문과 소설이오!"18:46라고 말한다. 여기서 그가 말하는 '논문'이란 다름 아닌 문학비평을 말하고, 소설이란 바로 창작을 말한다. 물론 그가 말하는 비평 논문에는 '철학적이나 사회적' 논문도 포함되게 마련이다. 문학은 철학이나 사회 문제와는 떼려야 뗄 수 없을 만큼 깊이 연관되어 있기 때문이다.

이 점과 관련하여 김동인은 "나는 '논문보다 소설을 읽어라' 하겠소"라고 말한다. 그렇다면 그는 문학비평 같은 논문보다 소설 같은 창작을 선호할까? 그는 소설이 논문보다 소중하기 때문은 아니라고 못 박아 말한다.

논문에 일행一行이면 다 쓸 철리哲理를 소설에서는 몇 항項 혹은 전권全卷에야 쓴다, 그러니 따라서, 논문에서는 알아보기 어렵던 ― 아직 발달되지 못한 단순한 머리에는 ― 구句라도, 소설에서는 자연히 머릿속에 들어와 박힌다 함이오. 소설 작가의 표현하려던 철학 사상, 사회학 사상이 부지불각不知不覺 중에 독자에게 알게 된다 함이오. 차々 이렇게 되어 소설을 온전히 이해할 때에는 우리는 소설 ― 이왕은 극히 천賤하게 보든 ― 의 얼마나 위대하고 얼마나 숭엄崇嚴한 것인지를 알게 되겠소.18 : 47

위 인용문에서 김동인은 창작과 비평, 문학과 철학의 차이를 지적한다. 전자가 종합적이라면 후자는 좀 더 분석적이고, 전자가 구체적이라면 후자는 좀 더 추상적이다. 철학자들이 한두 줄이나 몇 단락으로 표현할 것을 문학가들은 몇십 쪽, 몇백 쪽에 걸쳐 장황하게 표현한다. 이를 달리 말하면 철학자가 추상적 개념으로 말하는 반면 문학가는 구체적인 실례를 들어 독자들에게 보여 준다는 것이 된다. 삶의 문제를 개념화하고 추상화하는 데 무게를 싣는 철학자와는 달리, 문학가는 삶의 문제를 구체적으로 형상화하는 데 힘을 쏟는다. 그러고 보니 김동인이 왜 '모방'과 '감화'를 혼동하지 말라고 말하는지 그 까닭을 알 만하다. 소설과 문학에 대한 오해가 모두 이 두 가지를 서로 혼돈하여 빚어지는 실수에서 비롯한다고 밝힌다.

이 글에서 김동인이 주장하는 바는 제목에서도 이미 엿볼 수 있다. 목차 제목과는 달리 본문 제목은 「소설에 대한 조선 사람의 사상을……」으로 특이하게도 줄임표로 끝난다. 그가 미처 말하지 않고 생략한 부분은 '개조하자' 또는 '바꾸자' 정도가 될 것이다. 그렇게 소설에 대한 관념을 바꾸지 않는 한 식민지 조선이 서유럽 문물을 받아들여 근대화를 이룩한다는 것은 한낱 부질없는 일에 지나지 않을지 모른다. 소설에 대한 잘못

된 생각을 바꾸지 않고서는 우리는 "참자기, 참사랑, 참인생, 참생활"을 이해할 수 없고, 그것을 이해하지 않고서는 문명인으로서 삶을 영위해 나갈 수가 없다는 것이 김동인의 판단이다. 그가 궁극적으로 지향하는 목표는 저급한 통속소설을 몰아내고 그 자리에 '건전한 문학적 소설'을 세우는 일, '순예술화한 사회'를 건설하는 것이다.

순수문학을 지향하는 김동인의 문학관은 그가 말하는 '인형 조정설'에는 조금 어긋난다. 인형 조정설이란 글자 그대로 작가가 신 같은 초월적 존재자의 위치에서 작품 속의 인물들을 마음대로 다루는 기법을 말한다. 만약 작품이 작가가 창조한 세계라면 작가는 그 세계 안에서 마치 인형극 연출자가 인형을 마음대로 움직이듯이 자신의 모든 생각과 사상을 유감없이 보여 주어야 한다는 것이다. 김동인의 이러한 이론은 표도르 도스토옙스키의 다성적 문학보다는 오히려 레프 톨스토이의 단성적 문학에 가깝다. 미하일 바흐친의 대화주의 이론에 따르면 다성적 소설에서는 등장인물들은 작가의 단일한 의도에 따라 수동적으로 움직이는 존재가 아니라, 각자 독립적인 의식이나 목소리를 지닌 채 서로 대화 관계를 맺는다. 작가의 권위에서 해방된 이러한 소설이 좀 더 순수문학 쪽에 가깝다.

5. 이병도의 규방문학

김동인이 조선 독자들에게 소설문학을 새롭게 바라볼 것을 촉구한다면 이병도李丙燾는 규방문학에 주목할 것을 촉구한다. 이병도는 실증주의 사학의 시조로 한국사 연구에 큰 족적을 남겼지만 일본에서 유학할 무렵만 해도 문학에 관심이 많았다. 중동학교를 거쳐 보성전문학교를 졸업한 뒤 와세다대학에서 사학을 전공한 그는 1920년 김억과 나혜석羅蕙錫 등과 함께 문학동인지『폐허』의 창립 회원으로 활동했을 뿐 아니라 1922년에는 염상섭廉想燮과 오상순吳相淳 등과 함께 '문인회文人會'를 결성하여 활약하기도 하였다.

이병도가 그동안 한국문학사에서 거의 주목받지 못한 규방문학에 관심을 기울인 것은 어쩌면 일본에서 사학을 전공한 것과 무관하지 않다. 여성문학이 일본문학에서 차지해 온 몫은 동아시아 국가 중에서 가장 컸다. 여성문학은 헤이안平安시대에 이르러 궁정을 중심으로 활짝 꽃을 피웠지만 이미『만요슈萬葉集』를 비롯한 고전 작품에서 그 뿌리와 싹을 찾아볼 수 있다. 그러나 유교 질서가 강한 중국과 조선에서는 여성문학이 제대로 뿌리를 내리지 못하였다. 가령 조선에서는 이러한 문학이 '규방' 안에 갇혀 있었고, 중국에서도 규방의 원망을 노래한 '규원시閨怨詩'가 있었을 뿐이다. 물론 조선에서 여성은 시뿐 아니라 '규방가사閨房歌詞'라고 하여 가사로까지 장르를 확장하였다. 흥미롭게도 규방 가사는 남성 중심의 유교 문화가 가장 발달한 영남 지역에서 유행했다는 것이 아이러니라면 아이러니다.

이병도는『학지광』12호에 기고한「규방문학」을 윌리엄 셰익스피어와 오스카 와일드의 말을 인용하면서 시작한다. 전자는 "약한 자이여! 네 이름은 계집이라"라고 말하였고, 후자는 "여자는 한 사랑할 만한 자이오 이해치는 못할 자이라"12:41라고 말하였다. 그러나 이병도는 이러한 언급은 어디까지나 남성중심주의에서 비롯한 것으로 동서고금에 걸쳐 사실과 다르다는 것이 이미 밝혀졌다고 지적한다. 이병도는 영국의 엘리자베스 1세 여왕과 프랑스의 잔 다르크 말고도 영국 소설가 조지 엘리엇과 영국

시인 엘리자베스 브라우닝을 예를 들면서 인류 역사에서 여성의 역할이 남성 못지않았다고 주장한다. 이병도는 17세기 조선 중기의 허난설헌許蘭雪軒과 18세기 후반에서 19세기 전반기 일본 에도江戶시대에 활약한 여성 문인 에마 사이코江馬細香를 논의 대상을 삼는다.

이병도는 허난설헌이 어려서부터 학문과 문학에 타고난 재능을 보였지만 당시 유교 질서에서 그의 부모는 딸의 재능을 제대로 키워 줄 수 없었다고 지적한다. 그래도 난설헌은 일찍부터 혼자 힘으로 자신의 문학적 재능을 갈고 닦았다. 이 점과 관련하여 이병도는 자못 영탄조로 "그이의 부친이 어찌 자녀를 자애慈愛하는 마음으로 학문을 가르치고자 하는 마음이 없으리오마는 다만 풍속에 거리껴서 그리함인 듯하도다. 암흑이 광명한 빛을 차엄遮掩하려 하여도 할 수 없고 일개 침목枕木이 급류하는 폭포를 조장阻障코자 하여도 할 수 없는 것과 같이 우연히 동방에 현출顯出한 천재가 어찌 풍속에 걸려서 그 빛을 감추게 되리오"12:41라고 말한다. 그러나 이병도는 난설헌이 독학으로 학문과 문학을 익혔다고 말하지만 실제로는 이달李達에게서 시와 학문을 배워서 천재 시인으로서의 재능을 발휘할 수 있었다.

난설헌은 김성립金誠立과 결혼했지만 남편의 잦은 외도, 고부갈등, 아들의 죽음 등 불행한 결혼 생활 중에 스물아홉 살에 요절하였다. 이병도는 만약 그녀가 좀 더 오래 살았더라면 그의 문학적 재능이 훨씬 더 빛을 내뿜었을 것이라고 안타까워한다. 그러면서 그는 "만일 하늘이 여사로 하여금 장기長期의 생활을 하게 하였다면 두자미杜子美, 이태백李太白의 시라도 여사와 병견竝肩할 수 없겠고 또 한유韓愈, 유종원柳宗元의 논문이라도 여사와 주필儔匹이 되지 못하였으리라"12:42라고 말한다. 이병도가 만약 난설헌이 오래 살아 더 많은 작품을 썼더라면 중국의 최고의 시인으로 꼽는 문인들을 능가했을 것이라고 말하는 것이 여간 놀랍지 않다. 이병도는 미처 언급하지 않았지만 난설헌 작품은 조선 통신사와 일본 문인들 사이에서 교류가 활발해진 1711년 분다이야 지로文台屋次郞가 교토에서 간행하여 일본에서도 널리 알려지게 되었다.

이병도가 이렇게 난설헌을 중국에 시인들에 빗대는 것도 그다지 무리는 아니다. 명나라의 주지번朱之蕃이 사신으로 조선에 왔다가 그녀의 시집을 본국에 가지고 가면서 그녀의 재능이 명나라에 크게 떨쳤기 때문이다. 이병도는 난설헌의 작품이 명나라에서는 이렇게 인정받는데도 조선에서는 잊히다시피 한 것을 몹시 애석하게 생각한다. "여사의 유향遺響이 지나支那 지방에 적籍々하고 도리어 아방我邦에서 요寥々하였으니 그 이유가 하何에 지在하뇨. 차호嗟乎라 소위 동방풍습이 부인의 능문박학能文博學함을 멸시하여 한 불상길不詳吉한 일로 알던 까닭이로다"12 : 42라고 지적한다.

이병도는 난설헌이 일찍 사망하면서 많은 작품을 불태웠지만 현재 남아 있는 작품만으로도 그녀의 문학적 재능을 높이 평가할 수 있다면서 그녀가 창작한 오언고시, 칠언고시, 칠언율시, 오언절구 등을 원문으로 소개한다. 이병도는 난설헌의 작품을 전기와 후기에서 뚜렷한 변화를 발견한다. 전반기에는 주로 자연과 현실의 삶에 초점을 맞추었다면 후반기에는 현실과 이상의 간극을 절감하고 비현실적인 몽상의 세계에 심취했다고 평가한다. 그러면서 이병도는 난설헌을 궁극적으로 '로맨틱 시인'으로 자리매김한다.

한편 이병도는 허난설헌과 함께 일본의 여성 시인 에마 사이코를 다룬다. 에마도 난설헌처럼 어렸을 적부터 시화에 재능을 보였다. 그녀는 당시 교토에 머물던 저명한 한학자 라이 산요賴山陽로부터 청혼을 받지만 부친의 거절로 무산되자 평생 독신으로 지내면서 그를 스승으로 모시고 시를 배웠다. 이병도는 에마의 한시 중에서 몇 편을 원문 그대로 소개한다.

　이병도의「규방문학」에서 무엇보다도 돋보이는 것은 규방문학의 성격을 규명한다는 점이다. 그는 규방문학이 여성들의 사회적 처지와 밀접하게 관련되어 있다고 본다. 특히 조선에서 사대부가士大夫家 여성들은 주로 가족의 의식주는 물론이고 봉제사奉祭祀와 접빈객接賓客 등에 대한 책무에 얽매어 있었다. 이러한 책무에 대한 규율이 규방문학의 소재가 되었다. 더구나 규방문학은 여성에게 유교적 윤리를 교육하는 것이면서 동시에 여성들이 자아를 표현하는 수단이 되기도 하였다. 이병도는 이러한 규방문학을 여성이 창작한 작품으로만 한정짓는다. 비록 여성 문제를 소재와 주제로 삼았다고 해도 남성이 쓴 작품은 이 범주에서 제외된다. 가령 선조 때 활약한 임제林悌는 흔히 '무어별無語別'로 일컫는 오언절구는 그동안 흔히 규방시로 평가받아 왔다.

열다섯 살 아리따운 저 처녀가

부끄러워 말 못하고 헤어지고는

돌아와 겹문을 걸어 잠근 채

달빛 비친 배꽃을 향해 눈물짓네

十五越溪女

羞人無語別

歸來掩重門

泣向梨花月

그러나 엄밀한 의미에서 이 작품은 남성이 창작했다는 점에서 규방문학으로 볼 수 없다. 그것은 비록 남성중심주의의 가부장 질서를 비판한 작품이라고 해도 남성이 창작한 작품이라면 엄밀한 의미에서 페미니즘 작품으로 볼 수 없는 것과 같은 이치다. 이 작품은 임제의 문집『임백호집林白湖集』에 실려 있으며, 흥미롭게도 허균의『학산초담鶴山樵談』에도 소개되어 있다.

더구나 이병도는 같은 동아시아 문화권에 속하는 조선과 일본의 두 시인을 서로 비교하여 분석한다는 점에서 주목받을 만하다. 비교문학이 문학 연구의 분과학문으로 아직 정립되기 전 20세기 초엽 한일문학가의 비교 연구는 미숙할망정 높이 평가받아 마땅하다.

난설蘭雪 여사는 로맨틱의 시인이라 고로 그 말년의 시집을 독讀하면 부지중不知中 한 별세계仙境가 우리 목전에 현출現出하는 듯하다. 연연然이나 차此에 반하여 사이코細香 여사는 서정시적 시인이라 고로 그의 규리원한閨裏怨恨에 관한 시를 음영吟詠하면 비읍원성悲泣怨聲이 우리의 이변耳邊에 들리는 듯하다. 또 난설 여사는 묘령으로 출가出嫁하여 이상적 가정을 성成하다가 27세의 요명天命으로 손세損世하엿스나 차此와 전연 상반하여 사이코 여사는 소시로부터 노년까지 미가가 과송未嫁寡送하다가 75세의 장수를 향享하였다. 우又 난설 여사는 유시幼時로부터 별반의 교수敎授 없이 자습자서自習自書하여 이에 조선의 대표적 여시인이 될 뿐 아니라 당시 동양에 제일위第一位 되는 시인이더라. 그러나 사이코 여사는 유시幼時에 다마린 가주오玉隣和尙를 종從하여 서화를 학學하고 그후에 라이산요에게 시를 학學하여 당시 일본에 당々한 여시인이 되었더라.12 : 45

이병도는 조선의 허난설헌과 일본의 에마 사이코의 사이에서 동양의 가장 이상적인 여성 시인의 모습을 찾는다. 그는 "여차如此이 상반대相反對되는 양 여사兩女史를 절충하여 난설蘭雪 여사의 재학才學과 사이코細香 여사의 수명을 겸유兼有한 일차一次 여시인女詩人이 동양 일각에 현출하기를 기망企望하노라"12 : 45라고 글을 끝맺는다. 이 두 여성 시인은 가부장 사회에서 문학가로서 뛰어난 업적을 쌓았지만 여러 시대적 제약으로 마음껏 재능을 펼치지는 못하였다. 그러나 이병도의 기대와 예상대로 20세기에 들어와 두 나라에서는 뛰어난 여성 작가가 많이 나타나 문단을 더욱 빛내고 있다. 21세기에 이르러서 여성 작가들의 활약은 남성 작가들의 활약 못지않게, 어떤 의미에서는 오히려 그들보다 훨씬 더 두드러져 보인다.

6. 김석향의 비평론

김동인이 넓은 의미에서 '논문'이라고 부른 문학비평, 그것도 문학 작품을 분석하는 글이 아니라 비평에 관한 비평문이 『학지광』 27호 춘계 특대호에 실려 눈길을 끌었다. 김석향金石香이 기고한 「문학비평에 관하여」라는 글이 바로 그것이다. 도쿄 소재 외국문학을 전공하던 조선인 유학생들이 조직한 외국문학연구회에서 창립 회원으로 활약한 그는 본명이 김명엽金明燁으로 도쿄고등사범학교에서 영문학을 전공하였다. 그는 연구회의 기관지 『해외문학』에 번역과 평론을 기고하였다. 그러므로 그가 이 무렵 서유럽의 비평 이론에 관심을 기울인 것은 어찌 보면 당연하다.

김석향은 글 첫머리에 비평에 관한 19세기 영국 비평가요 시인인 매슈 아널드의 유명한 정의를 인용하면서 글을 시작한다. 아널드는 비평을 "세상에 알려진 또는 사유思惟된 최상의 것을 유포하려는 공평무사公平無私한 노력이다"라고 정의하였다. 김석향은 원문과 함께 자신이 직접 옮긴 번역문을 나란히 실었지만 그의 번역은 원문과는 조금 다르다. 원문대로 정확하게 옮긴다면 "(비평이란) 이 세상에 알려지고 생각된 최상의 것을 배우고 전파하려는 사심 없는 노력이다"가 될 것이다.

김석향은 「문학비평에 관하여」에서 ① 비평의 의의, ② 비평의 종류, ③ 비평의 폐해와 효용의 세 가지 항목으로 나누어 설명한다. 그는 영어 '비평'이라는 낱말이 고대 그리스어 '크리티코스kritikos', 즉 판단한다는 뜻에서 유래했다고 지적한다. 그러면서 그는 "문학비평가라면 특수한 능력과 교양을 문학상에 적용하여 그 작품의 장점 단점을 지시하며, 그에 대한 판단을 내리는 전문가로 생각한다"27 : 71[19]고 말한다. 김석향은 이러한 판단 말고도 비평에는 ① 결점 찾기, ② 칭찬하기, ③ 비교하기, ④ 분류하기 같은 세부 항목이 있다고 밝힌다. 그중에서도 그는 문학 작품에서 결점만을 찾으려는 비평가의 태도를 아주 못마땅하게 생각한다. 이러한 태도로써는 문학 작품의 진수를 도저히 깨달을 수 없기 때문이다. 그래서 김석향은 결점 찾기 대신 감상을 추가하여 ① 판단, ② 비교, ③ 분류, ④ 감상을 비평의 핵심 목표라고 주장한다. 그런데 이 네 가지 비평 행위 중에서도 그는 감상을 가장 중요하게 생각한다.

이것감상이 없이는 비평도 없을 듯하다. 판단이란 것도 감상을 기조로 한 곳에

---

19 김석향은 비평의 어원으로 'kritikos'만 언급하지만 체를 사용하여 곡식을 가려내는 것을 뜻하는 또 다른 고대 그리스어 'krinein'도 중요한 어원 중 하나로 꼽힌다.

있을 것이다. 간단히 말하면 비평이란 판단과 감상이 잘 부합된 것이라 할 수 있다. 칭찬, 비교, 분류란 것은 오히려 종속적 의미라 할 것이다. 산타야나는 비평을 '이론화한 감상Reasoned appreciation'이라고 정의하였다. 이것은 비평의 뜻을 가장 적요摘要히 말한 것으로 생각된다.28 : 72

조지 산타야나가 말하는 비평은 좀 더 엄밀히 말하면 '이론화한 감상'이라기보다는 '이치나 사리에 맞는 감상'을 가리킨다. 그는 「미학이란 무엇인가?」에서 미학이란 독립된 독특한 과학이라는 크로체의 과학적 미학 이론에 맞서 '비평의 예술과 기능'을 주창하였다. 비평에 대하여 산타야나는 "자신의 주제나 사정, 학파, 제작 과정에 전적으로 무지하지 않은 한 정신이 인간의 작품을 사리에 맞게 감상하는 것"[20]이라고 정의 내렸다. 다시 말해서 그는 비평가의 주관에 따른 감상이 아니라 다른 비평가들도 수긍할 수 있는 객관적 감상을 비평이라고 간주하였다. 그러므로 김석향이 말하는 '이치나 사리에 맞는 감상'은 산타야나의 객관적 감상과 비슷하다.

더구나 김석향은 비평을 문학을 섬기는 하녀가 아니라 그 자체로 일종의 문학에 해당한다고 주장한다. 그는 비평도 시나 소설 또는 희곡처럼 문학 장르에 포함시킨다. 그는 "문학적 작품을 해부한 것이나, 해석한 것이나 또 평가한 것이나 혹은 이 전부를 결합한 것이나, 모두 비평문학일 것이다"27 : 72라고 잘라 말한다. 더 나아가 그는 "시, 희곡, 소설은 인생을 취재한다면 비평은 시, 희곡, 소설 내지 비평 그것까지도 취급한다. 만일

---

20   George Santayana, "What Is Aesthetics?", *Selected Critical Writings of George Santayana*, vol.1, Cambridge : Cambridge University Press, 1968, p.249.

시, 희곡, 소설 가튼 창작문학을 각기 그 형식을 통하여 본 인생의 해석이라면 비평은 창작문학에 표현된 인생의 해석과 그 표현 양식의 해석이라고 정의할 수 있을 것이다"27 : 72고 밝힌다.

그러면서 김석향은 그동안 비평이 창작 작품과 비교하여 열등하다고 평가받아 온 것은 이 두 가지를 서로 다른 것으로 파악했기 때문이라고 지적한다. 이 점과 관련하여 그는 "현대에 있어서 비평에 대한 비난은 창작문학과 문학비평을 종류가 다른 것으로 알며 전자前者만을 인생에게서 재료와 감흥을 수득受得한다는 피상적인 근거에 기인한 까닭이다. 참의미의 비평은 인생으로부터 재료와 감흥을 받는 것이며 그것(도) 독특한 의미에서 역시 창작적 문학으로 볼 수 있는 것이다"27 : 77라고 지적한다. 김석향의 이러한 태도는 시나 소설 같은 장르와는 달리 자기목적성을 지니고 있지 않다고 하여 비평을 창작에서 제외한 T. S. 엘리엇의 태도와는 크게 다르다.

김석향은 비평의 의의에 이어 이번에는 비평을 크게 판단적 비평과 귀납적 비평의 두 유형으로 나눈다. 전자는 비평가가 마치 "재판관이 판결을 선언하는 모양으로 고매한 태도"로 작가와 작품을 두고 이러저러하게 판단을 내리는 비평 방법이다. 앞에서도 잠깐 언급했듯이 김석향은 이러한 비평 방법을 현대 사조에는 걸맞지 않는 '구식의 방법'으로 간주한다. 이 방법은 문학의 법칙에 따라 작품의 가치와 등급을 결정하려는 나머지 자칫 객관적이고 과학적인 태도를 도외시하는 경향이 있다. 그러므로 이러한 판단적 비평은 가히 '독단적'이라고 아니할 수 없다.

반면 귀납적 비평에서는 가치 평가의 객관적 기준을 좀처럼 인정하지 않는다. 비평 기준이라는 것은 어떤 고정불변한 것이 아니라 시대에 따라 비평가에 따라 얼마든지 달라질 수밖에 없다. 예를 들어 윌리엄 셰익스피어의 작품에 나타난 희곡 작법이라는 것도 외부에서 주어진 것이 아니라 각각의 시대마다 비평가가 그의 작품을 분석하면서 얻게 되는 작법을 말한다. 그러므로 비평가는 셰익스피어가 희곡을 창작하면서 이러저러한 법칙을 사용했다고 귀납적으로 말할 수 있을 뿐이다. 이 점과 관련하여 김석향은 "문학이란 것은 부단히 진화하는 것이며, 시대와 사람을 따라 그 형적을 변하여 간다. 그러므로 문학을 백고불마百古不磨 표준으로서 비평한다는 것은 불가능한 노릇이다"17 : 73라고 지적한다. 김석향이 높이 평가하는 비평 방법은 두말할 나위 없이 상대적 가치를 중시하는 귀납적 비평이다.

김석향은 윌리엄 제임스를 비롯한 철학자의 분류 방법에 따라 귀납적 비평을 다시 두 가지로 나눈다. 한 가지 방법은 오직 비평하려는 작품에만 주목하여 처음부터 끝까지 철저하게 읽는 것이다. 이 방법을 두고 그는 "대상되는 작품 그것만을 안중眼中에 두고 작품 외의 것에는 조금도 간섭하지 않는 태도"17 : 73~74라고 말한다. 김석향은 이러한 유형의 비평을 시도하는 대표적인 사람으로 영국의 비평가 리처드 몰튼을 꼽는다. 한편 귀납적 비평의 두 번째 유형은 프랑스 비평가 이폴리트 텐에서 볼 수 있듯이 문학 작품을 인종·환경·시대의 세 요소와 연관시켜 다루는 과학적 비평 방법이다. 이러한 과학적 비평을 한 발 더 밀고 나간 것이 '역사적 비평' 방법이다.

여기서 한 가지 주목해 볼 것은 김석향이 귀납적 비평과 관련하여 '비평의 비평' 개념을 제시한다는 점이다. '비평의 비평'이란 글자 그대로 비평을 다시 비평하는 메타비평적 방법이다. 어떤 비평이 독단적인 결함을 지니고 있는지 지니고 있지 않은지, 또 어떤 비평이 좀 더 객관적이고 상대적인지 판단하는 비평 방법이 바로 '비평의 비평'이다. 존 듀이에서 그 계보를 찾을 수 있는 이 유형의 비평은 말하자면 고차원의 비평으로 비평의 횡포를 견제하려는 데 목적이 있다.

김석향은 이번에는 비평가의 주관을 표준으로 삼는 '주관적 비평'과 되도록 주관적 판단을 피하려는 '객관적 비평'의 두 가지로 나누기도 한다. 주관적 비평에는 '인상 비평'과 '인격 비평'으로 다시 나눈다. 그런데 김석향은 "주관적 비평에서 가장 주목되는 문제는 작가의 주관 그것이다"27 : 74라고 주장한다. 그러나 이 유형의 비평에서 무엇보다 중요한 것은 작가의 주관이 아니라 어디까지나 비평가의 주관이다. 한편 객관적 비평이란 미리 어떤 판단 기준을 정해 놓고 그 기준에 따라 문학 작품을 비평하는 방법을 말한다. 앞에서 언급한 판단 비평이 바로 여기에 속한다. 이 비평 방법은 작품보다 먼저 기준이 존재하기 때문에 흔히 '선재적 비평' 또는 '형식적 비평'이라고도 부른다. 김석향도 언급하듯이 이 형식적 비평의 실천가로는 프랑스의 니콜라 부알로, 영국의 알렉산더 포프와 조지프 애디슨 등이 꼽힌다.

그렇다면 자칫 혼란스러울 수 있는 여러 비평 방법 가운데서 김석향이 가장 선호하는 비평 방법은 과연 무엇일까? 그는 한마디로 "감상을 기조로 삼는 판단이 가장 진실된 태도인 것 같다"27 : 75~76고 말한다. 그러면서 그는 글 첫머리에서 인용한 매슈 아널드의 비평관을 다시 한 번 언급하며 비평가들에게 그것을 비평의 시금석으로 삼을 것을 권한다. 한편 김석향이 시금석으로 삼는 비평 방법은 아널드 영향 못지않게 월터 페이터한테서도 엿볼 수 있다. 김석향은 미적 경험의 독자성을 강조한다는 점에서는 아널드보다는 오히려 페이터에 더 가깝다.

　마지막으로 김석향은 비평의 폐해와 효용에 대하여 언급한다. 그가 언급하는 첫 번째 폐해는 독자들이 문학 작품을 직접 읽지 않고 비평가가 평해 놓은 글만 읽는다는 데 있다. 이로써 비평은 비단 '문학의 문학'에 그치지 않고 더 나아가 '문학에 대한 문학의 문학'을 낳게 된다. 비평은 가득이나 먼 독자와 작품 사이의 거리를 점점 더 멀어지게 하는 부정적인 결과를 낳는다.

　그러나 이것은 어디까지나 독자의 잘못일 뿐 비평가나 비평의 탓은 아니다. 비평은 얼마든지 문학 작품을 이해하는 데 많은 도움을 줄 수 있기 때문이다. 방금 앞에서 김석향이 창작문학과 비평문학이 그렇게 다르지 않다고 밝혔다는 점을 언급하였다. 창작가들이 문학 작품 속에 삶의 여러 문제를 해석한다면, 비평가는 작품 속에 형상화된 삶의 문제를 해석하게 마련이다. 둘째, 비평은 독자들에게 수많은 작품 중에서 어떤 작품을 읽어야 할지 미리 알려 준다. 가득이나 바쁜 현대의 일상생활에서 독자들은 수많은 문학 작품의 숲속에서 길을 잃고 헤매기 쉽다. 이렇게 문학의 숲이라는 미로에 갇힌 독자들에게 안내자 역할을 하는 것이 다름 아닌 비평이다. 김석향은 비평 중에 만약 "직재간명直裁簡明한 소개와 해석을 한 것이 있다면" 반드시 그것을 읽도록 권한다. 그러면서도 그는 비평이 아무리 훌륭하다고 해도 문학 작품 그 자체를 대신할 수 없다는 원칙을 결코 잊어서는 안 된다고 지적한다.

7. 함대훈의 계급문학론

1919년 3월 결성된 국제공산당 조직인 '코민테른'이 국제문학운동의 중심이 되면서 계급 해방을 부르짖는 사회주의문학이 전 세계에 걸쳐 큰 힘을 떨치기 시작하였다. 이러한 계급주의문학의 대두는 동아시아도 예외가 아니어서 식민지 조선에서도 계급주의를 부르짖는 프롤레타리아문학이 성행하였다. 더구나 일본에서 유학하던 조선인 학생들은 도쿄에서 사회주의와 계급주의를 직접 호흡하면서 식민지 조선의 지식인들보다 일찍 눈을 떴다. 그래서 일본 유학생들은 무산자 계급의 해방을 위하여 복무하는 문학을 창작하려고 다양한 방법론을 모색하였다.

황해도 송화 출신인 함대훈咸大勳은 1930년 『학지광』 최종호인 30호 갱생호에 프로문학을 처음 소개하여 관심을 끌었다. 중앙고등보통학교 졸업한 뒤 1928년 일본으로 건너가 도쿄외국어학교에서 러시아문학을 전공한 그는 김석향과 마찬가지로 외국문학연구회에 참여하여 『해외문학』에 번역 작품과 평론을 발표하였다. 이 무렵 연구회 회원 대부분은 보수적이거나 중립적 태도를 보였지만 함대훈은 김석향의 동생으로 같은 대학 같은 학과에서 공부하던 김준엽金俊燁, 필명 金貜과 함께 좌익문학 쪽에 관심을 기울였다. 러시아문학을 전공한 만큼 함대훈은 누구보다도 최근 러시아 혁명을 비롯하여 그곳에서 일어난 일련의 정치적 사건을 잘 알고 있었기 때문이다.

함대훈은 「프로레타리아문학의 계급적 성질」에서 "사회적 의식은 사회적 존재에 의하여 결정된다"는 명제로부터 논의를 시작한다. 사회적 존재가 사회적 의식을 규정한다는 명제는 두말할 나위 없이 카를 마르크스가 창시한 사적 유물론의 첫 번째 명제다. 여기에서 '사회적 존재'란 사회생활의 물질적 조건과 경제적 관계를 말하고, '사회적 의식'이란 그 조건과 관계를 반영하는 정치·법률·철학·도덕·종교·과학 등을 말한다. 마르크스에 따르면 사회적 존재는 사회적 의식의 토대고, 사회적 의식은 사회적 존재를 반영하는 산물에 지나지 않는다. 이런 의미에서 마르크스는 헤겔의 유심론적 철학을 완전히 뒤집어엎는다. 마르크스와 프리드리히 엥겔스가 『독일 이데올로기』1932에서 한 말을 빌리면, 헤겔이 하늘에서 땅으로 내려오려고 했다면, 그들은 이와는 반대로 땅에서 하늘로 올라가려고 했던 것이다.

함대훈은 토대인 물질적 경제 구조가 인간의 관념과 의식까지도 결정한다는 마르크스의 이론을 인용하고 난 뒤 곧바로 게오르기 플레하노프의 예술 이론을 언급한다. 함대훈은 플레하노프와 마찬가지로 모든 예술이 계급 사회에서 특정한 사회 계급의 삶과 감정을 표현할 수 있다고 굳게 믿는다. 그는 "예술이 시대 계급의 사회심리적 특성에 적응하고 어떤 계급의 사회심리적 특성이 그 시대의 경제적 구성에 의하여 결정된다는 해제解題를 또한 우리는 할 수 있을 것이다"30 : 2라고 밝힌다.

함대훈은 이러한 '해제'를 위하여 엥겔스의 『반뒤링론』1878에서 한 단락을 인용한다. "인간이 생산하고 교환하는 그의 조건은 국가에 따라 상이할 뿐더러 일국一國에 있어서도 세대에 의하여 상이하다. 그러므로 경제학은 어떤 나라 어떤 시대에 대하여 동일할 수가 없다. (…중략…) 경제학은 역사적 과학이다. 그것은 역사적인, 즉 부절不絶히 변화하는 재료를 취급한 것이다."30 : 2[21] 엥겔스는 이 책의 제2부·제1장 「대상과 방법」에서 정치경제학이 부단한 물질적 변화를 취급하는 것이므로 역사과학으로 간주해야 한다고 주장하였다.

더구나 함대훈은 엥겔스의 이론을 토대로 문학과 예술이 끊임없이 변화를 겪는 사회 현상을 표현한다고 지적한다. 부르주아문학에서도 마찬가지지만 특히 프롤레타리아문학에서는 프롤레타리아트의 사상과 감정을 표현해야 한다고 주장한다. 함대훈은 이러한 현상을 보여 주는 구체적 실례를 남부 프랑스에 발견된 원시민족의 동굴 벽화에서 찾는다.

여기서 함대훈은 후기 구석기시대 크로마뇽인이 그린 벽화와 암각화로 이루어진 라스코 동굴 벽화를 언급하는 것 같다. 수렵에 의존하여 살아가던 당시 수렵을 예술로 표현한 것은 지극히 당연하다. 함대훈은 이번에는 중세 봉건시대 문학을 언급하면서 원시시대 예술과 어떻게 다른지 설명한다. 그는 "봉건시대 문학이 원시예술에 비하여 좀 더 공리적이요 또 지배적 정신이 있는 것을 알 수 있나니 원시예술은 생존을 위하여, 즉 생존 수단의 광대화擴大化였으나 벌써 봉건시대 예술은 생존의 문제보다도 자기 계급의 옹호 내지 지배 계급적 존엄을 고취鼓吹시키었다"30 : 5고 지적한다.

이렇듯 함대훈은 시대에 따라 사회적 환경은 달라져도 문학과 예술이 사회적 관계를 형상화한다는 점에서는 크게 다르지 않다고 주장한다. 한마디로 그는 마르크스나 엥겔스의 사적 유물론이 문학과 예술에도 그대로 적용된다는 점을 역설한다. 함대훈은 이러한 원칙에 기반을 두고 프롤레타리아문학이 나아가야 할 길을 다음과 같이 분명히 밝힌다.

---

21 함대훈은 원본에서 직접 인용하는 대신 일본 가이조사(改造社)에서 출간한 『마르크스·엥겔스 전집』 12권에서 인용한다.

현대 사회는 자본계급과 무산계급과의 이드 계급이 대립하고 있는 것은 누구나 아는 일이다. 그러면 프롤레타리아문학은 단연히 프롤레타리아트를 위한 부절不絶한 투쟁을 하지 않으면 안 될 계급적 성질을 갖고 있다. 그러므로 이러한 계급적 성질을 가진 프로문학이 여하如何히 대립 계급과 투쟁하여야 할 것이냐의 문제가 다시 생기生起하게 될 것이다.30 : 5~6

프로문학이 맡아야 할 계급투쟁과 관련하여 함대훈은 니콜라이 부하린의 『사적 유물론』1921에서 이론적 뒷받침을 받는다. 인간을 사유하는 존재뿐 아니라 정서를 지닌 존재로 간주하는 부하린은 문학과 예술을 '감정의 사회화의 수단'으로 파악하였다. 이와 같은 맥락에서 그는 문학과 예술을 레프 톨스토이가 『예술이란 무엇인가?』1897에서 말하는 '정서적 감염의 수단'으로 보았다. 함대훈은 톨스토이와 부하린의 예술관을 한 발 더 밀고 나가 "예술은 사상과 감정을 전염시킨다"고 주장한다.

이렇게 문학과 예술이 사상과 감정을 전염시킨다면 프롤레타리아문학도 이와 크게 다르지 않을 것이다. 함대훈은 "프롤레타리아문학은 당연히 프롤레타리아트에게 프로계급의 사상과 감정을 전염시킬 계급적 성질을 가졌다"30 : 7고 지적한다. 그런데 문제는 과연 어떻게 그것을 독자들에게 전염시킬 것인가 하는 데 있다. 함대훈은 "우리는 맑스레닌주의 선상線上의 전위적 이론으로서 끊임없이 투쟁하는 상호대립한 양세력의 상호관계를 정확히 결정하는 동시에 발전의 현단계에 있어서 분석하며 아울러 그의 발전의 장래를 지시할 방법, 즉 조직적 계획적 투쟁의 방법을 지도하여야 할 것이다"30 : 7라고 밝힌다.

이와 더불어 함대훈은 문학이 예술인만큼 예술로서의 특성을 저버려서도 안 된다고 지적한다. 이 점과 관련하여 그는 "프로문학은 당연히 그들무산계급의 생명수가 되고 날개가 되도록 그프로문학의 내용과 형식에 주도면밀한 묘사를 하여야 할 것이다"라고 밝힌다. 그러면서 함대훈은 "철학자들은 세계를 저마다 다르게 해석해 왔는 데 불과하지만 중요한 것은 세계를 변혁하는 것에 있다"3:7는 마르크스가 「포이어바흐에 관한 테제들」의 마지막 테제를 인용하면서 글을 끝맺는다. '해석'과 '변혁', '이론'과 '실천'을 지나치게 구분 짓는 것은 그렇게 바람직하지 않지만, 함대훈은 전자 쪽보다는 후자 쪽에 손을 들어준다. 어떤 대상이나 현상을 정확히 이해하려면 멀리 떨어져 방관자처럼 관조하는 자세로써는 한계가 있을 수밖에 없다. 그 대상과 현상에 실천적으로 개입하고 참여할 때 비로소 제대로 이해할 수 있을 것이다.

그런데 여기서 한 가지 눈여겨볼 것은 함대훈의 문학관이 시간이 지나면서 조금씩 변한다는 점이다. 「프로레타리아문학의 계급적 성질」에서는 마르크스와 엥겔스의 사적 유물론에 전적으로 경도되어 있었다. 그러나 일본 유학을 마치고 귀국하면서부터 그의 태도는 조금 달라졌다. 1933년 함대훈은 프로문학 진영이 외국문학연구회의 활동을 '소시민적이고 저널리즘적인' 문학이라고 비판하자 이에 맞서 「해외문학과 조선문학」을 발표하였다. 그는 프로문학 진영이 이렇다 할 근거 없이 외문문학연구회의 업적을 의도적으로 폄훼하거나 무시한다고 논박한다.

한편 함대훈은 1930년대 중엽 백철白鐵을 중심으로 전개된 '인간 묘사론'과 휴머니즘 논쟁에도 참여하였다. 백철은 유물 변증법적 창작 방법론과 사회주의 리얼리즘의 핵심을 인간 묘사론으로 이해한다. 그는 프로문학이 묘사해야 할 인간을 계급적 관점에서 파악한다. 백철은 "프로문학에서 취급되는 인간은 결코 추상적인 인간이 아니다. 그것은 일반적인 인간성이라는 의미를 지닌 용어로 그려지는 인간이 아니라 일정한 계급적 조건에 의해 제약된 인간이어야 한다. 프롤레타리아에게 있어서 계급적 인간만이 문제가 될 따름이다"[22]라고 지적한다. 이에 대하여 함대훈은 「인간묘사 문제」에서 작가가 문학 작품에서 인간을 묘사하는 것은 지극히 당연한 것으로 전혀 새로울 것이 없다고 포문을 연 뒤 프로문학의 인간묘사는 집단생활에 대한 묘사인 반면, 부르주아문학의 인간묘사는 어디까지나 개인에 대한 묘사라고 주장한다.

그러자 이번에는 임화林和가 나서 함대훈의 주장을 반박하고 나섰다. 임화는 함대훈이 '집단'과 '계급', '묘사'와 '형상'을 혼돈하고 있다고 비판한다. 임화는 프로문학이란 어디까지나 계급 문제를 형상화하는 문학이라고 규정짓는다. 그는 "프롤레타리아문학은 계급적인 것과 개인적인 것의 통일 가운데서 필연적으로 표현되는 계급적인 것의 우위를 통하여 개성의 완전한 개화開花가 실현되는 것"[23]이라고 말한다. 임화는 백철과 함께 함대훈이 주장하는 문학관이 좌익 쪽보다는 우익 쪽에 가깝다고 암시한다.

8. 백일생과 문학혁명

함대훈과 백철과 임화를 비롯한 문인들이 정도의 차이는 있을망정 계급주의에 기반을 둔 문학의 깃발을 높이 쳐든 한편, '백일생白一生'이라는

---

22 백철, 「창작방법 문제」, 『조선일보』, 1932.3.6~19.
23 임화, 「집단과 개성의 문제」, 『조선중앙일보』, 1934.3.20.

2·8독립선언에 참여한 조선 유학생들. 선언문을 기초한 이광수는 당시 중국 상하이에 체류 중이었다.

필자는 조선 문단 전체를 향하여 혁명적 혁신을 크게 부르짖었다. 백일생이 『학지광』 14호에 기고한 「문단의 혁명아革命兒야」라는 글이 바로 그것이다. 일본에 유학하는 조선인 학생이 이 잡지에 기고한 글치고는 아주 과격하고 파격적이라고 아니할 수 없다. 물론 식민지 조선의 의식 혁명이나 사회 혁명을 주창하는 글이 없었던 것은 아니지만 이렇게 문학의 혁명을 주창한 글은 이 글이 처음이다.

이 글을 쓴 '동해안東海岸 백일생'이라는 필자가 과연 누구인지는 지금으로서는 확인할 수 없다. 글의 내용이 무척 과격하므로 그는 더더욱 자신의 신분을 밝히기 꺼려했을 것이다. 다만 글 첫머리에서 "오인吾人은 혁명을 즐기는 소성素性을 가졌으며, 혁명을 능위能爲하는 천재가 부富한 자者다. 그러므로 나의 몸은 선천적 혁명당원이며 나의 활동은 모두 혁명 사업이라"14:47라고 천명하는 것을 보면 백일생은 혹시 당시 재일본동경유학생학우회 회장을 맡은 백남규白南圭가 아닐까 하고 조심스럽게 미루어 볼 뿐이다.

1919년 2월 8일 식민지 종주국 심장부 도쿄의 조선기독교청년회관에는 조선인 유학생 600여 명이 모였다. 이 모임에서 백남규는 유학생 대회 개회를 선언하였고, 사회를 맡은 최팔용崔八鏞은 그날 모임을 조선청년독립단 대회라고 밝혔다. 이어 백관수白寬洙가 단상에 올라가 조선청년독립단원 11명이 서명한 2·8독립선언서를 낭독하였다. "조선청년독립단은 우리 2천만 민족을 대표하여 정의와 자유의 승리를 얻은 세계만국 앞에 독립됨을 선언하노라!" 선언 낭독이 끝나자 이번에는 김도연金度演이 결의문을 낭독하였다. 이것이 바로 기미년 3·1독립운동의 도화선이 된 2·8독립선언이다.

혁명을 자신의 본능이요 사명이라고 천명하는 백일생은 혁명을 아주 넓은 개념으로 파악한다. 그에 따르면 인간을 포함한 삼라만상이 모두 혁명의 범주에 들어간다. 예를 들어 신진대사는 생리적 혁명이고, 전통 의상을 벗어버리고 서유럽식 의상으로 갈아입는 것은 의상적 혁명이다. 이러한 현상은 사회, 국가, 심지어 우주에서도 마찬가지로 찾아볼 수 있다는 것이다.

그러나 백일생이 「문단의 혁명아야」에서 무엇보다도 관심을 기울이는 혁명은 제목에서도 엿볼 수 있듯이 조선 문단이다. 그는 당시 조선 문단이 혁명적 방법이 아니고서는 도저히 치료할 수 없을 만큼 병들어 있다고 진단한다.

우리 문단의 현상황을 살펴보건대, 낡은 지 오래매 썩은 지 벌써라. 문학 그것은 혁명운革命運을 열망함이 비등점 이상에 초超하였은즉 문사 그 사람은 어찌 혁명광革命狂이 되지 아니하리오. 강용剛勇, 호전好戰, 호분립好分立, 호독창好獨創, 호진취好進取, 다기교多技巧, 근면勤勉, 민활敏活 등 무적武的, 해양적海洋的인 조선족성性을 우이優雅, 호념好恬, 호복종好服從, 호모방好模倣, 호보수好保守, 한산閒散, 지울遲鬱 등 (우리에게 가장 많이 영향을 준 것으로) 문적文的, 대륙적인 한족화漢族化시키려고 애를 쓰던, 저 난적亂賊, 저 원수 한학파漢學派 — 시파詩派, 경파經派, 즉 소위 유생儒生 — 가 우금于今까지 잔서殘書를 보보保保하여 무호동無虎洞의 향곡鄕曲에서 도미대주掉尾撞頭하거늘, 문단의 용사는 어찌하여 푸씨컨의 필봉을 불휘不揮하는가?14 : 48

백일생은 조선 민족의 특징을 '무적, 해양적'인 것에서 찾는 한편, 중국 민족의 특징을 '문적, 대륙적'인 것에서도 찾는다. 그는 남성적인 고유 전통을 버리고 중국의 한문학과 유학에 젖어 있는 조선 문단이 이제 혁명을 수단으로 혁신을 꾀할 단계에 이르렀다고 주장한다. 그러면서 그는 조선 문단에 용사가 나타난 '푸씨컨의 필봉'을 휘두를 것을 바라마지 않는다. '푸씨컨'이란 '러시아 국민문학의 아버지'로 러시아 근대문학을 창시한 알렉산드르 푸시킨을 말한다. 여러 장르에 걸쳐 문학적 재능을 발휘한 그는 간결하고 평이한 시로 많은 시인에게 영향을 끼쳤으며, 산문에서도 19세기 러시아 리얼리즘의 기초를 다진 작가로 평가받는다.

그렇다면 백일생은 도대체 왜 조선문학이 이렇게 심한 침체의 늪에 빠져 있다고 보는가? 무엇보다도 지나치게 경학을 추종하는 나머지 문학으로서의 본질적 기능을 모두 상실했기 때문이라고 진단한다.

인습 도덕과 온갖 습관, 경우에 속박되어, 천부의 개성을 감멸滅하며 유의有爲의 활기를 실살殺하여, 우리의 생리체를 사체화死體化하며, 건강체를 병상화病傷化하며, 활동을 정지화停止化하며, 소장체少壯體를 노쇠화하여, 오인吾人으로 하여금 다공포多恐怖, 무자유無自由, 무기골無氣骨, 무능력無能力 등 제병諸病에 걸린 일종 이상한 허잡이 되는 것을 보고 대성大聲으로 도덕을 실천한다고 칭호稱呼하는, 도학 선생道學先生류의 부설腐說이 의연히 운명을 좌우하며, 이유도 모르고 다만 고인古人의 정형定形만 맹수盲守하며, 고인의 숙구宿句만 적용하여, 인조화人造花 같이 일종의 생기가 무無한 시詩, 가歌, 문文 등이라거나, 공상과 감정에 끌려 사실도 아닌 것을 과장지위식지誇張之僞飾之하여, 사물의 진眞 — 실재實在, 실체實體 — 을 파착把捉치 아니하는, 속류소설 등이 상호尚乎 문단의 주산물主産物이 되거늘, 용사勇士 제씨는 어찌 후로벨의 후신後身이 되지 아니하는가?14 : 48

여기서 백일생은 조선 문단의 문인들이 경학을 따르는 것은 곧 죽음에 이르는 길과 다르지 않다고 지적한다. 경학은 요즈음 지식인 사회에서 자주 사용하는 말을 빌려 표현하면 '죽은 담론'에 지나지 않는다. 백일생이 이렇게 생명력을 잃은 케케묵은 도학자들의 원리를 맹목적으로 따라 창작한 작품을 아무런 생기도 향기도 없는 조화에 빗대는 것이 무척 흥미롭다. 그의 비유를 한 발 더 밀고 나간다면 조선 문단에서 나온 작품은 살아 숨 쉬는 인간이 아니라 쇼윈도에 서 있는 마네킹과 같다고 할 수 있다. 마지막 문장의 '후로벨'은 두말할 나위 없이 프랑스 리얼리즘의 최고봉으로 흔히 일컫는 귀스타브 플로베르를 말한다. 플로베르는 일찍이 19세기 중엽 프랑스 부르주아문학의 위선과 허위의 민낯을 뚜렷이 보여 주었다.

그러나 백일생은 조선문학에 치명적 폐해를 끼치는 도덕과 윤리를 부정하려는 나머지 어떤 의미에서는 도덕과 윤리를 송두리째 폐기해 버리는 과오를 범한다. 독일 속담을 빌려 말하자면 그는 갓난아이를 목욕시키고 난 뒤 더러운 물을 버리면서 간난아이도 함께 버린다. 백일생은 "가정의 평화를 깨뜨리지 아니하는 이상에는"이라는 단서를 붙이고는 있지만 시아버지가 며느리를 아내로 맞아들여도 도덕에 어긋나지 않는다고 말한다. 또한 "이용후생의 대도大道를 개開함에는"이라는 단서를 붙이면서 그는 "병사兵士의 시체로 기름을 짜는 것이 결코 악위惡爲가 아닐지라"라고 밝힌다. 그러면서 백일생은 "도덕이란 천정天定한 것이 아니라, 그 시대에 재在한 시대적 사조의 산물이며, 진리란 절대적이 아니요 오인吾人의 경험으로 안출案出하는 것이라, 고로 도덕은 시대를 수隨하여 변變하며, 진리는 사람을 따라 다를지라"14:48라고 말한다.

백일생의 이 문장을 읽다 보면 흥미롭게도 포스트모니즘의 그림자가 어른거린다. 그는 '포스트모더니즘'이라는 용어가 널리 쓰이기 몇십 년 전에 벌써 그 기본 개념을 이해하고 있었다는 것이 여간 놀랍지 않다. 반정초주의에 기반을 둔 포스트모더니즘에서는 어떤 절대적 가치를 좀처럼 인정하려고 하지 않는다. 이 세계에 영구불변한 절대적 진리란 없으며, 모든 진리는 역사적으로나 사회적으로 만들어진 구성물에 지나지 않는다. 다시 말해서 공동사회 구성원이 합의에 따라 도달한 결론이 곧 진리다. 물론 이러한 이론을 극단적으로 밀고 나가면 무정부주의나 허무주의에 이를 수도 있을 터지만 포스트모더니즘은 무정부주의나 허무주의와는 결이 조금 다르다. 한마디로 포스트모더니즘은 절대적 가치나 권위를 신봉하는 데서 비롯하는 전체주의적 사고를 경계하려는 데 그 목적이 있기 때문이다.[24]

백일생은 포스트모더니스트답게 조선 문단에서 활약하는 문인들에게 죽은 문학이 아닌 살아 숨 쉬는 문학을 창작할 것을 주문한다. 그러기 위해서는 무엇보다도 먼저 수구적인 태도에서 벗어나 지구촌 곳곳의 세계문학을 받아들여 조선문학의 기초를 튼튼히 다져야 한다고 지적한다.

> 조선 민족의 지도자가 되는 문단의 용사勇士야! 문학의 천지天地는 자유의 천지라, 기탄忌憚할 바가 무無하며 외구外懼할 바도 무無하니 예술파의 남구문학南歐文學도 가可하며, 인생파의 북구문학北歐文學도 가하며, 절충파의 영미문학英美文學도 가하며, 잡종파의 일본문학日本文學도 가할지니 차此를 수입지輸入之, 역술지譯述之, 저작지咀嚼之, 소화지消化之하여 우리의 민족성을 힘 있게 발휘하는 시대적, 우리적 문학의 기초를 수립하여, 이지以之 한 줄 한 구의 글이라도 생기가 폴々 뛰는, 어디를 끊던지 뜨거운 피가 줄々 흐르는 산 글의 작자가 될지어다.14 : 49

백일생은 문학의 본질이 곧 자유이므로 아무 거리낌 없이 자유롭게 문학 활동을 전개할 것을 주장한다. 여기서 특히 주목해 볼 것은 그가 외국문학을 수입하고 역술하고 소화하여 조선문학을 힘차게 발휘하라고 권한다는 점이다. 백일생은 우생학자처럼 순수 혈통보다는 잡종 혈통이 더욱 건강한 후손을 낳는다고 생각하는 것 같다. 그는 의태어나 의성어를 구사하여 조선 문단의 작가들에게 생기가 '폴々' 뛰고 뜨거운 피가 '줄々' 흐르는 살아 숨 쉬는 작품을 창작하도록 기대마지 않는다.

---

24 포스트모더니즘의 기본 개념에 대해서는 김욱동, 『포스트모더니즘 – 문학/예술/문화』 개정판, 민음사, 2000, 69~115쪽; 김욱동, 『모더니즘과 포스트모더니즘』 개정판, 현암사, 2000, 59~104쪽; 김욱동, 『포스트모더니즘』, 연세대 출판부, 2008, 15~53쪽 참고.

그러면서 백일생은 "근일 우리 문단에 새로 춘원春園, 육당六堂, 소성小星 등 제諸 혁명 수령의 의거擧義가 현출現出함이 실로 우연이 아니라, 만천하 제씨는 어찌 응원군이 되지 아니하리오. 문단의 혁명아야!!!"14 : 49라고 글을 끝맺는다. 여기서 백일생이 언급하는 세 문인은 그동안 조선 문단에서 혁명가는 몰라도 적어도 선구자적인 역할을 해 온 것은 틀림없는 사실이다. 춘원은 소설 분야에서, 육당 최남선은 시 분야에서, 그리고 소성 현상윤은 평론 분야에서 조선 문단을 기존의 전통적인 문학에서 서유럽 지향적인 신문학으로 이행하는 데 크게 이바지하였다.

9. 백일생에 대한 서상일의 반론

백일생이 「문단의 혁명아야」를 발표한 지 몇 달 뒤 서상일徐常一은 『학지광』 15호에 「'문단의 혁명아'를 독讀하고」라는 반박문을 기고하였다. 백일생의 글보다 무려 다섯 배 넘는 긴 글에서 서상일은 백일생의 주장을 논리적으로 조목조목 반박하고 나선다. 서상일은 먼저 백일생이 조선 문단에 혁명적인 변화가 필요하다고 역설한 점을 높이 평가한다. 비록 선견지명이라고까지는 할 수 없을지라도 적어도 백일생의 관찰이 '명민하다'고 지적한다. 서상일은 혁명에 대한 열망이나 필요성을 '혁명주의'라고 부른다. 그는 "그의 이 주의는 금일 조선 민족에게 가장 필요한 주의요 그의 이 희망은 금일 조선인에게 가장 필요한 희망이라, 어찌 문학 한 방면만에 이 주의, 이 희망이 필요하리오"15 : 58라고 먼저 운을 뗀다. 서상일은 문학 외에 혁명적 변화가 시급한 분야가 바로 기독교라고 주장한다. 그에 따르면 조선의 기독교 지도자들은 그러지 않아도 부패한 조선인들을 더욱 부패하게 만들고, 그러지 않아도 무기력한 조선인들을 더욱 무기력하게 만들며, 그러지 않아도 지식욕이 없는 조선인들을 더욱 지식욕이 없게 만든다고 개탄한다.

이렇게 서상일은 백일생과 마찬가지로 혁명의 필요성에 동감하면서도 중요한 단서를 붙인다. 혁명의 본래 목적은 낡은 제도와 관습을 타파하는 것이지만 그 과정에서 불가피하게 좋은 제도와 관습도 함께 제거된다고 우려한다. 악을 제거하는 과정에서 선도 함께 제거되는 것과 같은 이치나. 그래서 서상일은 혁명을 일으킬 때는 낡은 제도나 관습 중에서 '선미善美한 부분'은 절대로 훼손되지 않도록 신경을 써야 한다고 지적한다. 그는 기본 원칙이나 태도에서는 백일생과 같지만 방법이나 수단에서는 차이가 있다고 말한다.

백일생의 주장 중에서도 서상일이 무엇보다도 문제 삼는 것은 문학가들에게 윤리와 도덕을 무시한 채 작품을 창작하라고 권한다는 점이다. 서상일은 문학가의 창작적 자유를 인정하면서도 그렇다고 사회의 근본을 흔들어서는 안 된다고 주장한다.

누구나 그의 전편全篇을 통독하면 알려니와, 첫째 그는 그의 글에 현출現出한 대로 말하면 그의 신식 문학주의를 위해서는 사회의 모든 제도와 모든 습관을 타파하자 하며, 그의 문학주의하下에는 도덕도 없는 듯이 국가 민족도 없는 듯이 말한 것이 큰 죄책罪責이라. 내가 이렇게 말하면 그는 자기의 글에 씌운 "도덕이란 천정한 것이 아니라, 그 시대에 재한 시대적 사조의 산물이라" 한 한 구절을 들어 자기가 도덕을 부인한 것이 아니라고 변명할지 모르겠다마는 그가 만약 이 구절로 감히 변명을 시試한다 하면 이는 한갓 자기의 죄책을 가중加重함에 불과한 것이다.15 : 63

　백일생은 가정의 평화를 깨뜨리지 않는 이상 시아버지가 며느리를 아내로 맞아들여도 비도덕적인 행위가 아니며, 이생후생의 대도를 여는 데 병사의 시체로 기름을 짜는 것도 악한 행동이 아니라고 주장한다. 그러나 서상일은 시아버지의 이러한 행동이 가정의 평화를 지킬 수 없고 아무리 이생후생의 길을 연다고 해도 병사의 시체를 그렇게 다루는 것은 윤리에 어긋난다고 지적한다. 백일생의 주장대로 윤리와 도덕은 하늘이 정한 절대적인 것이 아니라 어디까지나 상대적이어서 시대와 지역 또는 상황에 따라 얼마든지 달라질 수 있다는 점을 인정하더라도 현대 문명사회에서 시아버지가 며느리를 아내로 삼고 병사의 시체를 함부로 다루는 것은 도저히 용납할 수 없는 부도덕한 행동이기 때문이다. 서상일은 바로 그러한 상황 논리 때문에 백일생의 주장은 받아들일 수 없다고 지적한다. 만약 백일생이 도덕이나 윤리 상대주의를 내세워 자기의 이론을 변명하려 든다면 오히려 그의 죄책을 더 무겁게 하는 결과를 가져올 뿐이라고 주장한다.

　더구나 서상일은 백일생이 연애와 방종을 서로 혼동한다고 지적한다. 백일생은 「문단의 혁명아야」에서 "도덕이란 천정天定한 것이 아니라……"라고 언급하기 바로 앞서 "평생에 정부情夫가 3인뿐이라고 정조를 자랑하는 정처正妻를 유有한 비트 내각시대의 영길리英吉利가 어떠하였으며, 루텐삭을 공연公然히 가지고 학교에 통학하는 독일 여자에 힌덴부르크 장군의 실모實母가 있지 아니한가"14 : 48[25]라고 말한다. 이러한 주장에 대하여 서상일은 한마디로 "인과관계의 법칙을 위違한 논법"이라고 반박한다. 영국의 윌리엄 피트 수상의 아내가 연인을 세 사람밖에 두지 않았다는 것과 당시 영국이 융성했다는 것 사이에는 아무런 인과관계가 없다. 이와 마찬가지로 독일의 바이마르시대 파울 폰 힌덴부르크 장군의 어머니가 피임구를 가지고 등교한 것이 원인이 되어 아들이 위대한 인물이 된 것은 결코 아니라는 것이다.

그런가 하면 서상일은 백일생이 연애와 문학을 혼동하는 과오를 범한다고 지적한다. 백일생이 연애나 사랑을 문학자의 전유물일 뿐 아니라 그것이 곧 모든 문학의 내용 대부분을 차지하는 것으로 생각하는 것은 큰 잘못이라고 주장한다. 이와 관련하여 서상일은 이 세상에는 뛰어난 문학가라도 연애나 사랑에 무관심한 사람이 적지 않고, 또 문학가가 아닌 사람 중에도 연애나 사랑에 열광적인 사람이 얼마든지 있다고 밝힌다. 물론 연애의 궁극적 목적이 자식을 낳기 위한 것이라는 서상일의 주장에도 한계가 없지 않다.

서상일은 백일생이 "문학의 천지는 자유의 천지"라고 주장하는 것도 문제 삼는다. 이렇게 문학가에게 무한의 자유를 허용해야 한다는 주장은 자칫 젊은이들에게 문학에 대한 그릇된 인상을 심어줄 위험성이 있기 때문이다.

---

25 백일생은 더 나아가 "루쎄싹, 606호 등의 발명가, 제조업을 장려할지로다. 나는 수욕(獸慾)을 찬미하는 자(者)가 안이며, 음마(陰魔)를 고취하는 지가 아니라. 다만 활민족(活民族), 활사회(活社會), 활운동(活運動)을 시견(試見)코자 하노니, 근대인의 피로한 신경을 육감(肉感)이 아니고 무엇으로 위안하며 무엇으로 흥발(興發)하리오"(14 : 49쪽)라고 말한다. 여기서 '루쎄싹'은 'roedezak(ルーデサック)'으로 피임구 콘돔을 가리키고, '606호'는 독일 화학자 파울 에를리히가 606번의 실험 끝에 최초로 개발한 매독 치료제 살바르산을 가리킨다.

세世에는 이러한 사상이 흔히 행行하여 인생의 행로를 잘못함이 다多하다. 세世에 본래 절대자유絶對自由가 무無하거늘 다른 데 다 없는 자유가 어찌 홀로 문학의 천지에만 있으리오. 문학자도 사람의 아들인 이상에는 사람으로 받을 제재制裁는 상당히 받아야 할 것이라. 어찌 문학자에게만 절대자유가 있어 국가 민족을 무시하며, 사회 도덕의, 제재를 탈출하여 임의방사任意放肆의 행동을 할 수가 있으리오. 고로 문학을 한다 칭稱하고 백일생白一生과 같이 국가 민족 사회 도덕을 무시하는 자者에게는 상당한 도덕적 재재가 없을 수가 없다 하는 바로다.15 : 68

서상일이 문학가도 사회 구성원인 이상 사회의 규범에 따라야 한다고 주장하는 것은 지극히 옳다. 좁게는 '시적 특권', 넓게는 '문학적 특권', 더 넓게는 '예술적 특권'이란 작품의 기교와 형식에서 행사할 수 있는 특권을 말할 뿐 사회 규범을 위반할 수 있는 특권을 말하는 것은 아니기 때문이다. 그러므로 서상일의 관점에서 보면 백일생처럼 사회 규범과 도덕을 위반하는 사람은 '상당한 도덕적 제재'를 받아 마땅할 것이다.

마지막으로 서상일은 백일생이 이광수와 최남선과 현상윤을 조선 문단의 혁명적 작가로 평가하는 태도에 대해서도 못마땅하게 생각한다. 조선 문단에 형식과 기법에서 새로운 기원을 이룩했다는 점에서 그들은 '혁명 수령'일지 모르지만 적어도 내용이나 주제에서는 백일생이 생각하는 것과는 거리가 멀다고 지적한다. 한국 근대문학사에서 굵직한 획을 이 세 문인은 "결코, 국가 민족을 무시하는 문단의 혁명 수령이 아니오, 사회 도덕을 이유 없이 파괴하려 드는 혁명 수령이 아니라 함이다"15 : 68라고 잘라 말한다.

『학지광』에는 지금까지 다룬 문예 비평 외도 여러 편이 더 실려 있다. 그중에서도 김초성金焦星의 「소위 근대극에 대하여」22호를 비롯하여 정인 섭의 「최근 영시단英詩壇」27호과 「쇼오 작의 대표극」28호, 이시목李時穆의 「주 지주의에 대한 신이상주의의 반동」27호, 그리고 장익봉張翼鳳의 「시성 타고 어와 동방의 지혜」28호, 김용준金瑢焌의 「엑스페숀이슴에 대하여」28호 등이 바로 그것이다.

그중에서도 김초성의 글은 특히 주목해 볼 만하다. '김초성'이라고 하 면 고개를 갸우뚱할지 모르지만 김우진金祐鎭이라고 하면 아마 고개를 끄 덕일 것이다. '초성'이라는 호는 프리드리히 니체가『차라투스트라는 이 렇게 말했다』1883~1885에서 언급한 '그을린 별'에서 따왔다고 전해진다. 흔히 한국 연극의 개척자로 일컫는 김우진은 일본 구마熊本모토농업학교 와 와세다대학 예과를 거쳐 1924년에 영문과를 졸업하였다. 구마모토농 업학교 시절부터 시를 쓰기 시작하였고 대학시절부터는 연극을 꿈꾸어 1920년 도쿄에서 홍해성洪海星·조명희趙明熙·고한승高漢承·조춘광趙春光 등 과 함께 연극연구 단체인 극예술협회劇藝術協會를 조직하였다.

김우진은 「소위 근대극에 대하여」에서 근대극의 선조 헨리크 입센이 태어나기까지는 그 이전의 사회 사상가들의 역할이 작지 않았다고 지적 한다. 그렇다고 근대극의 목적을 일반사회의 계몽에서만 찾는 것은 바람 직하지 않다고 그는 주장한다. 근대극은 사회적 기능 못지않게 인간 영혼 의 해방에도 관심을 기울이기 때문이다. 이러한 관점에서 김우진은 "애 란의 문예적 부흥의 시인들이 정치적 자유보다 영혼의 자유를 구함에 다 시 경청할 이유가 있지 않은가"22 : 67~68라고 묻는다. 김우진의 글에서 또 한 가지 주목해야 할 것은 좁게는 근대극, 더 넓게는 연극이 발전하려면 충실한 번역을 주장한다는 점이다. 그는 '진실한 번역시대'의 도래를 열렬히 바라마지 않는다.

　요컨대 『학지광』은 일본 유학생들이 시나 소설 또는 희곡 같은 창작 작품 못지않게 문학비평에 관한 글을 발표하고 토론을 벌이는 비평의 광장 구실을 하였다. 더구나 이 잡지에 비평문을 기고한 사람 중에는 문학 전공자가 아닌 사람들도 적지 않았다. 오늘날처럼 학문이 미처 분화되지 않은 탓도 있을 터지만 이 무렵 젊은 지식인들은 좀 더 넓은 관점에서 인문학 전반을 이해하려고 애썼다는 사실을 알 수 있다. 창작과 비교하여 비록 양이 그렇게 많지는 않지만 비평에 관한 글이 한국 근대 문학비평계에서 끼친 영향은 자못 크다 할 것이다.

제7장
외국문학의 번역

『학지광』이 한국 근대문학에 끼친 영향은 외국문학 작품을 번역하여 소개함으로써 한국 작가들에게 세계문학을 호흡할 수 있는 분위기를 마련해 주었다는 데서도 찾아볼 수 있다. 세계문학사에서도 신문학이 태동하고 발달하던 시기에 외국문학 작품의 번역은 마치 간난아이에게 먹이는 젖이나 이유식처럼 자못 중요하였다. 간난아이와 젖이나 이유식의 비유가 그다지 적절하지 않다면 이번에는 나룻배에 빗댈 수도 있다. 번역은 나룻배와 같아서 한 문화권이 다른 문화권이 오고가기 위해서 꼭 필요하다. 실제로 번역을 뜻하는 영어translate나 프랑스어traduire, 독일어übersetzen 같은 서유럽어는 하나같이 라틴어 'transferre'에서 갈라져 나왔다. 이 라틴어는 나룻배로 한 장소에서 다른 장소에서 이동하는 것을 뜻한다.

이렇게 번역의 필요성을 느낀 점에서는 조선의 신문학도 크게 다르지 않았다. 한국 신문학사에서 주요한朱耀翰은 동인지 『창조』에 「불노리」를 발표하여 근대 자유시가 발전하는 데 굵직한 획을 그었다. 그는 김억金億과 함께 신문학 초기 시단의 개척자로 평가받는다. 그런데 주요한이 이렇게 서유럽시를 쓴 데는 서유럽문학 작품 번역에서 받은 영향이 무척 컸다. 1920년 그는 "우리가 먼저 할 것은 외국 작품의 번역이외다. 메이지 시대에 후바타테이 시메이二葉亭 四迷 등의 아라시俄羅斯 소설 번역이 얼마나 자극을 일본 문단에 주었습니까"라고 묻는다. 그러고 나서 그는 곧바로 "먼저 필요한 것은 지도적 작품이오. 이것에 가장 적합한 것은 외국 작품의 번역이외다"라고 못 박아 말한다.[1]

주요한은 독자적인 자신만의 문학 영역을 넓혀 나가면서 점차 서유럽 추수적인 경향에서 벗어나기 시작하였다. 이 점과 관련하여 1924년 그는 "그 작품의 내용들은 전혀 불란서 빛 일본 현대 작가의 영향을 받아 외래外來적 기분이 많았고 그렇기 때문에 조선문학상으로는 독창적이 아니라고 할 수 있으나 아무 본뜰 데도 없는 당시에 어린 필자의 경우로는 그 이상을 요구할 수 없었다"[2]고 밝힌다. 어느 곳에서도 예술적 자양분을 얻을 수 없던 신문학 태동기에 일본문학과 프랑스문학은 그에게 큰 힘이 되었다는 것이다.

이렇듯 『학지광』은 이미 작가 지망생이나 작가로 갓 데뷔한 사람들에게 창작의 공간을 제공해 주었지만 그것 못지않게 외국문학 작품을 번역하여 소개하는 공간도 제공해 주었다. 외국문학 작품의 번역도 특정 장르에 치우치지 않고 시를 비롯하여 소설에서 희곡, 심지어 웅변에 이르기까

---

1   주요한, 「장강(長江) 어구에서」, 『창조』 7호, 1920. 여기서 후바타테이란 메이지시대 소설가요 번역가로 활약한 '후타바테이 시메이(二葉亭 四迷)'를 말한다. 본명이 하세가와 다쓰노스케(長谷川辰之助)인 그는 도쿄외국어대학에서 러시아문학을 전공한 뒤 레프 톨스토이를 비롯하여 이반 투르게네프, 막심 고리키, 니콜라이 고골 등의 작품을 폭넓게 번역하였다. 20세기 초기 조선인 일본 유학생들의 번역에 대한 관심에 대해서는 金銀典, 「韓国人留学生文学青年たちの日本近代詩の理解・飜訳と, 西欧詩との接觸」, 『東京成德大學硏究紀要』 13호, 2006, 1~22쪽 참고.

2   주요한, 「노래를 지으시려는 이에게 (1)」, 『조선문단』 창간호, 1924.10. 그는 일본어로 번역한 세계문학전집을 탐독하면서 시력이 상할 정도였다고 고백한 적이 있다.

지 그 스펙트럼이 무척 넓었다. 또한 외국문학도 특정 국가나 문화권에 국한하지 않고 여러 문화권에서 폭넓게 취해 왔다는 점도 이 잡지가 이룩한 번역 업적 중 하나로 꼽을 만하다.

다만 여기서 한 가지 문제가 되는 것은 번역자가 원천 텍스트에서 목표 텍스트인 한국어로 직접 번역했느냐, 아니면 일본이나 중국에서 이미 번역해 놓은 것을 중역重譯의 형식으로 다시 번역했느냐 하는 점이다. 메이지시대 일본과 비교하여 외국문학 전공자가 그렇게 많지 않은 식민지 조선에서 직역直譯 방식으로 번역하기란 여간 어렵지 않았다. 1910년대 한국에서 간행된 번역서 가운데서 일본어 역서를 중역한 것이 총 35종 중 25종으로 전체의 71퍼센트를 차지한다.[3] 그런데도 『학지광』에 실린 번역 작품을 꼼꼼히 살펴보면 외국문학 작품을 번역한 사람들은 비록 직업적인 번역가는 아니었어도 주어진 여건에서 나름대로 최선을 다하여 번역했음을 알 수 있다.

일본에서는 메이지시대부터 서유럽문학을 폭넓게 번역했지만 늘 직역 방식에 의존한 것은 아니어서 때로는 중역 방식에 의존하기도 하였다. 예를 들어 러시아어를 잘 모르던 우치다 로안內田魯庵은 표도르 도스토옙스키의 『죄와 벌』을 영어 번역에서 일본어로 중역하였다. 물론 그는 중역하면서 러시아어에 정통한 친구 후타바테이 시메이의 도움을 받았다. 한편 모리 오가이森鷗外는 독일어 번역본에 의존하여 도스토옙스키와 레프 톨스토이를 비롯하여 미하일 레르몬토프, 막심 고리키, 이반 투르게네프, 블라디미르 코롤렌코, 레오니드 안드리예브, 에브게니 치리코프 등의 작

---

3   김병철, 『한국근대번역문학사연구』, 을유문화사, 1975, 370쪽.

1918년경 경성에서 찍은 일본 유학생. 앞쪽에 앉아 있는 사람은 정노식. 뒷쪽 왼쪽은 이광수. 오른쪽은 진학문이다.

품을 폭넓게 번역하였다.[4]

한국 번역사에서 『학지광』은 비슷한 시기에 도쿄에서 외국문학을 전공하던 조선인 유학생들이 설립한 외국문학연구회의 기관지 『해외문학』, 그리고 태평양 건너 미국에 유학 중인 조선인 학생들이 설립한 북미조선학생총회의 기관지 『우라키*The Rocky*』와 여러 모로 비슷한 위치를 차지한다. 일제강점기 해외에서 유학하던 조선 학생들이 발간한 이 세 잡지는 암울한 식민지시대 어둠을 밝히는 횃불 같은 역할을 하였다.

1. 진학문의 코롤렌코 번역

외국문학 작품의 번역이 『학지광』 처음 실리기 시작한 것은 3호부터다. '몽몽생夢夢生'이라는 번역자는 러시아 작가 블라디미르 코롤렌코의

---

4   Mitsuyoshi Numano, 「The Role of Russian Literature in the Development of Modern Japanese Literature from the 1880's to the Present : Some Remarks on Its Peculiarities」, 『現代文芸研究室論集』 6號, 2016, 333~341쪽.

단편소설 「기화奇火」를 번역하였고, 정노식鄭魯湜은 「섁루타스의 웅변」을 번역하였다. 방금 앞에서 일본 번역가 후타바테이 시메이를 언급했지만 『학지광』이 러시아문학으로 번역의 첫 테이프를 끊었다는 것은 자못 중요하다. 물론 1914년 10월 『청춘』 창간호에는 익명의 번역자가 산문시 「문어구」를 번역하여 소개하였다.[5] 이렇듯 당시 식민지 종주국 일본에서나 식민지 조선에서 러시아문학은 아주 중요한 위치를 차지하고 있었다.

블라디미르 코롤렌코는 1910년대 중엽도 마찬가지였을 터지만 최근까지도 한국에서는 별로 알려지지 않았다. 우크라이나 태생의 이 러시아 작가는 『마카르의 꿈』 1885과 『장님 음악사』 1886 같은 장편소설과 시베리아 유배 경험을 소재로 쓴 단편소설에서 인도주의의 관점에서 소박한 민중의 삶을 다룬 것으로 알려져 있다. 그러나 한국에서는 몽몽생이 번역한 「기화」 말고는 2000년대에 들어와서야 겨우 「지하실의 아이들」이라는 단편소설 한 편이 번역되어 있을 뿐이다.

이렇게 일반 독자들에게 잘 알려져 있지 않기는 '몽몽생'이라는 필명도 마찬가지였다. '몽몽생' 또는 '몽몽'이라는 필명으로 러시아문학 작품을 번역하거나 직접 단편소설 「요죠한四疊半」과 「쓰러져 가는 집」을 발표한 그는 러시아문학을 전공한 진학문秦學文이다.[6] 뒷날에는 '순성'이라는

---

5 이 익명의 번역자는 『청춘』의 발행인 겸 편집인인 최남선으로 일본어 번역에서 중역하였다. 이 작품은 '들려오는 목소리'와 '러시아 처녀'의 대화체로 되어 있다. 여기서 '들려오는 목소리'는 러시아 혁명운동을 억압하려는 러시아 제국을 대변하고, '러시아 처녀'는 민중을 위하여 몸을 바치려는 정치적 신념에 불타는 혁명가를 가리킨다. 한편 이 잡지의 창간호에는 최남선이 빅토르 위고의 『레미제라블』을 축역(縮譯)하고 갱역(更譯)한 「너 참 불상타」로 하여 실었다.

6 진학문은 1909년 12월 '몽몽'이라는 필명으로 『대한흥학보』에 단편소설 「요조오한」을 발표하였다. 그는 이 작품에 쇼오리끼(막심 고리키), 투으르궤네브(이반 투르게네프) 톨쓰토이(톨스토이) 등을 언급한다.

필명을 사용했지만 일본 유학 시절에는 앞의 두 필명을 주로 사용하였다. 열세 살이던 1907년부터 일본에 유학하여 게이오기주쿠 보통과와 와세다대학과 도쿄외국어학교 등에서 두루 러시아문학을 전공한 진학문은 흔히 한국 최초의 러시아문학도로 일컫는다. 그는 『학지광』에만 무려 여섯 편의 러시아문학 작품을 번역하여 소개하는 등 이 무렵 조선인 러시아문학 번역자로서는 단연 첫손가락에 꼽힌다.

한쪽 남짓밖에 되지 않는 「기화」는 단편소설로 보아야 할지, 기행문으로 보아야 할지, 아니면 수필로 보아야 할지 장르를 규정짓기가 조금 애매하다. 그러나 러시아문학 전통으로 미루어 볼 때 일단 단편소설로 간주하는 쪽이 옳을 것 같다. 이 작품에서 '나'는 서술 화자요 주인공으로 등장한다.

> 내가 일찍 쌀々한 가을 저녁에, 암담한 서백리이西伯利亞의 강을 배 타고 지난 일이 있소. 문득, 압 강수江水의 만곡彎曲한 곳 희미하고 거무스름한 산록山麓에, 이상한 불빛이 번쩍거리는 것을 보았소. 혁爀々하고 기운 좋게, 거진, 손에 잡힐 것 같이 번쩍거렸소······[7]

제목 그대로 이 작품은 호수에서 바라본 산속의 괴상한 불빛을 소재로 삼는다. 서술 화자요 주인공인 '나'가 지금 배를 타고 시베리아의 한 강을 건너던 일을 회상하는 형식이다. 그런데 '나'는 갑자기 눈앞에 산속에서 불빛이 나타나는 것을 보고 이제 육지에 거의 도착했다고 생각하며

---

7 시로렌스(코롤렌코), 몽몽생 역, 「기화」, 『학지광』 3호, 41쪽. 앞으로 이 잡지에서의 인용은 권수와 쪽수를 본문 안에 직접 밝히기로 한다.

몹시 기뻐한다. 그러나 노를 젓던 뱃사공은 불빛을 바라보며 그에게 육지에 도착하려면 아직도 갈 길이 멀었다고 말한다. '나'는 사공의 말을 믿으려고 하지 않지만 곧 그의 말이 옳았음을 깨닫는다. 밤에 보이는 착시 현상 때문에 가깝게 보였을 뿐 산속의 불은 아직도 멀리 떨어져 있기 때문이다. 그런데 '나'는 얼핏 하찮아 보이는 조그마한 경험에서 인생론적 의미를 찾는다.

> 나는 지금도 혹간或間 바위와 산으로 싸인 음암陰暗한 강류江流와, 활약活躍한 기화奇火를 생각하는 때가 있소. 예로부터 지금까지, 친근한 불빛의 부름을 받은 자가 어찌 홀로 나 하나뿐이리요만은— 인생은 더욱ⁿ 암담暗澹한 연안沿岸으로 흘러 내려간다. 허나, 이상한 불빛은 의연依然히 멀니ⁿ. 사람은 다시 항로를 가기 위하여, 노櫓를 잡는다. 허나, 가는 대로 더욱ⁿ 먼 것은—이상한 불빛이로구나.……3 : 42

공자도 일찍이 "흘러가는 것이 이처럼 밤낮으로 쉬지 않는구나逝者如斯夫不舍晝夜"라고 말하였고, 세월의 덧없음을 한탄하며 입에 자주 올리는 '세월여유수歲月如流水'라는 표현도 공자의 이 말에 뿌리를 둔 것이다. 코롤렌코에게도 주야로 흐르는 물은 흔히 일회적 인생을 상징한다. '나'가 돌이켜 생각하는 바위와 산에 둘러싸인 컴컴한 강물은 곧 삶을 말하고, 저 멀리 산속에 가물가물 보이는 이상한 불빛은 어쩌다 삶에서 보이는 희망을 말한다. 그러나 이 희망의 불빛은 마치 사막의 신기루처럼 부질없을 때가 많다. 결국 인생이란 허망한 미망 속에서 헤매다가 강물에 좌초하게 마련이다.

진학문이 코롤렌코의 「기화」를 번역하기에 앞서 일본에서는 메이지 41년1908에 이미 이 작품을 번역하였다. 러시아문학 전공자 노보리 쇼무 昇曙夢는 이반 투르게네프, 안톤 체홉, 알렉산드르 푸시킨, 막심 고리키 등과 함께 코롤렌코의 작품을 번역하여 『하쿠쇼白夜集』라는 제목으로 출간하였다. 진학문이 「기화」를 번역하면서 노보리의 일본어 번역을 참고했을 가능성을 배제할 수 없다. 노보리는 1915년부터 와세다대학에서 러시아어문학을 강의하기 시작하였고, 이 무렵 진학문은 이 대학에서 러시아문학을 전공하고 있었기 때문이다.

2. 진학문의 안드레예프 번역

진학문은 블라디미르 코롤렌코와 이반 투르게네프에 이어 이번에는 『학지광』 5호와 6호에 레오니드 안드레예프의 작품을 각각 번역하여 소개하였다. 5호에 소개한 글은 「부활자의 세상은 아름답다」라는 산문이고, 6호에 소개한 글은 단편소설 「외국인」이다. 러시아의 극작가요 소설가인 안드레예프는 흔히 러시아문학에 표현주의를 처음 도입한 작가로 널리 알려져 있다. 어렸을 적부터 가난에 시달리며 산 그는 하층민의 삶에서 작품의 소재를 찾았다. 예를 들어 안드레예프는 순진성을 잃어버린 아이들, 인생의 밑바닥에서 힘겹게 살아가는 사람들, 하층 관리들과 기술자들, 그밖에 부랑자·거지·도둑·창녀 같은 사회에서 소외받은 사람들의 일상을 즐겨 다룬다.

이 무렵 러시아 작품이 흔히 그러하듯이 「부활자의 세상은 아름답다」

는 산문시로 간주하기에는 길이가 너무 길고, 소설로 보기에는 작중인물이나 일정한 플롯이 없어 장르를 규정짓기가 어렵다. 이 산문은 아무래도 죽음에 관한 철학적 명상의 범주에 넣어야 할 것 것 같다. 안드레예프는 "너희들은 묘지에 천々히 거닐어 본 일이 있겠지? 장벽牆壁으로 싸인 토지, 좁고 또 고요한 잡초의 무성한 토지의 구석구석에는, 간장肝臟을 녹이는 듯한 희유稀有의 시가 떠 있다"5:54로 이 글을 시작한다. 그러면서 그는 "너희들이 그 비문을 읽을 때, 모든 사자死者는 너희들 가슴에 다시 산[復活]다. 너희들은 젊은 사랑스러운 쾌활한 그들을 보고, 생生의 영원불후永遠不朽를 알고, 그것을 설명하고, 그것을 굳세게 주장하는 그들을 본다"5:54고 적는다. 안드레예프는 혁명과 정치 이념에 희생된 인물들을 애도하려고 이 글을 썼는지도 모른다.

한편 「외국인」에서는 안드레예프의 조국애를 좀 더 뚜렷이 엿볼 수 있다. 이 작품에서 그는 치스치아코프라는 스물아홉 살의 늦깎이 법과 대학생을 주인공으로 삼는다. 가난한 데다 폐결핵을 앓고 있는 주인공은 조국 러시아를 끔찍이 싫어하여 하루라도 빨리 외국에 나가 살면서 공부하고 싶어 한다. 그래서 그는 친구들한테서 '외국인'이니 '귀족'이니 하는 별명을 얻는다. 치스치아코프는 가정교사를 하며 열심히 돈을 모아 러시아를 떠나 프랑스나 스웨덴 같은 외국에서 살아갈 날을 손꼽아 기다린다. 그러나 같은 전셋집에서 생활하는 세르비아 출신 동료 라이코의 애국심을 지켜보며 그의 생각이 조금씩 바뀐다. 마지막 장면에서 치스치아코프는 흰 종이에 '조국'이라는 낱말을 두 번 쓴 뒤 그 끝에 "나를 용서하라"라고 쓴다.

그는 얼굴을 백지 위에 던지고, 조국과 자기 일신一身에 대하여, 휴식을 모르고 노동하는 여러 사람에게 대한 연민憐憫의 정情에 북받쳐 울었다. 그는 그 몸이 오래, 아주 영원히 작별하고 가서, 저곳에서 아지 못하는 다른 나라에서, 임종할 때에도, 그 귀에 타국 말을 들으면서 죽으리라 하는 것을 생각하고, 소름이 쭉 끼쳤다. 또 그는 조국 없이는 살지 못할 일, 조국이 불행으로 있을 때에는 그 몸이 행복스러울 수 없는 일을 깨달았다. (…중략…) '치스치아코'에게는, 그 몸이 병으로 고통받은 가슴 가운데서 수천의 열정이 고동鼓動하고 있는 것 같이 생각났었다. 그는 끓어오르는 눈물로 울며 말했다.

"조국아, 나를 껴안아라!"

밑 층層에서는, '라이코'가 또 노래하기 시작하였다. 그 번민煩悶하여 속이 타오르는 노래 소리는 야만적이고, 자유요 대담大膽이었다.6 : 31

「외국인」에서 안드레예프는 한 젊은 지식인이 어떻게 조국 러시아에 환멸을 느낀 뒤 다시 조국애를 되찾아 가는지 과정을 다룬다. 이렇게 힘겹게 자기인식에 이르는 주인공의 가슴 속에는 "힘센 기쁨과 굳센 비애"의 감정이 뒤섞여 있다. 적어도 이 점에서 작가와 주인공은 한편에서는 서로 닮았고, 다른 편에서 적잖이 다르다. 안드레예프는 인간의 개성과 자유를 억압하고 인간 정신을 독립을 획일화하고 억압하려는 러시아의 사회 체제에 강한 의구심을 보였다. 예술의 순수 기능을 중시한 그는 무엇보다도 문학을 혁명과 정치 이념의 굴레에서 해방시키려고 애쓴 작가로 꼽힌다. 1917년 10월 혁명을 받아들일 수 없었던 그는 마침내 그해 핀란드로 망명하였고, 2년 뒤 뇌출혈로 핀란드의 시골 마을에서 사망하였다.

3. 진학문의 자이체프 번역

진학문은 레오니드 안드레예프의 작품에 이어 『학지광』 8호에 러시아의 신낭만주의 작가 보리스 자이체프의 단편소설 「낭狼」을 번역하였다. 자이체프는 아드레예프와 함께 문학 서클 '수요회'에서 활동하면서 작품을 발표하기 시작하여 두 사람은 서로 밀접한 관련이 있다. 진학문이 안드레예프의 작품에 이어 자이체프의 작품을 번역한 것도 아마 그러한 연관성 때문인지도 모른다. 20세기 초엽에 활동한 자이체프는 그동안 러시아 문단에서 잊히다시피 하다가 최근 다시 조명을 받기 시작하였다. 이 점에서 진학문이 1910년대 중반 그의 작품을 처음 번역하여 소개했다는 것이 놀랍다.

1922년 자이체프는 러시아 혁명에 대한 실망과 질병을 치료하려고 국외 이주 허가를 받아 독일과 이탈리아를 거쳐 프랑스 파리에 정주하면서 망명 생활에 들어갔다. 그런데 비평가들은 그의 문학적 명성이 러시아를 떠난 뒤 발표한 장편소설보다는 러시아를 떠나기 전에 쓴 단편소설에 달려 있다고 평가한다. 진학문이 번역한 「낭」은 초기 단편소설 중 한 작품으로 자이체프문학의 정수를 엿볼 수 있는 작품이다. 제목 그대로 이 작품은 러시아 벌판에서 이리떼들의 힘겨운 삶을 다룬다.

거의 매일 두고 그들을 에워싸고 사격을 계속한 지가 벌써 일주일이나 된다. 털이 메진, 허리에는 지긋ㅅㅅ하게 늑골이 노출되고, 눈은 '희미히' 흐리고, 몸은 파리하여, 그 참혹慘酷한 형상은 흡사히 일종의 GhoseGhost가, 희고 찬 광야曠野 가운데 우뚝 선 듯. 그들은 그 숨을 곳에서 내쫓기자, 방향 없이 기어

나와 한곳에 도망해 와, 뜻 없이 애를 쓰면서 항상 같은 처소處所를 방황했다. 하나, 포수들은 실수 없이 잘 마쳤다. 낮에는 조그마한 덤불 가운데, 아픈 듯이 누워서, 주린 하품도 하고, 상처를 두루 핥기도 하고 있으나, 밤이 되면 몇 마리씩 모여서는 열列을 지어, 끝없는, 적寂々한 넓은 들[野]을 배회했다. 흰 눈[雪] 위에는 거무스름한 하늘이 걸려 있다. 그들은 그 하늘을 향하여 가기 싫은 다리를 옮겨놓았다.8 : 31[8]

위 인용문에서 밑줄 친 '그들'은 이리 떼를 가리키고, '포수들'은 이리 떼를 향하여 하루가 멀다 하고 지난 일주일 동안 사격을 계속해 온 사냥 꾼들이다. 이 작품의 화자가 "포수들은 실수 없이 잘 마쳤다"고 말하는 것으로 보아 이리 떼 중 일부는 사냥꾼들의 총에 맞아 죽었고 부상당하 지만 아직 살아남은 일부는 지금 도망가고 있는 중이다. 그것도 대낮에는 사냥꾼들의 눈을 피하여 덤불 속에 숨어 있다가 밤을 이용하여 몇 마리 씩 대열을 재어 드넓은 들판에서 배회하고 있다. 어쩌다 짐차를 끌고 가 는 농부나 마을에 사는 아낙네가 적막한 들판에서 들려오는 이리 떼들의 울부짖는 소리를 들을 뿐이다. 한 아낙네의 귓가에는 이리 떼들의 소리가 마치 "임종의 경經이나 읽은 소리"처럼 들린다. 맨 앞에서 이리 떼를 이끌 고 가는 이리는 발에 탄환을 맞은 잿빛의 늙은 절름발이다. 상처투성이의 다른 이리들은 이 늙은 이리의 발자취를 따라 힘겹게 움직인다.

---

8   진학문에 앞서 노보리 쇼무가 자이체프의 단편소설 다섯 편을 일본어로 번역하여 1915 년 『시즈카나 아케보노(静かな曙)』라는 제목으로 출간하였다. 이 책에는 제목으로 사용 한 작품을 포함하여 「갸쿠(客)」, 「시(死)」, 「이모우토(姉)」, 「쓰마(妻)」, 「오카미(狼)」 등 자이체프의 여섯 작품이 실려 있다. 진학문이 「낭」을 번역하면서 노보리의 번역에서 영향을 받았을 가능성을 배제할 수 없다.

그러나 이렇게 아무리 걸어가도 드넓은 들판뿐이라는 사실에 절망한 이리들은 안내를 맡은 늙은 이리를 공격하여 물어뜯어 죽이고 시체를 뜯어 먹는다. 이 작품의 화자는 이 처참한 장면을 "별안간 전과 같은 불에 단 듯한 날카로운 수십 개의 이[齒]가 하나가 되며, 그의 몸을 물어뜯어, 갈〃이 찢은 뒤에 내장內臟을 끄집어내고, 가죽을 벗겨냈다. 그 후에 젊은 이리는 한 개의 뭉치가 되어 땅 위를 데굴〻 구르면서, 이가 딱〃 맞부딪치기까지 턱과 턱을 맞댔다"8 : 34고 묘사한다.

이 작품에서 한 가지 눈여겨볼 것은 자이체프가 아이소프의 동물우화처럼 의인법을 구사한다는 점이다. 그는 들짐승에 지나지 않는 이리에게 인간의 속성인 언어 능력을 부여한다. 예를 들어 걷는 데 지친 한 이리가 "나는 이제 여기서 더 안 갈 테야"라고 말한다든지, 굶주린 다른 이리가 농가의 가축 냄새를 맡고 "저리로 가자, 가자…… 어찌 되든지 상관할 것 있느냐…… 가자"8 : 32라고 말한다든지 하는 데서 알 수 있다. 이렇게 자이체프가 이리에게 인간의 속성을 부여하는 것은 이리의 참혹한 처지를 비극적 인간조건과 동일시하기 위해서다. 이리 떼는 곧 인간과 다름없고, 이리가 배회하며 도망가는 들판은 인간 세계와 다름없다. 다시 말해서 작가는 인간이 놓인 상황을 사냥꾼들에 쫓기며 들판에서 방황하는 이리 떼에 빗댄다.

그렇다면 자이체프가 이 작품에서 이리 떼에 빗대어 말하려는 인간조건은 과연 무엇일까? 그는 전통적인 자연관에 적잖이 의심을 품는다. 윌리엄 워즈워스를 비롯한 낭만주의 시인들은 과학적이고 기계론적인 우주관에 맞서 자연을 유기적이고 살아 있는 존재자로 간주하는 유기체적 우주관을 주창하였다. 이러한 우주관에서 인간은 대자연의 품속에서 적잖이 위로를 받고 영감을 얻을 뿐 아니라 한 발 더 나아가 시인의 상상력으로 세계를 새롭게 창조할 수도 있다. 그러나 자이체프는 「낭」에서 이러한 낭만주의적 자연관이 얼마나 현실 세계와 동떨어져 있는지 설득력 있게 보여 준다. 지평선 밖에 보이지 않는 드넓은 들판에서 이리에게 호의적인 것이라고는 아무리 눈을 씻고 찾아보아도 찾을 수 없다. 사냥꾼들은 말할 것도 없고 들판에 쌓인 흰 눈도, 이리들의 귀를 "쩨가는 듯이" 휘몰아치는 바람도, 구름 사이로 가끔 얼굴을 드러내는 하늘에 걸린 달도, 밭을 지나다가 우연히 만나는 허수아비도 하나같이 이리들에게 적의를 드러내거나 기껏해야 무관심할 뿐이다.

대자연의 적의나 무관심과 관련하여 이 작품의 화자는 흰 눈에 뒤덮인 광야는 이리 떼를 증오하고, 이리 떼는 그 사실을 깨닫고 있다고 말한다. 그는 "흰 광야는 실로 그들을 미워한다. 그들이 살아 있어, 뛰어다니고, 밟고, 안면安眠을 방해하는 것을 미워한다—고 그렇게 생각했다. 이 끝 모르는 광야가 지금 곧 들에 '쩍' 쪼개져, 그들을 '쑥' 집어넣고, 그대로 묻어 버리리라고 생각했다. 하여, 그들은 절망했다"8 : 33고 말한다. 자이체프는 이 작품에서 사방으로 들판을 뒤덮고 있는 흰 눈을 지나치다 싶을 만큼 여러 번 그리고 자세히 묘사한다. 눈은 전통적으로 허무와 죽음을 상징한다. "키 크고, 마르고, 얼굴 긴" 이리는 눈 속에 쪼그리고 앉으며 "사면四面이 하얗구나…… 사면이 모두 하얗다…… 눈[雪]이다, 이것이 사死라 하는 것이다. '죽음'이다!"8 : 32라고 부르짖는다.

이렇듯 자이체프가 들판을 정처 없이 배회하는 이리 떼를 통하여 보여 주는 인간조건은 자못 비극적이다. 이리 떼가 허허벌판의 흰 눈 속에 갇혀 있듯이 인간도 죽음이라는 피치 못할 감옥에 갇혀 있다. 더구나 이 감옥에서 인간은 이리 떼처럼 적자생존의 치열한 사투를 벌이지 않을 수 없다. 이렇게 치열한 적자생존은 이리들이 뒤쳐진 다른 동료 이리들은 아랑곳하지도 않고 "나만 달아나면 다른 놈들이야 거기서 뒈지든 상관있나"8 : 32라고 말하는 데서 단적으로 엿볼 수 있다. 이리 떼가 기운이 달려 뒤에 낙오한 동료 이리를 눈 속에 그냥 내려버려 둔 채 비정하게 앞으로 나아가듯이, 인간도 자신이 살기 위해서라면 동료 인간들에게 무관심하거나 피해를 주기 일쑤다.

번역자 진학문도 「낭」에서 인생론적 의미를 발견한다. 다른 번역 작품과는 달리 이 작품의 번역 첫머리에 그는 다음과 같은 '역자의 말'을 적어 놓는다.

> 이 「낭」의 1편은 인생을 상징화한 소설이다. 인생이 과연 이다지 암흑暗黑하고 잔인殘忍하고 적적寂々하고 냉담冷淡한가 하고, 생각할 때에는 금禁할 수 없는 눈물이 절로 나오고, 또 나는 이 암흑과 무료無聊와 냉담과 잔인 가운데에서 부닥치면서라도 살지 아니하면 아니되겠다 생각할 때에는 더욱 한층 말할 수 없는 비애와 고통을 느끼노라.8 : 31

문학 작품치고 인간의 삶을 상징화하거나 형상화한 작품이 어찌 「낭」뿐이랴 만은 진학문은 이 단편소설에 무척 깊은 감명을 받은 것 같다. 그가 이 작품을 읽으면 눈물을 흘리지 않을 수 없다고 말하는 것은 그만큼 언뜻 이리 떼들의 이야기처럼 보이는 작품에서 심오한 인생의 의미를 발견하기 때문이다. 진학문이 이리 떼에게 느끼는 "말할 수 없는 비애와 고통"은 곧 그가 동료 인간에게 느끼는 비애와 고통이기도 하다. 그런데 동료 인간의 범위를 인류 전체가 아니라 한민족으로 좁혀 보면 이 작품은 각별한 의미가 있다. 일본 제국주의의 식민지 통치를 받던 무렵 사냥꾼들에 쫓기며 추위와 기아와 상처로 고통 받는 이리 떼는 한민족의 비참한 모습일 수도 있다. 그러고 보니 일제가 왜 이 작품이 실린 『학지광』 8호를 발매금지 처분을 내렸는지 알 만하다.

진학문의 「낭」 번역은 한국 근대문학, 그중에서도 객관적인 외부 세계보다는 주관적인 내면세계를 관심을 기울이는 단편소설이 발전하는 데 나름대로 영향을 끼쳤다. 잘 알려진 것처럼 단편소설은 크게 객관적 전통과 주관적 전통에서 발전하였다. 오노레 드 발자크, 귀스타브 플로베르, 프로스퍼 메리메, 기 드 모파상 같은 프랑스 작가들이 세운 객관적 전통은 사실주의와 자연주의와 깊이 관련되어 있다. 플롯 중심의 이 전통에서는 예리한 관찰, 생생한 세부 묘사, 극적인 반전, 명료하고 적확한 표현 등에 무게를 둔다. 미국에서는 에드거 앨런 포와 오 헨리가 이 전통을 이어받아 발전시켰다.

반면 이반 투르게네프를 비롯하여 안톤 체홉과 니콜라이 고골 같은 러시아 작가들이 처음 씨앗을 뿌린 주관적 전통은 플롯보다는 작중인물에 훨씬 더 초점을 맞춘다. 미국에서는 헨리 제임스가 이 전통을 이어받아 발전시켰다. 주관적 전통에서는 이렇다 할 플롯이 없고, 설령 플롯이 있다고 해도 느슨하고 산만하고 결말도 전광석화 같은 순간적인 통찰로 끝난다. 이 전통의 단편소설에서는 작중인물에 초점을 맞추되 작중인물의 단순한 외부 행동 묘사보다는 오히려 그가 느끼는 감정이나 심리적 갈등 또는 성격 묘사 등을 강조한다. 그래서 이 유형의 단편소설에서는 아무런 극적 사건이 일어나지 않고 성겁게 끝난다는 말을 자주 듣는다.

자이체프는 바로 단편소설의 주관적 전통을 이어받아 발전시킨 작가다. 특히 「낭」은 여러모로 체홉의 인상주의를 떠올리게 한다.[9] 이 작품에서 자이체프는 극적 사건을 최소한으로 줄이는 한편, 이리 떼들의 성격 묘사와 그들이 놓인 비극적 상황 묘사에 주력한다. 이 작품을 읽노라면 전통적인 회화 기법을 거부하고 색채 · 색조 · 질감 자체에 관심을 기울이는 인상주의 그림 한 폭이 떠오른다. 높은 서정성과 수채화 풍의 필치도 이 작품의 중요한 특징으로 꼽을 만하다. 또한 자이체프는 초기 단편소설에서 색깔의 이미지를 효과적으로 구사하는 것으로도 유명하다. 「신화神話」에서 황금색을, 「검은 바람」에서 붉은색과 검은색을 주로 사용하는 것처럼 그는 「낭」에서는 흰색과 회색을 주로 사용하여 독특한 효과를 자아낸다.

당시 한국어 문법이나 표기법을 염두에 두면 진학문의 번역은 대체로 훌륭하다. 다만 번역의 문제점을 한두 군데 지적할 수 있다. "또 어떠한 기사技師의 아내는 자기 집과 골목 모퉁이 술집 사이에서 산보하다가, 가끔 탄광 곁 작은 정거장停車場 있는 곳에서 그들의 짓는 소리가 나는 것을 들었다"8 : 31는 문장을 한 예로 들어 보자. 기사의 아내가 자기 집과 골목 모퉁이 술집 사이를 산보한다는 것이 조금 이상하다.

아니나 다를까 '기사의 안해'는 영어 번역본에는 'a young lady eng-ineer'로 나온다. 그러니까 그녀는 기사의 아내가 아니라 인근 탄광에서 일하는 여성 기사를 가리킨다. 또한 그녀는 자기 집과 골목 모퉁이 술집

---

9 자이체프가 체홉한테서 영향을 받았다는 것은 1932년 이반 투르게네프의 전기, 1951년 바실리 주콥스키의 전기를 출간한 데 이어 1954년 체홉의 전기를 출간했다는 사실에서도 엿볼 수 있다.

사이를 산책하는 것이 아니라 집에서 길 모퉁이 한길로 걸어간다. 그러다가 탄광 옆 정거장에서 이리 떼가 울부짖는 소리를 듣자 서둘러 집으로 돌아온다. 역시 영어 번역본에는 '술집' 대신 'highway'로 나와 있다. 그리고 집에 돌아와 침대에 누워 베개에 머리를 파묻고 이를 갈면서 내뱉는 말도 원문과는 조금 다른 것 같다. 진학문은 "에이 작갑스러러, 쌈찍해!"로 번역했지만 영어 번역본에는 욕설인 "Damned, damned"으로 되어 있다.

진학문이 이 작품을 번역하면서 사용하는 러시아 단위도 찬찬히 눈여겨볼 필요가 있다. '컴퓨터'나 '마우스' 같은 외래어처럼 원천 언어의 낱말을 목표 언어에서 그대로 사용하는 것을 번역 연구나 번역학에서는 '차용어'라고 부른다. 도량형 단위도 자국문화의 단위로 환산하지 않고 사용하면 차용어로 볼 수 있다. 「낭」의 첫 장면에는 "(이리 떼가) 짓는 소리는 넓은 들[野] 위를 미끄러 굴러, 1노리露里나 1노리 반半가량 되는 곳에서 녹는 듯이 희미하게 쓸어짐으로……"8 : 31라는 문장이 나온다. 여기서 '노리'란 과거 러시아에서 사용하던 길이 단위인 베르스타를 일본어로 번역한 말이다. 1베르스타는 줄잡아 1.07킬로미터, 0.66마일에 해당한다. 러시아 원문 그대로 '1베르스타'로 표기하거나 '1킬로미터 정도'로 표기하는 쪽이 더 좋았을 것이다. 그런데도 진학문은 후타바테이 시메이 같은 일본의 러시아 번역가들이 자주 사용하던 방식대로 '노리'라는 표기법을 시용하였다. 영어 번역에서는 'mile'이라는 단위를 사용하였다.

'베르스타'는 길이의 단위 말고도 길가에 세워놓는 이정표를 가리키기도 한다. 와세다대학에서 러시아문학을 전공하다가 역사학으로 전공을 바꾼 이선근李瑄根은 『해외문학』 창간호에 알렉산드르 푸시킨의 시 「악마」

를 번역하면서 '베르스타'라는 낱말을 사용하였다. "저기전前에업든'예르스타'가치 / 그는쪽바로내눈압헤서잇다"[10]에서 사용한 '베르스타'에 대하여 이선근은 각주에서 "예르스타는 — Верста^{Bepcta} — 일노리표一露里標이다. 영어에서 milestone이라고 하며, 일어로 '이치리츠카一里塚'라고 역譯한다. 조선말에 적당한 말이 없기에 고유한 그대로 쓴 것이다. 아마 근사似近한 것은 '장승'일 것이다"[11]라고 설명한다.

4. 진학문의 투르게네프 번역

진학문은 『학지광』 4호에 이반 투르게네프의 산문시 「걸식」을 비롯하여 트렌치의 「신성한 물건」과 히로시의 「신조」를 번역하였다. 투르게네프의 작품은 미국을 비롯한 서유럽 세계에서 흔히 「거지」로 잘 알려진 작품이다. 진학문의 「걸식」은 식민지 조선에서 처음 번역된 작품이라는 점에서도 아주 중요한 의미가 있다.

시가市街를 거러가랴닛가…… 한 노쇠老衰한 걸인乞人이 소미를 신다.

벌것케 다—ㄹ고 눈물이 그렁그렁한 눈, 프른 입살, 고름 골믄 상처……

아아, '빈궁貧窮'이라 ᄒᆞᄂᆞᆫ 것이, 저 박복薄福한 몸에 덥쳐, 저와갓치 추루醜陋한게 믿드럿고나.

---

10 푸쉬킨(푸시킨), 이선근 역, 「악마」, 『해외문학』 창간호, 1927.1, 116쪽; 김욱동, 『오역의 문화』, 소명출판, 2014, 63~64쪽; 김욱동, 『외국문학연구회와 『해외문학』』, 소명출판, 2020, 300쪽.

11 푸쉬킨(푸시킨), 이선근 역, 「악마」, 『해외문학』 창간호, 118쪽.

벌것케 부어올은, 드러운 손을 내여밀고, 그 사람은 중얼거리며, 구조救助ㅎ여 달라는 소리도 쪽쪽이 못한다.

나는 나의 '퍼켓트'를 다 차자 보앗다.…… 지갑紙匣도 업고, 시계도 업고, 수건까지도 아니 가젓섯다.

……나는 아모것도 아니 가젓섯다. 걸인은 아즉도 기다리고 잇다.…… 그의 내밀엇든 손이 힘업시 덜덜 썰넌다.

나는 대단히 미안ㅎ야, 그 써는 더러운 손을 쏵 잡앗다.…… "노怒ㅎ지 마오 형제여, 나는 아모것도 아니 가젓소."

걸인은 벌것케 다—ㄴ 눈으로 물쓰럼이 나를 보더니 피괴운 업는 입살에 미소를 씌고, 그 사람 역亦 나의 찬 손을 잡으며 입안으로 ㅎ는 말이

"별別말슴을 다 ㅎ시는구료 형제여, 오히려 황숑惶悚ㅎ오. 이것이 동량이오."

나 역亦 이 형제로붓허 조혼 물건을 엇은 것갓치 생각나섯다. 4 : 50~51

20세기 초엽의 표기법이 조금 낯설기는 하지만 진학문은 대체로 원문 시의 의미를 충실하게 전한 것 같다. '벌것케 다-ㄹ고'나 '벌것케 다-ㄹ고'란 눈이 충혈 되었다는 뜻이고, '퍼켓트'란 포켓호주머니을 그렇게 표기한 것이다. 다만 "프른 입살, 고름 골믄 상처"라는 구절에서 "다 헤진 누더기 옷"이라는 원문 구절이 생략되어 있는 것이 조금 아쉽다. 또한 "아아, '빈궁'이라 ㅎ는 것이, 저 박복한 몸에 덥쳐, 저와갓치 추ㅎ게 민드럿고나"라는 행은 좀 더 원문의 은유를 살려 옮겼더라면 "아 가난은 어쩌면 이다지도 처참하게 이 불행한 인간을 갉아먹는 것일까!" 정도가 될 것이다. "구조ㅎ여 달라는 소리"도 "동냥을 청하는 소리"로 옮겼더라면 훨씬 더 쉽게 그 의미를 알아차릴 수 있을 것이다.

작품 후반부에 이르러 거지가 하는 "별말슴을 다 ᄒ시ᄂ구료 형제여, 오히려 황송ᄒ오. 이것이 동량이오"라는 행도 원문에서 조금 멀어져 있거나 원문의 의미를 충실하게 전달하지 못하였다. '오히려 황송ᄒ오'에서 '이것이 동량이오'로 이어지는 부분이 논리적으로 매끄럽지 않기 때문이다. 아니나 다를까 거지는 시적 화자 '나'에게 황송하다고 말하는 것이 아니라 오히려 이러한 '적선'을 주어서 고맙다고 나지막하게 말한다. '나'가 거지에게 비록 물질적으로는 도움을 주지 못할망정 정신적으로는 큰 도움을 주었기 때문이다.

이러한 정신적 도움은 '나'가 거지를 형제라고 부르고, 또 거지가 '나'를 형제라고 부르는 데서도 엿볼 수 있다. 말하자면 이 두 사람 사이에는 물질을 떠나 정신에 기반을 둔 형제애의 교감이 이루어진다. 영어 번역에는 "'What of it, brother?' he mumbled; 'thanks for this, too. That is a gift too, brother'"로 되어 있다. 이 영어 번역에는 금전 같은 물질적 도움 못지않게 형제애 같은 정신적 동정도 소중하다는 메시지가 훨씬 더 분명히 드러나 있다. 맨 마지막 행 "나 역 이 형제로붓허 조흔 물건을 엇은 것갓치 생각나섯다"에서도 '좋은 물건'은 '적선積善'으로 옮겨야 제맛이 난다. 그러므로 이 행은 "나는 깨달았지, 나도 이 형제한테서 적선을 받았다는 것을" 정도로 번역했더라면 원문의 맛이 좀 더 살아났을 것이다.

투르게네프의 이 산문시는 20세기 초엽 식민지 종주국 일본뿐 아니라 식민지 조선 문단에도 큰 인기를 끌었다. 일제강점기 초기 식민지 조선에서 투르게네프의 산문시 중 가장 사랑을 받은 작품은 다름 아닌 「거지」였다. 1910년에서 1930년대에 걸쳐 이 작품은 제목은 달리해도 무려 열

차례 넘게 번역되었다는 사실은 이 점을 뒷받침한다. 예를 들어 1918년 김억은 『태서문예신보』에 「버렁방이」라는 제목으로 발표했다가 1921년 『창조』에 다시 발표할 때는 「비렁방이」로 고쳤다. 나도향羅稻香은 '나빈羅 彬'이라는 필명으로 1922년 1월 『백조』 창간호에 「거지결식자」라는 제목 으로 발표하였다. 그만큼 식민지시대 조선인들이 얼마나 빈곤하고 궁핍 한 삶을 영위했는지, 또 작가들이 이러한 상황에 얼마나 깊은 관심을 기 울였는지 잘 알 수 있다. 그런데 진학문은 이 작품을 맨 처음 번역하여 소개했다는 점에서 한국 번역사에서 매우 중요한 위치를 차지한다. 또한 그는 한국 근대문학사에 '궁핍문학'이라는 새로운 장르를 선보인 장본인 이기도 하다.

이렇듯 투르게네프의 「거지」는 일제강점기 조선 작가들의 상상력에 큰 영향을 끼쳤다. 예를 들어 방정환方定煥은 1920년 8월 『신청년』에 이 러시아 시인의 산문시에서 영향을 받았음이 틀림없는 「참된 동정」을 발 표하였다. 더구나 이 무렵 누구보다도 이 작품에서 영향을 받은 사람은 윤동주尹東柱였다. 그는 연희전문학교 2학년이던 1939년 9월 「츠르게네 프의 언덕」을 썼다.

나는 고갯길을 넘고 있었다.…… 그때 세 소년 거지가 나를 지나쳤다.

첫째 아이는 잔등에 바구니를 둘러메고, 바구니 속에는 사이다 병, 간즈메 통, 쇳조각, 헌 양말짝 등 폐물이 가득하였다.

둘째 아이도 그러하였다.

셋째 아이도 그러하였다.

텁수룩한 머리털, 시커먼 얼굴에 눈물 고인 충혈된 눈, 색 잃어 푸르스름한

입술, 너들너들한 남루, 찢겨진 맨발

아아, 얼마나 무서운 가난이 이 어린 소년들을 삼키었느냐!

나는 측은한 마음이 움직이었다.

나는 호주머니를 뒤지었다. 두툼한 지갑, 시계, 손수건…… 있을 것은 죄다 있었다.

그러나 무턱대고 이것들을 내줄 용기는 없었다. 손으로 만지작 만지작거릴 뿐이었다.

다정스레 이야기나 하리라 하고 "얘들아" 불러보았다.

첫째 아이가 충혈된 눈으로 흘끔 돌아다볼 뿐이었다.

둘째 아이도 그러할 뿐이었다.

셋째 아이도 그러할 뿐이었다.

그리고는 너는 상관없다는 듯이 자기네끼리 소근소근 이야기하면서 고개를 넘어갔다.

언덕 위에는 아무도 없었다.

짙어가는 황혼이 밀려들 뿐.[12]

제목과 산문시라는 형식뿐 아니라 시적 상황과 시어 등에서도 볼 수 있듯이 윤동주는 투르게네프의 「거지」에서 적잖이 영향을 받고 이 작품을 썼다. 그러나 윤동주가 이 시에서 말하려는 주제는 러시아 시인과는 사뭇 다르다. 시적 화자 '나'는 투르게네프의 시적 화자와는 달리 호주머니 안에 "두툼한 지갑, 시계, 손수건" 같은 물건을 가지고 있다. 그러나

---

12 윤동주, 『윤동주 전시집』 증보판, 스타북스, 2019, 153쪽.

'나'는 가난한 거지 소년들에게 그러한 물건 중 어느 것 하나 선뜻 내줄 '용기'가 없다고 말한다. '용기'가 없는 것이 아니라 거지 아이들을 도와주고 싶은 '의도'가 없어 손으로 호주머니를 만지작거리고 있을 뿐이다. 이 작품에서는 윤동주가 「서시」에서 "죽는 날까지 하늘을 우러러 / 한 점 부끄럼이 없기를, / 잎새에 이는 바람에도 / 나는 괴로워했다. / 별을 노래하는 마음으로 / 모든 죽어 가는 것을 사랑해야지"라고 노래한 마음은 아무리 눈을 씻고 찾아도 찾아볼 수 없다.

「츠르게네프의 언덕」에서 윤동주는 투르게네프가 말하는 형제애를 실제 사회 현실과는 유리된 값싼 연민이나 자기기만으로 간주한다. 다시 말해서 윤동주는 아무리 현실이 냉혹하더라도 그 현실을 회피하지 않고 용기 있게 직면하려고 한다. 그가 제목을 '투르게네프의 거지'라고 하지 않고 굳이 '투르게네프의 언덕'이라고 한 이유도 바로 여기에 있다. 투르게네프의 작품에서 시적 화자 '나'가 거지를 만나는 것은 한 도회의 길거리지만 윤동주의 작품에서 화자가 거지 소년 세 명을 만나는 것은 언덕길이다. 화자는 이 현실을 올바로 깨닫기 위해서는 반드시 값싼 연민과 자기기만의 언덕을 넘어서야 한다는 점을 강하게 암시한다.[13]

윤동주의 시적 화자의 진정한 의도를 깨닫기 위해서는 한 중간쯤 "그러나 무턱대고"라는 구절을 좀 더 찬찬히 주목해 보아야 한다. 화자는 가난한 거지 아이들에게 '무턱대고' 적선해 주는 것으로써는 문제를 본질

---

13 투르게네프의 「거지」와 윤동주의 작품의 비교 연구에 대해서는 안병용, 「뚜르게네프 산문시 '거지'와 윤동주의 '투르게네프의 언덕」, 『슬라브학보』 21권 3호, 한국슬라브유라시아학회, 2006.9, 185~211쪽 참고. 투르게네프가 방정환에게 끼친 영향에 대해서는 원종찬, 「방정환의 '참된 동정'에 나타난 '빵과 장미'의 상상력」, 『한국학연구』 55집, 인하대 한국학연구소, 2019.1, 19~39쪽 참고.

적으로 해결할 수 없다고 판단한다. 예로부터 동양에서는 '교자채신敎子採薪'이라고 하여 자식에게 직접 땔나무를 줄 것이 아니라 땔나무를 구해 오는 방법을 가르치라고 말한다. 유대인에게 오랫동안 전해 내려온 예지와 지식 그리고 삶이 녹아 있는 『탈무드』에서도 "물고기를 주어라. 한 끼를 먹을 것이다. 물고기 잡는 법을 가르쳐 주어라. 평생을 먹을 것이다"라고 가르친다.

5. 진학문의 체홉 번역

진학문은 이반 투르게네프와 블라디미르 코롤렌코와 레오니드 안드레예프에 이어 이번에는 안톤 체홉의 작품을 번역하였다. 진학문은 '순성'이라는 필명으로 단편소설 「사진첩」을 번역하여 『학지광』 10호에 발표하였다. 이로써 그는 식민지 조선에서 최초로 체홉의 작품을 번역하여 소개한 번역자로 꼽힌다. 어찌된 영문인지 김병철金秉喆의 『한국근대번역문학사연구』1975에는 진학문의 체홉 번역이 누락되어 있다. 이 책에는 다만 1920년 2월 예술학원 연극반 공연 작품으로 체홉의 「곰」과 「구혼」을 번역하였고, 같은 해 같은 달 무대극 연구회 공연 작품으로 체홉의 「결혼신청」을 번역한 것으로 나와 있을 뿐이다.

일본 도쿄 세이소쿠正則 영어학교와 메이지대학에서 법률을 공부하던 현철玄哲은 연극에 관심을 두어 일본 신극의 선구자였던 예술좌의 시마무라 호게츠島村抱月 문하에서 공부하였다. 귀국한 뒤 그는 식민지 조선에도 새로운 연극을 만들려고 연극학교를 세우는 등 이 방면에 진력하였다. 이 무렵 현철은 예술학원 공연 작품으로 체홉의 두 작품을 번역하여 종로 중앙청년회관 무대에 올렸다. 또한 같은 해 '평양빗'이라는 필명을 사용하는 번역자가 체홉의 작품 「La Cigale」를 번역하여 『서광曙光』에 발표하였다. 그 뒤 1927년 외국문학연구회 회원 김온이 『해외문학』에 체홉의 작품을 좀 더 본격적으로 번역하여 소개하기 시작하였다.

진학문이 번역한 「사진첩」은 셋 쪽 남짓으로 그렇게 길지 않다. 번역 작품에 앞에 그는 '번역자의 말'이라고 할 한 단락 분량의 글을 실었다. 그런데 그가 체홉의 여러 작품 중에서 특히 이 작품을 번역하게 된 이유가 흥미롭다.

> 이것은 러시아의 유명한 단편 작가 체홉의 일 편이다. 작자의 인생관은, 희극 안에 비극이 있고, 웃음 속에 눈물이 있다 함이요, 또 사람이란 누구든지 한 번은 다 선인善人이나, 일상생활에 걸리어, 부지불식중不知不識中에 검은 장막帳幕 속으로 걸리어 들어간다 함이니, 이 한 편 속의 주인공 지미호프를 보매, 어찌 이것이 전연全然 우리와 몰관계沒關係한 사람이라 하리요. 이것이 현대 사람의 그림자요 우리의 그림자라. 지금 내가 이 사진첩을 우리 졸업생―다대多大한 포부를 가지신 졸업생 여러분께 바치매 무의미한 일이 아니라 생각합니다.10 : 50

『학지광』 10호는 1916년도 '졸업생 축하' 특집호로 간행하였다. "지금 내가 이 사진첩을 우리 졸업생―다대한 포부를 가지신 졸업생 여러분께 바치매……"에서 '사진첩'은 체홉의 작품을 가리킬 수도 있고, 체홉의 작품을 한국어로 옮긴 번역 작품일 수도 있으며, 아니면 이 둘을 모두 가리킬 수도 있다. 체홉의 「사진첩」은 제목 그대로 부하 직원들이 자신들의 사진첩을 정성껏 마련하여 퇴임하는 장관에게 선물하는 내용이다. 직원을 대표하여 쿠라레로프라는 판임관은 그에게 이렇게 말한다.

각하! 저희 무리는 각하께서 다년多年 장관의 직職에 계시어 진력盡力하신 바 그 공로와 친부형과 같이 돌보아 주신 것을 감명感銘하여 (…중략…) 오늘에 이르러 저희들이 각하께 대한 큰 존경과 깊은 감사의 뜻을 표하기 위하여 저의 일동의 사진을 모은, 이 첩帖을 바치어 각하께서 아직 오랫동안 국가에 진력하실 귀중한 생애간生涯間 즉, 각하의 오랜 생명이 계실 때까지 저희들을 버리지 마시기를 바라옵는 바 올시다.10 : 50

위 인용문에는 부하 직원들이 퇴임하는 장관에게 얼마나 존경심을 보이는지 잘 드러나 있다. 그들은 장관이 그동안 "의義를 밟고 선善에 진행하는 길"에 친부형처럼 보살펴 준 데 진심으로 고마움을 표한다. 여기서 소설의 화자가 '친부형'이라는 낱말을 여러 번 되풀이하는 것을 보면 장관과 부하 직원들의 관계가 어떠했는지 쉽게 미루어 볼 수 있다. 그런데 장관이 막상 사진첩을 가지고 집에 가자 아이들은 사진첩에 들어 있던 사진을 모두 빼내고 대신 친구들의 사진을 끼워 넣는다. 그러니까 기념으로 전해 준 사진첩은 마침내 아이들의 장난감으로 전락해 버리는 셈이다.

체홉이 이 작품에서 말하고 싶은 주제는 삶의 아이러니다. 삶에는 외견과 실재, 밖에 드러나 보이는 겉모습과 그 모습 뒤에 숨어 있는 참모습, 그리고 기대와 결과 사이에는 큰 괴리가 존재한다. '번역자의 말'에서 진학문이 체홉의 작품을 희비극으로 파악하는 것은 바로 그 때문이다. 삶에는 희극 안에 비극이 있는가 하면 비극 안에 희극이 있고, 선이 있는가 하면 악도 함께 존재한다. 진학문은 이러한 삶의 아이러니야말로 "현대 사람의 그림자요 우리의 그림자"라고 지적한다. 그렇다면 진학문은 체홉의 많은 작품 중에서 하필이면 왜 이 작품을 골라 번역했을까? 졸업하는 유학생들은 퇴임하는 장관 짐이호ᄧ쥬므이호프에 해당하고, 아직 남아 학업에 전념해야 하는 후배 유학들은 장관을 떠나보내는 직원들로 볼 수 있다. 진학문은 졸업생들에게 삶의 아이러니를 잊지 말라고 당부하며 그 나름의 '사진첩'을 졸업 선물로 주는 것이다.

『학지광』에 진학문이 번역하여 소개한 러시아문학은 1910년대 최남선崔南善이나 이광수李光洙 등이 소개한 작품들과는 적잖이 차이가 난다. 러시아문학을 소개하되 좀 더 고전적인 문학을 소개한 그들과는 달리 진학문은 좀 더 현대문학 쪽에 초점을 맞추었다. 실제로 러시아문학이 식민지 조선에 최초로 번역되어 소개된 것은 1909년으로 최남선이 『소년』에 톨스토이의 「사랑의 승전」, 「조손祖孫 삼대」, 「어른과 아해」 세 편을 발표하면서부터다. 1910년에 홍명희洪命憙가 '가인假人'이라는 필명으로 역시 이 잡지에 이반 크릴로프의 우화 일부를 번역하여 「쿠루이로ᄧ의 비유담」으로 발표하였고, 최남선도 여세를 몰아 잇달아 톨스토이의 작품을 소개하였다. 최남선은 이광수와 마찬가지로 러시아문학을 소개하되 예술성보다는 어디까지나 사상과 계몽 쪽에 기울여져 있었다. 이 점과 관련하여 김진영은 "독자에게 뭔가를 가르치기에 앞서 자신이 접한 외국문학의 신경향과 정조情操를 공유하고 공명하려는 진학문의 태도에는 확실히 계몽가가 아닌 문학도로서의 전문성이 엿보인다"[14]고 지적한다.

더구나 번역 방법에서도 진학문은 최남선이나 이광수와는 사뭇 달랐다. 러시아어를 해독할 수 없던 최남선과 이광수는 일본어 번역에서 중역重譯하되 축역縮譯이나 초역抄譯 방식으로 소개하였다. 그러나 러시아문학 전공자인 진학문은 원천 텍스트에서 직접 번역하는 직역直譯 방식을 택했을 뿐 아니라 축역이나 초역이 아닌 전역全譯의 방식을 택하였다.

6. 주요한의 아르치바셰프 번역

진학문에 이어 주요한도 『학지광』 18호와 19호에 러시아문학 작품을 번역하여 소개하였다. 그 누구보다도 신문학기에 번역의 중요성을 역설한 주요한이고 보면 외국문학 작품을 번역하여 소개한다는 것이 그다지 놀랄 일은 아니다. 그가 번역한 작품은 미하일 아르치바셰프의 단편소설 「밤」으로 비교적 길이가 긴 탓에 두 차례에 걸쳐 나누어 발표하였다. 극단적인 염세주의에 폭력과 에로티시즘적 허무주의로 '악명' 높은 아르치바셰프는 소비에트 비평가들에게 퇴폐적이라는 공격을 받고 1923년 소련에서 추방되었으며 그의 작품들은 출판이 금지되었다. 주요한이 이러한 작가의 작품을 한국어로 처음 번역하여 소개했다는 것이 여간 놀랍지 않다. 물론 일본에서는 앞에서 언급한 노보리 쇼무를 비롯하여 나카지마 기요시中島清와 에토 도시오衛藤利夫 같은 러시아문학 전문가들이 이미 아르

---

14 김진영, 『시베리아의 향수 – 근대 한국과 러시아문학, 1896~1946』, 이숲, 1917, 145쪽.
한편 일본에서 최초로 번역된 러시아 작품은 메이지 16년(1883) 다카스 지스케(高須治助)가 번역한 알렉산드르 푸시킨의 『대위의 딸』로 『가신 쵸와시로쿠(花心蝶思録)』라는 제목으로 출간하였다. 다카스는 뒷날 일본 최초로 『러일사전』과 『러일회화집』을 편찬한 러시아어와 러시아문학 전공자였다.

치바셰프의 작품을 번역하여 일본 독자들에게 관심을 끌었다.

아르치바셰프는 「밤」에서 제목 그대로 어느 해의 12월 마지막 날 밤을 시간적 배경으로, 병원의 숙직실을 공간적 배경으로 삼는다. 주인공은 제야에 병원에서 숙직을 서는 젊은 남성 의사다. 이 작품은 "섣달 그믐날 밤. 병원의 젊은 의사 세-멘 이와노위츠 그레보프라 하는, 몸집 튼々하고 힘센, 건장한 남자가 병원 숙직실에 홀로 앉았다"18:68라는 문장으로 시작한다. 작품이 시작할 무렵 벽시계는 막 밤 11시가 지나고 바늘은 자정을 향하여 움직이고 있다. 아침이 되어 숙직 임무가 끝날 때까지 그는 무료한 시간을 보내야만 한다. 그런데 주위 풍경은 하나같이 을씨년스럽기 그지없다. 병원 건문 밖에는 살을 에는 듯한 찬바람이 휘몰아치고, 병실에서는 환자들의 신음소리가 간간히 들려온다. 한 폐결핵 환자는 석유가 다 떨어진 듯 점점 꺼져 가는 등불과 함께 마침내 숨을 거둔다.

주인공의 심적 상태에 대하여 소설의 화자는 "절망적인, 무거운, 병적의 아픔이 그의 마음을 사로잡았다. 그것 때문에 그는 머리를 담벽에 부딪치고 싶었다. 그렇지 못하면 발 가는 대로 어디로 달아나고 싶었다"18:69고 말한다. 지난 30년 동안 숙직실에 세워놓은 해부용 해골이 이날 밤따라 그에게 죽음의 의미로 새롭게 다가온다.

> 헛되다, 모두 다 헛되다……어둡다……왜, 이렇게, 번민煩悶과 욕구欲求가 많을까. 그것이 모두 외과 기계에 걸려 있는 난로 저쪽의 어두운 구석 때문일 거다! 고대하던 밤중 전 한 분分까지 살아 있던 등불이 깜빡 꺼지기 위하여 된 인생生이다……하지마는, 저기서는, 담벽 저편에서는, 간단間斷 없이 울고 있구나. 고소告訴하고 있구나. 무엇하려구?19:66

소설 화자의 이 독백에서 「밤」의 주제를 엿볼 수 있다. 첫 문장 "헛되다, 모두 다 헛되다"는 두말할 나위 없이 구약성경 「전도서」의 첫 구절에서 따온 것이다. 다윗의 아들이요 예루살렘 왕 전도자는 "헛되고 헛되다. 헛되고 헛되다. 모든 것이 헛되다. 사람이 세상에서 아무리 수고한들, 무슨 보람이 있는가? 한 세대가 가고, 또 한 세대가 오지만, 세상은 언제나 그대로다. 해는 여전히 뜨고, 또 여전히 져서, 제자리로 돌아가며, 거기에서 다시 떠오른다"2~5절고 말한다. 「밤」의 화자도 「전도서」의 저자처럼 허무주의의 늪에 빠져 있다.

그러고 보니 아르치바셰프가 왜 이 작품의 제목을 밤이라고 했는지 알 만하다. 밤은 인류 역사나 문학 작품에서 그동안 죽음을 상징해 왔다. 이러한 상징은 이집트와 메소포타미아를 포함한 고대 문명권은 말할 것도 없고 기독교 문명권에서도 마찬가지였다. 방금 앞에서 지적했듯이 병원에 입원한 폐결핵 환자가 병실의 등불이 꺼지면서 죽음을 맞는 것은 바로 그 때문이다. 지금 주인공 이와노위치의 숙직도 밤과 깊이 관련되어 있다. 주인공은 숙직을 생각하면서 "사람의 일생을 요컨대 누구 때문인지 알 수 없는, 갑갑한 끝없는 숙직 같은 것이로다"19:66라고 독백한다. 말하자면 그는 숙직에서 어떤 형이상학적 의미를 찾아낸다.

그러나 아르치바셰프는 주인공을 허무주의에 탐닉하게 그냥 내버려두지 않는다. 작품 후반부에 이르러 이와노위치는 간호사를 따라 그날 아침 새벽부터 산통을 겪고 있는 임산부의 병실을 방문한다. 살려달라고 외치는 환자를 보며 그는 이렇게 생각한다.

사람들에게 욕辱 받고, 학대虐待받은 생존生存, '하느님의 형상과 자세'를 잃고,

권태의 극極에 이른 이 창기娼妓의, 무슨 값이라도 내려고 하는 간절한 삶의 갈
망渴望은, 밤의 고통스러운 생각에 눌리었던 세멘 이와노위치의 마음에 비치어
서 그의 마음에 저도 모를 일종 따뜻한 정情을 깨우쳤다. 19 : 69

위 인용문에서 "하느님의 형상과 자세"라는 구절을 좀 더 찬찬히 주목
해 볼 필요가 있다. 방금 앞에서도 「전도서」에서 인용하듯이 여기서 아르
치바셰프는 '이마고 데이Imago Dei'를 언급한다. '하느님의 모습' 또는 '하
느님의 형상'을 뜻하는 이 개념은 기독교에서 핵심적 인간관이다. 여기서
'이미지'는 단순히 인간이 단순히 외관에서 하느님을 닮았다는 것이 아
니라 다른 피조물들은 누리지 못하는, 인간만이 누릴 수 있는 어떤 특별
한 권한을 지닌다는 것을 뜻한다. 그런데 소설의 화자가 '창기'라고 말하
는 이 임산부는 비록 "하느님의 형상과 자세"를 잃고 타락했을지 모르지
만 삶에 대한 간절한 갈망을 보여 준다. 주인공은 이러한 모습을 보고 동
료 인간에 대한 '따뜻한 정'을 새삼 깨닫는다.

임산부의 병실을 나서면서 이와노위치는 섣달그믐날 밤과는 달리 허
무주의의 늪에서 벗어나 삶을 긍정적으로 바라본다. 소설의 화자는 "그
의 육체는 매우 피곤하였으나, 정신은 이기어 얻은 승리의 의식으로 기쁘
게 건전하게 되었다"19 : 69고 말한다. 그가 이렇게 승리감으로 숙직실로
돌아오자 시계는 벌써 한밤중이 지나 아침을 가리키고 있다. 간밤에 내리
던 눈발도 멎고 숙직 사무실에는 이미 아침이 찾아왔다. 섣달그믐날 밤이
지나고 어느덧 새해 아침이 밝아온 것이다.

주요한이 번역한 「밤」은 아르치바셰프의 작품을 최초로 조선 문단에
소개한 작품이라는 점에서 한국 번역문학사에서 그 의미가 크다. 물론 주

요한의 작품 분재가 끝나고 반년쯤 지난 뒤 현진건玄鎭健이 '빙허생憑虛生'이라는 필명으로 1920년 8월『개벽』3호에 「행복」이라는 단편소설을 발표하였다. 그런데 이 작품은 그의 창작 소설이 아니라 아르치바셰프의 단편소설을 번역한 것이었다. 1929년에는 최서해崔曙海가 이 작품을 다시 번역하여 1929년 1월『신민新民』5호에 역시 「행복」이라는 제목으로 발표하였다.[15]

7. 김억과 노춘의 프랑스 시 번역

『학지광』에 실린 외국문학 작품 번역 중에는 러시아 작품 외에 프랑스 작품도 있다. 그런데 프랑스의 여러 시인이 아니라 오직 폴 베를렌 한 시인의 두 작품이 실려 있다. 그중 한 작품은 '아르튀르 랭보에게 보내는 시'라는 부제가 붙어 있는 「거리에 비 내리듯」을 김억이 「요구와 회한」이라는 글에서 번역하여 소개하였다.

눈물 흐르는 내 가슴

도힝都巷에 비옴 갓쇠다

가슴 안을 쑬고 드는

이 비쇠悲衰[悲哀] 무슨 이유요?

---

15 작가 이름의 표기법만 보아도 당시 조선에 그에 관한 소개가 얼마나 미진했는지 쉽게 미루어 볼 수 있다. 주요한은 '미하일 알치바세쯔'로, 현진건은 '아르치·바아세프'로, 최서해는 '알쯔이바쉡호'로 표기하였다. 원어에 가까운 표기법은 '미하일 페트로비치 아르치바셰프'다.

아아 거리에, 집붕의 우,

맘좃케 나리는 빗소리!

내 가슴의 실혼 설름이매

아아 퍼붓는 비의 노래!

덥고 타는 이 가슴 안에

싸닥업시 나리는 비은

뭇기에 바이 업슨데

싸닥 업슨 이 비애悲哀은 웨?

웨라고 말지 못할쓴

고통! 단념이나 되면은.

사랑도 증오憎惡도 업는데,

웨 내 가슴은 이 압흠이요.10 : 45

김억이 "대의大意…… 옴길 슈 업서서"라고 먼저 운을 떼는 것을 보면 이 작품을 번역하기가 무척 힘들었던 같다. 그래서 그는 대강의 의미만 전달할 뿐이라고 미리 말해 둔다. 둘째 연의 둘째 행 "맘좃케 나리는 빗소리!"에서 '맘좃케'는 '부드러운doux' 또는 '부드럽게'를 그렇게 표현한 것 같다. 김억은『오뇌의 무도』에 이 작품을 수록하면서 이 행을 "내리퍼 붓는 고혼 비소리!"로 다시 번역하였다.

셋째 연의 첫 행 "덥고 타는 이 가슴 안에"도 원문의 "울적한 내 가슴 속에"를 옮긴 것으로는 그다지 적절해 보이지 않는다. 그 다음 행 "뭇기에 바이 업슨데"도 무슨 의미인지 금방 떠오르지 않는다. 이 점에서는 마지막 연의 첫 두 행 "웨라고 말지 못할쓴 / 고통! 단념이나 되면은"도 마찬가지다. 『오뇌의 무도』1921에서 김억은 "가장 압흔 이 설음은 / 뭇기좃차 바이 업서라"로 바꾸어 놓았지만 역시 의미가 통하지 않는다.[16] 원문에 좀 더 충실하게 옮긴다면 "까닭 모를 아픔이 / 가장 괴로운 것을"이 될 것이다.

김억의 이 번역은 앞으로 번역가로서의 활약을 알리는 일종의 신호탄과 같다. 1918년부터 그는 『태서문예신보』에 폴 베를렌을 비롯한 프랑스 상징주의 시 작품을 본격적으로 번역하여 소개하였다. 게이오기주쿠에서 2년여 동안 영문학을 전공하다 귀국한 김억이 프랑스 시를 번역할 만큼 얼마나 프랑스어 해독 능력이 있었는지는 알 수 없지만 프랑스 시에 대한 그의 정열은 참으로 놀라웠다.

김억의 번역에 이어 이번에는 '노촌鷺村'이라는 필명의 번역자가 베를렌의 「가을 노래」를 번역하였다. 노촌의 번역은 3년 뒤 『학지광』 17호에 실려 있다.

가을의 왜이오린의

쓴

긴―철읍綴泣,

---

16 김억, 「도시에 나리는 비」, 『오뇌의 무도』, 광익서관, 1921, 25쪽. 다음은 외국문학연구회에서 활약한 이하윤이 번역한 것이다. "거리우에 비가 나리는것가치 / 내가슴속에는 눈물이 퍼붓네 / 가슴기피 숨여드는 / 이내서름은 무엇일까나 // 쌍우에도 지붕우에도 / 오 고흔 비ㅅ소리여! / 고달픈 가슴을위해 / 오 나리는 비의노래여! // 시달닌 이가슴속에 / 까닭업시 흐르는눈물 / 웨! 아무런 거역(拒逆)도 업지안혼가 / 이 애상(哀喪)은 까닭이 업고나 // 이는 이유(離乳)모르는 / 가장 쓰린 고통(苦痛)이어니 / 사랑도 업고 원한도 업는데 / 이리도 괴로운가 이내가슴은!"; 서울대 사범대학 국어과 동문회 편, 『이하윤 선집 (1)―시 · 역시』, 한샘, 1982, 264쪽.

은隱혈노,

은혈노,

'숨' 멕힌 고통 안에

나난 다시

종鍾소래의 깁흠을 듯다,

나난 도릿켜

'과거'를 부르지즈고

운다.

비애에 스들닌

나의 노혼露魂[靈魂]은

길버서진 불행한 '힘'

모라치난 바람에 날니난

낙엽落葉과 갇도다. 17 : 77

    이 작품을 번역한 '노촌'이 누구인지는 지금으로서는 정확히 확인할 길이 없다. 다만 그는 일제에 압수당한 『학지광』 16호1918에 「무한본위無限本位의 인생의 목적」이라는 글과 「호반의 애가」라는 문학 작품을 기고한 것으로 나와 있을 뿐이다. 번역자는 솔직하게 "이난 불시인佛詩人 베를렌의 작作이니 영역英譯된 것으로부터 복역復譯함"이라고 밝힌다. 여기서 복역이란 원문을 다른 언어로 번역한 것을 다시 자국어로 번역한 중역 방식을 말한다.

당시 우에다 빈上田敏을 비롯한 번역가들이 일본어로 번역한 것이 있는데도 노촌이 그것에 의존하지 굳이 영역에서 중역한 것이 의외라면 의외다. 중역이어서 그런지는 몰라도 위 번역은 의미가 제대로 통하지 않는다. 첫 연의 마지막 행 "은혈노, / 은혈노"란 도대체 무슨 의미인가. 영어 번역에는 "My heart is drowned / In the slow sound / Languorous and long"으로 되어 있다. 이보다 몇 달 앞서 김억이 'A. S. 생'이라는 필명으로 『태서문예신보』에 번역한 것이 훨씬 더 가독성이 뛰어나다.

가을의 날
예오론의
느린 오인嗚咽의
단조로운
애닯음에
내 가슴 압하라.

우는 종鍾소리에
가슴은 막키며
낫빗은 희멀금,
지내간 녯날은
눈압혜 써돌아
아々 나는 우노라.

설어라, 내 영靈은

모진 바람결에

흐터져 써도는

여긔에 저긔에

갈 길도 몰으는

낙엽落葉이러라.[17]

첫머리에서 김억이 '바이올린' 대신 '얘오론'이라는 낱말을 사용한 것으로 보아 아마 우에다 빈의 번역에서 영향을 받은 것 같다. 실제로 우에다는 베를렌의 작품을 「아키노우타秋の歌, 落葉」라는 제목으로 일본에서 처음 번역하면서 '비올론'이라는 낱말을 사용하였다. 우에다가 유럽의 상징주의 시인들의 작품을 번역하여 일본에 처음 소개한 번역 시집 『가이쵸온海潮音』1905에 수록된 「가을의 노래」의 첫째 연 "秋の日の / ギオロンの / ためいきの / ひたぶるに / 身にしみて / うら悲し"만 보아도 쉽게 알 수 있다.

8. 김롤슈타인의 알텐베르크 번역

1920년 1월 『학지광』 19호에 발표한 주요한의 「밤」을 마지막으로 이 잡지에는 외국문학 작품의 번역이 좀처럼 눈에 띄지 않는다. 그러다가 1926년 5월 '춘계 특대호'로 마련한 27호에 번역 작품이 두 편 소개되어

---

17 김억, 「가을의 노래」, 『오뇌의 무도』, 19쪽.

눈길을 끌었다. 김롤슈타인이라는 번역자가 독일 작가 페터 알텐베르크의 「12」와 아우구스트 스트린베리의 「레온토폴리스」라는 작품을 번역하였다. 그런데 독일 이름을 사용하는 번역자가 누구인지는 독일문학이나 북유럽문학을 알고 있는 인물이라는 사실 외에 지금으로서는 확인할 수 없다. 적어도 이름만으로 보아서는 한국계 독일인일 가능성을 배제할 수 없다.

「12」를 창작한 페터 알텐베르크는 19세기 중엽에서 20세기 초엽에 걸쳐 활약한 오스트리아 작가로 본명은 리샤르트 엥글룬더다. 빈의 유대인 상인 집안에서 태어난 그는 대학에서 법학을 전공하다가 중퇴하고 신경과민 진단을 받은 뒤로 줄곧 보헤미안 같은 삶을 살았다. 알텐베르크는 문학과 예술계 인사들이 즐겨 모이던 당시의 카페하우스에서 주로 작품을 쓴, 이른바 '카페하우스문학'의 대표 작가로 평가받는다. 샤를 보들레르의 산문시의 영향을 받은 그는 세기말 빈의 모습을 묘사한 전보문 같은 아포리즘이나 산문 스케치, 산문시를 많이 써서 흔히 '산문의 시인'으로도 일컫는다.

김롤슈타인은 「12」을 '독일' 작품으로 표기하지만 방금 지적했듯이 엄밀한 의미에서 이 작품은 독일 작가보다는 오스트리아 작가가 쓴 작품으로 간주해야 한다. 물론 좀 더 넓은 의미에서는 오스트리아도 독일 문화권에 속한다고 볼 수 있을지 모른다. 21세기에 들어와 이 산문 스케치는 그의 산문집에서 뽑아 영어로 번역하여 최근에 출간한 『영혼의 전보문』2005에 수록되어 있다. 한국에서도 최근 그의 산문이 번역되어 『꾸밈없는 인생의 그림』2018이라는 제목으로 출간되었다.

「12」는 호텔 근처 한 호수에서 갈색을 띤 금발 소녀가 낚시질하는 장면으로 시작한다. 호텔 식당에서 사람들이 접시에 담긴 음식을 나이프와 포크를 사용하여 식사하는 소리가 들릴 정도니 호수는 호텔과는 아주 가까운 거리에 있다. 낚시질하는 소녀 옆에 한 젊은 부인이 서서 소녀의 모습을 한심스러운 듯이 지켜보고 있다.

"낚시질은 퍽 심々하지."

대다수의 영양令孃과 같이 낚시질이란 것을 얼마 알지 못하는 영양은 이렇게 말하였다.

"심々하면 하려고" 하고 갈색을 띤 블론드의 모발毛髮을 가진 소녀는 대답하였다.

소녀는 어부漁夫 특유特有의 크고, 움직일 수 없는 진지眞摯한 태도를 가지고 흘연屹然히 서 있다. 그리하여 고기를 잡아서는 대지에 뿌린다. 고기는 죽는다.27 : 134

김롤슈타인은 낚시질하는 소녀를 옆에서 지켜보는 여성을 '영양'으로 옮겼지만 작품 내용을 미루어 보면 젊은 기혼 여성임이 드러난다. '영애令愛'와 뜻이 같은 '영양令孃'은 남의 집 딸을 높여 부르는 말이다. 더구나 그녀는 가끔 프랑스어를 사용하는 것을 보면 교양 있는 여성임이 틀림없다.

그러나 그보다도 더 심각한 문제는 "낚시질이란 것을 얼마 알지 못하는"이라는 구절에 있다. 원문에는 "낚시질에 대해 많이 알고 있는"으로 되어 있어 번역자는 반대의 의미로 옮겼다. 또한 소녀가 젊은 귀부인에게 대꾸하는 "심々하면 하려고"라는 말도 경어체로 번역하는 쪽이 더 적절하다. 소녀는 원문에 '나이 어린 아이Kind'로 나오기 때문이다. 그런가 하면 "갈색을 띤 블론드의 모발을 가진 소녀는 대답하였다"도 원문과는 조금 차이가 난다. 알텐베르크는 원문에는 '갈색을 띤'이라는 구절 대신 '더러운' 또는 '지저분한' 이라는 형용사를 사용한다. 번역문에는 나이어린 소녀가 지저분한 금발머리에 두 다리가 영양羚羊의 일종인 가젤 같이 생겼다고 되어 있다.

위 인용문의 마지막 문장 "소녀는 어부 특유의 크고, 움직일 수 없는 진지한 태도를 가지고 홀연히 서 있다"도 한두 번 읽어서는 그 의미를 알아차리기 쉽지 않다. 지나치게 원문을 축자역한 결과로밖에 볼 수 없다. 원문에 좀 더 충실히 번역한다면 "소녀는 어부에서 흔히 볼 수 있는 아주 단호하고 진지한 태도로 그곳에 서 있었다"가 될 것이다. 마지막 부분에 이르러서도 "그 따위 미지근한 영靈의 움직임은 온갖 부서진 꿈, 온갖 살상殺傷된 희망의 분묘墳墓의 위에 비로소 피는 꽃이다"27 : 135라는 한껏 수사로 장식한 문장도 정확한 번역으로 보기 어렵다. "하지만 영혼의 부드러운 감화는 마침내 모든 무산된 꿈, 모든 꺾어진 희망이 편히 쉬는 안식처에서나 겨우 활짝 피어날 뿐이다"로 옮기는 쪽이 더 적절할 것이다.

마지막 문장은 이 작품의 주제와도 깊이 연관되어 있다. 소녀는 지금 어린 나이에 물고기를 마구 잡아 죽이지만 귀부인처럼 나이를 먹어 철이 들면 비록 물고기일망정 생명을 함부로 죽이지는 않을 것이다. 이 작품의 화자는 소녀도 언젠가는 보잘것없어 보이는 조그마한 물고기에 연민을 품고 귀부인처럼 "Je ne permettrais jamais, que ma fille s'adonnât à une occupation si cruelle", 즉 "난 무슨 일이 있어도 내 아이에게는 그렇게 잔인한 행동을 하도록 내버려 두지 않을 테야"라고 말하게 될 것이라고 밝힌다.

한편 알텐베르크는 이 작품에서 낚시에 대한 두 여성의 대조적인 태도를 보여 줌으로써 젊음의 의미를 다룬다. 화자는 이 '잔인한 아이'의 얼굴에 대하여 "더욱 더해가는 아름다움과 점점 발전해가는 한 영혼의 흔적을 발견할 수 있다"고 밝힌다. 한편 귀부인의 얼굴에 대해서는 "나른하고 창백하여" 어느 누구한테도 기쁨과 온정을 줄 수 없을 것이라고 말한다. 그녀가 소녀에게 잡혀 죽는 물고기를 안타깝게 여기며 동정을 품는 것은 바로 그 때문이라는 것이다. 인간은 나이가 들면서 삶의 의욕을 잃으며 점점 나약해질 수밖에 없게 되는지도 모른다.

이렇듯 이 작품의 서술 화자는 소녀와 귀부인을 여러모로 뚜렷하게 대조시킨다. 귀부인은 삶에 지쳐 있는 반면, 소녀는 낚시질을 지겹게 생각하지 않을 뿐더러 어부처럼 진지한 태도로 낚시질을 한다. 화자는 소녀가 진지하게 낚시질을 한다는 구절을 무려 세 번이나 되풀이한다. 어느 누구에게도 기쁨을 줄 수 없는 귀부인과는 달리 소녀는 모든 일에 적극적이다. "너는 의식意識 없이 너의 아름다운 권리를 아직까지, 마음에 지니고 있는 까닭이다 ─ 고기를 죽여라, 그리고 낚아라!"[27:135]라는 마지막 문장은 이 점을 뒷받침한다.[18] 그리고 보니 그냥 무심코 넘겨버리기 쉽지만 제목 '12'라는 숫자도 의미심장하다. 모르긴 몰라도 그것은 아마 어린 소녀의 나이를 가리키는 숫자인 것 같다.

김롤슈타인의 「12」 번역은 한국 번역문학사에서 중요한 의미가 있다. 20세기 초엽 알텐베르크는 일본과 식민지 조선에서는 별로 알려져 있지

---

18 의미가 분명하지 않은 이 문장을 다시 번역하면 "모든 사람이 안중에 없는 듯 너는 가슴 속에 아름다운 특권을 품고 있구나. 조그마한 물고기들을 죽여라. 계속하여 낚시질을 하거라"가 될 것이다.

않았고, 심지어 독일 문화권에서조차 일부 작가를 제외하고는 낯선 작가와 다름없었다. 물론 토마스 만은 사랑을 처음 알게 된 것은 이 '산문시인' 때문이라고 밝힐 정도였다. 바로 이 점에서 김롤슈타인이 이 작품을 처음 번역하여 소개한 것은 그 의의가 크다 할 것이다.

한편 김롤슈타인이 스트린드베리의 「레온토폴리스」를 번역한 것도 알텐베르크의 「12」를 번역한 것만큼이나 이채롭다. 스트린드베리는 소설가로도 활약했지만 동아시아에서는 소설가보다는 오히려 극작가로 훨씬 널리 알려져 있다. 그는 헨리크 입센과 함께 근대 북유럽이 낳은 세계적 문호로 꼽힌다. 스트린드베리는 알텐베르크처럼 19세기 말엽의 세기말적 모순과 동요에 번뇌하는 인간의 모습을 다루는 데 초점을 맞추었다.

「레온토폴리스」는 스트린드베리의 작품의 주류에서 조금 벗어난다. 그는 역사적 사건이나 장소, 인물을 스케치 풍으로 서술하는 『역사적 세밀화』1913를 출간하였고, 이 산문 소품은 바로 이 책에 수록되어 있다. '사자의 도시'를 뜻하는 레온토폴리스는 고대 이집트의 도시로 오늘날 텔알무크담으로 부르는 곳이다. 스트린드베리는 나일 삼각주의 중앙에 위치한 이 고대 도시 근처 언덕을 배경으로 예수 그리스도의 탄생이라는 역사적 사건과 관련한 이야기를 다룬다.

어떤 대상隊商이 애급埃及의 옛 헤리오포리쓰로부터 동쪽 언덕에 잠자리를 정하였다. 거기에는 많은 사람이 있었다. 그러나 모두 히브리인이었다. 그리고 그 사람들은 낙타駱駝와 여마驢馬로 팔레스타인으로부터 황야를 지나온 것이었다. 그 황야는 수천 년 전 이스라엘의 아들이 방황하던 그곳이었다.…… 반월半月의 약광弱光이 비추는 가운데, 노숙露宿의 불이 많이 보였다. 불가에는 어린아이를

데리고 여자들이 앉아 있었다. 그동안 남자들은 물을 가지고 왔다.27 : 136[19]

첫 문장의 '헤리오포리쓰'는 레온토폴리스와 함께 쌍벽을 이루는 고대 이집트의 중요한 도시 헬리오폴리스를 말한다. 히브리인들이 레온토폴리스에 도착하여 여정을 푸는 모습은 몇천 년 모세가 일찍이 홍해를 건너 이스라엘 백성을 이끌고 이집트를 떠날 때 약속의 땅으로 들어가기 전 머물던 바란 광야의 가데스 바네아를 떠올리게 한다. 아이들은 젖을 먹거나 젖을 먹으며 잠이 든다. 그때 로마인처럼 보이는 한 남자가 지나가며 간난아이들을 살핀다. 불안한 마음에 히브리 남편은 로마인에게 말을 건넨다. 대화를 하던 중 히브리인은 로마인에게 레온토폴리스에 대하여 "이스라엘인은 애급을 나서ㅅ 카나안으로 이주하였다. 그러나 바빌론의 노예가 된 뒤에, 한 부분은 또 이곳으로 와서 정착하였다"27 : 137고 말한다. 그러자 로마인은 레온토폴리스는 말할 것도 없고 시리아, 그리스, 이집트, 심지어 게르마니아와 브리타니아 등도 로마제국의 속국이라고 말하면서 쿠마이 무녀의 예언에 따르면 세계가 모두 로마 땅이라고 덧붙인다.

그러나 히브리 남자는 그의 말에 이의를 제기하면서 "신과 우리 선조 아부라함의 약속에 의하면 세계는 이쓰라에르인에게 구조된다 한다"고 밝힌다. 로마인은 화제를 바구어 이번에는 히브리인에게 도대체 왜 아이들을 많이 데리고 다니느냐고 묻는다. 그러자 히브리인은 로마제국의 태수가 베들레헴에 이스라엘의 왕이 탄생되었다는 소문을 듣고 그 지방에

---

19 『학지광』에 실린 다른 번역 작품들과는 달리 이 작품은 제목도 원어로 되어 있을 뿐 아니라 활자가 아주 작아 웬만한 독자들은 그냥 넘어가 버리기 쉽다. 실제로 목차 어디에도 이 작품에 대한 언급은 없다. 김병철의 『근대문학번역사연구』에도 알텐베르크의 「12」만 언급되어 있을 뿐 스트린드베리의 작품은 누락되어 있다.

서 태어난 사내아이들을 모두 죽이는 바람에 이렇게 피해 온 것이라고 대답한다. 히브리인과 로마인의 대화는 다음 인용문에 이르러 극적 반전이 일어난다.

> "그래, 이 왕이란 누구이란 말이냐?"
> "그것은 구세주救世主, 약속된 사람이다."
> "그대는 그가 탄생誕生되었다 생각하느냐?"
> "알 수 없다!"
> "나는 그이가 탄생된 것을 알고 있다"라고 로마인은 말하였다. "그는 세계를 지배하고 전 국민을 다스릴 것이다."
> "그건 누구인가?"
> "아우구스트 황제다."
> "그 사람은 아부라함의 자손인가, 혹은 다비드 일문一門이냐? 틀린다. 그 사람이 아니다. (…중략…) 황제는 확실히 평화의 인사이 아니다."
> "잘 살아라, 이스라엘의 아들! 그대는 이제 로마 신하다. 로마에게 구조됨을 만족하여라, 그 외의 구조를 우리는 알 수 없다."27 : 138

로마인은 마지막 말을 남긴 채 자리를 떠 버린다. 여러 정황으로 미루어 보면 그는 로마 태수의 명령을 받고 히브리 어린아이를 죽이려고 왔거나 염탐하려고 온 로마 병징임이 틀림없다. 그러나 임무를 수행하지 않고 떠나는 것으로 보아 그는 히브리인의 생각처럼 선량한 사람으로 판명된다. 로마인이 가고 난 뒤 히브리인은 간난아이에게 젖을 먹이던 아내에게 다가가 "마리아!"라고 부르자, 그녀는 "요세프!"라고 대답한다. 그러면서 어린아이가 자고 있으니 조용히 하라고 말한다. 스트린드베리는 "마리아는 성모 마리아, 요세프는 기독基督의 부父, 어린 아해는 야소耶蘇 기독이다"27 : 138라는 마지막 말로 작품을 끝낸다. 「레온토폴리스」에서 스트린드베리는 헤롯왕과 동방에서 온 박사들과 관련한 「마태복음」 제2 장 제1~16절의 내용을 극적으로 재구성하였다.

9. 정노식의 연설 번역

『학지광』에 실린 번역 작품 중에는 서유럽문학 작품이 주류를 이루었 지만 간혹 비문학 작품도 실려 있어 눈길을 끈다. 3호에 실린 정노식의 「쌕루타스의 웅변」 번역이 바로 그러하다. 문학 작품을 번역한 사람들은 뒷날 진학문처럼 번역가나 저널리스트로 활약하거나 주요한이나 김억처 럼 문학가로 활약하였다. 그러나 고대 로마시대의 정치가 브루투스의 웅 변을 번역한 정노식은 문학가보다는 독립운동가와 정치가로 활약하였 다.[20] 1912년 세이소쿠 영어학교를 졸업하고, 메이지대학에서 정치경제 학을 전공하다 중퇴한 정노식은 1915년에 장덕수張德秀와 김철수金錣洙 등 과 비밀결사를 조직하고, 그 이듬해에는 중국과 대만의 운동가들과 '신아 동맹단新亞同盟團'을 결성하는 등 일찍부터 사회운동에 투신하였다.

1918년 정식은 『학지광』을 간행하던 재일본동경조선인유학생학우회 평의원이 되어 활동하기도 하였다. 1919년 1월 그는 미국, 중국 간도 및

---

20 정노식은 일제강점기 말기에 판소리에 관심을 기울여 판소리 명창 88명을 소개하는 『조 선 창극사』(1940)를 출간하였다. 이 책은 흔히 한국 최초의 판소리 연구서로 꼽힌다.

상해, 노령의 독립운동가들과 연락하려고 이광수를 북경에 파견하고 기미년 독립만세운동에 직접 참가했다가 체포되어 옥고를 치르기도 하였다. 당시 정노식은 동경 경시청이 요시찰 인물 '갑호' 리스트에 올릴 만큼 일제가 주목하는 유학생이었다. 1921년 5월 그는 중국 상하이에서 열린 고려공산당 창립대회에서 국내 간부에 선임되었으며, 해방 후에는 여운형呂運亨, 허헌許憲, 박헌영朴憲永, 김원봉金元鳳 등이 구축한 민주주의민족전선의 상임위원과 부의장을 맡았다.

정노식의 이러한 활동을 미루어 보면 그가 브루투스의 웅변을 번역하여 『학지광』에 소개했다는 것은 그다지 놀라운 일이 아니다. 그는 민중의 감정에 호소하여 의도하는 목적을 달성하는 정치운동가인 만큼 누구보다도 웅변의 위력을 절감했을 터다. 이 점과 관련하여 정노식은 "사회가 있고 국가가 있고 정치가 있고 학술이 있는 이상에 난 웅변이 필요하고, 웅변가가 되고자 할진댄 고인古人 웅변가의 연설집을 많이 보고 타인의 연설을 많이 듣고 또 몸소 연단演壇에 입立하여 많이 연설을 하여 볼지라"3 : 49라고 말한다. 그러면서 그는 이어 "라마羅馬가 '시사'를 살殺하고 공화국을 건설할 시時에 브루투스가 '시사'를 살해한 연유緣由를 연설하였으니 이 연설은 역사에 유명한 웅변이요 감정에 소訴함이 부富한 자者라"3 : 49라고 밝힌다.

그러나 정노식은 이 마르쿠스 브루투스 연설문의 출처를 밝히지 않는다. 이 연설문이 처음 기록된 플루타르코스의 『비교 열전』에서 직접 뽑아 번역했을 가능성은 희박하고 아마 영문 번역이나 일본어 번역을 참고했을 것이다. 그러나 문장을 보면 1599년 토머스 노스가 번역한 플루타르코스의 책에서 영향을 받고 윌리엄 셰익스피어가 쓴 『줄리어스 시저』에서 옮긴 것 같다. 로마 공화정 말기 정치가요 장군이던 율리우스 카이사르는 기원전 59년 최고 관직인 콘술에 취임하였다. 그 뒤 그는 갈리아 전쟁의 승리, 폼페이우스 반란 평정 등의 과정을 겪으면서 오랜 기간 공화정의 실권을 틀어쥐고 있던 원로원의 지배를 완전히 무너뜨리기에 이르렀다. 이처럼 카이사르의 위세가 하늘을 찌를 만큼 높아가자 그에 대한 반발도 적지 않아서 브루투스와 가이우스 카시우스 등은 원로원의 공화정 옹호 세력과 함께 카이사르를 암살하였다.

정노식이 번역한 연설은 브루투스가 갑작스러운 카이사르의 죽음에 경악과 분노를 금치 못하던 로마 시민들 앞에 나타나 그를 살해한 이유를 설명하며 청중의 마음을 사로잡는 웅변이다. 세계 명연설을 말할 때면 으레 자주 입에 오르내릴 만큼 아주 유명하다.

우리 사랑하는 라미羅馬의 동포 여러분이여, 청請컨대 귀를 맑게 하여 잠간暫間 말씀을 정청靜聽하시오. 원願컨대 나도 명예를 아끼는 자者로 아시오. 나를 믿으시오. 만일 나를 죄구罪咎하려 하시거든 각기 지혜에 자소自訴하여 여予를 구咎하시오. (…중략…) 만일 이 좌중에 일인一人이라도 '시사'의 친우가 계시면 여予난 기인其人에게 향하여 "내가 '시사'를 사랑하는 정情이 결코 족하足下에게 사양치 아니하겠소" 하는 일언을 진술하겠습니다. 만약 그 친우가 여予를 향하여 "그러면 여予가 하고何故로 '시사'를 살殺하였느냐" 물으시면 나는 대답하겠습니다. "그것은 내가 '시―사―'를 사랑하는 정이 박약薄弱한 연유가 아니오, 라마를 사랑하는 정이 일층 더 깊은 연유―라"고 대답하겠습니다.3 : 46~47

브루투스의 연설 중에서 로마 시민들의 마음을 가장 움직인 것은 아마 그가 카이사르를 살해한 것은 그를 덜 사랑했기 때문이 아니라 로마를 더 사랑했기 때문이라는 대목일 것이다. 그러면서 브루투스는 카이사르를 사랑하는 것으로 말하면 자신도 어떤 로마 시민 못지않다고 설득한다. 또한 위 인용문 바로 다음에 나오는 "'시사' 한 사람이 죽고 자유의 사람이 다 사는 것보다 '시사' 한 사람이 살아 자유의 사람이 다 죽는 것을 원하심인가"라는 물음도 흥분한 로마 시민을 진정시키기에 충분하다. 더구나 브루투스는 국가의 이익을 위하여 그가 사랑해 마지않는 사람을 살해했으니, 만약 국가가 자신의 목숨을 원한다면 카이사르를 찌른 바로 그 칼로 기꺼이 죽겠다고 부르짖는다.

브루투스가 연설을 마치자 안토니우스가 눈물을 흘리며 카이사르의 주검을 운반하는 행렬을 따라 들어온다. 그러고 나서 안토니우스는 곧바로 연설하기 시작한다. "저는 그분의 장례식에 참석했을 따름입니다. 나쁜 일은 당사자가 죽고 나서도 오랫동안 뭇사람 입에 회자되지만, 좋은 일은 흔히 유골과 함께 묻혀 버린 채 세상에 알려지지 않는 법입니다"로 시작하는 그의 연설은 브루투스 연설 못지않게 아주 유명하다. 만약 정노식이 브루투스 연설과 함께 안토니우스의 연설도 번역하여 소개했더라면 훨씬 더 좋았을 것이다. 브루투스의 연설에 대하여 정노식은 "역사에 유명한 웅변이오 감정에 소함이 부한" 것이라고 칭찬했지만, 감정에 호소하는 것으로 말하자면 안토니우스의 연설도 브루투스의 연설 못지않게 아주 훌륭하다. 비슷하면서도 다른 이 두 연설은 그동안 굳이 서양과 동양을 가르지 않고 설득 수사학에서 그야말로 약방의 감초처럼 자주 인용되어 왔다.

한마디로 『학지광』이 식민지 조선의 지식 담론의 장場으로 한국 근대문학에 끼친 역할은 참으로 크다. 사회과학이나 자연과학 또는 인문학 논문에 가려 그동안 문학은 제대로 조명받지 못하였다. 그러나 이 잡지에 실린 시·소설·희곡 같은 창작과 비평, 그리고 번역은 한국에서 근대문학이 발전하는 데 아주 소중한 밑거름 역할을 하였다. 이 잡지는 제호 그대로 어둠을 밝히는 횃불처럼 비단 식민지 조선의 학문과 사상 발전에 빛을 던져 주는 데 그치지 않고 이보다 한 발 더 나아가 문학과 예술에도 밝은 빛을 비추어 주었다. 특히 문학과 예술 분야에서『학지광』은 창작과 번역의 산실 역할을 맡았을 뿐 아니라 당시 물밀듯이 밀려오던 서유럽 문예사상과 사조를 소개하는 창구 역할을 맡았다. 그러므로 만약 이 잡지가 없었더라면 한국 근대문학은 지금처럼 찬란하게 꽃을 피우지 못했거나 설령 피웠다고 해도 지금보다 훨씬 뒤늦게 피웠을 것이다.

참고문헌

I. 기본 자료

『학지광(學之光)』

『공수학보(共修學報)』

『대한흥학보(大韓興學報)』

『우라키(*The Rocky*)』

『해외문학(海外文學)』

『태서문예신보(泰西文藝新報)』

『창조(創造)』

『삼천리(三千里)』

『동아일보(東亞日報)』

『조선일보(朝鮮日報)』

『조선중앙일보(朝鮮中央日報)』

II. 국내 논문

강희근, 「『학지광』에 나타난 시인과 시에 대하여」, 『배달말』 4호, 1979.

구인모, 「『학지광』 문학론의 미학주의」, 『한국근대문학연구』 1권 1호, 한국근대문학회, 2000.

구장률, 「『학지광』-한국 근대 지식 패러다임의 역사」, 『근대서지』, 근대서지학회, 2010.

권유성, 「1910년대 『학지광』 소재 문예론 연구」, 『한국민족문학』 45집, 2012.

김광섭, 「이헌구와 그 예술성」, 『삼천리문학』 2집, 1938.4.

김근수, 「『학지광』에 대하여」, 『학지광』 영인본 제1권, 태학사, 1983.

김동인, 「자기의 창조한 세계」, 『창조』 7호, 1920.7.

_____, 「문단 30년의 자취」, 『신천지(新天地)』, 1948.3~1949.8.

김병철, 「신체시 효시는 이승만 '고목가'」, 『다리』, 1989.12.

김성윤, 「한국 근대 자유시 형성기 연구-1910년대 최승구, 김여제, 현상윤의 시를 중심으로」, 연세대 박사논문, 1999.

김억, 「프로문학에 대한 항의」, 『동아일보』, 1926.2.7~8.

____, 「예술의 독자적 가치-시가의 본질과 현 시단」, 『동아일보』, 1926.1~2.

____, 「열졸한 관견을 해몽 형에게 시형의 음률과 호흡」, 『태서문예신보』 14호, 1919.1.13.

김영철, 「『학지광』의 문학사적 위상」, 『우리말글』 3호, 우리말글학회, 1985.

김인덕, 「학우회의 조직과 활동」, 『국사관논총』 66집, 진단학회, 1995.

김재석, 「'병자삼인'의 번안에 대한 연구」, 『한국 극예술 연구』 22집, 한국극예술학회, 2005.10.

나경석, 「공경횡사(空京橫事)」, 『조선지광』, 1927.5.

류시현, 「1910년대 이광수의 시대인식과 전망-『매일신보』 글쓰기를 중심으로」, 『역사학연구』 54집, 호남사학회, 2014.5.

박진영, 「소설 번안의 다중성과 역사성-『레미제라블』을 위한 다섯 개의 열쇠」, 『민족문학사연 구』 33집, 민족문학사학회, 2007.

박태일, 「근대 개성 지역문학의 전개-북한 지역문학사 연구」, 『국제언어문학』 25호, 2012.

박현수·이상옥, 「김억의 근대적 민족시형의 구상」, 『우리말글』 63집, 우리말글학회, 2014.

맹문재, 「『학지광』에 나타난 김여제의 시 고찰」, 『한국어문학』, 한국어문학회, 2008.

신채호, 「근금 소설 저자의 주의」, 『대한매일신보』, 1908.8.8.

심원섭, 「김여제의 미발굴 자품 '만만파파식적을 울음' 기타에 대하여」, 『현대문학의 연구』 21집, 현대문학연구회, 2003.

안병용, 「뚜르게네프 산문시 '거지'와 윤동주의 '투르게네프의 언덕」, 『슬라브학보』 21권 3호, 한 국슬라브유라시아학회, 2006.9.

오천석 외, 「반도에 기다인재(幾多人材)를 내인 영·미·노·일 유학사」, 『삼천리』 5권 1호, 1933.

여지선, 「『학지광』에 나타난 국혼주의와 민족형식론」, 『한국시학연구』, 한국시학회, 2003.

이사유, 「『創造』의 실무자 김환에 대한 고찰」, 『한국학연구』 34집, 인하대 한국학연구소, 2014.8.

이선경, 「『학지광』의 이상-세계적 보편과 조선적 정체성 사이에서」, 『한국문학과예술』 22집, 숭 실대 한국문학과예술연구소, 2017.

이승만, 「고목가」, 『협성회보』 내보, 1898.3.5.

이일, 「시단(詩壇) 이십년기(二十年記)」, 『조광』, 1940.6.

장규식, 「일제하 미국 유학생의 서구 근대체험과 미국문명 인식」, 『한국사연구』 133집, 한국사연 구회, 2006.

장덕수, 「동경 고학의 길-할 수 있는가? 할 수 없는가?」, 『학생』 1권 2호, 1929.

장수산인, 「반추」, 『조선지광』, 1929.11.

전영택, 「문단의 그 시절을 회고함」, 『조선일보』, 1933.9.20~22.

조윤정, 「무명작가의 복원과 무인교사의 글쓰기-이일(李一)의 생애와 문학」, 『한국현대문학연 구』 34집, 한국현대학연구회, 2014.

조창환, 「『학지광』의 시문학사적 위상」, 『아주대학교논문집』 8집, 아주대, 1986.

주요한, 「노래를 지으시려는 이에게 (1)」, 『조선문단』 창간호, 1924.10.

주요한, 「문단 교유기」, 『대한일보』, 1969.4.10.

채상우, 「1910년대 문학론의 미적인 삶의 전략과 상징」, 『한국시학연구』 6호, 한국시학회, 2002.

춘성생(春城生), 「문예에서 무엇을 구하는가」, 『창조』 6호, 1921.5.

허경진, 「이승만의 작시 활동과 한시 세계」, 제100회 이승만 포럼 학술회의 발표문, 2019.6.18.

홍선표, 「일제하 미국 유학 연구」, 『국사관논총』 96집, 진단학회, 2001.

III. 국내 단행본 저서

가지야 타카시 · 가토 리에 · 구리타 쿠니에 · 권석영 · 다케나카 히토시 · 이병진 · 이상진 · 신나경 ·
　　　조윤정, 『야나기 무네요시와 한국』, 소명출판, 2012.

구경서, 『신익희 평전』, 광주문화원, 2000.

국가보훈처 편, 『보훈연감 2005』, 국가보훈처, 2006.

_____, 『대한민국 독립유공 인사록』, 국가보훈처, 1997.

_____, 『독립유공자 공훈록』 5권, 국가보훈처, 1988.

_____, 『한국독립운동의 역사』 전 60권, 국가보훈처, 2010.

_____, 『독립운동사 자료집』 전 12권, 국가보훈처, 1971~1978.

_____, 『일제침략하 한국 36년사』, 탐구당, 1974.

김근수, 『한국잡지사』, 청록출판사, 1980.

_____, 『한국잡지사 연구』, 한국학연구소, 1992.

김기주, 『한말 재일한국 유학생의 민족운동』, 느티나무, 1993.

김병철, 『한국 근대 번역문학사 연구』, 을유문화사, 1974.

_____, 『한국 근대 서양문학 이입사 연구』, 을유문화사, 1980(1982).

김소월, 김용직 편, 『김소월 전집』, 서울대 출판부, 1996.

김송은, 『송은 소논문집』, 한성도서주식회사, 1931.

김억, 『오뇌의 무도』, 광익서관, 1921.

김영민, 『1910년대 일본 유학생 잡지 연구』, 소명출판, 2019.

김용직, 『한국근대시사 상』, 학연사, 1986.

김우종, 『한국 현대문학사』, 신명문화사, 1973.

김윤식, 『이광수 그의 시대』 2권, 솔, 1999.

_____, 『한국 근대문학의 이해』, 일지사, 1996.

_____ · 김현, 『한국문학사』, 민음사, 1998.

_____ · 김우종 외, 『한국 현대문학사』 개정판, 현대문학, 2014.

김욱동, 『대화적 상상력 – 미하일 바흐친의 문학이론』, 문학과지성사, 1989.

_____,『번역과 한국의 근대』, 소명출판, 2010.

김욱동,『근대의 세 번역가-서재필, 최남선, 김억』, 소명출판, 2010.

_____,『한국계 미국 이민 자서전 작가』, 소명출판, 2012.

_____,『문학이 미래다』, 소명출판, 2018.

_____,『눈솔 정인섭 평전』, 이숲, 2020.

_____,『외국문학연구회와『해외문학』』, 소명출판, 2020.

_____,『아메리카로 떠난 조선의 지식인들-북미조선학생총회와『우라키』』, 이숲, 2020.

_____,『『우라키』와 한국 근대문학』, 소명출판, 2023.

김진영,『시베리아의 향수-근대한국과 러시아문학, 1896~1946』, 이숲, 2017.

김태준,『조선소설사』, 경성 : 청진서관, 1933; 예문, 1989.

김학동,『한국개화기 시가 연구』, 시문학사, 1981.

_____ 편,『최소월 작품집』, 형설출판사, 1982.

김희곤,『임시정부 시기의 대한민국 연구』, 지식산업사, 2015.

독립운동편집위원회 편,『독립운동사 자료집 별집 (3)-재일본 한국인 민족운동 자료집』, 독립
　　　운동편집위원회, 1978.

박진영,『번역가의 탄생과 동아시아 세계문학』 소명출판, 2019.

박찬승,『한국 근대 정치사상사 연구』, 역사비평사, 1995.

백철,『신문학 사조사』, 신구문화사, 1989.

신익희,『나의 자서전』, 1953.

신창현,『해공 신익희』, 해공신익희선생기념회, 1992.

심원섭,『일본 유학생 문인들의 대정(大正)·소화(昭和) 체험』, 소명출판, 2009.

양주동,『양주동 전집』1~12권, 동국대 출판부, 1998.

오세영,『한국 낭만주의 시 연구』, 일지사, 1980.

오천석,『오천석 교육사상문집』 전 10권, 광명출판사, 1981.

유길준,『서유견문』, 대양서적, 1975.

_____,『유길준 전서』 전 4권, 일조각, 1995.

윤치호, 김상태 편역,『윤치호 일기 1916~1943』, 역사비평사, 2001.

이광린,『한국 개화사 연구』 개정판, 일조각, 1999.

이광수,「문학이란 하오」,『이광수 전집』(1), 삼중당, 1971.

이병기·백철,『국문학전사』, 신구문화사, 1973.

이병도,『한국 고대사 연구』, 박영사, 1981.

_____,『국사대관(國史大觀)』, 보문각, 1959.

이하윤, 서울대 사범대학 국어과 동문회 편, 『이하윤 선집 (1)−시·역시』, 한샘, 1982.

이헌구, 김준현 편, 『이헌구 선집』, 현대문학사, 2011.

임종국, 『친일문학론』, 민족문화연구소, 1991.

장덕순, 『국문학통론』, 신구문화사, 1983.

전영택, 표언복 편, 『늘봄 전영택 전집』 2, 목원대 출판부, 1999.

정병욱, 『국문학산고』, 신구문화사, 1959.

정인섭, 『못다한 이야기』, 휘문출판사, 1986.

정진석, 『극비, 조선 총독부의 언론 검열과 통제』, 나남, 2007.

정한모, 『한국 현대시 문학사』, 일지사, 1974.

조동일, 『한국문학통사』, 전 6권 개정 4판, 지식산업사, 2005.

조연현, 『현대문학개관』, 반도출판사, 1978.

_____, 『한국 현대문학사』, 성문각, 1971.

조윤제, 『국문학사』, 동국문화사, 1949.

조영복, 『1920년대 초기 시의 이념과 미학』, 소명출판, 2004.

주근옥, 『한국시 변동 과정의 모더니티에 관한 연구』, 시문학사, 2001.

주요한, 『아름다운 새벽』, 조선문단사, 1924.

최덕교 편, 『한국잡지 백년』 (1), 현암사, 2004.

최승만, 『나의 회고록』, 인천 : 인하대 출판부, 1985.

최재철, 『일본 근대문학의 발견−문학으로 일본 읽기』, 한음출판, 2019.

한국학문헌연구소 편, 『신소설·번안(역)소설』 (8) (한국개화기문학총서 1), 아세아문화사, 1978.

현규환, 『한국 이민사』, 삼화출판사, 1976.

IV. 외국 단행본 저서 및 번역서

하타노 세츠코 (波田野節子), 최주한 역, 『일본 유학생 작가 연구』, 소명출판, 2011.

야마모토 요시타카(山本義隆), 서의동 역, 『근대 일본 150년−과학기술총력전 체제의 파판』, AK, 1918.

福澤諭吉, 富田正文·土橋俊一 編, 『福澤裕吉選集』, 東京 : 岩波書店, 1980.

柳宗悦, 『柳宗悦全集』 1, 東京 : 筑摩書房, 1981.

姜徹, 『在日朝鮮人史年表』, 東京 : 雄山閣, 1983.

Bakhtin, Mikhail, *The Dialogic Imagination : Four Essays*, Ed. Michael Holquist, Trans. Caryl Emerson and Michael Holquist, Austin : University of Texas Press, 2010.

Bakhtin, Mikhail, *The Bakhtin Reader : Selected Writings of Bakhtin, Medvedev and Voloshinov*, Ed. Pam Morris, London : Arnold, 2003.

Bell, Morag · Robin Butlin · Michael Heffernan, eds. *Geography and Imperialism, 1820~1940*, Manchester : Manchester University Press, 1995.

Caprio, Mark E., *Japanese Assimilation Policies in Colonial Korea, 1910~1945*, Seattle : University of Washington Press, 2009.

Eagleton, Terry, *Literary Theory : An Introduction*, 2nd ed., Minneapolis : University of Minnesota Press, 1996.

Foucault, Michel, *Essential Works of Foucault*, Ed. James D. Faubion, New York : New Press, 1979.

Hamm, Bernd · Russell Charles Smandych, *Cultural Imperialism : Essays on the Political Economy of Cultural Domination*, Toronto : University of Toronto Press, 2005.

Hildi, Kang, *Under the Black Umbrella : Voices from Colonial Korea, 1910~1945*, Ithaca : Cornell University Press, 2001.

Kim, Wook-Dong, *Translations in Korea : Theory and Practice*, London : Palgrave Macmillan, 2019.

_____, *Global Perspectives on Korean Literature*, London : Palgrave Macmillan, 2019.

McKenzie, F. A., *Korea's Fight for Freedom*, New York : Fleming H. Revell, 1920.

Nietzsche, Friedrich, *On the Genealogy of Morals*, Trans. Robert C. Holub, New York : Penguin Classics, 2014.

Robinson, Michael E. · Ramon H. Myers · Mark R. Peattie, eds. *The Japanese Colonial Empire, 1895~1945*, Princeton University Press, 1987.

Robinson, Michael E., *Cultural Nationalism in Colonial Korea, 1920~1925*, Seattle : University of Washington, Press, 1988.

Ryang, Sonia, ed. *Koreans in Japan : Critical Voices from the Margin*, London : Taylor&Francis, 2000.

Said, Edward, *Orientalism*, New York : Pantheon Books, 1978.

Santayana, George, *Selected Critical Writings of George Santayana*, vol.1, Cambridge : Cambridge University Press, 1968.

Tomlinson, John, *Cultural Imperialism : A Critical Introduction*, New York : Continuum International Publishing Group, 1991.

Wales, Nym (Helen Foster Snow), *Song of Ariran*, New York : John Day ,1941.

님 웨일즈, 송영인 역, 『아리랑-조선인 혁명가 김산의 불꽃같은 삶』개정 3판, 동녁, 2005.